Registre des morts

PATRICIA CORNWELL

Registre des morts

TRADUIT DE L'ANGLAIS (ÉTATS-UNIS)
PAR ANDREA H. JAPP

Flammarion
Québec

**Catalogage avant publication de Bibliothèque et Archives nationales
du Québec et Bibliothèque et Archives Canada**
Cornwell, Patricia Daniels
Registre des morts
Traduction de : Book of the dead.
ISBN 978-2-89077-336-3
I. Japp, Andrea H., 1957-   . II. Titre.
PS3553.O692B6614 2008   813'.54   C2008-940182-4

COUVERTURE
Photo : Red Tomopteris sp., © 2005, KJOsborn
Graphisme : Olivier Lasser

Titre original américain : Book of the dead
Éditeur original : G. P. Putnam's Sons, New York

ISBN 978-2-89077-336-3

Dépôt légal BAnQ : 1er trimestre 2008

Imprimé au Canada

www.flammarion.qc.ca

*Ce roman est dédié
à mon éditeur, Ivan Held.*

REMERCIEMENTS

J'exprime ma reconnaissance toute particulière au Dr Staci Gruber, professeur assistant de psychiatrie à la Harvard Medical School et directrice adjointe du laboratoire de neuro-imagerie cognitive du McLean Hospital.

ROME

L'écho de l'eau tambourinant. Une baignoire carrelée de mosaïque dans les tons gris, profondément enchâssée dans le sol en pavés de terre cuite.

L'eau coule avec paresse d'un antique robinet de cuivre et l'obscurité s'écoule par la fenêtre. De l'autre côté de la vitre en verre cathédrale, la place, la fontaine, la nuit.

Elle est assise paisiblement dans l'eau, une eau glaciale à la surface de laquelle surnagent des glaçons qui fondent peu à peu. Son regard est presque vide. Plus grand-chose à y discerner. Au début, ses yeux s'accrochaient à lui, le suppliant de la sauver. Plus maintenant. Son regard n'est plus que le reflet du bleu meurtri du crépuscule. Quoi qu'il ait signifié, un jour est en train de disparaître. Bientôt, elle dormira.

– Tiens, propose-t-il en lui tendant un verre soufflé de Murano rempli de vodka.

Certaines zones de son corps que le soleil n'a jamais effleurées le fascinent. Elles lui évoquent une pâle roche crayeuse. Il tourne un peu le robinet. L'eau n'est plus qu'un filet. Il écoute son souffle heurté et le claquement de ses dents. Ses seins oscillent sous la surface de l'eau, délicats comme des fleurs blanches. Ses mamelons, durcis par le froid, ressemblent à de petits boutons de rose. Soudain, l'image de crayons lui traverse l'esprit. Lorsqu'il était écolier, il mâchouillait la petite gomme rose située au bout. De toute façon, expliquait-il à son père, parfois à sa mère, il n'avait nul besoin de gomme puisqu'il ne faisait pas de fautes. En vérité, il aimait mâcher. Il ne pouvait pas s'en empêcher.

— Tu te souviendras de mon nom, lui dit-il.

— C'est faux. Je peux l'oublier, rétorque-t-elle en claquant des dents.

Il sait pour quelle raison elle affirme cela. Si elle oublie son nom, son futur se dessinera à nouveau à la manière d'un mauvais plan de bataille.

— Dis-moi. Dis-moi comment je m'appelle.

Elle pleure, secouée de frissons, mais persiste :

— Je ne m'en souviens plus.

Il contemple ses bras bronzés, la chair de poule qui hérisse sa peau et ses poils blonds, ses jeunes seins et l'ombre entre ses cuisses immergées.

— Prononce-le.

— Will.

— Will quoi ?

— Rambo.

— Et tu trouves ça drôle, lâche-t-il, assis nu sur l'abattant des toilettes.

Elle secoue vigoureusement la tête.

Mensonge. Elle s'est moquée de lui lorsqu'il lui a dit son nom. Elle a éclaté de rire en lui rappelant que Rambo est une légende, un titre de film. Il a expliqué qu'il s'agissait d'un nom d'origine suédoise, ce à quoi elle a rétorqué qu'il n'avait pas l'air d'un Suédois. C'est le nom qui est de cette origine. D'où croyait-elle qu'il venait ? Ce n'est pas un pseudonyme. « D'accord, comme Rocky, a-t-elle ajouté en riant.

— Tu n'as qu'à vérifier sur Internet. Je te dis que c'est un véritable nom. » Il n'a pas apprécié de devoir se justifier de la sorte.

La scène s'est déroulée deux jours plus tôt. S'il ne lui en a pas tenu rigueur, il ne l'a pas oublié non plus. En fait, il lui a pardonné parce que, en dépit de ce que clame tout le monde, elle souffre terriblement.

— Au fond, savoir mon nom ressemble à un écho. Cela ne fait aucune différence. Vraiment. Il s'agit d'un son, rien de plus.

— Je ne le dirai jamais.

Elle panique.

Ses lèvres et le dessous de ses ongles ont viré au bleu. Elle grelotte sans parvenir à se contrôler. Elle fixe un point. Il l'encourage à boire davantage et elle n'ose pas refuser. Elle sait ce qui se produira à la moindre insubordination de sa part. Un simple petit cri et elle sait ce qui arrivera. Il est assis tranquillement sur l'abattant des toilettes et écarte les jambes afin qu'elle puisse constater son excitation. Afin qu'elle puisse la redouter. Elle ne le supplie plus, ne lui lance plus qu'il en finisse avec ce qu'il a envie de faire. Elle s'en garde bien, sachant ce qui arrivera si elle l'insulte en suggérant que c'est son envie à lui, en d'autres termes pas la sienne à elle.

— Tu es consciente que je te l'ai demandé avec gentillesse? lance-t-il.

— Je ne sais pas, murmure-t-elle en claquant des dents.

— Si, tu le sais parfaitement. Je t'ai demandé de me remercier. Rien de plus. Et j'ai été très gentil avec toi. Vraiment charmant, et il a fallu que tu fasses ce truc. Du coup, tu m'as contraint à faire ça. Tu vois… (Il se lève et détaille sa nudité dans le miroir scellé au-dessus du lavabo en marbre lisse.) Ta souffrance me force à le faire. (C'est son corps nu reflété dans la glace qui parle.) Or, je ne le voulais pas. Au bout du compte, tu m'as blessé. Comprends-tu seulement à quel point tu m'as blessé en me forçant à le faire?

Elle répond qu'elle comprend. Son regard s'affole lorsqu'il ouvre la petite caisse à outils, osant à peine se poser sur les cutters, les couteaux et les scies à dents aiguës. Il récupère un petit sac de sable et le dépose sur le rebord du lavabo. Il extirpe des ampoules de colle lavande et les aligne à côté.

– Je ferai tout ce que tu veux. Je te donnerai tout ce que tu veux.

C'est ce qu'elle n'a pas cessé de répéter.

Il lui a ordonné de ne jamais plus lui redire cela. Pourtant, elle vient de désobéir.

Ses mains plongent dans l'eau d'un froid mordant. Il attrape ses chevilles et les soulève. Il enserre ses jambes bronzées qui contrastent avec ses pieds blancs. Il peut sentir sa terreur aux crispations de ses muscles alors qu'il maintient fermement ses chevilles. Il la maintient ainsi un peu plus longtemps que la dernière fois. Elle se débat, ses bras fouettent l'air. L'eau glacée déborde et se répand bruyamment. Il lâche prise. Elle lutte pour retrouver son souffle, tousse et s'étouffe dans ses petits cris. Elle ne se plaint pas. Elle a appris à ne pas se plaindre – cela lui a pris du temps, mais elle a fini par apprendre. Elle a fini par comprendre que tout cela était pour son bien et elle est reconnaissante de ce sacrifice qui changera sa vie – sa vie à lui – d'une façon déplaisante. D'une façon qui était déplaisante. Rien de bon ne pourra en sortir. Elle devrait manifester de la gratitude pour ce don.

Il récupère le sac-poubelle qu'il a rempli de glaçons à la machine à glace du bar et le déverse dans l'eau du bain. Elle le fixe, les larmes dévalant de ses yeux. La douleur. Ses berges sombres apparaissent.

– On avait l'habitude de les pendre au plafond, là-bas, explique-t-il. On leur balançait des coups au coin des rotules. Encore et encore. On y passait tous, les uns après les autres, dans cette petite salle où ils étaient suspendus, et on cognait. La douleur est intenable et ça finit par rendre invalide. Bien sûr, certains claquaient. C'est rien comparé aux autres choses que j'ai vues là-bas. Je ne travaillais pas dans cette prison, tu vois. D'un autre côté, ce n'était pas nécessaire parce que j'avais pas mal de choses du même ordre à ma disposition. Ce que les gens refusent de comprendre, c'est que ce n'était pas idiot de filmer certains de ces trucs. De prendre des photos. En fait, c'était inévitable. Tu es forcé. Dans le cas contraire, c'est comme si ça n'avait jamais existé. C'est pour cela qu'on prend des photos. Pour les montrer à d'autres. Il en suffit d'un. Il suffit qu'une seule personne les voie. Ensuite, le monde entier est au courant.

Elle jette un regard à l'appareil photo posé sur la table au plateau de marbre poussée contre le mur en stuc.

— Après tout, ils l'ont mérité, n'est-ce pas? Ils nous ont forcés à devenir quelque chose que nous n'étions pas. En ce cas, à qui la faute? Pas la nôtre.

Elle acquiesce d'un mouvement de tête. Elle grelotte et ses dents claquent.

— Je ne participais pas à chaque fois, remarque-t-il. En revanche, je regardais. Au début, c'était difficile. Traumatisant, peut-être. Je n'étais pas d'accord, mais les trucs qu'ils nous faisaient… C'est à cause de ce qu'ils nous ont fait que nous avons réagi en riposte. C'est donc de leur faute et je sais que tu en es consciente.

Elle approuve à nouveau d'un signe de tête, pleure en tremblant.

— Les bombes qui explosaient sur le bord des routes. Les enlèvements. Des trucs dont tu n'as jamais entendu parler. On finit par s'y faire, de la même façon que tu t'habitues à l'eau glaciale, n'est-ce pas?

Il ne s'agit pas d'accoutumance. Elle s'engourdit, frôlant l'hypothermie. Son cœur s'emballe et elle a le sentiment qu'il va exploser. Il lui tend un verre de vodka, qu'elle avale.

— Je vais ouvrir la fenêtre, annonce-t-il, de sorte que tu puisses entendre la fontaine Bernini. Je l'ai entendue presque toute ma vie. La nuit est splendide. Si tu pouvais voir les étoiles!

Il entrouvre la fenêtre et contemple la nuit, le ciel étoilé, la fontaine des quatre rivières et la place, déserte à cette heure.

— Tu ne crieras pas, n'est-ce pas?

Elle secoue la tête. Sa poitrine se soulève avec peine et des frissons incontrôlables l'agitent.

— Tu penses à tes amies. Je m'en doute. D'ailleurs, elles doivent, elles aussi, songer à toi. Quel dommage! Elles ne sont pas là. Non, je ne les vois nulle part, répète-t-il en scrutant la place avec un haussement d'épaules. Pourquoi seraient-elles toujours là ? Elles sont parties. Il y a déjà pas mal de temps.

Son nez coule, ses larmes ruissellent et elle tremble. L'énergie de son regard – rien à voir avec ce qu'elle était lorsqu'il l'a rencontrée. Il lui en veut d'avoir abîmé ce qu'elle représentait à ses yeux. Plus tôt, bien plus tôt, il s'est adressé à elle en italien. Une façon de se transformer en étranger. Maintenant, il lui parle anglais parce que cela n'a plus d'importance. Elle frôle des yeux son excitation. Il est conscient de son regard qui ricoche. Il la sent à cet endroit précis. Elle a peur de ce qui s'y trouve. Pas autant toutefois qu'elle ne redoute tout le reste : l'eau, les instruments, le sable, la colle. Elle ne semble pas deviner à quoi sert l'épaisse ceinture noire enroulée sur le très ancien sol de terre cuite. Pourtant, c'est cela qui devrait surtout la terroriser.

Il récupère la ceinture et précise que frapper des gens incapables de se défendre est une pulsion primitive. Pourquoi ? Elle reste muette. Pourquoi ? Elle le dévisage, terrorisée. Son regard devient terne. Terne mais fou, tel un miroir qui se briserait devant lui. Il lui ordonne de se lever. Elle obtempère, tremblante, ses genoux à peine capables de la porter. Elle se tient droite dans l'eau glaciale et il ferme le robinet. Son corps lui évoque un arc tendu parce qu'elle est à la fois flexible et puissante. De l'eau dégouline le long de ses muscles comme elle se tient devant lui.

– Tourne-toi, demande-t-il. Ne t'inquiète pas. Je ne te frapperai pas à l'aide de la ceinture. Je ne fais pas ce genre de trucs.

Des vaguelettes accompagnent son mouvement. Elle se tourne, faisant face à un mur décrépi de stuc craquelé et à un volet rabattu.

– Il faut maintenant que tu t'agenouilles dans l'eau. Fixe le mur, ne me regarde pas.

Elle s'agenouille, face au mur. Il passe l'extrémité de la ceinture dans la boucle.

CHAPITRE 1

Dix jours plus tard. 27 avril 2007. Un vendredi après-midi.

Douze des plus influents politiciens et membres des forces de police d'Italie sont réunis dans l'amphithéâtre de réalité virtuelle. Dans l'ensemble, Kay Scarpetta, expert en pathologie légale, est incapable de mémoriser correctement leurs noms. Les seuls étrangers sont elle ainsi que Benton Wesley, spécialiste en psychologie légale, tous deux consultants pour l'IIR, l'International Investigative Response, une émanation un peu spéciale du réseau européen des instituts de sciences légales, ou ENFSI. Le gouvernement italien se trouve dans une épineuse situation.

Neuf jours auparavant, la jeune star du tennis féminin, Drew Martin, a été assassinée durant ses vacances. Son corps nu, mutilé, a été retrouvé non loin de la Piazza Navona, au cœur de la Rome historique. L'affaire a pris des dimensions internationales, et les détails de la vie et de la mort de la jeune fille de seize ans sont diffusés en boucle par les chaînes de télévision, la bande défilante en bas de l'écran se contentant de cela : défiler avec lenteur et obstination, répéter les informations données par les présentateurs et les experts.

– Bien, docteur Scarpetta, et si nous clarifions un peu ? J'ai le sentiment de quelque chose de très confus. Selon vous, elle serait décédée vers deux ou trois heures cet après-midi-là, lance le capitaine Ottorino Poma, un expert médico-légal de l'Arma dei Carabinieri, la police militaire chargée de l'enquête.

– Pas selon moi, répond-elle, sa patience commençant de s'effilocher. Selon vous !

Il fronce les sourcils dans la pénombre.

– Pourtant j'aurais juré que cette précision venait de vous, il y a quelques minutes, lorsque vous avez évoqué son contenu stomacal et le taux d'alcool dans son sang, impliquant qu'elle était morte peu d'heures après que ses amies l'avaient perdue de vue.

– Je n'ai jamais affirmé qu'elle était morte à deux ou trois heures de l'après-midi. En revanche, il me semble que c'est ce que vous persistez à répéter, capitaine Poma.

Poma est encore jeune. Toutefois sa réputation est largement établie, une réputation qui n'est pas sans taches. Scarpetta l'a rencontré deux ans auparavant, au meeting annuel de l'ENFSI, à La Hague. À l'époque, déjà, il avait hérité d'un surnom pour le moins sarcastique : « le médecin-designer », et passait pour être un ergoteur d'une rare vanité. Il est bel homme – très bel homme –, avec un penchant certain pour les jolies femmes et les vêtements tape-à-l'œil. Aujourd'hui, il a endossé un uniforme bleu marine à larges rayures rouges, rehaussé d'un galon argent, auquel s'ajoutent des bottes de cuir noir polies comme un miroir. Lorsqu'il a fait irruption ce matin dans la salle, une cape doublée de rouge flottait sur ses épaules.

Il est assis juste en face de Scarpetta, au milieu de la rangée du devant, et ne la lâche presque pas du regard. À sa droite est installé Benton Wesley, qui n'intervient que très rarement. Tous ont chaussé leurs lunettes stéréoscopiques, synchronisées avec le système analytique de scène de crime. Il s'agit d'une splendide innovation d'une unité de la police scientifique italienne, spécialisée dans les crimes violents, innovation que toutes les agences chargées de la lutte contre le crime de par le monde lui envient.

— J'ai le sentiment que mieux vaudrait que nous revenions sur ce point afin de me permettre d'éclaircir ma position, propose Scarpetta au capitaine Poma dont le menton repose au creux de sa paume, donnant presque le sentiment qu'il partage avec elle un moment d'intimité autour d'un verre de vin. Si elle avait été abattue à deux ou trois heures cet après-midi-là, cela impliquerait qu'elle était morte depuis environ dix-sept heures lorsque son corps a été découvert à huit heures trente le lendemain matin. Or, la *rigor* et la *livor mortis*, sans oublier l'*algor mortis*, sont incompatibles avec cette chronologie.

De la pointe d'un crayon laser, elle attire leur attention sur le chantier de construction en trois dimensions projeté sur l'écran qui recouvre tout un mur. Ils ont presque le sentiment d'être propulsés au beau milieu de la scène de crime, examinant le corps martyrisé de Drew Martin, abandonné au milieu des détritus et des engins de terrassement. Le point rouge suit l'épaule gauche, descend vers la fesse gauche, puis la jambe gauche et le pied nu. La fesse droite a été arrachée, tout comme une large portion de la cuisse. On pourrait croire qu'un requin l'a attaquée.

— Les lividités…, reprend Scarpetta.

— Encore une fois pardonnez-moi, l'interrompt le capitaine Poma. Mon anglais est loin d'être aussi parfait que le vôtre. Je ne suis pas certain de la signification de ce mot.

— Je l'ai utilisé auparavant.

— Certes, mais j'avais déjà des doutes quant à son sens exact.

Des rires saluent la repartie. Il n'y a que deux femmes dans l'assemblée : Scarpetta et la traductrice. Aucune des deux ne trouve le capitaine distrayant, contrairement aux hommes présents. Benton, qui n'a pas ébauché un seul sourire depuis le matin, étant l'exception qui confirme la règle.

— Connaissez-vous le mot équivalent en italien ? insiste Poma.

— Et si nous essayions plutôt le langage de la Rome antique, le latin, puisque la plupart des termes médicaux y puisent leur racine ?

Il ne s'agit en rien d'une discourtoisie de sa part. Néanmoins, son ton direct et plat indique qu'elle sait parfaitement que l'anglais de Poma ne devient confus que lorsque cela l'arrange.

Le capitaine, masqué de ses lunettes 3D, la dévisage et lui évoque Zorro. Il persiste :

– En italien, s'il vous plaît. Mon latin n'a jamais été fameux.

– Eh bien, allons-y pour les deux versions. L'italien pour *livor* est *livido*, qui signifie « contusionné ». *Mortis* donne *morte*, ou « mort ». Les lividités cadavériques suggèrent l'apparition, après le décès, de zones de contusion.

– C'est si appréciable que vous parliez l'italien, d'autant que vous vous débrouillez fort bien.

Elle connaît assez cette langue pour se faire comprendre, mais ne tient pas à l'employer en ce lieu. Elle préfère de loin en rester à l'anglais lors de ces discussions professionnelles. Les nuances sont parfois redoutables et, de toute façon, la traductrice intercepte chaque mot. Ce handicap linguistique, ajouté à la pression politique, au stress, sans oublier les continuelles et énigmatiques pitreries du capitaine Poma, amplifie ce qui s'apparente déjà à un véritable désastre. De fait, le tueur, dans le cas qui les occupe, défie les précédents et les profils habituels. Il les déconcerte. Même la science est devenue source d'exaspérants débats. On dirait qu'elle aussi les défie, leur ment au point que Scarpetta est contrainte de se répéter, d'assener aux autres que la science ne trompe jamais. La science ne commet pas d'erreur. La science ne vous égare jamais à dessein, elle ne se moque jamais de vous.

Tout cela passe très au-dessus de la tête du capitaine Poma. Du moins le prétend-il. Peut-être fait-il du second degré lorsqu'il décrit le cadavre de Drew comme peu coopératif, pour ne pas dire récalcitrant, comme s'il s'agissait d'une vieille connaissance avec laquelle les chamailleries sont affaire courante. Il affirme que les altérations *post mortem* impliquent une chose, alors que le contenu stomacal et le taux d'alcool de la victime en disent une autre, et que, contrairement à ce que peut penser Scarpetta, il faut toujours tenir compte des derniers. Sur ce point, il est très sérieux.

– Ce qu'a mangé et bu Drew est révélateur, assène-t-il, répétant sa déclaration enflammée du matin.

– Révélateur d'une vérité, certes. Pas de *votre* vérité, toutefois, le contre Scarpetta d'un ton plus courtois que ce qu'elle sous-entend. Votre vérité est fondée sur une interprétation erronée.

– Si je ne m'abuse, nous avons déjà discuté de ce point, intervient Benton, installé dans la première rangée de sièges plongés dans la pénombre. Il me semble que le Dr Scarpetta a été parfaitement claire.

Les grosses lunettes 3D du capitaine Poma, et bien d'autres, restent rivées sur Scarpetta.

– Si mon insistance vous ennuie, croyez bien que je le regrette. Cependant il nous faut donner un sens à tout cela. Alors, de grâce, permettez-moi de poursuivre. Le 17 avril, entre onze heures trente et midi et demi, Drew a mangé d'affreuses lasagnes, accompagnées de quatre verres de mauvais chianti, dans une auberge à touristes située non loin des Marches espagnoles. Elle a réglé l'addition, puis quitté l'établissement. Parvenue Piazza di Spagna, elle a quitté ses deux amies en promettant de les rejoindre une heure plus tard sur la Piazza Navona. Elle n'a pas reparu. Voilà pour ce que nous savons de source sûre. En revanche, tout le reste demeure mystérieux.

Ses lunettes à lourde monture sont toujours fixées sur Scarpetta. Il se tourne ensuite vers les rangs situés derrière lui et poursuit :

– Mystérieux en partie parce que notre estimée collègue américaine déclare maintenant qu'elle n'est pas convaincue que Drew soit morte peu de temps après son déjeuner, ni le jour même.

– Je n'ai pas dévié de mes premières estimations. Je vais donc vous expliquer à nouveau ma position puisqu'il semble qu'elle vous laisse perplexes.

– Il faudrait que nous avancions, remarque Benton.

Mais ils ne le peuvent pas. Le capitaine Poma est très respecté par les Italiens. C'est une vraie célébrité à leurs yeux, au point qu'il peut tout se permettre. La presse l'a baptisé « le Sherlock Holmes romain », bien qu'il soit médecin, pas policier ni détective. Néanmoins tous, dont le commandant général des carabiniers assis dans un coin et qui écoute plus qu'il ne parle, semblent avoir oublié ce point.

– Dans des conditions normales, reprend Scarpetta, le bol alimentaire aurait été digéré quelques heures après le déjeuner. Quant à l'alcoolémie, elle aurait été très inférieure aux 2 g / l retrouvés lors des tests toxicologiques. Alors, en effet, capitaine Poma, la toxico et l'étude du contenu stomacal suggèrent que Drew est morte peu après avoir mangé. En revanche, la *livor* et la *rigor mortis* sont cohérentes – très cohérentes, dirais-je – avec le fait que la mort est survenue environ douze à quinze heures après son déjeuner à la trattoria. Ces altérations *post mortem* sont fondamentales et nous ne devons pas les négliger.

– Ah, nous y revoilà ! Les lividités. (Il soupire.) Toujours ce mot qui me pose problème. Expliquez-moi à nouveau puisqu'il semble que j'éprouve des difficultés de compréhension concernant ce que vous nommez les altérations *post mortem*.

Le menton du capitaine Poma rejoint la paume de sa main.

– « Lividités cadavériques », *livor mortis*, « hypostases » : différents termes qui désignent un même phénomène. Lorsque vous décédez, la circulation sanguine s'arrête et, du fait de la gravité, le sang s'accumule dans les petits vaisseaux, un peu à la façon de sédiments qui se déposeraient sur la coque d'un bateau naufragé.

Elle sent le regard de Benton derrière ses lunettes 3D. Mais elle n'ose pas se tourner vers lui. Il n'est pas lui-même.

– Poursuivez, je vous en prie, l'encourage le capitaine Poma en soulignant de plusieurs traits les notes qu'il prend sur son calepin.

– Si le corps demeure dans une certaine position assez longtemps après le décès, le sang va se déposer en conséquence, c'est ce que nous appelons la *livor mortis*, explique Scarpetta. Au bout d'un certain délai, cette *livor mortis* est fixée, donnant une coloration lie-de-vin, avec des zones blêmes qui signalent le contact du cadavre avec des surfaces dures ou les endroits d'éventuelles constrictions, un peu à la manière de vêtements trop serrés. Pourrait-on passer un des clichés d'autopsie, s'il vous plaît? (Elle consulte la liste posée sur le podium et précise :) Numéro 21.

Sur le mur s'étale soudain le corps de Drew, allongée sur une table d'autopsie en inox de l'université Tor Vergata. Elle est couchée sur le ventre. À l'aide du point lumineux rouge du crayon laser, Scarpetta désigne des zones lie-de-vin et d'autres, pâles. Elle n'a pas encore évoqué les monstrueuses blessures qui forment des cratères rouge sombre.

– Pourriez-vous nous envoyer la scène de crime? Celle sur laquelle on voit le corps placé dans la housse.

La photo en trois dimensions du chantier recouvre à nouveau tout le mur. Cette fois, des enquêteurs en combinaison, masque et protections de chaussures soulèvent le corps flasque et nu pour le glisser dans une housse à cadavre doublée d'un drap avant de le déposer sur une civière. Autour d'eux, d'autres policiers tiennent à bout de bras des draps afin de protéger la scène des regards de curieux ou de paparazzi massés autour du périmètre interdit.

– Comparez ceci à la photo que nous venons juste de voir. Lorsqu'elle a été autopsiée, c'est-à-dire environ huit heures après que son cadavre a été découvert, les lividités étaient presque complètement fixées, explique Scarpetta. En revanche, ici, il est apparent qu'elles n'en sont qu'aux premiers stades d'installation. (Le stylo balaie des zones rosées qui s'étalent sur le dos de la jeune fille.) Au demeurant, la *rigor mortis*, elle aussi, n'en était qu'au commencement.

– Vous excluez un début précoce de *rigor mortis* conséquente à un spasme cadavérique? Par exemple, elle aurait pu fournir un effort violent juste avant le décès. Peut-être s'est-elle battue avec son agresseur ? Vous n'avez pas mentionné ce point plus tôt.

Le capitaine Poma souligne à nouveau l'une de ses notes.

– Rien ne permet d'évoquer un spasme cadavérique, rétorque Scarpetta en songeant : *Et si tu nous lâchais un peu !* Effort violent ou non, le corps n'était pas assez rigide lorsqu'il a été découvert, en d'autres termes l'hypothèse du spasme ne tient pas.

– Sauf si la rigidité cadavérique avait déjà disparu.

– C'est impossible. Le phénomène ne s'est complètement établi qu'à la morgue. La rigidité s'installe puis disparaît, mais pas à plusieurs reprises.

La traductrice réprime un sourire en même temps qu'elle relaie les mots de Scarpetta et quelques rires saluent la repartie.

Scarpetta pointe le laser sur le corps de Drew que l'on allonge sur la civière.

– On le voit clairement ici : ses muscles sont tout sauf raidis. Ils sont au contraire toujours souples. Selon moi, elle n'était pas morte depuis plus de six heures lorsque son cadavre a été découvert. Peut-être même beaucoup moins.

– Enfin, vous êtes un expert de classe internationale. Comment se peut-il que vous restiez si vague ?

– Parce que nous ignorons où elle se trouvait, à quelle température elle a été exposée avant d'être abandonnée dans ce chantier. La température corporelle, la *livor* et la *rigor mortis* peuvent considérablement varier en fonction des conditions environnementales, et même des individus.

– Et donc, en vous fiant aux constatations que vous avez faites sur le corps, diriez-vous qu'il est *impossible* qu'elle ait été assassinée peu après avoir déjeuné en compagnie de ses amies ? Peut-être au moment où elle rejoignait la Piazza Navona pour les retrouver ?

– Je ne crois pas que les choses aient pu se dérouler de cette manière.

– Permettez-moi d'insister à nouveau : comment expliquez-vous, alors, les aliments non digérés ainsi que son alcoolémie ?

Ces deux paramètres indiquent qu'elle est morte peu de temps après le repas. Pas quinze ou seize heures plus tard.

– Il est possible qu'elle ait à nouveau bu après avoir quitté ses amies. Quant à la digestion, elle peut s'être interrompue en raison d'une peur violente.

– Quoi ? Vous insinuez maintenant que la jeune fille a passé… dix, douze, peut-être quinze heures en compagnie de son tueur et qu'elle a bu avec lui ?

– Il peut l'avoir contrainte à boire pour diminuer ses capacités de résistance, la contrôler plus aisément. Comme quand on drogue quelqu'un.

– Et donc il l'a forcée à boire de l'alcool, peut-être tout l'après-midi, éventuellement durant la nuit et même le lendemain matin ? Elle était tellement terrorisée que la digestion s'est arrêtée ? C'est donc ce que vous nous offrez comme explication plausible ?

– Ce n'est pas le premier cas que je vois, répond Scarpetta.

Le chantier animé en trois dimensions, après la tombée du jour.

Les lumières des boutiques, pizzerias et restaurants environnants, bondés de clients, scintillent. Des voitures et des scooters sont garés des deux côtés de la chaussée, parfois sur les trottoirs. L'incessant grondement de la circulation, des conversations et des allées et venues des passants emplit l'amphithéâtre.

Soudain, les devantures et les fenêtres s'éteignent. Silence.

L'écho d'une voiture, ses contours. Il s'agit d'une Lancia noire quatre portes. Elle se gare au coin de la Via di Pasquino et de la Via dell'Anima. La porte côté conducteur s'ouvre et un homme en 3D descend du véhicule. Il est vêtu de gris. Son visage, dépourvu de traits, et ses mains sont également gris, permettant à toutes les personnes présentes de déduire qu'on ne lui a pas encore attribué d'âge, d'origine ethnique ou une quelconque caractéristique physique. Afin de simplifier, les enquêteurs sont partis du principe qu'il s'agissait d'un sujet de sexe masculin. L'homme gris ouvre le coffre et soulève un corps enveloppé dans une sorte d'étoffe bleue, ornée d'un motif rouge, or et vert.

— L'étoffe correspond aux fibres de soie retrouvées sur le corps et dans la boue où il était déposé, précise le capitaine Poma.

Benton Wesley intervient :

— Des fibres ont été retrouvées sur tout le corps, et même les cheveux, les mains, les pieds. Elles avaient adhéré en abondance aux blessures. On peut conclure que Drew Martin était complètement enveloppée dans ce tissu, de la tête aux pieds. En d'autres termes, il s'agit de quelque chose de grandes dimensions. Peut-être d'un drap ou d'un rideau de soie colorée.

— Où voulez-vous en venir ?

— À deux choses : nous ne devrions pas partir du présupposé qu'il s'agit d'un drap. En fait, nous ne sommes sûrs de rien. De surcroît, il est possible qu'il l'ait enroulée dans quelque chose qu'il a trouvé sur ses lieux de vie : chez lui ou à son travail, voire même à l'endroit où il la retenait prisonnière.

— Oui, oui. (Les lourdes lunettes du capitaine Poma sont toujours rivées sur la scène de crime qui occupe tout le mur.) Et nous savons que les fibres de tapis de sol retrouvées sur le cadavre sont celles d'une Lancia 2005, ce qui concorde avec le témoignage décrivant un véhicule quittant les lieux à environ six heures du matin. Le témoin que j'ai déjà mentionné. Une femme qui habite un appartement voisin. Elle s'est levée parce que son chat... quel mot, je vous prie ?

— Miauler ? propose la traductrice.

— Elle s'est donc levée parce que son chat miaulait et a jeté un coup d'œil par la fenêtre. C'est alors qu'elle a vu cette berline de luxe de couleur sombre qui s'éloignait sans hâte des abords du chantier. Elle a précisé que le véhicule avait bifurqué à droite dans la Via dell'Anima, un sens interdit. Poursuivez, je vous prie.

La projection reprend. L'homme gris soulève le corps enveloppé dans son linceul de couleur et l'extirpe du coffre de la voiture. Il se dirige vers une proche passerelle d'aluminium, dont l'accès n'est protégé que par une simple corde qu'il enjambe. Cheminant sur une large planche, il descend vers le site de construction et dépose le corps dans la boue, juste à côté de la planche. Il s'accroupit dans l'obscurité et dévoile une silhouette qui n'est autre que celle du cadavre de Drew Martin. Il ne s'agit plus alors d'une véritable animation, mais d'une photo en 3D. Toutes les personnes présentes dans l'amphithéâtre la découvrent dans les moindres détails : le visage célèbre, les épouvantables blessures infligées au mince corps nu d'athlète. L'homme gris froisse le linceul bigarré en boule et rejoint sa voiture. Il démarre et s'éloigne sans hâte.

— Selon nous, il a bien porté le corps. Il ne l'a pas traîné, commente le capitaine Poma. En effet, nous n'avons retrouvé les fibres que sur et sous le corps, nulle part ailleurs. Bien que cela ne constitue pas une preuve irréfutable, ça indique qu'il ne l'a pas tiré. Permettez-moi de vous rappeler que cette scène a été quadrillée grâce à un système laser. En d'autres termes, la perspective rendue ainsi que la position du cadavre et des objets environnants sont d'une rare précision. Seuls les gens ou les choses qui n'ont pas été filmés ou photographiés – comme le tueur et son véhicule – ont été restitués grâce à une animation.

— Quel était son poids ? interroge le ministre de l'Intérieur qui a pris place au fond de la salle.

Scarpetta précise que la jeune fille pesait cinquante-neuf kilos.

— Ce qui implique qu'il fallait qu'il soit assez fort pour la porter, ajoute-t-elle.

La projection reprend à nouveau. Le silence environne le chantier baigné par l'aube naissante. On n'entend que la pluie. Nulle fenêtre des immeubles voisins n'est encore allumée et les boutiques sont fermées, les rues désertées. Soudain le vrombissement d'une moto, de plus en plus distinct. Une Ducati rouge apparaît au coin de la Via di Pasquino, conduite par une silhouette animée engoncée dans un ciré, le visage protégé par un casque intégral. Le motard tourne dans la Via dell'Anima et s'arrête brusquement. La moto bascule sur la chaussée en produisant un bruit sourd. Le moteur cale. Le conducteur effaré enjambe l'engin et s'approche de la passerelle d'un pas hésitant. Il avance, ses bottes résonnant sur le métal. Le cadavre en contrebas, allongé dans la boue, semble encore plus monstrueux, horrible, un effet de la juxtaposition de la photographie en 3D sur l'animation un peu rigide.

Le capitaine Poma précise :

– À ce moment-là, il est presque huit heures et demie. Comme vous le voyez, le temps est couvert et pluvieux. Peut-on avancer jusqu'au moment où le Pr Fiorani apparaît sur les lieux, s'il vous plaît ? Ça devrait être l'image 14. Et maintenant, docteur Scarpetta, vous pouvez, si vous le désirez, examiner le corps sur la scène en compagnie de notre excellent professeur, qui n'est pas parmi nous cet après-midi et j'en suis désolé. Vous ne le devinerez jamais, mais il a dû se rendre au Vatican. Un cardinal vient de décéder.

Benton fixe l'écran situé derrière Scarpetta. Évitant avec soin de la regarder, son cœur se serre.

D'autres images – des enregistrements vidéo en 3D – envahissent l'écran. Un pouls de lumière bleue. Des voitures de police et la fourgonnette bleu nuit de scènes de crime des carabiniers. D'autres carabiniers, mitraillette au poing, protègent le périmètre interdit. Des enquêteurs en vêtements civils inspectent la zone délimitée par un cordon de sécurité, relèvent les indices, prennent des photos. Le claquement des obturateurs, l'écho de voix fortes, le brouhaha de la foule. Un hélicoptère de la police survole la zone dans un vacarme rythmé par le mouvement de ses pales. Le professeur, la sommité romaine en médecine légale, a enfilé une combinaison blanche de Tyvek, maintenant maculée de boue. Zoom avant. On découvre ce qu'il examine : le corps de Drew Martin. Transmise par l'intermédiaire des lunettes stéréoscopiques, la scène semble si réelle qu'une étrange sensation envahit Scarpetta. Elle a l'impression de frôler le corps, de palper ses blessures béantes, rouge sombre, souillées de glaise et luisantes de pluie. Les longs cheveux blonds de la jeune fille sont trempés et recouvrent partiellement son visage. Ses yeux sont fermés, ses paupières enflées.

– Docteur Scarpetta, vous pouvez l'examiner, propose le capitaine Poma. Dites-nous ce que vous voyez. Vous avez, bien sûr, pris connaissance du rapport rédigé par le Pr Fiorani, mais puisque vous pouvez découvrir le corps en trois dimensions et que vous vous trouvez avec lui sur les lieux, faites-nous profiter de votre opinion. Si vos conclusions divergeaient de celles du Pr Fiorani, nous ne nous en offusquerions pas.

Le professeur est réputé aussi infaillible que le pape, dont il a réalisé l'embaumement un certain nombre d'années auparavant.

Le point rouge du crayon laser accompagne les mouvements de Scarpetta.

– Le corps est allongé sur le flanc gauche, les mains repliées sous le menton, les jambes légèrement remontées, commence-t-elle. Une position délibérée, selon moi. Docteur Wesley ?...

Elle se tourne vers les lourdes lunettes de Benton. Il regarde par-dessus son épaule, vers l'écran.

– ... Peut-être pourriez-vous intervenir sur ce point ?

– Délibérée. Le cadavre a été mis en scène par le tueur.

– Comme si elle priait ? s'enquiert le chef de la police locale.

– De quelle religion était-elle ? demande le directeur adjoint de la police criminelle nationale.

Une multitude de questions, de conjectures ricoche dans l'amphithéâtre plongé dans la pénombre.

– Catholique.

– Non pratiquante, si j'ai bien compris.

– Pas très.

– Vous pensez qu'il pourrait y avoir un lien avec la religion ?

– Oui, c'est la question que je me suis posée. Le chantier est proche de l'église Sainte-Agnès à Agone.

Le capitaine Poma se lance, le regard fixé sur Benton Wesley :

– Pour ceux qui ne connaîtraient pas cette histoire, sainte Agnès fut une martyre, torturée et exécutée à l'âge de douze ans parce qu'elle refusait d'épouser un païen dans mon genre.

Quelques éclats de rire. Une discussion s'amorce : et si le meurtre avait des connotations religieuses ? Benton repousse cette hypothèse :

– Il s'agit d'humiliation sexuelle. Elle est exposée, nue, et son corps a été balancé de sorte qu'il soit vu par n'importe quel passant, à proximité de l'endroit où elle comptait rejoindre ses amies. Le tueur voulait qu'on la retrouve. Il voulait choquer. La religion n'est pas le mobile primordial, mais bien l'excitation sexuelle.

– Pourtant nous n'avons retrouvé aucune trace de viol, argumente le directeur des laboratoires médico-légaux des carabiniers.

La traductrice relaye ces informations. Ni sperme, ni salive, ni sang pouvant provenir du tueur n'ont été détectés, à moins que la pluie les ait lavés. Toutefois, de l'ADN provenant de deux sujets a été trouvé sous les ongles de la victime. Les empreintes génétiques réalisées n'ont pas été d'une grande utilité jusque-là. Malheureusement, explique le directeur, le gouvernement italien n'autorise pas la constitution d'une banque de données recensant l'ADN des criminels, considérant qu'il s'agit d'une violation des droits de l'homme. À l'heure actuelle, les seules empreintes génétiques qui peuvent être mises en mémoire en Italie sont celles récupérées sur des indices, pas sur des individus.

– En d'autres termes, il ne pourra pas y avoir de recherche d'ADN via les banques de données italiennes, résume le capitaine Poma. Tout ce que nous pouvons affirmer à ce stade, c'est que les ADN retrouvés sous les ongles de Drew ne correspondent à aucun criminel enregistré dans les banques de données internationales, pas même aux États-Unis.

– Toutefois, vous êtes certains que ces ADN proviennent de sujets masculins d'origine européenne, bref caucasiens, n'est-ce pas ? intervient Benton.

– En effet, répond le directeur des labos.

– Docteur Scarpetta, reprend Poma, poursuivez, je vous prie.

– Pourrais-je avoir le cliché d'autopsie numéro 26, s'il vous plaît ? Il s'agit d'une vue postérieure prise au cours de l'examen externe. Gros plan sur les blessures.

Elles remplissent l'écran. Deux cratères rouge sombre aux berges déchiquetées. Scarpetta pointe du crayon laser. Le témoin rouge descend le long de la monstrueuse plaie, qui a remplacé la fesse droite, vers la deuxième zone de chair excisée qui s'étale à l'arrière de la cuisse droite.

– Les blessures ont été infligées à l'aide d'un instrument tranchant, une lame possiblement dentelée, qui a littéralement scié le tissu musculaire et entamé superficiellement l'os. Au vu de l'absence de réponse tissulaire, on peut conclure que les blessures ont été faites *post mortem*. Les plaies ont une couleur jaunâtre.

– Des mutilations *post mortem* excluent l'hypothèse de la torture, conclut Benton. Du moins des tortures par lame.

– En ce cas, quelle autre explication apporter ?…, demande le capitaine Poma.

Les deux hommes se dévisagent, évoquant deux représentants d'espèces animales hostiles.

– … Pour quelle autre raison un individu infligerait-il des blessures aussi sadiques, sans compter leur côté… défigurant, à un être humain ? Renseignez-nous, docteur Wesley. Avez-vous, lors de vos enquêtes, déjà rencontré un cas similaire, notamment lorsque vous étiez un fameux profileur du FBI ?

– Non, répond Benton d'un ton sec. (Toute référence à sa précédente carrière au FBI lui semble une insulte préméditée.) J'ai, bien sûr, vu des mutilations, mais rien qui s'apparente à ceci. Surtout ce qu'il a fait aux yeux.

– Il a énucléé les yeux et a rempli les orbites avec du sable. Ensuite, il a collé les paupières bord à bord.

C'est ce qu'explique Scarpetta en pointant son crayon laser, et le froid rampe à nouveau en Benton. Tout dans cette affaire le glace, le déroute et le fascine. Quel est le symbolisme ? Non que l'énucléation soit une nouveauté pour lui. Toutefois, ce que suggère le capitaine Poma est plutôt tiré par les cheveux.

– Le pancrace, le sport de combat de la Grèce antique… Peut-être en avez-vous déjà entendu parler, poursuit Poma en s'adressant à l'amphithéâtre. Tous les moyens étaient bons pour défaire l'adversaire. L'arrachage des yeux et le meurtre par strangulation ou à l'arme blanche étaient habituels. Les yeux de Drew ont été extraits des orbites et elle est morte étranglée.

S'adressant à Benton par l'intermédiaire de la traductrice, le commandant des carabiniers demande :

– Peut-être existe-t-il effectivement un lien avec le pancrace ? Peut-être le tueur avait-il ce sport de combat à l'esprit lorsqu'il l'a mise à mort ?

– Je ne le crois pas.

– Quelle autre explication en ce cas ?

Tout comme le capitaine Poma, le commandant a revêtu un magnifique uniforme, à ceci près que les poignets et le col haut de la veste sont encore plus chargés d'ornementations argentées.

– Quelque chose de plus personnel… de plus intrinsèque, propose Benton.

– Il a peut-être tiré cela des informations télévisées, reprend le commandant. La torture. En Irak, les escouades de la mort pratiquent l'énucléation et l'arrachage des dents.

– Selon moi, ce que le tueur a infligé à sa victime est une manifestation de son propre schéma mental. En d'autres termes, je ne pense pas qu'il s'agisse d'une allusion à une chose extérieure sur laquelle nous pourrions mettre le doigt. Les blessures de Drew, c'est comme si nous pouvions pénétrer dans le monde intérieur du tueur.

– Ce sont des spéculations, commente Poma.

– Disons plutôt le point de vue d'un professionnel qui s'est intéressé aux crimes violents durant de nombreuses années, réplique Benton.

– Il s'agit néanmoins de votre intuition.

– Nous négligeons l'intuition à nos risques et périls.

– Pourrions-nous avoir le cliché d'autopsie, une vue antérieure du cadavre lors de l'examen externe ? intervient Scarpetta. C'est un gros plan du cou. (Elle vérifie la liste posée sur le podium et précise :) Le numéro 20.

Une nouvelle image tridimensionnelle s'étale sur l'écran. Le corps de Drew Martin allongé sur une table d'autopsie en acier inoxydable, la peau et les cheveux humides d'un récent lavage.

Le point rouge du laser se plante sur une zone.

– Si vous regardez juste ici, vous discernez une marque horizontale de ligature.

Le point rouge sillonne la gorge. Scarpetta est interrompue par le directeur du tourisme romain avant de pouvoir poursuivre son explication :

– Ensuite il a enlevé les globes oculaires ? Après la mort ? Ou alors qu'elle était toujours vivante ? C'est important.

– Elle était déjà morte. Si j'en crois les rapports que j'ai eus entre les mains, les seules blessures pré-*mortem* sont les contusions au niveau des chevilles et celles laissées par la strangulation. Le cliché du cou disséqué, je vous prie ? Le numéro 38.

Elle patiente pendant qu'une nouvelle photographie envahit l'écran. Sur une planche à découper, le larynx et les tissus avoisinants sur lesquels on remarque des zones hémorragiques. La langue.

Scarpetta précise :

– Les contusions tissulaires, les muscles sous-jacents, et la fracture de l'os hyoïde consécutifs à la strangulation indiquent clairement qu'elle était toujours en vie à ce moment-là.

– Des pétéchies au niveau des yeux ?

– Nous ignorons s'il y avait des pétéchies conjonctivales puisque les yeux sont absents. Cependant, toujours selon les rapports, on en a retrouvé au niveau des paupières et du visage.

– Et ce qu'il lui a fait aux yeux ? Avez-vous déjà rencontré ce genre de mutilations au cours de votre pratique ?

– En effet, j'ai examiné des victimes dont les globes oculaires avaient été extraits. En revanche, je n'ai jamais vu ni même entendu parler d'un tueur qui remplissait ensuite les orbites de sable avant de coller les paupières à l'aide d'une colle que vos labos ont identifiée comme étant du cyanoacrylate.

— De la Superglue, traduit le capitaine Poma.

— Le sable m'intéresse vivement, reprend Scarpetta. En effet, il ne semble pas qu'il provienne du coin. Encore plus intrigant, une microscopie électronique à balayage avec analyse dispersive en énergie a révélé des traces qui évoquent fortement un résidu de tir : du plomb, de l'antimoine et du baryum.

— Certes, ça ne provient pas des plages du coin, lance le capitaine Poma. À moins que les gens ne se tirent dessus sans que nous le sachions !

Des rires.

— On retrouverait du basalte si le sable provenait de la région d'Ostie, indique Scarpetta. Ou tout autre composant d'origine volcanique. Je crois qu'on vous a distribué à tous les spectres de deux sables, le premier récupéré sur le cadavre, le deuxième sur une plage d'Ostie…

Le frémissement des pages que l'on tourne s'élève aux quatre coins de l'amphithéâtre. De petits pinceaux lumineux s'allument.

— Tous deux ont été analysés en spectroscopie Raman, avec un laser infrarouge de huit milliwatts. Comme vous pouvez le constater, les spectres obtenus pour le sable prélevé dans les orbites de Drew Martin et celui collecté sur la plage d'Ostie sont radicalement différents. La microscopie électronique à balayage permet de voir la morphologie du sable et l'imagerie par électrons rétrodiffusés nous dévoile le résidu de tir que j'évoquais tout à l'heure.

— Les plages d'Ostie sont très appréciées des touristes, commente Poma. Enfin, il est encore un peu tôt dans la saison. Les gens du coin et les visiteurs patientent jusqu'à ce qu'il fasse un peu plus chaud. Fin mai, début juin. Beaucoup de Romains s'y massent, d'autant que c'est à trente ou quarante minutes de voiture de la capitale. Mais bon, ça n'est vraiment pas mon truc, précise-t-il comme si quelqu'un lui avait demandé son sentiment personnel au sujet des plages d'Ostie. Je trouve ce sable noir hideux et je détesterais me baigner là-bas.

– À mon avis, la provenance de ce sable est importante, provenance qui reste un mystère, intervient Benton.

L'après-midi s'avance et une certaine agitation gagne les personnes présentes.

– D'ailleurs, pourquoi du sable ? poursuit-il. Ce choix, celui d'un sable bien particulier, signifie quelque chose pour le tueur. Il peut nous aider à découvrir où la jeune fille a été assassinée ou peut-être d'où vient le tueur, où il passe son temps.

– Oui, oui, lâche le capitaine Poma, un soupçon d'impatience dans la voix. Et les yeux, et ces effroyables mutilations, tout cela signifie quelque chose pour le tueur. Heureusement que ces détails ne sont pas connus du public. Nous sommes parvenus à les taire aux journalistes. Du coup, si jamais nous sommes confrontés à un meurtre similaire, nous saurons que nous n'avons pas affaire à une imitation de celui de Drew.

CHAPITRE 2

Ils sont installés tous les trois dans la lumière tremblotante d'une bougie, à une table d'angle chez Tullio, une trattoria célèbre à la devanture de travertin. L'établissement est situé dans le quartier des théâtres, à peu de distance des Marches espagnoles.

Les tables sont recouvertes de nappes d'un or pâle et des rangées de bouteilles de vin tapissent le mur lambrissé de bois sombre situé derrière eux. Des aquarelles représentant des scènes champêtres italiennes sont suspendues aux autres. L'endroit est calme si l'on exclut, toutefois, une table d'Américains ivres. Ils sont oublieux de ce qui les entoure, préoccupés, tout comme le serveur vêtu d'une veste beige, le cou serré d'une cravate noire. Nul ne peut se douter de la nature des échanges entre Benton, Scarpetta et Poma. Dès que quelqu'un s'approche de leur table, ils changent de conversation, abordent d'inoffensifs sujets et rangent vivement rapports et photographies dans leurs dossiers.

Scarpetta déguste une gorgée de son Biondi Santi Brunello

1996, une bouteille onéreuse, pas celle toutefois qu'elle aurait choisie si on lui avait demandé son avis, ce qui est en général le cas. Elle repose son verre sans quitter du regard la photographie couchée à côté de son assiette de jambon de Parme accompagné de melon. Elle a ensuite commandé un bar aux haricots, cuisiné à l'huile d'olive. Peut-être optera-t-elle pour une coupe de framboises au dessert, à moins que le comportement de plus en plus difficile de Benton ne lui coupe l'appétit avant. Et ce n'est pas exclu.

— Au risque de vous paraître un peu simpliste, commence-t-elle d'un ton bas, je ne parviens pas à m'ôter de la tête que nous passons à côté d'une chose cruciale.

Elle tapote de l'index une des photos du cadavre de Drew Martin prise sur le chantier.

— Tiens donc, cette fois vous ne vous plaignez plus que nous ressassions les mêmes points, commente le capitaine Poma, ouvertement séducteur. Vous voyez ? Un bon vin et des mets de choix, ça rend les gens plus intelligents.

Il se tapote la tempe, imitant le geste de Scarpetta sur le cliché.

Elle est songeuse, comme lorsqu'elle sort d'une pièce sans trop savoir où elle se rend.

— Quelque chose est si évident que nous ne le voyons pas. Nous sommes tous aveugles, continue-t-elle. Parfois on ne parvient pas à distinguer un élément, précisément parce qu'il vous saute aux yeux. De quoi s'agit-il ? Que tente-t-elle de nous dire ?

— Bien, qu'est-ce qui se trouve au premier plan et que nous ne voyons pas ? lâche Benton.

Elle l'a rarement vu aussi ouvertement hostile, replié sur lui-même. Il ne cache pas le dédain que lui inspire le capitaine Poma, qui s'est changé pour l'occasion et porte un élégant costume à fines rayures. Ses boutons de manchettes en or, gravés du sceau des carabiniers, étincellent par instants sous la lumière des bougies.

— Oui, juste devant nous. Chaque centimètre carré de son cadavre, avant que quiconque ne le touche. C'est de cette façon qu'il convient d'aborder le problème. Tel quel. Exactement comme il l'a laissée, souligne le capitaine Poma, son regard fixé sur Scarpetta. Comme il l'a laissée – déjà en soi, ce n'est pas anodin. Ah, mais avant que j'oublie, levons nos verres à notre dernière soirée à Rome. Du moins pour l'instant. Nous devrions porter un toast…

Il y a quelque chose d'inconvenant dans le fait de trinquer face à cette jeune fille morte dont le corps dénudé et martyrisé est étalé sur la table.

– Et aussi un toast au FBI, propose le capitaine. À sa détermination à transformer ce meurtre en acte terroriste. La cible ultime : une jeune star du tennis américain !

– C'est une perte de temps de faire allusion à cela, rétorque Benton en portant son verre à sa bouche, pas pour un toast, juste pour boire.

– Alors dites à votre gouvernement de cesser de le suggérer. Écoutez, je n'irai pas par quatre chemins, puisque nous sommes seuls. Votre gouvernement répand cette espèce de propagande en coulisse. La raison pour laquelle nous n'avons pas abordé ce point plus tôt, c'est que les Italiens ne goberont jamais une histoire aussi ridicule. Nul terroriste n'est responsable. Quant au FBI, avancer une telle chose, c'est stupide de sa part !

– Le FBI n'est pas attablé avec nous. Nous sommes tous les trois et nous n'appartenons pas au FBI. De surcroît je suis las de vos références au Bureau, rétorque Benton.

– Vous y avez pourtant passé le plus clair de votre carrière. Jusqu'au moment où vous avez démissionné pour disparaître dans la nature, au point qu'on vous disait mort. Quelle qu'en soit la raison.

– Si ce meurtre était un acte terroriste, son auteur l'aurait déjà revendiqué. Et je préférerais vraiment que désormais vous ne mentionniez plus le FBI ou mon histoire personnelle.

Le capitaine Poma remplit leurs verres.

– Un insatiable appétit de publicité et l'actuel besoin de votre pays de flanquer la trouille à tous et de régenter le monde.

Votre Bureau d'investigation qui interroge des témoins, ici, à Rome, qui piétine les plates-bandes d'Interpol, alors qu'ils sont censés collaborer et qu'ils ont leurs représentants. Mais non, il faut qu'ils nous envoient ces crétins de Washington, qui ne nous connaissent pas et qui n'ont pas la moindre idée de la façon dont on travaille sur un meurtre complexe...

Benton l'interrompt :

– Vous devriez savoir, capitaine Poma, que la politique et les querelles internes des différentes administrations sont l'essence de la bête.

– Appelez-moi donc Otto, comme tous mes amis...

Il rapproche sa chaise de Scarpetta et les effluves de son eau de Cologne lui parviennent. Il pousse un peu la bougie. Il jette un regard de dégoût vers la table des Américains obtus qui continuent de s'enivrer avec obstination et ajoute :

– Vous savez, on essaie vraiment de bien vous aimer.

– N'essayez pas, le dissuade Benton. Personne d'autre n'essaie.

– Je n'ai jamais compris pourquoi les Américains étaient si bruyants.

– C'est parce que nous n'écoutons pas, intervient Scarpetta. C'est la raison pour laquelle nous avons George Bush.

Le capitaine Poma ramasse la photographie couchée à côté de l'assiette de Scarpetta et l'examine comme s'il la découvrait pour la première fois.

– Je tente de percevoir ce qui se trouve devant mon nez. Mais je ne vois rien d'autre que l'évidence.

Benton les détaille, assis presque épaule contre épaule, son élégant visage aussi figé que du granit.

– Le mieux est de partir du principe que la fameuse *évidence* n'existe pas, lance Scarpetta. Ce n'est qu'un mot, une référence à une perception personnelle, et la mienne peut être différente de la vôtre.

Elle tire d'autres clichés d'une enveloppe.

– Je crois que vous en avez fait une éblouissante démonstration au quartier général de la police, réplique Poma.

Benton ne les quitte pas des yeux. Elle le regarde, un regard insistant qui dit assez qu'elle est consciente de son attitude et à quel point celle-ci est superflue. Benton n'a aucune raison d'être jaloux. Elle n'a rien fait pour encourager le pesant marivaudage de Poma.

— Devant nos nez. Eh bien, pourquoi ne pas commencer par les doigts de pied ? propose Benton qui a à peine touché à sa mozzarella mais attaque son troisième verre de vin.

— En fait, c'est une bonne idée. (Scarpetta étudie les photos de Drew. Elle examine avec attention un gros plan des doigts de pied nus de la jeune fille.) Joliment entretenus. Les ongles ont été vernis récemment, ce qui concorde avec le fait qu'elle est passée chez son pédicure juste avant de quitter New York.

Ils le savent déjà. Le capitaine Poma détaille une photographie, si proche de Scarpetta que son bras frôle le sien et qu'elle sent la chaleur qui émane de son corps et perçoit son odeur.

— Est-ce si important que ça ? réfléchit-il à haute voix. Je ne le crois pas. En revanche, je pense que les vêtements qu'elle portait sont intéressants. Un jean noir, un chemisier de soie blanche, une veste en cuir noir, également doublée de soie noire. Un slip et un soutien-gorge, noirs eux aussi. (Il marque une pause avant de reprendre :) Curieux… On n'a pas retrouvé de fibres provenant des vêtements de la jeune fille sur son cadavre. Seulement celles abandonnées par le drap.

— Nous ne sommes pas certains qu'il s'agisse d'un drap, lui rappelle Benton d'un ton sec.

— Aucun de ses vêtements, pas plus que sa montre, le collier, les bracelets de cuir ou les boucles d'oreilles qu'elle portait, n'a été retrouvé. Donc le tueur les a conservés, conclut le capitaine au profit de Scarpetta. Pourquoi ? Des souvenirs, peut-être ? Cependant, si vous jugez que le sujet est important, nous pouvons discuter de sa séance de pédicure. Drew s'est offert une visite dans un spa situé à Central Park South juste après son arrivée à New York. Nous avons les détails de son rendez-vous, le montant également, débité par carte bancaire. Enfin, la carte bancaire de son père. D'après ce que j'ai compris, il était plus qu'indulgent avec elle.

— Je crois qu'il est de notoriété publique qu'elle était très gâtée, renchérit Benton.

— N'utilisons pas de tels mots à la légère, rectifie Scarpetta. Elle avait gagné ce qu'elle possédait. C'est elle qui tapait dans la balle six heures chaque jour, qui s'entraînait comme une brute. Elle venait de remporter la coupe du Family Circle, et d'autres victoires étaient à sa portée…

— C'est là que vous habitez, l'interrompt le capitaine Poma. Charleston, en Caroline du Sud. C'est là qu'est disputée la coupe du Family Circle. Étrange, n'est-ce pas ? Cette nuit-là, elle s'est envolée pour New York. Puis de New York vers Rome, et sa fin, résume-t-il en tapotant les photographies.

— Ce que je veux dire, c'est que l'argent ne suffit pas à acheter des victoires de championnat. Les gens pourris-gâtés ne travaillent en général pas aussi dur, avec autant de passion qu'elle, complète Scarpetta.

— Son père lui passait tout. En revanche, il ne fallait pas qu'on l'enquiquine avec les devoirs allant de pair avec la paternité, précise Benton. La mère est taillée sur le même modèle.

— Oui, oui, acquiesce Poma. Quel genre de parents permettrait à une adolescente de seize ans de voyager à l'étranger en compagnie de deux amies de dix-huit ans ? Surtout lorsque l'adolescente en question a eu de fréquentes sautes d'humeur. Un jour bien, le lendemain mal.

— Lorsque votre enfant devient extrêmement difficile, la tentation est grande de céder. De lâcher le morceau, explique Scarpetta en pensant à Lucy, sa nièce. (Lorsque Lucy était petite, leur quotidien virait parfois à la guerre ouverte.) Et son entraîneur, reprend-elle. Que sait-on de leurs relations ?

— Gianni Lupano. J'ai discuté avec lui. Il était au courant de son voyage en Italie et ne semblait pas ravi en raison des tournois qu'elle devait disputer au cours des prochains mois, notamment Wimbledon. Je dois dire qu'il n'a pas été d'une grande aide. Surtout, il était assez en colère contre elle.

– Et l'open d'Italie qui doit avoir lieu ici, à Rome ? s'enquiert Scarpetta, étonnée qu'il ne l'ait pas mentionné.

– Bien sûr. Elle aurait dû s'entraîner, pas se balader avec des copines. Je ne m'intéresse pas beaucoup au tennis.

– Où se trouvait-il lorsqu'elle a été assassinée ?

– À New York. Nous avons vérifié auprès de la direction de l'hôtel où il affirme avoir séjourné au moment des faits. Il était effectivement inscrit. Lupano nous a également confié qu'elle était devenue très lunatique. Gaie un jour, déprimée le lendemain. Très obstinée, difficile et imprévisible. Il n'était pas certain de pouvoir continuer à travailler avec elle bien longtemps. Il a précisé qu'il avait mieux à faire que de supporter son attitude.

– J'aimerais savoir si quelqu'un d'autre dans la famille souffre de troubles de l'humeur, demande Benton. Je suppose que vous ne vous en êtes pas enquis.

– En effet. Je n'ai pas été assez fin pour y penser.

– Il serait extrêmement intéressant de savoir si elle avait un passé psychiatrique que sa famille s'attacherait à dissimuler, par exemple.

– Il est de notoriété publique qu'elle souffrait de troubles du comportement alimentaire, rappelle Scarpetta. Elle s'en était ouverte dans les médias.

– Aucune mention de troubles de l'humeur ? Rien de la part des parents ? insiste Benton en poussant calmement le capitaine dans ses retranchements.

– Rien d'autre que ses hauts et ses bas. Bref, l'adolescente typique.

– Vous avez des enfants ? demande Benton en reprenant son verre de vin.

– Pas à ma connaissance.

– Un déclencheur, lance Scarpetta. Quelque chose perturbait Drew et personne ne l'a évoqué. C'est peut-être cela qui s'étale devant nos yeux sans que nous le voyions. Son comportement s'étale devant nous. Le fait qu'elle buvait. Pourquoi ? Quelque chose s'est passé ?

– Le tournoi de Charleston, là où vous exercez. Comment le nommez-vous déjà ? Les *basses terres*. Qu'est-ce que cela signifie au juste ?

Le capitaine Poma fait lentement tournoyer son vin dans son verre sans quitter Scarpetta du regard.

– Que nous sommes presque au niveau de la mer. Des terres basses.

– La police locale de Charleston ne s'intéresse pas à cette affaire ? Après tout, Drew a disputé cette compétition approximativement deux jours avant d'être assassinée.

– C'est en effet étrange, commence Scarpetta avant d'être interrompue par Benton.

– Son meurtre n'a rien à voir avec la police de Charleston. Ça dépasse largement sa juridiction.

Scarpetta lui jette un regard que ne manque pas d'intercepter le capitaine. Il a suivi avec attention, depuis le matin, leurs échanges tendus.

– Juridiction ou pas, ça n'a jamais empêché personne de montrer le bout de son nez et de brandir son badge, rétorque Poma.

– Si vous faites de nouveau allusion au FBI, nous avons compris vos réserves, dit Benton. Si vous faites allusion à mon ancienne carrière au Bureau, vous avez été parfaitement clair. Si, en revanche, vous faites allusion à la présence du Dr Scarpetta et à la mienne, je vous rappelle que c'est vous qui nous avez invités à participer à cette enquête. Nous n'avons pas débarqué comme ça, Otto, puisque vous nous avez priés de vous appeler par votre prénom !

– Ça vient de moi ou quelque chose cloche ? demande le capitaine Poma en examinant son vin comme s'il s'agissait d'un diamant à l'eau douteuse.

C'est Benton qui a choisi le vin. Scarpetta s'y connaît bien plus en crus italiens, mais ce soir il a jugé nécessaire d'affirmer son autorité et sa supériorité, comme s'il venait de dégringoler de cinquante barreaux le long de l'échelle de l'évolution. Soulagée que le serveur ne semble manifester aucun intérêt pour leur table – il s'affaire autour des bruyants Américains –, elle étudie un nouveau cliché et sent l'attention du capitaine rivée sur elle.

– Un gros plan des jambes, précise-t-elle. Des contusions autour des chevilles.

– Des contusions récentes, rectifie le capitaine. Peut-être l'a-t-il immobilisée ?

– C'est possible. En tout cas, elles n'ont pas été causées par des ligatures.

Elle apprécierait vraiment que Poma conserve un peu de distance entre eux deux. Cela étant, elle ne peut guère se reculer, à moins d'atterrir contre le mur. Elle aimerait qu'il cesse de la frôler lorsqu'il tend le bras afin de récupérer une photo.

– Elle s'est récemment rasé les jambes, poursuit-elle. Je dirais moins de vingt-quatre heures avant le décès. On distingue à peine une repousse. En d'autres termes, son apparence physique la préoccupait alors qu'elle voyageait avec deux amies. Ça pourrait être important. Espérait-elle rencontrer quelqu'un ici ?

– Évidemment ! Trois jeunes femmes en quête de jeunes hommes, commente le capitaine.

Scarpetta tourne le regard vers Benton lorsqu'il fait signe au serveur de leur apporter une nouvelle bouteille de vin.

– Drew était une célébrité, rectifie Scarpetta. Si j'en juge par ce que l'on m'a confié, elle était assez méfiante à l'égard des gens qu'elle ne connaissait pas. Elle n'avait aucune envie qu'on l'envahisse.

– Cette histoire d'alcool n'a pas de sens, suggère Benton.

– Pas une consommation chronique en tout cas, approuve Scarpetta. On le voit parfaitement sur tous ces clichés. C'est une athlète en parfaite forme, mince, avec un développement musculaire idéal. Au demeurant, ses derniers succès vont dans le même sens. Si elle est devenue alcoolique, c'est récent. Une fois encore, il me semble fondamental de savoir si quelque chose a pu gravement la perturber. Un bouleversement émo-tionnel, que sais-je ?

– Déprimée. Instable. Abus d'alcool, résume Benton. Tout cela contribue à rendre un sujet plus vulnérable face à un prédateur.

– Et, selon moi, c'est exactement ce qui s'est produit, acquiesce Poma. Le hasard, un concours de circonstances. Une proie facile. Elle était seule Piazza di Spagna, et elle a rencontré ce mime au maquillage doré.

Le mime doré avait exécuté son numéro, comme tous les mimes, et Drew avait lancé une pièce dans sa sébile. Il avait alors recommencé pour son seul plaisir.

Elle avait refusé de partir avec ses amies. La dernière chose qu'elle leur avait dite était : « Sous tout ce maquillage doré se cache un bel Italien. »

La dernière chose que lui avaient rétorquée ses amies était : « Qui te dit qu'il est italien ? »

Une réserve légitime, étant entendu que, par définition, les mimes ne parlent pas.

Drew avait alors insisté pour que ses amies la laissent seule, qu'elles se baladent dans les boutiques de la Via di Condotti, et avait promis qu'elle les retrouverait Piazza Navona, à la fontaine des rivières. Elles l'y avaient attendue, encore et encore.

Les deux jeunes femmes avaient ensuite raconté au capitaine Poma qu'elles avaient dégusté des morceaux de gaufres, faites d'œufs, de farine et de sucre, offerts par des commerçants, ri lorsque de jeunes garçons les avaient visées de leurs revolvers à bulles de savon, les suppliant d'en acheter un. Au lieu de cela, les amies de Drew s'étaient fait poser de faux tatouages et avaient encouragé des musiciens de rue à jouer des chansons américaines au pipeau. Elles avaient admis qu'elles s'étaient enivrées au cours du déjeuner et s'étaient un peu conduites comme des fofolles.

Selon elles, Drew était « un peu saoule ». Elles avaient précisé qu'elle était très jolie et que, pourtant, elle ne le croyait pas. Drew pensait toujours que les gens la dévisageaient parce qu'ils la reconnaissaient, alors que, le plus souvent, c'était son physique qu'ils admiraient. L'une des amies avait expliqué au capitaine Poma : « Les gens qui ne regardent pas les matchs de tennis ne savaient pas en général qui elle était. Drew ne comprenait pas à quel point elle était superbe. »

Le capitaine Poma mène la conversation alors qu'ils attaquent leur plat principal. Benton, quant à lui, se contente surtout de boire. Scarpetta peut déchiffrer ses pensées : elle devrait décourager les tentatives de séduction de Poma, se débrouiller pour rétablir un espace entre eux, ce qui, en l'occurrence, impliquerait qu'elle quitte la table ou l'auberge. Benton s'est convaincu que Poma n'était qu'un merdeux. Selon lui, il est invraisemblable qu'un expert médico-légal interroge des témoins comme s'il était le policier chargé de l'enquête, et ce d'autant plus que le capitaine ne mentionne jamais aucun autre détective impliqué dans l'affaire. Ce que Benton oublie, c'est que le capitaine Poma est le Sherlock Holmes romain. Plus exactement, Benton ne peut pas digérer cette idée. Il est si jaloux.

Scarpetta prend des notes alors que le capitaine lui raconte sa très longue entrevue avec le mime doré, lequel semble avoir un incontournable alibi. Il a poursuivi ses représentations jusqu'en fin d'après-midi en bas des Marches espagnoles, bien après que les amies de Drew furent revenues la chercher. Il a prétendu se souvenir très vaguement de la jeune fille. Il n'avait aucune idée de qui elle était, si ce n'est qu'elle lui a paru saoule. Ensuite, elle s'est éloignée. En résumé, il n'a pas fait très attention à elle. Il a insisté sur le fait qu'il était mime, qu'il se conduisait comme un mime à chaque instant. Dans le civil, il est portier de nuit à l'hôtel Hassler, où résident Scarpetta et Benton. Situé en haut des Marches espagnoles, le Hassler est l'un des plus beaux hôtels de Rome. Benton a insisté pour qu'ils occupent la suite en penthouse, même s'il n'a toujours pas précisé la raison de son obstination.

Scarpetta a à peine goûté à son poisson. Elle détaille les clichés avec la même attention que si elle les découvrait. Elle ne participe pas à l'échange entre Benton et le capitaine, lesquels passent en revue les motivations de certains tueurs lorsqu'ils mettent en scène de façon grotesque les cadavres de leurs victimes. Elle n'ajoute rien aux commentaires de Benton, qui souligne l'excitation ressentie par ces prédateurs sexuels quand leurs exploits sont relatés en première page ou, mieux, quand ils rôdent dans les parages, noyés dans la foule, dégustant le choc de la découverte du corps et la panique qui s'ensuit. Elle examine le cadavre martyrisé et nu, couché sur le flanc, les jambes serrées, les genoux et les coudes pliés, les mains sous le menton.

On dirait presque que la jeune fille est endormie.

– Je n'ai pas le sentiment qu'il s'agisse de mépris, déclare-t-elle.

Benton et le capitaine Poma s'interrompent.

– Lorsque vous regardez ceci, dit-elle en poussant l'un des clichés vers Benton, en vous ôtant de l'esprit l'hypothèse classique que nous sommes confrontés à une mise en scène sexuellement dégradante, vous vient le sentiment qu'il s'agit peut-être de quelque chose de différent. Je ne parle pas de religion, d'une sorte de prière à sainte Agnès. Cependant la façon dont elle est positionnée… (Elle avance dans ses réflexions, sans même réfléchir à ce qu'elle dit.) On y verrait presque de la tendresse.

– De la tendresse ? Vous plaisantez ? s'exclame le capitaine Poma.

– La tendresse du sommeil. Selon moi, son cadavre n'a pas été mis en scène afin de lui infliger une ultime humiliation sexuelle. Victime sur le dos, les bras, les jambes écartés et tout le reste. Plus j'y réfléchis et plus j'en doute.

– Ce n'est pas exclu, admet Benton en récupérant la photographie.

– Enfin, elle était quand même nue, au vu et au su de tous, contre Poma.

– Examinez bien sa position. Certes, je peux me tromper. J'essaie de ne pas balayer d'autres interprétations et, au contraire, d'évacuer mes préjugés, mes suppositions rageuses qui me font voir le tueur comme un être dévoré par la haine. Une sorte de sentiment confus m'envahit. La possibilité d'une autre explication. Et s'il avait voulu qu'on la découvre, sans toutefois souhaiter outrager son cadavre sexuellement ?

– Attendez… Vous ne voyez pas le mépris ? La fureur ? demande Poma, incrédule.

Sa surprise a l'air véritablement sincère.

– Je crois que ce qu'il lui a infligé l'a fait se sentir puissant. Il voulait la réduire, la dominer. Il a d'autres besoins que nous ne comprenons pas à l'heure actuelle, explique-t-elle. Je ne suis pas du tout en train de suggérer qu'il n'existe pas de composantes sexuelles dans ses actes. Je ne dis pas qu'il ne s'agissait pas de fureur. Ce que je crois, en revanche, c'est que ce n'est pas ce qui le mène.

– Charleston doit se féliciter de vous avoir, lâche-t-il.

– Je n'en suis pas convaincue. Du moins le coroner ne se réjouit-il pas.

Les Américains saouls deviennent de plus en plus bruyants, et Benton paraît distrait par leur conversation.

– Un expert de votre envergure sur place. Si j'étais le coroner, je m'estimerais particulièrement chanceux. Il ne profite pas de vos talents ? s'enquiert le capitaine Poma, la frôlant à nouveau en se penchant pour récupérer une photo qu'il n'a nul besoin d'examiner une seconde fois.

– Il confie ses affaires à la faculté de médecine de Caroline du Sud. Il n'a jamais eu à se frotter auparavant à une pratique médico-légale privée. Ni à Charleston, ni ailleurs. En fait, je n'ai de contrats qu'avec des coroners de juridictions plus excentrées, qui n'ont nul accès à des labos ou à des installations médico-légales.

Son attention se focalise sur Benton, qui lui fait signe d'écouter ce que disent les Américains ivres.

– … Moi, mon avis, c'est que lorsque ça commence avec « pas de commentaire ceci », « pas de commentaire cela », c'est que c'est pas clair, pontifie l'un des convives.

– D'un autre côté, pourquoi est-ce qu'elle voudrait que les gens soient au courant ? Moi, je la comprends. C'est comme pour Oprah ou Anna Nicole Smith, cette comédienne manne-quin. Suffit que les gens sachent où elles sont et ils déboulent en masse.

– C'est dingue. Pensez, être coincée à l'hôpital…

– Ou, dans le cas d'Anna Nicole Smith, à la morgue. Ou six pieds sous terre.

– Et des grappes de gens agglutinées sur le trottoir, criant votre nom…

– Moi, ce que je dis, c'est que si on veut pas être mouillé, on sort pas par temps de pluie ! C'est le prix à payer quand on est riche et célèbre.

– Que se passe-t-il ? demande Scarpetta à Benton.

– Il semble que notre vieille amie, le Dr Self, ait dû faire face à une urgence ce matin et qu'elle interrompe provisoirement ses émissions de radio et de télévision.

Le capitaine Poma se tourne vers la table de bruyants Améri-cains et demande :

– Vous la connaissez ?

– Disons que nous avons eu nos litiges. Surtout Kay.

– En effet, je crois avoir lu quelque chose lorsque j'effectuais des recherches à votre sujet. Un homicide en Floride, particu-lièrement brutal, dans lequel vous étiez tous impliqués pour une raison ou une autre.

– Je suis ravi d'apprendre que nous avons fait l'objet de recherches, lâche Benton. Ça dénote un esprit méticuleux.

– Je souhaitais juste faire un peu connaissance avant votre arrivée…

Le regard de Poma se fixe sur Scarpetta.

– … Une très jolie femme de ma connaissance regarde régu-lièrement les émissions du Dr Self. Elle m'a raconté que Drew avait été son invitée à l'automne dernier. Quelque chose en rapport avec sa victoire lors de ce grand tournoi à New York. J'avoue, je porte peu d'attention au tennis.

– Il s'agissait de l'US Open, précise Scarpetta.

– J'ignorais que Drew avait participé à l'une de ses émissions, hésite Benton en fronçant les sourcils, comme s'il mettait en doute les paroles de Poma.

– Mais si. J'ai vérifié. Au demeurant, c'est très intéressant. Brusquement, le Dr Self a une urgence familiale. En dépit de mes efforts, je ne suis pas encore parvenu à la joindre et elle n'a toujours pas répondu à mes questions. Peut-être pourriez-vous intervenir ? demande-t-il à Scarpetta.

– Je doute de vous être d'une aide quelconque. Le Dr Self me déteste.

Ils rentrent à pied, longeant dans l'obscurité la Via Due Macelli.

Elle imagine Drew Martin se promenant dans ces rues. Elle se demande qui elle a pu rencontrer. À quoi ressemble-t-il ? Quel âge peut-il avoir ? Qu'a-t-il fait afin de lui inspirer confiance ? Le connaissait-elle déjà ? C'était en pleine journée, la foule les environnait. Cependant aucun témoin convaincant ne les a contactés jusqu'à présent. Personne n'a été en mesure d'affirmer avoir vu une jeune fille correspondant à sa description après qu'elle ait quitté le mime. Comment est-ce possible ? Drew était devenue une des sportives les plus célèbres du monde et personne ne l'a reconnue dans Rome ?

– Ce qui s'est passé, était-ce totalement aléatoire ? Comme l'éclair qui s'abat sans qu'on ait pu prédire où ? C'est la question qui reste en suspens et sur laquelle nous n'avons pas avancé d'un pouce, lâche Scarpetta.

Ils marchent, environnés par cette nuit tiède et paisible, leurs ombres épousant les vieilles pierres. Elle poursuit :

– Imaginons : elle est seule, saoule. Peut-être s'est-elle égarée dans l'une des petites rues latérales désertées ? Il la voit ? Et puis ? Il lui propose de la raccompagner vers sa destination et la conduit en fait dans un endroit où il pourra la maîtriser ?

Là où il habite, peut-être ? Sa voiture ? Dans ce cas, il doit être capable de s'exprimer en anglais, même succinctement. Comment se fait-il que personne n'ait aperçu Drew ? Pas un seul témoin !

Benton garde le silence. L'écho de leurs pas sur le trottoir est noyé par le vacarme des clients qui émergent des restaurants et bars riverains. Des voitures et des scooters slaloment entre eux, les évitant de justesse.

– Drew ne parlait pas italien, à peine deux mots, nous a-t-on précisé, ajoute Scarpetta.

Le ciel est parsemé d'étoiles. Casina Rossa, la maison de stuc où Keats mourut de la tuberculose à l'âge de vingt-cinq ans, est éclairée par une lune tendre.

– Ou alors il l'a pistée, poursuit-elle, à moins qu'il ne l'ait connue avant. Nous ne le savons pas et ne le saurons probablement jamais, sauf s'il récidive et s'il est arrêté. Vas-tu te décider à m'adresser la parole, Benton ? Ou dois-je poursuivre mon monologue pour le moins redondant et dispersé ?

– Je ne parviens pas à comprendre ce qui se passe entre vous deux, à moins qu'il ne s'agisse de ta façon de me punir.

– Ce qui se passe avec qui ?

– Avec ce foutu capitaine. Qui d'autre, bordel !

– La réponse à la première partie de ta question est : « Rien du tout », et tu es ridicule de te mettre des idées en tête, mais nous y reviendrons. Plus déconcertant, cette histoire de « punition ». Je ne me souviens pas d'avoir jamais été du genre punitif, que ce soit avec toi ou avec quiconque.

Ils entreprennent l'ascension des Marches espagnoles, un effort que n'allègent ni la quantité d'alcool ingurgitée, ni leurs émotions malmenées. Des amoureux se lovent l'un contre l'autre, de bruyants jeunes gens rient à gorge déployée, menant grand tapage sans leur prêter la moindre attention. Au loin, la façade illuminée de l'imposant hôtel Hassler domine la ville tel un château.

– Ce n'est vraiment pas une des caractéristiques de ma personnalité, reprend-elle. Punir les gens. Protéger, oui. Me protéger, protéger les autres, pas punir. Et, en tout cas, certainement pas les gens qui comptent pour moi. Jamais je ne te punirai, termine-t-elle, le souffle court.

– Si tu veux fréquenter d'autres personnes, si d'autres hommes t'intéressent, je ne t'en voudrai pas, mais préviens-moi. C'est tout ce que je demande. Épargne-moi les… étalages comme aujourd'hui. Et ce soir. Ne joue pas à ces putains de jeux d'adolescente avec moi.

– Des étalages ? Quels jeux ?

– Il était littéralement vautré sur toi.

– Et moi, je faisais le maximum pour me reculer.

– Ça n'a pas arrêté de la journée. Il faut qu'il se colle à toi. Il te dévisage, il te tripote devant moi.

– Benton…

– J'avoue, il est beau mec. Après tout, peut-être que tu le trouves séduisant. Mais je ne le tolérerai pas. Pas sous mon nez. Merde à la fin !

– Benton…

– Même chose avec Je-ne-sais-qui. Là-bas, dans le Sud profond. Qu'est-ce que j'en sais…

– Benton !

Le silence.

– Tu dérailles. T'ai-je jamais donné des raisons de t'inquiéter d'une infidélité de ma part ? Du moins sciemment.

Le silence, troublé par l'écho de leurs pas sur la pierre, par leurs souffles heurtés.

– Une infidélité délibérée, insiste-t-elle. Parce que le seul amant dont je me souvienne, c'est à l'époque où tous te croyaient…

– Mort, complète-t-il. D'accord. Donc on t'annonce que je suis mort et la minute d'après tu t'envoies en l'air avec un putain de type qui avait l'âge d'être ton fils.

La colère monte en elle.

– Pas ça ! Ne t'aventure pas sur ce terrain.

Il se tait. Même après avoir descendu à lui tout seul une bouteille de vin, il sait parfaitement qu'il ne doit pas la pousser au sujet de son prétendu décès, lorsqu'il a été contraint de disparaître grâce au programme de protection des témoins. Ce qu'il lui a fait endurer alors. Il est assez subtil pour éviter de l'attaquer comme si c'était elle qui avait fait preuve de cruauté émotionnelle.

— Je suis désolé, murmure-t-il.

— Qu'est-ce qui se passe au juste? Oh, mon Dieu, ces marches…

— Je suppose qu'on ne peut rien y changer. C'est un peu ce que tu as dit au sujet de la *livor* et de la *rigor mortis*. Tout est fixé, autant l'accepter.

— Je n'ai nulle intention d'accepter quoi que ce soit de cet ordre. Au demeurant, rien de tel n'existe à mes yeux. Quant à la *livor* et à la *rigor mortis*, elles concernent les cadavres. Nous ne sommes pas morts. Tu viens juste de dire que tu ne l'as jamais été.

Ils sont tous deux essoufflés. Le cœur de Scarpetta cogne dans sa cage thoracique.

— Je suis vraiment désolé, répète-t-il en faisant référence à ce qui s'est produit quelques années auparavant, à cette mise en scène de décès, à ce qu'elle a dû ensuite endurer chaque jour.

— Il était beaucoup trop empressé, jusqu'au culot. Et alors?

Benton est habitué aux prévenances des hommes à l'égard de Scarpetta. Jusque-là, ces tentatives de séduction ne l'ont jamais perturbé. Elles l'ont même plutôt amusé, parce qu'il sait exactement qui elle est, qui il est. Il est conscient de son gigantesque pouvoir et n'ignore pas que Scarpetta doit également supporter la même chose: des femmes qui le dévisagent, le frôlent, des femmes qui ont envie de lui, sans aucune retenue.

— Tu t'es construit une nouvelle vie à Charleston, reprend-il. Je ne vois pas comment tu pourrais revenir en arrière. Je n'arrive pas à croire que tu aies fait cela.

— Tu n'arrives pas à croire?…

Et ces marches qui n'en finissent pas.

– Tu savais pourtant que j'étais basé à Boston et que je ne pouvais pas descendre au sud. Et qu'est-ce que tout cela nous laisse ?

– Ce que cela nous laisse, c'est que tu es jaloux. C'est que tu balances des « putain » alors que je ne t'avais jamais entendu utiliser ce mot. Oh, mon Dieu, je hais ces marches ! (Elle tente, sans grand résultat, de recouvrer son souffle.) Il n'existe aucune raison que tu te sentes menacé. Personne n'est jamais parvenu à t'acculer. Qu'est-ce qui se passe au juste ?

– Je voulais trop de choses.

– Quoi donc, Benton ?

– Ça n'a pas d'importance.

– Bien au contraire.

Ils gravissent l'interminable succession de marches, soudain silencieux. Leur relation est trop importante pour qu'ils en discutent alors que le souffle leur fait défaut. Elle sait que Benton est en colère parce qu'il a peur. Il se sent impuissant à Rome. Il se sent également impuissant quant à leur relation parce qu'il vit maintenant dans le Massachusetts, où il a emménagé avec la bénédiction de Scarpetta. Il ne pouvait pas refuser la magnifique opportunité qui lui était offerte de travailler comme psychologue légal au McLean Hospital, affilié à Harvard.

Ils parviennent enfin en haut des marches.

– À quoi songions-nous ? (Elle glisse sa main dans celle de Benton.) Idéalistes comme à l'accoutumée, n'est-ce pas ? Et peut-être qu'une pression de ta main pourrait répondre à la mienne, comme si tu avais envie de me la serrer, toi aussi. En dix-sept ans, nous n'avons jamais vécu dans la même ville, sans même parler de partager une maison.

– Et, selon toi, il n'existe aucune possibilité que cela change ?

Il glisse ses doigts entre les siens et prend une longue inspiration.

– Comment ?

– Au fond, je crois que je me suis bercé du fantasme que tu déménagerais. Avec la proximité de Harvard, du MIT et de Tufts, j'ai pensé que tu pourrais enseigner. Peut-être dans une fac de médecine, ou alors te satisfaire d'un job de consultante à temps partiel au McLean. Ou peut-être même les bureaux du médecin expert de Boston. Tu aurais fini dans le fauteuil du chef.

– Oh, non, je ne pourrais pas recommencer une carrière de médecin expert en chef.

Ils pénètrent dans le hall de réception de l'hôtel, qu'elle a attribué à la Belle Époque parce qu'il n'a pu être conçu que durant une période magnifique. Pourtant ils distinguent à peine le marbre, les décorations en verre de Murano, la soie ou les sculptures. Ils ne voient rien, ni personne. Pas même Roméo – c'est véritablement son prénom –, mime doré le jour, portier d'hôtel presque toutes les nuits et, en ce moment, jeune homme italien assez séduisant, quoique maussade, qui ne veut surtout plus qu'on l'interroge au sujet du meurtre de Drew Martin.

Roméo est courtois mais évite leurs regards. En mime qui se respecte, il demeure muet.

Benton continue :

– Je veux le meilleur pour toi. C'est la raison pour laquelle je me suis tenu à l'écart lorsque tu as décidé de te lancer en indépendante à Charleston. Pourtant cela m'a secoué.

– Mais tu ne me l'as jamais dit.

– Et je ne devrais même pas l'évoquer ce soir. Tu as fait le bon choix et j'en suis conscient. Cela fait des années que tu as le sentiment d'avoir perdu tes points d'ancrage. Sans domicile fixe en quelque sorte, et malheureuse depuis que tu as quitté Richmond... pire : que tu as été virée de Richmond, désolé de te le rappeler. Ce foutu gouverneur qui ne s'arrête qu'aux détails. En résumé, parvenue à cette étape de ta vie, tu agis de façon parfaitement adaptée... (Ils pénètrent dans l'ascenseur.) Le problème, c'est que je ne suis pas sûr de parvenir à le supporter encore.

Elle lutte contre l'effroyable, l'indescriptible peur qui s'immisce en elle.

– Qu'est-ce que tu dis, Benton ? Que nous devrions en rester là ? C'est bien cela ?

– Ou peut-être le contraire.

– Je ne suis pas certaine de comprendre, et je ne flirtais pas… (Ils parviennent à leur étage.) Je ne flirte jamais, sauf avec toi.

– J'ignore ce que tu fais lorsque je ne suis pas là.

– En revanche, tu sais ce que je ne fais pas.

Il déverrouille la porte du penthouse qu'ils occupent. L'endroit est splendide, décoré de marbre et d'antiquités, prolongé d'un patio de pierre où l'on pourrait recevoir une légion d'invités. Par-delà, la silhouette de la vieille ville se découpe sur le ciel nocturne.

– Benton, je t'en prie, ne nous querellons pas. Tu prends, demain matin, l'avion pour Boston. Quant à moi, je m'envole pour Charleston. N'adoptons pas la tactique qui consisterait à se repousser l'un l'autre afin que notre séparation soit plus aisée.

Il retire son manteau.

– Quoi? Tu es en colère parce que j'ai enfin trouvé un endroit où me poser? Parce que je me suis lancée dans une activité qui me convient?

Il jette son vêtement sur le rebord d'une chaise.

– Sois juste, continue-t-elle, après tout c'est moi qui dois tout recommencer à zéro. Il a fallu que je reconstruise tout à partir de rien. Je réponds au téléphone moi-même, je nettoie même cette fichue morgue! Je n'ai pas Harvard derrière moi. Je ne possède pas un appartement de plusieurs millions de dollars à Beacon Hill. D'accord, j'ai Rose, Marino et parfois Lucy à mes côtés. C'est tout, ce qui explique que je dois répondre au téléphone la moitié du temps. Les médias locaux, les avocats, une association quelconque qui souhaite que j'intervienne au cours d'un des déjeuners qu'elle organise, et même le dératiseur. La dernière fois, j'ai même eu droit à la chambre de commerce qui voulait savoir combien de leurs fichus annuaires professionnels je souhaitais commander. Comme si j'avais envie d'être répertoriée dans l'annuaire de la chambre de commerce, juste après les pressings ou que sais-je?

– Pourtant Rose a toujours filtré les appels que tu recevais.

– Elle n'est plus toute jeune. Elle fait ce qu'elle peut.

– Pourquoi Marino ne répond-il pas à ta place ?

– Pourquoi quoi ? Rien n'est plus pareil. Cette mise en scène grâce à laquelle tu as fait croire à ta mort a cassé, éparpillé tout le monde. Allez, je vais jusqu'au bout : nous avons tous changé à cause de ça, toi inclus.

– Je n'avais pas le choix.

– C'est l'ironie des décisions. Lorsque tu n'as pas le choix, personne d'autre ne l'a non plus.

– C'est pour cela que tu as planté tes racines à Charleston. Tu ne veux pas me choisir. Je pourrais mourir à nouveau.

– Je me sens comme si j'étais plantée au milieu d'une putain d'explosion, avec des débris qui volent partout autour de moi. Et je reste là. Tu m'as démolie, Benton. Tu m'as putain de démolie !

– Qui dit « putain » maintenant ?

Elle s'essuie les yeux.

– Et voilà, tu me fais pleurer.

Il se rapproche d'elle, la caresse. Ils s'assoient sur le canapé et contemplent au loin les clochers jumeaux de Trinita dei Monti, la villa Médicis plantée aux abords de la colline Pincio, plus loin encore le Vatican. Elle tourne le visage vers lui et est à nouveau frappée par la fermeté de ses traits fins, par sa chevelure argentée et sa silhouette élancée, son élégance, si incongrue lorsque l'on songe à ses occupations.

– Que ressens-tu aujourd'hui, comparé à jadis ? demande-t-elle.

– Je me sens différent.

– « Différent » sonne comme une menace.

– Différent parce que nous avons traversé tant de choses si longtemps. J'ai maintenant l'impression de t'avoir connue toute ma vie. Je parviens parfois à peine à me souvenir que j'étais marié avant de te rencontrer. Il s'agit d'un autre homme, d'un gars du FBI qui s'appliquait à suivre les règles, un gars sans passion. Jusqu'à ce matin-là, lorsque j'ai pénétré dans ta salle de réunion, moi, le prétendu fameux profileur appelé à la rescousse pour résoudre des meurtres qui terrorisaient votre petite ville. Tu t'y trouvais déjà, vêtue de ta blouse blanche, déposant sur la table un monceau de dossiers d'enquête. Tu m'as serré la main. Je me suis dit que tu étais la femme la plus remarquable que j'avais jamais rencontrée. Je ne pouvais détacher mon regard de toi. Je ne peux toujours pas, d'ailleurs.

— « Différent », as-tu dit ?

— Ce qui se passe entre deux êtres est différent chaque jour.

— Ça n'a pas d'incidence tant qu'ils ressentent la même chose.

— C'est ton cas ? s'inquiète-t-il. Ressens-tu toujours la même chose ? Parce que si…

— « Parce que si » quoi ?

— Est-ce que tu ?…

— Quoi ? Est-ce que je réagirais ?

— Oui. Pour de bon.

Il se lève et va récupérer quelque chose dans la poche de sa veste.

— « Pour de bon » étant le contraire de « pour de mauvais » ? commente-t-elle, intriguée par ce qu'il serre dans sa main.

— Je ne faisais pas d'humour. Je suis terriblement sérieux.

— Et donc il n'est plus question de se débarrasser de moi au prétexte d'un flirt crétin ?

Elle le tire vers elle et l'étreint avec force. Elle passe ses doigts dans ses cheveux.

— Peut-être. Prends ceci, s'il te plaît.

Il ouvre la main. Dans sa paume un bout de papier plié.

— Oh, on s'échange des petits billets comme lorsqu'on était à l'école ?

Elle redoute de le déplier.

— Allez, vas-y. Ne sois pas pétocharde.

Elle ouvre le papier et découvre un court message : « Veux-tu ? », accompagné d'une bague. Une bague très ancienne, un fin anneau de platine serti de diamants.

— Elle appartenait à mon arrière-grand-mère, précise-t-il.

Il la passe à son annulaire. La bague s'adapte à la perfection.

Ils s'embrassent.

— Si c'est parce que tu es jaloux, c'est une très mauvaise raison, argumente-t-elle.

— Parce que tu crois vraiment que je la trimbalerais par
hasard dans ma poche aujourd'hui alors qu'elle a dormi dans
un coffre durant cinquante ans? Je te le demande vraiment. Dis
que tu veux.

— Et comment se débrouillera-t-on après tous tes discours sur
nos vies de pseudo-célibataires?

— Dieu du ciel, pour une fois cesse d'être rationnelle.

— Elle est magnifique. Tu as intérêt à être sûr de toi parce
que je n'ai pas l'intention de te la rendre.

CHAPITRE 3

Neuf jours plus tard, dimanche. La sirène lugubre d'un navire mugit au loin.

Les clochers des églises transpercent le ciel bas de l'aurore qui se lève sur Charleston. Une cloche s'ébranle, bientôt rejointe par une multitude d'autres, sonnant selon un code secret, identique de par le monde. Les premières lueurs de l'aube s'installent et Scarpetta commence à s'agiter dans la chambre de maître. C'est ainsi qu'elle a baptisé, un peu désabusée, la pièce de vie dans laquelle elle a emménagé, au premier étage de ce relais de poste – en réalité l'une de ces bâtisses dans lesquelles on remisait les attelages – construit au début du dix-neuvième siècle. À l'évidence, par comparaison avec les somptueuses maisons qu'elle a occupées auparavant, son nouveau départ est un peu quelconque.

Sa chambre fait également office de bureau. L'espace est si encombré qu'elle parvient à peine à se mouvoir sans buter dans une commode ancienne ou heurter une bibliothèque, voire même la longue table nappée d'une pièce d'étoffe noire sur laquelle s'alignent un microscope, des boîtes de lames, des gants de latex, des masques à poussière, tout un équipement photographique, sans oublier les accessoires nécessaires à l'examen des scènes de crime, tous aussi déplacés les uns que les autres dans leur nouvel environnement. Il n'y a pas de penderies, plutôt deux armoires jumelles plaquées de cèdre. Elle tire de l'une d'elles un tailleur-jupe anthracite, un chemisier de soie à fines rayures grises et blanches, et une paire de chaussures noires à talons plats.

Habillée pour ce qui s'annonce d'ores et déjà comme une journée difficile, elle s'installe derrière son bureau et contemple le jardin dont les contours se modifient sous les ombres et la lumière matinale. Elle consulte sa messagerie électronique afin de vérifier si son enquêteur, Pete Marino, ne lui a pas envoyé un message de nature à aggraver encore le cours de sa journée. Aucun. Elle l'appelle pour s'en assurer.

– Ouais ?

Il a l'air groggy. En arrière-plan, une voix de femme que Scarpetta ne connaît pas se plaint :

– Merde ! Quoi encore ?

– Vous venez, n'est-ce pas ? interroge Scarpetta. On m'a avertie hier soir tard qu'un corps nous attendait à la sortie de Beaufort, et je suppose que vous vous en occuperez. De plus, nous devons assister cet après-midi à une réunion. Je vous ai laissé un message à ce sujet. Vous ne m'avez jamais rappelée.

– Ouais.

La femme, en arrière-plan, lâche de la même voix geignarde :

– Qu'est-ce qu'*elle* veut encore ?

– Ce que je veux dire, Marino, c'est qu'il faut y être dans l'heure, lance Scarpetta d'un ton sans appel. En d'autres termes, il faut que vous partiez maintenant, ou alors personne ne sera présent pour s'occuper de la réception. Il s'agit des pompes funèbres Meddick. Je ne crois pas les connaître.

– Ouais.

– Je serai là-bas vers onze heures pour finir, autant que faire se peut, avec le petit garçon.

Comme si l'affaire Drew Martin n'avait pas été assez épouvantable. Le jour même de son retour de Rome, Scarpetta s'est retrouvée confrontée à une autre abominable enquête, le meurtre d'un petit garçon dont elle ignore toujours le nom. Il s'est installé au creux de son esprit, simplement parce qu'il n'a nulle part ailleurs où aller. Le délicat visage, le corps émacié et les cheveux frisés châtains s'imposent à la mémoire de Scarpetta aux moments les plus inattendus. Le reste s'engouffre alors. Ce qu'il est devenu lorsqu'elle en a eu terminé avec lui. Après toutes ces années, après ces milliers d'affaires, une part d'elle exècre toujours ce qu'elle doit faire subir aux morts parce que quelqu'un d'autre les a ravagés avant.

– Ouais.

C'est tout ce que Marino semble capable de prononcer.

– Irascible, grossier…, marmonne-t-elle en descendant l'escalier. J'en ai vraiment marre.

Elle souffle d'exaspération.

Ses talons claquent sur les carreaux en terre cuite de la cuisine. Lorsqu'elle a acheté le relais de poste, elle a passé des jours entiers à quatre pattes pour les poser en chevrons. Elle a repeint les murs en blanc afin de capturer la lumière du jardin et restauré les poutres de cyprès qui datent de la construction de la maison. La cuisine – la pièce la plus importante – est aménagée avec précision. Les appareils électroménagers en acier inoxydable succèdent aux faitouts et casseroles en cuivre toujours aussi polis et brillants que des sous neufs, aux planches à découper, sans oublier une collection de couteaux de cuisine allemands faits main et dignes d'un grand chef. Lucy, sa nièce, devrait arriver d'une minute à l'autre. Cette perspective réjouit Scarpetta qui, pourtant, s'interroge. Il n'est pas dans les habitudes de Lucy d'appeler pour s'inviter au petit déjeuner.

Scarpetta sort les ingrédients dont elle a besoin pour confectionner une omelette aux blancs d'œufs fourrée à la ricotta et aux chapeaux de champignons revenus dans un peu de sherry et d'huile d'olive non filtrée. Pas de pain, pas même un mince toast doré sur la plaque de terre cuite – ou *testo* – qu'elle a rapportée d'un voyage à Bologne, du temps ou les services de sécurité des aéroports ne considéraient pas que les ustensiles de cuisine pouvaient se métamorphoser en armes. Lucy suit un régime implacable – un entraînement, dit-elle. Pour quoi faire ? demande invariablement Scarpetta. Pour la vie, répond immanquablement sa nièce. Concentrée sur les blancs d'œufs, ruminant sur ce que lui réserve la journée, un choc sourd contre une des fenêtres de l'étage la fait sursauter.

– Oh non, pas ça ! s'exclame-t-elle, consternée, avant de poser le fouet pour se ruer vers la porte.

Elle débranche l'alarme et se précipite dans le patio. Un chardonneret jaune s'agite sur le sol de vieilles briques. Elle le ramasse avec délicatesse. Les paupières de l'oiseau sont à moitié closes et sa tête se balance mollement d'un côté et de l'autre. Elle lui parle doucement, caresse les plumes soyeuses. L'animal tente de se redresser afin de prendre son envol, mais sa tête retombe sur le côté. Il est juste assommé, il va se reprendre. Mais il retombe dans un battement d'ailes. Peut-être qu'il ne mourra pas. Un vœu pieux bien inepte pour quelqu'un ayant l'expérience de Scarpetta. L'oiseau dans les mains, elle rentre. Dans le tiroir bas verrouillé d'un meuble de cuisine se trouve une boîte en métal, elle aussi protégée d'une serrure. Dans la boîte, la bouteille de chloroforme.

Elle est assise sur les marches de brique, à l'arrière de la maison, et ne se lève pas lorsqu'elle perçoit le vrombissement caractéristique de la Ferrari de Lucy.

Le véhicule débouche de King Street et se gare sur l'allée qui mène à l'entrée principale de la maison, que partage Scarpetta. Puis Lucy apparaît dans le patio, une enveloppe à la main.

– Le petit déjeuner n'est pas prêt, pas même le café, annonce-t-elle. Tu es avachie ici et tu as les yeux rouges.

– Une allergie.

– La dernière fois que tu as prétexté une allergie – et je te rappelle que tu ne souffres d'aucune –, c'était parce qu'un oiseau s'était fracassé contre une fenêtre. Et il y avait un déplantoir maculé de terre abandonné sur la table, comme ce matin.

Lucy désigne du doigt la vieille table au plateau de marbre du jardin et l'outil. Non loin, sous un pittosporum, une petite zone fraîchement retournée et semée d'éclats de poterie brisée.

– Un chardonneret, lâche Scarpetta.

Lucy s'installe sur les marches à son côté et poursuit :

– Il semble que Benton ne puisse pas descendre pour le week-end. Dans le cas contraire, il y aurait une longue liste de courses sur le plan de travail.

– Il ne peut pas lâcher l'hôpital en ce moment.

Des pétales de jasmin de Chine et de camélia flottent à la surface du petit bassin peu profond creusé au milieu du jardin, évoquant des confettis.

Lucy ramasse une feuille de néflier du Japon arrachée par une pluie récente et la fait tournoyer entre ses doigts par la tige.

– J'espère qu'il s'agit de l'unique raison. Tu es rentrée de Rome avec ta super-nouvelle. Et qu'est-ce qui a changé ? Rien qui saute aux yeux. Il est là-bas, tu es ici. *A priori*, je n'ai pas le sentiment que vous ayez l'intention d'y remédier. Je me trompe ?

– Ah, parce que tu t'es soudainement transformée en experte ès relations humaines ?

– Experte de celles qui foirent, c'est certain.

– Tu me fais vraiment regretter de te l'avoir dit.

– Écoute, tante Kay, je connais la chanson. C'est exactement ce qui s'est passé avec Janet. Nous avons commencé à évoquer notre engagement l'une envers l'autre, un mariage éventuel quand la loi a enfin permis à des pervers de notre genre d'avoir plus de droits civils qu'un chien. Et, soudain, elle ne pouvait plus tolérer d'être homo. Tout s'est effondré avant même de commencer. Et pas d'une jolie façon.

– Pas jolie ? Tu veux dire impardonnable ?

– Je devrais être celle qui ne pardonne pas. Pas toi, rectifie Lucy. Tu n'y étais pas. Tu n'as pas idée de ce que c'est qu'être en plein dedans. Je n'ai pas envie d'en parler.

La frêle statue d'un ange se penche au-dessus du bassin. Scarpetta ignore encore ce qu'il protège. En tout cas, pas les oiseaux. Peut-être rien. Elle se lève et brosse l'arrière de sa jupe.

— Est-ce pour cela que tu voulais me rendre visite ? demande-t-elle. Ou est-ce que ça t'a juste traversé l'esprit alors que j'étais assise ici, désespérée parce que j'ai dû achever un oiseau en pratiquant une euthanasie ?

— Non, ce n'est pas pour ça que je t'ai appelée hier soir, lorsque je t'ai dit qu'il fallait que je te voie.

Elle joue toujours avec la feuille de néflier.

Ses cheveux couleur merisier, parsemés de touches d'or rose, brillent d'un récent shampoing. Elle les a passés derrière les oreilles. Elle porte un tee-shirt noir qui moule un corps splendide, résultat d'une bonne combinaison génétique et d'épuisants entraînements. Scarpetta a le sentiment qu'elle va quelque part, mais ne lui demandera pas où. Elle se rassied.

— Le Dr Self, commence Lucy, le regard fixé devant elle, vers le jardin, à la façon des gens qui ne distinguent rien d'autre que ce qui les préoccupe.

La sortie surprend Scarpetta :

— Eh bien ?

— Je t'avais dit de ne pas la lâcher. Il faut toujours maintenir ses ennemis proches de soi. Évidemment, tu ne t'en es pas souciée. Tu ne t'es pas souciée qu'elle te dénigre chaque fois qu'elle en a l'opportunité, à cause de ce procès. Elle affirme à qui veut l'entendre que tu es une menteuse et un imposteur, un simulacre de médecin légiste. Fais un tour sur Internet. Tu n'as qu'à entrer ton nom sur Google. Je l'ai pistée et je t'ai transféré toutes ses conneries. Je suis sûre que tu en as à peine pris connaissance.

— Comment pourrais-tu savoir si je lis ou non ce que l'on m'envoie ?

— Je suis ton administratrice de système. Ton informatrice technologique dévouée. Je sais parfaitement combien de temps l'un de tes dossiers reste ouvert à l'écran. Tu pourrais te défendre.

— Contre quoi ?

– Les accusations selon lesquelles tu aurais manipulé le jury.

– À ton avis, c'est quoi, un procès ? De la manipulation de jury.

– C'est toi qui parles ? Ou alors suis-je assise à côté d'une étrangère ?

– Quand on t'a ligoté bras et chevilles comme un animal, que l'on te torture et que tu peux entendre les hurlements de tes êtres chers que l'on martyrise et que l'on assassine dans la pièce voisine, que tu décides d'en finir avec la vie afin d'échapper à leur sort… ce n'est pas un foutu suicide, Lucy, c'est un meurtre.

– Et d'un point de vue légal ?

– Je m'en fiche.

– C'était important pour toi avant.

– Pas vraiment. Tu ne sais pas ce qui m'a traversé l'esprit toutes ces années, lorsque je travaillais sur des affaires dans lesquelles je me retrouvais souvent l'unique défenseur de la victime. Le Dr Self s'est cachée de façon illégitime derrière le secret professionnel et a refusé de divulguer des informations qui auraient pu éviter d'horribles souffrances et des meurtres. Elle aurait mérité bien pire que ce dont elle a écopé. Pourquoi faut-il que nous discutions de cela ? Pourquoi faut-il que tu me contraries avec ces histoires ?

Le regard de Lucy se rive au sien.

– Qu'est-ce qu'ils disent déjà ? Que la vengeance est un plat qui se mange froid ? Elle est de nouveau en contact avec Marino.

– Ah, mon Dieu ! La semaine n'a pas été assez infernale, il faut cela pour couronner le reste ? Mais il a complètement perdu l'esprit ou quoi ?

– Quand tu es rentrée de Rome et que tu as annoncé vos intentions, à Benton et à toi, tu pensais vraiment que Marino sauterait de joie ? Sur quelle planète tu vis ?

– Pas la Terre, c'est évident.

– Comment peux-tu être aveugle à ce point ? Tout d'un coup, il se met à sortir chaque nuit, il se saoule avec application et se trouve une nouvelle petite amie dans le genre bien vulgaire. Ça, on peut dire que cette fois-ci il a vraiment décroché le pompon. Tu n'étais pas au courant? Shandy Snook, comme dans les chips Snook Volcano.

— Volcano quoi? Qui?

— Des chips bien grasses et hyper-salées, aromatisées au *jalapeño* et à la sauce au poivre rouge. Son père a gagné une fortune avec ça. Elle a déménagé l'année dernière à Charleston. Elle a rencontré Marino au Kick'N Horse lundi dernier. Le coup de foudre.

— C'est lui qui te l'a raconté?

— Non, c'est Jess.

Scarpetta opine de la tête. Elle ignore qui est cette Jess.

— C'est la propriétaire du Kick'N Horse, le repaire à motards que fréquente Marino. Je suis sûre qu'il l'a déjà mentionné devant toi. Jess m'a téléphoné parce qu'elle est inquiète au sujet de Marino et de sa dernière conquête de toilettes de superette. Il semble péter complètement les plombs. Jess prétend qu'elle ne l'a jamais vu dans cet état.

— Comment le Dr Self aurait-elle pu obtenir l'adresse électronique de Marino s'il ne l'a pas contactée auparavant? interroge Scarpetta.

— Son adresse personnelle à elle n'a pas changé depuis qu'il a cessé de la consulter, en Floride. Celle de Marino, si. En conclusion, je crois qu'on peut affirmer, sans gros risque de se tromper, que c'est lui qui lui a envoyé un message le premier. Je peux le vérifier. Certes, je ne possède pas son mot de passe pour entrer dans sa messagerie personnelle à son domicile. Toutefois ce genre de menus inconvénients ne m'a jamais arrêtée. Il faudrait que je…

— Je sais ce qu'il te faudrait.

— Que je puisse approcher physiquement de l'ordinateur.

— Je vois très bien ce que cela implique et je ne veux pas que tu le fasses. Évitons, autant que faire se peut, de rendre la situation pire qu'elle n'est déjà.

— Cela étant, quelques-uns des *mails* qu'il a reçus d'elle sont sur son ordinateur professionnel, et tout le monde peut y accéder, précise Lucy.

– Cela n'a aucun sens !

– Bien sûr que si. Pour tenter de te mettre en colère, de te rendre jalouse. Rétribution.

– Et comment as-tu su qu'ils se trouvaient sur son ordinateur de bureau ?

– À cause de la petite urgence de la nuit dernière. Il m'a appelée pour me dire qu'on venait de le prévenir que l'alarme s'était déclenchée. Une panne d'un des réfrigérateurs. Il ne se trouvait pas dans les parages et voulait savoir si je pouvais aller vérifier. Il a même précisé que si j'avais besoin d'appeler l'entreprise de surveillance, son numéro se trouvait sur la liste punaisée à son mur.

– Une alarme ? répète Scarpetta, perplexe. Personne ne m'a prévenue.

– Parce qu'elle ne s'est jamais déclenchée. Quand je suis arrivée, tout allait bien et le réfrigérateur fonctionnait à merveille. Je suis donc passée dans le bureau de Marino pour appeler l'entreprise, vérifier avec eux qu'il n'y avait aucun problème, et devine ce que j'ai vu sur l'ordinateur ?

– C'est grotesque. Il se conduit comme un enfant.

– Non, ce n'est pas un enfant, tante Kay. Et un de ces jours tu vas devoir le virer.

– Et comment je me débrouillerai ? Je m'en sors à peine à l'heure actuelle. Je n'ai pas assez de personnel et pas une seule personne assez compétente à l'horizon pour me convaincre de la recruter.

– Ce n'est que le début. Il va empirer. Ce n'est plus l'homme que tu as connu.

– Je n'y crois pas et je serai incapable de le renvoyer.

– Tu as raison, tu ne pourras pas. Ce serait un vrai divorce. Marino est ton mari. Tu as passé plus de temps avec lui qu'en compagnie de Benton.

– Marino n'est certainement pas mon mari. Ne me titille pas, Lucy, je t'en prie.

Lucy ramasse l'enveloppe qu'elle a déposée sur les marches et la lui tend.

– Six messages, émanant tous d'elle. Étrangement, aucun n'est daté d'avant lundi dernier, ton premier jour au travail ici, de retour de Rome. Ce même jour, nous avons tous admiré ta bague et, magnifiques détectives que nous sommes, avons deviné que ce n'était pas le Père Noël qui te l'avait offerte.

– Il y a des *mails* de Marino ?

– Non, selon moi il ne veut pas que tu voies ce qu'il a écrit au Dr Self. Je te conseille vivement de mordre ton mouchoir. (Lucy désigne l'enveloppe.) Et comment va-t-il ? Et il lui manque. Elle pense beaucoup à lui. Tu es un tyran, une ringarde, et il doit être tellement malheureux d'être contraint de travailler pour toi. Et que peut-elle faire pour l'aider ?

– Il n'apprendra jamais, n'est-ce pas ? murmure Scarpetta. Au fond, c'est surtout déprimant.

– Tu n'aurais jamais dû lui révéler la nouvelle... Toi et Benton. Tu aurais dû te douter de ce que ça allait provoquer en lui.

Scarpetta contemple les pétunias violets du Mexique qui montent à l'assaut du mur nord du jardin, le lantanier couleur lavande. Ils semblent un peu assoiffés.

– Eh bien, tu ne vas pas en prendre connaissance ? insiste Lucy en désignant à nouveau l'enveloppe.

– Non, je ne vais pas leur concéder ce pouvoir, pas maintenant, déclare Scarpetta. Je dois m'occuper de choses beaucoup plus importantes. C'est pour cette raison que j'ai passé ce fichu tailleur, que je me rends dans mon fichu bureau pour y travailler tout ce fichu dimanche alors que je pourrais m'occuper de mon jardin ou même m'offrir une fichue balade !

– Je me suis livrée à une recherche au sujet du type que tu dois rencontrer cet après-midi. Il a été victime d'une agression, il n'y a pas très longtemps. Pas d'interpellation, pas de suspect. Toutefois, dans la foulée, il a été inculpé pour possession de marijuana, mais l'accusation a été levée. À part ça, le gars en question n'a même jamais récolté de PV pour excès de vitesse. Cependant je n'ai pas trop envie que tu le rencontres seule.

– Et le petit garçon brutalisé qui attend toujours à la morgue ? Puisque tu ne l'évoques pas, j'en conclus que tes recherches informatiques à son sujet ont été vaines.

– On dirait que ce gamin n'a jamais existé.

– Oh, si ! Et ce qu'on lui a fait subir est une des pires choses dont j'aie jamais été témoin. Je me demande si le moment n'est pas opportun pour prendre un risque.

– De quel genre ?

– Je pensais à la génétique statistique.

– Je n'arrive pas à comprendre pourquoi personne ne veut se lancer là-dedans, commente Lucy. Nous possédons la techno-logie. Depuis un moment. C'est vraiment stupide. Des gens qui sont liés familialement ont des allèles communs. Et, comme c'est le cas avec toutes les banques de données, il s'agit d'un problème de probabilité.

– Pour un père, une mère, des frères ou sœurs, la probabilité de partager les mêmes allèles est plus élevée. On pourrait les détecter et se focaliser là-dessus. Je crois que nous devrions tenter le coup.

– Admettons. S'il s'avère que le petit garçon a été tué par un des membres de sa famille, que fait-on ? On brandit l'argument de la génétique statistique en cour ? Que se passera-t-il alors ? s'inquiète Lucy.

– Si nous parvenons à déterminer qui est cet enfant et qui l'a assassiné, il sera toujours temps de se préoccuper du tribunal.

Belmont, Massachusetts. Le Dr Marilyn Self est installée devant la fenêtre de sa chambre.

Les pelouses en pente douce, les bois, les vergers et les vieux bâtiments de brique, tout évoque cette époque élégante où les riches et les célèbres pouvaient disparaître soudain de leur propre vie, brièvement ou plus durablement, aussi longtemps qu'ils le souhaitaient, parfois même, dans les cas les plus désespérés, pour toujours. Ici ils étaient traités, dorlotés, avec l'attention et le respect qu'ils méritaient. Il est habituel d'aper-cevoir un visage d'acteur renommé au McLean Hospital. On

croise des musiciens, des athlètes et des politiciens en promenade sur le campus qui rappelle l'Angleterre des cottages. Il a
été créé par le très fameux architecte-paysagiste Frederick Law
Olmsted, auquel on doit également Central Park à New York,
les jardins du Capitole, le Biltmore Estate, sans oublier l'exposition internationale de Chicago en 1893.

En revanche, il est moins habituel d'entrapercevoir le Dr Marilyn Self. Toutefois elle n'a pas l'intention de s'éterniser ici très
longtemps, et lorsque le public apprendra la vérité, ses raisons
deviendront évidentes. L'isolement et la sécurité. Et puis, à son
habitude, rencontrer son destin. C'est ce qu'elle appelle *l'iné-
luctable destinée.* Elle a oublié que Benton Wesley travaillait ici.

D'effarantes expérimentations secrètes : Frankenstein.

Elle jette les bases du script de la première émission qu'elle
enregistrera dès son retour à la télévision.

*Voyons. Dans la solitude de la retraite que je m'étais imposée afin de
protéger ma vie, je suis devenue, sans le savoir et encore moins le
vouloir, le témoin oculaire – et pire, un cobaye – d'expérimentations
clandestines et de mauvais traitements. Au nom de la science ! Ainsi
que le personnage de Kurtz l'a dit dans* Au cœur des ténèbres :
« *L'horreur ! L'horreur !* » *On m'a soumise à une forme moderne de ce
qui se pratiquait dans les asiles aux heures les plus noires, lorsque des
patients qui sortaient des normes communément admises étaient consi-
dérés comme des sous-humains et traités tels des...* La métaphore adéquate lui viendra plus tard.

Le Dr Self sourit en imaginant l'exultation de Marino lorsqu'il a découvert qu'elle lui avait répondu. Peut-être pense-t-il
qu'elle – le psychiatre le plus célèbre du monde – était contente
d'avoir de ses nouvelles. Il croit toujours qu'elle se préoccupe
de lui. En réalité, elle n'en a jamais rien eu à faire. Même lorsqu'il était son patient en Floride et alors qu'elle n'était pas aussi
renommée qu'aujourd'hui. Tout juste dépassait-il l'amusement
thérapeutique à ses yeux. Soyons honnêtes, s'y ajoutait, elle
l'admet, un petit côté piquant : l'adoration que Marino éprou-
vait pour elle était presque aussi pathétique que sa rongeante
obsession sexuelle envers Scarpetta.

Pauvre et lamentable Scarpetta. C'est sidérant ce que peuvent déclencher quelques petits appels bien placés. L'esprit du Dr Self ne cesse de travailler. Toutes ses pensées sont concentrées ici, dans cette chambre du Pavillon. On lui prépare et lui apporte ses repas, et un concierge est à la disposition des patients dans l'éventualité où l'un d'entre eux souhaiterait se rendre au théâtre par exemple, ou assister à un match des Red Sox, ou encore s'offrir une séance de relaxation dans un spa. Les patients privilégiés du Pavillon peuvent obtenir à peu près tout ce qu'ils désirent. Lorsque Marilyn Self est entrée au McLean, neuf jours auparavant, ses exigences se sont limitées à jouir de sa propre messagerie électronique et à obtenir une chambre déjà occupée par une autre pensionnaire – Karen.

L'illégitime réattribution de la chambre s'est arrangée rapidement, de façon très satisfaisante pour le Dr Self, sans même que l'administration ne s'en mêle.

Le jour de son arrivée, le Dr Self a pénétré dans la chambre de Karen avant l'aube et l'a réveillée en lui soufflant doucement sur les paupières.

– Oh! s'est exclamée Karen, soulagée de découvrir le Dr Self et pas un violeur quelconque penché au-dessus d'elle. Je faisais un rêve étrange.

– Tenez, je vous ai apporté du café. Vous dormiez comme une bûche. Peut-être avez-vous contemplé trop longtemps ce lustre victorien en cristal?

Le Dr Self a levé le regard vers le lustre suspendu au-dessus du lit.

– Comment? s'est alarmée Karen en posant la tasse de café sur la jolie table de nuit ancienne.

– Il convient d'être très prudent lorsqu'on regarde des cristaux. Ils peuvent avoir un effet hypnotisant et vous plonger dans une espèce de transe. Quel était votre rêve?

– Docteur Self, cela semblait si réel. J'ai senti le souffle de quelqu'un sur mon visage et cela m'a effrayée.

– Avez-vous une idée de l'identité de cette personne? Quelqu'un de votre famille peut-être? Ou un ami de la famille?

– Mon père me frôlait le visage de ses moustaches lorsque j'étais petite. Je pouvais sentir son souffle. Comme c'est étrange ! Je m'en souviens juste à l'instant. Ou alors, peut-être que je l'imagine. De temps en temps, je ne sais plus très bien ce qui est réel, a avoué Karen, déçue.

– Souvenirs réprimés, ma chère. Ne mettez pas en doute votre moi intérieur, a conseillé le Dr Self d'un ton lent. C'est ce que je dis à tous mes disciples. Karen, de quoi ne devez-vous jamais douter ?

– De mon moi intérieur.

– C'est parfait. Votre moi intérieur, a répété le Dr Self avec une lenteur exagérée, connaît la vérité. Votre moi intérieur sait ce qui est vrai.

– Une vérité concernant mon père ? Une chose véridique que j'aurais oubliée ?

– Une vérité intolérable, incroyable, à laquelle vous ne pouviez pas supporter d'être confrontée à l'époque. Voyez-vous, ma chère, en réalité tout tourne autour du sexe. Je peux vous aider.

– Oui, je vous en prie.

Avec patience, le Dr Self a fait remonter le temps à Karen jusqu'à ses sept ans. Non sans sagacité, elle l'a menée sur la scène de crime psychique. Pour la première fois de son inutile existence, de cette vie déjà usée jusqu'à la trame, Karen a raconté : son père se glissant dans son lit, frottant son pénis raidi contre ses fesses, son haleine alcoolisée. Soudain, une vague tiède et humide, collante sur son pantalon de pyjama. Le Dr Self a alors guidé la pauvre Karen vers une prise de conscience traumatique. Ce qui s'est passé jadis n'était pas un incident isolé puisque l'inceste, à de rares exceptions près, ne l'est jamais. En d'autres termes, sa mère était au courant, ne serait-ce qu'à cause de l'état du pyjama et des draps de la petite Karen. En d'autres termes, sa mère a feint l'aveuglement pour ne pas avoir à intervenir sur ce que faisait son mari à leur cadette.

– Je me souviens qu'un soir mon père m'a apporté un bol de chocolat dans mon lit et je l'ai renversé, a enfin lâché Karen. Je me souviens distinctement de la nappe tiède et collante sur mon pyjama. Peut-être que c'est ça qui me revient en mémoire et pas…

– Parce que c'est réconfortant de penser qu'il s'agissait de chocolat chaud. Et ensuite, que s'est-il produit ?

Karen n'a pas répondu. Le Dr Self a repris :

– Si vous l'avez renversé, qui était coupable ?

– C'était moi. C'était de ma faute, a bredouillé Karen au bord des larmes.

– N'est-ce pas l'explication de votre toxicomanie et de votre alcoolisme depuis lors ? Parce que vous pensez que vous êtes coupable ?

– Pas depuis. J'ai commencé à boire et à fumer du shit lorsque j'avais quatorze ans. Oh… je ne sais plus. Docteur Self, je ne veux pas être plongée dans une nouvelle transe. Je ne supporte pas ces souvenirs. En plus, même si je les ai fabriqués, maintenant je suis convaincue qu'ils étaient réels !

– C'est exactement ce que Pitres a écrit en 1891 dans ses *Leçons cliniques sur l'hystérie et l'hypnotisme*, a déclaré le Dr Self.

Les bois et les pelouses ont émergé sous la lumière montante de l'aube. Une vue magnifique qui serait bientôt la sienne.

Le Dr Self y est alors allée d'un petit cours sur l'hystérie et les états délirants, levant par intermittence le regard vers le lustre victorien suspendu au-dessus du lit de Karen.

– Je ne peux plus rester ici ! s'est écriée Karen. Je vous en prie, échangez votre chambre avec la mienne, a-t-elle supplié le Dr Self.

Lucious Meddick fait claquer le ruban élastique qu'il porte autour du poignet droit comme il gare son fourgon d'un noir brillant dans la ruelle située derrière la demeure du Dr Scarpetta.

Prévue pour des chevaux, pas de gros véhicules ! Qu'est-ce que c'est que cette idiotie ! Son rythme cardiaque n'est pas encore revenu à la normale et ses nerfs sont tendus à l'extrême. On peut dire qu'il a eu du bol de ne pas érafler le fourgon contre un arbre ou contre le haut mur de brique qui sépare la ruelle et les vieilles maisons qui la bordent d'un jardin public. Quelle idée de lui imposer cette épreuve ! Son magnifique fourgon flambant neuf tire déjà sur le côté, ce qui ne s'est pas arrangé lorsqu'il a cahoté sur les pavés, soulevant un nuage de poussière et de feuilles mortes. Il descend du véhicule sans éteindre le moteur. Une vieille dame le dévisage depuis une fenêtre. Lucious lui sourit et s'en veut de songer que la vieille peau aura bientôt besoin de ses services.

Il enfonce le bouton d'interphone d'une imposante grille en fer et s'annonce :

– Meddick.

Un moment s'écoule, au point qu'il se présente à nouveau. Enfin la voix forte d'une femme résonne dans l'appareil :

– Qui est-ce ?

– Pompes funèbres Meddick. J'ai une livraison…

– Une livraison *ici* ?

– Oui, madame.

– Rejoignez votre véhicule, j'arrive.

Le charme sudiste du général Patton, songe Lucious, vexé et agacé alors qu'il s'installe à nouveau dans son fourgon. Il remonte la vitre. Lui reviennent les rumeurs qu'il a entendues. À une époque, le Dr Scarpetta était connue comme le loup blanc. Mais un truc s'est produit alors qu'elle était médecin expert en chef, il a oublié où. Elle s'est fait virer ou alors elle n'a plus pu supporter la pression. Une dépression nerveuse. Un scandale. Peut-être les deux à la fois et davantage. Et puis, deux ans auparavant, il y a eu cette histoire très médiatique en Floride. Une dame nue accrochée à un chevron du plafond, torturée, martyrisée, jusqu'au moment où la souffrance a été insupportable et où elle a décidé d'en finir. Elle s'est pendue à l'aide de la corde qui la maintenait prisonnière.

Un des invités du *talk-show* de cette psy. Il fouille sa mémoire. Il y avait peut-être plusieurs personnes torturées et assassinées ? Il n'en mettrait pas sa tête à couper. En tout cas, le Dr Scarpetta a été citée comme témoin et a joué un rôle crucial en convainquant le jury de la culpabilité du Dr Self dans un truc. Il a lu plein d'articles à ce sujet par la suite. Le Dr Self a affirmé que son adversaire était «incompétente et partiale», une «lesbienne planquée», «totalement dépassée». C'est sans doute vrai. La plupart des femmes de pouvoir finissent par ressembler à des mecs ou, du moins, voudraient leur ressembler! Or, quand elle a débuté sa carrière, il n'y avait pas beaucoup de femmes dans sa profession. Maintenant, il doit y en avoir des milliers. L'offre et la demande. Au fond, maintenant, c'est devenu banal – oui, monsieur! Y a des femmes partout, des jeunes, qui pêchent des idées à la télé et qui suivent le même chemin qu'elle. Tout ça – en plus de ce qui a couru à son sujet – explique qu'elle se soit installée dans le Lowcountry, dans ce petit relais de poste – qui, si on veut être honnête, n'est rien d'autre qu'une ancienne écurie. Parce que Lucious, lui, il demeure et travaille dans quelque chose d'un peu mieux. Y a pas à dire!

Il occupe les étages supérieurs des pompes funèbres Meddick, situées dans Beaufort County, une entreprise que possède et dirige sa famille depuis plus de cent ans. La maison, vaste bâtisse de deux étages, faisait jadis partie d'une plantation. D'ailleurs les cabanes d'esclaves sont toujours debout. Rien à voir avec ce minuscule relais, coincé au bout d'une vieille ruelle étroite. Choquant, vraiment choquant. C'est une chose que d'embaumer des corps et de les préparer pour une inhumation dans la salle parfaitement équipée d'une vaste demeure et une autre que de réaliser des autopsies dans un ancien relais de poste, surtout quand vous avez affaire à des flotteurs – des *verdâtres* comme il les appelle. Sans même évoquer les autres cadavres, qu'on ne sait plus comment rendre un peu présentables pour la famille, même lorsqu'on les asperge de tonnes de poudre déodorante dans l'espoir qu'ils n'empuantiront pas l'église.

Une femme apparaît, encore séparée de lui par deux grilles consécutives. Il se laisse aller à l'un de ses passe-temps favoris, le voyeurisme, la dévisageant par la vitre teintée de son véhicule. Cliquettement métallique lorsqu'elle ouvre puis referme la première grille noire, ensuite la seconde, faite de hauts barreaux plats entrelacés, réunis en leur centre par deux arcs en forme de J qui forment un cœur. Comme si elle avait un cœur. Parce que, maintenant, il est certain qu'elle en est dépourvue. Elle est vêtue d'un tailleur strict. Ses cheveux sont blonds. Il calcule qu'elle mesure un mètre soixante-deux. Elle porte une jupe taille 38 et un corsage taille 40. Lucious est presque infaillible quand il s'agit d'évaluer à quoi ressembleront les gens une fois déshabillés et allongés sur sa table d'embaumement. Il plaisante souvent au sujet de ses « yeux aux rayons X ».

Puisqu'elle lui a ordonné, de façon très malpolie, de ne pas quitter son véhicule, il ne bronche pas. Elle tape à la vitre teintée et un trouble envahit Lucious. Ses doigts tremblent et s'agitent sur ses cuisses, veulent remonter vers ses lèvres comme s'ils avaient une volonté propre. Il leur intime de rester calmes. Il tire le bracelet élastique passé autour de son poignet et le lâche brutalement en ordonnant à ses mains de *cesser immédiatement.* Il tire à nouveau l'élastique et agrippe le volant en imitation bois afin que ses mains soient sages.

Elle tape à nouveau.

Il suce une pastille et descend la vitre.

— Dites-moi, c'est pas commun comme emplacement pour votre genre d'occupation, lance-t-il dans un grand sourire professionnel.

Sans même lui dire « Bonjour ! » ou « Ravie de vous rencontrer ! », elle rétorque :

— Ce n'est pas la bonne adresse. Qu'est-ce que vous faites ici ?

— Au mauvais endroit, au mauvais moment. C'est ce qui nous permet à tous deux de travailler, répond Lucious avec un sourire tout en dents de carnassier.

De ce même ton peu chaleureux, elle insiste :

— Comment avez-vous obtenu cette adresse ? (Elle a l'air très pressée.) Ce n'est pas mon bureau et encore moins la morgue. Je suis navrée pour votre dérangement, mais il va falloir que vous repartiez.

Il ne lui serrera pas la main. Au demeurant, il évite ce genre de contacts autant que possible et avec qui que ce soit.

– Je suis Lucious Meddick, des pompes funèbres Meddick, à Beaufort, juste à la sortie de Hilton Head. En fait, nous sommes un peu la crème des établissements du genre. Entreprise familiale, dirigée par trois frères, dont moi.

Il indique l'arrière du fourgon d'un geste du pouce et annonce :

– Décédée à la maison. Sans doute d'une crise cardiaque. Une dame d'origine orientale, vieille comme Hérode. Mais vous devez déjà avoir toutes les informations à son sujet. Votre voisine, là, elle fait dans l'espionnage ou quoi ?

Il lève la tête vers la fenêtre de la maison proche.

– J'ai discuté de cette affaire avec le coroner hier soir, précise Scarpetta du même ton. Comment avez-vous eu mon adresse personnelle ?

– Le coroner…

– C'est lui qui vous l'a donnée ? Il sait parfaitement où se trouvent mes bureaux…

– Non, attendez… D'abord, je suis un peu débutant en matière de livraisons. Je m'ennuyais à mourir derrière mon bureau, à accueillir des familles dans l'affliction, perdues. Je me suis dit que c'était le moment de reprendre la route.

– Je pense que l'endroit est déplacé pour une telle conversation.

Pas du tout, et elle va se poursuivre ! Il embraye :

– Du coup, je me suis offert ce Cadillac 12-V, modèle 1998, double carburateur, double pot d'échappement, jantes en aluminium, fanions, liséré de petites fleurs violettes et bière noire. Il pourrait pas être plus chargé d'équipements, sauf si on ajoute la grosse dame du cirque !

– Monsieur Meddick, l'enquêteur Marino est en route pour la morgue. Je viens de le prévenir.

– Ensuite, faut ajouter que je n'ai encore jamais travaillé avec vous. Donc, j'avais aucune idée de l'endroit où se trouvait votre bureau avant de chercher l'adresse.

– Je croyais que c'était le coroner qui vous l'avait donnée.

– Non, c'est pas ce qu'il m'a dit.

— Il faut vraiment que vous partiez. Il est exclu qu'un four-gon mortuaire soit garé derrière chez moi.

— Voyez, la famille de la dame orientale nous a choisis pour nous occuper de l'enterrement. Alors, j'ai dit au coroner que je pouvais me charger du transport. Quoi qu'il en soit, j'ai cherché votre adresse.

— Cherché ? Où cela ? Et pourquoi ne pas avoir contacté mon enquêteur ?

— Mais c'est ce que j'ai fait. Seulement, comme il ne s'est jamais donné la peine de me rappeler, il a bien fallu que je cherche votre adresse, ainsi que je vous l'ai expliqué. (Il tire à nouveau le ruban élastique et le relâche d'un geste sec.) Sur Internet. Vous êtes enregistrée à la chambre de commerce.

Un morceau de pastille craque sous ses molaires.

— Cette adresse est sur liste rouge et on ne la trouve nulle part sur Internet, rétorque Scarpetta. De surcroît, jamais personne ne l'a confondue avec celle de mes bureaux, de la morgue, et cela fait deux ans que j'habite ici. Vous êtes la première personne avec qui cela arrive !

— Vous énervez pas contre moi. C'est pas de ma faute les trucs qu'on trouve sur Internet. (Nouveau claquement sec du ruban élastique sur son poignet.) D'un autre côté, si on m'avait appelé plus tôt dans la semaine, quand ce petit garçon a été retrouvé, c'est moi qui me serais chargé du corps et nous n'aurions pas ce problème aujourd'hui. Vous êtes passée juste à côté de moi sur la scène de crime et vous m'avez ignoré. Si nous avions collaboré à ce moment-là, vous auriez pu me donner la bonne adresse.

L'élastique claque. Il est furieux qu'elle ne lui manifeste pas davantage de respect.

— Et où vous trouviez-vous sur la scène pour que le coroner ne vous propose pas de vous occuper du transport du corps ?

Elle devient péremptoire, exigeante, le fixant comme s'il était un faiseur d'embrouilles.

— Ma devise, c'est : « Montre-toi ! » Vous savez, comme celle de Nike : *« Just do it ! »* Eh bien, moi, c'est : « Montre-toi ! » Vous voyez l'astuce ? Parfois il suffit d'être le premier sur place, rien de plus.

Scarpetta suit des yeux le mouvement du ruban élastique qu'il tire et lâche. Un regard sans aménité. Elle fixe ensuite le scanner de police installé dans l'habitacle du fourgon. Il passe la langue sur la bande en plastique transparent de son appareil dentaire destiné à l'empêcher de se ronger les ongles. Il fait claquer l'élastique sur son poignet. Un son sec, celui d'un fouet. Ça fait terriblement mal.

— Allez à la morgue, je vous prie. Je m'assurerai que l'enquêteur Marino est sur place.

Scarpetta lève le regard vers la voisine qui ne perd pas une miette du spectacle.

Elle recule de quelques pas et aperçoit soudain quelque chose à l'arrière du fourgon. Elle se baisse et secoue la tête en marmonnant :

— Décidément, quelle journée !

Il descend de son véhicule et n'en croit pas ses yeux. Il rugit :

— Merde ! Merde et merde !

CHAPITRE 4

L'immeuble des Associés en pathologie médico-légale de la côte, le Coastal Forensic Pathology Associates, à la périphérie de l'université de Charleston.

La bâtisse en brique d'un étage, qui date d'avant la guerre de Sécession, s'incline. Ses fondations auraient été ébranlées lors du tremblement de terre de 1886. C'est du moins ce qu'a expliqué l'agent immobilier à Scarpetta lorsqu'elle l'a acquis pour des raisons qui échappent toujours à Marino.

Ce n'étaient pourtant pas les immeubles tout neufs, qu'elle aurait pu acheter, qui faisaient défaut. Toutefois, et pour des raisons obscures, Scarpetta, Lucy et Rose se sont décidées en faveur de cet endroit qui avait besoin de plus de travaux et d'aménagements que Marino ne l'avait supputé lorsqu'il a accepté un emploi ici. Ils ont décollé des couches de peinture et de vernis, abattu des murs, remplacé des fenêtres, ainsi que des ardoises du toit, durant des mois. Ils ont fait le tour des pompes funèbres, des hôpitaux, et même des restaurants pour récupérer du matériel de seconde main. Au bout du compte, ils sont parvenus à installer une morgue plus qu'adéquate, avec un système de ventilation spécial, des hottes aspirantes à produits chimiques, un générateur de secours, une chambre froide, un congélateur dans lequel un homme peut se tenir debout, sans oublier une chambre de décomposition, des chariots à matériel chirurgical et des civières. Les murs et les sols ont été recouverts d'une peinture époxy qui interdit toute infiltration et peut être nettoyée à grands jets. Quant à Lucy, elle a installé un système informatique et de surveillance sans fil, aussi mystérieux que le *Da Vinci Code* aux yeux de Marino.

— Enfin, j'veux dire, qui aurait envie de faire un casse ici ? lance-t-il à Shandy Snook en tapant le code qui désactive l'alarme protégeant la porte de séparation entre la baie de déchargement et la morgue.

— Je peux te garantir que pas mal de gens seraient intéressés. Allez, on fait un petit tour du propriétaire ?

— Non, pas ici.

Il la guide vers une nouvelle porte défendue par une alarme.

— Je veux voir un ou deux cadavres.

— Nan !

— Mais de quoi t'as la trouille ? C'est dingue ce qu'elle te fout les jetons, lance Shandy. (Ses chaussures grincent sur le sol.) Ma parole, on dirait que t'es son esclave.

Shandy ne cesse de lui balancer ce genre de réflexions et cela exaspère de plus en plus Marino.

— Si elle me foutait la trouille, tu ne serais pas là ce soir, même en m'ayant rendu dingue avec tes récriminations. Y a des caméras partout. Alors, bordel, pourquoi je ferais ça si je pétochais ?

Elle lève le visage vers l'une d'entre elles, sourit et salue d'un petit geste de la main.

— Arrête !

— Pourquoi ? Qui va voir ? Y a personne d'autre que nous et c'est pas la Grande Chef qui va les visionner, non ? Sans ça, on serait pas venus, non ? Tu fais dans ton froc. Ça me rend malade. Un grand mec comme toi. La seule raison pour laquelle t'as accepté que je rentre, c'est parce que ce crétin des pompes funèbres avait un pneu à plat. Et la Grande Chef arrivera pas avant un moment, et personne regardera ce qu'il y a sur les bandes. (Elle adresse un nouveau petit signe à la caméra.) T'aurais jamais assez de tripes pour me faire visiter si quelqu'un risquait de s'intéresser à ces enregistrements de surveillance. (Nouveau sourire, nouveau salut, à destination d'une autre caméra cette fois.) Je passe bien à la télé. T'as déjà été à la télé ? Mon papa n'arrêtait pas, c'est lui qui réalisait ses propres publicités. De temps en temps, je jouais dedans. Je pourrais faire carrière à l'écran. D'un autre côté, qui a envie que des tas de gens vous regardent sans arrêt ?

– À part toi, tu veux dire ?

Il lui donne une claque sur les fesses.

Les bureaux sont au rez-de-chaussée. Celui de Marino est de loin le plus élégant qu'il ait jamais occupé, avec son plancher en cœur de pin, ses rails de protection au milieu des murs destinés à parer au raclement du dos des chaises et ses moulures raffinées. Ils pénètrent dans la pièce.

– Tu vois, dans les années 1800, mon bureau servait probablement de salle à manger.

Elle jette un regard circulaire en mâchonnant son chewing-gum et rétorque :

– Quand on vivait à Charlotte, notre salle à manger était dix fois plus grande.

C'est la première fois qu'elle visite son bureau, qu'elle pénètre dans le bâtiment. Marino n'aurait jamais osé demander la permission à Scarpetta, qui, de toute façon, l'aurait refusée. Toutefois, après une nuit presque blanche de débauche, Shandy l'a encore attaqué, le traitant d'esclave de Scarpetta, et une certaine malveillance a envahi Marino. Ensuite, Scarpetta a téléphoné pour l'avertir que le fourgon funéraire de Lucious Meddick avait un pneu à plat et serait en retard. Bien sûr, Shandy l'a titillé à ce sujet, répétant encore et encore que Marino s'était dépêché pour rien et que, du coup, il pouvait bien lui faire visiter la morgue ainsi qu'elle le lui demandait depuis une semaine. Après tout, puisqu'elle est sa nouvelle copine, ce serait normal qu'elle voie où il travaille. Il a fini par accepter qu'elle le suive sur sa moto en direction du nord de Meeting Street.

— Ce sont de vraies antiquités, se vante-t-il. Ça vient de dépôts-ventes. C'est la Doc qui les a retapées. C'est quelque chose, hein ? C'est bien la première fois de ma vie que je m'installe derrière un bureau qu'est plus vieux que moi.

Shandy s'assied dans le fauteuil en cuir et ouvre les tiroirs assemblés en queue d'aronde.

— Moi et Rose, on s'est pas mal baladés dans les différentes pièces, cherchant ce que ça avait pu être avant. On est presque sûrs que son bureau à elle était la chambre de maître. Et la plus grande pièce, le bureau de la Doc, devait être ce qu'ils appelaient le salon.

— Ah ouais ? (Shandy examine le contenu d'un tiroir.) Comment tu fais pour retrouver quoi que ce soit là-dedans ? J'ai l'impression que tu fous toute ta merde n'importe comment parce que t'as pas envie de te prendre la tête avec un genre de classement.

— Je sais exactement où tout se trouve. J'ai mon propre système de classement, les trucs sont rangés par tiroirs.

— Et alors, où est ton fichier personnel, super-mec ?

— Là-haut, indique-t-il en désignant son crâne rasé et luisant.

— T'as pas des dossiers avec tes super-meurtres ? Des photos peut-être ?

— Non.

Elle se lève, réajuste son pantalon de cuir.

— Et donc la Grande Chef occupe le *salon*. Je veux y aller.

— Non.

— J'ai le droit de voir où elle bosse puisque tu lui appartiens.

— Je ne lui appartiens pas, et on va pas dans son bureau. De toute façon, y a rien qui t'intéressera là-bas, que des bouquins et un microscope.

— Je parie qu'elle garde des dossiers de super-meurtres dans son *salon*. Un *salon*, rien que ça !

— Dans l'ancien temps, on appelait ça un salon pour faire la différence avec l'ouvroir, explique Marino. (Il contemple son bureau d'un air fier, ses certificats accrochés aux murs, le gros dictionnaire qu'il n'ouvre jamais, pas plus que les autres ouvrages de référence que lui donne Scarpetta lorsqu'elle reçoit la nouvelle édition révisée. Il caresse des yeux ses trophées de bowling, nettement alignés sur les étagères d'une bibliothèque, astiqués comme des sous neufs.) L'ouvroir, c'était une pièce super-guindée, située juste après la porte d'entrée. C'est là que tu collais les visiteurs quand t'avais pas envie qu'ils s'éternisent. Les autres, ils avaient droit au salon.

— On dirait que tu es assez content qu'elle ait acheté cet endroit, malgré toutes tes récriminations.

— Bof, c'est pas si mal que ça pour un vieux truc. J'aurais quand même préféré du neuf.

— Ton vieux truc à toi est pas si mal non plus. (Elle serre son sexe dans sa main jusqu'à lui faire mal.) On dirait même que c'est bien neuf. Montre-moi où la Grande Chef bosse. Je veux visiter son bureau. (Elle serre à nouveau.) Tu te raidis parce que je te fais de l'effet ou parce qu'elle te fiche la trouille ?

— La ferme ! ordonne-t-il en repoussant sa main, énervé par ses jeux de mots.

— Montre-moi où elle travaille.

— J't'ai déjà dit non.

— Alors fais-moi visiter la morgue.

— Non, j'peux pas.

— Pourquoi ? Parce qu'elle te flanque une telle pétoche que tu te fais dessus ? Qu'est-ce qu'elle ferait ? Appeler la police de la morgue ? Montre-moi, exige-t-elle.

Il jette un regard vers la petite caméra fixée dans un coin du couloir. Personne ne visionnera les bandes. Shandy a raison. Personne ne s'en donnera la peine. Ce mélange de malveillance, d'envie de revanche, d'agressivité l'envahit à nouveau, le poussant à faire quelque chose d'affreux.

Les doigts du Dr Self pianotent sur le clavier de son ordinateur portable. De nouveaux messages électroniques lui parviennent sans discontinuer : agents, avocats, managers, directeurs de programmes de télé, quelques patients et fans triés sur le volet.

Rien de *lui* toutefois. Le Marchand de sable. Elle est sur les nerfs. Il veut la pousser à croire qu'il a commis l'inconcevable, la tourmenter en faisant monter son angoisse, sa terreur, en la forçant à penser à l'inconcevable. Lorsqu'elle a ouvert son dernier *mail* au studio, au cours de sa pause de la matinée, cet épouvantable vendredi, ce qu'il venait de lui envoyer, le dernier message qu'il lui avait adressé, était de ces choses qui changent le cours d'une vie. Du moins temporairement.

Je Vous en prie, faites que ce ne soit pas vrai.

Fallait-il qu'elle soit sotte et crédule pour répondre à ses premiers envois sur son adresse électronique personnelle, l'automne dernier ! Mais la curiosité l'avait emporté. Comment était-il parvenu à se procurer son adresse électronique personnelle, privée, très privée ? Il fallait qu'elle sache. Elle lui avait donc répondu, le lui demandant. Une correspondance avait débuté. Il est étrange, spécial. De retour d'Irak où il a été profondément traumatisé. Une relation thérapeutique via *e-mails* s'est donc progressivement développée entre eux, le Dr Self gardant à l'esprit qu'il ferait un fabuleux invité pour son émission. Elle n'avait aucune idée qu'il puisse être capable de l'inconcevable.

Je Vous en prie, faites que ce ne soit pas vrai.

Si seulement elle pouvait revenir en arrière. Si seulement elle ne lui avait jamais répondu. Si seulement elle n'avait pas tenté de lui venir en aide. Il est fou, un mot qu'elle utilise rarement. Sa prétention à la gloire, c'est précisément que tout le monde peut changer. Pas lui. Pas s'il a accompli l'inconcevable.

Je Vous en prie, faites que ce ne soit pas vrai.

S'il a véritablement accompli l'inconcevable, c'est qu'il n'est qu'un être hideux, au-delà de tout espoir d'amélioration. « Le Marchand de sable ». Que signifie ce surnom ? Pourquoi n'a-t-elle pas exigé qu'il s'en explique, quitte à le menacer de rompre tout contact avec lui s'il refusait de lui répondre ?

Parce qu'elle est psychiatre et que les psychiatres ne menacent pas leurs patients.

Je Vous en prie, faites que l'inconcevable ne soit pas vrai.

Qui qu'il soit en réalité, elle ne peut pas l'aider, ni personne d'autre sur terre. Et peut-être a-t-il vraiment commis l'inconcevable, alors qu'elle ne l'aurait jamais cru. Si tel est le cas, il ne reste qu'une solution au Dr Self pour se tirer de cette situation. Elle a pris sa décision au studio, au cours de cette journée qu'elle n'oubliera jamais, juste après avoir regardé la photographie qu'il lui avait envoyée. Elle a soudain compris qu'elle pourrait se retrouver face à un grave danger, et ce pour une multitude de raisons. Il a donc fallu qu'elle raconte à ses producteurs qu'elle était confrontée à une urgence familiale dont elle ne pouvait pas parler. Elle devait interrompre ses émissions quelques semaines, en croisant les doigts. Ils n'auraient qu'à boucher les trous au pied levé avec son habituel remplaçant (un psychologue très moyennement divertissant qui n'est certainement pas un rival pour elle, mais se berce de l'illusion contraire). C'est la raison pour laquelle elle ne peut pas se permettre de s'absenter plus de quelques semaines. Tous tentent de lui prendre sa place. Le Dr Self a appelé Paulo Maroni, prétextant qu'elle souhaitait lui recommander quelqu'un, et a pu lui parler aussitôt. Elle est montée (déguisée) dans une limousine (elle ne pouvait pas avoir recours à l'un de ses chauffeurs personnels). Elle s'est ensuite engouffrée (toujours déguisée) à bord d'un avion privé et a été admise au McLean sous un nom d'emprunt. Ici elle est en sécurité, cachée, et elle espère qu'elle pourra bientôt découvrir que l'inconcevable n'a jamais eu lieu.

Il ne s'agit que d'une ruse malsaine. Il ne l'a pas fait. Les dingues font souvent de fausses confessions.

(Et si ce n'était pas une ruse?)

Elle doit envisager le pire scénario: les gens la jugeant coupable. Ils diront que c'est de sa faute si le dingue a fait une fixation sur Drew Martin, après qu'elle a remporté l'US Open l'automne dernier et qu'elle a été invitée aux émissions du

Dr Self. Des émissions fabuleuses et des interviews exclusives. Drew et elle ont partagé des heures extraordinaires. Elles ont discuté de «pensée positive», de la façon dont on peut augmenter son pouvoir sur soi-même pour peu que l'on dispose des outils adéquats, de la décision qu'il faut prendre de gagner ou de perdre, et comment toutes ces choses ont permis à Drew, âgée d'à peine seize ans, de provoquer un des plus importants séismes du tennis. L'émission du Dr Self, *Quand vaincre*, couronnée par une récompense, a été un succès phénoménal.

Son rythme cardiaque s'accélère lorsqu'elle replonge de l'autre côté de l'horreur. Elle ouvre à nouveau l'*e-mail* du Marchand de sable, comme si le regarder encore, le scruter changera quelque chose. Il s'agit d'un message sans texte, comprenant seulement un fichier attaché, une effroyable photo haute résolution de Drew, nue, assise dans une baignoire en mosaïque grise creusée dans un sol de carreaux de terre cuite. L'eau lui arrive jusqu'à la taille. Lorsque le Dr Self agrandit l'image – elle l'a déjà fait à maintes reprises –, elle peut distinguer que la peau des bras de la jeune fille se hérisse, elle voit les lèvres et les ongles bleus. En d'autres termes, l'eau qui s'écoule du vieux robinet de cuivre est glacée. Les cheveux de la jeune fille sont mouillés. Sur son visage, une expression indéchiffrable. Sidérée? Pitoyable? En état de choc? On dirait qu'elle a été droguée.

Dans l'un de ses premiers messages, le Marchand de sable a confié au Dr Self qu'en Irak il était habituel de «faire tremper» des prisonniers nus, de les frapper, de les humilier, de les forcer à uriner sur leurs compagnons. Vous faites ce que vous avez à faire, a-t-il écrit. Après un moment, ça devenait normal et ça ne le gênait plus de prendre des photos. En fait, pas grand-chose ne lui importait jusqu'à ce truc, *cette chose particulière* qu'il a faite. Il ne lui a jamais expliqué la nature de *cette chose particulière* et elle est convaincue qu'elle est à l'origine de sa transformation en monstre. Du moins si l'on part du principe qu'il s'est rendu coupable de l'inconcevable, si ce qu'il lui a envoyé n'est pas une ruse.

(Même s'il s'agit d'une ruse, c'est un monstre de lui infliger cela!)

Elle détaille l'image, à la recherche du moindre signe de trucage, l'agrandissant, la réduisant, la réorientant, la scrutant. *Non, non, non,* tente-t-elle de se rassurer. *Bien sûr que cela n'existe pas.*

(Et si c'était réel?)

Ses pensées reviennent en boucle. Si elle est jugée responsable de ce qui s'est produit, sa carrière se fracassera en plein vol. Du moins temporairement. Ses millions d'admirateurs diront que c'est de sa faute, qu'elle aurait dû prévoir ce qui allait se passer. Ils penseront qu'elle n'aurait jamais dû discuter de Drew avec un patient anonyme qui se fait appeler le Marchand de sable et lui envoie des messages électroniques. Il a affirmé avoir vu Drew à la télévision, lu des articles à son sujet. Elle lui a fait l'effet d'une jeune fille charmante mais terriblement seule. Un jour, il la rencontrerait et elle l'aimerait, et sa souffrance s'évanouirait.

Si jamais le public l'apprend, ce sera à nouveau la Floride, en pire. Conspuée. Injustement. Du moins temporairement.

«J'ai vu Drew lors de votre émission et je pouvais sentir son intolérable peine, a écrit le Marchand de sable. Elle me remerciera.»

Le Dr Self fixe la photographie affichée sur son écran. On la fustigera de ne pas avoir prévenu la police dès qu'elle a reçu ces messages, neuf jours plus tôt, et personne n'acceptera de voir les choses à sa façon. Car son raisonnement est parfaitement logique: si ce que lui a envoyé le Marchand de sable est véridique, il est déjà trop tard pour tenter quoi que ce soit. Si, au contraire, il s'agit d'une tromperie malsaine (réalisée grâce à l'un de ces logiciels de traitement d'images), quel est l'intérêt de le divulguer, au risque de donner de mauvaises idées à d'autres individus mentalement dérangés?

Ses sinistres pensées se tournent vers Marino. Benton aussi.
Vers Scarpetta.
Et Scarpetta s'immisce dans son esprit.

Son tailleur noir à larges rayures bleu pâle, sous lequel se devinait un chemisier assorti, faisait ressortir le bleu de son regard. Elle portait ses cheveux blonds courts et avait opté pour un maquillage léger. Assise très droite, visiblement à l'aise, dans le box des témoins, face aux jurés, elle était saisissante et respirait la force. Elle les avait fascinés par ses réponses, ses explications. Jamais elle n'avait eu recours à ses notes.

— Mais n'est-il pas exact qu'en presque totalité les pendaisons sont des suicides, suggérant qu'il est possible qu'elle ait mis fin à ses jours ? demande l'un des avocats du Dr Self en arpentant la salle d'audience de Floride.

Marilyn Self en avait fini avec son témoignage et la cour lui avait donné la permission de se retirer. Cependant elle n'avait pu résister à l'envie d'assister à la suite des débats. Pour l'écouter. Scarpetta. Espérant qu'elle commettrait une erreur ou qu'elle s'embourberait dans ses déclarations.

— Statistiquement, à notre époque, il est exact que la plupart des pendaisons, pour ce que nous en savons, sont suicidaires, c'est-à-dire non criminelles, répond Scarpetta en s'adressant aux jurés, refusant de regarder l'avocat du Dr Self, agissant comme s'il lui parlait par interphone d'une autre pièce.

— Pour ce que vous en savez ? Est-ce à dire, madame Scarpetta...

— Dr Scarpetta, rectifie-t-elle.

Les jurés lui avaient renvoyé son sourire, visiblement captivés, séduits. Presque amoureux d'elle alors qu'elle s'acharnait à pulvériser la crédibilité et la dignité du Dr Self sans que personne dans la salle d'audience se rende compte qu'elle les manipulait et leur mentait. En effet, un tissu de mensonges ! Un meurtre, pas un suicide. Du coup, le Dr Self devenait indirectement responsable d'un meurtre ! Ça n'était pas de sa faute. Comment aurait-elle pu prévoir que ces gens seraient assassinés ? Ce n'était pas parce qu'ils avaient disparu de chez eux que quelque chose d'affreux leur était nécessairement arrivé.

Lorsque Scarpetta lui avait téléphoné après avoir découvert

chez ces gens un flacon de médicaments mentionnant le nom du prescripteur, Marilyn Self avait refusé, à juste titre, de répondre à ses questions et de discuter de ses patients ou anciens patients. Comment aurait-elle pu penser que quelqu'un serait tué ? Tué d'épouvantable façon. Ce n'était pas de sa faute ! D'ailleurs, si tel avait été le cas, elle aurait été traînée devant un tribunal pénal. Or il ne s'agissait que d'une action en justice engagée par des héritiers cupides. Ce n'était pas de sa faute, mais Scarpetta s'était débrouillée pour faire croire le contraire aux jurés.

Le souvenir de la salle d'audience envahit l'esprit du Dr Self.

— Voulez-vous insinuer que vous ne pouvez déterminer si une pendaison est un suicide ou un homicide ? insiste l'avocat d'une voix plus forte.

— Pas sans témoin ou environnement qui indique clairement ce qui s'est passé.

— C'est-à-dire ?

— Que quelqu'un, par exemple, ne pouvait absolument pas se pendre de cette façon-là.

— Un exemple ?

— Un sujet pendu à un haut lampadaire éclairant un parking. Pas d'échelle. Les mains ligotées dans le dos.

— S'agit-il d'une véritable affaire ou d'une invention de votre cru ? contre-t-il d'un ton sarcastique.

— 1962. Un lynchage à Birmingham, Alabama, précise-t-elle aux jurés, dont sept sont noirs.

Le Dr Self abandonne l'autre versant de l'horreur et referme le fichier de la photographie. Elle attrape son téléphone et compose le numéro du bureau de Benton Wesley. Son instinct lui dit immédiatement que la femme qui lui répond, dont elle ne connaît pas la voix, est jeune, qu'elle surestime son importance et n'est pas peu satisfaite de ce qu'elle est. Elle doit donc venir d'une famille fortunée, avoir été engagée au McLean par faveur et être une épine au flanc de Benton.

— Puis-je avoir votre prénom, docteur Self ? demande la

femme comme si elle l'ignorait alors que tout le monde au McLean sait qui est le Dr Self.

– J'espérais que le Dr Wesley serait enfin arrivé. Il attend mon appel.

– Il ne sera pas là avant onze heures…

Comme si elle était la première venue !

– … Puis-je connaître le motif de votre appel ?

– C'est inutile. Et qui êtes-vous ? Je ne crois pas vous avoir déjà rencontrée. La dernière fois que j'ai appelé le Dr Wesley, j'ai eu une autre personne.

– Qui nous a quittés.

– Votre nom ?

– Jackie Minor. La nouvelle assistante de recherche du Dr Wesley.

Son ton s'est fait important. Elle n'a sans doute même pas encore soutenu son PhD, si tant est qu'elle y parvienne jamais.

Suave, le Dr Self poursuit :

– Merci beaucoup, Jackie. Je suppose que vous avez accepté cette fonction afin de l'assister dans ses recherches. Comment se nomme le programme, déjà ? Maternité, Efficience, Réceptivité et Dorsolatérale Activation ?

– MERDA ? traduit Jackie d'un ton surpris. Qui l'a baptisé comme ça ?

– Eh bien, mais je crois que c'est vous, à l'instant. Je n'avais même pas pensé à l'acronyme. C'est vous qui venez de le prononcer. Vous êtes très spirituelle. Quel grand poète a un jour affirmé… attendez que je me souvienne… « L'esprit est le génie de percevoir et la métaphore de l'expression » ? Quelque chose dans ce genre. Alexander Pope, je crois. Nous nous rencontrerons bientôt, Jackie. Très bientôt. Ainsi que vous le savez sans doute, je suis impliquée dans cette recherche. Celle que vous avez appelée MERDA.

– Oh, je savais que c'était quelqu'un d'important qui appelait. C'est pour cette raison que le Dr Wesley a passé le week-end ici et qu'il m'a demandé de le rejoindre. Tout ce qu'ils ont indiqué sur la feuille de programme est « VIP ».

– Vous devez avoir un travail très astreignant auprès de lui.

– Tout à fait.

– Surtout avec sa réputation internationale.

– C'est la raison pour laquelle je voulais être son assistante de recherche. Je suis interne en psychologie médico-légale.

– Bravo ! Excellent ! Peut-être vous inviterai-je un jour à participer à mon émission.

– Je n'y avais pas songé.

– Eh bien, songez-y, Jackie. Cela fait déjà un moment que je me demande si je ne vais pas élargir mes centres d'intérêt et aborder *l'autre versant de l'horreur.* L'autre versant du crime, celui que les gens ne voient pas : l'esprit criminel.

– De nos jours, tout le monde est fasciné par le sujet, approuve Jackie. Il suffit d'allumer la télévision pour tomber sur une émission qui tourne autour du crime.

– Aussi suis-je en train de commencer à envisager la participation de consultants de production.

– Je serai ravie d'en discuter avec vous, à votre convenance.

– Avez-vous déjà eu l'occasion d'interroger un criminel violent ? Ou peut-être d'assister à l'une des entrevues du Dr Wesley avec l'un d'eux ?

– Pas encore, mais je n'y manquerai pas.

– Alors nous nous rencontrerons, docteur Minor. C'est bien *docteur* votre titre ?

– Dès que j'aurai trouvé un peu de temps pour rédiger mon mémoire et que je soutiendrai ma thèse. Nous planifions déjà la cérémonie de remise du diplôme.

– Et comme vous avez raison ! C'est l'un des plus beaux moments de nos vies.

Aux siècles passés, le laboratoire aux murs de stuc réservé à l'informatique, situé derrière la morgue de brique, abritait chevaux et palefreniers.

Fort heureusement, avant que ne puisse intervenir un comité municipal de protection des bâtiments anciens, l'immeuble avait déjà été transformé en garage et en hangar de stockage.

Lucy l'a investi et baptisé son « laboratoire informatique On fera avec ». L'édifice en brique est petit, presque minimaliste. La construction de l'énorme bâtiment qui s'élèvera sous peu de l'autre côté de la rivière Cooper avance bien. L'espace n'y est pas compté et le plan d'occupation des sols y est permissif, selon la jeune femme. Lorsque l'immeuble sera terminé, ses nouvelles installations de sciences légales disposeront de tout le matériel et de toutes les spécialités imaginables. Jusque-là, ils se sont assez bien débrouillés avec les analyses d'empreintes digitales, la toxicologie, la balistique, la recherche de certaines traces, ainsi que les empreintes ADN. Mais les fédéraux n'ont encore rien vu. Lucy va les faire rougir de honte.

Ce laboratoire de vieille brique au plancher de sapin est devenu son domaine informatique, séparé du reste du monde par des fenêtres aux vitrages capables de résister aux balles et aux ouragans, en permanence occultés par des stores. Lucy est installée devant une station de travail connectée à un serveur de soixante-quatre gigabits, avec un châssis fait de six étagères démontables, en forme d'U. Le noyau, c'est-à-dire le système qui permet l'interface entre le *hardware* et le *software,* est de sa conception, construit grâce au langage le plus simple, de sorte qu'elle puisse discuter avec la carte mère lorsqu'elle créait son cybermonde – ou plutôt ce qu'elle appelle l'« infinité de l'espace intérieur » –, dont elle a vendu le prototype pour une somme si faramineuse qu'il serait indécent de la mentionner. Lucy ne parle pas d'argent.

Se succédant en haut des murs, des écrans plats relaient en permanence chaque image, chaque son capturé par le système de surveillance vidéo sans fil et les micros inclus dans les murs. Le spectacle auquel elle est en train d'assister est ahurissant.

– Abruti d'enfoiré ! lance-t-elle à l'écran situé en face d'elle.

Marino fait faire le tour du propriétaire à Shandy. Ils visitent la morgue. Les angles de prise se succèdent sur les écrans et Lucy peut entendre chacune de leurs paroles aussi nettement que si elle était à leurs côtés.

Boston, quatrième étage d'un immeuble en grès brun de Beacon Street datant de la deuxième moitié du dix-neuvième siècle.

Benton Wesley est installé derrière son bureau. Son regard perdu vers la fenêtre suit l'ascension d'une montgolfière qui dérive au-dessus du grand parc municipal, au-dessus des ormes d'Écosse aussi vieux que l'Amérique. Le gros ballon blanc s'élève avec lenteur, telle une énorme lune qui se dessine sur la silhouette du centre-ville.

La sonnerie de son téléphone portable retentit. Il positionne son écouteur et annonce : « Wesley », en croisant les doigts pour qu'il ne s'agisse pas d'une quelconque urgence concernant le Dr Self, l'actuel fléau du McLean et peut-être le plus redoutable de son histoire.

– C'est moi. (Il reconnaît la voix de Lucy.) Connecte-toi en vidéoconférence.

Benton ne demande pas d'explication et se connecte aussitôt sur le réseau sans fil de Lucy, capable de transférer images, sons et données en temps réel. Le visage de la jeune femme emplit l'écran de l'ordinateur portable de Benton posé sur le bureau. Elle a l'air reposée, jolie et énergique, comme à l'accoutumée, pourtant la fureur brille dans son regard.

– Attends, j'essaie un truc différent. Je te connecte au système de sécurité pour que tu puisses voir la même chose que moi. D'accord ? Ton écran va se diviser en quatre, afin de récupérer quatre angles de vue. Enfin, selon ce que je relaierai. Ça devrait être suffisant pour que tu puisses assister aux amusements de notre soi-disant ami Marino.

– Ça vient.

L'écran de l'ordinateur de Benton se fragmente en quartiers, lui permettant de voir simultanément quatre localisations de l'immeuble de Scarpetta.

L'interphone de la baie de déchargement.

Dans le coin supérieur gauche de l'écran, Marino est en compagnie d'une jeune femme sexy mais vulgaire, vêtue d'un pantalon de motard en cuir. Ils avancent le long du couloir de l'étage qui dessert le bureau de Scarpetta. Marino ordonne à la femme :

– Tu restes ici jusqu'à ce que j'aie expédié les formalités d'admission du corps.

– Et pourquoi je ne peux pas venir avec toi ? J'ai pas peur.

Sa voix rauque, à l'épais accent sudiste, est transmise distinctement par les écouteurs posés sur le bureau de Benton.

– Qu'est-ce qui se passe à la fin ? s'exclame-t-il.

– Regarde, lui répond aussitôt Lucy. C'est sa dernière merveille.

– Depuis quand ?

– Voyons. Je crois qu'ils ont commencé à coucher ensemble lundi dernier. Le soir même où ils s'étaient rencontrés et bourré la gueule de concert.

Marino et Shandy montent dans l'ascenseur. Une autre caméra les filme. Marino prévient :

– D'accord. Mais si le gars le raconte à la Doc, je suis cuit. Que…

– Que-que-que, c'est la Doc qui le mène par la queue, chantonne-t-elle.

– Ouais, ben, tu vas passer une blouse pour planquer tout ce cuir, et surtout t'ouvres pas la bouche et tu restes tranquille. Tu perds pas les pédales, ni rien d'autre, et je suis sérieux.

– Comme si j'avais jamais vu de macchabée de ma vie ! rétorque-t-elle.

Les portes de l'ascenseur s'entrouvrent. Ils sortent.

– Mon père s'est étouffé avec un morceau de viande, juste devant moi et le reste de la famille.

– Les vestiaires sont là-bas. La porte de gauche, précise Marino.

– Gauche ? Quand je regarde dans quel sens ?

– La première porte après le coude du couloir. Passe une blouse et magne-toi.

Shandy s'élance. Benton la voit apparaître dans un autre quartier de son écran. Elle est dans le vestiaire – celui de Scarpetta. Elle attrape une blouse – celle de Scarpetta – et la passe à la hâte, devant derrière. Marino attend à l'autre bout du couloir. Elle se précipite vers lui, la blouse entrouverte.

Une autre porte. Elle conduit à la baie de déchargement où les motos de Marino et Shandy sont garées dans un coin, encerclées par des cônes de signalisation. Un fourgon a reculé dans la baie. Les vieux murs de brique répercutent le ronronnement du moteur. Un employé des pompes funèbres en descend, grand, efflanqué et dégingandé, vêtu d'un costume et d'une cravate aussi noirs et luisants que son fourgon. Il déplie sa haute silhouette maigre et lustrée comme on déplierait une civière, une véritable déformation professionnelle à lui tout seul. Un détail étrange alerte Benton : les mains de l'homme sont refermées en serre.

— Je suis Lucious Meddick, se présente-t-il en soulevant le hayon. On s'est rencontrés quand ils ont repêché ce petit garçon dans les marais.

Il enfile une paire de gants en latex et Lucy zoome sur lui. Benton remarque l'appareil en plastique qui couvre ses dents et le ruban élastique enroulé autour de son poignet.

— Gros plan sur les mains, demande Benton.

Lucy s'exécute pendant que Marino lâche, d'un ton qui laisse supposer que l'autre lui est franchement antipathique :

— Ouais, j'me souviens.

Benton détaille les ongles rongés, la chair du bout des doigts à vif, et annonce à Lucy :

— Une forme d'automutilation.

— On en sait un peu plus à son sujet ? poursuit Lucious en faisant référence au petit garçon non identifié dont Benton n'ignore pas qu'il se trouve toujours à la morgue.

— C'est pas vos oignons. Si on avait voulu le diffuser, ça serait passé aux infos.

— Mon Dieu, commente Lucy pour Benton, on dirait Tony Soprano !

Marino désigne du doigt le pneu arrière gauche du fourgon et déclare :

— On dirait que vous avez perdu un enjoliveur.

– C'est la roue de secours, explique Lucious d'un ton coupant.

– Ça fout un peu tout par terre, non ? Un véhicule super-équipé et tout pomponné avec une roue retenue par ces affreux écrous.

D'humeur morose, Lucious tire la civière sur glissière installée à l'arrière du fourgon. Les pieds d'aluminium se déplient et se bloquent dans un claquement. Meddick pousse le brancard, alourdi d'un corps enveloppé d'une housse noire, le long de la rampe d'accès sans que Marino lui propose son aide. Il heurte le chambranle de la porte et jure.

Marino destine un clin d'œil à Shandy, qui détonne un peu dans sa blouse de chirurgie ouverte et ses bottes noires de motarde. Impatient, Lucious abandonne le corps au beau milieu du couloir, tire son élastique qui claque contre son poignet et criaille, irrité :

– Bon, faut s'occuper de la paperasse !

– Pas la peine de beugler, lâche Marino. Ça pourrait réveiller quelqu'un.

– J'ai pas trop de temps à perdre avec votre petit numéro. Lucious tourne les talons.

– Vous irez nulle part tant que vous m'aurez pas aidé à la transférer sur l'un de nos chariots dernier cri.

– Il se sent obligé de la ramener. (La voix de Lucy résonne dans l'écouteur de Benton.) Pour impressionner sa pétasse-princesse des chips.

Marino sort un chariot de la chambre froide, tout éraflé, aux pieds arqués. Une des roues tire sur le côté comme celle d'un vieux Caddie déglingué de supermarché. Aidé d'un Lucious très mécontent, il soulève le corps et le dépose dessus.

– Dites-moi, votre patronne, c'est quelque chose. Le mot en *b* pour « bourrique » vient aussitôt à l'esprit.

– Personne vous a demandé votre opinion. (Se tournant vers Shandy:) T'as entendu quelqu'un lui demander son opinion ?

Elle fixe la housse noire. On dirait qu'elle n'a rien entendu.

– C'est pas de ma faute si elle s'est emmêlée avec ses adresses sur Internet. On aurait dit que je commettais un acte impardonnable en arrivant chez elle, dans le seul but de faire mon boulot. Moi, je m'entends bien avec tout le monde. Y a une entreprise de pompes funèbres que vous recommandez à vos clients ?

— Payez-vous une putain de réclame dans les *Pages jaunes*.

Lucious se dirige vers le petit bureau de la morgue d'une démarche brusque, pliant à peine les genoux, évoquant à Benton une paire de ciseaux.

Sur l'un des cadrans de l'écran, Lucious s'affaire dans le petit bureau, s'agite avec la paperasse, ouvre les tiroirs, fourrage à l'intérieur, en extirpe un stylo. Dans un autre, Marino demande à Shandy :

— Personne connaissait la manœuvre d'expulsion de Heimlich ?

— Je veux bien tout apprendre, mon chou. Toutes les manœuvres que tu me montreras.

— Sans blague. Quand ton père était en train de s'étouffer…, entreprend d'expliquer Marino.

— On a pensé qu'il faisait une crise cardiaque ou une attaque cérébrale, l'interrompt-elle. C'était horrible. Il essayait de s'accrocher. Il est tombé par terre, se fendant le crâne, et il est devenu tout bleu. On savait pas quoi faire. Jamais on aurait imaginé qu'il était en train de s'étouffer avec un morceau de viande. De toute façon, même si on l'avait su, on aurait rien pu faire à part appeler le numéro d'urgence.

On dirait qu'elle va fondre en larmes.

— J'suis désolé de te contredire, mais vous auriez pu tenter un truc. Tiens, tourne-toi, je vais te montrer.

Lucious, qui en a terminé avec les formalités administratives, sort du bureau de la morgue et dépasse Marino et Shandy. Ils ne lui prêtent aucune attention lorsqu'il pénètre dans la salle d'autopsie, seul, sans surveillance. Marino entoure la taille de Shandy de ses bras massifs. Il serre la main en poing, son pouce plaqué sur l'abdomen de sa compagne, juste au-dessus du nombril. Il saisit son poing de son autre main et comprime les bras pour engendrer une poussée vers le haut. Puis il glisse les mains vers ses seins et la caresse.

– C'est pas vrai ! commente la voix de Lucy. Et il bande dans cette foutue morgue !

Lucious traverse la salle d'autopsie et s'approche d'un grand registre noir, « le Registre des morts », comme l'appelle dignement Rose. Il enregistre le corps qu'il vient d'amener avec le stylo qu'il a récupéré dans un des tiroirs du bureau de la morgue.

– Il ne doit pas faire ça, s'offusque Lucy. Il n'y a que tante Kay qui ait le droit de remplir ce registre. Il s'agit d'un document officiel.

Shandy déclare à Marino :

– Tu vois, c'est pas si difficile que ça de se trouver ici. Peut-être que si, remarque. (Toujours penchée vers l'avant, elle tend les bras derrière elle pour l'attraper.) Ça, tu sais remonter une nana. J'ai bien dit remonter. Waouh !

– Je n'en crois pas mes yeux, confesse Benton à Lucy.

Shandy se retourne dans les bras de Marino, l'embrasse à pleine bouche dans la morgue, et durant une seconde Benton se demande s'ils ne vont pas faire l'amour dans le couloir.

Puis Marino propose :

– Allez, essaie sur moi.

Lorsque Marino se retourne, son état d'excitation est évident. Shandy peut à peine l'encercler de ses bras et éclate de rire. Il plaque ses énormes mains sur les siennes et l'aide à pousser en disant :

– Sans blague, si un jour tu vois que je m'étouffe, tu pousses de cette façon. Dur. (Il lui montre.) L'idée est d'expulser l'air de sorte que ce qui est coincé soit chassé avec.

Les mains de Shandy progressent vers le bas et elle lui saisit à nouveau le sexe. Il la repousse, dos tourné vers la porte de la salle d'autopsie au moment où Lucious en émerge.

– Elle a appris des trucs au sujet du petit garçon mort ? demande Lucious Meddick. (La bande élastique claque contre son poignet.) Sans doute pas puisqu'il est toujours suivi de la mention « cause indéterminée » dans le Registre des morts.

– Il était « indéterminé » quand on l'a amené ici. Qu'est-ce que vous foutiez à fouiner dans ce registre ?

Marino est grotesque, s'adressant à un homme à qui il tourne le dos.

— De toute évidence, elle peut pas s'occuper d'un cas aussi complexe. C'est vraiment dommage que je ne me sois pas chargé de son transport. J'aurais pu apporter mon concours. Je connais plus de trucs sur le corps humain que n'importe quel médecin. (Lucious se déplace sur le côté et fixe l'entrejambe de Marino.) Eh ben, dis donc !

— Vous savez que dalle et vous pouvez la fermer au sujet du gamin, siffle Marino, mauvais. Et vous pouvez aussi la fermer au sujet de la Doc. Et vous pouvez aussi vous tirer d'ici.

— Vous parlez du petit garçon de la dernière fois ? demande Shandy.

Lucious s'éloigne dans un cliquettement de civière, abandonnant le corps qu'il vient d'apporter au beau milieu du couloir, devant la porte en acier inoxydable d'une chambre froide. Marino l'ouvre et pousse son chariot récalcitrant à l'intérieur, son érection toujours aussi nettement perceptible.

— Ah, mon Dieu, souffle Benton.

— Il prend du Viagra ou quoi ? renchérit Lucy par l'intermédiaire de l'écouteur.

— Bordel, pourquoi vous achetez pas un nouveau brancard, ou je sais pas comment vous appelez ce truc ? lance Shandy.

— La Doc fout pas l'argent par les fenêtres.

— En plus, elle est radine. Je parie qu'elle te paie des clopinettes.

— Si on a besoin d'un truc, elle nous le procure, mais elle balance pas le fric pour rien. Pas comme Lucy qui pourrait s'acheter la Chine.

— Tu montes toujours sur tes grands chevaux pour défendre ta Grande Chef, hein ? Mais pas aussi bien que tu montes pour moi, mon chou, roucoule Shandy en le tripotant.

— Je crois que je vais vomir, gémit Lucy.

Shandy pénètre dans la chambre froide pour découvrir ce qui s'y trouve. Benton entend nettement le souffle de l'air froid qui s'échappe dans le couloir.

Une des caméras de la baie de déchargement montre Lucious s'installant derrière le volant de son fourgon.

— C'est un meurtre ? demande Shandy en désignant le corps qui vient d'être livré. (Son regard se tourne vers un autre chariot poussé dans un coin.) Je veux savoir au sujet du gosse.

Lucious démarre. La porte de la baie se referme derrière le véhicule dans un claquement brutal qui évoque celui d'un accrochage de voitures.

— Cause naturelle, lâche Marino. Il s'agit d'une vieille dame orientale. Quatre-vingt-cinq ans, dans ces eaux-là.

— Pourquoi on l'a envoyée ici si elle est morte de cause naturelle ?

— Parce que le coroner en a décidé ainsi. Pourquoi ? J'en sais foutre rien. La Doc m'a juste demandé de me trouver sur place. Selon moi, il s'agit d'une bonne vieille crise cardiaque. (Il fait la grimace.) Je sens un drôle de truc.

— Allez, on regarde, insiste Shandy. Juste un petit coup d'œil.

Benton suit leurs moindres gestes à l'écran. Marino descend la fermeture à glissière de la housse à cadavres et Shandy a un sursaut de dégoût, s'écarte vivement, les mains plaquées sur le nez et la bouche.

— Bien fait pour toi ! s'exclame Lucy.

Elle zoome sur le corps en pleine décomposition, boursouflé de gaz, une tache verdâtre recouvrant progressivement l'abdomen. Benton connaît si bien l'odeur qui s'en dégage, une puanteur à nulle autre pareille qui s'accroche à l'air et colle au palais.

— Merde, éructe Marino en remontant précipitamment la fermeture à glissière de la housse. Elle est probablement morte depuis plusieurs jours et ce foutu coroner de Beaufort County a pas voulu s'y coller. T'en as plein les narines, hein ? (Il se moque d'elle.) Et toi qui pensais que mon boulot était une sinécure !

Shandy se rapproche du petit corps protégé par une housse, poussé dans un coin, solitaire. Elle se fige, le regard rivé sur lui.

– Ne t'avise pas de faire cela, siffle Lucy dans l'écouteur de Benton en s'adressant à l'image de Marino.

– Je parie que je sais qui est dans ce petit sac, murmure Shandy d'une voix presque inaudible.

Marino ressort de la chambre froide et intime :

– Allez, Shandy, dehors.

– Et qu'est-ce que tu feras si je veux pas ? Tu vas me boucler ici ? Allez, Pete. Ouvre cette poche. Je sais qu'il s'agit du garçon mort dont tu as discuté avec ce tordu des pompes funèbres. La télé a pas arrêté d'en parler. Il est toujours ici ? Comment ça se fait ? Pauvre petit gosse, tout seul, tout glacé dans ce réfrigérateur !

– Il a perdu les pédales, complètement, dit Benton.

Marino pénètre à nouveau dans la chambre froide, argumentant :

– J'te jure que c'est pas un spectacle et que tu regretteras.

– Pourquoi ça ? C'est le gamin qu'ils ont retrouvé à Hilton Head. Celui dont la télé a pas arrêté de parler, se répète-t-elle. Je le savais. Pourquoi est-ce qu'il est toujours ici ? Ils savent qui a fait le coup ?

Plantée à côté du chariot sur lequel est allongé le petit garçon, elle ne bouge pas d'un pouce.

– On n'en sait foutre rien. C'est pour ça qu'il est toujours là. Allez, viens.

Il l'encourage d'un geste de bras et il est difficile de les entendre tous les deux à la fois.

– Laisse-moi le voir.

– Ne faites pas cela ! grince Lucy. Ne vous bousillez pas avec un truc pareil !

– J'ai pas envie, lance Marino à Shandy.

– Je pourrai le supporter. J'ai le droit de le voir parce que tu ne dois pas avoir de secrets pour moi. C'est notre pacte. Alors prouve-moi tout de suite que c'est le cas.

Elle semble fascinée par la housse, qu'elle ne quitte pas des yeux.

– Nan. Quand on en vient à des trucs de ce genre, le pacte ne tient plus.

– Bien sûr que si. Vite, je suis en train de me refroidir comme un cadavre.

– Si jamais la Doc l'apprend…

– Ça recommence ! Elle te fout la trouille comme si elle était ta putain de propriétaire. Qu'est-ce qu'il y a de si terrible pour que tu croies que je tiendrai pas le coup ? (La fureur fait monter sa voix. Elle a serré les bras autour de son torse pour lutter contre le froid.) Je parie qu'il pue pas autant que la vieille dame.

– Il est écorché et on lui a retiré les globes oculaires, lâche Marino.

– Oh, non…, murmure Benton en se frottant le visage.

– Joue pas à ces jeux-là. Te risque pas à plaisanter avec moi. Je veux le voir tout de suite. J'en ai ras-le-bol que tu te transformes en foutue serpillière dès qu'*elle* ouvre la bouche !

– Y a pas matière à plaisanterie, t'as tout juste sur ce point. Rien de ce qui se passe ici n'est amusant. C'est ce que je m'échine à te répéter. T'as aucune idée de ce que je me farcis.

– Eh ben, si c'est pas quelque chose ! Quand je pense que la Grande Chef est capable de faire un truc pareil. Dépouiller un petit garçon de sa peau et lui retirer les yeux. Pourtant t'as toujours affirmé qu'elle traitait les morts avec respect. (Soudain haineuse, elle poursuit :) C'est comme une nazie pour moi. Ils écorchaient les gens et faisaient des abat-jour avec leur peau.

– Parfois, la seule façon dont tu puisses t'assurer que les zones noirâtres ou rougeâtres sont réellement des bleus, c'est de regarder sous la peau pour vérifier qu'il s'agit bien de vaisseaux sanguins éclatés, ce que nous appelons des contusions, et pas une manifestation de la *livor mortis*, pontifie Marino.

La voix de Lucy résonne dans l'écouteur de Benton :

– J'ai l'impression de nager en pleine irréalité. Alors quoi, il est devenu médecin expert en chef ?

– Pas irréel, réplique Benton. Il est terriblement inquiet. Menacé. Plein de ressentiment. En surcompensation et décompensation. Je ne sais vraiment pas ce qui lui arrive.

– Ce qui lui arrive ? Tante Kay et toi.

Shandy fixe la petite housse noire.

– Ça vient de quoi ?

– C'est quand ta circulation sanguine s'arrête. Le sang se dépose et ça peut colorer la peau en rouge par endroits. Ça ressemble pas mal à des bleus frais. En plus, y a d'autres raisons pour que des machins ressemblent à des blessures. C'est ce que nous appelons les artefacts *post mortem*. C'est compliqué, explique Marino, gonflé d'importance. Alors, afin d'arriver à une certitude, tu pèles la peau avec un scalpel. (Il imite le mouvement rapide d'une lame qui trancherait l'air.) Pour voir en dessous. Dans ce cas précis, il s'agissait bien de contusions. Le petit bonhomme en est couvert, de la tête aux pieds.

– Mais pourquoi lui retirer les globes oculaires ?

– Pour des analyses ultérieures, une recherche d'hémorragies, comme on peut en trouver dans le syndrome du bébé secoué. Des trucs de ce genre. Pareil avec le cerveau. Il a été fixé dans du formol, dans un seau. Pas ici, mais à la fac de médecine parce qu'ils réalisent des analyses spéciales.

– Oh, mon Dieu ! Son cerveau est dans un seau ?

– C'est ce qu'on fait. On le fixe avec ce produit chimique pour qu'il ne se décompose pas et qu'on puisse l'étudier ensuite. C'est un peu comme de l'embaumement.

– C'est dingue tout ce que tu sais ! C'est toi qui devrais être le docteur, pas *elle*. Laisse-moi regarder.

Tout cela se déroule dans la chambre froide, dont la porte est restée grande ouverte.

– Je fais ce boulot depuis avant ta naissance ou presque. C'est sûr que j'aurais pu devenir docteur. Mais qui a envie de se coincer sur les bancs de l'école aussi longtemps ? Qui voudrait être à la place de la Doc ? Elle a aucune vie. Personne que des cadavres.

– Je veux le voir, exige à nouveau Shandy.

– Merde, je sais pas ce qui me prend. Chaque fois que je pénètre dans une chambre froide, je meurs d'envie de griller une clope.

Elle plonge la main dans une des poches du gilet de cuir

qu'elle porte sous sa blouse et en tire un paquet de cigarettes et un briquet.

– J'arrive pas à croire que quelqu'un ait fait un truc comme ça à un petit garçon. Faut que je le voie. Je suis là, alors montre-moi.

Elle allume deux cigarettes qu'ils fument.

– Manipulatrice, limite pathologique, résume Benton. Avec cette fille, Marino est dans les ennuis jusqu'au cou cette fois. Les vrais ennuis.

Marino pousse le chariot hors de la chambre froide.

Il descend la fermeture à glissière de la housse. Un bruissement de plastique. Lucy zoome sur Shandy, très près. Elle souffle sa fumée, les yeux écarquillés, rivés sur le garçonnet mort.

Le petit corps émacié est écorché selon des lignes nettes et rectilignes qui descendent du menton aux organes génitaux, des épaules aux mains, des hanches aux doigts de pied. Sa poitrine est béante. Les organes ont été extraits. La peau est rabattue et les bandes étalées révèlent une pléthore de zones hémorragiques pourpre foncé, des contusions d'âge et de sévérité variables, ainsi que des déchirures tissulaires et des fractures osseuses ou des cartilages. Ses yeux sont des cavités vides et l'on peut apercevoir derrière l'intérieur de la boîte crânienne.

Shandy hurle :

– Je hais cette femme ! Je la hais ! Comment a-t-elle pu lui infliger ça ! Vidé et dépecé comme un chevreuil abattu. Comment peux-tu bosser pour cette salope psychopathe ?

– Calme-toi. Arrête de gueuler. (Marino remonte la fermeture à glissière de la housse et pousse le chariot à l'intérieur de la chambre froide, dont il referme la porte.) J' t'avais prévenue. Y a des trucs que les gens n'ont pas besoin de voir. Ils peuvent faire un stress post-traumatique après.

– Je pourrai jamais l'oublier, je le reverrai toujours comme ça dans ma tête. Salope de dingue ! Foutue nazie !

– Tu la fermes avec ça ! intime Marino.

– Comment tu peux bosser pour une bonne femme pareille ?

– La ferme, je rigole pas ! J'ai participé à l'autopsie et j'suis certainement pas un nazi. C'est la vie. Les gens qui sont assassinés sont bousillés deux fois de suite. (Il récupère la blouse de chirurgie que porte Shandy et la plie à la hâte.) Ce gamin a probablement été tué du jour où il est né. Personne n'a jamais rien eu à foutre de lui. Et ça, c'est le résultat.

– Et qu'est-ce que tu connais de la vie ? Vous autres croyez que vous savez tout sur les gens alors que tout ce que vous voyez, c'est ce qui reste lorsque vous les découpez comme des bouchers.

– C'est toi qu'as insisté pour venir ici, contre Marino d'une voix que la colère gagne. Alors tu la fermes vraiment et tu me balances pas que j'suis un boucher.

Il abandonne Shandy dans le couloir pour aller restituer la blouse dans le vestiaire de Scarpetta, puis il active le système d'alarme. La caméra de la baie de déchargement prend le relais lorsque l'énorme porte se soulève dans un bruyant crissement métallique.

Lucy explique. Benton devra informer Scarpetta de la petite visite accompagnée de Marino, de cette trahison qui pourrait la détruire si jamais les médias en avaient vent. Lucy doit partir pour l'aéroport et ne sera pas de retour avant demain, en fin de soirée. Benton ne pose pas de questions. Il est presque certain qu'elle est déjà au courant bien qu'elle ne le lui ait pas confirmé. C'est alors qu'elle lui parle du Dr Self, de ses messages électroniques à Marino.

Benton ne commente pas. Il ne peut pas. Sur l'écran de son ordinateur, Marino et Shandy ont enfourché leurs motos et s'éloignent.

CHAPITRE 5

Le cliquettement des roues métalliques sur le carrelage. La porte du grand congélateur s'ouvre avec réticence dans un bruit de succion. Scarpetta est insensible à l'air glacé qui l'enveloppe, à la puanteur de la mort congelée, alors qu'elle pousse à l'intérieur le chariot sur lequel est allongée la petite housse à cadavre. Pendue au remontoir de la fermeture à glissière, une étiquette précise « Inconnu », affichant une date, « 30 / 04 / 07 », suivie de la signature de l'employé des pompes funèbres qui s'est chargé du transport du corps. Sur le registre de la morgue, Scarpetta a inscrit « Mâle, inconnu, cinq à dix ans, homicide », en provenance de « Hilton Head Island », située à deux heures de route de Charleston. L'origine ethnique du petit garçon est métissée : trente-quatre pour cent subsaharienne et soixante-six pour cent européenne.

Il n'y a qu'elle qui intervienne sur le Registre des morts. Et lorsqu'elle a découvert en arrivant, quelques heures auparavant, que quelqu'un d'autre avait enregistré leur nouveau cas du matin, probablement Lucious Meddick, l'indignation l'a disputé chez elle à la fureur. Si ahurissant que cela paraisse, Meddick s'est arrogé le droit de décider que la vieille dame qu'il avait transportée était décédée de « causes naturelles par arrêts cardiaque et respiratoire ». L'abruti présomptueux. Tout le monde meurt d'arrêt cardiaque ou respiratoire. Que l'on soit abattu d'une balle, renversé par une voiture ou frappé à l'aide d'une batte de base-ball, la mort survient lorsque le cœur ou les poumons cessent de fonctionner. Il n'avait nul droit ou raison de conclure à une mort naturelle. Elle n'a pas encore réalisé l'autopsie et il n'a aucune légitimité scientifique ou légale pour déterminer quoi que ce soit. Meddick n'est pas un anatomopathologiste. Il n'aurait jamais dû approcher de ce registre. Elle ne parvient pas à comprendre comment Marino a pu l'autoriser à pénétrer dans la salle d'autopsie, et sans surveillance de surcroît.

Son souffle se matérialise en buée. Elle récupère l'écritoire à pince posé sur un chariot et reporte dessus « Inconnu », ainsi que la date et l'heure. Sa frustration est palpable. En dépit de ses incessants efforts, elle ne sait toujours pas où le petit garçon est mort, et ce bien qu'elle soupçonne que l'endroit ne doit pas être très éloigné de celui où il a été retrouvé. Elle n'a pas été capable de déterminer son âge exact. Elle ignore comment l'assassin a transporté le corps. Toutefois l'hypothèse d'un bateau lui paraît la plus convaincante. Aucun témoin ne s'est présenté et les seules traces qu'elle a pu collecter sont des fibres de coton blanc, sans doute abandonnées par le drap dont le coroner de Beaufort County a enveloppé le cadavre avant de le glisser dans la housse.

Le sable et le sel, ainsi que les débris végétaux ou de coquilles, retrouvés dans les orifices naturels et sur la peau du garçonnet sont des constituants indigènes du marais, où son cadavre a été déposé sur le ventre, dans la boue et les roseaux. Après des jours passés à tenter tous les protocoles de sa connaissance pour faire parler le petit corps, il ne lui a concédé que fort peu d'informations, toutes douloureuses. L'estomac tubulaire, ainsi que sa silhouette décharnée, atteste qu'il a été affamé durant des

109

semaines, des mois peut-être. Les ongles légèrement déformés indiquent des repousses d'époques différentes et suggèrent des traumatismes violents ou d'autres formes de torture infligées aux petits doigts de ses mains et de ses pieds. Les légères empreintes rougeâtres qui couvrent tout son corps indiquent à Scarpetta qu'il a été frappé avec brutalité. Récemment, on a employé pour ce faire une large ceinture équipée d'une boucle carrée. Des incisions, des lambeaux repoussés de peau, puis une analyse en microscopie ont révélé une hémorragie dans les tissus, du haut de sa tête à la plante de ses pieds. Il est mort d'une hémorragie interne, vidé de son sang sans en perdre une seule goutte. Une métaphore, semble-t-il, pour son épouvantable et invisible existence.

Elle a conservé des coupes d'organes et des prélèvements aux zones de contusions dans des fioles de formol et a envoyé l'encéphale et les globes oculaires à fin d'analyses spéciales. Elle a pris des centaines de clichés et prévenu Interpol au cas où l'enfant aurait été signalé disparu dans un autre pays. Ses empreintes digitales et ses empreintes de pied ont été enregistrées dans IAFIS, le système automatique d'identification, et son empreinte génétique est maintenant dans le CODIS, une banque de données ADN. Tout ce qui le concerne a été injecté dans les mémoires du centre national des enfants disparus ou maltraités. Lucy fouille de son côté le tréfonds d'Internet. Jusque-là, aucun lien, aucune ressemblance, au point qu'on peut en déduire qu'il n'a pas été enlevé, n'a pas disparu, n'a pas fugué pour finir entre les mains d'un étranger sadique. Plus vraisemblablement, il a été battu à mort par l'un de ses parents, ou un membre quelconque de sa famille, voire un tuteur ou une personne chargée de s'occuper de lui, qui a abandonné son corps dans un endroit reculé afin de dissimuler son crime.

Scarpetta ne peut plus rien pour lui, que ce soit scientifiquement ou médicalement, mais elle ne le laissera pas tomber. Il ne subira pas le dépeçage final, ses os ne seront pas serrés dans une boîte et son corps ne terminera pas dans la fosse commune. Il restera avec elle jusqu'à ce qu'il soit identifié. C'est pour cette raison qu'elle vient de déplacer ses restes d'une chambre froide à une sorte de capsule temporelle : un congélateur isolé par du polyuréthane, dont la température descend à moins soixante-cinq degrés. Si besoin s'en faisait sentir, elle est prête à le garder ici durant des années. Elle referme l'épais battant d'acier et emprunte le couloir lumineux, à l'air alourdi par l'odeur de désodorisant, en déboutonnant sa blouse de chirurgie bleue et en arrachant les gants de latex qui couvrent ses mains. Ses protège-chaussures rythment le silence de leurs faibles geignements rapides sur le sol carrelé d'une propreté immaculée.

Il est deux heures de l'après-midi. De sa chambre avec vue, le Dr Self s'entretient à nouveau avec Jackie Minor, puisque Benton ne s'est pas encore donné la peine de la rappeler.

– Il est parfaitement conscient que nous devons régler ce problème. Selon vous, pourquoi est-il sur place ce week-end et pourquoi vous a-t-il demandé de l'assister ? Au fait, j'espère que vous avez droit aux heures supplémentaires ?

Elle fournit un effort pour ne pas laisser paraître sa colère.

– J'ai appris tout d'un coup que nous avions un VIP au programme. On ne nous en dit jamais beaucoup plus lorsque quelqu'un de célèbre est dans les parages. Il est vrai que nous recevons tant de gens connus. Comment avez-vous appris l'existence de l'étude ? demande Jackie. Cela fait partie de mon travail de m'informer de ce genre de choses afin de nous permettre de décider de la meilleure forme de communication pour nous. Vous voyez, un article dans les journaux, des annonces à la radio, des envois par la poste ou simplement le bouche à oreille.

– Le formulaire de recrutement épinglé dans le bureau des admissions. C'est la première chose que j'ai vue lorsque je suis arrivée, il y a, semble-t-il, une éternité. Soudain, je me suis dit : pourquoi pas ? J'ai décidé de quitter le McLean sous peu, très peu. Quel dommage que votre week-end soit tombé à l'eau !

– À la vérité, c'est plutôt bien. Il est si difficile de trouver des volontaires qui rentrent dans les critères de l'étude, surtout les témoins normaux. Quelle perte de temps ! Au moins deux sur trois se révèlent anormaux. D'un autre côté, si on est normal, quel intérêt pourrait-on trouver à un séjour ici et…

Se substituant au raisonnement bancal de Jackie, le Dr Self déclare :

– Afin de participer à un projet scientifique. Cela étant, je ne crois pas que l'on puisse se prétendre *normal.*

– Oh, je ne voulais pas dire que vous n'êtes pas…

– Je suis toujours ouverte aux nouvelles connaissances. De surcroît, j'ai une raison peu habituelle de me trouver au McLean. Vous êtes, bien sûr, consciente que tout ceci doit être de la plus grande confidentialité.

– J'ai entendu dire que vous vous cachiez ici pour des raisons de sécurité.

– C'est le Dr Wesley qui vous a confié cela ?

– Non, une rumeur. Quant à la confidentialité, elle vous est acquise. Nous suivons à la lettre le HIPAA. Si vous partez, vous devez être en sécurité.

– Je l'espère.

– Êtes-vous au courant des détails de l'étude ?

– Je me souviens assez vaguement de ce que j'ai lu sur la feuille de recrutement.

– Le Dr Wesley n'en a pas discuté avec vous ? s'informe Jackie.

– On l'a prévenu vendredi, lorsque j'ai informé le Dr Maroni, qui se trouve en Italie, de mon désir de participer à cette recherche. J'ai précisé qu'il fallait que cela se fasse rapidement puisque je comptais partir sous peu. Je suis certaine que le Dr Wesley a l'intention d'en discuter en détail avec moi. Je ne comprends pas pourquoi il ne m'a pas rappelée. Peut-être n'a-t-il pas encore eu votre message ?

– Je lui ai transmis en personne. Vous savez, il est si occupé, si important. Je sais qu'il devait enregistrer la mère du VIP aujourd'hui, c'est-à-dire votre mère. Selon moi, il a l'intention de commencer par cela. Ensuite, je suis certaine qu'il vous contactera.

— Ça doit être terrible pour sa vie privée. Ces études et le reste qui le contraignent à passer ses week-ends ici. Il doit quand même avoir une maîtresse. Un homme si attirant, si intelligent, si accompli ne peut pas être seul.

— Il a quelqu'un dans le Sud. D'ailleurs la nièce de cette personne était chez nous le mois dernier.

— Comme c'est intéressant! lance le Dr Self.

— Elle est venue passer un scanner. Lucy. Un genre d'agent secret, ou du moins est-ce ce qu'elle tente de faire croire. Une sorte d'entrepreneur en informatique. C'est une amie de Josh.

— Impliquée dans la lutte contre le crime, réfléchit le Dr Self. Une personne qui travaille dans l'ombre, pour qui la technologie n'a pas de secret. En plus, je suppose qu'elle est très riche, personnellement, donc autonome. Fascinant.

— Elle ne m'a même pas adressé la parole, si ce n'est pour se présenter et me saluer. Elle m'a serré la main. En fait, elle a surtout discuté avec Josh, puis elle est restée un long moment dans le bureau du Dr Wesley, porte fermée.

— Et qu'avez-vous pensé d'elle?

— Elle est très satisfaite d'elle-même. Bien sûr, je n'ai pas passé beaucoup de temps en sa compagnie. Elle est surtout restée avec le Dr Wesley. Porte de son bureau fermée, insiste-t-elle à nouveau.

Jalouse. C'est magnifique.

— Oh, c'est touchant, commente le Dr Self. Ils doivent être très proches. Elle m'a l'air de sortir de l'ordinaire. Est-elle jolie?

— Je l'ai trouvée très masculine, le genre musculeux, si vous voyez ce que je veux dire. Elle était habillée tout en noir. Une poignée de main aussi ferme que celle d'un mec. Et elle m'a dévisagé de son regard si intense. Des yeux très verts, on aurait dit deux rayons laser. Ça m'a mise très mal à l'aise. Au fond, si j'y réfléchis, je n'aurais pas aimé me trouver seule avec elle. Des femmes de ce genre…

– Ce que je comprends derrière vos mots, c'est que vous l'attiriez et qu'elle aurait voulu coucher avec vous avant de repartir… Où ? Dans son jet privé, je dirais. Savez-vous où elle vit ?

– À Charleston, comme sa tante. Je crois, en effet, qu'elle avait envie d'une relation sexuelle avec moi. Mon Dieu ! Comment ai-je pu être aussi aveugle sur le moment, lorsqu'elle m'a serré la main et fixé dans les yeux ? Et… Ah, mais oui, bien sûr… elle m'a demandé si je faisais de longues journées. Peut-être voulait-elle savoir à quelle heure je quittais le travail. Elle voulait savoir d'où je venais. Bref, la conversation prenait un tour intime. Mais, sur le coup, je n'ai rien compris.

– Peut-être parce que vous aviez peur de vous en rendre compte, Jackie. Elle me fait l'effet d'une jeune femme terriblement séduisante et charismatique, le genre qui pourrait attirer une femme hétérosexuelle dans son lit, celle-ci cédant, presque hypnotisée, et après une expérience terriblement érotique… (Le Dr Self marque une pause.) Comprenez-vous pourquoi le sexe entre deux femmes, même si l'une est hétérosexuelle, voire les deux, n'est pas si inhabituel que cela ?

– Pas du tout.

– Vous ne lisez pas Freud ?

– Je n'ai jamais ressenti d'attirance pour une autre femme. Pas même ma copine de chambre à l'université. Or nous vivions ensemble. Si j'avais eu des tendances, même latentes, un truc se serait produit.

– Tout tourne autour du sexe, Jackie. Le désir sexuel remonte à l'enfance. Que reçoivent également les enfants de sexe masculin et ceux de sexe féminin et qui ensuite est refusé aux filles ?

– Je l'ignore.

– Le sein nourricier de la mère.

– Ce genre de trucs ne m'intéresse pas du tout et ça ne m'évoque aucun souvenir. La seule chose qui m'importe dans les nénés, c'est que les hommes aiment ça. C'est leur seule importance et c'est pour cela que je les remarque. De toute façon, je crois que j'ai été nourrie au biberon.

– Toutefois je suis d'accord avec vous. C'est étrange qu'elle soit venue jusqu'ici pour passer un scanner. J'espère qu'il n'y a rien de grave.

– Tout ce que je sais, c'est qu'elle vient deux fois par an.

– Deux fois par an ?

– C'est ce qu'un des techniciens m'a précisé, explique Jackie.

– Ce serait tragique si elle souffrait d'une maladie. Vous et moi savons bien qu'il n'est pas commun qu'un patient subisse plusieurs scanners cérébraux annuellement. Que dois-je savoir d'autre sur l'expérience à laquelle je me prête ?

– Quelqu'un s'est-il enquis auprès de vous d'un point crucial : pensez-vous avoir des difficultés à entrer dans l'aimant ? demande Jackie avec le sérieux d'un expert.

– Des difficultés ?

– Vous voyez… Cela risque-t-il de vous poser un problème ?

– Non, sauf si une fois ressortie je ne peux plus distinguer ma droite de ma gauche. Mais votre sagacité soulève un nouveau point important. Je ne peux m'empêcher de songer à ce que cela risque de provoquer chez les gens. Je ne suis pas certaine qu'il existe des données à ce sujet. Pourtant, cela fait des années que l'on utilise l'IRM couramment, n'est-ce pas ?

– Notre étude fait appel à l'IRMf, l'IRM fonctionnelle, afin que nous puissions visualiser votre cerveau pendant que vous écoutez la bande.

– Ah, oui, la bande ! Ma mère adorera l'enregistrer. Bien… À quoi d'autre dois-je m'attendre ?

– Le protocole consiste à commencer par un ICSD… Laissez-moi vous expliquer… une interview clinique structurée pour le *DSM-3-R*, le manuel de classification qui aide à définir les troubles mentaux.

– Je connais parfaitement. Surtout le *DSM-4*. La dernière version.

115

– De temps en temps, le Dr Wesley me laisse faire l'ICSD. Nous ne pouvons pas passer aux étapes suivantes sans être débarrassés de cette première phase, et cela peut durer un bon moment, vu le nombre de questions.

– J'aborderai ce point avec lui lorsque je le verrai aujourd'hui. Si c'est opportun, je m'informerai de Lucy. Non… je suppose que ça ne l'est pas. Toutefois, j'espère vraiment que ces scanners ne cachent rien de grave. D'autant qu'elle semble lui être très chère.

– Il doit s'occuper d'autres patients, mais je pourrai probablement mener l'ICSD avec vous.

– Merci, Jackie. J'en parlerai avec lui dès qu'il me rappellera. Y a-t-il eu des réactions de rejet à sa fascinante étude ? Qui la finance ? Je crois me souvenir que vous avez mentionné votre père ?

– Nous avons eu quelques sujets qui se sont révélés claustrophobes. Du coup, nous n'avons pas pu les passer au scanner. Imaginez-vous, après tout ce travail ! regrette Jackie. Je m'étais démenée pour leur faire passer l'ICSD, pour enregistrer leurs mères…

– Les enregistrer par téléphone, je suppose. En effet, vous en avez passé en revue un nombre non négligeable en une toute petite semaine.

– C'est beaucoup moins cher et beaucoup plus efficace. Nous n'avons pas besoin de voir ces volontaires en chair et en os. En fait, ce dont ils doivent parler s'intègre dans un schéma standard. Je ne suis pas autorisée à discuter de nos bourses d'études ou de nos crédits de recherche. Cependant, en effet, mon père est un philanthrope.

– Concernant le nouveau concept d'émission que je suis en train de développer. Vous ai-je dit que je m'interrogeais au sujet des consultants de production auxquels j'aurais recours ? Vous avez précisé que Lucy est impliquée dans la lutte contre le crime ? Ou même agent secret ? C'est une autre candidature à considérer. Sauf si elle a un problème de santé. Combien de scanners lui a-t-on fait au McLean ?

– Je suis confuse de l'avouer, mais je n'ai pas eu beaucoup d'occasions de regarder votre émission. Avec mes horaires, je ne peux allumer la télévision que la nuit.

– Mes émissions sont continuellement rediffusées. Matin, midi et soir.

– Explorer scientifiquement l'esprit criminel plutôt que se focaliser sur les types armés qui se contentent d'arrêter les tueurs est vraiment la bonne idée. Votre public adorerait, affirme Jackie. Ils aimeront cela bien davantage que ce qu'ils voient habituellement dans tous ces *talk-shows*. Je crois que si vous invitiez un expert afin d'interviewer l'un de ces tueurs violents, psychopathes sexuels, votre audience monterait en flèche.

– Dois-je en déduire qu'un psychopathe qui viole, maltraite sexuellement et tue n'est pas nécessairement violent ? C'est un concept follement original, Jackie. Du coup, je me demande si, par exemple, seuls les tueurs sexuels sociopathes sont forcément violents. Si l'on se fonde sur cette hypothèse, sur quoi devons-nous nous interroger ?

– Eh bien…

– Eh bien, nous devons nous interroger sur la place des meurtres sexuels compulsifs. À moins qu'il ne s'agisse que d'un problème de jargon. Je dis « pomme de terre », vous répondez « patate ».

– Eh bien…

– Qu'avez-vous lu de Freud ? Prêtez-vous attention à vos rêves ? Vous devriez les transcrire sur le papier, garder un calepin à côté de votre lit.

– Bien sûr, durant mes études. Enfin, ni le calepin ni les rêves, se justifie Jackie. En réalité, aujourd'hui plus personne ne se réfère à Freud.

Huit heures et demie du soir, Rome. Des mouettes piquent vers le sol en criant. Elles ressemblent à de grandes chauves-souris blanches.

Dans les autres villes de la côte, les mouettes sont une nuisance dans la journée, mais disparaissent la nuit venue. Du moins aux États-Unis, où le capitaine Poma a longtemps séjourné. Lorsqu'il était encore jeune garçon, sa famille l'a emmené dans de nombreux pays étrangers. Le but de ses parents était d'en faire un homme d'excellentes éducation et manières, parlant couramment plusieurs langues, bref un homme frotté au monde. Il devait devenir quelqu'un, répétaient son père et sa mère. Il regarde deux mouettes neigeuses et grasses, posées sur un appui de fenêtre non loin de sa table. Elles ne le quittent pas des yeux. Peut-être convoitent-elles son caviar Beluga ?

– Je vous ai demandé où elle se trouve, dit-il en italien. Votre réponse consiste à me parler d'un homme que je devrais connaître ? Sans me fournir de détails ? C'est terriblement frustrant.

Le Dr Paulo Maroni, qui connaît Poma depuis des années, rétorque :

– Ce que j'ai dit, c'est que le Dr Self a invité Drew Martin à son émission télévisée, comme vous le savez. Quelques semaines plus tard, Marilyn Self a commencé à recevoir des messages électroniques d'un homme de toute évidence perturbé. Je suis au courant puisqu'elle l'a renvoyé vers moi.

– Paulo, de grâce, il me faut des précisions sur cet homme très perturbé.

– En fait, j'espérais que vous pourriez m'en donner.

– Mais c'est vous qui mentionnez cet homme.

– Et vous qui êtes chargé de l'enquête, réplique le Dr Maroni. Il ressort de tout cela que je possède plus d'informations que vous. Assez déprimant. Donc, nous n'avons rien d'autre ?

– Je ne l'admettrais publiquement pour rien au monde, mais nous n'avons pas avancé d'un pouce. C'est du reste pour cela qu'il est crucial que j'en sache plus à propos de l'étrange correspondant du Dr Self. J'ai comme l'impression que vous jouez avec moi d'une curieuse manière.

– La seule façon pour vous d'obtenir d'autres précisions sur cet homme, c'est d'en discuter avec le Dr Self. Il ne s'agit pas d'un de ses patients, aussi peut-elle en parler librement. Si toutefois elle accepte de collaborer. (Il tend la main vers l'assiette en argent pour prendre un blini.) Et rien n'est moins sûr.

— En ce cas, aidez-moi à la localiser, demande le capitaine Poma. J'ai le sentiment que vous savez où elle se trouve. C'est pour cette raison que vous m'avez brusquement appelé pour vous faire inviter à un repas très dispendieux.

Le Dr Maroni s'esclaffe. Il pourrait s'offrir une piscine du meilleur caviar russe. Là n'est pas le motif de son rendez-vous avec Poma. Il sait des choses et ses mobiles sont complexes. Il suit un plan, à son habitude. Maroni possède un don : il comprend les motivations et les inclinations humaines. C'est probablement l'homme le plus brillant que connaisse le capitaine Poma. Cependant, il demeure une énigme et sa définition de la vérité lui est toute personnelle.

— Je ne peux pas vous dire où elle se trouve.

— Ce qui ne signifie pas que vous l'ignoriez. Vous jouez avec les mots, Paulo. Ce n'est pas que je sois paresseux. Ce n'est pas non plus que je n'aie pas cherché par tous les moyens à la localiser. Depuis que j'ai appris qu'elle connaissait Drew, j'ai contacté des gens qui travaillent avec elle. On m'oppose toujours la même histoire, celle qu'ont relayée les médias. Le Dr Self a dû faire face à une mystérieuse urgence familiale. Personne ne sait où elle se trouve.

— La simple logique devrait vous convaincre du contraire. Quelqu'un sait nécessairement où elle est.

— En effet, approuve le capitaine en étalant du caviar sur un blini avant de le lui tendre. Mon instinct me dit que vous allez m'aider à lui mettre la main dessus. Parce que, ainsi que je l'ai déjà dit, c'est la raison pour laquelle vous m'avez appelé et que nous jouons sur les mots depuis le début de ce repas.

— Son équipe lui a-t-elle transmis vos messages requérant une entrevue ou même une simple conversation téléphonique ? demande le Dr Maroni.

Les mouettes s'envolent, intéressées par une autre table.

– Ils l'affirment. Cela étant, je ne parviendrai pas à la joindre par les voies habituelles. Elle n'a nulle intention d'accuser réception de mes demandes répétées, parce que la dernière chose qu'elle souhaite, c'est de se retrouver mêlée à l'enquête. Les gens pourraient la tenir pour responsable.

– Ce qui serait justifié, renchérit le Dr Maroni. Elle est irresponsable.

Le sommelier s'approche de leur table et remplit leurs verres. Le restaurant situé au dernier étage de l'hôtel Hassler est un des préférés du capitaine Poma. La vue est splendide et il ne s'en lasse jamais. Kay Scarpetta fait une incursion dans son esprit. A-t-elle dîné ici en compagnie de Benton Wesley ? Sans doute pas. Ils étaient trop occupés. Selon Poma, c'est le genre de gens toujours trop occupés pour s'intéresser aux choses vraiment importantes dans la vie.

– Vous voyez, plus elle tente de m'éviter, plus je me dis que cela cache quelque chose, ajoute le capitaine. Peut-être la clé est cet homme dérangé dont elle vous a parlé ? Je vous en prie, dites-moi où je peux la joindre. Je suis certain que vous le savez.

– Ai-je déjà mentionné que nous avons une déontologie et des obligations légales aux États-Unis, et que les procès sont devenus un sport national ?

– Son équipe ne me dira jamais si elle séjourne dans votre hôpital.

– Moi non plus, prévient Maroni.

– Bien sûr, sourit le capitaine Poma.

Ça y est, il a compris. Maintenant il sait.

– Je suis vraiment content de ne pas être là-bas en ce moment, lâche le Dr Maroni. Une VIP particulièrement difficile séjourne au Pavillon. J'espère que Benton Wesley parviendra à s'en dépêtrer.

– Je dois lui parler. Comment puis-je me débrouiller afin qu'elle pense que j'ai retrouvé sa piste par l'intermédiaire d'une autre source que vous ?

– Je ne vous ai rien confié.

– Quelqu'un a bien dû me renseigner. Elle exigera que je le lui dise.

– Je ne vous ai communiqué aucune information. C'est vous qui avez supposé qu'elle séjournait à l'hôpital. Je n'ai rien confirmé.

– Peut-on discuter de cela hypothétiquement ?

Le Dr Maroni déguste une gorgée de son vin.

– Je préfère celui que nous avons bu la dernière fois.

– Vous pouvez. Il coûtait trois cents euros la bouteille.

– Du corps, mais un goût très frais.

– Le vin ? Ou la femme avec qui vous avez passé la nuit ?

Pour un homme de son âge qui mange et boit ce qui lui chante, le Dr Maroni est un beau spécimen de la gent masculine et collectionne les femmes. Elles s'offrent, comme s'il était une sorte de dieu Priape, et il n'est fidèle à aucune. En général, il vient toujours seul à Rome, son épouse restant dans le Massachusetts. Cela n'a pas l'air de la gêner. Elle a tout ce qu'il lui faut et il ne la presse pas d'exigences sexuelles parce qu'elle a cessé d'y répondre et qu'il a cessé de l'aimer. C'est un arrangement que le capitaine refuserait. Poma est un romantique. Scarpetta refait une incursion dans son esprit. Une femme qui n'a pas besoin qu'on s'occupe d'elle et qui ne le tolérerait pas. Le souvenir de Scarpetta danse dans sa tête comme la lueur des bougies qui éclairent les tables, comme les lumières de la ville qui étincellent derrière la fenêtre du restaurant. Elle l'émeut.

– Je peux la joindre à l'hôpital, mais elle me demandera comment j'ai su qu'elle s'y trouvait, reprend le capitaine.

– La VIP, vous voulez dire ? (Le Dr Maroni plonge une cuiller en nacre dans le caviar et en recueille une quantité suffisante pour tartiner deux blinis, quantité qu'il étale sur un seul avant de le porter à sa bouche.) Vous ne devez contacter personne à l'hôpital.

– Et si Benton Wesley avait été ma source d'informations ? Il vient de quitter Rome et est impliqué dans l'enquête. Elle est sa patiente. Ça m'agace que nous ayons discuté du Dr Self ensemble lors de son séjour et qu'il n'ait pas mentionné qu'il s'occupait d'elle.

– Vous parlez de la VIP. Benton n'est pas psychiatre. En d'autres termes, techniquement, la VIP n'est pas sa patiente, c'est la mienne.

Le capitaine s'interrompt lorsque apparaît un serveur avec leurs *primi piatti*. Un risotto avec des champignons et du parmesan. Un minestrone parfumé au basilic avec des *quadrucci pasta*.

– De surcroît, Benton ne divulguerait jamais ce genre d'informations. Il est muet comme une carpe, reprend le Dr Maroni lorsque le serveur s'éloigne. Selon moi, la VIP ne restera plus très longtemps chez nous. Le point important pour vous sera alors de savoir où elle se rend. Le lieu où elle a résidé n'a pas d'intérêt, seul le motif importe.

– Son émission est enregistrée à New York.

– Les VIP peuvent aller où bon leur semble. Si vous découvrez où elle se trouve et pour quelle raison, peut-être en déduirez-vous où elle compte séjourner ensuite. Lucy Farinelli serait une source plus adéquate.

– Lucy Farinelli ? répète Poma, déconcerté.

– La nièce du Dr Scarpetta. En réalité, je lui rends service et elle vient à l'hôpital assez fréquemment. Elle aurait pu entendre des rumeurs en discutant avec le personnel.

– Et ensuite ? Elle les aurait rapportées à Kay, qui m'aurait prévenu ?

– Kay ? relève le Dr Maroni entre deux bouchées. Vous semblez être en termes très amicaux avec elle.

– Je l'espère. Disons que je me sens moins d'affinités avec lui. Je crois qu'il ne m'aime pas.

– C'est le cas de la plupart des hommes, Otto, si l'on exclut les homosexuels. Vous me comprenez, n'est-ce pas, et nous sommes toujours dans le domaine de l'hypothèse. Si l'information a filtré grâce à une personne extérieure – Lucy, qui le répète au Dr Scarpetta, qui vous le répète –, tous les problèmes légaux et éthiques disparaissent et vous pouvez commencer à flairer la piste, résume le Dr Maroni en dégustant son risotto avec enthousiasme.

– D'autant que la VIP sait que le Dr Scarpetta est impliquée dans l'enquête dont je suis chargé. Elle se trouvait à Rome il y a peu et les médias en ont parlé. En d'autres termes, la VIP pensera que Kay Scarpetta est indirectement à l'origine de l'indiscrétion et tout s'arrange. Excellente idée, vraiment.

– Ce *risotto al funghi* est presque parfait. Et votre minestrone ? J'y avais goûté lors d'une de mes précédentes visites, déclare de Dr Maroni.

– Divin. Cette VIP. Pouvez-vous me révéler pour quelle raison elle a été admise au McLean, sans trahir le secret médical ?

– Sa raison ou la mienne ? Dans le premier cas, elle s'inquiétait pour sa sécurité. La mienne était de m'arranger afin qu'elle puisse m'utiliser. Elle présente une pathologie d'axe 1 et 2 si on se réfère à l'actuelle classification. Un syndrome maniaco-dépressif à cycle très rapide. Elle refuse de l'admettre et encore plus de prendre des médicaments afin de stabiliser son humeur. Quel désordre de la personnalité préférez-vous que j'aborde ? Elle souffre de nombre d'entre eux. Malheureusement, ces sujets changent très rarement.

– Et un événement a provoqué une crise. Est-ce la première hospitalisation de la VIP dans un service de psychiatrie ? J'ai effectué quelques recherches. Elle est opposée à l'utilisation de médicaments et pense que tous les problèmes du monde pourraient être résolus si l'on appliquait ses conseils. Ce qu'elle nomme ses *outils*.

– La VIP n'a jamais séjourné dans un service de psychiatrie avant cela. Vous posez enfin les questions importantes. Pas « Où se trouve-t-elle ? », mais « Pourquoi ? ». Je ne peux vous révéler où elle est. En revanche, je puis vous renseigner au sujet de la VIP.

– La VIP a-t-elle subi un traumatisme récent ?

– La VIP a reçu un message électronique d'un fou. Étrangement, il s'agissait du même expéditeur que celui dont m'a parlé le Dr Self l'automne dernier.

— Je dois lui parler.

— À qui ? Au Dr Self ou à la VIP ?

— D'accord. Pouvons-nous nous intéresser au Dr Self ?

— Alors changeons de conversation.

— Dites-m'en davantage au sujet de ce fou.

— Comme je vous l'ai dit, il s'agit de quelqu'un que j'ai vu à plusieurs reprises ici, dans mon cabinet.

— Je ne vous demanderai pas le nom de ce patient.

— C'est aussi bien, parce que je l'ignore. Il a payé en liquide et m'a menti.

— Vous n'avez aucune idée de sa véritable identité ?

— Contrairement à vous, je n'ai pas à me préoccuper du passé de mes patients, ni à exiger une preuve formelle de leur identité, précise le Dr Maroni.

— Quel pseudonyme a-t-il utilisé ?

— Je ne peux vous le révéler.

— Pourquoi et quand le Dr Self vous a-t-elle contacté au sujet de cet homme ?

— Au début du mois d'octobre. Il correspondait par *mails* avec elle et elle a jugé préférable de le diriger vers quelqu'un d'autre. Je vous l'ai déjà dit.

— Si elle est capable d'apprécier qu'une situation dépasse ses limites, c'est qu'elle a tout de même un certain sens des responsabilités, lâche le capitaine.

— Ce qui prouve que vous ne comprenez pas bien comment elle fonctionne. Jamais le Dr Self n'en viendrait à penser que ses capacités ont leurs limites. La vérité, c'est qu'elle n'avait pas l'intention de se laisser importuner par son correspondant et cela a flatté son ego boursouflé de l'adresser à un prix Nobel de psychiatrie de la faculté de médecine de Harvard. Me mettre dans l'embarras était très satisfaisant à ses yeux. Ce n'est pas la première fois qu'elle s'y essaie. Elle a ses raisons. L'une d'elles est que le Dr Self se doutait que j'échouerais. Le fou en question est incurable, avoue le Dr Maroni en étudiant son vin comme s'il en espérait une réponse.

— Dites-moi une chose, reprend le capitaine Poma. S'il est

incurable, vous admettrez que cela justifie ce que je pense. Il s'agit donc d'un être très anormal qui peut se rendre coupable d'actions tout aussi anormales. Il lui a envoyé ces messages électroniques. Peut-être lui a-t-il également expédié celui dont elle vous a parlé lorsqu'elle a été admise au McLean ?

— En ce cas, vous faites référence à la VIP, puisque je ne vous ai jamais dit que le Dr Self se trouvait au McLean. Toutefois, si tel était le cas, il faudrait vraiment que vous sachiez pour quelle raison. C'est le point essentiel. J'ai le sentiment de me répéter tel un disque rayé.

— Peut-être a-t-il envoyé à la VIP le *mail* qui l'a perturbée au point qu'elle a cherché refuge dans votre hôpital. Il faut que nous parvenions à le localiser, à nous assurer qu'il ne s'agit pas d'un meurtrier.

— Je n'ai pas la moindre idée sur la façon de procéder, admet le Dr Maroni. Ainsi que je vous l'ai dit, je ne connais pas sa véritable identité. Tout ce que je sais, c'est qu'il est américain et qu'il a servi en Irak.

— A-t-il expliqué pourquoi il était venu vous consulter à Rome ? C'est bien loin pour prendre rendez-vous.

— Il souffrait de PTSD, d'un désordre dû à un stress post-traumatique. J'ai cru comprendre qu'il avait des liens avec l'Italie. Il m'a raconté une bien troublante histoire au sujet d'une jeune femme avec laquelle il avait passé une journée, l'été dernier. Son cadavre a été découvert à Bari. Vous vous souvenez de l'affaire.

— La touriste canadienne, murmure Poma d'un ton de surprise. Merde !

— Celle-là même. Si ce n'est qu'il a fallu du temps pour l'identifier.

— Elle était nue, affreusement mutilée.

— Pas de la même façon que Drew Martin, si j'en crois ce que vous m'avez raconté. Les dégâts infligés aux yeux étaient différents.

— Cela étant, de larges zones de chair avaient été excisées dans son cas également, argumente le capitaine Poma.

– En effet. Au début de l'enquête, on avait même suggéré qu'il s'agissait d'une prostituée balancée d'une voiture ou heurtée par un véhicule quelconque, ce qui aurait pu expliquer les blessures, rappelle le Dr Maroni. Cependant l'autopsie a infirmé cette hypothèse. Une autopsie remarquable, bien que réalisée dans des conditions très précaires. Vous savez comment cela se passe dans les endroits reculés, sans moyens financiers.

– Surtout dans le cas d'une prostituée. Elle a été autopsiée dans le cimetière. Si un avis de disparition n'avait pas été émis au même moment au sujet de la touriste canadienne, elle aurait fort bien pu être inhumée sans avoir été identifiée, complète le capitaine Poma.

– Le rapport a établi que la chair avait été excisée à l'aide d'un couteau ou d'une scie.

– Et pourtant vous persistez à refuser de me divulguer tout ce que vous savez concernant ce patient qui a réglé en liquide et vous a donné un faux nom, proteste le capitaine. Vous avez dû prendre des notes et vous pourriez me les communiquer.

– C'est impossible. De plus, je n'ai nulle preuve de la véracité de ses dires.

– Et si c'était le tueur, Paulo ?

– Si j'avais des indices plus probants, je vous le dirais. Je n'ai que ses affabulations tordues et le sentiment de malaise qui m'a envahi lorsque j'ai été contacté au sujet du meurtre de cette prostituée, qui s'est révélée être la jeune touriste disparue.

– Vous avez été contacté ? Quoi ? Pour un avis ? Je l'ignorais, remarque Poma.

– L'enquête a été confiée à la police, pas aux carabiniers. J'offre mes avis et conseils gratuits à beaucoup de gens. En conclusion, le patient en question n'est jamais revenu me voir et je ne peux donc pas vous aider à le retrouver.

– Vous ne pouvez pas ou vous ne voulez pas ?

– Je ne le pourrais pas.

– Il est très probable qu'il s'agisse du tueur de Drew Martin, ne le voyez-vous pas ? Le Dr Self vous l'envoie et, soudain, elle se terre dans votre hôpital à cause d'un message électronique reçu d'un dingue.

— Vous vous obstinez. Nous voilà donc revenus à la VIP. Encore une fois, je n'ai jamais dit que le Dr Self était au McLean. Et la raison pour laquelle on se cache est bien plus importante que la localisation de la cachette.

— Si seulement je pouvais lire dans vos pensées, Paulo ! Je me demande ce que j'y découvrirais.

— Risotto et vin !

— Votre discrétion devient abusive, si vous détenez des éléments qui pourraient servir à l'enquête, argumente le capitaine avant de s'interrompre dès qu'il remarque que le serveur se dirige vers leur table.

Le Dr Maroni demande à consulter la carte, bien qu'il sache par cœur tout ce qui s'y trouve puisqu'il dîne très souvent ici. Le capitaine lui conseille la langouste de Méditerranée, accompagnée d'une salade et suivie par un plateau de fromages italiens. La mouette mâle revient, seule cette fois. Elle les fixe de derrière le vitrage, ébouriffant ses plumes d'un blanc lumineux. Plus loin, les lumières de la ville. Le dôme d'or de Saint-Pierre évoque une couronne.

— Otto, si je violais le principe de confidentialité avec si peu de certitudes et que je me trompe, je pourrais dire adieu à ma carrière, lâche enfin le Dr Maroni. Je n'ai aucune raison légitime de relater davantage de choses à la police. Ce serait très déraisonnable de ma part.

Le capitaine Poma avance le torse vers son invité et résume d'une voix que le désespoir gagne :

— En d'autres termes, vous concédez des bribes, laissant entrevoir qui pourrait être le tueur, et vous refermez la porte ?

— Ce n'est pas moi qui ai ouvert cette porte, rétorque Maroni. Je me suis contenté de vous la désigner.

Concentrée sur son travail, Scarpetta sursaute lorsque la sonnerie de sa montre l'avertit qu'il est trois heures et quart.

Elle termine la suture, refermant l'incision en Y qui court le long du corps en décomposition de la vieille dame. L'autopsie était superflue. Plaque d'athérome. La cause de la mort n'est pas une surprise : artériosclérose des coronaires. Elle tire ses gants, les jette dans la poubelle rouge vif réservée aux déchets dangereux, puis appelle Rose.

– Je remonte dans une minute. Pourriez-vous téléphoner aux pompes funèbres Meddick pour qu'ils viennent la récupérer ?

– J'allais descendre vous rejoindre. Je craignais que vous ne vous soyez enfermée dans la chambre froide. (Il s'agit d'une blague un peu éculée.) Benton a essayé de vous joindre. Il voudrait que vous consultiez votre messagerie électronique quand – et je cite – vous serez seule et détendue.

– Votre voix ne s'est pas arrangée. Vous semblez encore plus prise qu'hier.

– Je crois que j'ai un petit rhume.

– J'ai entendu la moto de Marino il y a un moment. Et quelqu'un a fumé en bas. Dans la chambre froide. Même ma blouse empeste le tabac froid.

– C'est bizarre.

– Où est-il ? Ç'aurait été gentil de sa part de trouver un peu de temps pour m'aider.

– À la cuisine.

Une paire de gants neufs et Scarpetta tire le corps de la femme âgée de la table d'autopsie pour le glisser dans une robuste housse de vinyle noir, doublée d'un drap, étalée sur un chariot qu'elle pousse ensuite dans la chambre froide. Elle nettoie son poste de travail au jet, range des tubes d'humeur vitrée, d'urine, de bile, de sang, ainsi que des prélèvements d'organes dans un réfrigérateur à fin d'analyses toxicologiques et histologiques ultérieures. Les cartes d'échantillons de sang destinées aux empreintes ADN, prévues lors de chaque autopsie, sèchent sous une hotte. Après avoir frotté le sol au balai-brosse, nettoyé les instruments de chirurgie et les éviers, récupéré les notes qui serviront à son rapport, elle est prête à passer à son hygiène personnelle.

À l'arrière de la salle d'autopsie sont alignés des placards équipés de filtres HEPA et de filtres carbone pour les vêtements souillés et ensanglantés qui seront ensuite envoyés comme indices aux différents laboratoires. Un peu plus loin se trouve une salle de stockage, puis une laverie et enfin le vestiaire séparé en deux par un mur de briques de verre. Un côté est réservé aux hommes, l'autre aux femmes. Certes, elle exerce depuis peu à Charleston, et son seul assistant de morgue est Marino. Il occupe donc un côté du vestiaire, elle l'autre. Un léger malaise la gagne toujours lorsqu'ils se douchent au même moment, qu'elle peut l'entendre et suivre les altérations de la lumière qui accompagnent ses mouvements à travers la paroi à la transparence verdâtre.

Elle pénètre dans sa partie du vestiaire et verrouille la porte derrière elle. Elle se débarrasse de ses protège-chaussures, de son tablier, de sa charlotte, de son masque et les jette dans une poubelle réservée aux détritus dangereux, puis balance sa blouse dans un panier. Elle se douche, se récurant à l'aide d'un savon antibactérien. Elle se sèche ensuite les cheveux et enfile son tailleur et ses chaussures. Elle parcourt le couloir et pousse une porte donnant sur le vieil escalier de chêne aux marches raides qui mène à la cuisine. Marino est en train d'ouvrir une canette de Pepsi Light.

Il la détaille de la tête aux pieds.

– Ben, on est bien chic aujourd'hui. Vous avez oublié qu'on était dimanche et que vous n'aviez pas d'audience prévue au tribunal ? Autant pour ma balade à Myrtle Beach, lâche-t-il.

Une longue nuit de bringue a abandonné ses traces sur son visage congestionné et mal rasé.

– Considérez cela comme un cadeau, réplique Scarpetta, qui déteste les motos. Une journée supplémentaire de vie. D'autant que le temps est très maussade et que cela ne devrait pas s'arranger.

– Un jour ou l'autre, j'arriverai à vous tirer sur la selle de mon Indian Chef Roadmaster et vous deviendrez accro, vous en redemanderez.

L'idée d'enfourcher son gros engin, d'enrouler ses bras

autour de lui en se plaquant à son dos est un véritable repoussoir et il le sait. Elle est sa patronne. D'une certaine façon, elle l'a toujours été depuis vingt ans, à ceci près qu'il ne semble plus s'en satisfaire. Certes, tous deux ont changé. Certes, ils ont connu des hauts et des bas. Toutefois, l'estime que lui portait Marino et sa considération pour le travail qu'elle accomplit se sont fortement dégradées ces dernières années, surtout récemment. Et maintenant, cela. Elle songe aux messages électroniques envoyés par le Dr Self. Marino pense-t-il qu'elle les a parcourus ? Elle tente de percer le secret du jeu proposé par le Dr Self, un jeu que Marino ne comprendra pas et qu'il est destiné à perdre.

— Je vous ai entendu arriver. De toute évidence, vous avez encore garé votre moto dans la baie de déchargement. Si elle se fait heurter par un corbillard ou un fourgon, c'est votre responsabilité, et je ne vous plaindrai pas.

— Si on la défonce, y aura un cadavre supplémentaire dans la morgue, quelle que soit l'abrutie d'araignée des pompes funèbres qu'a pas regardé où elle allait.

La moto de Marino, avec son pot d'échappement qui produit le même vacarme qu'un avion qui dépasserait le mur du son, est devenue un autre sujet de discorde. Il l'enfourche pour se rendre sur les scènes de crime, au tribunal, dans les services d'urgence, chez leurs interlocuteurs juridiques, au domicile des témoins. Au bureau, il refuse de l'abandonner sur le parking et insiste pour la garer dans la baie réservée aux fourgons mortuaires, pas dans la zone des véhicules personnels.

— M. Grant est-il arrivé ? s'informe Scarpetta.

— Au volant d'un pick-up pourri qui remorquait un bateau de pêche, tout aussi pourri, avec épuisettes à crevettes, seau et toute la merde à l'arrière. Un super-enfoiré, noir de suie. J'ai jamais vu des Noirs aussi noirs que dans ce coin. Pas une goutte de lait dans le café. Pas comme dans notre bonne vieille Virginie où Thomas Jefferson a couché avec la bonne.

Elle n'est pas d'humeur à répondre à ses provocations.

– Est-il dans mon bureau ? Je ne voudrais pas le faire attendre.

– J'comprends toujours pas pourquoi vous vous êtes sapée comme si vous aviez rendez-vous avec un avocat ou un juge ou que vous alliez à l'église, insiste Marino.

Elle se demande s'il n'espère pas que ses efforts vestimentaires lui soient destinés. S'est-il mis en tête qu'elle avait découvert les messages du Dr Self et en avait conçu de la jalousie ?

– Mon rendez-vous avec M. Grant est aussi important que tous les autres. Nous faisons toujours preuve de respect envers les gens. Vous vous souvenez ?

L'haleine de Marino est alourdie par des relents d'alcool et de tabac. Quand sa « chimie interne se dérègle » – un euphémisme que Scarpetta est contrainte d'utiliser de plus en plus souvent –, son insécurité profondément enracinée fait passer ses attitudes déplorables à la vitesse supérieure, ce que son extraordinaire puissance physique rend alarmant. Marino a environ cinquante-cinq ans. Il rase le peu de cheveux qu'il lui reste et porte le plus souvent des vêtements de motard et des grosses bottes. Depuis quelques jours s'y ajoute une chaîne de cou pour le moins voyante, au bout de laquelle pend un dollar en argent. Il s'entraîne fanatiquement aux poids. Son tour de poitrine est devenu impressionnant. Il se vante à qui veut l'entendre qu'il faudrait deux clichés pour radiographier l'intégralité de ses poumons. Scarpetta a vu des photos de lui, des photos d'une vie passée. Il y a bien longtemps, Marino était un bel homme, genre viril et dur, et pourrait encore être attirant si l'on excluait sa grossièreté, son allure négligée ainsi que la vie qu'il s'est choisie, qu'à son âge on ne peut plus mettre au compte de son enfance difficile dans un coin défavorisé du New Jersey.

– Comment pouvez-vous encore vous bercer de l'illusion que vous allez me berner ? peste Scarpetta. (Cette conversation grotesque au sujet des vêtements qu'elle porte, et pour quelle raison, la fatigue.) La nuit dernière et de toute évidence dans la morgue.

– Vous berner à quel propos ?

Il accompagne sa phrase d'une longue gorgée de sa canette.

– Lorsque vous vous inondez d'eau de Cologne pour masquer l'odeur de cigarette, le seul résultat est que cela me donne mal à la tête.

– Hein ? rote-t-il doucement.

– Laissez-moi deviner : vous avez passé la nuit au Kick'N Horse.

– Cette taule est pleine de fumée, lâche-t-il en haussant ses épaules massives.

– Inutile d'en rajouter ! Vous avez fumé dans la morgue. Dans la chambre froide. Même la blouse de chirurgie que j'ai passée était imprégnée de l'odeur du tabac. Avez-vous également fumé dans mon vestiaire ?

– Ça a dû se faufiler par mon côté. La fumée, j'veux dire. Peut-être que j'avais toujours ma cigarette entre les doigts quand je suis entré dans ma partie. J'me souviens pas.

– Je sais pertinemment que vous n'avez pas envie de vous retrouver avec un cancer des poumons.

Il détourne le regard, une habitude lorsqu'un sujet de conversation lui devient déplaisant et qu'il n'a aucune envie de poursuivre.

– Vous avez dégoté quelque chose de nouveau ? J'parle pas de la vieille dame qu'aurait jamais dû être transférée ici, juste parce que le coroner voulait pas s'occuper d'une décomposée puante. J'parle du gosse.

– Je l'ai placé dans le congélateur. Nous ne pouvons rien faire de plus pour l'instant.

– Je supporte pas quand c'est des gosses. Si je mettais la main sur celui qu'a fait ça, je le bute, je le mets en pièces à mains nues.

– Et si nous évitions de proférer des menaces de mort, s'il vous plaît ?

Rose patiente dans l'encadrement de la porte, une étrange expression sur le visage. Scarpetta se demande depuis quand elle est là.

— C'est pas une menace, rétorque Marino.

— Ce qui explique pourquoi je l'ai souligné.

Rose avance vers eux, tirée à quatre épingles – une de ses vieilles expressions. Elle porte un tailleur bleu et a noué ses cheveux blancs en catogan. Elle paraît épuisée et ses pupilles sont contractées.

— Vous me faites encore la morale ? lui lance Marino avec un clin d'œil.

— Vous avez besoin d'une ou deux bonnes leçons de morale. Allez, de trois ou de quatre, déclare Rose en se servant une tasse de café fort, une « mauvaise » habitude qu'elle a abandonnée il y a un an, pour, de toute évidence, la reprendre.

Elle lance un regard à Marino par-dessus le bord de sa tasse et poursuit :

— Et au cas où vous l'auriez oublié, vous avez déjà tué. Vous ne devriez donc pas lancer ce genre de menaces.

Elle s'appuie contre la paillasse et inspire lentement.

— J'vous ai dit : c'est pas une menace.

— Vous êtes sûre que ça va, Rose ? s'inquiète Scarpetta. Il s'agit peut-être de quelque chose de plus sérieux qu'un simple rhume. Vous n'auriez pas dû venir.

— J'ai eu une petite discussion avec Lucy, déclare Rose avant de s'adresser à Marino. Je ne veux pas que le Dr Scarpetta reste seule avec M. Grant. Pas une seule seconde.

— Elle a dû vous rassurer au sujet de ses antécédents, argumente Scarpetta.

— Vous m'entendez, Marino ? Vous ne laissez pas une seconde le Dr Scarpetta seule en compagnie de cet homme. Je me contrefiche de ce qu'on trouve au sujet de ses antécédents ! Il est bien plus costaud que vous, martèle la surprotectrice Rose, relayant probablement les instructions de la non moins protectrice Lucy.

Depuis près de vingt ans, Rose a été et demeure la secrétaire de Scarpetta, la suivant par monts et par vaux, comme elle le dit, et contre vents et marées. À soixante-treize ans, elle a toujours fière allure avec sa silhouette qui en impose, et son enthousiasme n'a pas fléchi. Elle entre et sort de la morgue toute la journée, charriant les messages téléphoniques et les rapports qui doivent être paraphés dans l'instant, bref tous motifs professionnels qui, selon elle, ne peuvent attendre. S'y ajoutent ses rappels – ou plutôt son ordre coutumier – que Scarpetta doit se nourrir, qu'elle n'a rien avalé de la journée et qu'un en-cas, parfaitement sain, bien sûr, vient d'être livré et l'attend à l'étage et qu'elle *va aller* le déguster sans tarder et qu'elle *ne se resservira pas* une nouvelle tasse de café parce qu'elle en a déjà bien assez bu.

— Il semble avoir été impliqué dans une bagarre au couteau, poursuit Rose, que l'inquiétude ne lâche pas.

— Cela figurait dans ses antécédents. C'était la victime, rectifie Scarpetta.

— Il a l'air violent et dangereux, et, pour couronner le tout, il est large comme un navire marchand. Franchement, ça m'alarme qu'il ait insisté pour venir ici un dimanche après-midi, espérant peut-être que vous seriez seule. Comment pouvez-vous être certaine que ce n'est pas lui qui a tué l'enfant ? s'obstine Rose.

— Et si nous écoutions d'abord ce qu'il a à dire ?

— Avant, nous n'aurions jamais procédé de la sorte. La police aurait été présente.

— Ces temps-là sont passés, réplique Scarpetta en essayant d'éviter un ton de reproche. Ceci est une entreprise privée. Par certains côtés nous jouissons de davantage de flexibilité, par d'autres de moins. Cela étant, une partie de notre travail a toujours consisté à rencontrer les gens qui pouvaient détenir des informations utiles, présence policière ou pas.

— Restez sur vos gardes, s'entête Rose en s'adressant de nouveau à Marino. La personne qui a fait cela à ce petit garçon sait pertinemment que son corps est chez nous et que le Dr Scarpetta l'a autopsié. Or, en règle générale, lorsqu'elle cherche quelque chose, elle le trouve. Il pourrait la traquer. Qu'en sait-on ?

Rose est rarement aussi à cran.

– Vous avez fumé, accuse ensuite Rose en regardant Marino.

Il avale une nouvelle gorgée de son Pepsi Light et réplique :

– Vous auriez dû me voir hier soir. J'avais dix clopes dans le bec, deux autres plantées dans le cul pendant que je jouais de l'harmonica, tout en devenant très câlin avec ma nouvelle nana.

– Je vois, encore une soirée édifiante dans un bar à motards, en compagnie d'une femme dont le QI est voisin de celui de mon réfrigérateur. En dessous de zéro ? Je vous en prie, cessez de fumer. Je n'ai pas envie que vous mouriez.

Un trouble évident habite Rose alors qu'elle se dirige vers le percolateur afin de remplir le réservoir d'eau.

– M. Grant aimerait une tasse de café, explique-t-elle. Et non, docteur Scarpetta, il n'y en a plus pour vous.

CHAPITRE 6

On a toujours appelé Bulrush Ulysses S. Grant « Bull ». Il n'a besoin d'aucun encouragement pour se lancer dans la conversation en expliquant l'origine de son nom :

– J'suppose que le S de mon nom vous intrigue, hein ? Juste ça. Juste un S suivi d'un point, dit-il, installé sur une chaise poussée non loin de la porte fermée du bureau de Scarpetta. Ma maman savait que le S du général Grant voulait dire « Simpson ». Mais elle a eu peur que si elle rajoutait un « Simpson » en plus du reste, ça me ferait long à écrire pour signer mon nom. Alors, elle s'est contentée de l'initiale. Bof, l'expliquer prend encore plus de temps que de l'écrire, si vous voulez mon avis.

Il est propre et bien soigné dans ses vêtements de travail gris. On dirait que ses tennis viennent de sortir de la machine à laver. Il a posé sur ses genoux sa casquette de base-ball un peu effilochée, décorée d'un poisson. Ses énormes mains sont poliment croisées dessus. Le reste de son apparence est tout simplement effrayant : son visage, son cou, son crâne sauvagement entaillé par un réseau de longues cicatrices rosâtres qui s'entrecroisent. S'il a jamais consulté un chirurgien esthétique, c'était le mauvais. Il sera sérieusement défiguré à vie, une mosaïque de cicatrices chéloïdes qui évoquent le personnage de Queequeg dans *Moby Dick*.

– J'sais que ça fait pas trop de temps que vous avez emménagé dans le coin, continue Bull, la prenant de court. Dans cet ancien relais de poste, au bout de la ruelle entre Meeting et King.

– Et comment vous savez où elle vit et en quoi c'est vos oignons ? l'interrompt agressivement Marino.

– J'ai travaillé pour une de vos voisines, répond Bull, ne s'adressant qu'à Scarpetta. Elle a passé y a pas mal de temps, déjà. Pour être précis, j'ai bossé pour elle durant une quinzaine d'années, dans ces eaux-là. Et puis, y a quatre ans, son mari est décédé. Après, elle s'est débarrassée de la plupart de ses employés. J'crois qu'elle avait des inquiétudes d'argent. Il a fallu que je trouve autre chose. Et puis elle est morte, elle aussi. Ce que j'veux dire, c'est que je connais le coin aussi bien que ma poche.

Elle fixe les cicatrices roses qui courent sur le dessus de ses mains.

– Je connais votre maison…, ajoute Bull.

– J'viens de dire que…, intervient à nouveau Marino.

– Laissez-le terminer ! ordonne Scarpetta.

– Je connais bien votre jardin parce que c'est moi qui ai creusé le bassin et coulé la chape en ciment. J'me suis aussi occupé de la statue de l'ange penchée au-dessus. Je l'ai gardée toute belle et propre. C'est moi qui ai construit la barrière blanche avec les fleurons d'un côté. Pas les colonnes en brique et le fer forgé de l'autre. C'était avant mon temps et probablement si envahi de végétation, de troènes de Chine et de bambous, quand vous êtes arrivée, que vous l'avez pas vu. J'ai planté des rosiers, des pavots de Californie, du jasmin chinois. Enfin bref, je réparais pas mal de trucs dans la maison.

Scarpetta est sidérée.

– Bon, pour résumer, j'ai fait des tas de boulots pour la moitié des gens qui vivent dans cette ruelle, sans oublier King Street, Meeting Street et Church Street. Partout, quoi. Depuis que je suis gamin. Vous n'êtes sans doute pas au courant parce que j'aime pas faire des vagues. Si vous voulez pas que les gens du coin en aient après vous, vaut mieux garder profil bas.

– Comme dans mon cas, c'est cela ?

Marino lui lance un regard de mépris. Elle est beaucoup trop cordiale.

– Pour sûr, m'dame. Ils peuvent être comme ça dans le coin. En plus, vous avez collé toutes ces décalcomanies de toiles d'araignées sur vos fenêtres. Alors ça arrange rien, surtout avec votre métier par là-dessus. Pour être franc avec vous, une de vos voisines vous a même surnommée « le Dr Halloween ».

– Je crois savoir de qui il s'agit : Mme Grimball, n'est-ce pas ?

– J'y accorderais pas trop d'importance à votre place, conseille Bull. Elle m'appelle bien « Gazeuse »… Vu que mon surnom, c'est Bull.

– Les décalcomanies ont pour but de signaler les vitres aux oiseaux. Ils s'écrasent dessus.

– Hum… Moi, j'ai pas la moindre idée de ce que voient les oiseaux ou pas. Tiens, est-ce qu'ils voient seulement un machin qu'est supposé ressembler à une toile d'araignée ? Est-ce que ça leur fait peur et que, du coup, ils s'éloignent ? Pourtant j'ai jamais vu un oiseau se faire prendre dans une toile comme un insecte ou un truc de ce genre.

– Et qu'est-ce que vous veniez faire du côté de sa maison ? intervient Marino.

– Je cherchais du boulot. Quand j'étais gamin, j'ai aussi travaillé pour Mme Whaley, reprend Bull à l'adresse de Scarpetta. J'suis bien certain que vous avez entendu parler du jardin de Mme Whaley dans Church Street. Le plus célèbre de Charleston.

Un sourire de fierté lui vient comme il tend la main en direction du quartier. Les zébrures rosées qui la couvrent luisent. Il a les mêmes au creux des paumes. Des blessures de défense, songe Scarpetta.

– C'était un vrai privilège pour moi de travailler chez Mme Whaley. Elle a été très chouette avec moi. Elle a écrit un livre, peut-être que vous êtes au courant. Y en a des exemplaires en vitrine de la librairie du Charleston Hotel. Même qu'elle m'en a dédicacé un. Je l'ai toujours.

– Bordel, mais qu'est-ce qui se passe? grogne Marino. Vous êtes venu à la morgue pour nous parler du petit garçon mort, pour décrocher un boulot ou pour nous faire le coup du déballage de souvenirs?

– Ma maman dit toujours que, parfois, les choses se mettent en place de façon très mystérieuse, répond Bull. Parfois, un peu de bon naît du mauvais. Peut-être que du bon sortira de ce qui s'est passé. Pourtant, ce qui s'est passé était vraiment mauvais. Découvrir ce petit garçon dans la vase, mort, c'est comme un film qu'arrêterait pas de repasser dans ma tête. Grouillant de crabes et de mouches.

Bull pointe un index ravagé de cicatrices sur son front ridé, lui aussi tailladé, et précise :

– Là. Je le vois encore quand je ferme les yeux. La police de Beaufort County dit que vous êtes en train de vous établir. (Il parcourt le bureau de Scarpetta du regard, les livres, les diplômes encadrés accrochés aux murs.) Vous m'avez l'air déjà pas mal installée, mais j'aurais pu faire un meilleur travail. (Son attention se fixe sur les placards récemment montés dans lesquels elle range les dossiers sensibles, ainsi que ceux qui ne sont pas encore passés au tribunal.) La porte en noyer sombre, là. Elle est pas d'aplomb avec celle d'à côté. Ça a pas été monté droit. Je pourrais vous arranger ça en un rien de temps. Vous avez vu des portes pas d'aplomb dans votre relais de poste? Non, m'dame, certainement pas. Pas celles que j'ai rétablies quand j'aidais là-dedans. Je peux faire à peu près tout et quand j'sais pas, je suis toujours désireux d'apprendre. Alors, je me suis dit en moi-même : peut-être bien que je devrais poser la question. Y a pas de mal à ça.

– Peut-être bien qu'y a pas non plus de mal à ce que je pose la question, l'imite Marino. C'est vous qui avez tué ce gamin?

C'est quand même une sacrée coïncidence que vous l'ayez retrouvé, non?

Bull le fixe droit dans les yeux, ses mâchoires se crispant.

– Non m'sieur. Je vais souvent dans ce coin pour récolter de l'herbe à bison, pêcher, ramasser des crevettes ou des palourdes ou même des huîtres. (Toujours sans lâcher le regard de Marino, il poursuit:) Je me permets de vous poser une question: si j'avais tué ce petit garçon, pourquoi est-ce que j'aurais trouvé son cadavre et appelé la police?

– Ouais, dites-moi pourquoi?

– Ben non, je les aurais pas appelés.

Marino incline encore un peu plus le torse, ses mains de la taille de celles d'un ours posées sur les genoux.

– À ce propos, comment vous avez fait pour téléphoner? Vous vous êtes offert un téléphone portable?

Comme si un Noir pauvre ne pouvait pas avoir de portable.

– J'ai composé le numéro d'urgence. Et comme je viens de vous le dire, si j'avais tué le gamin, j'aurais jamais contacté les flics.

Le raisonnement se tient. De surcroît, et bien que Scarpetta n'ait aucune intention de le lui révéler, il s'agit à l'évidence d'un cas de maltraitance enfantine, ce que confortent les anciennes fractures, les cicatrices et l'état de dénutrition. En d'autres termes, à moins que Bulrush Ulysses S. Grant n'ait été le parent adoptif ou le tuteur du garçonnet, ou alors qu'il l'ait kidnappé et enfermé durant des mois, voire des années, il est hautement improbable qu'il soit l'assassin.

– Vous nous avez appelés en nous disant que vous vouliez nous raconter ce qui s'était produit y a une semaine presque jour pour jour, reprend Marino. Mais d'abord, où c'est que vous habitez? Pas à Hilton Head, à ce que j'ai cru comprendre.

– Oh, non, m'sieur! s'esclaffe Bull. Ça serait pas mal au-dessus de mes moyens. Ma famille et moi, on a une petite baraque au nord-est de la ville, pas loin de la 526. Je pêche et je bricole dans le coin. J'accroche mon bateau à mon vieux pick-up et je me trouve un endroit où le mettre à l'eau. Je ramasse ce que je peux, en fonction de la saison : du poisson, des crevettes ou des huîtres. Je me suis payé un de ces bateaux à fond plat, qui pèse pas plus qu'une plume et peut dériver le long des petits bras d'eau. Suffit juste de bien suivre les marées pour pas se retrouver à sec au milieu des moustiques et d'autres sales bestioles qui piquent, sans oublier les mocassins d'eau et les serpents à sonnette. Y a aussi des alligators, mais ils se massent plutôt dans les canaux et les anses entourés de bois où l'eau est croupissante.

— Ce bateau dont vous causez, c'est celui que remorque votre pick-up et qu'est garé sur le parking ? s'informe Marino.

— Tout juste.

— Aluminium et quoi ? Un moteur cinq chevaux ?

— Tout juste.

— J'aimerais bien y jeter un œil avant que vous repartiez. Ça vous ennuie pas que je regarde à l'intérieur de votre véhicule et du bateau ? J' pense que la police les a déjà examinés.

— Non, m'sieur. Quand ils sont arrivés sur les lieux et que je leur ai raconté ce que je savais, ils m'ont dit que je pouvais partir. Alors je m'en suis retourné à l'endroit où j'avais garé mon pick-up. Y avait plein de gens massés. Mais vous pouvez y aller et chercher. J'ai rien à cacher.

— Merci, ce ne sera pas nécessaire, tranche Scarpetta en lançant un regard appuyé à Marino.

Il sait fort bien qu'ils n'ont pas l'autorité nécessaire pour fouiller le véhicule ou le bateau de M. Grant, ou de quiconque. C'est le rôle de la police et, dans ce cas, elle-même ne l'a pas jugé nécessaire.

— Où avez-vous mouillé votre bateau y a six jours ?

— À Old House Creek. Ils ont une rampe de débarquement et y a une petite boutique où j'ai fait ma journée. Je vends une partie de ce que j'attrape. Surtout si j'ai de la veine avec les crevettes et les huîtres.

— Vous avez remarqué un individu suspect dans les parages quand vous êtes arrivé lundi dernier ?

— J' pourrais pas dire ça. D'un autre côté, à ce moment-là, le petit gamin était déjà là où je l'ai trouvé et depuis plusieurs jours.

– Qui a parlé de jours ? intervient Scarpetta.

– Le gars des pompes funèbres qu'était sur le parking.

– Celui qui a transporté le cadavre ici ?

– Non, m'dame. L'autre. Celui qu'avait ce grand fourgon mortuaire. Je sais pas trop ce qu'il faisait ici, à part bavarder.

– Lucious Meddick ? insiste Scarpetta.

– Les pompes funèbres Meddick. Oui, m'dame. Si j' crois ce qu'il m'a raconté, le petit garçon était mort depuis deux ou trois jours quand je l'ai découvert.

Cette plaie de Lucious Meddick ! Présomptueux comme pas deux et surtout incompétent en la matière. Les 29 et 30 avril, la température a oscillé entre vingt et un et vingt-sept degrés. Si le corps s'était déjà trouvé dans les marais, ne serait-ce qu'une seule journée, le processus de décomposition aurait débuté et il aurait été sérieusement endommagé par les prédateurs terrestres ou aquatiques. Les mouches se tiennent tranquilles la nuit, en revanche elles auraient pondu dès la levée du jour, et les asticots auraient bientôt pullulé. Au contraire, lorsque le corps est arrivé à la morgue, la *rigor mortis* n'était pas complètement installée. Toutefois ce processus *post mortem* a pu être amoindri et ralenti par l'état de malnutrition de l'enfant et le faible développement musculaire qui en a résulté. La *livor mortis* était indistincte, pas encore fixée. Scarpetta n'a constaté aucune décoloration due à la putréfaction. Les crabes, les crevettes et leurs homologues venaient tout juste de s'attaquer aux oreilles, au nez et aux lèvres. Selon ses estimations, l'enfant était mort depuis moins de vingt-quatre heures. Peut-être même bien moins.

– Continuez, reprend Marino. Dites-nous comment vous avez découvert le corps.

– J'ai jeté l'ancre et je suis descendu de bateau avec mes bottes, mes gants, une musette et un marteau.

– Un marteau ?

– Pour casser les grappes.

— Les grappes? répète Marino avec un petit sourire suffisant.

— C'est les huîtres qui sont collées ensemble. Alors faut les séparer et se débarrasser des coquilles vides. C'est surtout ça qu'on trouve. C'est dur de tomber sur des isolées. (Il marque une pause et reprend:) Vous autres n'avez pas l'air de connaître grand-chose à la récolte des huîtres. J' vais vous expliquer. Une huître isolée, c'est comme celles qu'on vous sert au restaurant. C'est l'idéal, mais elles sont difficiles à trouver. Bref, j'ai commencé la récolte aux environs de midi. La marée était plutôt basse. C'est à ce moment-là que mon regard a été attiré par un truc couché dans les herbes, avec ce qui ressemblait à des cheveux pleins de terre. Alors je me suis approché. Il était là.

— Vous ne l'avez pas touché ni déplacé? interroge Scarpetta.

Il hoche la tête en signe de dénégation.

— Non, m'dame. Quand j'ai compris ce que c'était, j'ai foncé vers mon bateau et appelé le numéro d'urgence.

— La marée basse a débuté vers une heure du matin, réfléchit-elle.

— C'est vrai. Vers sept heures, elle était haute à nouveau, à son plus haut. Et au moment où j'étais là-bas, elle avait pas mal baissé.

— Si vous aviez fait le coup, demande Marino, et que vous vouliez vous débarrasser du corps, vous choisiriez la marée haute ou la basse?

— Celui qui a fait ça a probablement déposé le corps à marée basse. Il l'a abandonné dans la vase et les herbes, sur une des berges du bras d'eau. Sans cela, si la marée avait été très haute, le corps aurait été entraîné par le courant. Mais si vous le balancez dans un endroit comme celui où je l'ai découvert, y a de bonnes chances qu'il y reste, sauf marée de printemps et de pleine lune où le niveau de l'eau peut monter à trois mètres. Dans un cas comme ça, il aurait pu être emporté et va savoir où on l'aurait retrouvé.

Scarpetta l'a vérifié. La nuit précédant la découverte du corps, la lune n'était qu'à son tiers et le ciel un peu nuageux.

— Très futé comme endroit pour balancer un cadavre, commente Marino. Si on ne l'avait pas retrouvé très vite, une semaine après il n'en restait que des os éparpillés. Un vrai miracle que vous l'ayez vu, vous croyez pas ?

– Ça prendrait pas trop de temps là-bas pour qu'y reste presque plus rien, et y avait une grande chance pour qu'on le retrouve jamais, c'est sûr, approuve Bull.

– En fait, quand j'ai parlé de marée haute ou basse, j'vous demandais pas comment quelqu'un d'autre aurait procédé, mais ce que vous vous auriez fait, insiste Marino.

– Marée basse dans un petit bateau qu'a pas trop de tirant d'eau et qui peut se faufiler dans des zones où y a pas plus de trente centimètres de fond. C'est ce que j'aurais fait. Mais j'ai rien fait pour de vrai. (Il fixe à nouveau Marino.) J'ai rien fait à ce petit garçon, si ce n'est découvrir son cadavre.

Scarpetta destine un nouveau regard appuyé à Marino. Elle en a assez de son interrogatoire et de sa façon de tenter d'intimider Bull. Elle intervient :

– Vous rappelez-vous autre chose, n'importe quoi ? Quelqu'un que vous auriez aperçu dans les parages ? Qui aurait attiré votre attention ?

– J'arrête pas d'y penser, et la seule chose qui me vient, c'est la semaine dernière. J'étais amarré au même quai. À Old House Creek. Je vendais mes crevettes à la boutique. Au moment où je m'en retournais, j'ai remarqué cette personne qu'était en train d'enrouler son amarre, un bateau à fond plat. En fait, ce qui m'a intrigué, c'est qu'il y avait rien dans le bateau pour pêcher, récolter les huîtres ou les crevettes. Du coup, j'me suis dit que si ça se trouvait, il aimait juste se balader sur l'eau. Le genre de gars qu'est pas intéressé par la pêche, mais qu'aime naviguer, vous voyez. À la vérité, j'ai pas trop apprécié la façon dont il me dévisageait. Ça m'a fait un drôle d'effet. Comme s'il me connaissait de quelque part.

– Vous pourriez le décrire ? demande Marino. Vous avez vu le genre de véhicule qu'il conduisait ? Un pick-up, je suppose, pour remorquer son bateau.

– Il portait un chapeau qui cachait tout le haut du visage, en plus de lunettes de soleil. J'ai pas eu le sentiment qu'il était très baraqué, mais je le jurerais pas. J'avais pas de raison de le détailler et j'avais pas envie qu'il se dise que je faisais trop attention. C'est comme ça que les ennuis commencent, vous savez. Dans mon souvenir, il portait des bottes et un tee-shirt à manches longues sur son pantalon. Ça m'a un peu étonné parce que c'était une belle journée, ensoleillée. J'ai pas vu ce qu'il conduisait parce que j'ai quitté les lieux avant lui et qu'il y avait un paquet de véhicules de toutes sortes sur le parking. Un peu l'heure de pointe. Des gens qui s'arrêtaient pour acheter ou vendre des fruits de mer tout frais pêchés.

— Selon vous, faut-il bien connaître le coin pour aller s'y débarrasser d'un corps ? demande Scarpetta.

— De nuit ? Doux Jésus ! Je connais personne qui se risquerait dans ce genre de bras de mer à l'obscurité. Moi, je tenterais le coup pour rien au monde. Ce qui veut pas dire que c'est pas ce qui s'est produit. Enfin, le gars qu'a fait le coup est pas comme tout le monde. De toute façon, c'est certain vu ce qu'il a fait à ce petit garçon.

— Avez-vous remarqué des traces suspectes dans l'herbe, la vase, le banc d'huîtres, lorsque vous l'avez découvert ?

— Non, m'dame. D'un autre côté, si quelqu'un a déposé le corps la nuit d'avant, à marée basse, quand la marée est remontée, l'eau a inondé les terres et a tout aplani, un peu comme fait une vague sur le sable. À mon avis, le gamin a été recouvert par l'eau durant un moment, mais il n'a pas dérivé à cause des herbes hautes tout autour. Quant au banc d'huîtres, c'est vraiment le dernier endroit où vous avez envie de poser les pieds. Le mieux est de les enjamber ou de les contourner aussi bien que vous pouvez. Y a rien qui fait plus mal qu'une coupure de coquille. Si, par malheur, vous marchez sur le banc et vous perdez l'équilibre, vous risquez d'être salement tailladé.

— C'est peut-être ça vos coupures, lâche Marino. Vous êtes tombé sur le banc.

Scarpetta reconnaît des blessures par lame dès que son regard les effleure. Elle coupe Marino :

– Monsieur Grant, il y a des maisons un peu en retrait du marais et de longues jetées, dont une non loin de l'endroit où vous avez retrouvé le garçonnet. N'est-il pas envisageable qu'il ait été transporté en voiture, puis porté le long de la jetée pour être abandonné où vous l'avez trouvé ?

– Franchement, j'imagine pas quelqu'un grimpant en pleine nuit à l'échelle d'un de ces vieux embarcadères, en portant un cadavre et en tenant une lampe torche. Parce que c'est sûr qu'il fallait s'éclairer avec une torche puissante. Un homme peut s'enfoncer jusqu'aux hanches dans cette vase. Ça vous aspire les chaussures. Selon moi, y aurait eu des empreintes boueuses sur la jetée, enfin s'il était revenu par le même chemin que celui qu'il avait emprunté à l'aller.

– Et comment que vous savez qu'y avait pas d'empreintes boueuses sur ce quai ? insinue Marino.

– Le gars de l'entreprise de pompes funèbres me l'a dit. J'attendais sur le parking, le temps qu'ils ramènent le corps. Il discutait avec la police.

– Lucious Meddick, encore, peste Scarpetta.

Bull acquiesce d'un hochement de tête.

– Il est resté longtemps à parler avec moi aussi. Il voulait me tirer les vers du nez, mais je lui ai pas raconté grand-chose.

Un heurt léger contre la porte. Rose entre et pose d'une main tremblante une tasse de café sur la table située à côté de Bull.

– Lait et sucre, annonce-t-elle. Désolée d'avoir été si longue, mais la première cafetière a débordé. Il y a du marc de café partout.

– Merci, m'dame.

– Quelqu'un veut autre chose ? demande Rose, son regard passant de l'un à l'autre.

Elle prend une longue inspiration et semble encore plus épuisée et livide que tout à l'heure.

– Pourquoi ne rentrez-vous pas chez vous pour vous reposer un peu, Rose ? conseille Scarpetta.

– Je vais dans mon bureau.

La porte se referme derrière elle et Bull reprend la parole :

— J'aimerais vous expliquer des trucs à mon sujet, si ça vous ennuie pas.

— Allez-y, l'encourage Scarpetta.

— Je m'étais dégoté un vrai boulot, jusque y a trois semaines. (Il fixe ses pouces, qu'il tourne lentement sur ses genoux.) Je vais pas vous raconter d'histoires. Je me suis mis dans les ennuis. Il suffit de me regarder pour le savoir. Et non, je suis pas tombé sur un banc d'huîtres, lâche-t-il en tournant le regard vers Marino.

— Quel genre d'ennuis ? s'enquiert Scarpetta.

— Fumer de l'herbe et une bagarre. En fait, j'ai pas vraiment fumé l'herbe, mais j'allais le faire.

— C'est-t'y pas parfait ! ironise Marino. Justement, une des exigences dans cette taule, c'est que quiconque veut y bosser doit fumer des joints, être agressif et découvrir le corps d'au moins une personne assassinée. Même chose pour les jardiniers et les hommes à tout faire qu'on emploie chez nous.

— Je sais bien ce que vous pensez. Mais vous vous trompez. Je travaillais au port.

— Quel genre de travail ? demande Marino.

— Mécanicien assistant sur les engins de levage. C'était mon titre. En fait, je faisais surtout tout ce que m'ordonnait mon supérieur. J'aidais à réparer le matériel, à soulever et à porter. Fallait que je sois capable d'envoyer des messages par radio, que je bricole, un peu tout quoi. Cette nuit-là, lorsque j'ai terminé ma journée, j'ai décidé de filer discrètement vers les vieux conteneurs du chantier naval. Ceux dont je parle sont plus utilisés, ils sont entassés les uns contre les autres. Vous pouvez les voir quand vous arrivez par Concord Street, juste derrière le grillage. La journée avait été longue, et puis, pour tout vous dire, je m'étais un peu pris le bec avec ma femme le matin, alors j'étais pas de trop bonne humeur. Du coup, j'ai décidé de fumer un peu d'herbe. C'est pas dans mes habitudes. Je me souviens même pas de la dernière fois que j'ai fumé. J'avais même pas eu le temps d'allumer que, tout d'un coup, ce mec surgit du côté des voies de chemin de fer. Il m'a tailladé, vraiment grave.

Bull remonte ses manches, tend ses bras musculeux et ses mains, les tourne, exposant d'autres longues balafres, rose pâle sur peau noire.

— Ils ont interpellé votre agresseur ? demande Scarpetta.

— J'ai pas le sentiment qu'ils se soient vraiment démenés. La police m'a accusé d'avoir provoqué la bagarre. Ils ont dit que l'autre gars était probablement celui qui m'avait vendu l'herbe. Mais j'ai jamais révélé son nom puisque c'est pas lui qui m'a suriné comme ça. D'ailleurs, le dealer en question travaille même pas au port. Quand j'suis sorti des urgences, ils m'ont bouclé derrière les barreaux, plusieurs jours, jusqu'à ce que je passe devant le juge. L'affaire s'est terminée par un non-lieu, puisqu'il avait pas de suspect et pas non plus d'herbe.

— Ah ouais ? Alors pourquoi ils vous ont accusé de détention s'ils ont pas retrouvé la marie-jeanne ? s'informe Marino.

— Ben, parce que j'ai raconté aux policiers que j'allais en fumer quand le gars m'est tombé dessus. Je venais de m'en rouler une et j'allais l'allumer quand ce type m'a attaqué. Peut-être que la police l'a jamais retrouvée. Pour être franc, je crois pas que ça les intéressait beaucoup. Ou alors c'est peut-être le type qui m'a tailladé qui l'a embarquée. J'sais pas. En tout cas, je m'approche plus de l'herbe et je bois plus une goutte d'alcool. J'ai promis à ma femme.

— Je suppose que l'administration portuaire vous a licencié ? demande Scarpetta.

— Oui, m'dame.

— En quoi pensez-vous que vous pourriez nous aider si je vous engageais ?

— Tout ce dont vous avez besoin. Rien me semble indigne de moi et la morgue me fait pas peur. J'ai pas de problèmes avec les gens décédés.

— Le mieux est que vous me laissiez votre numéro de portable ou le moyen le plus aisé pour vous joindre.

Il tire un bout de papier plié de sa poche arrière, se lève et le dépose poliment sur son bureau.

– C'était tout prêt, m'dame. Vous pouvez m'appeler à n'importe quel moment.

– L'enquêteur Marino va vous raccompagner. Merci de votre aide, monsieur Grant.

Scarpetta se lève de son fauteuil et lui serre la main avec délicatesse, en prenant garde à ses blessures.

Une centaine de kilomètres au sud-ouest, le temps est couvert sur l'île de villégiature de Hilton Head, et un vent chaud souffle en rafales de la mer.

Will Rambo avance le long de la place déserte plongée dans l'obscurité. Il porte une boîte à outils verte et allume par intermittence une torche militaire Surefire, bien que n'en ayant pas besoin pour éclairer son chemin. Le rayon lumineux qu'elle projette est si puissant qu'il peut aveugler quelqu'un, du moins quelques secondes. C'est bien assez si la situation l'exige. Les gifles de sable soulevé par le vent piquent ses joues et crissent sur ses lunettes sombres. Des tourbillons s'élèvent comme d'élégantes danseuses.

Et la tempête de sable déferla dans un rugissement sur Al Asad, puissante comme un tsunami. Elle les avala, lui et son Hummer. Elle avala le ciel, le soleil, tout. Du sang s'écoula entre les doigts de Roger, les peignant d'un rouge vif. Le sable tournoya, collant aux doigts sanglants, alors qu'il tentait de repousser ses intestins au fond de son abdomen. Will n'avait jamais vu un visage aussi ravagé de panique, aussi hagard. Il était impuissant. La seule chose qu'il pouvait faire se résumait à promettre à son ami que tout irait bien et à l'aider à repousser ses intestins.

Les hurlements de Roger se mêlent aux cris des mouettes qui survolent la plage. Des hurlements de panique et de souffrance.

– *Will! Will! Will!*

Les cris, les cris perçants et le rugissement des tourbillons de sable.

– *Will! Will! Je t'en supplie, aide-moi, Will!*

149

C'était quelque temps après, après l'Allemagne. Will était rentré à la base militaire aérienne de Charleston, puis était reparti pour l'Italie, différents endroits d'Italie où il avait grandi. Il avait erré parmi les trous de son esprit. Puis il s'était rendu à Rome afin d'affronter son père, parce que le bon moment était venu. Il avait cru rêver, assis au milieu du décor de feuilles de palmier peintes au pochoir et des moulures en trompe l'œil qui ornaient la salle à manger de sa maison d'été d'enfance, Piazza Navona. Il avait bu du vin en compagnie de son père, un vin aussi rouge que du sang, et le vacarme produit par les touristes qui montait jusqu'à leurs fenêtres ouvertes l'avait irrité. Idiots de touristes, pas plus intelligents que les pigeons, jetant des pièces dans la fontaine dei Quattro Fiumi de Bernini et prenant des photographies, l'eau éclaboussant l'eau, sans interruption.

— Faire des vœux qui ne se réalisent jamais, ou alors, s'ils sont exaucés, c'est vraiment dommage pour toi, avait-il commenté à l'intention de son père, qui n'avait pas compris, se contentant de le dévisager comme s'il avait un mutant devant lui.

Installé à table, sous le lustre, Will avait pu voir son visage dans le miroir vénitien suspendu au mur qui lui faisait face. Ce n'était pas vrai. Il ressemblait à Will, pas à un mutant, et il avait suivi les mouvements de sa bouche alors qu'il racontait à son père que Roger avait souhaité revenir d'Irak en héros. Son vœu s'était réalisé, avaient articulé les lèvres de Will. Roger était bien rentré en héros, dans un cercueil d'économie, dans le ventre d'un avion-cargo C5.

— On n'avait même pas de lunettes ou d'équipement de protection. Rien, avait expliqué Will à son père, espérant qu'il comprendrait, sachant que tel ne serait pas le cas.

— Pourquoi être parti si c'est uniquement pour se plaindre ?

— Il a fallu que je t'écrive pour te demander de m'envoyer des piles pour nos lampes torches. Il a fallu que je t'écrive pour recevoir des tournevis parce que tous les nôtres cassaient. Quelle merde bas de gamme ils nous avaient refilée ! avait dit la bouche de Will dans le miroir. On n'avait rien, sauf de la merde à deux sous à cause de ces foutus mensonges, les foutus mensonges des politiciens.

— Alors pourquoi être parti ?

— Parce qu'on m'a dit d'y aller, espèce d'idiot.

— *Ne t'avise pas de me parler de cette façon ! Pas dans cette maison où j'entends que l'on me traite avec respect. Je n'ai pas choisi cette guerre fasciste, toi si. Et tout ce que tu es capable de faire, c'est geindre comme un bébé. Priais-tu là-bas ?*

Lorsque le mur de sable s'était abattu sur eux, lorsque Will n'avait même plus pu distinguer ses mains, il avait prié. Lorsque la bombe avait explosé sur le bas-côté de la route, renversant le Hummer sur le flanc et qu'il avait été aveuglé, le vent hurlant alentour comme s'il se trouvait au centre d'un moteur de C-17, il avait prié. Lorsqu'il avait cramponné Roger, il avait prié. Lorsqu'il n'avait plus pu supporter la souffrance de son compagnon, il avait prié. C'était la dernière fois.

— *Quand on prie, c'est à nous que nous demandons de l'aide, pas à Dieu, avait expliqué sa bouche dans le miroir en s'adressant à son père, à Rome. Nous supplions pour notre propre intervention divine. Du coup, je n'ai pas besoin de prier un Dieu installé sur son trône. Je suis le Dieu de Will puisque je suis ma propre volonté. Je n'ai besoin ni de Dieu, ni de toi.*

— *Quand tu as perdu tes doigts de pied, as-tu également perdu l'esprit ? lui avait demandé son père, à Rome.*

Ironique sortie dans cette salle à manger puisqu'un pied de pierre antique, aux orteils intacts, était posé sur une console dorée poussée juste sous le miroir. Toutefois Will avait tant vu de pieds arrachés là-bas, après des attaques-suicides de kamikazes qui roulaient jusqu'au milieu d'une foule. Du coup, perdre quelques doigts de pied valait bien mieux que d'être un pied intact auquel manquait tout le reste.

— *C'est guéri maintenant. Mais que pourrais-tu en savoir ? Tu n'es jamais venu me rendre visite en Allemagne ou à Charleston, ni même les années qui ont précédé. Tu n'es jamais allé à Charleston. Je suis venu à Rome un nombre incalculable de fois, jamais pour te rencontrer, même si tu as pu penser le contraire. C'est différent aujourd'hui. Tu vois, il faut que je fasse quelque chose, une mission. On m'a autorisé à vivre parce qu'il faut que je soulage les autres de leurs souffrances. C'est un truc que tu ne comprendras jamais parce que tu es égoïste, inutile et que personne ne t'intéresse en dehors de toi. Regarde-toi. Riche, insensible, froid.*

Le corps de Will s'était levé de sa chaise. Il s'était vu avancer vers le miroir, vers la console dorée poussée au-dessous. Il avait soulevé le pied antique de pierre. En contrebas des fenêtres, la fontaine éclaboussait et les touristes étaient braillards.

Il cramponne sa boîte à outils, un appareil photo en bandoulière. Il foule le sable de la plage de Hilton Head afin de remplir sa mission. Il s'assied et ouvre la boîte afin d'en extraire un sac de congélation rempli d'un sable particulier, puis de petites fioles de colle d'un pâle violet. Éclairé par sa torche, il répand la colle sur ses paumes. Il plonge ses mains, l'une après l'autre, dans le sac de sable. Il lève les mains, les offrant au vent, afin qu'elles sèchent plus vite. Il a maintenant des mains en papier de verre. D'autres fioles. Il procède de la même façon pour ses pieds nus, recouvrant avec soin le dessous de ses sept doigts de pied. Il jette les fioles vides et ce qui reste du sable dans sa boîte à outils.

Les yeux protégés par ses lunettes sombres, il regarde alentour et éteint la torche.

Sa destination n'est autre que le panneau «Défense d'entrer» planté sur la plage, au bout de la longue promenade en bois qui mène jusqu'à la palissade protégeant l'arrière-jardin de la villa.

CHAPITRE 7

Le parking situé derrière le bureau de Scarpetta.

Il a été l'objet de multiples contestations lorsqu'elle a ouvert son cabinet d'un genre un peu particulier. Quoi qu'elle demande, les voisins saisissaient n'importe quelle occasion pour envoyer des lettres officielles de protestation. Elle est parvenue à ses fins en ce qui concerne la grille de sécurité, acceptant de la dissimuler derrière des arbustes à feuilles persistantes et des rosiers blancs sauvages. Mais elle a échoué en matière d'éclairage. La nuit, le parking est plongé dans une obscurité trop épaisse.

– Jusque-là, je ne vois aucune bonne raison de ne pas lui donner sa chance. On aurait bien besoin d'un coup de main, argumente Scarpetta.

Les feuilles des petits palmiers bruissent et les plantes qui bordent la grille d'enceinte oscillent à leur passage, alors que Rose et elle rejoignent leurs véhicules.

– D'ailleurs, je n'ai personne pour m'aider à entretenir mon jardin. Je me méfie d'à peu près tout le monde, ajoute-t-elle.

– Ne laissez pas Marino vous pousser dans quelque chose que vous pourriez regretter, conseille Rose.

– Je n'ai pas confiance en lui.

– Vous devriez discuter un peu ensemble. Pas au bureau. Invitez-le chez vous, préparez-lui un bon repas. Il n'a aucune envie de vous blesser.

Elles sont parvenues à hauteur de la Volvo de Rose.

– Votre toux a empiré, remarque Scarpetta. Pourquoi ne pas rester chez vous demain ?

– J'aurais préféré que vous ne le lui disiez jamais. D'ailleurs je suis assez surprise que vous en ayez parlé à quiconque.

– Je pense que c'est plutôt ma bague qui a parlé.

– Vous n'auriez rien dû expliquer.

– Il est temps que Marino accepte ce qu'il a mis un point d'honneur à éviter depuis que je le connais.

Rose se laisse aller contre la carrosserie de sa voiture, comme si elle était trop faible pour tenir debout. Peut-être ses genoux la font-ils souffrir.

– En ce cas, il aurait fallu lui mettre les points sur les *i* il y a bien longtemps. Vous ne l'avez pas fait et il s'est accroché à l'espoir. Les fantasmes ont couvé. Vous évitez de vous confronter aux sentiments des gens et tout ce que cela amène…

Une violente quinte de toux l'empêche de terminer sa phrase. Scarpetta effleure la joue de Rose du dos de sa main.

– J'ai l'impression que vous avez attrapé la grippe. Vous êtes toute chaude.

Rose tire un mouchoir en papier de son sac à main et s'essuie les yeux avant de soupirer :

– Cet homme. Je n'arrive pas à croire que vous envisagez de l'engager, s'obstine-t-elle au sujet de Bull.

– Le cabinet gagne en importance. Il me faut un assistant de morgue et j'ai perdu l'espoir de parvenir à recruter quelqu'un qui ait un peu d'expérience.

– Je n'ai pas le sentiment que vous ayez tant cherché que cela, et en tout cas pas avec un esprit très ouvert.

La Volvo est une antiquité. Rose doit ouvrir la portière à l'aide d'une clé. La veilleuse intérieure s'allume. La fatigue se lit sur les traits tirés de la vieille secrétaire. Elle se glisse derrière le volant et arrange avec soin les plis de sa jupe sur ses cuisses.

— Les assistants de morgue les plus qualifiés sortent des entreprises de pompes funèbres ou des morgues hospitalières, rétorque Scarpetta, la main posée en haut de la portière. La plus grosse entreprise du coin est celle de Henry Hollings. Elle utilise également les locaux de la faculté de médecine de Caroline du Sud pour pratiquer les autopsies qui dépendent de sa juridiction ou qui lui sont sous-traitées par d'autres. Selon vous, ai-je la moindre chance, si je l'appelle, pour qu'on me recommande un assistant ? La dernière chose que souhaite notre coroner, c'est de m'aider à réussir.

— Cela fait deux ans que je vous entends répéter la même chose, qui ne repose sur rien.

— Il m'évite avec soin.

— C'est exactement ce que je vous ai dit plus tôt au sujet de la communication émotionnelle. Peut-être devriez-vous discuter un peu avec lui ?

— Et comment puis-je être certaine qu'il n'est pas à l'origine de l'embrouille concernant mes adresses ? Celle de mon domicile soudain affichée sur Internet comme étant mon adresse professionnelle.

— En admettant que ce soit bien lui, pourquoi aurait-il attendu si longtemps ?

— Un moment adéquat. Aux informations, on a beaucoup parlé de mes bureaux à cause de l'enquête sur ce petit garçon maltraité. Beaufort County m'a chargée de l'affaire, au lieu de faire appel à Hollings. Je suis impliquée dans les investigations au sujet du meurtre de Drew Martin et viens juste de rentrer de Rome. C'est le moment idéal pour appeler la chambre de commerce, faire enregistrer mon cabinet, quitte à payer l'adhésion, en intervertissant mes adresses personnelle et professionnelle.

— Vous avez demandé le retrait de vos coordonnées personnelles. On devrait pouvoir trouver une trace de la personne qui a acquitté l'adhésion.

– Chèque de banque. Tout ce qu'on a pu me dire, c'est que la personne qui les a appelés était une femme. En effet, merci, mon Dieu, ils m'ont enlevée de leur listing avant que les informations ne se répandent partout sur Internet.

– Le coroner n'est pas une femme.

– Ça ne signifie strictement rien. Il ne se salirait pas les mains.

– Appelez-le. Demandez-lui de but en blanc s'il essaie de vous pousser hors de la ville. De nous pousser tous dehors, devrais-je plutôt dire. J'ai l'impression qu'il va falloir que vous discutiez avec pas mal de gens, notamment avec Marino.

Elle tousse à nouveau et la veilleuse de l'habitacle s'éteint.

– Il n'aurait jamais dû emménager ici, déclare Scarpetta en fixant l'arrière du petit immeuble de brique, un simple rez-de-chaussée construit sur un sous-sol qu'elle a transformé en morgue. Il aimait la Floride.

Ce simple mot lui remet le Dr Self en mémoire.

Rose règle l'air conditionné et remonte les bouches d'aération de sorte que l'air frais lui balaie le visage. Elle prend une nouvelle longue inspiration.

– Vous êtes certaine d'être d'attaque ? Je vous suis dans ma voiture jusqu'à votre domicile, décide Scarpetta.

– C'est hors de question.

– Et si nous passions un peu de temps ensemble demain ? Je pourrais faire à dîner. *Prosciutto* et figues, suivis de votre rôti de porc préféré, le tout accompagné d'une bonne bouteille de vin de Toscane.

– Merci, mais j'ai déjà autre chose de prévu, décline Rose d'une voix teintée de tristesse.

La sombre silhouette d'un château d'eau sur la pointe sud de l'île. On l'appelle « le Doigt de pied ».

Hilton Head évoque la forme d'une chaussure, l'une de ces chaussures que Will a vues en Irak dans les lieux publics. La villa de stuc blanc, défendue par le panneau « Défense d'entrer », vaut au bas mot quinze millions de dollars. Les volets électroniques sont abaissés. Elle est probablement installée sur le canapé de la grande pièce, regardant un autre film sur l'écran rétractable qui couvre la grande baie vitrée donnant sur la mer. De là où il se tient, dehors, regardant vers l'intérieur, Will voit le film défiler à l'envers. Il scrute la plage, les maisons voisines désertées. Le ciel bas est sombre et nuageux, et le vent souffle par à-coups en rafales violentes.

Il rejoint la promenade de bois et la suit jusqu'à la barrière qui sépare le monde extérieur de l'arrière-jardin, des images du film projeté sur le grand écran de cinéma se succèdent, à l'envers. Un homme et une femme qui baisent. Son pouls s'accélère comme il progresse, ses pieds gainés de sable ne produisent aucun son sur les planches battues par les intempéries. Ils baisent dans un ascenseur. Le volume sonore est bas. Il peut à peine entendre les gémissements, les ahanements, ces bruits qui semblent si violents lorsque des acteurs baisent pour Hollywood. Il parvient devant le portail de bois, fermé à clé. Il passe par-dessus et se dirige vers le flanc de la maison, son coin habituel.

Il la surveille depuis des mois, pas chaque jour toutefois, grâce à un interstice entre la fenêtre et le volet. Il l'a vue arpenter la maison, pleurer, se tirer les cheveux de rage. Elle ne dort jamais la nuit, effrayée qu'elle est par l'obscurité et les orages. Elle regarde des films toute la nuit, jusqu'au petit matin. Elle visionne des films toute la nuit lorsqu'il pleut. Si l'orage éclate, elle pousse le volume sonore au maximum. En revanche, lorsque le soleil brille, elle se terre chez elle. En général, elle dort sur le canapé de cuir noir en arc de cercle. Elle y est allongée ce soir, adossée aux coussins de cuir, une couverture jetée sur ses jambes. Elle pointe la télécommande et revient en arrière jusqu'à la scène où Glenn Close et Michael Douglas baisent dans l'ascenseur.

Les maisons avoisinantes sont dissimulées par de hautes haies de bambous et d'arbustes. Toutes vides d'occupants. Vides parce que leurs riches propriétaires ne les louent pas et qu'ils sont absents, parfois depuis longtemps. Bien souvent, les familles ne

157

séjournent dans leurs onéreuses maisons de plage que lorsque les enfants sont repartis à la fac ou au collège pour une nouvelle année d'études. Elle n'aimerait pas que des voisins l'entourent. Du reste, ils ne sont pas venus de tout l'hiver. Elle veut rester seule. Pourtant la solitude la terrorise. L'orage et la pluie l'effraient, tout comme le soleil et les cieux dégagés. Elle ne veut plus être nulle part, sous aucun prétexte.

C'est pour cela que je suis ici.

Elle fait à nouveau défiler le DVD en arrière. Il est maintenant habitué à ses rituels. Elle est avachie sur le canapé en jogging rose maculé de taches et elle visionne encore les mêmes scènes, en général des gens qui baisent. De temps en temps, elle sort de chez elle et va fumer une cigarette au bord de la piscine, ou alors elle laisse sortir son pitoyable petit chien de sa corbeille. Elle ne ramasse jamais derrière lui et l'herbe est constellée de merdes sèches. Le jardinier mexicain qui vient quelques semaines par mois ne s'en occupe pas non plus. Elle fume et fixe la piscine pendant que le chien se promène dans le jardin, hurlant parfois à la mort, un hurlement rauque et profond. Elle l'appelle : « Gentil chien ! », ou plus souvent : « Vilain chien ! » Ou encore : « Viens. Ici tout de suite ! », en tapant dans ses mains.

Elle ne le caresse jamais et semble appréhender de le regarder. Cependant, si le chien n'était pas là, sa vie serait infernale. Le chien ne comprend rien de tout cela. Il est peu probable qu'il se souvienne de ce qui s'est produit, ou même qu'il l'ait compris sur le moment. En revanche, ce qu'il connaît, c'est sa corbeille dans la lingerie. C'est là qu'il dort, qu'il se redresse et s'assied et qu'il hurle à la mort. Elle n'y prête pas attention lorsqu'elle avale sa vodka, ses pilules, et qu'elle se tire les cheveux à pleines mains, sa routine, toujours la même, jour après jour.

Bientôt, je te serrerai dans mes bras et je t'emporterai dans les ténèbres intérieures, vers le domaine transcendant, et tu seras débarrassée de la dimension physique qui est devenue ton enfer. Tu me remercieras.

Will poursuit sa surveillance, s'assurant que personne ne peut le voir. Il la regarde tandis qu'elle se lève et titube vers la baie vitrée pour sortir fumer une cigarette. Comme à l'accoutumée, elle a oublié que l'alarme était activée. Elle sursaute lorsque les sirènes beuglent et trébuche jusqu'au panneau fixé au mur pour l'éteindre. Le téléphone sonne. Elle passe les doigts dans ses cheveux noirs qui s'éclaircissent, dit quelque chose, puis hurle et raccroche brutalement le téléphone au nez de son correspondant. Will s'aplatit au sol derrière les massifs d'arbustes, parfaitement immobile. Quelques minutes à peine s'écoulent avant l'intervention de la police, deux officiers dans un véhicule du shérif de Beaufort County. Will les épie. Les deux policiers se tiennent sous le porche, sans faire mine d'entrer. Ils la connaissent. Elle a encore oublié de taper son code pour désactiver l'alarme et la compagnie de surveillance a encore contacté la police.

— M'dame, de toute façon, c'est pas une bonne idée d'utiliser le prénom de votre chien comme code, lui explique un des officiers, une précaution qu'on lui a déjà serinée. Il vaudrait mieux choisir un autre truc. Un prénom d'animal de compagnie, c'est la première chose qu'essaiera un intrus qui veut s'introduire chez vous.

Elle bafouille :

— Je ne me souviens même plus du nom de ce fichu chien, comment voulez-vous que je sois capable de me rappeler d'un autre code ? Tout ce que je sais, c'est que c'est le nom du chien. Oh, oui… Babeurre. Là, ça y est, ça me revient.

— Oui, m'dame, mais je vous assure que vous devriez en changer. Comme je vous l'ai dit, c'est une mauvaise idée d'utiliser le nom d'un animal de compagnie, surtout que vous avez tendance à l'oublier. Il doit bien y avoir autre chose dont vous seriez capable de vous souvenir. On a un bon nombre de cambriolages dans le coin, surtout à cette époque de l'année, vu que les résidences sont fermées.

Elle bute sur les mots et parvient à articuler avec peine :

— Je me souviendrai jamais d'un nouveau code. Quand ça se déclenche, je n'arrive plus à penser.

— Vous êtes sûre que ça va aller, toute seule ici ? On peut peut-être appeler une de vos connaissances ?

– Je n'ai plus personne.

Enfin, les policiers s'éloignent. Will émerge de sa cachette. Il la regarde par la fenêtre alors qu'elle rebranche l'alarme. 1, 2, 3, 4. Le même code, le seul qu'elle soit capable de mémoriser. Il la regarde s'allonger sur le canapé, en larmes, encore. Elle se sert un autre verre de vodka. Le moment opportun est passé. Il rebrousse chemin, suivant la promenade de bois jusqu'à la plage.

CHAPITRE 8

Le matin suivant, huit heures, heure locale sur la côte ouest. Lucy s'arrête devant le centre de cancérologie de Stanford.

Lorsqu'elle pilote son Citation X jusqu'à San Francisco et loue une Ferrari pour parcourir l'heure de route qui la sépare de son neuro-endocrinologue, elle se sent puissante, aussi solide que lorsqu'elle est chez elle. Son jean serré et son tee-shirt moulant sculptent un corps d'athlète, et elle se sent pleine de vitalité, autant que lorsqu'elle se trouve sur son territoire. Ses boots en crocodile noir et sa montre Breitling Emergency, au cadran orange vif, lui redonnent la sensation qu'elle est toujours Lucy, sans peur et parfaite, une sensation qui l'abandonne dès qu'elle pense à ce qui ne va pas chez elle.

Elle abaisse la vitre de la F430 rouge.

– Pouvez-vous garer cette chose ? demande-t-elle au voiturier en uniforme gris qui s'approche timidement du véhicule à l'arrêt devant le complexe moderne de brique et de verre.

Elle ne le reconnaît pas. Sans doute est-il nouveau.

– C'est une Formula, avec un seul changement de vitesse au

volant, là, ces palettes. À droite pour passer la vitesse supérieure, à gauche pour rétrograder. Pour revenir au point mort, il faut les abaisser ensemble. Ce bouton, c'est pour la marche arrière. (Elle voit la nervosité dans le regard de l'homme.) D'accord, j'admets que c'est un peu compliqué, ajoute-t-elle de crainte de le rabaisser.

L'homme est âgé, probablement à la retraite et qui s'ennuie. Du coup, il gare les voitures de l'hôpital. Ou alors, peut-être que quelqu'un de sa famille a, ou a eu, un cancer. Toutefois il est évident qu'il n'a jamais conduit de Ferrari et n'en a probablement jamais vu d'aussi près. Il détaille le véhicule comme s'il venait d'être parachuté de Mars. Surtout, il ne veut pas prendre le risque d'y toucher, attitude sensée de la part de quelqu'un qui ne sait pas conduire une voiture qui vaut plus d'argent que pas mal de maisons.

– Oh, je crois pas, annonce l'employé pétrifié en détaillant l'intérieur de cuir façon sellier et le bouton rouge de démarrage, protubérance sur le volant en fibre de carbone.

Il contourne la Ferrari et découvre le moteur exposé derrière sa vitre de protection en secouant la tête.

– Ben, ça, c'est pas rien ! C'est une décapotable, je suppose. Ça doit drôlement décoiffer lorsqu'on abaisse le toit, parce que ça roule très vite, ces engins. Ça, j'admets que ça m'en bouche un coin. Pourquoi vous vous garez pas juste là ? propose-t-il en désignant l'emplacement. C'est la meilleure place. Ouais, c'est vraiment quelque chose, répète-t-il en hochant la tête.

Lucy se gare, récupère sa sacoche ainsi que deux grandes enveloppes renfermant des clichés pris en résonance magnétique qui révèlent le secret le plus dévastateur de sa vie. Elle empoche les clés de la Ferrari et tend un billet de cent dollars au voiturier en déclarant le plus sérieusement du monde, mais avec un clin d'œil appuyé :

– Défendez-la de votre vie !

Le centre de cancérologie est le complexe médical le plus élégant qui soit, avec ses immenses baies vitrées et ses kilomètres de sol parquetés et brillants. Tout y donne une sensation d'ouverture, et la lumière y pénètre à flots. Les gens qui travaillent ici, pour la plupart des volontaires, sont d'une courtoisie sans faille. La dernière fois qu'elle est venue, une harpiste était installée dans le couloir et pinçait avec délicatesse les cordes de son instrument. Elle jouait *Time after Time*. Aujourd'hui, la même musicienne égrène les accords de *What a Wonderful World*. Quelle ironie ! Lucy marche d'un pas vif, évitant de lever le regard, une casquette de base-ball rabattue sur son front. Elle se rend soudain compte que n'importe quelle musique la rendrait cynique et la déprimerait en ce moment.

Les différents pavillons du complexe, tous dans les tons terre, sont ouverts sur l'extérieur, parfaitement aménagés. Aucun tableau sur les murs, juste des écrans plats qui passent des scènes de nature : des prairies, des montagnes, la chute des feuilles d'automne, des bois enneigés, des séquoias géants, les rocs rouges de Sedona en Arizona, le tout accompagné du roucoulement doux d'un ruisseau, du clapotement de la pluie, de chants d'oiseaux et du souffle léger de la brise. Des orchidées en pots ornent les tables. La lumière est douce et les salles d'attente ne sont jamais bondées. Lorsque Lucy parvient devant le comptoir d'accueil, la seule autre patiente est une femme qui porte une perruque et lit le magazine *Glamour*.

Lucy annonce à voix basse à l'homme installé derrière le comptoir qu'elle vient voir le Dr Nathan Day, « Nate » comme elle l'appelle.

— Votre nom ? s'enquiert-il avec un sourire.

Dans un murmure, elle articule le pseudonyme qu'elle utilise. Il pianote sur son clavier, sourit à nouveau, puis tend la main vers le téléphone. Une minute, à peine, s'écoule avant que Nate n'ouvre une porte et fasse signe à Lucy de le suivre. À son habitude, il la serre dans ses bras.

— Ça fait plaisir de te voir. Tu as l'air en pleine forme, lance-t-il comme ils rejoignent son bureau.

La pièce est exiguë, pas du tout ce que l'on attendrait d'un neuro-endocrinologue diplômé de Harvard et considéré comme l'une des plus grandes sommités dans son domaine. Son bureau disparaît sous un monceau de paperasses, dont émerge un ordi-nateur équipé d'un large écran. Une bibliothèque surchargée d'ouvrages jouxte des négatoscopes qui se succèdent le long des murs, là où devraient s'ouvrir des fenêtres. Seuls autres meubles : un canapé et une chaise. Lucy lui tend les enveloppes qu'elle a amenées.

— Résultats d'analyses, précise-t-elle, et le scan que tu avais vu la dernière fois, ainsi que le plus récent.

Il s'installe derrière son bureau et elle rejoint le canapé.

— Quand ?

Il soulève le rabat de l'enveloppe, parcourt les analyses. Aucune des données n'a été saisie sur ordinateur, quant aux rapports papier, il les conserve dans son coffre-fort. Ils sont indexés grâce à un code et le nom de Lucy n'apparaît nulle part.

— Les analyses sanguines ont été réalisées il y a quinze jours, le scan le plus récent remonte à un mois. Ma tante les a étu-diés. Elle a conclu que ça allait plutôt bien. Toutefois, si on garde à l'esprit le genre de patients qu'elle fréquente…

— Oui, elle trouve donc que tu n'as pas l'air morte. Quel sou-lagement ! Et comment va Kay ?

— Elle aime Charleston, mais je ne suis pas certaine que la réciproque soit vraie. Quant à moi, je m'y sens à peu près bien. D'un autre côté, je suis surtout motivée par les endroits inadéquats.

— La plupart des endroits, donc !

— Je sais. Lucy la dingue. Or donc, tout ceci est encore archi-confidentiel. C'est ce que je me suis dit lorsque le gars – j'ai oublié son nom – du comptoir d'accueil a accepté mon pseu-donyme sans broncher. En dépit de la démocratie, la notion d'intimité est une blague !

— Ne me lance pas sur le sujet, acquiesce-t-il en consultant les documents qu'elle lui a tendus. Si tu savais le nombre de mes patients qui préféreraient payer de leur poche, s'ils le pouvaient, afin que leurs données médicales ne soient pas informatisées !

– Excellente précaution. Si je me mettais en tête de pirater ta base de données, j'y parviendrais sans doute en cinq minutes. Ça prendrait environ une heure aux fédéraux, mais ils sont déjà sans doute venus faire un tour dans tes fichiers. Pas moi. On ne peut violer les droits civils d'une personne que lorsque c'est totalement justifié.

– C'est aussi ce qu'*ils* affirment.

– Ils mentent et ils sont stupides. Surtout le FBI.

– Toujours en tête de ta liste des « individus les plus recherchés », je vois.

– Ils m'ont virée sans aucun motif valable.

– Quand je pense que tu contournes le *Patriot Act* et qu'on te paie pour cela. Enfin, pas beaucoup. Quel nouveau truc électronique es-tu en train de vendre des millions de dollars en ce moment ?

– De la modélisation de données. Des réseaux neuraux qui traitent les données entrantes et sont capables de réaliser des tâches intelligentes de la même manière que nos cerveaux. En plus, je suis en train de m'amuser avec un projet sur l'ADN qui pourrait se révéler intéressant.

– Le dosage de TSH est excellent, déclare-t-il. La T4 libre va bien aussi, ce qui prouve que ton métabolisme fonctionne. J'aurais pu le dire sans même regarder les analyses sanguines. Tu as perdu un peu de poids depuis que l'on s'est vus la dernière fois.

– Deux ou trois kilos.

– J'ai l'impression que ta masse musculaire a augmenté. En d'autres termes, tu as bien dû perdre cinq kilos de graisse et d'eau en faisant de la gonflette.

– Quelle éloquence !

– Tu t'entraînes beaucoup ?

– Comme d'habitude.

– Donc avec obstination, pour ne pas dire obsessionnellement. Les paramètres hépatiques sont bons. Le taux de prolactine est parfait, il a baissé à 2,4. Et tes règles ?

– Normales.

– Pas de sécrétions mammaires claires ou laiteuses? Toutefois, avec ce niveau de prolactine, une pseudo-lactation m'étonnerait.

– Non, et ne te fais aucun faux espoir, tu ne vérifieras pas.

Il sourit, annote encore le rapport.

– Détail attristant, mes seins ont perdu du volume.

– Il y a des femmes qui paieraient une fortune pour avoir ce que tu as. Elles la paient d'ailleurs, répond-il d'un ton anodin.

– Ils ne sont pas à vendre. En fait, je ne peux même pas en faire cadeau en ce moment.

– Oh, je suis bien certain que ce n'est pas la vérité.

La gêne de Lucy a disparu. Elle peut tout aborder avec lui. Au début, c'était très différent, une monstruosité, une humiliation. Un macroadénome pituitaire bénin – une tumeur cérébrale donc – avait engendré une surproduction de l'hormone prolactine qui avait trompé son corps, lui laissant supposer qu'elle était enceinte. Ses règles avaient cessé et elle avait pris du poids. Elle n'avait pas eu de galactorrhée, c'est-à-dire qu'elle n'avait pas commencé à produire du lait – mais si elle n'avait pas découvert l'origine de son problème à temps, c'eût été l'étape suivante.

– Je n'ai pas l'impression que tu fréquentes quelqu'un en ce moment.

Il extirpe les clichés IRM de leur enveloppe et les positionne sur les négatoscopes.

– Non.

– Et la libido?

Il atténue l'éclairage de la pièce et allume les appareils, illuminant les clichés du cerveau de Lucy.

– Le Dostinex est parfois appelé la drogue du sexe, tu sais ça? Enfin, si tu parviens à te le procurer, poursuit-il.

Elle se rapproche de lui et détaille les clichés.

– Il n'y aura pas de chirurgie, Nate.

Elle regarde avec consternation la zone vaguement rectangulaire, de faible intensité, située à la base de l'hypothalamus. Chaque fois qu'elle découvre l'un de ces clichés, elle se dit qu'il

166

doit s'agir d'une erreur. Il est impossible que ceci soit son cerveau. Un cerveau jeune, comme le désigne Nate. Un cerveau impeccable du point de vue anatomique, si ce n'était ce petit pépin, une tumeur de la grosseur d'un petit pois.

– Je me fiche de ce qu'affirment les publications professionnelles. Personne ne coupera dans mon cerveau. Comment tu me trouves ? S'il te plaît, dis-moi que ça va, lâche-t-elle.

Nate compare les deux clichés, l'ancien et le nouveau, pincés côte à côte.

– Pas de différence majeure. Toujours de sept à huit millimètres. Rien dans la citerne suprasellaire. Un petit basculement vers la droite en partant de l'infundibulum de la tige pituitaire. (Il désigne une zone de la pointe de son stylo.) Le chiasma optique est dégagé. Une excellente chose.

Il se débarrasse du stylo et tend deux doigts collés l'un contre l'autre avant de les écarter afin de vérifier sa vision périphérique.

– Bien, commente-t-il. Les deux clichés sont pratiquement identiques. La tumeur ne progresse pas.

– Mais elle ne rétrécit pas non plus.

– Assieds-toi.

Elle s'installe sur le rebord du canapé.

– Au bout du compte, elle n'est pas partie. Le médicament n'est pas parvenu à l'éradiquer, la rendre nécrotique, et ça ne se produira jamais, n'est-ce pas ?

– Il n'en demeure pas moins qu'elle ne progresse plus, répète Nate. Le traitement a un peu réduit sa taille et, en tout cas, il bloque son développement. Bien, les options maintenant. Que veux-tu faire ? Je précise tout de suite que ce n'est pas parce que le Dostinex et son générique ont été associés à des problèmes de valve cardiaque qu'il faut que tu t'en inquiètes nécessairement. Il s'agissait d'études réalisées sur des sujets pour lesquels le médicament est utilisé dans le cadre d'un Parkinson. Ton dosage est faible. Selon moi, tu ne devrais pas avoir de problèmes. La grosse question ? Je peux rédiger une douzaine d'ordonnances, mais je doute que tu puisses te procurer une seule de ces pilules dans ce pays.

– C'est produit en Italie. Je peux m'y rendre. Le Dr Maroni a dit qu'il m'aiderait une fois sur place.

– Bien. En revanche, je veux que tu passes un échocardiogramme tous les six mois.

Le téléphone sonne. Nate enfonce une touche, écoute quelques instants son interlocuteur et répond :

– Merci. Appelez la sécurité si les choses venaient à déraper. Assurez-vous que personne n'y touche. (Il raccroche et explique à Lucy :) Il semble qu'un visiteur soit venu en Ferrari rouge et que le véhicule provoque une vive curiosité.

– Plutôt drôle. (Elle se lève.) Tout est question de point de vue, n'est-ce pas ?

– Si tu n'en veux plus, je veux bien la récupérer.

– Ce n'est pas que je n'en veuille plus. C'est plutôt que plus rien n'est comme avant. Pas nécessairement en mal. Juste différent.

– C'est une conséquence de ce qui t'arrive. Tu le rejettes. Mais peut-être que cette pathologie a changé ta façon de percevoir ce qui t'environne. (Il la raccompagne vers la sortie.) Je le constate tous les jours ici.

– En effet.

Il s'arrête à la porte ouvrant sur la salle d'attente. Personne ne peut surprendre leur conversation, à l'exception de l'homme derrière son comptoir, celui que le sourire ne quitte presque jamais et qui téléphone toujours.

– Tu te débrouilles bien. Sur l'ensemble de mes patients, tu fais partie des dix pour cent qui s'en sortent le mieux.

– Les dix pour cent de tête. Ça équivaut à un B+. Je crois me souvenir que j'avais commencé avec la note A.

– Non, pas du tout. Cela fait probablement une éternité que tu vis avec cette chose, mais tu ne t'en es rendu compte que lorsque les premiers symptômes sont apparus. Est-ce que tu discutes avec Rose ?

– Elle ne veut pas en entendre parler. J'essaie de ne pas lui en vouloir. Pourtant c'est dur. Vraiment très dur. Notamment à l'égard de ma tante.

– Ne laisse pas Rose te repousser. C'est ce qu'elle tente de faire et, tu as raison, la seule explication, c'est qu'elle ne peut pas l'affronter.

Il plonge les mains dans les poches de sa blouse blanche et conclut :

– Elle a besoin de toi. Elle n'en parlera jamais à quelqu'un d'autre.

Lucy sort du centre de cancérologie. Une femme mince, une écharpe nouée afin de dissimuler son crâne chauve, et deux garçonnets tournent autour de la Ferrari. Le voiturier se précipite au-devant de Lucy.

– Ils se sont pas approchés de trop près. J'ai bien surveillé. Personne, annonce-t-il d'une voix basse et pressante.

Elle détaille les deux petits garçons, leur mère malade, et s'avance jusqu'à la voiture, la déverrouillant à l'aide de la télécommande. Les enfants et la femme se reculent, l'appréhension se peint sur leurs visages. La mère a l'air âgée alors qu'elle n'a probablement guère plus de trente-cinq ans.

– Je suis désolée, explique-t-elle à Lucy. Ils sont littéralement conquis. Ils n'ont rien touché.

– Elle peut monter à combien ? demande l'aîné, un petit rouquin d'environ douze ans.

– Voyons, quatre cent quatre-vingt-dix chevaux de puissance réelle, un V8 quatre litres trois, huit mille cinq cents tours / minute et un aileron aérodynamique arrière en fibre de carbone. De zéro à quatre-vingt-dix kilomètres / heure en quatre secondes. Trois cents kilomètres à l'heure.

– J' peux pas le croire !

– Tu as déjà conduit ce genre de voiture ? demande la jeune femme à l'aîné des garçonnets.

– J'en ai même jamais vu en vrai.

– Et toi ? demande Lucy en s'adressant au plus jeune des petits rouquins, un gamin de huit ou neuf ans.

– Non, m'dame, répond-il, intimidé.

Lucy ouvre la portière conducteur et les deux enfants tendent le cou pour mieux voir, déglutissant d'émotion.

– Quel est ton nom? s'informe-t-elle en regardant le plus âgé des garçons.

– Fred.

– Installe-toi derrière le volant, Fred. Je vais te montrer comment on fait démarrer cette chose.

– Vous n'êtes pas forcée, lui lance la mère qui semble au bord des larmes. Chéri, surtout n'abîme rien.

– Moi, c'est Johnny, intervient l'autre garçonnet.

– Après, ce sera ton tour. Tiens, rapproche-toi et regarde comment on procède.

Lucy actionne la batterie, s'assure que la Ferrari est au point mort. Elle saisit le doigt de Fred et le place sur le bouton rouge de démarrage situé sur le volant. Elle lâche la main de l'enfant.

– Garde-le enfoncé quelques secondes et c'est parti!

La Ferrari rugit.

Lucy leur fait faire une balade à chacun autour du parking. Leur mère reste seule, plantée au milieu. Elle sourit, leur adresse des petits signes de la main et s'essuie les yeux.

Au téléphone, dans son bureau du laboratoire de neuro-imagerie du McLean, Benton enregistre Gladys Self. Son nom lui va comme un gant. C'est, du reste, aussi vrai pour sa star de fille.

– Au cas où vous vous demanderiez pourquoi ma fille pleine aux as n'installe pas sa mère dans une belle demeure de Boca, explique Mme Self, eh bien, monsieur, c'est parce que je ne veux pas vivre à Boca, ni à Palm Beach, ni nulle part ailleurs qu'à Hollywood, Floride. Dans mon petit appartement délabré du front de mer, juste sur la promenade.

– Pourquoi cela?

– Mais pour lui rendre la monnaie de sa pièce, voyons! À votre avis, de quoi ça aura l'air quand ils me retrouveront, un de ces jours, morte dans un taudis? On verra comment se porte sa popularité ensuite.

Elle glousse.

– J'ai l'impression qu'il vous est difficile de dire quelque chose de gentil à son propos, remarque Benton. Or j'ai besoin de quelques minutes d'enregistrement au cours desquelles vous faites, au contraire, l'éloge de votre fille. Il me faudra également un passage durant lequel vous resterez neutre à son sujet, puis un dernier où vous deviendrez critique.

— Pourquoi elle participe à ce truc, d'abord ?

— Je vous l'ai expliqué au début de notre conversation, madame Self. Elle s'est portée volontaire dans le cadre d'un projet scientifique que je dirige.

— Ma fille n'est volontaire pour rien, sauf si elle espère en tirer un bénéfice quelconque. Je ne me souviens pas de l'avoir jamais vue faire un truc pour le simple plaisir d'aider les autres. Foutaises ! Ha ! Une urgence familiale. Elle a eu du bol que je ne sois pas invitée sur CNN. J'aurais pu expliquer au monde qu'elle mentait. Voyons. Je me demande ce que ça cache. Considérons les indices. Donc vous êtes un de ces psychologues de la police du... c'est quoi, déjà, le nom de l'hôpital ? McLean. Ah oui, c'est ça. C'est là qu'atterrissent les célébrités bourrées d'argent. C'est juste le genre d'endroit où elle se rendrait si elle devait aller quelque part, et je peux vous donner une excellente raison à cela. Ça vous soufflerait si vous étiez au courant. Bingo ! C'est une patiente. Pas besoin de chercher ailleurs.

— Ainsi que je vous l'ai dit, elle fait partie d'un projet que je dirige.

Bordel ! Il avait prévenu le Dr Self. Il n'était pas exclu que sa mère la soupçonne d'être une des patientes de l'hôpital s'il l'appelait pour lui proposer cet enregistrement.

— Madame Self, je ne suis pas autorisé à discuter de la situation actuelle de votre fille, de l'endroit où elle se trouve, de ce qu'elle fait, ni pourquoi. Il m'est impossible de divulguer quelque détail que ce soit au sujet des volontaires de nos études.

— Eh bien, moi, je pourrais vous divulguer deux ou trois choses. Je le savais ! Ça, elle vaut le coup qu'on l'étudie, je vous le garantis. Quelle personne normale ferait cette émission de télé, ferait ce qu'elle fait, tripoterait dans l'esprit des gens, déformerait leur vie, comme cette joueuse de tennis qui vient d'être assassinée ? Je vous parie un million de dollars contre une poignée de cacahuètes que Marilyn est responsable d'une façon ou d'une autre. Elle l'a invitée à son show pour qu'elle déballe toutes ces informations personnelles sur sa vie, devant le monde entier. C'en était gênant. Je n'arrive pas à comprendre que la famille de la jeune fille ait autorisé ça.

Benton a visionné l'émission. Mme Self a raison. Drew s'est retrouvée complètement exposée, vulnérable et accessible. Bref, les ingrédients de base pour encourager un meurtrier à la pister, si tel est bien le cas. Il ne peut résister à pousser un peu Mme Self dans les confidences, bien que là ne soit pas le but de son appel.

– Je me demande comment votre fille a réussi à convaincre Drew Martin de participer à son émission. Se connaissaient-elles ?

– Marilyn obtient tous ceux qu'elle veut. Quand elle m'appelle, pour les grandes occasions, elle passe le plus clair de son temps à se vanter de connaître telle ou telle célébrité. Seulement, de la façon dont elle le présente, c'est eux qui ont une chance folle de l'avoir rencontrée, jamais l'inverse.

– J'ai le sentiment que vous ne la voyez pas très souvent.

– Parce que vous pensiez vraiment qu'elle se donnerait la peine de venir rendre visite à sa mère ?

– Allons, elle n'est pas totalement dépourvue de sentiments, n'est-ce pas ?

– Petite fille, elle pouvait être vraiment mignonne. Ça paraît dur à croire. Mais un truc s'est détraqué lorsqu'elle a eu seize ans. Elle a fugué avec une sorte de play-boy qui lui a brisé le cœur. Alors elle est rentrée à la maison et ça n'a pas été facile. Elle vous en a parlé ?

– Non.

– Vous m'étonnez ! Elle peut ressasser le suicide de son père et se répandre sur le fait que je suis affreuse, et tout le reste. En revanche, ses propres échecs sont gommés. Ça inclut les gens. Vous seriez étonné si je vous donnais la liste des gens qu'elle a excommuniés de sa vie au simple prétexte qu'ils devenaient gênants. Ou alors, c'est parce que quelqu'un révèle au public un aspect de Marilyn qu'il n'est pas censé découvrir. C'est un crime mortel.

— Je suppose qu'il s'agit d'une image dans votre bouche.

— Tout dépend de votre définition.

— Et si nous commencions par ses côtés positifs ?

— Vous a-t-elle dit qu'elle faisait signer à tout le monde un contrat de confidentialité ?

— Même à vous ?

— Ça vous intéresse de savoir pourquoi je vis de cette façon ? Parce que je ne peux pas me permettre d'accepter sa prétendue générosité. Je survis grâce à la sécurité sociale et à la petite retraite que je reçois pour avoir travaillé toute ma vie. Marilyn n'a jamais rien fait pour moi, mais elle a eu le culot d'exiger que je signe un de ses contrats de confidentialité. Elle m'a prévenue que, si je refusais, je me débrouillerais toute seule, même quand je serais très vieille et très malade. Je l'ai envoyée paître. Ce n'est pas pour autant que je déblatère sur son compte. Pourtant je pourrais. Ça, je pourrais !

— Vous me parlez bien, à moi.

— Mais… C'est ce qu'elle m'a demandé, n'est-ce pas ? Elle vous a communiqué mon numéro de téléphone parce que ça l'arrange, et ce quel que soit son petit stratagème égoïste du moment. Et puis, je suis son point faible. Elle ne peut pas résister. Ça la démange de savoir ce que je vais dire. Ça ne fait que la conforter dans ses certitudes à son sujet.

— Ce que j'aimerais, c'est que vous vous imaginiez lui disant ce que vous aimez chez elle, reprend Benton. Il doit bien y avoir quelque chose. Par exemple : « J'ai toujours admiré ton intelligence », ou : « Je suis si fière de ton succès », ce genre de compliments.

— Même si je ne le pense pas ?

— Écoutez, si vous ne pouvez rien trouver de positif, j'estime qu'il faudra mettre un terme à votre participation.

Et cela n'ennuierait pas du tout Benton.

— Ne vous inquiétez pas, je peux mentir aussi bien qu'elle.

— Puis viendront les aspects négatifs, par exemple : « Je souhaiterais que tu sois plus généreuse ou moins arrogante », ce qui vous vient à l'esprit.

— Ça, ce sera du gâteau.

— Enfin, nous terminerons dans la neutralité. Le temps, les courses dans les magasins, ce que vous avez fait, des choses de ce genre.

— Ne lui faites pas confiance. Elle truquera tout et fichera en l'air votre étude.

— Le cerveau ne triche pas. Pas même le sien.

Une heure plus tard, le Dr Self, vêtue d'un chatoyant tailleur-pantalon de soie rouge et pieds nus, est assise sur son lit, adossée aux oreillers.

— Je comprends que vous pensiez que tout cela est superflu, admet Benton en feuilletant une édition réservée aux patients d'*Interview clinique structurée pour les troubles DSM-4 d'axe 1*.

— Avez-vous besoin d'un script, Benton ?

— Nous voulons être parfaitement en cohérence avec le protocole expérimental. Aussi nous suivons les procédures à la lettre. À chaque fois et pour chaque sujet. Je ne vous poserai pas de questions évidentes ou hors de propos, par exemple votre profession.

— Laissez-moi vous aider. Je n'ai jamais été soignée dans un hôpital psychiatrique. Je ne prends aucun médicament. Je bois raisonnablement. Je dors en général cinq heures par nuit. Kay dort-elle beaucoup ?

— Avez-vous perdu ou pris du poids récemment ?

— Je maintiens mon poids de forme à la perfection. Combien pèse Kay ? Mange-t-elle trop lorsqu'elle est seule ou déprimée ? Et tous les aliments frits qu'ils servent là-bas.

Benton tourne les pages.

— Et des sensations inhabituelles, cutanées ou corporelles en général ?

— Ça dépend en compagnie de qui je suis.

— Vous arrive-t-il de sentir ou de percevoir une odeur ou un goût que d'autres sont incapables de déceler ?

– Je fais plein de choses que d'autres gens sont incapables de faire.

– Je pense que cette étude est une mauvaise idée, docteur Self. Elle n'est pas constructive, déclare Benton en levant le regard vers elle.

– Il ne vous appartient pas d'en juger.

– Pensez-vous que ce soit constructif?

– Vous n'en êtes pas arrivé à la chronologie des humeurs. Allez-vous aborder les attaques de panique?

– Vous en avez eu?

– Des suées, des tremblements, des vertiges, le cœur qui s'emballe. Peur de mourir. (Elle le fixe pensivement, comme s'il devenait l'un de ses patients.) Qu'a dit ma mère lors de cet enregistrement?

– Et lorsque vous êtes arrivée ici? Vous aviez l'air paniquée au sujet d'un message électronique. Celui que vous avez mentionné au Dr Maroni, pour ne plus jamais l'évoquer depuis.

– Et dire que votre petite assistante a cru qu'elle allait m'interviewer, c'est ahurissant, sourit-elle. Je suis psychiatre. Ce serait comme si une débutante disputait une partie contre Drew Martin.

– Que ressentez-vous à propos de son meurtre? demande Benton. Aux informations, on a dit qu'elle avait été invitée à votre émission. Certaines personnes ont suggéré que le tueur avait pu faire une fixation sur elle en raison de…

– Comme si mon émission était la seule occasion où on a pu la voir à la télévision! Je reçois tant de gens.

– J'allais dire du fait qu'on la voit partout. Pas seulement durant votre show, spécifiquement.

– Je remporterais sans doute un autre Emmy grâce à cette série. Sauf si ce qui s'est produit…

– Sauf si?

– Ce serait vraiment une épouvantable injustice, déclare le Dr Self. Si l'Académie devenait partiale à mon égard à cause de ce qui lui est arrivé. Comme si la qualité de mon travail pouvait être en cause! Qu'a raconté ma mère?

– Il est important que vous ne l'entendiez pas avant d'être en conditions expérimentales.

– J'aimerais vous parler de mon père. Il est mort quand j'étais très jeune.

– D'accord. Parlons de votre père.

Benton s'est installé aussi loin que possible d'elle, dos contre le bureau au centre duquel trône un ordinateur portable. Le magnétophone, posé sur la table qui les sépare, est en marche.

– J'avais deux ans lorsqu'il est décédé. Pas tout à fait.

– Et vous vous en souvenez assez pour éprouver le sentiment qu'il vous a rejetée ?

– Je suppose que nous avons lu les mêmes études. Les enfants qui n'ont pas été nourris au sein sont plus sujets à l'anxiété et à la détresse dans leur vie d'adultes. Les femmes incarcérées qui ne peuvent pas donner le sein compromettent leur capacité à protéger et à élever.

– Je ne saisis pas bien le lien. Êtes-vous en train d'insinuer que votre mère s'est retrouvée derrière les barreaux ?

– Elle ne m'a jamais donné le sein, jamais allaitée. Elle ne m'a jamais apaisée par les battements de son cœur. Elle ne m'a même jamais regardée lorsqu'elle me donnait le biberon ou me nourrissait à la cuiller, à la truelle ou à la pelleteuse. L'a-t-elle admis lors de votre enregistrement ? Lui avez-vous posé des questions sur notre histoire ?

– Lorsque nous interviewons la mère de l'un de nos sujets, nous n'avons pas besoin de nous interroger sur l'histoire de leur relation.

– Son refus d'établir des liens avec moi a exacerbé mon sentiment de rejet, mon ressentiment. Au fond, cela n'a fait qu'aggraver le fait que je lui en voulais parce que mon père m'avait abandonnée.

– Vous voulez dire qu'il était mort ?

– Très intéressant, ne trouvez-vous pas ? Kay et moi avons toutes deux perdu nos pères à un jeune âge et nous sommes toutes deux devenues médecins. Toutefois, je soigne les esprits des gens en vie et elle découpe des cadavres. Je me suis toujours

demandé comment elle se comportait au lit. Avec ses occupations…

— Vous en voulez à votre mère du décès de votre père ?

— J'étais jalouse. Il m'est arrivé, à plusieurs reprises, de les
surprendre pendant qu'ils faisaient l'amour. Je les ai vus.
Depuis le pas de la porte. Ma mère lui offrant son corps. Pourquoi à lui et pas à moi ? Pourquoi elle et pas moi ? Je voulais ce
qu'ils se donnaient, sans savoir ce que cela représentait, car il
est bien évident que je n'avais nulle envie de partager un acte
sexuel, quel qu'il fût, avec mes parents. D'ailleurs, au fur et à
mesure que les choses progressaient, je n'y comprenais rien.
Sans doute ai-je cru à l'époque qu'ils souffraient.

— Vous avez donc surpris vos parents à plusieurs occasions et
en gardez le souvenir ? À moins de deux ans ?

Il a posé le manuel de diagnostic sous sa chaise et prend des
notes manuscrites.

Elle se redresse sur le lit, adoptant une position plus confor-
table et plus provocante, s'assurant que Benton est conscient
de chacune de ses courbes.

— J'ai vu mes parents, si pleins de vie, et puis, le temps de fermer les paupières, il n'était plus là. Kay, en revanche, a assisté à
la longue et pénible fin de son père atteint d'un cancer. J'ai
dû vivre avec la perte, elle avec l'agonie, et c'est différent. Du
coup, voyez-vous, Benton, mon rôle en tant que psychiatre est
de comprendre la vie de mon patient. Celui de Kay est de comprendre sa mort. Cela doit avoir un impact sur vous.

— Nous ne sommes pas ici pour parler de moi.

— N'est-il pas merveilleux que le Pavillon évite les règlements
rigides d'autres institutions du même genre ? En dépit de
ce qui s'est déroulé lorsque j'ai été admise, nous voilà ! Le
Dr Maroni vous a-t-il raconté ce qui s'est produit quand il m'a
conduite dans ma chambre, pas celle-ci, celle que l'on m'avait
attribuée au début ? Lorsqu'il a refermé la porte, déboutonné
ma robe d'intérieur ? Lorsqu'il m'a caressée ? A-t-il débuté
sa carrière comme gynécologue ? Vous semblez mal à l'aise,
Benton.

– Vous sentez-vous hyper-sexuelle ?

– Ah, donc je traverserais un épisode hystérique ? (Elle sourit.) Voyons combien de diagnostics nous allons pouvoir accumuler au cours de l'après-midi. Ce n'est pas la raison de ma présence. Nous savons tous les deux pourquoi je me trouve ici.

– Vous avez déclaré que c'était à cause de ce message électronique que vous aviez découvert au studio, alors que vous faisiez une pause. Il y a deux vendredis de cela.

– J'ai parlé de ce *mail* au Dr Maroni.

– D'après ce que j'ai compris, vous lui avez juste dit l'avoir reçu, rectifie Benton.

– Si la chose était possible, j'en viendrais presque à tous vous soupçonner de m'avoir attirée ici sous hypnose, uniquement à cause de ce message. Toutefois, j'admets que cette hypothèse semble tout droit sortie d'un film ou d'une psychose.

– Vous avez confié au Dr Maroni que vous étiez terriblement bouleversée et que vous craigniez pour votre vie.

– C'est alors qu'on m'a bourrée de médicaments, contre ma volonté, puis qu'il s'est envolé pour l'Italie.

– Il possède un cabinet là-bas. Il fait pas mal d'allers et retours entre les deux pays. Surtout à cette époque de l'année.

– Le *dipartimento di scienze psichiatriche* de l'université de Rome. Il possède une villa à Rome et un appartement à Venise. Le Dr Maroni est issu d'une famille italienne très riche. C'est également le directeur du Pavillon et tout le monde lui obéit, vous inclus. Nous aurions dû passer en revue ce qui s'était passé avant qu'il ne quitte le pays. Juste après que j'ai posé mes bagages ici.

– Posé vos bagages ? Vous évoquez le McLean comme s'il s'agissait d'un hôtel.

– Maintenant c'est trop tard.

– Pensez-vous réellement que le Dr Maroni se soit livré à des attouchements inconvenants sur votre personne ?

– N'ai-je pas été parfaitement claire à ce sujet ?

– Donc vous en êtes convaincue.

– Tous ici le nieront.

— Certainement pas. Si, du moins, c'est la vérité.

— Tout le monde le niera.

— Lorsque la limousine vous a déposée au bureau d'accueil, vous étiez très lucide bien qu'en état d'agitation. Vous en souvenez-vous ? Vous rappelez-vous avoir déclaré au Dr Maroni que vous aviez besoin d'un refuge à cause d'un message électronique dont vous lui parleriez plus tard ? La scène se passait donc au service des admissions. Vous souvenez-vous d'être devenue provocante à son égard, tant verbalement que physiquement ? récapitule Benton.

— Vous devez drôlement bien vous y prendre avec vos patients. Peut-être devriez-vous réintégrer le FBI et retourner à vos matraques ou que sais-je ? Pourquoi ne pas vous infiltrer dans ma messagerie électronique, ou mes comptes bancaires, voire perquisitionner chez moi ?

— Il est fondamental que vous vous souveniez dans quel état vous êtes arrivée chez nous. J'essaie de vous y aider, rétorque Benton.

— Je sais parfaitement qu'il est monté dans ma chambre, ici, au Pavillon.

— La scène s'est déroulée plus tard, lorsque vous avez perdu le contrôle de vous-même et que vous êtes devenue incohérente.

— Ce sont les médicaments qui ont provoqué cette crise. Je suis très sensible aux médicaments, n'importe lesquels. Je n'en prends jamais et je ne crois pas en leur efficacité.

— Lorsque le Dr Maroni a pénétré dans votre chambre, une neuropsychiatre et une infirmière s'y trouvaient déjà. Vous avez répété que quelque chose n'était pas de votre faute.

— Étiez-vous présent ?

— Non.

— Ah, parce que c'est ce que l'on pourrait croire.

— J'ai lu votre dossier.

— Mon dossier. Je suppose que vous fantasmez sur le fait que vous pourriez le vendre très cher, au plus offrant.

— Le Dr Maroni vous a interrogée pendant que l'infirmière

vérifiait vos paramètres vitaux. Il est apparu nécessaire de vous tranquilliser avec une injection intramusculaire de sédatif.

— Cinq milligrammes d'Haldol, deux d'Ativan et un de Cogentin. L'infâme camisole chimique « cinq-deux-un » utilisée pour les pensionnaires violents des unités de psychiatrie légale. Ahurissant. On m'a traitée comme une dangereuse criminelle. Ensuite, je ne me souviens plus de rien.

— Docteur Self, pouvez-vous m'expliquer ce qui n'est pas de votre faute ? Cela a-t-il un rapport avec ce message électronique ?

— Je ne suis pas responsable de ce qu'a fait le Dr Maroni.

— Et donc votre détresse psychologique n'avait rien à voir avec ce message, message dont vous avez affirmé qu'il était à l'origine de votre venue au McLean ?

— Il s'agit d'une conspiration. Vous en faites tous partie. C'est pour cela que votre camarade Pete Marino m'a contactée, n'est-ce pas ? Ou alors peut-être bien qu'il en a assez et qu'il veut s'en sortir. Il veut que je le sauve. Comme je l'ai déjà fait en Floride. Mais qu'est-ce que vous lui faites ?

— Il n'existe aucune conspiration.

— Tiens, l'enquêteur montrerait-il le bout de son nez ?

— Cela fait dix jours que vous êtes ici et vous n'avez parlé à personne de la nature de ce message.

— Parce que, à la vérité, ce qui compte, c'est la personne qui m'a envoyé un certain nombre de *mails*. Parler d'un message électronique est fallacieux. Il s'agit d'une personne.

— Qui ?

— Une personne que le Dr Maroni aurait pu aider. Quelqu'un de très perturbé. Peu importe ce qu'il a fait ou n'a pas fait, il a besoin d'aide. Et si quelque chose devait m'arriver – à moi ou à quiconque –, ce serait la faute du Dr Maroni, pas la mienne.

— De quoi pourriez-vous vous sentir responsable ?

— Je viens juste de dire que rien ne sera de ma faute.

— Et vous ne pouvez me montrer aucun message électronique qui pourrait nous aider à comprendre qui est cette personne et comment, éventuellement, vous protéger d'elle, insiste Benton.

– C'est amusant, mais j'avais oublié que vous travaillez au McLean. Cela ne m'est revenu à l'esprit qu'au bureau des admissions, lorsque j'ai vu le formulaire concernant votre recherche. Et puis, bien sûr, Marino m'en avait dit deux mots dans l'un de ses *mails*. Non, il ne s'agit pas *du* fameux *mail*. Inutile de vous exciter. Travailler avec Kay l'ennuie tant, et sa frustration sexuelle est intense.

– J'aimerais que nous discutions des messages électroniques que vous avez reçus. Ou envoyés.

Elle le regarde.

– L'envie. C'est comme cela que tout commence. Kay m'envie parce que son existence est étriquée. Son envie est si désespérée qu'il a fallu qu'elle raconte des mensonges à mon sujet devant la cour.

– À quoi faites-vous référence ?

– À elle, surtout. (La haine devient compacte.) Je suis parfaitement objective au sujet de ce qui s'est passé lors de ce révoltant exemple d'exploitation procédurière. Je n'ai jamais pris de façon personnelle le fait que vous et Kay – surtout Kay – étiez des témoins, ce qui faisait de vous – surtout de Kay – les champions de ce révoltant exemple d'exploitation procédurière, je le répète. (La haine vrille, glaciale.) Je me demande ce qu'elle penserait si elle apprenait que vous vous trouvez dans ma chambre, porte fermée.

– Lorsque vous m'avez expliqué que vous aviez besoin de me parler seul à seul, dans votre chambre, nous sommes tombés d'accord sur le fait que j'enregistrerais nos sessions, en plus de prendre des notes.

– Enregistrez-moi, prenez des notes. Un jour, elles vous seront utiles. Vous pouvez apprendre beaucoup de choses grâce à moi. Revenons-en à votre expérience.

– À ma recherche. Celle pour laquelle vous vous êtes portée volontaire, avez obtenu une dérogation spéciale contre mon avis. Nous n'utilisons pas le terme *expérience*.

– Voilà qui pique ma curiosité. Pourquoi souhaitiez-vous m'exclure de la liste des volontaires si vous n'avez rien à cacher ?

– Très franchement, docteur Self, je ne pense pas que vous répondiez aux critères retenus.

– Très franchement, Benton, vous n'avez aucune envie de m'inclure, n'est-ce pas ? Cela étant, vous n'avez pas le choix parce que votre hôpital est bien trop avisé pour m'exclure sans cause valable.

– A-t-on déjà diagnostiqué chez vous des troubles bipolaires ?

– La seule chose que l'on ait jamais diagnostiquée à mon sujet, c'est que j'étais très douée.

– Quelqu'un de votre famille, peut-être ?

– Quelle que soit la conclusion qui émergera, c'est votre affaire. Dans certains états d'humeur, le cortex préfrontal dorsolatéral du cerveau va *s'allumer* sous l'effet d'un stimulus externe approprié ? Eh bien, quoi ? Les tomographies à émission de positrons, ou TEP et IRMf, l'ont clairement démontré : chez des patients souffrant de dépression, la circulation sanguine dans les régions préfrontales est anormale et l'activité dudit cortex est ralentie. Or donc, maintenant, vous mêlez à cela une dose de violence, et qu'est-ce que cela prouvera, et quelle importance cela peut-il avoir ? Je sais fort bien que votre petite expérience n'a pas été acceptée par le Comité sur l'expérimentation humaine de l'université Harvard.

– Nous ne réalisons aucune étude qui ne soit approuvée.

– Ces volontaires humains sains. Sont-ils toujours en bonne santé une fois que vous en avez terminé avec eux ? Et que se passe-t-il si un sujet n'est pas si sain que cela ? Le pauvre malheureux avec un passé de dépression, ou de schizophrénie, de désordres bipolaires ou autres, et qui a en plus derrière lui une histoire de souffrances, auto-infligées ou infligées aux autres, ou du moins de tentatives, voire même de fantasmes obsessionnels tournés vers la souffrance.

– Je vois que Jackie vous a renseignée, commente Benton.

– Pas vraiment. Elle ne différencierait pas le cortex préfrontal dorsolatéral d'un petit cabillaud. Des études portant sur la façon dont le cerveau répond aux critiques ou aux éloges maternels ont déjà été réalisées. Or donc, maintenant, vous mêlez à cela une dose de violence, et qu'est-ce que cela prouvera, et quelle importance cela peut-il avoir ? Si vous mettez en évidence des différences entre les cerveaux des sujets violents et des non-violents, qu'est-ce que cela prouvera, et quelle importance cela peut-il avoir ? Selon vous, est-ce que cela aurait pu arrêter le Marchand de sable ?

— Le Marchand de sable ?

— Si vous contempliez son cerveau, vous verriez l'Irak. Et alors ? Pourriez-vous extraire l'Irak d'un coup de baguette magique, et ensuite il irait bien ?

— Le message électronique provenait-il de lui ?

— J'ignore qui il est.

— S'agit-il de la personne très perturbée que vous avez recommandée auprès du Dr Maroni ?

— Je ne comprends pas ce que vous trouvez à Kay. Est-ce que l'odeur de la morgue lui colle à la peau lorsqu'elle rentre à la maison ? D'un autre côté, vous n'êtes jamais là lorsqu'elle rentre chez elle.

— Si on en revient à vos déclarations, vous avez affirmé avoir reçu ce fameux message électronique quelques jours après que l'on a retrouvé le corps de Drew Martin. Une coïncidence. Docteur Self, si vous possédez des informations concernant son meurtre, vous devez me les communiquer. Je vous en conjure, c'est très important.

Elle étend les jambes et l'un de ses pieds nus frôle la table qui les sépare.

— Et si je faisais tomber le magnétophone et qu'il se casse ? Que se passerait-il ?

— Celui qui a tué Drew recommencera, lâche Benton.

Elle pose ses doigts de pied sur le magnétophone et le pousse un peu.

— Si je l'envoyais valser, que dirions-nous, que ferions-nous ?

Benton se lève de sa chaise. Il récupère le magnétophone sans l'éteindre.

– Souhaitez-vous que quelqu'un d'autre subisse le même sort que Drew, docteur Self? N'avez-vous pas déjà vécu tout cela?

– Nous y voilà! lance-t-elle du lit. La conspiration. Kay mentira à nouveau à mon sujet. Comme précédemment.

Benton ouvre la porte.

– Non. Cette fois-ci, ce sera bien pire, rectifie-t-il.

CHAPITRE 9

Huit heures du soir, Venise. Maroni remplit à nouveau son verre. Le jour décroît et les relents désagréables du canal en contrebas lui parviennent par la fenêtre ouverte. Les nuages se sont amassés à mi-hauteur en épaisse couche mousseuse et l'horizon se teinte d'une touche dorée.

– On est en pleine psychose. (La voix de Benton est nette et on pourrait croire qu'il est ici, pas dans le Massachusetts.) Je ne peux pas me conduire en clinicien ni même avoir le comportement de circonstance. Je ne peux pas me contenter de rester assis là, à écouter ses mensonges et à assister à ses manipulations. Trouvez quelqu'un d'autre. J'en ai terminé avec elle. Je sais que je ne suis pas apte dans son cas, Paulo. Je réagis en flic, pas en clinicien.

Le Dr Maroni est installé devant la fenêtre de son appartement. Il boit un verre d'excellent Barolo que cette conversation gâche. Il ne parviendra jamais à se dépêtrer de Marilyn Self. Elle a envahi son hôpital. Elle a investi Rome et l'a suivi jusqu'à Venise.

– Ce que je vous demande, c'est si je peux l'exclure de la recherche. Je n'ai pas envie de la scanner, reprend Benton.

– Il ne me viendrait pas à l'esprit de vous dire quoi faire, répond le Dr Maroni. Il s'agit de votre étude. Cela étant, si vous voulez un bon conseil, ne vous la mettez pas à dos. Poursuivez, scannez-la. Transformez cela en expérience agréable et partez du principe que les données obtenues avec elle sont inexploitables. Ensuite, elle s'en ira.

– Que voulez-vous dire par « elle s'en ira » ?

– Ah, je vois que l'information n'est pas remontée jusqu'à vous. Sa demande de sortie de McLean a été validée et elle partira dès qu'elle aura passé les examens…

Par les volets entrouverts, le Dr Maroni regarde le canal couleur d'olive verte, aussi lisse qu'une plaque de verre.

– Avez-vous discuté avec Otto ? reprend-il.

– Otto ?

– Le capitaine Poma.

– Oui, je sais de qui il s'agit, rétorque Benton. Pourquoi devrais-je aborder ce point avec lui ?

– Nous avons dîné ensemble hier soir à Rome. D'ailleurs je suis surpris qu'il ne vous ait pas contacté. Il part pour les États-Unis. Il vole vers vous en ce moment même.

– Mon Dieu !

– Il souhaite s'entretenir avec le Dr Self au sujet de Drew Martin. Il est certain qu'elle détient des informations qu'elle n'est pas disposée à fournir.

– Je vous en prie, dites-moi que vous n'avez pas…

– Je n'ai pas ! Il est au courant, de toute façon.

– Je ne vois pas comment c'est possible, argumente Benton. Vous rendez-vous compte de ce qu'elle risque de faire si elle se met en tête que nous avons révélé qu'elle était une patiente du McLean ?

Un bateau-taxi s'éloigne sans hâte en vrombissant et des vaguelettes s'écrasent contre les murs extérieurs de l'appartement du Dr Maroni.

– J'ai cru qu'il avait obtenu ses informations auprès de vous,

Benton. Ou alors auprès de Kay. Vous êtes tous deux membres de l'IIR et impliqués dans l'enquête sur le meurtre de Drew Martin.

— Certainement pas.

— Et Lucy ?

— Ni Kay ni Lucy ne savent que le Dr Self séjourne au McLean.

— Cependant Lucy est une bonne amie de Josh, rétorque le Dr Maroni.

— Ah, je vous en prie ! Lucy ne le rencontre que lorsqu'elle vient faire un IRM chez nous. Ils discutent d'informatique. Pourquoi irait-il lui parler du Dr Self ?

De l'autre côté du canal, une mouette perchée sur un toit crie à la manière d'un chat. Un touriste lui jette des bouts de pain et l'oiseau miaule à nouveau.

— Ce que je dis est une hypothèse, bien sûr, reprend le Dr Maroni. Ça a dû me traverser l'esprit parce qu'il l'appelle souvent lorsque l'ordinateur a des problèmes et qu'il ne parvient pas à s'en sortir. Je crois que c'est bien trop pour Josh : technicien d'IRM et ingénieur informatique.

— Pardon ?

— Voici la question importante : où Marilyn Self ira-t-elle ensuite et quels dégâts causera-t-elle encore ?

— New York, je suppose, répond Benton.

— N'oubliez pas de m'en informer lorsque vous en serez certain. (Le Dr Maroni avale une gorgée de vin.) Certes, tout cela est une hypothèse. Au sujet de Lucy, je veux dire.

— Admettons que Josh ait fait des confidences à Lucy. En tirez-vous immédiatement la conclusion qu'elle aurait alors prévenu le capitaine Poma, qu'elle ne connaît pas ?

— Il faut que nous gardions le contrôle du Dr Self lorsqu'elle quittera le McLean. Elle va provoquer d'autres dégâts, insiste le Dr Maroni.

— Je trouve cette conversation très cryptique. J'avoue ne pas comprendre.

— C'est ce que je vois. Dommage. Remarquez, ça n'a pas

187

grande importance. Elle sera partie. Vous m'informerez de l'endroit où elle se rend.

— Pas grande importance ? répète Benton. Si elle découvre que quelqu'un a confié au capitaine Poma qu'elle est une patiente du McLean ou l'a été, il s'agit d'une violation du secret professionnel. Et là, je vous garantis qu'en effet, elle va nous fourrer dans les ennuis jusqu'au cou, ce qui est exactement ce qu'elle cherche.

— Je n'ai aucun contrôle sur ce que Poma lui dira, ni quand il le fera. Les carabiniers sont chargés de l'enquête.

— Je ne comprends pas du tout où cela nous mène, Paulo. Lorsque j'ai réalisé l'interview clinique, le Dr Self m'a parlé d'un patient qu'elle vous aurait recommandé, lâche Benton, la frustration perceptible dans sa voix. Pourquoi vous me l'avez tu ?

Les façades des appartements qui bordent le canal sont peintes dans de douces teintes pastel. Parfois, la décrépitude des langues de plâtre laisse apparaître la brique des murs. Un bateau de teck poli passe sous la voûte d'un pont de brique. Son capitaine se tient debout. Le pont est si bas que son crâne frôle la maçonnerie. Il active la manette des gaz de son pouce.

— En effet, elle m'a demandé de recevoir l'un de ses patients. Otto m'a interrogé à ce sujet, admet le Dr Maroni. Hier soir, je lui ai raconté ce que j'en savais. Du moins, ce que je pouvais lui confier.

— Il aurait été aimable de votre part de me mettre au courant.

— Eh bien, je vous en parle aujourd'hui. Du reste, même si vous ne l'aviez pas mentionné, j'avais décidé de le faire. Je l'ai vu à plusieurs reprises durant quelques semaines. En novembre dernier, explique le Dr Maroni.

— D'après le Dr Self, il se fait appeler « le Marchand de sable ». Le nom vous est-il familier ?

— Je ne sais rien de ce Marchand de sable.

— Elle affirme qu'il signe ses messages électroniques de ce nom, insiste Benton.

— Lorsqu'elle m'a appelé au bureau, en octobre dernier,

pour me demander de recevoir cet homme dans mon cabinet de Rome, elle ne m'a transmis aucun de ses *mails*, pas plus qu'elle ne m'a informé qu'il s'était baptisé «le Marchand de sable». Lui non plus n'a jamais évoqué ce surnom lorsqu'il m'a rendu visite à Rome. À deux reprises, je crois. Je ne possède aucune information qui pourrait me laisser croire qu'il a tué quelqu'un, et c'est ce que j'ai déclaré à Otto. Il en ressort que je ne peux vous permettre de consulter son dossier ou l'évaluation que j'ai faite de lui, et je me doute que vous comprenez ces réserves, Benton.

Le Dr Maroni soulève la carafe et remplit à nouveau son verre. Le soleil se couche sur le canal. L'air qui parvient jusqu'aux fenêtres ouvertes est plus frais et les relents qui montent de l'eau moins forts.

– Pouvez-vous me communiquer quelque chose à son sujet? reprend Benton. Une histoire personnelle, une description physique? Je sais qu'il a fait l'Irak, rien d'autre.

– Je ne le pourrais même si je le souhaitais, Benton. Je n'ai pas mes notes ici.

– Cela signifie-t-il qu'elles pourraient contenir des précisions importantes?

– C'est une hypothèse.

– Ne pensez-vous pas qu'il serait important de la vérifier?

– Je ne les ai pas avec moi.

– Comment cela?

– Pas à Rome, je veux dire, déclare-t-il depuis sa ville qui s'enfonce progressivement.

Quelques heures plus tard au bar du Kick'N Horse, trente kilomètres au nord de Charleston.

Marino et Shandy Snook sont attablés devant leurs assiettes d'escalopes de poulet frit accompagnées de petits pains au lait, de sauce et de gruau de maïs. La sonnerie du portable de Marino retentit. Il consulte le numéro sur l'écran.

– C'est qui? demande-t-elle en aspirant à la paille une gorgée de son Bloody Mary.

– Pourquoi est-ce que les gens peuvent jamais me foutre la paix !

– Ça a pas intérêt à être qui je pense, peste-t-elle. Merde, il est sept heures du soir et on est en train de dîner !

– J'suis pas joignable.

Marino coupe la sonnerie et fait celui que cela ne dérange pas.

Elle aspire bruyamment la dernière goutte de son verre, évoquant à Marino une de ces ventouses pour déboucher les éviers.

– Ouais ! s'exclame-t-elle. Y a personne à la maison !

Lynyrd Skynyrd, un groupe de rock du Sud, gronde par les haut-parleurs du bar, les enseignes au néon qui vantent la Budweiser sont allumées et des ventilateurs tournent mollement au plafond. Des selles et des photos dédicacées couvrent tous les murs. Des modèles réduits de motos, de chevaux de rodéo et des serpents en céramique décorent les appuis de fenêtre. Une foule de motards se presse autour des tables de bois. D'autres s'agglutinent à l'extérieur, sous la véranda. Tous mangent, boivent, s'apprêtent à assister au concert des Hed Shop Boys.

– Saloperie, marmonne Marino en fixant le portable posé sur la table, son écouteur sans fil Bluetooth à côté.

Il ne peut pas ignorer cet appel. C'est elle. Bien que l'écran n'affiche que « numéro inconnu », il sait que c'est elle. Elle doit avoir vu ce qui se trouvait sur l'ordinateur de son bureau. Lorsqu'il songe au temps qu'il lui aura fallu pour le découvrir, la surprise le dispute en lui à l'irritation. En même temps, cette espèce de justification, de légitimation le grise. Il s'imagine que le Dr Self le désire autant que Shandy. L'épuise comme Shandy. Il a à peine fermé l'œil d'une semaine.

– Comme je le dis toujours, la personne sera pas plus morte pour autant, d'accord ? commente Shandy. Pour une fois, la Grande Chef a qu'à s'en occuper.

C'est elle. Shandy l'ignore. Elle croit qu'il s'agit d'un établissement de pompes funèbres. Marino tend la main vers son bourbon au *ginger ale*, jetant de fréquents regards à son téléphone portable.

— Elle a qu'à s'en occuper, pour une fois, fulmine Shandy. Qu'elle aille se faire foutre !

Marino demeure silencieux, faisant tournoyer le fond de son verre. Sa tension augmente. Ne pas répondre à un appel de Scarpetta, ou ne pas la rappeler, provoque chez lui une angoisse qui lui serre la poitrine. Il repense à ce que lui a affirmé le Dr Self. Il a été trompé, traité d'inacceptable façon. Le sang lui monte au visage. Durant les vingt dernières années Scarpetta a agi de telle sorte qu'il s'est senti minable, alors que c'est sans doute d'elle que naît le problème. *C'est cela. Ça vient sans doute d'elle. Elle n'aime pas les hommes. Ça, bordel, c'est certain !* Alors que toutes ces années elle s'est arrangée pour lui faire croire que le problème, c'était lui.

— Laisse la Grande Chef se débrouiller avec le dernier maccha-bée en date, qui que ce soit. Elle a rien d'autre de plus intéres-sant à faire, conseille Shandy.

— Je sais rien d'elle, ni de ce qu'elle fait.

— Tu serais surpris si je te révélais tout ce que je sais à son sujet. T'as intérêt à faire gaffe.

— Faire gaffe à quoi ?

— Au fait que tu prends toujours parti pour elle. Parce que, ça, c'est certain que ça me tape sur les nerfs. C'est comme si t'oubliais ma place dans ta vie.

— Après une semaine entière.

— Souviens-toi juste, mon chou : c'est plus simplement *répondre* à une urgence professionnelle. Ça s'appelle *être à la botte* de quelqu'un, lâche Shandy. Et pourquoi tu devrais ? Pour-quoi tu devrais faire le beau lorsqu'elle l'ordonne ? Fais le beau, fais le beau, rit-elle en claquant des doigts.

— Tu vas pas fermer ta gueule !

— Allez, fais le beau !

Elle se penche vers lui de sorte qu'il puisse plonger le regard dans l'échancrure de son gilet de soie.

Marino tend la main vers son portable et son écouteur. Elle ne porte pas de soutien-gorge.

– La vérité, c'est qu'elle te traite comme si t'étais rien d'autre qu'un service de messagerie, un rien du tout, un larbin. Et je suis pas la première à le dire.

– J'ai jamais permis à personne de me traiter comme ça, rétorque Marino. On verra bien qui c'est le rien du tout.

Il songe au Dr Self et s'imagine passer à la télévision.

Shandy glisse la main sous la table et il peut voir ses seins, tout ce qu'il veut. Elle le caresse.

– Arrête ! ordonne-t-il, attendant, son anxiété et sa colère augmentant.

Dans quelques instants, d'autres motards vont trouver un excellent prétexte pour passer à proximité de leur table afin de profiter de la vue qu'elle leur offre, penchée ce qu'il faut au-dessus de la table. Marino la détaille, ses seins se balancent et son décolleté se fait encore plus généreux. Elle sait exactement comment s'y prendre pour que quiconque d'intéressé puisse s'imaginer des choses un peu plus précises. Un grand mec avec un gros ventre, son portefeuille retenu par une chaînette, se lève avec lenteur de son tabouret de bar. Il se dirige sans hâte vers les toilettes réservées aux hommes, se délectant du spectacle offert, et Marino se sent devenir violent.

Shandy accentue le mouvement de va-et-vient de sa main.

– T'aimes pas ? susurre-t-elle. Parce que moi, j'ai vraiment l'impression que si. Tu te souviens de la nuit dernière, mon chou ? Comme un foutu adolescent.

– Arrête.

– Pourquoi ? Je te fais passer un dur moment ? demande Shandy qui n'est pas peu fière de ses jeux de mots.

– Pas maintenant, intime-t-il en repoussant sa main.

Il compose le numéro de Scarpetta.

– Marino à l'appareil, lance-t-il d'un ton sec qui pourrait laisser croire qu'il appelle un étranger, de sorte que Shandy ne se doute pas de l'identité de son correspondant.

– Il faut que je vous voie, dit Scarpetta.

– Ouais, quelle heure ? poursuit Marino sur le même ton. La jalousie se mêle à l'excitation au fur et à mesure que les motards frôlent leur table, dévisageant son exotique et brune petite amie qui se donne en spectacle.

– Dès que vous le pourrez. Chez moi.

La voix de Scarpetta résonne dans son écouteur, une voix très différente de celle à laquelle il est habitué. Il sent sa fureur proche d'éclater. Elle a vu les messages électroniques, il en est persuadé.

Shandy lui lance un regard qui signifie : *À qui tu parles ?*

– Ouais, je suppose, marmonne Marino, feignant l'agacement, jetant un coup d'œil à sa montre. J' serai là dans une demi-heure.

Il raccroche et déclare à Shandy :

– Un corps qui arrive.

Elle le fixe, cherchant à percer la vérité dans ses yeux, comme si elle se défiait de lui.

– Quelle entreprise de pompes funèbres ? demande-t-elle en s'adossant à sa chaise.

– Meddick, encore. Quelle crapule ! Il doit passer sa vie à sillonner les rues dans son fourgon mortuaire, matin, midi et soir. C'est ce qu'on appelle un chasseur d'ambulances.

– Oh, c'est dégueu, commente-t-elle.

Un homme dont le crâne est serré d'un fichu au motif orné de flammes, chaussé de bottes rabattues sur les talons, passe à proximité de leur table sans leur porter la moindre attention. Il se dirige vers le distributeur de billets.

Marino a remarqué sa présence dès qu'ils sont arrivés. Il ne l'avait jamais vu auparavant. Il le regarde retirer un pathétique billet de cinq dollars pendant que son bâtard de chien dort enroulé sous un tabouret du bar. L'homme n'a pas caressé le chien une seule fois. Il n'a même pas demandé une friandise pour lui au barman – pas même une simple écuelle d'eau.

– J' vois pas pourquoi ce serait à toi d'y aller, recommence Shandy.

Son ton a changé. Il s'est fait plus calme, plus froid, le ton qui lui vient lorsque la méchanceté s'éveille en elle.

– Quand on pense à tout ce que tu sais, à tout ce que tu as

fait. Une super-pointure d'enquêteur criminel. C'est toi qui devrais être le patron, pas elle. Et encore moins sa gouine de nièce. (Elle sauce le jus blanchâtre qui macule son assiette en carton du dernier morceau de son pain au lait.) La Grande Chef t'a transformé en Homme invisible.

– J'te l'ai déjà dit, cause pas de Lucy de cette façon. Tu sais foutre rien de rien.

– La vérité, c'est la vérité, et j'ai pas besoin que tu m'en parles. Tout le monde dans ce bar sait qu'elle genre de selle elle monte.

Marino termine rageusement son verre.

– Tu peux te la fermer à son sujet ! T'entends, tu fermes ta gueule sur Lucy. Elle et moi, on s'est connus quand c'était encore qu'une gosse. J'lui ai appris à conduire une bagnole, à tenir un flingue, et j'veux pas entendre un autre commentaire sur elle. T'as pigé ?

Il a envie d'un autre verre, sait qu'il ne devrait plus boire parce qu'il a déjà descendu trois bourbons serrés. Il allume deux cigarettes et en tend une à Shandy.

– On verra qui est invisible, assène-t-il.

– La vérité, c'est la vérité. T'avais une super-carrière avant que la Grande Chef commence à te traîner partout derrière elle. Et pourquoi que t'as suivi, à l'habitude ? Je sais pourquoi. (Elle lui lance un de ses regards accusateurs, souffle une bouffée de fumée.) Parce que tu espérais qu'elle aurait envie de toi.

– Peut-être qu'on devrait déménager, lâche Marino. Dans une grande ville.

– Moi, déménager avec toi ? lance-t-elle en soufflant à nouveau sa fumée.

– Pourquoi pas New York ?

– On pourrait pas garder nos motos dans cette foutue ville. Pas question que j'habite dans une ville grouillante comme une ruche, avec tous ces coincés de Yankees.

Marino s'efforce de lui décocher son regard le plus sexy et passe à son tour la main sous la table. Il lui caresse la cuisse parce qu'il est terrifié à l'idée de la perdre. Tous les mecs de ce bar ont envie d'elle, mais c'est lui qu'elle a choisi. Il caresse sa cuisse et songe à ce que Scarpetta va dire. Elle a lu les *mails* du Dr Self. Peut-être qu'elle commence à comprendre qui il est vraiment et ce que les autres femmes pensent de lui.

— Allez, on va chez toi, propose Shandy.

— Comment ça se fait que tu m'invites jamais chez toi ? T'as peur qu'on nous voie ensemble ou quoi ? Peut-être que t'es entourée de gens friqués et que je suis pas assez bon pour toi ?

— Faut que je décide si j'ai envie de te garder. Tu vois, j'aime pas l'esclavage. Elle va te faire bosser comme un esclave jusqu'à ce que t'en crèves. Je sais tout au sujet des esclaves. Mon grand-père en était un, mais pas mon papa. Personne lui a jamais donné d'ordres.

Marino lève son gobelet en plastique et sourit à Jess, qui est vraiment magnifique ce soir, moulée dans son jean et son bustier. Elle s'approche de leur table, portant un autre Maker's Mark au *ginger ale* qu'elle dépose en face de lui, et demande :

— Tu conduis ta moto ce soir ?

— Pas de problème, la rassure-t-il en clignant de l'œil.

— Peut-être que tu devrais dormir dans le terrain de camping. J'ai un camping-car de libre.

Elle en a installé quelques-uns dans les bois qui s'étendent derrière son établissement, pour le cas où certains de ses clients ne seraient plus en état de reprendre la route.

— J' me sens super-bien.

— Apportez-m'en un autre, aboie Shandy du ton péremptoire qu'elle réserve aux gens d'un statut inférieur au sien.

— J'attends toujours que tu remportes le concours de remontage de moto, Pete, déclare Jess en ignorant Shandy.

Elle parle lentement, d'une façon un peu mécanique, sans quitter les lèvres de Marino du regard.

Il lui a fallu du temps avant de s'y habituer. Il a appris à regarder Jess lorsqu'il lui parle, toujours d'une voix égale, sans exagérer sa prononciation. Il oublie à présent le plus souvent qu'elle est sourde et ressent à son égard une espèce d'intimité, peut-être parce qu'ils doivent se regarder pour communiquer.

Jess précise le sidérant montant :

– Celui qui décroche la première place empochera cent vingt-cinq mille dollars en liquide.

– J'parie que River Rats va remporter le concours cette année, répond Marino, conscient que Jess blague avec lui, flirte aussi peut-être un peu.

Il n'a jamais construit de moto, ni participé à un concours, et n'en a nulle envie.

– Moi, je parie sur la candidature de Thunder Cycle, intervient Shandy de ce ton prétentieux qu'il déteste. Eddie Trotta est si sexy. Il peut *trotta* dans mon lit dès que l'envie lui en prend.

Marino passe son bras autour de la taille de Jess et lève le visage afin qu'elle voie ses lèvres bouger.

– J'vais te dire, un de ces quatre je serai bourré de fric. Pas besoin de gagner un concours de remontage de bécanes ou même d'avoir un boulot de merde.

– Il faut qu'il quitte son job merdique. Il gagne pas assez pour que ça vaille le coup, que ce soit pour lui ou pour moi, lâche Shandy. Il est rien d'autre qu'une squaw aux yeux de la Grande Chef. D'ailleurs, il n'a pas besoin de bosser puisqu'il m'a.

– Ah ouais ? (Marino sait qu'il devrait se taire, mais il a trop bu et la haine le ronge.) Et si je te disais que j'ai reçu une offre de la télé, à New York ?

– Comme quoi ? Figurant dans une pub pour un shampoing contre la chute des cheveux ?

Shandy éclate de rire alors que Jess tente de déchiffrer le dialogue.

Il devrait changer de sujet mais ne peut pas s'en empêcher.

– Comme consultant pour l'émission du Dr Self. C'est elle qui me l'a demandé.

Shandy a l'air véritablement sidérée. Elle jette :

– Tu mens ! Pourquoi est-ce qu'elle aurait quelque chose à foutre de toi ?

– On a une histoire, tous les deux. Elle veut que je vienne

travailler pour elle. J'ai pas mal retourné ça dans ma tête, peut-être même qu'en d'autres circonstances j'aurais accepté tout de suite, mais ça implique de déménager à New York et ça voudrait dire qu'il faut que je te laisse ici, chérie.

Il enveloppe ses épaules de son bras. Elle s'écarte.

– Eh bien, on dirait que son émission va virer à la rigolade.

– Jess, mets les consommations de notre invité, là-bas, sur ma note, offre Marino dans un accès de générosité peu discret en hochant la tête et en désignant l'homme au fichu décoré de flammes assis au bar, à côté de son chien. Il a une soirée pénible. Il a pu retirer que cinq minables dollars du distributeur.

L'homme tourne la tête. Son visage est constellé de cicatrices d'acné. Il a ce regard de serpent que Marino associe toujours avec les anciens taulards.

– J' peux payer pour ma foutue bière, lâche l'homme.

Shandy poursuit sur sa lancée, se plaignant à Jess sans prendre la peine de lever le visage. Elle pourrait aussi bien se parler à elle-même.

– J'ai pas l'impression que vous pouvez payer pour grand-chose, et je vous demande pardon de mon hospitalité du Sud, rétorque Marino assez fort pour que tous puissent l'entendre.

– Je crois pas que tu devrais reprendre la route, conseille Jess en le regardant, puis en fixant son verre.

– Y a de place que pour une femme dans sa vie et un jour il finira bien par le comprendre, geint Shandy au profit de Jess et de quiconque a envie de suivre la conversation. Qu'est-ce qu'il a à part moi d'ailleurs ? À votre avis, qui lui a offert la chouette chaîne qu'il porte au cou ?

– Va te faire foutre ! crache l'homme au bar. Toi et ta mère, allez vous faire foutre.

Jess rejoint le bar, croise les bras sur sa poitrine. Elle déclare :

– On parle poliment ici. Je crois qu'il vaudrait mieux que vous partiez.

– Hein ? braille-t-il en appliquant la main derrière son oreille, l'imitant en se moquant d'elle.

Les pieds de la chaise de Marino, repoussée vers l'arrière,

raclent le sol. En trois enjambées il s'interpose entre Jess et l'homme.

— Tu présentes tes excuses, enfoiré ! crache Marino.

Le regard de l'homme devient vipérin. Il fait une boule de son billet de cinq dollars, le laisse tomber par terre et l'écrase sous sa botte à la façon d'un mégot. Il file un coup de pied dans le derrière du chien et se dirige vers la porte en lançant à Marino :

— Pourquoi tu sors pas comme si t'étais un mec ? Je voudrais te dire un truc.

Marino suit l'homme et son chien. Ils traversent le parking de terre battue jusqu'à un vieux *chopper* qui date probablement des années 1970, un quatre-vitesses, équipé d'un kick de démarrage, peint d'un motif de flammes. La plaque d'immatriculation intrigue Marino.

— En carton ! s'exclame Marino en comprenant. Fait à la maison. Si c'est pas mignon ! Bon, allez, qu'est-ce que t'as à me dire ?

— La raison pour laquelle je suis ici ce soir ? J'ai un message pour toi. Assis ! hurle-t-il au chien qui se recroqueville au sol.

Marino l'agrippe par le devant de sa chemise de jean crasseuse.

— La prochaine fois, envoie-moi une lettre. C'est moins cher qu'un enterrement, siffle Marino.

— Si tu me lâches pas, je t'aurai un jour ou l'autre, et d'une façon qui te plaira pas. J'ai une bonne raison d'être ici, et t'as plutôt intérêt à écouter.

Marino s'exécute, conscient que tous les clients du bar se sont massés à l'extérieur, sous la véranda, assistant au spectacle. Le chien est toujours tassé au sol.

— La salope pour laquelle tu bosses n'est pas la bienvenue dans le coin et ce serait futé de sa part de s'en retourner d'où elle est venue, dit l'homme au fichu. Je me contente de te transmettre le message de quelqu'un qu'a les moyens de faire quelque chose à ce sujet.

— Comment tu viens de l'appeler ?

– Ça, j' peux pas dire, la salope a une sacrée paire de nibards. (Il met les mains en coupe et lèche l'air.) Si elle quitte pas la ville, je me débrouillerai pour juger sur pièces.

Marino balance un violent coup de pied au *chopper* qui s'écrase sur le parking. Il tire son Glock calibre 40 passé à l'arrière de son jean et le pointe entre les yeux de l'homme.

– Sois pas débile! crache l'homme alors que les motards amassés sous la véranda commencent à beugler. Tu me descends et ta vie nullarde est terminée, tu le sais!

– Hé, hé, hé!

– Waouh, allez, vas-y!

– Pete!

Marino fixe le point situé entre les deux yeux de l'homme. Il a presque le sentiment que le haut de son crâne flotte au-dessus de sa tête. Il tire la culasse. Une balle s'engage dans la chambre.

– Tu me tues, tu peux considérer que tu es mort, crâne l'homme qui pourtant a peur.

Les motards sont debout et braillent. Marino a vaguement conscience que quelques personnes se risquent sur le parking dans leur direction.

– Ramasse ta merde de bécane, lâche Marino en abaissant le canon de son arme. Tu laisses le chien.

– Je laisse pas mon foutu clébard.

– Si, tu le laisses. Tu le traites comme de la merde. Et maintenant casse-toi avant que je te brode un troisième œil.

Le *chopper* s'éloigne en vrombissant. Marino vide la chambre et fourre l'arme sous sa ceinture, à l'arrière de son pantalon, incertain de ce qui vient de lui arriver et paniqué par sa réaction. Il caresse le chien, toujours aplati sur le ventre. L'animal lui lèche la main.

– On va trouver un maître sympa qui s'occupera de toi, lui promet Marino au moment où des doigts enserrent son bras. Il tourne le visage vers Jess.

– Je crois qu'il est temps que tu t'en occupes, déclare-t-elle.

– De quoi tu parles?

– Tu le sais très bien. De cette femme. Je t'ai mis en garde. Elle est en train de t'enfoncer, elle te fait sentir minable. Regarde ce qui se passe : il ne lui a fallu qu'une petite semaine pour te transformer en sauvage.

Les mains de Marino sont agitées de tremblements. Il fixe Jess afin de lui permettre de lire sur ses lèvres.

– C'était vraiment crétin, hein ? Et maintenant ?

Il caresse le chien.

– Ce sera le chien du bar et si ce type revient, ça ira mal pour lui. Pete, il va falloir que tu fasses très attention. Tu as déclenché un truc ce soir.

– T'avais déjà vu ce mec ?

Elle hoche la tête en signe de dénégation.

Marino repère Shandy, toujours sous la véranda, à côté de la balustrade. Il se demande pourquoi elle est restée là-bas. Il a failli abattre un homme, mais elle n'a pas bougé de sous la véranda.

CHAPITRE 10

Quelque part un chien aboie, des aboiements qui gagnent en insistance.

Scarpetta distingue au loin le « potata-potata-potata » rythmique de la Roadmaster de Marino. Elle peut entendre ce maudit engin alors qu'il se trouve à plusieurs pâtés de maisons de Meeting Street, se dirigeant vers le sud. Quelques instants plus tard, il rugit dans l'étroite ruelle située derrière sa maison. Il a bu. Elle l'a compris à son débit lorsqu'il lui a téléphoné. Il a été odieux.

Il faut qu'il soit à peu près sobre. Sans cela, ils ne parviendront pas à avoir une conversation un tant soit peu productive. Car il s'agit sans doute de la plus importante conversation qu'ils auront jamais échangée. Elle prépare une cafetière alors qu'il tourne à gauche dans King Street, puis encore à gauche dans la mince allée de garage qu'elle partage avec sa désagréable voisine, Mme Grimball. Marino fait rugir les gaz à plusieurs reprises afin d'annoncer son arrivée, puis il éteint le moteur.

– Vous avez quelque chose à boire là-dedans? lance-t-il lorsque Scarpetta ouvre la porte. Un petit bourbon, ce serait sympa. N'est-ce pas, madame Grimball! beugle-t-il à destination de la maison jaune. Un rideau se rabat.

Il verrouille la fourche avant de la moto et fourre les clés dans sa poche.

– Entrez, tout de suite! ordonne Scarpetta en se rendant compte qu'il est bien plus saoul qu'elle le craignait. Pour l'amour du ciel, pourquoi avez-vous jugé nécessaire de pétarader le long de l'allée et de crier sur ma voisine?

Il la suit dans la cuisine, ses bottes résonnant lourdement à chaque pas, son crâne frôlant chaque chambranle de porte.

– Contrôle de sécurité. J'aime m'assurer que rien de bizarre se trame dans le coin: pas de fourgon mortuaire en perdition, pas de sans-abri qui traîne ses baskets.

Il tire une chaise, s'y affale, avachi vers l'arrière. Les relents d'alcool qu'il exhale sont nettement perceptibles. Son visage est rouge brique, ses yeux injectés de sang. Il déclare:

– J' peux pas rester longtemps. Faut que je rentre, ma femme m'attend. Je lui ai raconté que je devais passer à la morgue.

Scarpetta lui tend une tasse de café noir.

– Vous allez rester aussi longtemps qu'il sera nécessaire, jusqu'à ce que vous dessaouliez un peu. Sans cela, vous ne vous approcherez pas de votre moto. Je n'arrive pas à croire que vous ayez conduit dans votre état. Ça ne vous ressemble pas. Mais qu'est-ce qui ne tourne pas rond chez vous?

– Ouais, d'accord, j' m'en suis envoyé quelques-uns. La belle affaire! J' me sens bien.

– Non, ce *n'est pas* une affaire et vous *ne* vous sentez *pas* bien. Je me contrefiche de vos affirmations sur le fait que vous tenez bien l'alcool. Tous les chauffards ivrognes pensent qu'ils vont bien jusqu'à l'accident mortel ou mutilant, ou encore la prison.

– Écoutez, je suis pas venu pour écouter une leçon de morale.

– Et je ne vous ai pas invité chez moi pour vous voir arriver imbibé.

– Alors pourquoi vous m'avez invité ? Pour me remonter les bretelles ? Pour trouver un truc supplémentaire qui va pas chez moi ? Un autre truc qui fait tache comparé à vos critères haut de gamme ?

– Ce genre de sortie ne vous ressemble pas.

– C'est peut-être parce que vous avez jamais écouté, lance-t-il.

– Je vous ai demandé de passer dans l'espoir que nous pourrions avoir une discussion franche et honnête. Toutefois, je n'ai pas l'impression que ce soit le bon moment. J'ai une chambre d'amis. Vous pourriez y dormir et nous reprendrions demain matin.

– Moi, ça me paraît le bon moment, pas plus mauvais qu'un autre en tout cas…

Il bâille, s'étire et dédaigne sa tasse de café.

– Allez-y. Soit vous parlez, soit je me tire.

Elle se lève de sa chaise de cuisine et propose :

– Allons au salon. Asseyons-nous devant la cheminée. Il y a un bon feu.

– Il fait vingt-quatre fichus degrés dehors, précise-t-il en se levant à son tour.

– Je peux nous programmer une ambiance agréable et fraîche. (Elle se dirige vers le régulateur d'air conditionné.) J'ai toujours trouvé plus aisé de discuter devant un feu de cheminée.

Il la suit dans la pièce qu'elle préfère, un petit salon avec une cheminée de brique, un plancher en pin, des poutres apparentes et des murs de plâtre. Elle dépose une bûche paraffinée sur la grille, l'allume, tire deux chaises devant l'âtre et atténue l'éclairage de la pièce.

Il regarde le papier qui emballe la bûche se consumer et dit :

– J'arrive pas à croire que vous utilisiez ces trucs. À vous entendre, c'est toujours le machin authentique, le vrai truc qui convient, et vous vous servez de fausses bûches.

Lucious Meddick fait le tour du pâté de maisons et son ressentiment couve.

Il les a vus entrer après que cet abruti d'enquêteur, bourré de surcroît, est arrivé sur sa moto pétaradante et qu'il a ennuyé les voisins. *Deux fois gagnant*, songe Lucious. Il est vraiment béni : on lui a fait du tort, mais Dieu est en train de compenser. Il va lui donner une bonne leçon. Lucious les a surpris tous les deux et il avance prudemment son fourgon le long de l'étroite ruelle obscure, s'inquiétant d'un autre pneu à plat, sa colère montant. Il fait claquer le bracelet élastique contre son poignet et sa frustration monte d'un cran. Les voix des répartiteurs qui crachotent sur son scanner de police sont comme un bruit de fond lointain. Cependant, il pourrait les comprendre même dans son sommeil.

Ils ne l'ont pas contacté. Il est passé devant un accident de voiture mortel survenu sur l'autoroute William Hilton. Il a vu le corps que l'on poussait dans le fourgon d'un rival – un vieux clou – et, à nouveau, on a ignoré Lucious. Beaufort County est devenu son domaine, à elle, et plus personne n'appelle Lucious. Elle va tout faire pour le mettre à l'écart parce qu'il s'est trompé au sujet de son adresse. Si elle a cru qu'il s'agissait d'une violation de sa vie privée, c'est qu'elle ne sait pas ce que la phrase signifie.

Filmer des femmes la nuit tombée n'est pas une nouveauté. Surprenant comme c'est facile et comme la plupart d'entre elles ne se préoccupent pas de tirer les rideaux, de fermer les volets ou alors les laissent à peine entrebâillés en pensant : *Qui irait regarder ? Qui va se cacher derrière des buissons ou grimper à un arbre pour se rincer l'œil ?* Lucious, qui d'autre ? On va voir si cette prétentieuse de dame médecin aimera se retrouver sur une vidéo amateur que d'autres peuvent visionner la bouche grande ouverte, gratuitement, sans savoir jamais qui en est l'auteur. Encore mieux : il va les surprendre tous les deux dans le feu de l'action. Lucious repense au vieux clou de fourgon mortuaire – rien à voir avec le sien qui est magnifique –, à l'accident de la route, à cette insupportable injustice.

Qui a été contacté ? Pas lui. Pas Lucious. Pas même après qu'il a prévenu par radio la répartiteuse qu'il se trouvait dans le coin et qu'elle lui a répondu laconiquement de son petit ton coupant qu'elle ne l'avait pas appelé, et quel était le numéro de son unité ? Il lui a expliqué qu'il n'était pas de la police, elle lui a ordonné de ne pas intervenir sur les canaux réservés aux flics et, d'une façon générale, de libérer les ondes de sa présence. Il tire, puis lâche le bracelet élastique qui cingle son poignet à la manière d'un fouet. Il cahote sur les pavés, dépasse la grille de fer située derrière le jardin de cette dame médecin. Une Cadillac blanche bloque l'accès. Il reconnaît le sticker ovale collé sur le pare-chocs arrière du véhicule.

HH pour « Hilton Head ».

Eh bien, il va arrêter son fourgon juste derrière. De toute façon, personne n'emprunte cette fichue ruelle. Il se demande s'il ne devrait pas appeler la police et se réjouir lorsqu'ils colleront une amende au propriétaire du véhicule. Hilare, il songe au site Internet YouTube et aux ennuis qu'il s'apprête à causer. Le fichu enquêteur doit être dans le pyjama de cette fichue salope. Il les a vus pénétrer dans la maison, furtifs. Des tricheurs. Car lui, il a une petite amie, cette nana sexy avec qui il était à la morgue. Lucious a bien vu la façon dont ils se comportaient quand ils ne faisaient plus attention à lui. De surcroît, d'après la rumeur, le Dr Scarpetta a aussi un homme qui vit dans le Nord. Si c'est pas quelque chose, ça ! Lucious se ridiculise, alors qu'il ne cherche qu'à promouvoir son entreprise, en expliquant à cet enquêteur mal élevé qu'il – lui, Lucious Meddick – lui serait reconnaissant de lui envoyer des clients. Et leur réponse, à l'enquêteur et à sa patronne ? Un manque de respect. Une discrimination. Maintenant ils doivent payer.

Il éteint le moteur et les feux avant de descendre de son véhicule, et scrute la Cadillac. Il soulève le hayon de son fourgon. Une civière est pliée sur le plancher arrière. Une pile de draps blancs et de housses à cadavre – blanches, elles aussi – est posée avec soin dessus. Il tire le Caméscope et des piles de rechange d'une boîte de rangement installée à l'arrière, puis referme le hayon, son regard revenant toujours vers la Cadillac. Il la dépasse, s'interrogeant sur le meilleur moyen d'approcher la maison.

Un mouvement derrière la vitre côté conducteur, juste le glissement furtif d'une ombre dans l'habitacle obscur. Lucious est très satisfait lorsqu'il allume son Caméscope : il lui reste encore beaucoup de mémoire. L'ombre dans la Cadillac frémit à nouveau, Lucious contourne le véhicule et filme sa plaque minéralogique.

Sans doute un couple qui s'envoie en l'air. Cette pensée l'excite d'abord, puis l'offense. Ils ont vu ses feux et n'ont même pas déplacé leur voiture. De l'irrespect. Ils l'ont vu garer son fourgon dans la pénombre parce qu'il ne pouvait plus avancer, à cause d'eux. C'est un invraisemblable manque de considération. Ils vont le regretter. Il cogne contre la vitre de la voiture. Il va leur ficher la trouille.

– J'ai votre numéro d'immatriculation, lance-t-il en haussant la voix. Et je vais appeler les flics !

La bûche crépite dans l'âtre. Une pendulette anglaise, posée en garniture sur le manteau de la cheminée, égrène les secondes.

– Que se passe-t-il, à la fin ? demande Scarpetta en dévisageant Marino. Qu'est-ce qui ne va pas chez vous ?

– C'est vous qui m'avez demandé de passer. Du coup, c'est plutôt à vous de me dire ce qui ne va pas chez vous.

– Eh bien, disons alors que quelque chose ne va pas dans nos deux cas. Qu'en pensez-vous ? Vous avez l'air malheureux. Vous me rendez malheureuse. Cette dernière semaine peut se résumer à un grand dérapage. Voulez-vous me dire ce que vous avez fait et pourquoi ? Ou alors préférez-vous que ce soit moi qui le fasse ?

Le feu grésille.

– Je vous en prie, Marino, parlez-moi.

Son regard est rivé à la cheminée. Le silence s'installe.

– Je suis au courant pour les messages électroniques. Mais vous le saviez déjà, sans doute, puisque vous avez demandé à Lucy de vérifier le déclenchement d'une prétendue alarme la nuit dernière.

– Et donc vous lui avez suggéré de fouiner dans mon ordinateur. Bonjour la confiance !

– Oh, je crois qu'il est très malvenu de votre part d'évoquer la confiance.

– J'dis ce que j'veux.

– Le tour du propriétaire que vous avez offert à votre petite amie. Les caméras de surveillance ont tout enregistré. J'ai visionné l'ensemble, la moindre minute.

Le visage de Marino se contracte. Bien sûr qu'il était au courant de la présence des caméras et des micros, mais il devient évident pour Scarpetta qu'il n'a pas pensé une seconde que Shandy et lui étaient surveillés. Il savait parfaitement que leurs moindres gestes, leurs moindres paroles seraient enregistrés, mais il est sans doute parti du principe que Lucy ne se donnerait pas la peine de vérifier le contenu des bandes sans motif particulier. Il a vu juste sur ce point. Elle n'avait aucune raison de le faire. Il s'est rassuré, certain qu'il passerait au travers, ce qui aggrave encore son acte.

– Il y a des caméras de surveillance partout, poursuit Scarpetta. Vous pensiez vraiment qu'on ne découvrirait jamais ce que vous avez fait ?

Il garde le silence.

– Je croyais que cela vous avait touché, que ce petit garçon mutilé vous avait ému. Pourtant vous avez baissé la fermeture éclair de sa housse et joué au « docteur vous explique » au profit de votre petite amie. Comment avez-vous pu faire une chose pareille ?

Le regard obstinément tourné, il reste muet.

– Marino, comment avez-vous pu faire une chose pareille ? martèle-t-elle.

– C'était son idée. Les enregistrements ont dû vous le prouver, lâche-t-il.

– Une visite improvisée, sans mon autorisation, était déjà inacceptable. Mais comment avez-vous pu accepter de lui montrer les corps ? Le sien surtout.

– Vous avez vu la bande quand Lucy m'espionnait, grommelle-t-il, le regard mauvais. Y a pas moyen de raisonner Shandy quand elle s'est mis un truc en tête. Elle voulait pas sortir de cette chambre froide. J'ai essayé pourtant.

– Vous n'avez aucune excuse.

– Épié. J'en ai ma claque.

– La trahison et le manque de respect. Moi aussi, j'en ai marre, rétorque Scarpetta.

– De toute façon, ça fait un moment que je pense à démissionner, poursuit-il d'un ton hargneux. Si vous avez fourré votre nez dans les *mails* que j'ai reçus du Dr Self, vous devriez savoir que j'ai des opportunités un peu plus alléchantes que moisir ici, avec vous, pour le restant de mes jours.

– Démissionner ? Ou alors espérez-vous que je vais vous virer ? Vous le méritez après ce que vous avez fait. On n'organise pas de visites de la morgue et on ne donne pas en spectacle les pauvres gens qui y ont atterri.

– Bordel, je déteste cette façon qu'ont les femmes d'en faire des tonnes à la moindre occasion. Vous devenez tout de suite émotionnelles et irrationnelles. Allez-y. Virez-moi, articule-t-il d'une façon exagérée, comme quelqu'un qui tente de dissimuler son ivresse.

– C'est exactement ce que souhaite le Dr Self.

– Vous êtes juste jalouse parce qu'elle est beaucoup plus importante que vous.

– Ce n'est plus le Pete Marino que je connaissais.

– C'est plus le Dr Scarpetta que je connaissais. Vous avez lu le reste, ce qu'elle pense de vous ?

– Elle est très diserte à mon sujet.

– Votre vie de mensonges. Pourquoi vous l'admettez pas enfin ? C'est peut-être de vous que Lucy tient ce truc.

– Mes préférences sexuelles ? C'est cela que vous désespérez d'apprendre ?

– Vous avez peur de l'admettre.

– Si ce qu'insinue le Dr Self était exact, je ne craindrais pas de le dire. Ce sont les gens comme elle, les gens comme vous qui semblez le redouter.

Il se laisse aller contre le dossier de sa chaise et, durant quelques instants, il paraît sur le point de fondre en larmes. Puis son visage retrouve sa dureté et il s'absorbe dans la contemplation du feu.

— Ce que vous avez fait hier n'a plus rien à voir avec le Marino que j'ai connu toutes ces années.

— Peut-être que si, mais que vous ne vouliez pas le savoir.

— Je sais que c'est faux. Que vous est-il arrivé ?

— J'sais pas comment j'en suis arrivé là. Je regarde en arrière et je revois ce gars qui se débrouillait bien comme boxeur. Mais je voulais pas terminer avec le cerveau en bouillie. Puis j'en ai eu ras-le-bol d'être un flic new-yorkais en uniforme. J'ai épousé Doris, qui en a eu marre de moi, et j'ai eu un tordu de fils qui est mort. Pourtant, je continue à chasser des enfoirés de tordus. J'sais pas trop pourquoi. D'ailleurs, j'ai jamais non plus compris pourquoi vous faisiez ce que vous faites. Vous me le direz sans doute pas, termine-t-il d'un ton maussade.

— Peut-être est-ce parce que j'ai grandi dans une maison où personne ne me parlait d'une façon qui signifie quelque chose, ne me disait ce que j'avais besoin d'entendre, des mots qui indiquent que j'étais comprise, importante. Peut-être parce que j'ai suivi l'agonie de mon père. C'était ce que chacune d'entre nous voyait, chaque jour. Peut-être ai-je passé le reste de ma vie à tenter de comprendre cette chose qui m'avait vaincue lorsque j'étais enfant. La mort. Selon moi, il n'existe pas de raisons simples et logiques à ce que nous devenons, à ce que nous faisons. (Elle le fixe, mais il garde les yeux braqués sur le feu.) Peut-être n'existe-t-il pas non plus une raison simple et logique qui explique votre conduite. Pourtant j'aimerais que ce soit le cas.

— Avant, je ne travaillais pas pour vous. C'est ça qu'a changé. (Il se lève.) Je vais me servir un bourbon.

— Vous n'avez vraiment pas besoin d'un autre verre, argumente-t-elle, consternée.

Il ne l'écoute pas et se dirige vers le bar. Elle l'entend ouvrir la porte d'un placard, en tirer un verre, puis une autre porte, la bouteille. Il revient dans la pièce, un verre à whisky dans lequel danse un liquide ambré dans une main, la bouteille dans l'autre. Une sorte d'inquiétude, de malaise l'envahit. Elle a envie de lui dire de partir. Pourtant, elle ne peut pas le renvoyer ivre au beau milieu de la nuit.

Il pose la bouteille sur la table basse et déclare :

— On s'est drôlement bien entendus toutes ces années passées à Richmond, quand j'étais capitaine aux Homicides et que vous étiez super-chef. (Il lève son verre. Marino ne déguste pas, il avale de longues gorgées.) Et puis vous vous êtes fait virer et j'ai démissionné. Depuis ce moment-là, rien n'a marché comme je le voulais. J'ai adoré la Floride. On avait un institut de formation du tonnerre. Moi à la tête de toutes les enquêtes, bien payé, j'avais même une psy qu'était une célébrité. C'est pas que j'avais besoin d'une psy, mais j'ai perdu du poids et je me sentais en super-forme. En fait, tout allait vraiment bien jusqu'au jour où j'ai arrêté de la consulter.

— Si vous aviez continué à voir le Dr Self, elle aurait saccagé votre vie. Je n'arrive pas à le croire. Vous ne comprenez pas que cette correspondance électronique avec vous n'est rien d'autre que de la manipulation ? Vous savez comme elle est. Vous avez vu son comportement devant la cour. Vous l'avez entendue.

Il avale une nouvelle gorgée de bourbon.

— Pour une fois, vous avez en face de vous une femme plus puissante que vous, et vous le supportez pas. Peut-être qu'en plus vous supportez pas ma relation avec elle. Il faut donc que vous déblatériez sur son compte, parce que c'est tout ce qui vous reste. Vous êtes coincée ici, au milieu du désert, sans homme et à deux doigts de vous transformer en femme à la maison.

— Ne m'insultez pas. Je n'ai pas envie de me bagarrer avec vous.

Il boit encore, sa méchanceté est maintenant totalement éveillée.

— Ma relation avec elle… C'est probablement pour ça que vous avez voulu qu'on quitte la Floride. Je vois clair aujourd'hui.

— Si mon souvenir est exact, l'ouragan Wilma est à l'origine de notre départ. (L'étau qui broie son estomac se resserre.) Cela en plus du fait que j'avais besoin de véritables bureaux et d'un cabinet digne de ce nom.

Il termine son verre et se ressert.

— Vous avez assez bu, lâche-t-elle.

— Ouais, vous avez raison sur ce coup !

Il lève son verre à ses lèvres et avale une gorgée.

— Je pense que je vais appeler un taxi pour qu'il vous ramène chez vous.

— Peut-être que vous devriez ouvrir un vrai cabinet ailleurs et vous tirer d'ici. Ce serait bien mieux pour vous.

— Vous n'avez pas à juger de ce qui est mieux pour moi ou pas, contre-t-elle en le scrutant alors que les flammes jouent sur son visage massif. S'il vous plaît, arrêtez de boire. Vous avez votre compte.

— Ouais, j'ai bien mon compte.

— Marino, je vous en supplie. Ne permettez pas au Dr Self de creuser un gouffre entre nous.

— Oh, mais j'ai pas besoin qu'elle creuse quoi que ce soit. Vous vous êtes très bien débrouillée toute seule.

— Évitons cela.

— Non, allons-y, bafouille-t-il d'une voix pâteuse en chancelant sur sa chaise, un éclat trouble dans le regard. J' sais pas pour combien j'en ai encore. Qui peut dire ce qui se passera ? Du coup, j'ai pas envie de m'éterniser dans un endroit que je déteste, ni de travailler pour quelqu'un qui me traite pas avec le respect que je mérite. C'est comme si vous étiez mieux que moi… Ben, c'est pas vrai.

— Que voulez-vous dire par « je ne sais pas pour combien j'en ai encore » ? Êtes-vous en train d'insinuer que vous êtes malade ?

— Non, j'en ai ras-la-frange. C'est ça que je suis en train de vous dire.

Elle ne l'a jamais vu aussi saoul. Il titube alors qu'il remplit à nouveau son verre, versant du liquide à côté. Elle n'a qu'une envie : se lever et lui arracher la bouteille des mains, mais le regard de Marino l'en dissuade.

– Vous vivez toute seule et c'est pas prudent. Pas prudent de vivre toute seule dans cette petite maison ancienne.

– J'ai toujours vécu seule. Plus ou moins.

– Ouais. Putain, ça en dit long sur Benton, hein ? J'espère que vous aurez une chouette vie tous les deux.

Elle n'a jamais vu Marino aussi saoul. Surtout, elle ne l'a jamais vu si haineux, et elle ignore quoi faire.

– J'me retrouve dans une situation où il faut que je fasse des choix. Alors je vais vous dire la vérité. (Il postillonne en parlant, le verre de bourbon tanguant dangereusement dans sa main.) J'en ai vraiment ras-le-bol de bosser pour vous.

– Si c'est vraiment ce que vous ressentez, je suis contente que vous me l'avouiez.

Plus elle tente de l'apaiser, plus sa rage semble s'attiser.

– Benton… le snob bourré de fric. *Docteur* Wesley ! Alors donc, puisque je ne suis pas docteur, avocat ou chef indien, j'suis pas assez bon pour vous ? Ben, j'vais vous dire, j'suis assez bien pour Shandy et je vous garantis qu'elle n'est pas du tout ce que vous pensez. D'abord, elle vient d'une bien meilleure famille que vous. Elle n'a pas été élevée dans la pauvreté, dans une petite épicerie pour ouvriers.

– Vous êtes terriblement ivre. Vous pouvez dormir dans la chambre d'amis.

– Votre famille est pas plus rutilante que la mienne. Des petits immigrés italiens, tout juste descendus du bateau d'exode, avec rien à bouffer que des macaronis à la sauce tomate cinq jours par semaine.

– Je vous appelle un taxi.

Il pose son verre sans ménagements sur la table basse.

– J'pense que le mieux que j'ai à faire, c'est enfourcher ma bécane et me tirer.

Il attrape le dossier de la chaise pour retrouver son équilibre.

– Vous ne vous approcherez pas de cette moto, dit-elle.

Il avance, heurte le chambranle de la porte. Elle s'accroche à son bras. Il la traîne presque jusqu'à la porte d'entrée alors qu'elle tente de le retenir, le suppliant de ne pas prendre la route dans son état. Il récupère les clés de sa moto dans sa poche. Elle s'en empare.

— Donnez-moi les clés ! ordonne-t-il. J'essaie de rester poli, là.

Elle les serre dans sa main, bras derrière le dos, dans le petit vestibule qui fait suite à la porte principale.

— Vous ne conduirez pas cette moto. Vous pouvez à peine marcher. Je vous appelle un taxi ou alors vous passez la nuit ici. Je ne vous laisserai pas vous tuer, vous ou quelqu'un d'autre. Je vous en prie, écoutez-moi.

Il la regarde, un regard froid. Elle ne connaît plus cette grande carcasse d'homme, un étranger qui pourrait lui faire du mal.

— Donnez-moi mes clés.

Il agrippe son bras, son poignet, et la peur la suffoque. Elle se débat pour se libérer, mais son étreinte est implacable.

— Marino, lâchez-moi ! Vous me faites mal.

L'autre bras de Marino l'encercle et enserre son deuxième poignet. Il s'appuie de tout son poids sur elle, son corps massif la plaquant contre le mur. En pleine panique, elle tente de trouver un moyen de l'arrêter avant qu'il n'aille trop loin.

— Marino, lâchez-moi, vous dis-je ! Vous me faites mal. Retournons nous asseoir au salon.

Elle tente d'exclure toute peur de sa voix comme il lui maintient douloureusement les bras dans le dos. Il s'affale sans retenue sur elle.

— Marino, arrêtez tout de suite ! Ce n'est pas vous. Vous êtes ivre.

Il l'embrasse et l'étreint. Elle tourne la tête sur le côté, tentant de repousser ses mains. Elle se débat comme elle le peut, lui intimant d'arrêter. Les clés de la moto ricochent sur le sol. Il l'embrasse, elle résiste, s'efforçant de le raisonner. Il déchire son corsage. Elle lui ordonne de cesser immédiatement, alors qu'il tente de déchirer le reste de ses vêtements. Elle essaie de repousser ses mains, répète encore et encore qu'il lui fait mal. Et puis elle rompt le combat parce qu'il est autre. Ce n'est plus Marino. C'est un étranger qui l'agresse chez elle. Elle voit le pistolet passé sous sa ceinture, à l'arrière de son jean, comme il le déboutonne et le laisse glisser jusqu'à ses genoux, la blessant avec sa bouche et ses mains.

– Marino ? C'est ce que vous voulez ? Me violer ? Marino ? (Sa voix est si calme, si paisible qu'elle semble désincarnée.) Marino ? C'est bien ce que vous voulez ? Me violer ? Je sais que ce n'est pas vrai. Je sais que ce n'est pas ce que vous voulez.

Soudain, il se fige et la libère de son étreinte. Un courant d'air frais évente sa peau, humide de sa salive, irritée par sa violence et le frottement de son début de barbe. Il couvre son visage de ses mains et sanglote comme un enfant, à genoux, voûté vers l'avant, ses bras enserrant les genoux de Scarpetta. Elle tire le pistolet de sa ceinture.

– Lâchez-moi ! ordonne-t-elle en tentant de se dégager. Lâchez-moi !

Il est à genoux, le visage dissimulé derrière ses mains. Elle fait tomber le chargeur du pistolet et tire la culasse afin de s'assurer qu'aucune balle n'est engagée dans la chambre. Elle fourre l'arme dans le tiroir de la console poussée non loin de la porte et ramasse les clés de la moto. Elle les jette avec le chargeur dans le porte-parapluies, puis aide Marino à se relever, à rejoindre la chambre d'amis située derrière la cuisine. Le lit est petit et on dirait qu'il en occupe le moindre centimètre carré. Elle l'aide à s'allonger, tire ses bottes et le couvre d'une couette.

– Je reviens, annonce-t-elle en laissant la lumière allumée.

Elle remplit un verre au robinet de la salle d'eau des invités, récupère le flacon d'Advil et verse quatre comprimés dans sa paume. Elle passe une robe de chambre. Ses poignets lui font mal, sa peau est à vif, le souvenir de ses mains sur elle, de sa bouche, de sa langue la rend malade. Elle se plie au-dessus de la cuvette des WC et hoquette. Elle s'appuie ensuite contre le rebord du lavabo et inspire lentement. Son visage est empourpré, un visage étranger, autant que celui de Marino. Elle s'inonde d'eau glacée, se rince la bouche, se nettoie de lui, de tous les endroits de son corps qu'il a touchés. Elle nettoie les traces de ses larmes. Quelques minutes lui sont nécessaires pour reprendre le contrôle d'elle-même. Elle revient vers la chambre d'amis. Le ronflement de Marino s'élève.

— Marino, réveillez-vous. Asseyez-vous. (Elle l'aide à se redresser, arrange les oreillers derrière son dos.) Allez, avalez ça. Il faut que vous buviez beaucoup d'eau. Vous allez avoir une horrible gueule de bois demain matin, mais ça devrait quand même l'atténuer un peu.

Il boit, avale l'Advil puis tourne le visage face au mur comme elle lui ramène un autre verre d'eau.

— Éteignez la lumière, bougonne-t-il à l'adresse du mur.

— Il faut rester éveillé.

Il ne répond rien.

— Ne me regardez pas si vous préférez, mais restez éveillé.

Il tourne obstinément la tête. Il sent le whisky, le tabac froid et la sueur, et ces remugles ramènent la scène de tout à l'heure à l'esprit de Scarpetta. Les zones irritées de son épiderme la font souffrir. C'est comme s'il posait à nouveau les mains sur elle et la nausée la reprend.

D'une voix épaisse, il lâche :

— Vous inquiétez pas. Je vais partir et vous n'aurez plus jamais à poser les yeux sur moi. J'vais disparaître pour de bon.

— Vous êtes très, vraiment très saoul, et vous ne savez plus ce que vous faites. Pourtant je tiens à ce que vous vous en souveniez. Il faut que vous restiez éveillé assez longtemps pour conserver le souvenir de cette soirée. Ainsi, demain, nous pourrons le dépasser.

— J'sais pas ce qui va pas chez moi. J'ai failli le descendre. Et j'en crevais d'envie. J'sais pas ce qui est déglingué.

— Qui avez-vous failli tuer ?

— Au bar, bredouille-t-il en butant sur les mots. Y a un truc qui déconne chez moi.

— Racontez-moi ce qui s'est produit.

Il contemple le mur en silence, un silence rythmé par ses expirations pénibles.

— Qui avez-vous failli abattre ? demande-t-elle en haussant la voix.

215

– Il a dit qu'on l'avait envoyé.

– Envoyé?

– Il vous a menacée. J'ai failli le buter. Et puis je rapplique ici et j' me conduis exactement comme lui. Je devrais me descendre.

– Vous n'allez certainement pas faire une chose pareille.

– Je devrais quand même.

– Ce serait encore pire que ce que vous venez de faire. Marino, vous comprenez ce que je dis?

Il se mure dans le mutisme, refuse de la regarder.

– Si vous mettiez fin à vos jours, je ne vous plaindrais pas et je ne vous pardonnerais jamais, martèle-t-elle. Vous suicider serait un acte d'égoïsme, et personne d'entre nous ne vous absoudrait.

– Je suis pas à la hauteur pour vous. Je l' serai jamais. Allez, dites-le, et qu'on en finisse une bonne fois pour toutes.

Ses phrases sont pâteuses, comme s'il parlait la bouche pleine de coton.

La sonnerie du téléphone sur la table de chevet retentit. Elle décroche.

– C'est moi, annonce Benton. Tu as vu ce que je t'ai envoyé? Comment vas-tu?

– Oui, et toi?

– Kay? Ça va?

– Oui, et toi?

– Mon Dieu, il y a quelqu'un avec toi? demande-t-il, soudain inquiet.

– Tout va bien.

– Kay? Qui est avec toi?

– Écoute, on en reparlera demain. J'ai décidé de rester à la maison, m'occuper un peu du jardin. Je vais demander à Bull de venir m'aider.

– Tu es sûre? Tu es certaine que tout se passera bien avec lui?

– Je le suis maintenant, confirme-t-elle.

Quatre heures du matin, Hilton Head. Les vagues qui déferlent sur la plage abandonnent une mousse blanchâtre, écume témoin des efforts de la mer qui se soulève.

Will Rambo se tient sans bruit sur les marches de bois. Il parcourt la promenade et enjambe la porte fermée de la clôture. La villa de style italien est couverte de stuc, hérissée de multiples cheminées, ornementée de porches voûtés. Son toit très pentu est tapissé de tuiles rouges. Plus loin, dans le jardin, des lampadaires en cuivre, une table de pierre débordant d'un amas de cendriers répugnants, de verres vides et, jusqu'à très récemment, de ses clés de voiture. Depuis, elle a utilisé le trousseau de secours, bien qu'elle ne conduise que très occasionnellement. D'ailleurs elle ne va nulle part. Les mouvements de Will sont parfaitement silencieux. Les palmiers et les pins oscillent dans le vent.

Des arbres qui s'inclinaient, jetant leurs ombres sur Rome. Des pétales de fleur voletant comme des flocons de neige le long de la Via di Monte Tarpeo. Les coquelicots étaient d'un rouge sang, et les glycines s'enroulaient autour d'anciens murs de brique, violettes comme des ecchymoses. Des pigeons paradaient sur les marches et des femmes nourrissaient des chats sauvages, déposant au coin des ruines des assiettes en plastique chargées de Whiskas et d'œufs.

C'était une belle journée, idéale pour une promenade. L'afflux touristique était encore modéré. Elle était un peu ivre et semblait se trouver bien en sa présence. Heureuse même. Il savait qu'il en serait ainsi.

— J'aimerais que tu rencontres mon père, avait-il déclaré alors qu'ils étaient assis sur un muret, contemplant les chats sauvages.

Elle avait plaint les animaux, à plusieurs reprises, remarquant que ces pauvres chats errants étaient consanguins au dernier degré, malformés, et que quelqu'un devrait faire quelque chose afin de les sauver.

— Ce ne sont pas des chats errants mais sauvages. Ils veulent être ici, et ils te mettraient en pièces si tu tentais de les approcher. Il ne s'agit pas de chats abandonnés ou maltraités, désespérés, qui n'ont plus d'autre solution que de passer de poubelle en poubelle, de se terrer sous des maisons jusqu'à ce qu'on les attrape et qu'on les euthanasie.

— Et pourquoi est-ce qu'on les euthanasie ? avait-elle demandé.

— Parce que c'est comme ça. C'est ce qui se passe lorsqu'ils quittent leur havre et se retrouvent dans des endroits dangereux où ils sont heurtés par des voitures ou poursuivis par des chiens. Ils sont alors constamment en danger, souvent blessés de façon irrémédiable. Pas les chats sauvages. Regarde-les. Ils sont seuls. Personne n'ose les approcher, à moins qu'ils ne le tolèrent. Ils sont exactement où ils ont envie d'être, au milieu de ces ruines.

— Tu es bizarre, avait-elle commenté en lui donnant un petit coup de coude. Mais tu es mignon.

— Allez, viens.

Il l'avait aidée à se remettre debout.

— J'ai trop chaud, s'était-elle plainte.

Il avait posé son long manteau noir sur ses épaules, lui avait enfoncé sa casquette de base-ball sur la tête et tendu ses lunettes de soleil. Pourtant il faisait très doux et le soleil ne dardait pas ce jour-là.

— Tu es très célèbre et les gens vont te dévisager, avait-il alors rappelé. Tu sais bien que c'est ce qui va se passer, et on n'en a pas envie.

— Il faudrait que je rejoigne mes amies avant qu'elles se mettent en tête que j'ai été enlevée.

— Allez, viens. Il faut vraiment que tu voies l'appartement. Ça vaut le détour. On va prendre la voiture. Je sens bien que tu es fatiguée. Et ensuite tu pourras téléphoner à tes amies, et elles nous rejoindront si ça te fait plaisir. J'ai du très bon vin et du fromage.

Et puis l'obscurité, comme si une lueur venait de mourir dans son cerveau, comme s'il s'éveillait pour contempler des scènes hachées en parcelles lumineuses, des éclats étincelants d'un vitrail brisé en morceaux, un vitrail qui un jour avait raconté une histoire, la vérité peut-être.

Les marches qui conduisent à la partie nord de la maison n'ont pas été balayées et la porte qui ouvre sur la buanderie n'a pas été ouverte depuis que la femme de ménage est partie, il y a environ deux mois. De chaque côté de l'escalier poussent des buissons d'hibiscus. Plus haut, derrière une baie vitrée, il aperçoit le panneau du système d'alarme et son clignotant rouge. Il ouvre sa boîte à outils et en tire un couteau à verre doté d'une pointe au carbone. Il découpe un panneau de la vitre et le dépose sur le sol sableux, derrière les buissons. Le chiot à l'intérieur, dans sa caisse, commence à aboyer et Will, très calme, hésite. Il passe le bras par l'ouverture et déverrouille la serrure, puis ouvre la porte. L'alarme commence à émettre ses premiers bips. Il tape le code pour la désactiver.

Il est à l'intérieur de cette maison qu'il surveille depuis des mois. Il a tellement imaginé ce moment, l'a tant planifié, en détail, que le passage à l'action est aisé, peut-être même un peu décevant. Il s'accroupit, glisse ses doigts de sable entre les interstices de la caisse aux barreaux métalliques et murmure au basset :

– Tout va bien. Tout ira très bien.

Les aboiements du chien cessent et il lèche le dos de la main de Will, là où il n'y a ni colle, ni sable exceptionnel.

– Gentil chien, murmure-t-il. Ne t'inquiète pas.

Ses pieds gainés de sable le portent de la buanderie vers le son qui provient du film qu'elle se passe dans le grand salon. Lorsqu'elle va fumer une cigarette à l'extérieur, elle a cette mauvaise habitude de laisser la porte grande ouverte. Elle s'assied sur les marches et fixe le gouffre à fond noir de la piscine. Une plaie béante. Sa fumée est parfois rabattue à l'intérieur, comme elle reste là, tirant sur sa cigarette, le regard rivé sur la piscine. La fumée de cigarette s'est incrustée dans tout ce qu'elle a frôlé. Il sent ses remugles qui confèrent à l'air une odeur minérale, une odeur dure, une patine de gris mêlés qui évoque son aura, une aura de presque mort.

Une peinture au tampon, dans les tons ocre et terre de Sienne, recouvre les murs. Les teintes de la terre. Les dalles de pierre du sol ont la couleur de la mer. Chaque porte est voûtée en arche. Des acanthes en pots piquent vers le sol, achevant de brunir parce qu'elle ne les a pas arrosées, et des touffes de poils bruns traînent au sol. Des cheveux, des poils pubiens, lorsqu'elle arpente la pièce, parfois nue, s'arrachant les cheveux. Elle est endormie sur le canapé, le dos tourné vers lui, une plaque chauve en haut de son crâne qui s'élargit comme une pleine lune pâle.

Ses pieds nus, dans leur gangue de sable, ne font aucun bruit. Michael Douglas et Glenn Close boivent un verre de vin pendant que l'aria de *Madame Butterfly* s'élève de la chaîne hi-fi. Will s'est arrêté sous l'arche. Il regarde *Liaison fatale*, qu'il connaît par cœur. Il l'a vu tant et tant de fois, en sa compagnie, par la fenêtre, sans qu'elle le sache. Les dialogues résonnent dans sa tête avant même que les acteurs ne les prononcent. Et puis Michael Douglas s'en va, et Glenn Close est furieuse et lui arrache sa chemise.

Déchirer, arracher dans un effort désespéré pour atteindre ce qui est en dessous. Tant de sang coulant sur ses mains qu'il ne voyait même plus la couleur de son épiderme alors qu'il tentait de repousser les intestins de Roger dans la cavité abdominale, et ce vent, ce sable qui déferlait sur eux au point qu'ils se distinguaient, s'entendaient à peine.

Elle dort sur le canapé, trop saoule et bourrée de médicaments pour percevoir son approche. Elle ne sent même pas son spectre qui flotte vers elle, patientant avant de l'emporter. Elle le remerciera.

— *Will! Aide-moi! Je t'en supplie, aide-moi! Oh, mon Dieu, aide-moi! (Des hurlements.) J'ai tellement mal. Me laisse pas mourir!*

— *Tu ne vas pas mourir. (Il le cramponnait entre ses bras.) Je suis là. Je suis tout près.*

— *Je ne peux plus supporter!*

— *Dieu ne t'enverra jamais ce que tu ne peux pas supporter.*

Son père avait toujours répété cela à Will, depuis qu'il était petit garçon.

— *C'est pas vrai!*

— *Qu'est-ce qui n'est pas vrai?*

C'est ce que son père lui avait demandé à Rome, alors qu'ils buvaient un verre de vin dans la salle à manger, alors que Will s'était saisi d'un pied de pierre antique.

— *J'en avais partout, sur les mains, sur le visage. Je l'ai goûté, j'ai goûté Roger. J'ai goûté de lui autant que je le pouvais parce que je voulais le conserver en vie à l'intérieur de moi, parce que j'avais promis qu'il ne mourrait pas.*

— *On devrait sortir. Prendre un café.*

Will tourne un bouton sur le mur, pousse le son au point que le film hurle. Elle se redresse et hurle à son tour. Pourtant il peut à peine entendre ses hurlements, couverts par le vacarme de la bande-son. Il se penche vers elle, applique son index de sable sur ses lèvres, hoche la tête, lentement, pour qu'elle se taise. Il remplit son verre de vodka et le lui tend, lui indique de boire d'un encouragement de la tête. Il dépose sa boîte à outils, sa lampe torche et son appareil photo sur le tapis, et s'installe à côté d'elle sur le canapé. Il plonge son regard dans ses yeux incertains, injectés de sang, noyés de panique. Elle n'a plus de cils, les a tous arrachés. Elle ne tente pas de se lever pour fuir. Il lui indique à nouveau d'un signe de tête qu'elle doit boire. Elle s'exécute. Elle a d'ores et déjà accepté ce qui devait se passer. Elle le remerciera.

Les échos du film ricochent contre les murs de la maison. Ses lèvres forment une phrase :

– S'il vous plaît, ne me faites pas de mal.

Elle a été jolie. Un jour.

– Chuuuuttt.

Il hoche la tête, la faisant à nouveau taire en appliquant un doigt de sable sur ses lèvres, appliquant si fort que sa bouche bute contre ses dents. Ses doigts de sable ouvrent la boîte à outils. Dedans, d'autres bouteilles de colle et de dissolvant, le sac de sable, une scie de quinze centimètres à double tranchant et poignée noire pour découper les plaques de placoplâtre, ainsi que divers couteaux.

Et puis la voix dans sa tête. Roger qui pleure, qui hurle, une écume sanglante qui mousse à la commissure de ses lèvres. Sauf que ce n'est pas Roger qui crie, c'est la femme qui le supplie de ses lèvres sanglantes :

– Je vous en supplie, ne me faites pas mal !

Et Glenn Close dit à Michael Douglas qu'il peut aller se faire foutre, et le son fait vibrer les murs de la pièce.

Elle sanglote, affolée, tremblant comme si elle avait une crise d'épilepsie. Il lève les jambes et s'assied en tailleur sur le canapé. Elle fixe ses mains de toile émeri, ses pieds mutilés, nus, recouverts de sable. Elle fixe la boîte à outils et l'appareil photo alignés sur le sol. La soudaine compréhension de l'iné-vitable l'envahit, s'imprime sur son visage marqué et bouffi. Il remarque ses ongles négligés et un sentiment le bouleverse, celui qu'il ressent lorsqu'il rejoint spirituellement des gens qui souffrent d'insupportable manière, des gens qu'il libère de leur peine.

Les basses des haut-parleurs résonnent jusque dans ses os.

Ses lèvres à vif, sanglantes, remuent :

– Je vous en supplie, ne me faites pas mal, je vous en prie.

Elle pleure et son nez coule. Elle humidifie ses lèvres en sang du bout de sa langue.

– Qu'est-ce que vous voulez ? De l'argent ? Je vous en prie, ne me faites pas mal !

Ses lèvres sanglantes bougent.

Il ôte sa chemise et son treillis, les plie avec soin et les empile sur la table basse. Il retire ses sous-vêtements qu'il place au-dessus du reste. Il sent le pouvoir déferler. C'est comme une décharge électrique dans son cerveau. Il l'attrape brutalement par les poignets.

CHAPITRE 11

L'aube. Il va sans doute pleuvoir.

Rose contemple la vue depuis l'une des fenêtres de son appartement d'angle. L'océan bute sans hargne sur la digue, de l'autre côté de Murray Boulevard. Les maisons les plus luxueuses de Charleston s'élèvent non loin de son immeuble, qui fut jadis un magnifique hôtel : d'imposantes demeures de front de mer photographiées et classées dans un album qu'elle feuillette de temps en temps. Elle n'arrive toujours pas à croire ce qui se passe. Sa vie oscille entre rêve et cauchemar.

Lorsqu'elle avait déménagé à Charleston, sa seule requête avait été de pouvoir vivre à proximité de l'océan, «Assez près pour savoir que c'est juste là», avait-elle précisé. «Je pense que c'est la dernière fois que je vous suivrai quelque part, avait-elle ajouté à l'intention de Scarpetta. À mon âge, je n'ai pas envie de m'enquiquiner avec un jardin, et puis j'ai toujours voulu vivre près de l'eau. Pas un marais avec cette odeur d'œuf pourri. L'océan. Si seulement l'océan pouvait être assez proche pour que je puisse y aller en balade. »

Ils avaient passé pas mal de temps à débusquer l'endroit l'idéal. Rose avait emménagé le long de l'Ashley River, dans un appartement en piteux état que Scarpetta, Lucy et Marino avaient restauré. Cela n'avait pas coûté un centime à Rose, d'autant que Scarpetta lui avait accordé une augmentation. Sans elle, et bien que ce geste ne soit jamais mentionné entre elles, Rose n'aurait pu payer la location. Scarpetta s'était contentée d'expliquer que Charleston était une ville chère, comparée à celles où elles avaient vécu auparavant, et que, quoi qu'il en fût, Rose méritait cette augmentation.

Elle prépare du café, regarde les informations et attend l'appel de Marino. Une autre heure s'écoule et elle se demande où il est passé. Encore une heure. Rien. Son agacement croît. Elle lui a laissé plusieurs messages, lui indiquant qu'elle ne pourrait pas venir ce matin, mais pourrait-il passer afin de l'aider avec son canapé ? De surcroît, elle doit lui parler. Elle a dit à Scarpetta qu'elle le ferait. Autant aujourd'hui qu'un autre jour. Il est presque dix heures. Elle compose à nouveau le numéro de son téléphone portable et la messagerie vocale lui répond. Son regard s'évade par la fenêtre ouverte. De l'air frais souffle de l'océan. L'eau est un peu agitée, d'humeur changeante, de la couleur de l'étain.

En dépit de son impatience et de son agacement, elle hésite à déplacer le canapé toute seule. Elle tousse, réfléchissant à ce qui n'aurait été qu'un effort il y a quelques années et qui s'apparente maintenant à une folle prouesse. Elle se laisse aller avec lassitude sur le canapé et se perd dans les souvenirs de la nuit dernière, de ces mots échangés, de ces mains qui se serraient, de ces lèvres qui se rejoignaient. Là, sur ce canapé. Elle a ressenti des choses qu'elle croyait disparues à jamais, ne cessant de s'interroger : combien de temps tout cela durerait-il ? Mais elle ne peut pas y renoncer, bien que cela ne puisse persister. Une tristesse infinie et si sombre l'envahit qu'il est inutile de tenter de distinguer ce qui s'y terre.

La sonnerie du téléphone retentit. C'est Lucy.

– Comment ça s'est passé ? lance Rose.

– Nate vous donne le bonjour.

– Ce qui m'intéresse avant tout, c'est ce qu'il a dit à ton sujet.

– Rien de neuf.

– Ça, c'est une bonne nouvelle. (Rose récupère la télécommande de la télévision sur le comptoir de la cuisine. Elle respire avec difficulté.) Marino devait venir m'aider à déplacer mon canapé, mais, comme d'habitude…

Un instant de silence, puis Lucy reprend :

– Je vous appelle aussi à ce propos. J'avais décidé de passer rendre visite à tante Kay pour lui relater mon rendez-vous avec Nate. Elle ne sait pas que j'y suis allée. Je ne lui annonce qu'après coup pour qu'elle ne se ronge pas les sangs. La moto de Marino était garée devant chez elle.

– Elle t'attendait ?

– Non.

– À quelle heure es-tu passée ?

– Vers huit heures.

– C'est impossible, rétorque Rose. Marino est toujours dans le coma à huit heures. Enfin, du moins ces derniers temps.

– Ensuite, je me suis installée dans un Starbucks, puis, vers neuf heures, je suis retournée à la maison de ma tante et devinez quoi ? J'ai doublé sa nana pommes-chips au volant de sa BMW.

– Tu es certaine qu'il s'agissait bien d'elle ?

– Vous voulez son numéro d'immatriculation ? Sa date de naissance ? Ce qu'elle a sur son compte bancaire ? Pas grand-chose, d'ailleurs. J'ai l'impression qu'elle a claqué le plus gros de son argent, argent qui, du reste, ne venait pas de son père. Il ne lui avait rien laissé, c'est quand même assez significatif. Pourtant elle effectue de nombreux dépôts qui semblent ne provenir de nulle part. Elle les dépense aussi vite qu'ils sont crédités sur son compte.

– Ce n'est pas bon ! Elle t'a vue lorsque tu revenais de chez Starbucks ?

– J'étais au volant de ma Ferrari. Donc, à moins qu'elle ne soit complètement bigleuse en plus d'être une pouffiasse futile… Désolée !

– Aucune raison de l'être. Je sais ce qu'est une pouffiasse et je parie que ça lui va comme un gant. Marino est un grand spécialiste des pouffiasses, une vraie tête chercheuse.

– Vous n'avez pas l'air en forme. On dirait que vous avez du mal à respirer, remarque Lucy. Et si je passais un peu plus tard pour vous aider à déplacer ce canapé?

– Je ne bouge pas, précise Rose avant de raccrocher dans une quinte de toux.

Elle allume la télévision, juste au moment où une balle de tennis s'écrase sur la ligne, soulevant un petit nuage de poussière rouge. Le service de Drew Martin est si rapide, si long que son adversaire ne tente même pas de le parer. CNN diffuse des séquences du dernier Open français, et les informations au sujet de la jeune fille passent en boucle. Des extraits de ses compétitions, sa vie, sa mort. Encore et encore. Rome. La ville ancienne, puis le chantier entouré par les forces de l'ordre, protégé par un ruban jaune. La pulsation lumineuse des gyrophares de police.

– Que savons-nous de plus aujourd'hui? Y a-t-il de récentes avancées dans l'enquête?

– Les officiels romains se cantonnent dans une extrême discrétion. Il semble qu'ils n'aient toujours ni piste, ni suspects, et cet effroyable crime est entouré d'un épais mystère. Ici, les gens s'interrogent. On les voit déposer des gerbes de fleurs autour du chantier de construction, là où le corps de la jeune fille a été découvert.

D'autres extraits. Rose tente de ne pas les regarder. Elle les a tant vus et revus, mais elle est comme hypnotisée.

Drew expédiant un revers slicé.

Drew se ruant vers le filet, renvoyant une balle d'un lob si puissant qu'elle termine sa course contre la tribune. La foule qui se lève et applaudit à tout rompre.

Le joli visage de Drew lors de l'émission du Dr Self. Son débit est rapide et elle saute du coq à l'âne, excitée par sa récente victoire à l'US Open, et parce qu'on l'a baptisée «la Tiger Woods du tennis». Le Dr Self qui la pousse peu à peu aux confidences, lui posant des questions inacceptables:

– Êtes-vous toujours vierge, Drew ?

La jeune fille pouffe, rougit, se cache le visage entre les mains.

– Allons, la réconforte le Dr Self, terriblement satisfaite d'elle-même. (S'adressant à son audience, elle précise :) C'est exactement là où je veux en venir, chers spectateurs. La honte. Pourquoi avons-nous honte lorsque nous abordons le sexe ?

– J'ai perdu ma virginité lorsque j'avais dix ans, confesse Drew. Avec la bicyclette de mon frère.

Le public exulte.

– Drew Martin, morte alors qu'elle n'avait que seize ans, souligne le présentateur.

Rose parvient à pousser le canapé dans le salon, contre le mur. Elle s'assied et fond en larmes. Elle se relève, arpente la pièce en pleurant, gémissant que la mort est injuste, la violence intolérable et qu'elle les hait. Elle les exècre. Elle passe dans la salle de bains pour récupérer un flacon de médicament. Elle se verse un verre de vin dans la cuisine et avale un comprimé. Quelques instants plus tard, une violente quinte de toux la suffoque et elle avale un deuxième comprimé. Le téléphone sonne et elle titube en tentant de décrocher. Elle fait tomber le combiné, tâtonne à sa recherche.

– Allô ?

– Rose ? lance la voix de Scarpetta.

– Je ne devrais pas regarder les informations.

– Vous pleurez ?

La pièce tourne, sa vision se trouble.

– C'est la grippe, rien d'autre.

– J'arrive, décide Scarpetta.

Marino appuie sa tête sur le dossier du fauteuil, ses yeux dissimulés derrière des lunettes sombres, ses grandes mains posées à plat sur ses cuisses.

Il porte les mêmes vêtements qu'hier soir. Il a dormi avec et cela se voit. Son visage est congestionné et il empeste l'ivrogne qui ne s'est pas approché d'une douche depuis pas mal de temps. Son odeur, son allure ramènent des souvenirs trop affreux pour les décrire. La peau irritée de Scarpetta l'élance, ces parties d'elle qu'il n'aurait jamais dû voir, toucher. Elle s'est emmitouflée sous des couches de coton, de soie, des textures amicales contre sa peau. Elle a boutonné son corsage jusqu'au cou, remonté la fermeture à glissière de sa veste jusqu'en haut. Afin de dissimuler ses blessures. Afin de dissimuler son humiliation. Elle se sent nue et fragile en sa présence.

Un autre pesant silence alors qu'elle conduit. De puissants arômes d'ail et de fromage se sont répandus dans l'habitacle. La vitre du côté de Marino est descendue.

– La lumière me fait mal aux yeux, lâche-t-il. C'est dingue ce que ça me blesse.

Cela fait plusieurs fois qu'il rabâche ce prétexte, répondant à une question qui n'a jamais été posée : pourquoi refuse-t-il de la regarder ? Pourquoi n'ôte-t-il pas ses lunettes de soleil en dépit du temps couvert et pluvieux ? Lorsqu'elle lui a apporté du café et des toasts, il y a moins d'une heure, dans la chambre d'amis, il s'est assis en grommelant dans son lit, se tenant la tête entre les mains. D'un ton peu convaincant, il a demandé :

– Où j'suis ?

Elle a déposé la tasse de café et le toast sur la table de chevet en expliquant :

– Vous étiez terriblement ivre la nuit dernière. Vous vous en souvenez ?

– Si j'avale quoi que ce soit, je dégueule.

– Vous vous souvenez de la nuit dernière ?

Il prétend qu'il ne conserve aucun souvenir de la nuit dernière, après son arrivée chez elle à moto. Pourtant tout dans son attitude indique le contraire. Il ressasse qu'il se sent très mal.

– Je préférerais que vous n'ayez pas embarqué toute cette bouffe. Ça me lève le cœur, toutes ces odeurs.

– Eh bien, tant pis. Rose a la grippe.

Elle se gare en bas de l'immeuble de sa secrétaire.

– Merde, en plus j'ai pas du tout envie de choper un virus, lâche-t-il.

– Vous pouvez rester dans la voiture.

– J'voudrais savoir ce que vous avez fichu de mon flingue. Cela fait également plusieurs fois qu'il lui pose la question.

– Je vous l'ai déjà dit. Je l'ai rangé dans un endroit sûr.

Elle arrête le moteur. Sur la banquette arrière, une grande boîte dans laquelle sont empilés des récipients. Elle a passé la nuit à faire la cuisine. Elle a préparé assez de *tagliolini* à la sauce *fontina,* de lasagnes à la bolonaise, de soupe de légumes pour rassasier une vingtaine de convives.

– Vous n'étiez pas en état de manipuler une arme chargée la nuit dernière, précise-t-elle.

– J'veux savoir où vous l'avez rangée. Qu'est-ce que vous en avez fait ?

Il marche quelques pas devant elle. Il ne s'est même pas donné la peine de demander à porter la boîte.

– Je vous le répète encore une fois : j'ai confisqué votre arme hier soir, ainsi que les clés de votre moto. Vous souvenez-vous que j'ai pris les clés parce que vous insistiez pour repartir alors que vous teniez à peine debout ?

Il avance en direction de l'immeuble blanc, sous la pluie.

– Votre bourbon. Booker's…

On dirait qu'elle est en tort.

– … J'peux pas m'offrir ce genre de qualité. Ça descend si facilement alors que ça doit taper un sacré degré d'alcool.

– Oh, donc c'est de ma faute ?

– J'comprends pas pourquoi vous avez des trucs aussi forts chez vous.

– Parce que vous m'avez offert la bouteille pour le réveillon du Nouvel An.

– J'ai l'impression que quelqu'un m'a cogné sur le crâne avec une barre à mine, dit-il tandis qu'ils gravissent les marches qui conduisent à l'entrée.

Le portier leur ouvre.

– Bonjour, Ed, le salue Scarpetta.

Elle entend la télévision qui équipe le bureau du hall d'entrée. Elle entend les informations, encore un reportage sur le meurtre de Drew Martin.

Ed jette un regard en direction du petit bureau, secoue la tête et déclare :

— C'est terrible, vraiment terrible ! C'était une si gentille jeune fille, charmante. Je l'ai vue peu avant son meurtre, ici même. Chaque fois que je lui ouvrais la porte, elle me donnait un pourboire de vingt dollars. Terrible. Vraiment une jeune fille adorable. Le genre qui agit normalement, vous voyez.

— Elle résidait ici ? s'étonne Scarpetta. Je pensais qu'elle réservait toujours une chambre à l'hôtel Charleston Place. Du moins est-ce ce que les journalistes ont affirmé à chaque fois lorsqu'elle était en ville.

— Son entraîneur possède un appartement dans l'immeuble. Il vient presque jamais, l'informe Ed.

Scarpetta se demande pourquoi on ne lui a pas communiqué ce détail. Elle s'en préoccupera plus tard. Elle est très inquiète à propos de Rose. Ed appelle l'ascenseur et enfonce le bouton correspondant à l'étage de la secrétaire.

Les battants se referment. Les lunettes noires de Marino fixent obstinément un point situé devant lui.

— J'crois que j'ai la migraine. Vous avez un truc contre le mal de crâne ?

— Vous avez déjà avalé huit cents milligrammes d'ibuprofène. Rien d'autre avant au moins cinq heures.

— Ben, ça va pas aider ma migraine. Si seulement vous aviez pas eu ce genre de bouteille chez vous ! On dirait que quelqu'un m'a filé un truc en douce. C'est comme si on m'avait drogué.

— La seule personne qui vous ait filé un truc, c'est vous-même.

— J'arrive pas à croire que vous avez appelé Bull. Et si le gars était dangereux ?

Ce qu'elle ne parvient pas à croire, elle, c'est qu'il fasse un tel commentaire après ce qui s'est passé la nuit dernière.

— Enfin, j'espère que vous n'allez pas en plus lui demander de nous aider au bureau, poursuit-il. Bordel, qu'est-ce qu'il connaît, ce type ? Il serait dans nos pattes.

— Il ne s'agit pas de ma préoccupation du moment. Ma préoccupation, c'est Rose. Et peut-être est-ce l'instant rêvé pour que vous, vous vous intéressiez à quelqu'un d'autre que vous-même.

La colère monte en elle. Elle avance d'un pas vif dans le couloir aux vieux murs de plâtre blanc, à la moquette bleue un peu élimée.

Elle appuie sur le bouton de la sonnette de l'appartement de Rose. Aucune réponse, nul son à l'intérieur si ce n'est celui qui provient de la télévision. Scarpetta pose la boîte par terre et enfonce à nouveau le bouton. Encore et encore. Elle compose le numéro du téléphone portable de Rose, puis celui du filaire. Elle les entend sonner à l'intérieur de l'appartement. La messagerie vocale se déclenche.

— Rose ! crie Scarpetta en assenant des coups de poing contre la porte. Rose !

Le son de la télévision. Rien d'autre.

— Il nous faut une clé, lance-t-elle à Marino. Ed a un double. Rose !

— Mon cul !

Marino balance un violent coup de pied contre le panneau. Des échardes de bois volent, la chaîne de sécurité se rompt, des chaînons de cuivre tombent au sol en cliquetant. La porte s'ouvre brutalement, heurtant le mur.

Rose gît sur le canapé, inerte, les yeux clos, le visage livide. De longues mèches de cheveux blancs se sont échappées de son chignon.

— Appelez une ambulance ! hurle Scarpetta.

Elle redresse Rose comme elle le peut, à l'aide d'oreillers qu'elle glisse derrière son dos, pendant que Marino s'exécute.

Elle prend le pouls de la vieille secrétaire. Soixante et un.

— Ils arrivent, lance Marino.

— Foncez à la voiture. Ma sacoche est dans le coffre.

Il se précipite hors de l'appartement. Scarpetta remarque le verre de vin, ainsi que le flacon de médicament qui a presque complètement glissé sous la housse du canapé. Elle est stupéfaite de constater que Rose prend du Roxicodone, un nom de marque pour une molécule qui n'est autre que de l'hydrochloride d'oxycodone, un opioïde aux propriétés antalgiques connu pour engendrer une dépendance. Les cent comprimés prévus sur l'ordonnance ont été délivrés dix jours auparavant. Elle enlève le bouchon et compte combien il reste de pilules vertes, dosées à chacune à quinze milligrammes. Dix-sept.

— Rose ! crie Scarpetta en la secouant. (Elle est chaude, en nage.) Rose, réveillez-vous ! Rose, vous m'entendez ?

Scarpetta se précipite dans la salle de bains et rejoint le salon munie d'un gant de toilette passé sous l'eau froide qu'elle applique sur le front de la femme. Elle lui tient les mains, lui parle, tentant de la ramener à la conscience. Marino déboule dans la pièce, affolé, effrayé, et tend à Scarpetta sa sacoche médicale.

— Elle l'a déplacé. C'est moi qui devais le faire, précise-t-il, ses lunettes sombres fixant le canapé.

Rose remue faiblement alors que le hurlement d'une sirène retentit dans le lointain. Scarpetta tire un tensiomètre et un stéthoscope de sa trousse.

— J'avais promis de passer pour le pousser, reprend Marino. Elle l'a fait toute seule. Il était là-bas.

Les lunettes sombres se tournent vers un espace vide situé non loin d'une fenêtre.

Scarpetta relève la manche de Rose, appuie le stéthoscope sur le pli du coude, serre le brassard dessus, assez fermement pour bloquer la circulation sanguine.

Le hurlement de la sirène gagne en intensité.

Elle presse la poire, expédiant de l'air dans le brassard, puis desserre progressivement la valve pour libérer l'air alors qu'elle tend l'oreille, guettant la première saccade de sang artériel. L'air siffle doucement au fur et à mesure que le brassard se dégonfle.

Le hurlement de la sirène meurt. L'ambulance est en bas.

Tension artérielle systolique quatre-vingt-six. Tension arté-rielle diastolique cinquante-huit. Elle promène le diaphragme du stéthoscope sur la poitrine de Rose, puis dans son dos. La respiration est heurtée et elle est en hypotension.

Rose remue un peu, redresse la tête.

– Rose ? martèle Scarpetta d'une voix forte. Est-ce que vous m'entendez ?

Ses paupières papillonnent, puis s'ouvrent.

– Je vais prendre votre température.

Scarpetta insère un thermomètre digital sous la langue de sa secrétaire. Le petit bip résonne quelques secondes plus tard. La température atteint 37,6 degrés. Elle secoue le flacon de médicament et demande :

– Combien en avez-vous pris ? Combien de verres de vin ?

– C'est juste la grippe.

– Vous avez déplacé le canapé toute seule ? s'enquiert Marino comme si la chose avait une importance.

Elle acquiesce d'un signe de tête.

– Je crois que j'ai un peu forcé. Ce n'est rien.

Une cavalcade, les pas lourds des ambulanciers, le cliquette-ment d'une civière dans le couloir.

– Non, proteste Rose. Dites-leur de s'en aller.

Deux ambulanciers en combinaison bleue s'encadrent dans l'embrasure de la porte et poussent la civière à l'intérieur. Un défibrillateur, entre autres, est posé dessus.

Rose hoche la tête avec virulence.

– Non ! Non, je vais bien. Je n'irai pas à l'hôpital.

Ed apparaît sur le pas de la porte, l'air inquiet.

L'un des ambulanciers, un blond aux yeux d'un bleu très pâle, s'approche du canapé et dévisage Rose, puis Scarpetta.

– C'est quoi le problème, m'dame ?

Inflexible, Rose leur fait signe de la main de repartir.

– Non ! Je ne plaisante pas. Je vous en prie, partez. Je me suis évanouie. Rien d'autre.

– Non, c'est pas tout, contre Marino dont les lunettes sombres fixent l'ambulancier blond. Il a fallu que j'explose cette foutue porte.

— Et je vous conseille de la réparer avant de vous en aller, marmonne Rose.

Scarpetta se présente. Elle explique qu'il semble que Rose ait mélangé de l'oxycodone avec de l'alcool. Elle était inconsciente lorsqu'ils ont pénétré dans l'appartement.

L'ambulancier blond se penche encore davantage au-dessus de Rose.

— M'dame ? Vous avez bu combien de verres ? Et l'oxycodone, vous en avez pris combien et quand ?

— Un comprimé de plus que d'habitude. Trois en tout. Et juste quelques gorgées de vin. La moitié d'un verre.

— C'est très important que vous me disiez la vérité, m'dame.

Scarpetta lui tend le flacon et dit à Rose :

— Un comprimé à prendre toutes les quatre à six heures. Vous avez dépassé la dose prescrite de deux alors que c'est déjà une posologie importante. Je veux que vous alliez à l'hôpital pour que l'on s'assure que tout va bien.

— Non.

— Les avez-vous écrasés, mâchés, ou les avez-vous avalés sans les croquer ? s'informe Scarpetta.

En effet, lorsque les comprimés sont réduits en poudre, ils se dissolvent beaucoup plus vite et l'oxycodone est plus rapidement absorbée.

— Je les ai avalés tout rond, comme d'habitude. Mes genoux me font terriblement souffrir. (Elle regarde Marino.) Je n'aurais jamais dû déplacer ce canapé.

— Si vous ne voulez pas suivre ces gentils ambulanciers, je vous conduirai à l'hôpital, lâche Scarpetta, consciente du regard du blond.

— Non, refuse Rose en secouant la tête avec véhémence.

Marino intercepte le regard insistant que l'homme pose sur Scarpetta. Jadis, il se serait aussitôt rapproché d'elle, dans un mouvement protecteur. Elle n'aborde pas la question dérangeante : pourquoi Rose prend-elle du Roxicodone ?

– Je n'irai pas à l'hôpital, s'entête sa secrétaire. C'est hors de question.

– Eh bien, j'ai l'impression que nous n'allons pas avoir besoin de votre aide, déclare Scarpetta à l'ambulancier blond.

– J'ai assisté à l'une de vos conférences il y a quelques mois, lâche-t-il. Sur les décès infantiles, à l'Académie nationale de sciences légales. C'était vous la conférencière.

Son badge de poitrine porte son nom : « T. Turkington ». Elle ne se souvient absolument pas de lui.

– Et alors, qu'est-ce que vous foutez ici ? lui jette Marino. L'Académie est réservée aux flics.

– Je suis enquêteur pour le shérif de Beaufort County. C'est eux qui m'ont envoyé à l'Académie. J'ai un diplôme.

– Si c'est pas marrant ! Et alors, qu'est-ce que vous fichez à Charleston, à vous balader en ambulance ?

– Je bosse comme ambulancier durant mes jours de congés.

– On n'est pas à Beaufort County ici.

– Ça fait un peu d'argent en plus. Et la médecine d'urgence est une bonne formation pour mon véritable métier. Et puis j'ai une copine qui habite ici. Enfin, j'avais. (Turkington a l'air plutôt détendu à ce sujet. S'adressant à Scarpetta, il poursuit :) Si vous êtes sûre que tout ira bien, on n'a plus rien à faire ici.

– Merci. Je vais la surveiller.

– Au fait, c'était sympa de vous revoir.

Ses yeux bleus sont fixés sur elle. Puis les deux ambulanciers repartent.

– Rose, je vous emmène à l'hôpital afin de m'assurer que tout va bien, déclare Scarpetta.

– Vous ne m'emmenez nulle part. S'il vous plaît, pourriez-vous me trouver une nouvelle porte ? demande la vieille dame à Marino. Ou une serrure, ou n'importe quoi qui puisse réparer vos dégâts.

Scarpetta lance ses clés de voiture à Marino :

– Prenez-la. Je rentrerai à la maison à pied.

– Faut que j'aille chez vous.

– Ça peut attendre.

Le soleil joue à cache-cache avec les nuages et la mer se soulève sur le rivage.

Ashley Dooley, né et élevé en Caroline du Sud, a ôté son coupe-vent dont il a noué les manches autour de son gros ventre. Il braque son Caméscope flambant neuf vers sa femme, Madelisa, puis arrête de filmer lorsqu'un basset noir et blanc sort de derrière les uniolas, ces hautes herbes qui poussent sur la dune. Le chien trotte en direction de Madelisa, ses longues oreilles tombantes balayant le sable. Il se presse contre ses jambes, haletant.

Elle s'accroupit et le caresse.

– Oh, regarde, Ashley ! Pauvre chéri, il tremble. Eh bien, que t'arrive-t-il, mon petit chou ? Là, n'aie pas peur. C'est encore un chiot.

Les chiens l'aiment et recherchent sa présence. Elle ne se souvient pas d'un seul chien qui lui ait jamais grogné après, rien que de la tendresse. L'année dernière, il a fallu qu'ils fassent piquer Frisbee lorsqu'il a été atteint d'un cancer. Madelisa ne s'en est toujours pas remise et n'a jamais pardonné à Ashley d'avoir pris cette décision parce qu'il trouvait le traitement trop cher.

– Déplace-toi un peu par là, lui lance son mari. Comme ça je filmerai le chien pour toi, et moi j'aurai toutes ces magnifiques maisons en arrière-plan. Nom d'un petit bonhomme ! Regarde-moi celle-là. C'est le genre de choses que tu vois en Europe. Qui peut avoir besoin d'une si grande baraque ?

– J'aimerais bien visiter l'Europe.

– Je te le dis, c'est quelque chose, ce Caméscope !

Madelisa a du mal à encaisser ce genre de réflexions. Lui peut s'offrir un Caméscope à mille trois cents dollars, mais il ne pouvait pas dépenser un sou pour faire soigner Frisbee.

– Vise-moi ça. Tous ces balcons et un toit en tuiles rouges. Tu t'imagines vivre dans un truc comme ça ?

Si on vivait dans une maison de ce genre, ça ne me gênerait pas que tu t'achètes des Caméscopes ultra-perfectionnés, ni une télévision à

236

écran plasma, et on aurait pu payer les factures du vétérinaire pour
Frisbee.

– Non, je n'imagine pas.

Elle pose devant la dune. Le basset s'assied sur son pied. Il halète toujours.

– J'ai entendu dire qu'il y a une baraque à trente millions de dollars un peu plus loin. (Il tend le bras dans la direction.) Souris. C'est pas un sourire, ça. J'en veux un grand. Je crois que ça appartient à quelqu'un de célèbre, le gars qui a créé Wal-Mart, il me semble. Pourquoi est-ce qu'il halète comme ça, ce chien ? Il fait pas si chaud que ça. Et puis il tremble. Peut-être qu'il est malade. Il pourrait avoir la rage.

– Non, mon chou. On dirait qu'il a peur, c'est pour ça qu'il tremble. Peut-être qu'il a soif. Je t'avais dit d'apporter une bouteille d'eau. Le créateur de Wal-Mart est mort, ajoute-t-elle, son regard balayant la plage alors qu'elle caresse le chiot. (Elle ne remarque personne à proximité, juste quelques silhouettes dans le lointain, des pêcheurs.) Je crois qu'il est perdu. Je n'ai pas l'impression que son maître soit dans les parages.

– On va le chercher, comme ça je filmerai d'autres séquences.

– Chercher qui ?

Le chien est collé à ses jambes, agité de tremblements. Elle l'examine. Il a besoin d'un bon bain et ses griffes devraient être raccourcies. Autre chose aussi.

– Oh, mon Dieu ! Je crois qu'il est blessé.

Elle palpe la nuque du chien, regarde le sang qui macule ses doigts, puis entreprend de repousser ses poils à la recherche d'une blessure. En vain.

– Ça, c'est bizarre. Où a-t-il récupéré ce sang ? Pourtant on ne dirait pas que c'est lui qui saigne. Beurk, c'est dégoûtant.

Elle essuie ses doigts à son short.

– Peut-être qu'une carcasse de chat à moitié dévorée traîne quelque part. (Ashley déteste les chats.) Allez, on y va. Nous avons notre cours de tennis à deux heures et j'ai besoin de manger un morceau avant. Il nous reste un peu de jambon au miel ?

Elle regarde derrière elle. Le basset est assis sur le sable, haletant. Il les fixe.

— Je sais que vous avez une clé de secours dans cette petite boîte cachée dans votre jardin, sous le tas de briques, derrière les buissons, lâche Rose.

— Il a une gueule de bois carabinée et je ne veux pas qu'il conduise sa moto, surtout avec un fichu calibre 40 passé sous la ceinture de son jean.

— Comment se fait-il que cette chose ait atterri chez vous ? D'ailleurs, comment se fait-il que Marino s'y soit également trouvé ?

— Je n'ai pas envie de discuter de lui, mais de vous.

— Pourquoi ne pas vous lever du canapé et aller chercher une chaise ? Ça m'est difficile de vous parler alors que vous êtes pratiquement assise sur moi, remarque Rose.

Scarpetta ramène une des chaises de la salle à manger et s'installe.

— Ce médicament…

— Je n'ai pas dérobé des comprimés à la morgue, si c'est ce que vous insinuez. Tous ces pauvres gens qui nous arrivent accompagnés de dizaines de flacons de pilules. Et pourquoi ? Parce qu'ils ne les prennent pas. Les cachets sont infichus de régler quoi que ce soit. Dans le cas contraire, ces gens-là ne termineraient pas à la morgue.

— Le pharmacien a écrit votre nom et celui de votre médecin sur le flacon. Je peux le contacter ou alors vous pouvez me révéler de quel genre de spécialiste il s'agit et pourquoi vous le consultez.

— C'est un cancérologue.

Scarpetta a l'impression qu'on vient de lui balancer un coup de poing en pleine poitrine.

— Je vous en conjure. Ne rendez pas les choses encore plus pénibles, poursuit Rose. J'avais espéré que vous ne découvririez pas la vérité avant qu'il ne soit temps de choisir une urne à peu près potable pour recueillir mes cendres. Je sais que j'ai fait une bêtise. (Elle inspire avec peine.) J'étais dans un tel état, mal fichue, j'avais mal partout.

— C'est étrange la façon dont nos sentiments nous tendent des embuscades. Vous avez été stoïque. Ou alors oserais-je utiliser le qualificatif d'*obstinée*? Aujourd'hui vous ne pouvez plus ne pas en tenir compte, réfléchit Scarpetta en prenant la main de Rose.

— Je vais mourir et je me déteste de vous faire cela à tous.

— Quel genre de cancer? insiste Scarpetta, la main de Rose toujours entre les siennes.

— Le poumon. Avant que vous ne commenciez à incriminer le tabagisme passif auquel j'ai été exposée lorsque j'ai commencé à travailler pour vous et que vous fumiez dans votre bureau...

— Comme je regrette! Vous ne pouvez pas savoir à quel point.

— Ce qui est en train de me tuer n'a rien à voir avec vous, la coupe Rose. Je vous le promets et je suis parfaitement honnête.

— Petites cellules ou grandes cellules?

— Non-petites.

— Un adénocarcinome, squameux?

— Un adénocarcinome, en effet. Ma tante en est morte et, comme moi, elle n'avait jamais fumé. Son grand-père aussi est mort d'un cancer du poumon, mais il était fumeur. Je n'ai jamais pensé, de ma vie, que j'attraperais un jour une chose pareille. D'un autre côté, je n'ai jamais pensé que je mourrais. N'est-ce pas ridicule? (Elle soupire. Un peu de couleur lui est revenu au visage et la lumière brille à nouveau dans ses yeux.) Nous sommes confrontés chaque jour à la mort, pourtant ça n'arrange en rien notre déni. Vous avez raison, docteur Scarpetta. Je crois qu'aujourd'hui la réalité m'est tombée dessus, par surprise. Je ne l'avais pas sentie venir.

— Il serait peut-être temps que vous m'appeliez Kay.

Rose hoche la tête en signe de dénégation.

— Pourquoi? Ne sommes-nous pas amies?

— Nous avons toujours cru, l'une comme l'autre, aux limites, et elles nous ont rendu de fiers services. Je travaille pour quelqu'un que je suis honorée de connaître. Son nom est «Dr Scarpetta». Ou «chef». (Elle sourit.) Je ne pourrai jamais l'appeler «Kay».

— Et en plus, maintenant, vous me dépersonnalisez, à moins qu'il s'agisse d'une autre femme.

— C'est une autre femme. Quelqu'un que vous ne connaissez pas. Je pense que votre opinion sur elle est bien moins élogieuse que celle que je me suis faite. Surtout ces temps-ci.

— Je suis désolée, mais je ne suis pas la femme héroïque que vous décrivez. Toutefois permettez-moi de vous aider comme je le peux en vous envoyant dans le meilleur institut de cancérologie du pays, le Stanford Cancer Center, là où Lucy va consulter. Je vous y accompagnerai. Nous vous obtiendrons tous les traitements que…

— Non, non, non, répond Rose en hochant lentement la tête. Chut, soyez sage et écoutez-moi. J'ai déjà consulté toutes sortes de spécialistes. Vous vous souvenez de l'été dernier, lorsque je suis partie trois semaines en croisière ? C'était un mensonge. Ma seule croisière fut de passer d'un cabinet de spécialiste à un autre. Et puis Lucy m'a emmenée au Stanford. C'est là que j'ai trouvé mon médecin. Le pronostic est identique. Ma seule option consistait en une chimio associée à une radiothérapie, et j'ai refusé.

— Nous devrions tenter tout ce que nous pouvons.

— J'en suis déjà au stade 3-b.

— Ça a gagné les ganglions lymphatiques ?

— Oui, les os aussi. Ça s'approche dangereusement du stade 4. La chirurgie est inapplicable.

— Chimiothérapie et radiothérapie, ou juste une radiothérapie ? Nous devons tenter le coup. On ne peut pas baisser les bras comme ça.

— D'abord, il ne s'agit pas de *nous*. Mais de moi. Et je refuse de subir cela. Il est exclu que mes cheveux tombent, que je sois malheureuse et malade comme un chien quand je sais que, de toute façon, cette maladie va me tuer. Mieux vaut tôt que trop tard. Lucy m'a même proposé de me procurer de la marijuana pour que la chimio me rende moins malade. Vous me voyez en train de fumer un joint ?

— De toute évidence, elle est au courant depuis aussi long-temps que vous, dit Scarpetta.

Rose acquiesce d'un signe de tête.

— Vous auriez dû me le dire.

— Je l'ai dit à Lucy. C'est une experte en matière de secrets. Elle en a tant que je doute que quiconque parmi nous sache où se cache au juste la vérité. Au fond, j'ai précisément tenté d'éviter ce qui est en train de se passer. Je ne voulais pas que vous vous sentiez coupable.

— Dites-moi ce que je peux faire, Rose.

Le chagrin lui serre la poitrine.

— Changez ce que vous pouvez changer. Ne songez jamais que vous en êtes incapable.

— Dites-moi ! Je ferai tout ce que vous voulez.

— C'est lorsqu'on va mourir que l'on pense à toutes les choses que l'on aurait pu modifier. Cela, poursuit Rose en se frappant la poitrine, je ne peux rien y faire. Vous avez le pouvoir de chan-ger à peu près tout ce que vous souhaitez.

Des images de la nuit dernière s'immiscent. Durant un ins-tant, Scarpetta a l'impression de sentir son odeur, sentir ses mains, et elle lutte pour dissimuler l'ampleur de son anéantis-sement.

— Que se passe-t-il ? lui demande Rose en lui serrant les doigts.

— Comment ne me sentirais-je pas horrible ?

— Vous étiez en train de penser à quelque chose et il ne s'agis-sait pas de moi. Marino. Il a l'air dans un état catastrophique et il agit de façon étrange.

— C'est parce qu'il s'est bourré la gueule comme un ivrogne, lâche Scarpetta d'une voix que la colère gagne.

— « Bourré la gueule » ? Ça, ce sont des mots qui ne font vrai-ment pas partie de votre langage. Mais bon, moi aussi j'ai ten-dance à devenir grossière ces temps-ci. J'ai même prononcé le mot « pouffiasse » ce matin, lorsque j'étais au téléphone avec

Lucy. En référence à la dernière de Marino. Lucy l'a croisée non loin de chez vous, vers huit heures du matin. Alors que la moto de Marino était toujours garée devant votre porte.

— Je vous ai apporté à manger. J'ai laissé la boîte dans le couloir. Je vais la chercher et je rangerai le contenu.

Une violente quinte de toux. Lorsque Rose éloigne le mouchoir dont elle s'est couvert la bouche, il est souillé d'un sang rouge vif.

— Je vous en prie, accompagnez-moi à Stanford, insiste Scarpetta.

— Racontez-moi ce qui s'est produit la nuit dernière.

— Nous avons discuté. (Son visage s'empourpre.) Jusqu'au moment où il a été trop saoul.

— Je ne crois pas vous avoir jamais vue rougir.

— Une bouffée de chaleur.

— C'est cela, tout comme j'ai la grippe.

— Dites-moi ce que je peux faire pour vous.

— Laissez-moi m'occuper de mes petites affaires, comme à l'accoutumée. Le cas échéant, je ne veux pas qu'on me ramène à la vie. Je ne veux pas mourir à l'hôpital.

— Pourquoi n'emménageriez-vous pas chez moi ?

— Ce n'est pas ce que j'appelle s'occuper de ses petites affaires, comme à l'accoutumée, rétorque Rose.

— Me permettez-vous, au moins, de discuter avec votre médecin ?

— Il n'y a rien d'autre à savoir. Vous m'avez demandé ce que je voulais, je vous le dis. Pas de traitement curatif. Juste des soins palliatifs.

— Si petite que soit ma maison, je dispose d'une chambre d'amis. Peut-être que je devrais trouver un endroit plus spacieux.

— Ne soyez pas si dépourvue d'égoïsme que vous en devenez égoïste. Car ce serait égoïste de me faire sentir coupable. Ce serait parfaitement affreux parce que je fais de la peine à tous ceux qui m'entourent.

D'une voix hésitante, Scarpetta demande :

– Je peux prévenir Benton ?

– Vous pouvez. Mais pas Marino. Je ne veux pas que vous lui en parliez. (Elle prend les deux mains de Scarpetta entre les siennes et poursuit :) Je ne suis pas anatomopathologiste, mais comment se fait-il que des ecchymoses fraîches encerclent vos poignets ?

Le basset n'a pas bougé de l'endroit où ils l'avaient laissé. Il est assis non loin de la pancarte « Défense d'entrer ».

– Tu vois bien, quelque chose n'est pas normal ! s'exclame Madelisa. Ça fait plus d'une heure qu'il est assis là, attendant notre retour. Viens, Droopy. Allez, viens, mon chéri.

– Ce n'est pas son nom, ma chérie. Allons, ne commence pas à le baptiser. Regarde son collier, conseille Ashley. On saura comment il s'appelle vraiment et d'où il vient.

Elle se baisse. Le chien s'approche doucement, se tasse contre elle, lui lèche les mains. Elle plisse les paupières pour déchiffrer la plaque du collier, mais elle a oublié ses lunettes de lecture. Ashley n'a pas non plus les siennes.

– Je n'arrive pas à lire. D'après ce que je parviens à distinguer… Non, ça ne ressemble pas à un numéro de téléphone. De toute façon, je n'ai pas pris mon portable.

– Moi non plus.

– Ça, c'est vraiment bête. Et si je me foulais la cheville, ou un truc du même genre ? Tiens, quelqu'un fait un barbecue, constate-t-elle en humant, regardant autour d'elle, remarquant les volutes de fumée qui proviennent de l'arrière de l'énorme maison blanche au toit rouge, celle qui a tous ces balcons. Une des rares maisons qu'elle a vues qui soient défendues par une pancarte « Défense d'entrer ».

– Pourquoi tu ne foncerais pas là-bas pour voir ce qui se passe ? demande-t-elle au basset en caressant ses longues oreilles pendantes. On pourrait peut-être s'offrir un de ces petits barbecues portatifs et dîner dehors ce soir.

Elle tente à nouveau de déchiffrer la plaque de collier du chien, sans beaucoup plus de succès. Elle imagine ces gens riches, ces millionnaires autour d'un barbecue installé dans le patio de la gigantesque maison blanche, protégée par la dune, partiellement dissimulée par les hauts pins.

– Dis bonjour à ta vieille fille de sœur, suggère Ashley tout en filmant. Dis-lui que nous habitons une demeure luxueuse, juste ici, dans le quartier des millionnaires de Hilton Head. Dis-lui aussi que la prochaine fois c'est dans une maison comme celle-ci, celle où ils font un barbecue, que nous nous installerons.

Le regard de Madelisa se tourne vers l'extrémité de la plage. Elle cherche leur maison, mais de denses bosquets en dissimulent la silhouette. Le chien retient à nouveau son attention.

– Je suis sûre qu'il vient de cette maison, affirme-t-elle en pointant du doigt vers la bâtisse blanche de style européen. Je vais aller demander.

– Bonne idée. Pendant ce temps-là, je vais me balader un peu, filmer des petites choses. J'ai aperçu des marsouins tout à l'heure.

– Allez, viens, Droopy. Nous allons retrouver ta famille, lance Madelisa au chiot.

Mais il est assis sur le sable et n'a pas l'intention de la suivre. Elle tente de le tirer par le collier, le chien résiste.

– D'accord ! Tu restes là et moi, je vais aller demander aux gens de la maison si tu viens bien de chez eux. Peut-être que tu es sorti sans qu'ils s'en aperçoivent. Mais je suis certaine d'un truc : quelqu'un se fait un sang d'encre depuis ta disparition.

Elle le serre dans ses bras et l'embrasse. Elle foule d'abord une zone de gros sable dur, puis atteint une langue de sable fin, traversant les uniolas, bien qu'elle ait entendu dire qu'il est interdit de se promener sur les dunes. Elle hésite un instant une fois parvenue devant la pancarte « Défense d'entrer », puis prend son courage à deux mains et rejoint la promenade de bois qui avance jusqu'à l'énorme demeure blanche où quelqu'un de très riche, peut-être même une célébrité, est en train de faire griller de la viande sur un barbecue. Le déjeuner, sans doute. Elle jette de fréquents regards derrière elle, espérant

que le petit basset ne s'est pas sauvé. Elle ne peut pas l'apercevoir de l'autre côté de la dune, ni même sur la plage. Elle ne
distingue qu'Ashley, minuscule silhouette filmant des dauphins
qui glissent dans l'eau, leur nageoire dorsale fendant les vagues
avant qu'ils ne plongent à nouveau et disparaissent. La promenade bute sur une barrière de bois. Qu'elle ne soit pas verrouillée la surprend, d'autant qu'elle est entrouverte.

Elle traverse le jardin, épiant chaque recoin, appelant: «Il y a
quelqu'un?» Jamais elle n'a vu de si grande piscine, une de
celles qu'ils appellent à fond noir, ornementée de magnifiques
mosaïques dont on dirait qu'elles ont été ramenées d'Italie
ou d'Espagne, enfin, bref, d'un de ces endroits lointains et si
exotiques. Elle regarde alentour, appelant à nouveau: «Il y a
quelqu'un?», s'arrête, étonnée, devant un barbecue au gaz sur
lequel a été jetée une épaisse tranche de viande aux bords
déchiquetés, carbonisée d'un côté, crue de l'autre. L'idée que
cette viande est bizarre lui traverse l'esprit, ça ne ressemble ni
à du bœuf ni à du porc, et encore moins à du poulet.

— Ohé! Il y a quelqu'un? crie-t-elle.

Elle frappe à la porte de la véranda. Nulle réponse. Elle
contourne le flanc de la maison, songeant que la personne qui
est en train de faire griller la viande s'y trouve peut-être, mais le
jardin est désert et des herbes folles l'ont envahi. Elle jette un
regard par l'interstice ménagé entre un volet et le chambranle
d'une grande baie vitrée, et découvre une cuisine qui semble
déserte, toute de pierre et d'acier. Elle n'a jamais vu une cuisine
telle que celle-ci, sauf dans les magazines. Elle remarque deux
grands bols à chien, posés sur un petit tapis de sol au pied d'un
billot de boucher.

— Ohé! s'époumone-t-elle. Je crois que j'ai trouvé votre
chien! Ohé!

Elle poursuit son tour de la maison, appelant toujours. Elle
gravit quelques marches qui mènent à une porte. Une fenêtre
la flanque, une fenêtre dont un des carreaux manque, un autre
est brisé.

Elle se demande si elle ne va pas rejoindre la plage au pas de course, mais découvre une grande corbeille à chien à l'intérieur de la buanderie.

– Ohé !

Son cœur s'emballe. Elle viole une propriété privée. D'un autre côté, maintenant qu'elle a trouvé ce chiot, elle doit l'aider. Si elle était à la place de ses propriétaires, que penserait-elle si quelqu'un avait retrouvé Frisbee et ne faisait aucun effort pour le lui ramener ?

– Ohé !

Elle pousse la porte qui cède.

CHAPITRE 12

De l'eau dégouline des chênes à feuilles persistantes.

Abritée par l'ombre dense des ifs et des oliviers de Chine, Scarpetta répartit des éclats de terre cuite au fond de pots de fleurs afin d'améliorer le drainage et d'éviter le pourrissement des racines de ses plantations. Une brume d'humidité s'élève dans l'air chaud, souvenir d'une averse qui s'est abattue aussi soudainement qu'elle a cessé.

Bull charrie une échelle jusqu'à un grand chêne dont la voûte s'évase jusqu'à recouvrir presque tout le jardin de Scarpetta. Elle verse du terreau dans les pots et y plante les pétunias, du persil, de l'aneth et du fenouil réputés pour attirer les papillons. Elle déplace les pots de menthe sauvage aux feuilles laineuses et argentées et ceux d'armoise vers des endroits plus ensoleillés. L'odeur humide et lourde de la terre se mêle à celle, plus acide, de la mousse et des vieilles briques. Elle avance, un peu roidement – douloureux reliquat d'années passées à piétiner les sols carrelés peu amicaux des salles de morgue –, vers un pilier de brique envahi de lonchitis et réfléchit à la conduite à tenir.

– Si j'arrache cette fougère, Bull, je risque d'endommager la maçonnerie. Qu'en pensez-vous ?

Il lance du haut de son échelle :

– Oh, c'est de la brique de Charleston, je dirais que ça date, au bas mot, d'il y a deux siècles. À votre place, je tirerais un peu pour voir ce qui se passe.

La fougère cède sans trop de difficultés. Elle remplit un arrosoir, s'interdisant de repenser à Marino. En revanche le simple fait de songer à Rose la rend malade.

– Un homme a remonté la ruelle sur un *chopper* peu avant que vous arriviez, remarque Bull.

Scarpetta suspend son geste et lève les yeux vers lui.

– Marino ?

Lorsqu'elle est rentrée de chez Rose, la moto avait disparu. Sans doute a-t-il profité de sa voiture pour rejoindre la maison et y pénétrer grâce à une clé de secours.

– Non, m'dame, c'était pas lui. J'étais grimpé en haut de l'échelle, j'élaguais les néfliers du Japon, et je l'ai vu par-dessus la clôture passer sur son *chopper*. Lui m'a pas vu. C'est peut-être rien…

Le sécateur claque et d'inesthétiques repousses, que l'on nomme des gourmands, pleuvent au sol.

– Y a quelqu'un qui vous ennuie ? Ce serait bien que je sois au courant.

– Qu'a-t-il fait au juste ?

– Il a bifurqué dans la ruelle, roulé vraiment très lentement jusqu'à mi-chemin environ, puis il a fait demi-tour. J'ai cru apercevoir qu'il portait une sorte de foulard noué autour de la tête, jaune et orange, je crois bien. Je suis pas trop sûr parce que je ne voyais pas tout d'où je me trouvais. Son *chopper* avait un pot d'échappement en sale état. Ça crachait, ça pétaradait comme une bécane sur le point de rendre l'âme. Vous devriez me dire si je devrais ouvrir l'œil. Je surveillerais.

– Vous l'aviez déjà vu dans le coin ?

– Oh, je reconnaîtrai son engin.

Elle repense à ce que Marino lui a raconté hier soir. Un

motard l'a menacé sur le parking du bar, lui a lancé que des choses déplaisantes arriveraient à Scarpetta si elle ne quittait pas la ville. Qui souhaite son départ au point de faire passer de tels messages ? La candidature du coroner lui traverse l'esprit.

— Que savez-vous au sujet de notre coroner, Henry Hollings ? demande-t-elle à Bull.

— Seulement que leur entreprise de pompes funèbres est dans la famille depuis la guerre de Sécession. Vous savez, cette énorme propriété entourée d'un haut mur, là-bas, sur Calhoun. C'est pas très loin de chez vous. Ça, on peut dire que votre voisine est drôlement curieuse.

Comme à l'habitude, Mme Grimball les épie depuis sa fenêtre.

— Elle me lâche pas des yeux, précise Bull. Si je puis me permettre, y a de la méchanceté en elle, et ça la gêne pas de faire du mal aux autres.

Scarpetta reprend sa tâche. Quelque chose dévore les pensées. Elle prévient Bull.

— On a un vilain problème de rats dans le coin, répond-il.

Métaphorique, sinon prophétique.

Elle passe en revue d'autres pensées endommagées.

— Des limaces, diagnostique-t-elle.

— Vous pourriez essayer la bière, propose Bull entre deux claquements de l'échenilloir. Vous déposez les soucoupes pleines à la nuit. Elles se précipitent dans la bière, se saoulent et se noient.

— Oui, seulement la bière en attirera de nouvelles et je ne parviendrai pas à toutes les noyer.

D'autres gourmands tombent en pluie.

— J'ai vu des crottes de raton laveur là-bas, dit-il en désignant l'endroit du bout de son échenilloir. Ça pourrait bien être eux qui s'attaquent à vos pensées.

— Les ratons laveurs, les écureuils. Je m'avoue vaincue !

— Oh, y a des moyens, mais je sais que vous voudrez pas les employer. Ça, c'est certain que vous ne supportez pas de tuer la moindre chose. C'est assez intéressant d'ailleurs, étant entendu votre profession. On pourrait croire que plus rien vous fait ni chaud ni froid, commente-t-il du haut de son perchoir.

– Au contraire, j'ai le sentiment que mon métier a pour résultat de tout rendre important à mes yeux.

– Hum… C'est ce qui arrive quand on sait trop de choses. Ces hortensias, là, juste à côté de vous, si vous enfoncez des clous rouillés autour de leurs pieds, ils deviennent d'un joli bleu.

– Ça marche aussi avec le sel d'Epsom qui est du sulfate de magnésium.

– Je connaissais pas ce truc.

Scarpetta inspecte le dessous d'une feuille de camélia à l'aide d'une loupe et remarque des écailles blanchâtres.

– Il va falloir que nous les taillions. Ensuite, il faudra désinfecter nos ustensiles parce qu'il s'agit de pathogènes et que nous ne voulons pas les transmettre à d'autres plantes. Je vais demander au phytopathologiste de passer.

– Eh oui ! Les plantes, ça a des maladies comme les gens.

Des corbeaux cachés dans la voûte du chêne qu'il élague commencent à s'énerver. Plusieurs s'envolent dans un claquement d'ailes.

Madelisa est figée, comme cette dame de la Bible qui a été transformée en statue de sel parce qu'elle avait désobéi à Dieu. Elle a pénétré dans une propriété privée sans y être invitée, et c'est enfreindre la loi.

– Ohé ? tente-t-elle à nouveau.

Elle parvient toutefois à rassembler assez de courage pour traverser la buanderie qui donne dans la cuisine la plus splendide de la maison la plus magnifique qu'elle ait jamais vue, appelant toujours, incertaine de la conduite à tenir. Elle a peur, une peur qu'elle ressent pour la première fois, et devrait quitter les lieux au plus vite. Elle erre dans la maison, détaillant bouche bée chaque chose, se faisant l'effet d'une voleuse, affolée à l'idée que quelqu'un la surprenne, ne se méprenne, et qu'elle finisse en prison.

Elle devrait partir, sortir d'ici. Maintenant. Les petits cheveux de sa nuque se hérissent comme elle s'obstine à lancer des « Ohé ? » et des « Il y a quelqu'un ? » tout en butant sur une interrogation : pourquoi la maison est-elle ouverte, pourquoi de la viande grille-t-elle dans le patio s'il n'y a personne ? Alors qu'elle passe de pièce en pièce, elle commence à se demander si elle n'est pas épiée et un pressentiment l'avertit qu'elle devrait fuir au plus vite de cet endroit pour courir vers Ashley. Elle n'a aucun droit de traîner ici, de se montrer indiscrète, mais ne peut s'en empêcher maintenant qu'elle s'y trouve. Jamais elle n'est entrée dans une demeure telle que celle-ci. De surcroît, elle ne comprend pas pourquoi personne ne lui répond et la curiosité la pousse, du moins quelque chose l'empêche de rebrousser chemin.

Elle passe sous une ouverture en arche et pénètre dans un époustouflant salon orné d'une cheminée si large qu'on pourrait y rôtir un porc entier. Le sol est recouvert de dalles de pierre bleue, on dirait presque des pierres précieuses, parsemé de splendides tapis orientaux. D'énormes poutres apparentes soutiennent le plafond. Un écran de cinéma est abaissé sur une large baie vitrée qui donne sur l'océan. Des grains de poussière dansent dans le pinceau lumineux du projecteur. L'écran est allumé mais vierge de toute image, le son est coupé. Elle détaille le canapé incurvé en cuir noir, intriguée par la pile de vêtements soigneusement pliés posés dessus : un tee-shirt noir, un pantalon sombre, un caleçon. La grande table basse en verre déborde de paquets de cigarettes, de flacons de médicaments, sans oublier une bouteille de vodka Grey Goose presque vide.

Madelisa imagine quelqu'un – un homme sans doute – ivre et déprimé ou malade, ce qui expliquerait que le chien soit parti. Cette personne était encore là il y a peu, se saoulant. Et puis elle a commencé à faire griller de la viande à l'extérieur et s'est, semble-t-il, volatilisée. Son cœur cogne dans sa poitrine. Elle n'arrive pas à s'ôter de la tête que quelqu'un est en train de l'épier. Elle pense soudain : *Mon Dieu, il fait si froid ici.*

– Ohé, il y a quelqu'un ? récidive-t-elle d'un ton rauque.

Elle n'a presque plus l'impression de contrôler ses pieds alors qu'elle avance, explorant, la peur l'électrisant. Elle devrait partir. Elle commet une effraction, comme un voleur. Ça s'apparente à un cambriolage. Et toujours ce sentiment qu'elle est espionnée. C'est sûr que la police va lui tomber dessus. La panique monte en elle, mais ses pieds refusent de lui obéir. Ils avancent d'un endroit à l'autre.

– Ohé? appelle-t-elle d'une voix qui se brise.

Après le salon, à gauche du vestibule, se trouve une autre pièce. Elle entend le bruit de l'eau qui s'écoule.

– Ohé?

Elle suit le son, ses jambes la portant sans qu'elle le souhaite vraiment. Elle se retrouve dans une très grande chambre aux meubles luxueux et imposants. Les doubles rideaux de soie sont tirés. Des photos couvrent les murs. Une ravissante petite fille en compagnie d'une très jolie femme à l'air heureux qui doit être sa mère. Une petite fille joyeuse barbote dans une piscine pour enfants avec un chiot – le basset. La même jolie femme en larmes, tassée sur le canapé de cette célèbre psychiatre qui a une émission télévisée – le Dr Self –, de grosses caméras l'entourant jusqu'à la frôler. La même jolie dame qui pose sur un court de tennis en compagnie de Drew Martin et d'un bel homme à la peau mate et aux cheveux très bruns. Leur raquette à la main, Drew et l'homme portent des vêtements de tennis.

Drew Martin est morte. Assassinée.

La couette bleu pâle qui couvre le lit est en désordre. Des vêtements semblent avoir été jetés à la hâte sur le marbre noir du sol, non loin de la tête de lit. Un jogging rose, une paire de chaussettes, un soutien-gorge. Le clapotis de l'eau qui coule gagne en force comme elle s'approche. Madelisa ordonne à ses pieds de se détourner, de foncer en sens inverse, mais ils refusent de lui obéir. *Courez!* leur intime-t-elle alors qu'ils la mènent dans une salle de bains d'onyx noir et de cuivre. *COUREZ!* La vision des serviettes de toilette sanglantes entassées dans le lavabo, du couteau à dents de scie, sanglant lui aussi, des cutters ensanglantés abandonnés sur le réservoir des toilettes noires, de la pile soigneuse de sous-vêtements roses et propres posée sur le panier à linge s'imprime lentement dans son cerveau.

Derrière un rideau tigré, tiré autour de la baignoire en cuivre, l'eau s'écoule, ruisselant sur quelque chose qui ne résonne pas comme le métal.

CHAPITRE 13

La nuit est tombée. Scarpetta avance au milieu de la ruelle qui passe derrière la maison, le pinceau lumineux de sa torche lèche l'acier de son colt.

Elle n'a pas téléphoné à la police. Si le coroner est bien impliqué dans la tournure sinistre qu'ont prise les récents événements, appeler la police risquerait de faire empirer les choses. Il a beaucoup de gens dans sa poche. Bull lui a raconté une histoire sidérante dont elle ne sait que penser. Lorsque les corbeaux se sont envolés du chêne qui ombrage le jardin, il lui a dit que tout cela avait une signification. Du coup, il lui a raconté une demi-vérité. Il a déclaré qu'il devait rentrer chez lui, alors que son intention était de fouiner, ainsi qu'il le dit. Il s'est faufilé derrière les massifs d'arbustes qui poussent entre les deux grilles protégeant la propriété de Scarpetta et a patienté. Il a attendu calmement près de cinq heures. Scarpetta n'a pas eu la moindre idée de sa présence.

Elle a terminé ce qu'elle avait entrepris dans le jardin, puis pris une douche. Elle est montée dans son bureau à l'étage et s'est immergée dans le travail. Puis elle a passé quelques coups de téléphone, vérifié que Rose allait bien, appelé Lucy et ensuite Benton. Durant tout ce temps-là, l'intuition que Bull était en planque derrière les massifs d'arbustes ne l'a jamais effleurée. Il affirme que c'est un peu comme la pêche. Si vous voulez attraper des poissons, il faut leur faire croire que vous êtes parti pour de bon. Puis le soleil a décliné, les ombres se sont allongées. Bull était resté assis tout l'après-midi entre les deux grilles, sur les briques sombres et fraîches. Il a vu un homme dans la ruelle. L'homme est remonté jusqu'à la première grille extérieure et a tenté de faufiler sa main entre les barreaux pour la déverrouiller. Lorsqu'il s'est rendu compte qu'il n'y parviendrait pas, il a entrepris d'escalader la grille. C'est à ce moment-là que Bull a ouvert la grille et qu'ils ont eu une explication musclée. Bull pense qu'il s'agit du motard à *chopper*. Quoi qu'il en soit, le gars avait des idées bien arrêtées en tête. Lorsqu'ils en sont venus aux mains, l'arme de l'homme est tombée à terre.

– Restez là, Bull, lui indique-t-elle. Si l'un des voisins ou quiconque d'autre montre son nez, personne ne doit toucher à rien, ni s'approcher de quoi que ce soit. Heureusement, je doute que l'on puisse voir ce que nous sommes en train de faire.

Le pinceau lumineux de la torche de Bull balaye les briques irrégulières tandis qu'elle revient vers la maison. Elle grimpe au premier étage et redescend en hâte, équipée de son appareil photo et d'une mallette d'investigation de scène de crime. Elle prend quelques clichés de la ruelle et enfile une paire de gants en latex. Elle ramasse le revolver de l'homme, bascule le barillet et éjecte six balles de calibre 38 qu'elle fait tomber dans un sachet en papier, avant de fourrer l'arme dans un autre. Elle les scelle tous deux à l'aide d'un ruban adhésif jaune réservé aux indices, puis les étiquette et les paraphe.

Bull continue ses recherches. La lumière de sa torche tressaute par instants, puis semble flotter tandis qu'il marche, s'immobilise avant de se baisser, puis se relève avec un luxe de précautions. Quelques minutes s'écoulent avant qu'il ne lâche :

— Y a un truc, là. Je pense que vous devriez venir jeter un coup d'œil.

Elle le rejoint, prenant garde où elle pose les pieds. À environ trente mètres de la grille de sa maison, sur l'asphalte recouvert de feuilles mortes, elle découvre une petite pièce suspendue à une chaîne brisée, toutes deux en or. Elles étincellent sous le pinceau de lumière, aussi brillantes que la lune.

— Vous étiez aussi loin que cela des grilles lorsque vous vous êtes battu avec lui ? demande-t-elle, dubitative. En ce cas, pourquoi a-t-il laissé tomber son revolver bien avant ? insiste-t-elle en désignant du doigt la silhouette sombre des grilles et du mur d'enceinte du jardin.

— Difficile de dire où je me trouvais au juste. Ce genre de choses se passe très vite. Je pense pas que je me trouvais si loin de la maison. D'un autre côté, j' pourrais pas en jurer non plus.

Scarpetta évalue la distance du regard.

— C'est tout de même assez éloigné. Vous êtes sûr de ne pas l'avoir poursuivi après qu'il a lâché son revolver ?

— Tout c' que je peux dire, c'est qu'une chaîne et une pièce en or restent pas longtemps par terre. Alors, peut-être bien que je l'ai pris en chasse et que ça s'est cassé quand on s'est empoignés. Mais quand c'est une histoire de vie ou de mort, les histoires de temps et de distance deviennent relatives.

— C'est exact, admet-elle.

Elle passe une nouvelle paire de gants en latex et ramasse la chaîne en la tenant par une extrémité. Sans loupe, elle est incapable de déterminer de quel genre de pièce il s'agit. Tout juste parvient-elle à distinguer une tête couronnée d'un côté, une couronne de laurier et le chiffre 1 de l'autre.

— Ouais, elle s'est probablement rompue lorsqu'on a commencé à se castagner, reprend Bull comme s'il s'en convainquait peu à peu. Enfin, j'espère qu'ils vous forceront pas à leur remettre tout ça. La police, je veux dire.

– Je n'ai rien à leur remettre. Jusqu'à preuve du contraire, il n'y a pas eu de crime. Juste une bagarre entre vous et un étranger, et je n'ai nulle intention de la mentionner à qui que ce soit. Sauf à Lucy, bien sûr. Nous verrons ce que nous pouvons tirer de tout cela au labo, dès demain.

Bull a déjà eu des ennuis et elle refuse qu'il en ait d'autres, surtout à cause d'elle.

– Ben, quand des gens trouvent une arme, ils sont censés appeler la police.

– Eh bien, je ne le ferai pas, rétorque-t-elle en rangeant son matériel.

– Ça vous tracasse qu'ils croient que j'ai quelque chose à me reprocher et que, du coup, ils me traînent en prison. Vous mettez pas dans les ennuis à cause de moi, docteur Kay.

– Personne ne vous traînera nulle part.

La Porsche 911 Carrera de Gianni Lupano reste au garage à Charleston, bien qu'il n'y vienne que rarement.

– Et où est-il ? demande Lucy à Ed.

– Je l'ai pas vu.

– Il est toujours en ville, non ?

– Je lui ai parlé pas plus tard qu'hier. Il m'a téléphoné pour me demander de faire intervenir le service d'entretien. Son système d'air conditionné ne marchait pas bien. Alors, pendant qu'il était sorti – et je ne sais pas où il est allé –, ils ont changé le filtre. C'est un gars très secret. Je sais juste quand il arrive et qu'il repart parce qu'il me demande de faire démarrer sa Porsche une fois par semaine, durant ses absences, pour pas retrouver la batterie à plat. (Ed ouvre un petit récipient en polystyrène et une odeur de frites se répand dans son minuscule bureau.) Ça vous ennuie pas que je commence à manger ? Après, ça va être froid. Qui vous a parlé de la voiture ?

– Rose ignorait qu'il possédait un appartement dans cet immeuble, lâche Lucy. (Elle se tient sur le pas de la porte, surveillant le hall d'entrée de manière à apercevoir les gens qui pénètrent.) Lorsqu'elle l'a découvert, elle en a déduit qui il était et m'a dit qu'elle l'avait vu au volant d'une voiture de sport luxueuse, une Porsche très probablement.

– Elle, elle a une Volvo qui doit être aussi vieille que mon chat.

– J'ai toujours aimé les voitures. Du coup, Rose connaît plein de choses à leur sujet, quoi que je ne sois pas certaine que ça l'intéresse vraiment. Posez-lui des questions sur les Porsche, Ferrari, Lamborghini, vous aurez des surprises ! Il est rare que des gens louent des Porsche dans le coin. Une Mercedes sans doute, mais pas une Porsche comme la sienne. En conclusion, elle doit être garée ici.

– Et comment elle se porte ? demande Ed en mordant dans un cheeseburger acheté au Sweetwater Café. C'était un sale moment, ce qui s'est passé.

– Eh bien, elle ne se sent pas au mieux de sa forme, répond Lucy.

– Je me suis fait vacciner contre la grippe cette année. Je l'ai chopée deux fois, en plus du rhume. Un cautère sur une jambe de bois ! C'est bien la dernière fois que je me fais piquer.

– Gianni Lupano se trouvait-il à Charleston lorsque Drew Martin a été assassinée à Rome ? On m'a dit qu'il était à New York, ce qui ne signifie pas que ce soit vrai.

– Elle a remporté le tournoi de Charleston un dimanche, au milieu du mois. (Il s'essuie la bouche à l'aide d'une serviette en papier, récupère un grand gobelet de soda d'où dépasse une paille. Il aspire longuement.) Je sais que Gianni a quitté Charleston cette nuit-là parce qu'il m'a demandé de m'occuper de sa voiture. Il m'a dit qu'il savait pas quand il serait de retour. Et puis, tout d'un coup, le revoilà.

– Mais vous ne l'avez pas vu.

– Oh, je le vois presque jamais.

– Vous communiquez par téléphone ?

– C'est presque toujours comme ça que ça se passe.

– Il y a un truc que je ne comprends pas, réfléchit Lucy. Pourquoi viendrait-il à Charleston si ce n'est pour assister à la coupe du Family Circle que disputait Drew ? Le tournoi dure combien ? Une semaine chaque année ?

– Vous seriez surprise du nombre de gens qui possèdent une maison ou un pied-à-terre dans le coin. Même des stars de cinéma.

– Sa voiture est-elle équipée d'un GPS ?

– Y a tout ce que vous pouvez imaginer. Ça, c'est une bagnole !

– Je voudrais emprunter la clé.

Ed repose son cheeseburger dans la boîte en polystyrène.

– Oh… J' peux pas faire un truc pareil.

– Ne vous inquiétez pas, je n'ai pas l'intention de la conduire. Je voudrais juste vérifier quelque chose et je sais bien que vous ne direz rien à personne.

– Je peux pas vous donner la clé. (Elle semble lui avoir coupé l'appétit.) Si jamais il s'en apercevait…

– Écoutez, je vous la rends dans dix minutes, un quart d'heure au pire. Il ne s'en rendra jamais compte, je vous le promets.

– Ben, tant que vous y êtes, vous pouvez aussi faire un peu tourner le moteur. Y a pas de mal à ça.

Il déchire le haut d'un sachet de ketchup.

– Entendu.

Elle sort par la porte du fond et repère la Porsche garée dans un coin isolé du parking. Elle lance le moteur, ouvre la boîte à gants afin de vérifier le numéro d'enregistrement du véhicule. La Carrera 2006 appartient bien à Lupano. Elle allume le GPS, fait défiler l'historique des destinations et les note.

La respiration rapide du système de refroidissement de l'aimant.

Dans la salle d'IRM, Benton fixe les pieds enveloppés d'un drap du Dr Self. Elle est allongée sur un plateau coulissant, dans le tunnel de l'aimant de quatorze tonnes, le menton abaissé, retenu par un bout de ruban adhésif afin qu'elle se souvienne qu'elle ne doit pas bouger sa tête, laquelle est poussée contre un serpentin qui va recevoir la fréquence radio nécessaire à la visualisation de son cerveau. Des écouteurs réducteurs de gradient sont posés sur ses oreilles.

Dans quelques minutes, lorsque les images fonctionnelles débuteront, ils lui permettront d'écouter l'enregistrement de sa mère.

– Bon, jusque-là ça va, lance Benton au Dr Susan Lane. Du moins si l'on exclut ses petits jeux. Je suis vraiment désolé qu'elle ait fait poireauter tout le monde. (S'adressant au technicien, il demande:) Josh, et vous, comment ça va? Réveillé?

Depuis sa console, Josh répond:

– Je ne peux pas vous dire à quel point j'ai attendu ce moment-là! Ma gamine n'a pas arrêté de vomir de la journée. Demandez donc à ma femme si elle n'a pas envie de m'étrangler.

– Je n'ai jamais rencontré quelqu'un qui engendre autant de bonheur autour de lui, commente Benton en faisant référence au Dr Self, l'œil du cyclone.

Il fixe ses pieds par la vitre, aperçoit quelques doigts gainés d'un collant.

– Elle porte une paire de collants? s'informe-t-il.

– On a de la chance qu'elle porte quoi que ce soit, rétorque le Dr Lane. Lorsque je l'ai accompagnée jusqu'ici, elle a insisté pour se déshabiller intégralement.

– Je ne suis pas surpris, lâche-t-il avec prudence.

Le Dr Self ne peut pas les entendre, à moins qu'ils n'enfoncent le bouton de l'interphone. En revanche, elle peut les voir.

– Maniaque au dernier degré. Depuis qu'elle est arrivée ici. Ça aura été un séjour très fructueux. Demandez-lui. Selon elle, elle est aussi saine d'esprit qu'un vieux philosophe.

– Je lui ai demandé si elle portait du métal sur elle, un soutien-gorge à armature par exemple, poursuit le Dr Lane. Je lui ai expliqué que la puissance magnétique du scanner était soixante mille fois plus importante que celle du magnétisme terrestre et qu'aucun métal de type ferreux ne devait se trouver à proximité. En d'autres termes, si elle ne nous disait pas que son soutien-gorge avait une armature, nous risquions un gros problème. Elle a très volontiers admis que tel était le cas et elle est devenue intarissable: «Ah, mon Dieu, avoir une forte poitrine, quel ennui!» Je lui ai donc demandé d'enlever son soutien-gorge et elle a insisté pour se dévêtir complètement et passer une de ces tenues d'hôpital qui ne se ferment que par un simple lien autour du cou.

– Fin de ma plaidoirie.

– En d'autres termes, elle ne porte que ça. Cependant je suis parvenue à la convaincre de conserver son slip et son collant.

– Remarquable boulot, Susan. Bon, finissons-en.

Le Dr Lane enfonce le bouton de l'interphone et explique :

– Nous allons commencer par quelques images de localisation, des images structurelles en d'autres termes. Cette première partie va durer environ six minutes et vous allez entendre des bruits étranges, assez forts. Ce sont les bruits de la machine. Comment vous sentez-vous ?

La voix du Dr Self résonne :

– Est-ce qu'on peut commencer, s'il vous plaît ?

Le Dr Lane met fin à la transmission et demande à Benton :

– Vous êtes prêt pour le questionnaire ? L'étalonnage des réactions affectives positives et négatives ?

Benton enfonce à nouveau le bouton de l'interphone et dit :

– Docteur Self, je vais vous poser des questions sur votre état d'esprit, comment vous vous sentez. Je poserai les mêmes questions à plusieurs reprises au cours de la session. Nous sommes d'accord ?

– Je sais ce qu'est un étalonnage des réactions affectives positives et négatives.

Le Dr Lane et Benton échangent un regard, le visage impassible, de manière à ne rien révéler de ce qu'ils pensent. Le Dr Lane lâche d'un ton sarcastique :

– Mais c'est magnifique !

– Faites comme si vous n'aviez rien entendu. Poursuivons.

Josh fixe Benton, prêt à commencer. Benton repense à sa conversation avec le Dr Maroni lorsqu'il a insinué que le technicien avait fait des confidences à Lucy au sujet de leur patiente VIP, Lucy qui, à son tour, se serait épanchée auprès de Scarpetta. Cette accusation voilée l'intrigue toujours. Qu'essayait de faire passer le Dr Maroni ? Alors qu'il surveille le

Dr Self allongée de l'autre côté de la vitre, une idée lui traverse l'esprit. Le dossier qui ne se trouve pas à Rome. Celui du Marchand de sable. Se pourrait-il qu'il soit au McLean ?

Un écran relaie les paramètres vitaux du Dr Self grâce au doigtier et au brassard du tensiomètre dont elle est appareillée. Benton déchiffre :

— Sa tension artérielle est normale, cent douze sur soixante-dix-huit, et son pouls est à soixante-dix-huit.

— Et la saturation ? s'inquiète le Dr Lane.

Il l'informe que la saturation en oxygène de l'hémoglobine est de quatre-vingt-dix-neuf, c'est-à-dire plus que satisfaisante. Il enfonce le bouton de l'interphone et annonce :

— Docteur Self ? Êtes-vous prête à répondre à quelques questions ?

— Enfin ! s'exclame-t-elle.

— Je vais donc vous les poser. Je souhaite que vous notiez ce que vous ressentez entre 1 et 5. 1 signifie que vous ne ressentez rien. 2, que vous ressentez quelque chose. 3 signifie « modérément ». 4, « beaucoup ». Enfin 5 implique une vive réaction émotionnelle de votre part.

— Ce genre de questionnaire m'est très familier. Je suis psychiatre.

— En plus, elle est aussi neurobiologiste, commente le Dr Lane. Elle va truander cette partie du test.

— Ça m'est égal.

Il presse le bouton et attaque la série de questions, dont certaines qu'il posera à plusieurs reprises au cours de la séance. Se sent-elle bouleversée, honteuse, en danger, hostile, irritable, coupable ? Ou, au contraire, intéressée, fière, déterminée, active, forte, inspirée, excitée, enthousiaste, dynamique ? Elle attribue la note 1 à tous ces qualificatifs, affirmant qu'ils ne lui inspirent aucune émotion.

Il vérifie ses paramètres vitaux et les reporte sur une fiche. Ils sont normaux, inaltérés.

— Josh ? prévient le Dr Lane, indiquant que le moment est venu.

Le balayage structurel débute. Des sons puissants comme des

coups de boutoir. Des images du cerveau du Dr Self s'affichent sur l'écran de l'ordinateur de Josh. Elles ne révèlent pas grand-chose. Au demeurant, hormis d'importantes pathologies telle une tumeur, ce résultat est normal. On ne commencera à détecter des éléments révélateurs que plus tard, lorsque des milliers d'images auront été capturées par l'IRM, puis analysées.

– Nous sommes prêts à commencer. Tout va bien ? s'enquiert le Dr Lane par interphone.

Un « oui » impatient lui répond.

– Il va s'écouler trente secondes durant lesquelles vous n'entendrez rien, poursuit le Dr Lane. Restez silencieuse, relaxez-vous. Ensuite, nous allons vous passer l'enregistrement que nous avons réalisé avec votre mère. Je veux que vous vous contentiez d'écouter. Restez totalement immobile. Écoutez, c'est tout.

Les paramètres vitaux du Dr Self demeurent stables.

Un inquiétant son de sonar qui évoque un sous-marin. Benton conserve le regard fixé sur les pieds emmaillotés du Dr Self.

Nous avons eu un temps absolument délicieux, Marilyn, commence la voix enregistrée de Gladys Self. *Je ne me suis même pas embêtée à brancher l'air conditionné, qui, en plus, vrombit comme un gros insecte. Je me contente juste de garder portes et fenêtres ouvertes parce que la température est plutôt plaisante en ce moment.*

Bien qu'il s'agisse d'un test neutre, le plus inoffensif qui soit, les paramètres vitaux du Dr Self sont altérés.

– Rythme cardiaque soixante-treize, soixante-quatorze, énonce Benton en les notant.

– De toute évidence, ce n'est pas neutre à ses yeux, renchérit le Dr Lane.

J'ai repensé à tous les magnifiques arbres fruitiers que tu avais lorsque tu vivais dans le coin, ceux que le département de l'Agriculture a fait raser parce qu'ils étaient atteints par le chancre des agrumes. J'aime les jolis jardins. Et tu seras ravie d'apprendre que ce programme idiot d'éradication est pratiquement abandonné aujourd'hui parce que ça ne marche pas. C'est tellement dommage ! Tout est affaire de temps dans la vie, le bon moment, tu ne crois pas ?…

– Pouls soixante-quinze, soixante-seize. Saturation en oxygène quatre-vingt-dix-huit, annonce Benton.

… Le truc le plus ahurissant, Marilyn. Ce sous-marin qui va et vient toute la journée à moins de deux kilomètres du littoral. Il y a un petit drapeau américain planté en haut de son… comment on appelle ça ? La tourelle où se trouve le périscope. Je me demande si ce n'est pas la guerre. Aller et retour, aller et retour, avec ce petit drapeau qui claque au vent, une sorte d'entraînement. J'ai dit à mes amis : un entraînement pour quoi faire ? On ne leur a pas expliqué qu'ils n'avaient pas besoin de sous-marins en Irak ?…

La première partie du test neutre se termine. Durant la période de récupération de trente secondes, la tension artérielle du Dr Self est à nouveau prise. Elle a augmenté : cent seize sur quatre-vingt-deux. La voix de sa mère retentit à nouveau. Gladys Self évoque les magasins où elle aime bien faire ses courses en ce moment en Floride du Sud, les constructions qui n'arrêtent pas, les buildings qui poussent comme des champignons un peu partout. Pourtant la plupart d'entre eux demeurent inoccupés, précise-t-elle, parce que le marché de l'immobilier est au plus mal. Surtout à cause de la guerre d'Irak. Ce que ça a pu faire à beaucoup de gens !

La réaction du Dr Self est similaire.

– Ouh ! s'exclame le Dr Lane. Quelque chose a indiscutablement attiré son attention. Jetez un coup d'œil sur le taux de saturation de l'hémoglobine.

Il a baissé et n'est plus que de quatre-vingt-dix-sept.

La voix de sa mère reprend. Quelques commentaires positifs, puis des critiques :

… Tu étais une menteuse pathologique, Marilyn. Impossible de tirer la vérité de toi, et ce du moment où tu as su parler. Ensuite ? Que s'est-il passé ? Où as-tu été pêcher ta conception de la morale ? En tout cas pas dans notre famille. Toi et tes répugnants petits secrets. C'est dégoûtant, en plus d'être répréhensible. Et ton cœur dans tout cela, Marilyn ? Si seulement tes fans savaient ! Tu devrais avoir honte, Marilyn…

Le taux d'oxygénation du sang du Dr Self a encore chuté. Il est maintenant de quatre-vingt-seize. Sa respiration est devenue plus rapide, les expérimentateurs l'entendent grâce à l'interphone.

… Tous ces gens que tu as balancés. Et tu sais très bien de qui je veux parler. Tes mensonges finissent par être plus convaincants que la vérité. C'est ce qui m'inquiète depuis que tu es toute petite. Ça te rattrapera un jour ou l'autre…

– Rythme cardiaque : cent vingt-trois, annonce le Dr Lane.

– Elle vient juste de bouger la tête, lance Josh.

– Le logiciel de mouvement peut-il corriger ?

– Je ne sais pas.

… Et tu crois que l'argent peut tout régler. On envoie quelques sous et tu crois que cela t'absout, que cela efface tes responsabilités. On paie les gens pour s'en débarrasser. Un jour tu récolteras ce que tu as semé. Je ne veux pas de ton argent. Je bois de temps en temps un verre au Tiki Bar avec mes amis, eh bien, ils ne savent même pas que tu es ma fille…

Le pouls s'accélère un peu plus et passe à cent trente-quatre. L'oxygénation du sang dégringole à quatre-vingt-quinze. Les pieds du Dr Self sont agités de petits mouvements. Plus que neuf secondes. La mère parle, activant les neurones de la fille. Le sang afflue vers ces neurones, un sang appauvri en oxygène que détecte le scanner. Des images fonctionnelles sont capturées. Le Dr Self est en état de stress physique et émotionnel. Il ne s'agit pas d'une comédie de sa part.

– Je n'aime pas trop la tournure que prennent ses paramètres vitaux. On arrête, dit Benton au Dr Lane.

– Je suis d'accord.

Il se penche vers l'interphone :

– Docteur Self, nous allons arrêter.

Dans le laboratoire d'informatique, Lucy ouvre un placard fermé par un cadenas et récupère une boîte à outils, une clé USB et un petit coffret noir, en même temps qu'elle discute avec Benton.

– Ne pose pas de questions. Nous venons tout juste de terminer un scan, je devrais plutôt dire de l'interrompre prématurément. Je ne peux pas t'en dire plus, mais j'ai besoin de ton aide.

– D'accord, répond Lucy en s'installant devant son ordinateur.

– Il faut que tu parles à Josh, que tu pénètres dans le système.

– Pour quoi faire ?

– L'une de nos patientes se fait transférer ses messages électroniques par l'intermédiaire du serveur du Pavillon.

– Et ?

– Sur ce même serveur se trouvent des fichiers. L'un concerne un sujet qui a rencontré le directeur du Pavillon. Tu vois de qui je veux parler.

– Et ?

– Et ? En novembre dernier, il a reçu à Rome quelqu'un qui pourrait s'avérer très intéressant. Tout ce que je peux te dire, c'est que ce patient intéressant a fait la guerre d'Irak et il semblerait que ce soit le Dr Self qui l'ait envoyé au directeur.

– Et ?

Lucy se connecte à Internet.

– Josh vient de terminer le scan. Celui que nous avons été contraints d'interrompre. Cette personne quitte le McLean ce soir, ce qui signifie qu'il n'y aura plus de messages électroniques transférés. Le temps joue contre nous.

– Elle est toujours là ? La personne qui doit partir ?

– Oui, en ce moment même. Josh a dû partir, son bébé est malade. Il était pressé.

– Si tu me donnes ton mot de passe, je pourrai accéder au réseau, suggère Lucy. Ça devrait être plus aisé. Cela étant, tu ne vas pas pouvoir te servir de ton ordinateur pendant environ une heure.

Elle parvient à joindre Josh sur son portable. Il quitte le McLean au volant de sa voiture. C'est parfait. Elle l'informe que Benton ne peut pas avoir accès à ses messages électroniques, que le serveur fonctionne mal, qu'elle doit résoudre le problème le plus rapidement possible et qu'elle craint d'en avoir pour un bout de temps. Elle peut le faire à distance, mais elle a besoin du mot de passe de l'administrateur de système, à moins que Josh ne préfère revenir au labo et s'en occuper lui-même. Il n'en a aucune envie, entreprend de lui raconter ses problèmes avec sa femme et son bébé. D'accord, ce serait génial si Lucy pouvait s'en débrouiller. Josh et Lucy travaillent très souvent ensemble sur des dysfonctionnements techniques, et jamais Josh ne soupçonnerait que son intention est d'accéder à la messagerie électronique d'un patient et aux fichiers personnels du Dr Maroni. Et même si les pires soupçons lui traversaient l'esprit, il partirait du principe qu'elle va pirater le système sans avoir besoin de lui poser de questions. Il connaît ses capacités, sait comment elle gagne de l'argent.

Cependant Lucy ne souhaite pas pirater le système du McLean, d'autant que cela prendrait trop de temps. Une heure plus tard, elle rappelle Benton :

– Je n'ai pas eu le temps d'ouvrir les pièces. Je te laisse te dépêtrer à partir de là. Je t'ai tout transféré. Au fait, ta messagerie fonctionne à nouveau.

Elle quitte le laboratoire et rejoint sa moto Agusta Brutale, envahie par un sentiment d'inquiétude et de colère. Le Dr Self est au McLean. Cela fait au moins quinze jours qu'elle y séjourne. *Merde !* Benton le savait.

Elle conduit vite, le vent chaud giflant son casque comme s'il espérait atténuer son angoisse.

Certes, elle comprend parfaitement que Benton ait été contraint à la discrétion. Pourtant ce n'est pas bien. Pendant ce temps-là, les *mails* échangés entre le Dr Self et Marino n'ont pas cessé. Benton ne prévient ni Marino, ni Scarpetta. Il ne prévient pas non plus Lucy alors qu'ils sont en train d'assister, par caméras de surveillance interposées, à la petite visite de la morgue qu'organise Marino au profit de Shandy. Lucy commente les messages électroniques qu'envoie Marino au Dr Self et Benton se contente de l'écouter. Elle se sent soudain stupide. Elle a le sentiment d'avoir été trahie. Ça n'embête pas Benton de lui demander de pirater des fichiers informatiques confidentiels. En revanche il n'est pas fichu de la prévenir que le Dr Self a été admise à l'hôpital, occupe une chambre individuelle dans le très privé Pavillon, chambre qu'elle paie trois mille putain de dollars la journée !

Elle passe la sixième vitesse, la tête rentrée dans les épaules, et dépasse les voitures qui traversent le pont Arthur Ravenel, avec ses flèches qui s'élancent vers le ciel, ses câbles verticaux qui lui évoquent le Stanford Cancer Center. La harpiste qui jouait des airs incongrus lui revient en mémoire. Sans doute Marino a-t-il été déjà pas mal bousillé, mais il est clair qu'il n'a jamais signé pour le chaos que pouvait provoquer le Dr Self. Il est beaucoup trop primaire pour comprendre ce qu'est une bombe aux neutrons. Comparé à Marilyn Self, il n'est qu'un grand petit garçon pas trop malin avec sa fronde dépassant de la poche arrière de son jean. Peut-être tout a-t-il commencé lorsqu'il lui a envoyé un simple message. Cela étant, le Dr Self sait comment mener les choses à terme. Elle sait comment mener Marino à terme.

Son bolide dépasse les bateaux qui pêchent les crevettes, amarrés à Shem Creek. Elle traverse le pont Ben Sawyer pour se rendre sur Sullivan's Island. Marino y vit dans ce qu'il a un jour qualifié de « maison de ses rêves » : une petite baraque branlante de pêcheur sur pilotis, surmontée d'un toit métallique de couleur rouge. Nulle lumière derrière les fenêtres ou sous la véranda. Une très longue jetée part de l'arrière de la cabane de pêcheur, traverse les marais pour rejoindre un bras d'eau étroit qui sinue jusqu'à l'Intercoastal Waterway. Lorsque Marino a emménagé, il s'est offert un bateau. Il aimait bien explorer les bras d'eau, pêcher ou juste flâner au fil de l'eau en buvant de la bière. Lucy ne sait pas au juste ce qui a pu se produire. *Où est-il passé ? Qui a investi son corps ?*

Une large langue du jardin est recouverte de sable et saupoudrée de graines de forme allongée. Elle passe sous la cabane, se taillant un chemin au travers de monceaux de détritus. De vieilles glacières, un barbecue rongé par la rouille, des pièges à crabes, des filets de pêche moisis, des poubelles qui exhalent des relents de marécage. Elle gravit les marches de bois gauchies et tente d'ouvrir la porte dont la peinture s'écaille. La serrure est peu dissuasive, mais elle ne tient pas à la forcer. À la limite, il vaudrait encore mieux soulever la porte de ses gonds. Un tournevis et elle entre dans la maison des rêves de Marino. Il n'a pas fait installer de système d'alarme au prétexte que ses flingues sont assez alarmants comme ça.

Elle tire sur la cordelette qui pend d'une ampoule dénudée. Une lumière crue qui repousse des ombres incertaines l'environne. Elle jette un regard circulaire, cherchant ce qui a changé depuis sa dernière visite. À quand remonte-t-elle? Six mois? Il n'a rien fait depuis ce temps, comme s'il avait cessé de vivre ici. Le salon au plancher de bois nu est meublé d'un canapé à carreaux bas de gamme, de deux chaises à dossier droit, d'une télévision grand écran, sans oublier un ordinateur et son imprimante. Une kitchenette s'adosse à l'un des murs. Quelques canettes de bière vides et une bouteille de Jack Daniel's trônent sur le plan de travail. Dans le réfrigérateur, une pléthore de viandes froides, du fromage et encore de la bière.

Elle s'installe au bureau de Marino et extrait du port USB de son ordinateur une clé de deux cent cinquante-six mégabits pendue à une cordelette. Elle ouvre sa trousse à outils et en extirpe des pinces à bout très fin, un mince tournevis et une mini-perceuse alimentée par batterie, aussi minuscule que celles dont se servent les horlogers. Quatre micros unidirectionnels se trouvent dans la petite boîte noire, d'à peine huit millimètres chacun, c'est-à-dire l'équivalent d'un comprimé d'aspirine pour bébé. Elle tire la clé USB de sa protection en plastique, enlève son embout et la cordelette, puis enfonce un des micros dans le trou par lequel passait le lien, de sorte que le maillage métallique de la tête de micro soit presque invisible. La petite perceuse ronronne lorsque Lucy perce un nouveau trou à la base de la protection en plastique afin d'y passer l'anneau qui retient la cordelette.

Elle récupère ensuite dans l'une des poches de son treillis une autre clé USB, celle qu'elle a prise au labo, et l'insère dans le port de l'ordinateur de Marino. Elle charge sa version améliorée d'un logiciel espion qui transférera chaque frappe de Marino vers l'une des multiples messageries de Lucy. Elle inspecte ensuite son disque dur à la recherche de documents. Il ne s'y trouve presque rien, à l'exception des *mails* envoyés par le Dr Self que Marino a copiés sur son ordinateur professionnel. Elle s'y attendait. Elle imagine mal Marino assis devant sa table de travail, rédigeant un article ou un roman. La paperasserie est sa bête noire. Elle remet en place la clé USB qu'elle vient d'appareiller et procède à une petite inspection des lieux, ouvrant quelques tiroirs. Elle y découvre des cigarettes, deux numéros de *Playboy*, un magnum 357 Smith & Wesson, quelques dollars, ainsi que de la petite monnaie, des reçus, sans oublier des courriers publicitaires.

Lucy n'a jamais réussi à comprendre comment Marino parvenait à tenir dans sa chambre, dont l'unique penderie se résume à une tringle scellée entre les deux murs qui encadrent le pied du lit. Les vêtements sont suspendus à la va-comme-je-te-pousse, entassés sans soin, le reste est en tas par terre, notamment un gigantesque caleçon et des chaussettes. Elle repère un soutien-gorge en dentelle rouge et son slip assorti, une ceinture noire cloutée et une autre en crocodile, beaucoup trop petites pour appartenir à Marino. Un ancien pot de beurre a été transformé en réserve à capotes et *cock rings*. Le lit n'est pas fait, et Dieu seul sait quand les draps ont été changés pour la dernière fois.

Une porte donne sur une salle d'eau de la taille d'une cabine téléphonique, avec des toilettes, un lavabo et une douche. Lucy inventorie le contenu de l'armoire à pharmacie : des produits de toilette classiques, sans oublier des comprimés pour la gueule de bois. Elle examine un flacon de Fiorinal à la codéine, dont l'étiquette indique qu'il est destiné à Shandy Snook. Il est presque vide. Sur une autre étagère, Lucy découvre un tube de Testroderm, prescrit à quelqu'un dont elle n'a jamais entendu parler. Elle tape une note à ce sujet sur son iPhone. Ensuite elle repositionne la porte d'entrée sur ses gonds et descend les marches branlantes dans l'obscurité. Le vent a pris en force. Un faible son, qui semble provenir de la jetée, parvient jusqu'à elle. L'oreille aux aguets, elle tire son Glock, dirigeant le pinceau lumineux de sa torche vers le son. Mais la lumière se noie dans les ténèbres denses qui ont englouti le bout de la jetée.

Elle gravit les marches qui mènent à la vieille jetée, dont certaines planches sont disjointes, lorsqu'elles ne sont pas purement et simplement manquantes. Les relents exhalés par la vase la prennent à la gorge et elle tente de repousser, d'écraser les moustiques qui l'attaquent. Elle se souvient de ce que lui a expliqué un anthropologiste. Tout dépend du groupe sanguin. Des sales bêtes comme les moustiques aiment le sang du groupe O. Comme elle, donc. Toutefois elle n'est jamais parvenue à comprendre comment des moustiques peuvent flairer un type sanguin si quelqu'un ne saigne pas. Ils grouillent autour d'elle, l'attaquant sans vergogne, piquant même son crâne.

Elle avance en silence, l'oreille tendue. Une sorte de cognement sourd lui parvient. Le faisceau lumineux de sa torche éclaire les planches battues par les intempéries, des clous tordus et rouillés. Le murmure de la brise qui caresse les ajoncs rythme sa progression. Les lumières de Charleston semblent si lointaines. Un air surchargé d'humidité et alourdi d'une odeur de soufre l'environne. La lune joue à cache-cache avec d'épais nuages. Parvenue à l'extrémité de la jetée, elle se penche afin de découvrir l'origine du bruit déconcertant. Le bateau de Marino n'est plus là, et des bouées orange vif oscillent à la surface de l'eau, heurtent les piliers de la jetée en produisant de petits sons sourds.

CHAPITRE 14

Karen et le Dr Self, dans la pénombre, installées sur les marches qui mènent au Pavillon.

L'éclairage extérieur est parcimonieux et le Dr Self récupère une feuille de papier pliée dans la poche de son imperméable. Elle lisse la page et sort un stylo. Le vrombissement aigu de nuées d'insectes et les hurlements étouffés des coyotes leur parviennent des bois qui s'étendent plus loin.

– Qu'est-ce que c'est? demande Karen au Dr Self.

– Lorsque j'invite des gens à mon émission de télé, ils doivent signer ce formulaire. C'est une autorisation de les interviewer en public. Afin qu'ils puissent nous parler d'eux. Nul ne peut vous aider, Karen. C'est bien clair, n'est-ce pas?

– Je me sens un peu mieux.

– C'est toujours le cas. Parce qu'ils vous ont programmée. Tout comme ils ont tenté de le faire avec moi. C'est une conspiration. C'est pour cette raison qu'ils m'ont fait écouter l'enregistrement de ma mère.

Karen récupère la dispense, tente de la déchiffrer, mais la lumière est insuffisante.

— J'aimerais partager nos magnifiques conversations, leur pertinence, dont je sais qu'elle pourrait aider des millions de spectateurs dans le monde entier. Il me faut, pour cela, votre permission. À moins que vous ne préfériez avoir recours à un pseudonyme.

— Oh, non ! Je serais vraiment ravie que vous parliez de moi en livrant mon véritable nom. Et même d'être présente sur le plateau, Marilyn ! Quelle conspiration ? Vous pensez que j'en fais partie ?

— Il faut que vous signiez ce papier.

Le Dr Self lui tend le stylo. Karen s'exécute.

— Ce serait bien que vous me disiez quand vous allez parler de moi afin que je puisse regarder l'émission. Je veux dire, si vous décidez d'aborder mon cas. Vous pensez que vous le ferez ?

— Si vous êtes toujours là.

— Pardon ?

— Il ne pourra pas s'agir de ma première émission de rentrée, Karen. Le thème en est déjà défini : Frankenstein et les expérimentations inacceptables. Être droguée contre ma volonté, par exemple. Être soumise aux humiliations et aux tourments alors que je me trouvais dans le tunnel de l'aimant. Je précise : un énorme aimant pendant que j'écoutais ma mère, qu'ils me contraignaient à entendre sa voix quand elle ne racontait que des mensonges à mon sujet, me couvrant de reproches. En d'autres termes, il risque de s'écouler plusieurs semaines avant que je puisse vous inviter à mon émission. J'espère que vous serez toujours ici.

— À l'hôpital, vous voulez dire ? Je pars demain matin à la première heure.

— Je veux dire ici.

— Où cela ?

— Souhaitez-vous toujours faire partie de ce monde, Karen ? Ou plutôt, en avez-vous jamais eu vraiment envie ? C'est la véritable question.

Karen allume une cigarette d'une main tremblante.

— Vous avez vu ma série d'émissions consacrée à Drew Martin.

– C'est si triste.

– Je devrais dire la vérité à tout le monde au sujet de son entraîneur. En tous les cas, j'ai tenté d'avertir Drew.

– Qu'a-t-il fait ?

– Vous êtes-vous déjà promenée sur mon site Web ?

– Non, j'aurais dû.

Karen est assise sur les marches de pierre glaciales. Penchée en avant, elle fume.

– Aimeriez-vous y figurer ? Du moins jusqu'à ce que je puisse vous inviter.

– Y figurer ? Vous voulez dire que vous pourriez raconter mon histoire sur votre site ?

– Brièvement. Nous avons une section « Parlez de vous ». Les gens y racontent leur histoire sous forme de blog, ils correspondent les uns avec les autres. Naturellement, nombre d'entre eux sont incapables d'écrire correctement. Aussi mon équipe corrige, réécrit ou même les interviewe et retranscrit leurs témoignages. Je vous ai donné ma carte lorsque nous nous sommes rencontrées, vous vous souvenez ?

– Je l'ai conservée.

– Je veux que vous envoyiez votre histoire à l'adresse *mail* qui y figure et nous l'installerons sur le site. Quelle source d'inspiration vous pouvez être ! Pas comme la pauvre nièce du Dr Wesley !

– Qui ?

– En réalité, il ne s'agit pas de sa vraie nièce. Elle souffre d'une tumeur au cerveau. Même mes outils sont incapables de traiter une telle pathologie.

– Oh, mon Dieu. C'est affreux ! Je suppose qu'une tumeur cérébrale peut rendre les gens fous. Dire qu'on ne peut pas les aider !

– Vous pourrez tout apprendre à son sujet lorsque vous vous connecterez à mon site. Vous lirez son histoire ainsi que les différents blogs. Je vous garantis que vous serez surprise.

Le Dr Self est installée une marche plus haut que Karen. La brise est en sa faveur et repousse la fumée de cigarette loin de son visage. Elle reprend :

– Votre histoire ? Quel message elle représente ! Combien de fois avez-vous été hospitalisée ? Une dizaine ? Pourquoi cet échec ?

Le Dr Self s'imagine en train de poser cette question, face à ses téléspectateurs, les caméras se rapprochant à quelques centimètres de son visage, un des visages les plus reconnaissables au monde. Elle adore son nom de famille. Self. Il fait partie de son incroyable destin. Elle a toujours refusé d'en changer. Personne ne lui ferait abandonner son nom au profit d'un autre. Jamais elle ne le partagera, et quiconque le refuse est condamné parce que l'impardonnable péché n'est pas le sexe. C'est l'échec.

– Je viendrai à votre émission quand cela vous ira. Appelez-moi, je vous en prie. Je peux me rendre libre n'importe quand, répète Karen. Du moins, tant que je n'ai pas à évoquer… je n'arrive pas à le dire.

Même à cette époque-là, lorsque l'imagination du Dr Self était la plus fertile, lorsque sa pensée devenait magique et que les prémonitions l'assaillaient, jamais elle n'avait envisagé ce qui devait se passer.

Je suis le Dr Marilyn Self. Bienvenue ! Avez-vous besoin d'aide ? C'est ainsi que débute chaque émission, devant un public qui applaudit à tout rompre et des millions de téléspectateurs rivés à leur écran de par le monde.

– Vous ne me forcerez pas à en parler, n'est-ce pas ? Ma famille ne me le pardonnerait jamais. C'est pour cela que je ne parviens pas à arrêter de boire. Je vous dirai tout si vous ne me contraignez pas à le révéler à la télé ou sur votre site Web.

Karen se perd dans ses imbécillités.

Merci, merci. Parfois le Dr Self ne parvient pas à calmer les applaudissements de son public. *Moi aussi, je vous adore tous.*

– Mon terrier de Boston, Bandit, une femelle. Je l'ai oubliée dehors une nuit. J'étais tellement ivre. C'était en plein hiver.

Des applaudissements qui ressemblent au bruit que produit une pluie drue. Des milliers de mains qui tapent l'une contre l'autre.

– Le matin suivant, je l'ai trouvée morte, non loin de la porte qui donnait vers l'arrière. Elle avait lacéré le panneau de bois de ses griffes. Ma pauvre petite Bandit, avec son poil ras. Tremblant, pleurant, aboyant. J'en suis certaine. Elle a griffé la porte dans l'espoir de pouvoir rentrer à l'intérieur de la maison. Il faisait un froid polaire, précise Karen en pleurant. Du coup, je me démolis le cerveau pour ne plus penser. Ils disent que j'ai plein de zones blanches et un élargissement de… eh bien, de l'atrophie. Comme je me le dis : Karen, c'est une façon de partir. Tu te bousilles le cerveau. On peut le voir. Je ne suis pas normale, c'est visible comme le nez au milieu de la figure. (Elle pose un index sur sa tempe.) Le cliché était étalé sur le caisson lumineux du cabinet du neurologue, immense. Mon cerveau anormal. Je ne serai jamais normale. J'ai presque soixante ans et ce qui est fait est fait.

— Ce que font certaines personnes aux chiens est impardonnable, commente le Dr Self, perdue dans ses pensées.

— Je le suis. Que puis-je faire pour surmonter ce souvenir ? Je vous en prie, dites-le-moi.

— Le crâne des gens souffrant de maladies mentales présente des particularités. Les déments ont des têtes resserrées, voire déformées. Les maniaques présentent des cerveaux mous. Ce sont des données glanées dans une une étude scientifique conduite à Paris en 1824. Elle conclut, entre autres, que sur cent idiots de naissance examinés, seuls quatorze avaient des têtes normales.

— Vous voulez dire que je suis attardée intellectuellement ?

— Est-ce si différent de tout ce que les médecins ici vous ont dit ? Que votre tête n'est pas comme toutes les autres, donc que, d'une certaine façon, vous êtes différente ?

— Je suis idiote de naissance ? J'ai tué ma chienne.

— Cela fait des centaines d'années que ces superstitions et ces manipulations traînent. On mesurait les crânes des malades internés en asile d'aliénés et on disséquait les cerveaux des idiots de naissance.

— Je suis attardée ?

— Aujourd'hui, ils vous enfournent dans une sorte de tunnel

magique – celui d'un aimant – et vous annoncent que votre cerveau est déformé, tout en vous faisant écouter votre mère.

Dans la pénombre, le Dr Self remarque une haute silhouette qui avance vers elle d'un pas déterminé.

– Karen, si cela ne vous ennuie pas, j'aimerais m'entretenir avec le Dr Self, lâche Benton Wesley.

– Est-ce que je suis crétine ? demande Karen en se levant.

– Absolument pas, rétorque Benton d'un ton amical.

Karen lui fait ses adieux.

– Vous avez toujours été gentil avec moi. Je rentre chez moi et je ne reviendrai pas, lui dit-elle.

Le Dr Self invite Benton à s'asseoir sur les marches à côté d'elle, mais il décline son offre. Elle sent sa colère. Un triomphe, encore un.

– Je me sens bien mieux, lui confie-t-elle.

Les ombres repoussées par l'éclairage transforment son apparence.

Elle ne l'avait jamais vu dans l'obscurité, et ce qu'elle découvre est fascinant.

– Je me demande ce que dirait le Dr Maroni s'il nous voyait. Ce que Kay dirait. Ça me rappelle de courtes vacances de printemps à la plage. Une jeune fille remarque un splendide jeune homme. Et ensuite ? Il la remarque à son tour. Ils s'assoient sur le sable, pataugent dans l'eau, s'éclaboussent en riant, bref ils font tout ce dont ils ont envie jusqu'au lever du soleil. Ils se moquent d'être mouillés ou collants de sable, et l'un de l'autre. Où s'est enfuie la magie, Benton ? Devenir vieux, c'est lorsque plus rien n'est suffisant et que vous savez que la magie ne reviendra pas. Je sais ce qu'est la mort, tout comme vous. Asseyez-vous à mon côté, Benton. Je suis contente que vous ayez envie de bavarder un peu avant mon départ.

– J'ai discuté avec votre mère. À nouveau.

– Vous devez l'apprécier.

– Elle m'a dit quelque chose de très intéressant qui me pousse à retirer l'un de mes commentaires vis-à-vis de vous, docteur Self.

— Les excuses sont toujours les bienvenues. Et venant de vous, c'est même un rare plaisir.

— Vous aviez raison au sujet du Dr Maroni, poursuit-il. Lorsque vous avez affirmé avoir eu une relation sexuelle avec lui.

Une onde glaciale dévale en elle.

— Je n'ai jamais eu de relation sexuelle avec lui. Quand cela aurait-il pu se produire ? Dans ma foutue chambre, avec cette foutue vue ? J'étais droguée. Je n'aurais jamais pu coucher avec quiconque, sauf contre ma volonté. Il m'a droguée !

— Je ne parle pas du présent.

— Il a profité de mon inconscience pour dégrafer ma robe et m'a caressée. Il a dit qu'il aimait mon corps.

— Parce qu'il s'en souvenait.

— Qui a dit que j'avais eu une relation sexuelle avec lui ? Est-ce cette foutue salope ? Et que pourrait-elle savoir de ce qui s'est passé après que je suis arrivée ici ? Il a bien fallu que vous lui expliquiez que j'étais patiente au McLean. Je vous poursuivrai en justice ! J'ai dit qu'il ne pouvait pas s'en empêcher, qu'il était incapable de résister. Et puis il s'est enfui. J'ai dit qu'il savait fort bien que ce qu'il avait fait était inexcusable, et que c'est la raison pour laquelle il s'est envolé pour l'Italie. Je ne vous ai jamais dit que j'avais fait l'amour avec lui. Jamais. Il m'a droguée afin d'abuser de moi et j'aurais dû me douter que les choses allaient tourner de cette façon. Pourquoi n'aurait-il pas risqué le coup ?

Ça l'excite. Ça l'a excitée sur le moment, mais elle ne pensait pas que cette sensation persisterait jusqu'à aujourd'hui. Sur le moment, elle l'a réprimandé sans toutefois lui ordonner de cesser. Elle a juste dit :

— Est-il véritablement nécessaire de m'examiner avec autant d'enthousiasme ?

— Il est important que je sache, a-t-il répondu.

— En effet, il est important que vous sachiez ce qui ne vous appartient pas.

— C'est comme un endroit très spécial qu'on aurait visité une fois pour ne plus le revoir durant de longues années, a-t-il expliqué en poursuivant son exploration. Vous avez envie de constater ce qui a changé, ce qui est resté identique, et si vous pourriez le revivre.

– Le pourriez-vous ? a-t-elle demandé.

– Non.

Et puis il est parti, s'est envolé, la pire chose qu'il pouvait faire puisque ce n'était pas la première fois.

– Je fais référence à un lointain passé, précise Benton.

L'eau clapote doucement.

L'eau et l'obscurité environnent Will Rambo de toutes parts. Il s'éloigne à la rame de Sullivan's Island. Il y a garé la Cadillac dans un coin retiré et discret, à une courte distance de l'endroit où il a emprunté le bateau. Ce n'est pas la première fois qu'il agit ainsi. Il n'utilise le moteur qu'en cas de nécessité. Lorsqu'il recherche le calme, il préfère ramer. L'eau clapote. Dans la nuit.

La Grotta Bianca, c'est là qu'il a pris la première. La sensation, la familiarité, tels des fragments qui se réajusteraient dans une caverne profonde, au fond de son esprit, parmi les stalagmites de calcaire et les touffes de mousse qui se développent aux endroits qu'éclaire le soleil. Il l'a emmenée derrière les colonnes d'Hercule, dans un monde souterrain de passages creusés dans la pierre, où chatoient les prismes des différentes roches, où l'eau clapote continuellement.

Durant ce jour de rêve, ils ont été presque toujours seuls, sauf lorsque des écoliers excités les ont dépassés, vêtus de leurs vestes et de leurs casquettes. Il se souvient de lui avoir dit :

– Ils sont aussi bruyants qu'une nuée de chauves-souris.

Et elle a ri et dit qu'elle s'amusait en sa compagnie. Elle a saisi son bras et s'est collée contre lui. Il a senti toute sa douceur contre son corps. Le silence seulement troublé par l'eau qui gouttait. Il l'a entraînée dans le tunnel des Serpents, sous des chandeliers de pierre. Ils ont dépassé les rideaux minéraux translucides pour parvenir au couloir du Désert.

– Si tu me laissais ici, jamais je ne retrouverais mon chemin, a-t-elle plaisanté.

— *Et pourquoi te laisserais-je ? Je suis ton guide. On ne peut pas survivre sans guide dans le désert, sauf lorsqu'on connaît bien son chemin.*

Et l'orage de sable s'est levé comme un mur formidable. Ce jour-là, il s'est frotté les yeux, tentant de repousser la vision qui se formait dans son esprit.

— *Comment parviens-tu à t'orienter ? Tu dois venir très souvent, a-t-elle demandé.*

L'ouragan de sable a abandonné Will. Il est revenu vers la grotte. Elle était si belle, si pâle, les traits finement dessinés, comme si elle avait été sculptée dans un bloc de quartz. Pourtant, elle était si triste. Son amant l'avait quittée pour une autre femme.

— *Il doit y avoir quelque chose de très spécial chez toi pour que tu connaisses si bien un tel endroit. Trois kilomètres sous terre et un dédale sans fin creusé dans les roches humides. Ça doit être affreux de se perdre ici. Je me demande si c'est déjà arrivé à quelqu'un. Quand ils éteignent les lumières, après les heures de visite, il doit faire noir comme dans un four et froid comme dans un réfrigérateur.*

Il ne parvenait plus à apercevoir ses mains tendues devant lui. Tout ce qu'il voyait, c'était une tache rouge vif, sa chair à vif, abrasée par le sable au point qu'il se demandait s'il lui resterait de la peau.

— *Will ! Oh, mon Dieu ! Aide-moi, Will !*

Les hurlements de Roger s'étaient fondus parmi les cris des écoliers qui les distançaient d'un couloir. Le rugissement de la tempête de sable s'était éteint.

L'eau gouttait et leurs pas produisaient un bruit de succion.

— *Pourquoi te frottes-tu sans arrêt les yeux ? a-t-elle demandé.*

— *Je pourrais retrouver mon chemin même en pleine obscurité. J'y vois très bien la nuit. De surcroît, je venais souvent ici lorsque j'étais gamin. Je suis ton guide.*

Il a été très gentil, très doux avec elle parce qu'il comprenait l'étendue de sa perte. Il sentait que c'était plus qu'elle ne pouvait supporter.

— *Regarde comme la pierre devient translucide sous l'effet de la lumière. C'est plat et résistant comme des tendons et les cristaux ont la couleur cireuse des os. Et à l'autre bout de ce passage, se trouve le dôme de Milan, gris, détrempé et frais comme les tissus et les vaisseaux d'un corps très ancien.*

— *Mes chaussures et le bas de mon pantalon sont maculés de calcaire mouillé, comme passés au lait de chaux. Tu as bousillé mes vêtements.*

Ses récriminations l'ont irrité. Il lui a montré un bassin naturel dont le fond était tapissé de pièces recouvertes de vert-de-gris. Il s'est demandé à haute voix si les vœux des uns et des autres avaient jamais été exaucés. Elle a jeté une pièce qui a heurté la surface de l'eau avec un petit plouf avant de couler vers le fond.

— *Fais tous les vœux qui te viennent à l'esprit, a-t-il suggéré. Mais ils ne se réalisent jamais. Dans le cas contraire, tant pis pour toi.*

— *Quelle chose terrible à dire ! s'est-elle exclamée. Comment peux-tu affirmer que ce serait une mauvaise chose si un vœu se réalisait ? Après tout, tu ignores ce que j'ai demandé. Et si mon vœu, c'était de faire l'amour avec toi ? Tu es un mauvais amant ?*

Il n'a pas répondu. Pourtant la colère qu'il ressentait vis-à-vis d'elle est encore montée. S'ils faisaient l'amour, elle verrait ses pieds nus. La dernière fois qu'il avait fait l'amour, c'était en Irak, avec une fillette de douze ans qui hurlait, qui pleurait et le bourrait de coups, ses petits poings fermés. Et puis elle s'était tue et endormie. Il n'avait jamais rien ressenti de particulier à ce sujet. Après tout, elle n'avait pas de vie, rien à espérer si ce n'était l'interminable destruction de son pays et des morts innombrables.

Son visage s'est estompé alors que l'eau dégoulinait. Il cramponnait le pistolet dans sa main pendant que Roger hurlait parce que la souffrance était intenable.

Dans la grotte de Cupola, les pierres étaient rondes comme des crânes. L'eau s'écoulait goutte à goutte, encore et encore, comme s'il avait plu. Les formations de glaçons, de givre évoquant des dentelles de roche et les éperons luisaient telle la lueur de bougies. Il lui a dit de ne pas les toucher.

— *Si tu les frôles, ils deviennent noirs comme de la suie.*

— *L'histoire de ma vie, a-t-elle remarqué. Tout ce que je touche se transforme en merde.*

— *Tu me remercieras.*

— *De quoi ?*

L'air était tiède et humide dans le passage du Retour et l'eau suintait des murs comme du sang. Il tenait le pistolet. Il était à un cheveu de parvenir à la fin de tout ce qu'il connaissait de lui-même. Si Roger pouvait le remercier, il le ferait.

Un simple merci. Nul besoin de recommencer. Les gens sont si ingrats. Ils emmènent tout ce qui peut avoir un sens. Et puis plus personne ne s'en soucie. Plus personne ne le peut.

Un phare peint de larges bandes rouges et blanches, bâti juste après la guerre, s'élève solitaire à moins de cent mètres du rivage. Il a perdu son fanal.

Les épaules de Will lui cuisent d'avoir tant ramé et le banc en fibre de verre lui fait mal aux fesses. C'est un travail épuisant. Sa charge est presque aussi lourde que le bateau à fond plat. D'autant que maintenant qu'il est assez proche de son endroit, il ne tient pas à mettre en marche le moteur. Il ne le fait jamais. Cela fait du bruit et il n'en veut pas, même si personne n'est là pour entendre. Personne ne vit dans le coin. Personne ne vient ici, sauf durant la journée et s'il fait beau. De toute façon, personne ne sait qu'il s'agit de son endroit. L'amour d'un phare et un seau de sable. Combien de petits garçons possèdent une île ? Un gant, une balle, un pique-nique, le camping. Tout a disparu. Mort. Le vain passage en bateau pour rejoindre l'autre côté.

Les lumières de Mount Pleasant, de James Island et de Charleston brillent de l'autre côté de l'eau. Au sud-ouest, Folly Beach. Demain, il fera chaud mais le temps sera couvert. La marée sera basse en fin d'après-midi. Le fond du bateau râpe contre les coquilles d'huîtres comme il le traîne sur la plage.

CHAPITRE 15

Dans le laboratoire de photographie, tôt le lendemain matin. Mercredi.

Scarpetta prépare tout ce dont elle risque d'avoir besoin. Ce qu'elle compte faire n'exige pas de connaissances scientifiques très sophistiquées. Elle tire des bols de céramique, du papier, des gobelets en plastique, des serviettes en papier, des écouvillons stériles, des enveloppes, de l'argile à modeler, de l'eau distillée, un flacon d'une solution de dioxyde de sélénium qui colore les surfaces métalliques en bleu presque noir, un flacon de tétroxyde de ruthénium ou TXR, des tubes de Superglue et une petite coupelle en aluminium. Elle change l'objectif et branche une télécommande de déclencheur d'obturateur sur un appareil photo numérique installé sur un pupitre, puis recouvre une paillasse d'un épais papier marron.

Certes, elle dispose de toute une gamme de préparations afin de révéler des empreintes latentes sur des supports non poreux, tels que le métal par exemple. Toutefois, la technique classique est l'enfumage. Il ne s'agit pas de magie, juste de chimie. La

Superglue est composée presque exclusivement de cyanoacrylate, une résine acrylique qui réagit avec les acides aminés, le glucose, le sodium, l'acide lactique, ainsi que d'autres composés exsudés par les pores de la peau. Lorsque les vapeurs de Superglue entrent en contact avec une empreinte latente, invisible à l'œil nu, une réaction chimique se produit qui forme un nouveau composé dont on espère qu'il se matérialisera sous l'aspect de durables crêtes papillaires blanches.

Scarpetta réfléchit à son protocole. Elle a besoin d'un écouvillon pour un prélèvement d'ADN, mais pas dans ce labo, d'autant que ce n'est pas le plus urgent parce que ni le TXR, ni la Superglue ne détruisent l'ADN. La Superglue d'abord, décide-t-elle. Elle tire le revolver de son sac en papier et note son numéro de série. Elle bascule le barillet vide et bouche les deux extrémités du canon avec des tampons confectionnés à l'aide de la serviette en papier. Dans un autre sac, elle récupère les six balles de 38 spécial et les pose sur leur fond d'étui dans la chambre de vaporisation, qui n'est rien d'autre qu'une cuve en verre à l'intérieur de laquelle est installée une source de chaleur. Elle suspend le revolver par son pontet au fil tiré sur toute la longueur de la cuve. Elle dépose un gobelet d'eau à l'intérieur afin de garantir une humidité adéquate, presse les tubes de Superglue dans la coupelle en aluminium et repose le couvercle sur la chambre de vaporisation. Elle allume un ventilateur.

Après avoir changé de gants de latex, elle récupère le sac en plastique qui protège la chaîne et la pièce en or. La chaîne est une source très probable d'ADN. Aussi la place-t-elle dans un autre sac qu'elle étiquette. La pièce peut être intéressante pour ce type d'analyse, elle aussi. De surcroît, elle porte probablement des empreintes digitales. Elle la tient délicatement par la tranche et l'examine sous une loupe. Le son de la serrure biométrique du labo qui se déverrouille lui parvient. Lucy pénètre. Scarpetta perçoit son humeur.

– J'aimerais tant que nous ayons un logiciel de reconnaissance photographique, lance Scarpetta.

Elle sait quand il convient d'éviter de poser des questions à Lucy sur ce qu'elle ressent et pourquoi.

— Nous en avons un, rétorque Lucy en évitant son regard. Mais il faut que tu aies quelque chose à quoi le comparer. Très peu de départements de police possèdent des banques de données consultables recensant des portraits d'identité. Et quand ils en ont ? Peu importe. Rien n'est intégré. Qui que soit cette ordure, il nous faudra l'identifier par d'autres moyens. Je ne parle pas nécessairement de l'ordure sur son *chopper* qui aurait fait une petite balade dans ta ruelle.

— De qui parles-tu alors ?

— De celui qui trimbalait cette arme avec lui et portait la chaîne. Et j'insiste sur le fait que tu ne peux pas exclure Bull de la liste.

— Ce serait insensé.

— Pas s'il voulait se faire passer pour un héros. Ou bien s'il souhaitait planquer un truc en préparation. Tu ne sais pas à qui appartiennent ce revolver et ce pendentif parce que tu n'as pas vu la personne qui les a perdus.

— Je lui fais confiance et lui suis reconnaissante de s'être mis en danger afin de me protéger, jusqu'à ce que des preuves m'indiquent que je fais fausse route.

— Crois ce que tu veux.

Scarpetta dévisage Lucy. Elle s'enquiert :

— J'ai l'impression que quelque chose ne va pas.

— Je souligne simplement que la supposée altercation entre Bull et ce type à *chopper*, qui qu'il soit, n'a pas eu de témoin. Rien d'autre.

Scarpetta vérifie l'heure à sa montre et se dirige vers la chambre de vaporisation.

— Cinq minutes. Ça devrait aller.

Elle soulève le couvercle pour faire cesser la réaction.

— Lucy, il faudrait faire une recherche sur le numéro de série du revolver.

Sa nièce se rapproche de la cuve et jette un regard à l'intérieur. Elle passe une paire de gants, plonge les mains et dénoue le fil afin de récupérer l'arme.

– Quelques détails de crêtes. Ici, sur le canon.

Elle incline le revolver en tous sens, puis le pose sur la paillasse recouverte de papier marron. Elle récupère ensuite les balles dans la cuve et annonce avant de les aligner à leur tour :

– Des empreintes partielles. Je pense que nous avons assez de détails.

– Je vais prendre des photos et peut-être que tu pourras les scanner de sorte que nous fassions ressortir les caractéristiques et qu'on les compare à la banque de données de l'IAFIS.

Scarpetta téléphone au laboratoire des empreintes digitales et explique ce qu'elles sont en train de faire.

– Je vais travailler avec eux dès le début. Ça nous épargnera une perte de temps. Atténue les couleurs afin que le blanc devienne noir et qu'on les compare aussi vite que possible, lance Lucy d'un ton qui n'a rien d'amène.

– Quelque chose ne va pas. Je suppose que tu me le diras quand tu en auras envie.

Mais sa nièce n'écoute pas. Elle lâche d'un ton hargneux :

– Une poubelle dedans, une poubelle dehors.

Sa sortie favorite lorsqu'elle devient cynique. Une empreinte est scannée et comparée à celles que renferme l'IAFIS. L'ordinateur ne sait pas s'il a affaire à un poisson ou à un caillou. Le système automatisé ne pense pas. Il ne sait rien. Il superpose les caractéristiques d'une empreinte testée aux détails similaires d'autres empreintes enregistrées. En d'autres termes, si des caractéristiques manquent, sont peu visibles ou n'ont pas été encodées de façon adéquate par un technicien médico-légal compétent, il est fort probable que la recherche soit un échec. IAFIS n'est pas le problème. Ce sont les gens. La même chose vaut pour les empreintes ADN. Les résultats sont bons si le prélèvement l'était et si la préparation derrière était impeccable.

– As-tu une idée de la rareté des empreintes digitales correctement relevées ? fulmine Lucy. Dans les prisons, c'est un sous-fifre du shérif qui te tartine les dix doigts avec son rouleau imbibé de cette encre merdique qu'on utilise depuis des lustres, et on balance tout ça dans l'IAFIS, et ça ne vaut pas un clou ! Ça ne serait pas le cas si on utilisait des scanners biométriques optiques. Mais aucune prison n'a d'argent. Y a d'argent pour rien dans ce foutu pays.

Scarpetta examine sous la loupe la petite pièce enfouie dans son sachet en plastique.

— Tu ne voudrais pas me dire pour quelle raison ton humeur est exécrable ? demande-t-elle, redoutant pourtant la réponse.

— Où est le numéro de série, que je fasse une recherche dans le NCIC ?

Le NCIC du FBI est le centre national d'informations sur le crime.

— Le bout de papier sur la paillasse. Tu as eu Rose ?

Lucy récupère le papier et s'installe devant un terminal. Les touches cliquettent.

— Je l'ai appelée pour m'assurer qu'elle allait bien. Elle m'a dit de m'occuper de toi.

— Une pièce d'un dollar américain, commente Scarpetta en étudiant l'indice grossi, ce qui lui évite de dire autre chose. 1873.

Elle remarque un détail qu'elle n'a encore jamais vu sur un indice brut.

— Je voudrais procéder à un test de tir dans la cuve à eau et faire une recherche balistique dans le NIBIN, intervient Lucy.

Le NIBIN est le réseau national intégré d'identification balistique.

— Vérifier si l'arme a déjà servi pour un autre crime, précise-t-elle. Bien que tu ne considères toujours pas que ce qui s'est produit relève d'un crime et que tu ne veuilles pas prévenir la police.

Évitant de paraître sur la défensive, Scarpetta se justifie :

— Comme je l'ai déjà expliqué, Bull s'est bagarré avec cet homme et est parvenu à lui faire lâcher l'arme. (Elle détaille la pièce, ajustant le grossissement.) Je ne peux pas prouver que ce gars au *chopper* était dans les parages avec l'intention de me faire du mal. Il ne s'est pas introduit chez moi. Il a juste essayé.

– Du moins est-ce ce qu'affirme Bull.

– Si je ne savais pas que c'est impossible, je dirais que cette pièce a déjà été enfumée à la Superglue pour un relevé d'empreintes.

Le regard braqué sur la loupe, Scarpetta examine, côté pile et côté face, ce qui ressemble à des détails de crêtes blanchies.

– Qu'entends-tu par « si je ne savais pas que c'est impossible » ? Tu ne sais rien du tout au sujet de cette pièce, ni d'où elle vient, si ce n'est que Bull l'a trouvée derrière ta maison. Qui l'a perdue est une autre histoire.

– Ça ressemble vraiment à un résidu de polymère. Comme la Superglue. Je ne comprends pas, avoue Scarpetta en emmenant la pièce dans son sachet jusqu'au pupitre. Il y a plein de choses que je ne comprends. (Elle jette un regard à sa nièce.) Je suppose que quand tu seras décidée à me parler, tu le feras.

Elle retire ses gants, passe une nouvelle paire ainsi qu'un masque.

– J'ai l'impression que nous devrions plutôt les photographier. Pas de dioxyde de sélénium, ni de TXR, propose Lucy en faisant référence aux détails de crêtes papillaires.

– Peut-être de la poudre noire. Et encore, je doute que nous en ayons l'utilité. Je vais photographier la pièce et ensuite elle pourra partir à l'ADN.

Scarpetta règle l'appareil photo installé en haut du pupitre de photographie. Elle oriente les bras des quatre lampes.

Elle arrache un bout de papier marron pour le socle du pupitre, extrait la pièce de son sachet et la pose, côté face vers le haut. Elle découpe un gobelet plastique en deux et place la partie qui évoque un entonnoir au-dessus de la pièce. Une sorte d'atténuateur de lumière fait maison qui permet de mieux distinguer le détail des crêtes. Elle attrape la télécommande du déclencheur d'obturateur et mitraille l'objet.

– De la Superglue, commente Lucy. Peut-être s'agit-il d'un des indices retrouvés dans un autre crime, indice qui, d'une façon ou d'une autre, se retrouve en circulation ?

– Ce serait une explication, en effet. J'ignore si c'est la bonne. Cependant elle est logique.

Le cliquettement rapide des touches du clavier reprend.

– Une pièce d'un dollar en or. Américaine, 1873. Je vais voir si je trouve quelque chose à son sujet, explique Lucy. Pourquoi prend-on du Fiorinal avec de la codéine ? Et qu'est-ce que c'est au juste ?

– Du butalbital, plus du phosphate de codéine, de l'aspirine et de la caféine, énonce Scarpetta en retournant avec soin la pièce afin de la photographier côté pile. Un antalgique très puissant. Un narcotique. C'est souvent prescrit en cas de migraines sévères. (L'obturateur de l'appareil photo se referme.) Pourquoi me demandes-tu cela ?

– Et le Testroderm ?

– Un gel à base de testostérone que tu appliques sur la peau.

– Tu as déjà entendu parler d'un certain Stephen Siegel ?

Scarpetta réfléchit quelques instants, rien ne lui vient. Ce nom lui est inconnu.

– Pas que je me souvienne.

– C'est lui qui a prescrit le Testroderm. Il se trouve que ce type est proctologue, le genre bien répugnant et véreux, qui exerce à Charlotte, d'où est originaire Shandy Snook. Il se trouve également que le père de ladite Shandy était un de ses patients, ce qui suggère qu'elle le connaît et peut obtenir des ordonnances quand bon lui chante.

– Quelle officine a délivré le médicament ?

– Un pharmacien de Sullivan's Island, où justement Shandy possède une maison qui vaut dans les deux millions de dollars. Ladite maison est au nom d'une SARL, précise Lucy en tapant. Ce ne serait peut-être pas une mauvaise idée que tu demandes à Marino ce qu'il est en train de fabriquer. Je crois que nous avons tous de bonnes raisons d'être inquiets.

– Ce qui m'inquiète, c'est ta colère.

– C'est sans doute parce que tu ignores comment je suis lorsque je me mets véritablement en colère. (Les doigts de Lucy volent sur le clavier, le heurtant avec violence, hargne.) Donc

Marino est un ange et il est dopé. De façon illégale. Il doit se tartiner de testostérone comme s'il s'agissait d'une lotion bronzante et avaler des pilules comme un dingue pour atténuer ses gueules de bois depuis qu'il s'est métamorphosé en King Kong ivrogne. (Elle enfonce les touches avec rage.) Si ça se trouve, il s'est collé un priapisme et il pourrait claquer d'une foutue crise cardiaque. Ou alors, il pourrait devenir hyper-agressif au point de ne plus se contrôler parce que l'alcool lui noie le cerveau. Étonnant, l'effet que peut produire une personne sur une autre, et en moins d'une semaine !

— Il est clair que sa nouvelle petite amie est loin d'être une affaire.

— Je ne parlais pas d'elle. Il fallait que tu lui annonces la nouvelle.

— C'est juste. Je devais le lui dire, tout comme à toi et à Rose, rétorque calmement Scarpetta.

— Ta pièce en or vaut environ six cents dollars, annonce Lucy en refermant un fichier. Sans la chaîne.

Le Dr Maroni est installé devant un feu de cheminée dans son appartement du sud de San Marco. Les dômes de la basilique, nimbés de pluie, semblent presque moroses. Les Vénitiens sont chaussés de bottes en plastique vert. Les touristes, quant à eux, ont opté pour la version économique, en plastique jaune. En un rien de temps, l'eau monte au-dessus du niveau des rues de Venise. Le Dr Maroni s'entretient avec Benton au téléphone :

— J'ai simplement entendu parler du corps.

— Comment ? Au début, on a pensé qu'il s'agissait d'une affaire de peu d'importance. Pourquoi vous aurait-on informé ?

— C'est Otto qui l'a mentionné.

— Le capitaine Poma, vous voulez dire.

Benton s'évertue à conserver ses distances avec Poma, au point qu'il ne parvient pas à le désigner par son prénom.

— Otto m'a appelé à propos d'autre chose et a évoqué cette histoire au cours de la conversation, précise le Dr Maroni.

— Comment était-il au courant? La couverture médiatique a été très modeste.

— Il le savait puisqu'il fait partie des carabiniers.

— Et ça le rend omniscient?

— Vous avez une dent contre lui.

— Disons que je suis perplexe, rectifie Benton. Poma est un expert médico-légal des carabiniers. Or l'affaire était aux mains de la police nationale, pas des carabiniers. Pour une raison simple, c'est la police nationale qui était arrivée en premier sur la scène de crime, comme à l'accoutumée. Lorsque j'étais gamin, on disait: le premier arrivé est le premier servi. Pour les organismes de lutte contre le crime, ça devient: *jamais entendu parler.*

— Que voulez-vous que je vous dise? C'est de cette façon que les choses se passent en Italie. C'est l'arrivée sur les lieux, ou la force de police qui a été contactée la première, qui détermine l'attribution des affaires. Mais ce n'est pas la cause de votre irritation.

— Je ne suis pas irrité.

— Vous êtes en train d'affirmer à un psychiatre que vous n'êtes pas irrité. (Le Dr Maroni allume sa pipe.) Je ne suis pas auprès de vous pour constater votre état émotionnel. Toutefois je n'en ai pas besoin. Vous êtes irrité. Pour quelle raison est-il important de savoir comment j'ai été au courant de cette femme morte retrouvée près de Bari?

— Et maintenant vous laissez entendre que je ne suis pas objectif!

— Ce que je suis en train de suggérer, c'est que vous vous sentez menacé par Otto. Je vais tenter de vous expliquer plus clairement comment les choses se sont enchaînées. Le corps a été retrouvé en bordure de l'autostrade qui part de Bari. Pour être franc, lorsque j'ai été informé, je n'en ai tout d'abord rien pensé de particulier. Nul ne savait qui elle était, et on a d'abord cru qu'il s'agissait d'une prostituée. Dans un premier temps, l'hypothèse de la police a été que le meurtre avait un lien avec la Sacra Corona Unita, la mafia de Puglia. Otto était assez satisfait que les carabiniers ne soient pas impliqués dans l'enquête parce qu'il n'a pas une passion pour les histoires de gangsters. Selon lui, il n'y a rien d'ennoblissant à s'occuper de victimes aussi corrompues que leurs tueurs. Si mon souvenir est exact, c'est le lendemain qu'il m'a raconté avoir discuté avec un anatomopathologiste à la *sezione di medicina* de Bari. Il apparaissait qu'en fait la victime était une jeune touriste canadienne portée disparue. Elle avait été vue pour la dernière fois dans une discothèque d'Ostuni. Elle était ivre et était partie en compagnie d'un homme. Une jeune femme correspondant à son signalement avait été aperçue le lendemain à la Grotta Bianca de Puglia. La Grotte blanche.

– Décidément, le capitaine Poma est omniscient, et c'est à croire que le monde entier se fait un devoir de l'informer !

– Décidément, vous avez une dent contre lui !

– Parlons un petit peu de cette Grotte blanche. Partons du principe que ce tueur procède par associations symboliques, propose Benton.

– Les strates les plus profondes de la conscience. Des souvenirs infantiles refoulés. Suppression des événements traumatiques et douloureux. On pourrait interpréter la descente dans la grotte comme son voyage mythologique vers les secrets de sa névrose, de sa psychose, de ses peurs. Quelque chose d'épouvantable lui est arrivé et cela précède sans doute ce qu'il identifie comme la chose terrible qu'il a subie.

– Vous souvenez-vous de détails à propos de son physique ? Les témoins qui ont affirmé l'avoir vu en compagnie de la victime dans la discothèque ou dans cette grotte ont-ils donné une description ?

– Jeune, portant une casquette de base-ball, précise le Dr Maroni. Rien d'autre.

– C'est tout ? Son appartenance ethnique ?

– Dans les deux cas, il s'agissait d'endroits très sombres.

– Je suis en train de consulter vos notes, en ce moment même. Vous indiquez que votre patient a rencontré une femme de nationalité canadienne dans une discothèque. Il vous a relaté cela le lendemain du jour où le corps de la jeune femme a été découvert. Ensuite vous n'avez plus jamais entendu parler de lui. De quel groupe ethnique était-il ?

– Blanc.

– Toujours dans vos notes, il est consigné qu'il vous a confié, je cite, « avoir laissé la fille sur le bas-côté d'une route dans Bari ».

– À ce moment-là, on ignorait que la jeune femme était canadienne. Elle n'avait pas encore été identifiée. Ainsi que je vous l'ai dit, la police pensait qu'il s'agissait d'une prostituée.

– N'avez-vous pas fait de lien lorsque vous avez appris qu'il s'agissait d'une touriste canadienne ?

– Certes, ça m'a inquiété. Cela étant, je n'avais pas de preuves.

– Bien sûr, Paulo, protéger le patient. Personne n'en a rien à foutre de protéger une touriste canadienne dont le seul crime est de s'être un peu trop amusée dans une discothèque, d'y avoir rencontré quelqu'un que, de toute évidence, elle trouvait à son goût et en qui elle pensait pouvoir avoir confiance. Ses vacances en Italie du Sud se terminent par une autopsie dans un cimetière. Encore heureux qu'elle n'ait pas été jetée dans la fosse commune.

– Vous êtes très impatient, bouleversé aussi, déclare le Dr Maroni.

– Puisque vous avez maintenant vos notes, Paulo, peut-être votre mémoire va-t-elle s'éclaircir ?

– Je ne vous les ai pas communiquées et je ne parviens pas à comprendre par quel biais vous avez pu vous les procurer.

Il a insisté sur ce point à plusieurs reprises et Benton est contraint de louvoyer.

– Lorsque vous saisissez vos notes sur ordinateur et que vous les stockez sur le serveur de l'hôpital, il vaut mieux désactiver la fonction de consultation du fichier, explique Benton. Parce que si quelqu'un parvient à repérer le disque dur sur lequel est enregistré ledit fichier très confidentiel, il peut aisément y accéder.

– Internet est un endroit plein de traîtrises.

– La touriste canadienne est morte il y a un peu moins d'un an, reprend Benton. Le type de mutilations est similaire. Comment se fait-il que vous n'ayez pas repensé à ce cas – à ce patient – après ce qu'a subi Drew Martin ? Des morceaux de chair excisés des mêmes zones du corps. Nue, le cadavre abandonné dans un endroit où il sera très vite découvert, mis en scène de manière à choquer. Aucun indice.

– Il ne semble pas qu'il les ait violées.

– Nous ne savons pas ce qu'il fait. Surtout s'il les contraint à rester assises, je ne sais combien de temps, dans une baignoire remplie d'eau glacée. J'aimerais que nous contactions Kay par téléphone. Je l'ai appelée juste avant vous. Avec un peu de chance, elle aura au moins jeté un coup d'œil à ce que je lui ai envoyé.

Le Dr Maroni patiente. Il fixe l'image affichée sur son écran, alors que la pluie tombe avec violence et que le canal se gonfle. Il entrouvre les volets et constate que les trottoirs sont maintenant noyés sous plus de trente centimètres d'eau. Il n'a pas à sortir de chez lui aujourd'hui. Fort heureusement. Il se passerait volontiers de ces inondations que les touristes apprécient à la manière d'une aventure.

La voix de Benton résonne :

– Paulo ? Kay ?

– Je suis en ligne.

– Elle a les fichiers, explique Benton au Dr Maroni. (Puis, s'adressant à Scarpetta :) As-tu les deux photographies sous les yeux ? Ainsi que les autres documents ?

Scarpetta lâche sans préambule :

– Ce qu'il a fait aux yeux de Drew Martin… on ne retrouve rien de tel dans le cas de la femme assassinée près de Bari. Je suis en train de parcourir le rapport d'autopsie la concernant. Rédigé en italien. Je me débrouille comme je peux. La question que je me pose est la suivante : pourquoi ce rapport est-il inclus dans le dossier de votre patient, le Marchand de sable, je présume ?

– En effet, c'est ainsi qu'il se fait appeler, concède le Dr Maroni. Du moins dans les messages envoyés au Dr Self. En avez-vous lu quelques-uns ?

— J'en prends connaissance en ce moment même.

Benton réitère la question :

— Pourquoi ce rapport d'autopsie se trouvait-il dans le dossier de votre patient ? Dans le dossier du Marchand de sable ?

— Parce que j'étais inquiet. Encore une fois, je n'avais aucune preuve.

— Asphyxie ? s'interroge Scarpetta. D'après les pétéchies et l'absence d'autres éléments.

— Est-il possible qu'elle ait été noyée ? demande le Dr Maroni, les sorties papier des fichiers que lui a transmis Benton sur ses genoux. Et Drew, ce serait envisageable ?

— Non, c'est exclu dans le cas de Drew. Elle a été étranglée à l'aide d'un lien.

— Ce qui me fait penser à une noyade dans le cas de Drew, c'est cette histoire de baignoire, dit le Dr Maroni. Et, maintenant, cette photo d'une femme assise dans une baignoire en cuivre. Toutefois, j'admettrais avoir tort.

— Vous avez tort en ce qui concerne Drew. Cela étant, les deux victimes ont séjourné dans des baignoires avant leur mort, ou du moins ce que nous supposons être leur mort. La noyade serait une hypothèse à retenir si nous n'avions pas d'autres indications. Je vous affirme, sans l'ombre d'un doute, répète Scarpetta, que Drew ne s'est pas noyée. Ce qui ne signifie pas que tel ne soit pas le cas pour la jeune femme de Bari. De surcroît, nous ne savons absolument pas ce qui est arrivé à la femme assise dans la baignoire en cuivre. Nous ne savons même pas si elle est morte, bien que je le redoute.

— On dirait qu'elle a été droguée, remarque Benton.

— Oh, je parierais que les trois femmes l'ont été, précise Scarpetta. La victime de Bari n'était plus en pleine possession de ses moyens, si j'en juge par son alcoolémie, trois fois supérieure à la limite légale. Quant à Drew Martin, la sienne était plus de deux fois supérieure à la limite.

— Il les intoxique d'une façon ou d'une autre afin de pouvoir les contrôler, résume Benton. Or, donc, rien ne t'incite à croire que la jeune femme de Bari a été noyée ? Rien dans le rapport ? Qu'en est-il des diatomées ?

– Les diatomées ? répète le Dr Maroni.

– Des algues microscopiques, traduit Scarpetta. Tout d'abord, encore aurait-il fallu que quelqu'un vérifie leur présence, ce qui était peu probable si l'hypothèse de la noyade avait été écartée.

– Ça peut sembler logique puisqu'elle a été retrouvée sur le bord d'une route, commente le Dr Maroni.

– Ensuite, reprend Scarpetta, les diatomées sont ubiquistes. On les trouve dans l'eau, dans l'air. Le seul examen qui peut donner des informations convaincantes est celui de la moelle osseuse ou des organes internes. Et vous marquez un point, docteur Maroni. Pourquoi se serait-on lancé dans un tel examen ? En ce qui concerne la victime de Bari, j'ai le sentiment qu'il s'agit d'un crime opportuniste. Peut-être le Marchand de sable – je l'appellerai ainsi dorénavant.

– Nous ignorons s'il s'était déjà affublé de ce surnom à l'époque, argumente le Dr Maroni. Ce qui est certain, c'est que le patient que j'ai reçu ne l'a jamais mentionné.

– Je l'appellerai le Marchand de sable pour clarifier mon propos, explique Scarpetta. Peut-être chassait-il dans les bars, les discothèques, les lieux touristiques, et elle a eu la malchance de se trouver au mauvais endroit, au mauvais moment. En revanche, Drew Martin ne me fait pas l'effet d'une proie sélectionnée au hasard.

– Nous n'en sommes pas non plus certains, rectifie le Dr Maroni en tirant sur sa pipe.

– Personnellement, je crois pouvoir l'affirmer, insiste Scarpetta. Il a commencé à écrire des messages électroniques au Dr Self l'automne dernier, messages qui mentionnaient Drew Martin.

– Si tant est qu'il s'agisse bien du tueur.

– Il a expédié au Dr Self une photo de Drew Martin qu'il avait prise quelques heures avant sa mort. Elle était assise dans une baignoire, contre Scarpetta. À mes yeux, ça fait de lui le tueur.

– Racontez-m'en davantage au sujet des yeux, je vous prie, demande Maroni à Scarpetta.

– D'après le rapport que j'ai là, les yeux de la victime canadienne n'ont pas été énucléés. Ceux de Drew, si. Les orbites ont été remplies de sable et les paupières collées bord à bord. Fort heureusement, à ce que j'en sais, ces sévices ont été perpétrés *post mortem.*

– Il ne s'agit pas de sadisme mais de symbolisme, conclut Benton.

– Le Marchand de sable saupoudre vos yeux de sable pour vous endormir, rappelle Scarpetta.

– C'est ce que je soulignais lorsque j'évoquais les aspects mythologiques, renchérit le Dr Maroni. Jungien, freudien, mais pertinent. Nous négligeons à nos risques et périls la psychologie profonde de ce cas.

– Je ne néglige rien. En revanche, je regrette que vous ayez négligé ce que vous saviez de votre patient. Vous avez craint qu'il ait quelque chose à voir dans le meurtre de la touriste canadienne, pourtant vous n'avez rien dit, lâche Benton.

Ils débattent. Des allusions à une faute grave et à la responsabilité qui va de pair. La conversation à trois voix se poursuit pendant que l'inondation s'étend dans la ville de Venise. Puis Scarpetta déclare qu'elle est au beau milieu d'examens de laboratoire et que, s'ils n'ont plus besoin d'elle, elle préfère raccrocher. Ce qu'elle fait. Le Dr Maroni reprend sa défense :

– Ça aurait été une violation du secret professionnel. Je n'avais aucune preuve, aucun indice de quelque sorte que ce soit. Vous connaissez les règles. Que se passerait-il si nous nous précipitions à la police dès qu'un patient profère des propos violents ou fait référence à des actes de violence dont nous n'avons aucune raison de penser qu'ils sont réels ? Il faudrait signaler de tels patients quotidiennement aux autorités.

– Je pense que vous auriez dû signaler ce patient à la police, et que vous auriez dû demander davantage de précisions à son sujet au Dr Self.

— Et moi, je pense que vous n'êtes plus un agent du FBI qui peut arrêter des suspects. Vous êtes un psychologue légal, employé par un hôpital psychiatrique. Vous faites partie de la faculté de médecine de Harvard. Votre loyauté est due en priorité à vos patients.

— Peut-être que je ne m'en sens plus capable. Après deux semaines de Dr Self, je vous avoue que ma perception des choses a changé. Et ça vous inclut, Paulo. Vous avez protégé votre patient, et aujourd'hui au moins deux autres femmes sont mortes.

— Si c'est bien lui.

— C'est lui !

— Qu'a fait le Dr Self lorsque vous l'avez confrontée à ces photos ? Celle de Drew dans la baignoire. La pièce qui a l'air italienne, ancienne, dit le Dr Maroni.

— C'est probablement à Rome ou non loin. Il ne peut en être autrement. Il est probable qu'elle ait été assassinée à Rome.

— Et cette deuxième photo ?

Le Dr Maroni clique sur un fichier retrouvé dans la messagerie électronique du Dr Self. Une autre femme dans une baignoire, en cuivre celle-là. Elle doit avoir la trentaine. Ses longs cheveux sont très bruns. Ses lèvres sont enflées et sanglantes. Son œil droit est tuméfié et fermé.

— Qu'a dit le Dr Self lorsque vous lui avez montré ce cliché plus récent que lui a expédié le Marchand de sable ?

— Ce cliché est arrivé alors qu'elle se trouvait dans l'aimant. Lorsque je le lui ai montré, un peu plus tard, elle ne l'avait jamais vu auparavant. Sa préoccupation principale était que nous avions piraté – selon ses termes – sa messagerie électronique, violé ses droits civils, en plus de l'HIPAA puisque Lucy était la pirate – du moins était-ce l'accusation du Dr Self –, ce qui sous-entendait que des personnes extérieures au McLean savaient qu'elle était notre patiente. Pourquoi jeter l'anathème sur Lucy ? C'est la question que je me pose.

– En effet, c'est étrange, surtout qu'elle l'ait fait sans hésitation. Je suis d'accord avec vous.

– Avez-vous vu ce que le Dr Self a mis sur son site Web? Une supposée confession de Lucy, discutant sans détour de sa tumeur cérébrale. Ça a fait tache d'huile.

– Lucy aurait fait cela? s'étonne le Dr Maroni. (Pour une fois, il n'était pas au courant.)

– Certainement pas. La seule explication qui me vienne, c'est que le Dr Self a découvert d'une façon ou d'une autre que Lucy se rend régulièrement au McLean pour y passer des examens. L'insatiable appétit du Dr Self pour le harcèlement a fait le reste, et elle a forgé cette confession de toutes pièces.

– Comment va Lucy?

– À votre avis?

– Qu'a dit d'autre le Dr Self au sujet de cette deuxième photographie? Cette femme dans la baignoire en cuivre. A-t-on la moindre idée de son identité?

– J'en conclus que quelqu'un a fortement suggéré au Dr Self que Lucy avait piraté sa messagerie électronique. Étrange, vraiment, poursuit Benton.

– La femme dans la baignoire de cuivre, insiste le Dr Maroni. Qu'a dit le Dr Self lorsque vous lui avez fait face dans la pénombre, alors qu'elle était assise sur les marches? Ça devait être un spectacle.

Il attend, rallume sa pipe.

– Je n'ai jamais mentionné qu'elle était assise sur les marches.

Le Dr Maroni sourit et exhale une bouffée de fumée comme le tabac rougeoie au creux de sa pipe. Il pose à nouveau sa question :

– Lorsque vous la lui avez montrée, qu'a-t-elle dit?

– Elle a demandé si la photo était authentique. Je lui ai répondu qu'il était impossible d'être formel sans avoir accès aux fichiers contenus dans l'ordinateur de l'expéditeur. Toutefois elle a l'air véridique. Je n'y ai détecté aucun des signes classiques d'un cliché falsifié. Une ombre qui manque. Un défaut de perspective. Un éclairage ou des conditions météorologiques absurdes.

– En effet, je n'ai pas l'impression qu'on l'ait altérée, renchérit le Dr Maroni en étudiant la photo affichée sur son écran. (La pluie cascade de l'autre côté des volets et les vaguelettes du canal se brisent contre le stuc des murs.) Pour autant que je puisse juger de ce genre de choses.

– Elle a insisté sur le fait qu'il pouvait s'agir d'une ruse malsaine. D'une plaisanterie de mauvais goût. J'ai rétorqué que la photo de Drew Martin était bien réelle et que ça allait largement au-delà d'une plaisanterie malsaine. Elle est morte. J'ai fait part au Dr Self de mon inquiétude au sujet de l'autre femme, celle de la seconde photo, dont je suppute qu'elle est morte, elle aussi. Il semble que quelqu'un discute avec le Dr Self sans retenue, pas seulement de cette affaire en particulier, et je me demande qui.

– Et qu'a-t-elle dit?

– Que ce n'était pas de sa faute, précise Benton.

– Et maintenant que Lucy nous a obtenu cette information, elle peut savoir…, commence le Dr Maroni.

Mais Benton le devance :

– D'où les *mails* sont expédiés? Lucy me l'a expliqué. Accéder à la messagerie électronique du Dr Self nous a permis de remonter jusqu'à l'adresse IP du Marchand de sable. Encore une preuve qu'elle n'en a rien à faire. Elle aurait parfaitement pu pister l'adresse IP elle-même, ou alors avoir recours à quelqu'un. Pourtant elle ne l'a pas fait. Ça ne lui a probablement jamais traversé l'esprit. Nous sommes remontés jusqu'à un domaine de Charleston, plus précisément le port.

– C'est très intéressant.

– Vous êtes si ouvert et enthousiaste, Paulo.

– Je ne suis pas certain de comprendre ce que vous voulez dire par là.

– Lucy a discuté avec le technicien d'information du port, le gars qui s'occupe de tous les ordinateurs, du réseau sans fil, de tous ces trucs-là, poursuit Benton. Selon elle, ce qui est important, c'est que le Marchand de sable ne correspond à aucun des CAM du port, pour « code adresse machine ». Quel que soit l'ordinateur qu'utilise le Marchand de sable afin d'envoyer ses messages, il semble qu'il ne soit pas présent physiquement sur le port, ce qui sous-entendrait qu'il n'est pas employé là-bas. Lucy a défini plusieurs scénarios possibles. Ça pourrait être un type qui va et qui vient – qui travaille sur un bateau de plaisance ou un cargo –, et lorsqu'il débarque, il pirate le réseau portuaire. Si tel est le cas, il faisait nécessairement partie de l'équipage d'un bateau qui était amarré à Charleston lorsque les *mails* ont été envoyés au Dr Self. Chacun des vingt-sept messages que Lucy a trouvés dans la boîte de réception de Marilyn Self avait été envoyé via le réseau sans fil du port. Ça inclut le dernier. La femme dans la baignoire en cuivre.

– En d'autres termes, il doit toujours se trouver à Charleston, résume le Dr Maroni. J'espère que vous faites surveiller le port. C'est peut-être le meilleur moyen de lui mettre la main dessus.

– Nous devons être très prudents, quoi que nous entreprenions. Nous ne pouvons pas encore impliquer la police. Nous risquons de faire peur à ce type et de le perdre.

– On doit pouvoir obtenir les horaires de manœuvres des bateaux, qu'il s'agisse de croisières touristiques ou de transport de marchandises. Existe-t-il une concordance entre ces horaires et les messages expédiés au Dr Self?

– Oui et non. Certaines de feuilles de route d'un bateau de plaisance – je parle des embarquements et débarquements – correspondent avec ceux de plusieurs *mails*. D'autres pas. Au bout du compte, je finis par me persuader qu'il a de bonnes raisons de se trouver à Charleston, peut-être même qu'il y vit. Peut-être a-t-il accès au réseau portuaire en se garant tout près et en le piratant?

– Vous me semez, là, Benton, l'interrompt le Dr Maroni. J'évolue dans un monde très ancien.

Il rallume sa pipe. Au demeurant, il aime fumer la pipe pour le plaisir de l'allumer.

– C'est la même chose qu'un type qui se balade en voiture équipé d'un scanner, et qui écoute les conversations échangées par les gens via leurs téléphones portables.

– Je suppose que ce n'est pas non plus la faute du Dr Self, déclare le Dr Maroni d'un ton piteux. Le tueur a envoyé des *mails* de Charleston depuis l'automne dernier, elle aurait pu le savoir et prévenir quelqu'un.

– Elle aurait pu vous prévenir lorsqu'elle vous a envoyé le Marchand de sable, Paulo.

– Est-elle au courant de ce lien avec Charleston ?

– Je le lui ai dit. J'espère que ça l'incitera à fouiller ses souvenirs ou à divulguer d'autres informations qui pourraient nous aider.

– Mais qu'a-t-elle répondu lorsque vous lui avez appris que, durant tout ce temps, le Marchand de sable lui avait expédié ses messages depuis Charleston ?

– Elle a répété que ce n'était pas de sa faute, précise Benton. Ensuite elle est montée dans sa limousine en direction de l'aéroport où l'attendait son avion privé.

CHAPITRE 16

Des applaudissements, un fond musical et la voix du Dr Self. Son site Internet.

Scarpetta ne peut dissimuler son extrême détresse à la lecture de la prétendue confession de Lucy. Y sont décrits ses examens au McLean, et pourquoi elle doit les subir, et comment elle vit avec tout cela. Scarpetta lit les blogs jusqu'à ce qu'elle n'en puisse plus. Lucy ne peut s'empêcher de songer que l'émotion de sa tante est sans doute moins forte que ce qu'elle devrait ressentir.

– Je n'y peux rien. Ce qui est fait est fait, commente Lucy en scannant des empreintes digitales partielles dans un système d'imagerie numérique. Même moi, je ne peux pas désenvoyer des trucs, effacer des contenus, défaire. D'un autre côté, je peux positiver en me disant que, du coup, je n'ai plus à être terrorisée à l'idée que quelqu'un révèle mon secret.

– Révèle ton secret ? Le choix des mots n'est pas innocent.

– Selon moi, avoir un dysfonctionnement physique est pire que tout ce qu'on a pu raconter sur ma vie. Peut-être est-il préférable que les gens soient au courant et s'y habituent ? La vérité est un soulagement. Il vaut toujours mieux ne rien avoir à cacher, tu ne penses pas ? Lorsque des gens apprennent des choses de cet ordre à ton sujet, le truc étrange, c'est que tu peux recevoir des cadeaux inattendus. Des gens qui te tendent la main quand tu ne te serais jamais douté qu'ils se souciaient de toi. Des voix du passé qui te parlent à nouveau. D'autres voix qui s'éteignent enfin. Des gens qui quittent ta vie et ce n'est pas trop tôt.

— À qui fais-tu référence ?

— Disons juste que je n'ai pas été surprise.

— Cadeaux ou pas, le Dr Self n'avait aucun droit de faire cela, lâche Scarpetta.

— Tu entends ce que tu dis ?

Scarpetta ne répond pas.

— Tu es en train de te demander jusqu'à quel point c'est de ta faute. Tu sais : « Si elle n'était pas la nièce de l'infâme Dr Kay Scarpetta, sans doute la démolir serait-il moins intéressant. » Tu as ce besoin implacable d'endosser la responsabilité de tout et de tenter d'y remédier, lâche Lucy.

— Je ne peux plus lire ça, commente Scarpetta en se déconnectant.

— C'est ton défaut. L'un de ceux qui me pèsent vraiment, si tu veux tout savoir.

— Il faut que nous trouvions un avocat spécialisé dans ce genre d'affaires. Les écrits diffamatoires sur Internet. Traîner quelqu'un dans la boue par Web interposé, lequel Web n'est pas régulé, au point qu'il constitue une sorte de société sans lois.

— Essaie de prouver que je ne l'ai pas écrit. Essaie de construire un dossier. Ne te focalise pas sur mon cas sous prétexte que tu ne veux surtout pas t'accorder d'attention à toi-même. Je t'ai laissée en paix toute la matinée, mais maintenant c'est assez. Je ne peux plus.

Scarpetta entreprend de débarrasser une des paillasses, rangeant ce qui y traîne.

— Je suis assise et je t'écoute discuter avec un calme olympien au téléphone, t'entretenir avec Benton et le Dr Maroni. Comment peux-tu y parvenir sans étouffer de tout ce déni et cette esquive ? s'obstine Lucy.

Scarpetta fait couler l'eau dans un évier en inox scellé non loin d'un poste de lavage oculaire. Elle se frotte les mains comme si elle venait de pratiquer une autopsie, alors qu'elle est en train de travailler dans un laboratoire d'une propreté méticuleuse, consacré à la photographie et où donc rien de très dangereux ne se passe. Lucy remarque les hématomes qui encerclent les poignets de sa tante. Elle peut faire ce qu'elle veut, elle ne parviendra pas à les dissimuler.

— Tu vas continuer à protéger cette ordure toute ta vie ? demande Lucy en faisant référence à Marino. D'accord, ne me réponds pas. Peut-être la plus grosse différence entre lui et moi n'est-elle pas la plus évidente. Je ne tolérerais jamais que le Dr Self me pousse à faire une chose qui se révélerait fatale pour moi.

— Fatale ? J'espère bien que non. Je n'aime pas que tu utilises ce terme.

Scarpetta s'absorbe dans le rangement de la pièce et de sa chaîne en or. Elle reprend :

— De quoi parles-tu au juste ? Une chose fatale ?

Lucy enlève sa blouse blanche et la suspend derrière la porte close du labo.

— Je ne vais pas lui donner la satisfaction de me laisser aiguillonner vers un truc irréparable. Je ne m'appelle pas Marino !

— Il faut qu'on transmette cela au labo d'ADN au plus vite. (Elle arrache des morceaux du ruban adhésif réservé aux indices et scelle enveloppes et sachets.) Je vais aller le leur porter afin de m'assurer que la chaîne des indices ne souffre d'aucune rupture, et peut-être que dans trente-six heures ou un peu moins… du moins s'il ne survient aucune complication inattendue. Je ne veux pas perdre de temps avec ces analyses. Je suis certaine que tu me comprends. Si quelqu'un est venu me rendre visite l'arme au poing…

– Je me souviens de ces vacances de Noël à Richmond. J'étais venue passer quelques jours avec toi après la fin des cours à l'université de Virginie. J'avais amené une amie. Il lui a fait du rentre-dedans devant moi.

– C'était quand au juste ? D'autant que ce n'était ni la première, ni la dernière fois qu'il s'essayait à ce genre de choses.

Sur le visage de Scarpetta se peint une expression que Lucy n'a jamais vue auparavant.

Sa tante remplit des paperasses, s'absorbe dans une chose, puis une autre, n'importe quoi pourvu qu'elle n'ait pas à regarder sa nièce parce qu'elle en est incapable. Lucy ne se souvient pas d'une seule occasion où elle a senti ce mélange de honte et de colère chez Scarpetta. En colère, certes, honteuse jamais. Le pressentiment désastreux de la jeune femme empire.

– Marino n'a jamais pu gérer le fait d'être entouré de femmes qu'il voulait désespérément impressionner, d'autant que non seulement nous n'étions pas impressionnées, du moins de la façon dont il l'aurait souhaité, mais en plus notre intérêt pour lui était d'une nature qu'il ne supportait pas, continue Lucy. En fait, ce que nous cherchions, c'était une relation de personne à personne. Et qu'est-ce qu'il fait ? Il essaie de peloter ma nana sous mon nez. Bien sûr, il était bourré.

Elle abandonne son poste de travail et se rapproche de la paillasse devant laquelle s'active sa tante, qui semble maintenant préoccupée par les feutres de couleur alignés dans un tiroir. Elle tire leurs bouchons et les vérifie les uns après les autres afin de s'assurer qu'ils ne sont pas usés ou que leur encre n'a pas séché.

– Mais je ne me suis pas laissé faire, poursuit Lucy. Je me suis défendue. Je n'avais que dix-huit ans, pourtant je lui ai remonté les bretelles. Il a eu du pot que je ne fasse pas pire. Tu vas continuer à t'activer de la sorte longtemps, en espérant que ça fasse disparaître le reste ?

Lucy attrape avec douceur les mains de sa tante et repousse les manches de sa blouse. Ses poignets sont rouge vif, témoignant d'un dommage tissulaire sérieux, au point qu'on dirait qu'elle a été entravée par des menottes d'acier.

– Je t'en prie, ne rentrons pas là-dedans. Je sais que tu t'inquiètes, mais laisse-moi tranquille avec ça, Lucy.

Scarpetta retire ses poignets des mains de sa nièce et baisse ses manches.

– Qu'est-ce qu'il t'a fait ?

Scarpetta s'assoit.

– Tu ferais mieux de tout me raconter, insiste la jeune femme. Je me fiche de ce qu'a pu faire le Dr Self pour le pousser, et nous savons l'une comme l'autre qu'il n'en faut pas beaucoup. Marino est allé trop loin, il est trop tard pour revenir en arrière et il n'y aura pas d'exception à la règle. Je vais le punir.

– Je t'en prie. Laisse-moi régler cette histoire.

– Tu ne règles rien et tu ne le feras pas davantage plus tard. Il faut toujours que tu lui trouves des excuses.

– C'est faux. Cela étant, le punir n'est pas la solution. Qu'est-ce que cela pourrait apporter de bon ?

– Que s'est-il passé au juste ? (Lucy parle d'une voix douce et calme. Pourtant elle sent un engourdissement la gagner, le signal habituel lorsqu'elle devient capable de n'importe quoi.) Il a passé la nuit chez toi. Qu'a-t-il fait ? En tout cas, il est clair que tu n'étais pas d'accord, sans quoi tu n'aurais pas ces marques. De toute façon, tu n'aurais jamais voulu ce genre de choses de sa part, donc il t'a forcée, c'est cela ? Il t'a attrapée par les poignets. Quoi d'autre ? Ton cou est à vif. Qu'est-ce que cette ordure a fait ? Toutes ces traînées avec qui il couche, je n'ose même pas imaginer les maladies…

– Ça n'a pas été si loin.

– Ça a été loin *jusqu'à quel point* ? Je veux savoir ce qu'il a fait.

Il ne s'agit pas d'une question dans la bouche de Lucy, mais d'une évidence qui exige des explications.

– Il était saoul, commence Scarpetta. Et voici que nous découvrons qu'en plus il se traite à la testostérone, ce qui peut le rendre particulièrement agressif en fonction de la dose qu'il utilise. Marino ne sait pas ce que signifie le mot « modération ».

Il est dans l'excès. Trop, toujours trop. Et tu as raison sur ses excès de boisson et de cigarettes durant cette dernière semaine. Il n'a jamais très bien accepté les limites. Cependant, maintenant, il n'en existe plus du tout. Bref, je suppose que tout cela a concouru à ce qui s'est produit.

– A concouru à ce qui s'est produit ? Après toutes ces années, votre relation a abouti à une agression sexuelle ?

– Je ne l'avais jamais vu dans cet état. C'était comme si je ne le connaissais plus. Si agressif, si rageur, complètement hors de contrôle. Peut-être devrions-nous davantage nous inquiéter de lui que de moi.

– Ne commence pas !

– Je t'en prie, essaie de comprendre.

– Je comprendrai bien mieux quand tu m'auras expliqué ce qu'il a fait. (La voix de Lucy est plate, une voix dangereuse.) Qu'est-ce qu'il a fait ? Plus tu esquives, plus j'ai envie de lui tomber dessus, et plus ce sera grave quand je m'y déciderai. Et tu me connais assez, tante Kay, pour savoir que je ne plaisante pas.

– Il s'est arrêté à temps, puis il a fondu en larmes.

– À temps, ça veut dire quoi ?

– Je ne peux pas en parler.

– Vraiment ? Et que se serait-il passé si tu avais appelé la police ? Ils exigent de connaître tous les détails. Tu sais comment les choses se déroulent. Tu es violée une fois, puis une seconde fois quand tu racontes toute l'histoire, que certains des flics imaginent la scène et qu'elle les excite. Ces pervers passent de salle d'audience en salle d'audience, à la recherche d'affaires de viol. Ils s'installent au fond et écoutent les moindres détails.

– Pourquoi dévies-tu de la sorte ? Cela n'a rien à voir avec moi.

– À ton avis, que se serait-il passé si tu avais appelé les flics et que Marino se soit retrouvé avec une inculpation pour coups et blessures et agression sexuelle, à tout le moins ? Tu aurais fini au tribunal, et je ne te dis pas le spectacle de roi que tu aurais offert à certaines personnes. Des gens se repaissant de tous les détails, s'imaginant la scène, comme si, d'une certaine façon, tu te retrouvais nue devant eux, jaugée comme un objet sexuel, avilie. Le grand Dr Scarpetta à poil et maltraitée, jetée en pâture au monde entier.

— Ça n'a pas été si loin.

— Vraiment? Défais ta chemise. Je vois les abrasions autour de ton cou.

Elle tend les mains vers sa tante et entreprend de déboutonner son col de chemisier. Scarpetta la repousse et lâche :

— Tu n'es pas une infirmière spécialisée dans ce genre de choses et j'en ai assez entendu. Ne me mets pas en colère contre toi.

La propre rage de Lucy remonte à la surface. Elle la sent envahir son cœur, ses pieds, ses mains.

— Je vais m'en occuper, prévient-elle.

— Je ne le veux pas. De toute évidence, tu t'es déjà introduite chez lui pour fouiller. Je sais de quelle façon tu t'occupes des choses et je peux parfaitement prendre soin de moi. En revanche, je n'ai vraiment pas besoin d'une confrontation entre vous deux.

— Qu'a-t-il fait au juste? Qu'est-ce que t'a fait cet abruti d'ivrogne, cette ordure?

Scarpetta garde le silence.

— Il a offert une visite de tes locaux à sa traînée de nana. Benton et moi en avons vu chaque seconde, tout comme nous avons pu constater, sans grand effort, qu'il était en train de bander en plein milieu de la morgue. Tu m'étonnes! Marino est devenu une bandaison à pattes, gonflée au gel hormonal afin de pouvoir satisfaire sa foutue salope qui n'a pas la moitié de son âge. Et ensuite il s'en prend à toi!

— Arrête.

— Non, je n'arrêterai pas. Qu'est-ce qu'il a fait? Il a déchiré tes vêtements? Où se trouvent-ils? Ce sont des preuves. Où sont tes vêtements?

— Cesse, Lucy!

— Où sont-ils? Je les veux. Je veux récupérer les vêtements que tu portais ce soir-là. Qu'en as-tu fait?

– Tu rends les choses encore pires.

– Tu les as jetés, n'est-ce pas ?

– Laisse tomber.

– Agression sexuelle avec coups et blessures. C'est un crime. Et tu n'as aucune intention d'en parler à Benton, parce que, sans cela, tu l'aurais déjà fait. Et tu n'avais aucune intention de m'avertir. C'est Rose qui m'a prévenue. Du moins m'a-t-elle fait part de ses soupçons. Mais qu'est-ce qui déraille chez toi ? Je pensais que tu étais une femme forte. Je pensais que tu étais puissante. Je l'ai cru toute ma vie. Et puis la faille. Quelqu'un qui lui permet de faire un truc pareil et qui refuse d'en parler. Pourquoi l'as-tu laissé faire ?

– C'est donc de cela qu'il s'agit.

– Pourquoi ?

– C'est de cela qu'il s'agit, répète Scarpetta. Et si nous parlions plutôt de ta faille ?

– Ne retourne pas cela contre moi.

– J'aurais pu appeler la police. Son arme était à portée de ma main et j'aurais pu l'abattre, j'étais dans mon droit. En fait, j'aurais pu faire plein de choses.

– Alors qu'est-ce qui t'en as empêchée ?

– J'ai choisi le moindre mal. Tout ira bien. Aucun des autres choix ne convenait. Je sais pourquoi tu fais cela, Lucy.

– L'important n'est pas ce que je fais, mais ce que tu as fait.

– C'est à cause de ta mère, ma lamentable sœur qui ramenait les types à la maison, les uns derrière les autres. On ne peut même plus dire qu'elle est dépendante des hommes. Elle est complètement accro à eux. Te souviens-tu de la question que tu m'as posée un jour ? Tu m'as demandé pourquoi les hommes étaient toujours plus importants que toi.

Lucy crispe les poings.

– Tu m'as dit que n'importe lequel des hommes qui traversaient la vie de ta mère était plus important que toi à ses yeux. Et tu avais raison. Te rappelles-tu de l'explication que je t'avais alors donnée ? Parce que Dorothy est une coquille vide. Ça n'a rien à voir avec toi. Tu t'es toujours sentie violentée par ce qui se passait chez toi…

La voix de Scarpetta meurt dans un murmure et une ombre assombrit le bleu de ses yeux. Elle reprend :

– Quelque chose s'est-il passé ? Autre chose ? Est-ce qu'un de ses petits amis a eu des gestes inappropriés envers toi ?

– Je réclamais sans doute un peu d'attention.

– Que s'est-il produit ?

– Laisse tomber.

– Lucy, qu'est-ce qui s'est passé ?

– Laisse tomber, je te dis. On n'est pas en train de parler de moi. Et puis j'étais une gamine. Pas toi.

– Franchement, ça n'a pas fait une grande différence. Comment aurais-je pu lutter contre lui ?

Un silence s'installe. La tension entre elles s'apaise. Lucy ne veut plus se bagarrer contre sa tante. Elle en veut à Marino comme jamais elle n'en a voulu à quiconque auparavant, parce qu'à cause de lui, durant quelques instants, elle s'est montrée méchante envers sa tante. Elle n'a fait preuve d'aucune pitié pour elle, qui n'avait commis d'autre crime que de souffrir. Marino a infligé à sa tante une blessure qui ne guérira jamais, jamais tout à fait, et Lucy n'a fait que l'aggraver.

– C'est trop injuste, remarque-t-elle. J'aurais tellement voulu être présente.

– Toi non plus, tu ne peux pas toujours réparer les choses, dit Scarpetta. Au fond, nous sommes bien plus semblables que différentes.

Parce qu'il vaut mieux qu'elles n'évoquent plus Marino, Lucy annonce :

– L'entraîneur de Drew Martin a rendu visite à l'entreprise de pompes funèbres de Henry Hollings. L'adresse figure sur le GPS de sa Porsche. Je peux me renseigner si tu préfères éviter de rencontrer le coroner.

– Non, répond Scarpetta. Il est temps que nous fassions connaissance.

Le bureau est meublé d'antiquités de prix, avec goût. Les doubles rideaux damassés sont tirés, laissant pénétrer le monde extérieur. Aux murs lambrissés d'acajou sont suspendus les portraits des ancêtres de Henry Hollings, une pléiade d'hommes sombres qui se penchent sur leur passé. Le fauteuil pivotant de son bureau fait face à la fenêtre. Au-delà s'étend un autre de ces splendides jardins de Charleston. Plongé dans une conversation téléphonique, il ne semble pas s'être rendu compte que Scarpetta se tient dans l'embrasure de la porte.

– Je peux vous suggérer quelque chose dont je pense que cela vous conviendrait, propose-t-il d'une voix apaisante à l'intonation très sudiste. Nous avons des urnes parfaitement appropriées, une remarquable innovation que fort peu de gens connaissent. Biodégradables, elles se dissolvent dans l'eau, rien de trop chargé ni de trop onéreux… En effet, si vous pensez confier les cendres à l'eau… Tout juste… répandre les cendres dans la mer… Je comprends bien. Cela évite qu'elles voltigent un peu partout. Il suffit simplement d'immerger l'urne. Je conçois fort bien que ça ne soit pas tout à fait la même chose aux yeux des proches. Il est tout à fait évident que vous pouvez opter pour la solution qui répond le mieux à vos souhaits. Je vous assisterai en tout. En effet, c'est ce que je recommande. Certes, nous ne voulons pas que les cendres s'envolent à cause d'un coup de vent… Comment formuler cela avec délicatesse ? Bref, il ne faut pas qu'elles risquent d'être rabattues vers l'intérieur du bateau. Ce serait vraiment regrettable.

Il raccroche après quelques paroles de compassion. Lorsqu'il se tourne, il ne semble pas surpris de découvrir Scarpetta. Il l'attendait puisqu'elle a téléphoné afin d'annoncer sa visite. Il ne paraît pas inquiet, et encore moins ulcéré, à la pensée qu'elle peut avoir entendu sa conversation téléphonique. Scarpetta est déconcertée : l'homme en face d'elle semble véritablement bon et prévenant. Certaines suppositions procurent un confort intellectuel. Celles de Scarpetta l'ont conduite à se convaincre que Hollings était un être cupide, mielleux, plein de son importance.

Il sourit, se lève et contourne son bureau admirablement rangé afin de lui serrer la main.

– Docteur Scarpetta…

– Je vous suis reconnaissante de me recevoir, surtout si rapidement.

Elle s'installe dans un fauteuil à oreillettes et il s'assied sur le canapé. Le choix n'est pas innocent. S'il avait l'intention de la dominer ou de la rabaisser, il aurait rejoint son trône, derrière son imposant bureau en ronce de noyer.

Henry Hollings est un homme distingué. Il porte un beau costume sombre, sorti de chez un tailleur. Le pli de son pantalon est soigneusement marqué. Quant à la veste fermée d'un seul bouton, elle est doublée de soie noire. Dessous se devine une chemise bleu pâle. Ses cheveux sont du même argent que sa cravate de soie et son visage est finement ridé, de douces rides qui indiquent qu'il sourit bien davantage qu'il ne fronce les sourcils. La bonté se lit dans son regard. Le trouble de Scarpetta persiste. Il ne ressemble vraiment pas à l'image du politicien roublard qu'elle s'était forgée. Elle s'accroche à une conviction : c'est tout le problème avec les politiciens roublards. Ils trompent les gens juste avant de tirer profit d'eux.

– Permettez-moi de vous parler sans détour, attaque-t-elle. Vous avez eu de multiples opportunités de vous rendre compte de mon existence. Cela fait presque deux ans que j'ai emménagé. Je tenais à préciser ce point afin que nous puissions avancer.

– Faire le premier pas aurait été très effronté de ma part.

– Selon moi, cela aurait été courtois. Je suis nouvelle en ville. Nous avons les mêmes priorités. Du moins le devrions-nous.

– Merci de votre franchise. Elle me donne une chance de m'expliquer. Nous avons tendance à l'ethnocentrisme à Charleston. Nous sommes très habiles lorsqu'il s'agit de prendre notre temps, d'attendre de voir comment tournent les choses. Je suppose que vous avez eu le temps de remarquer que rien ne se produit très vite ici. D'ailleurs, chez nous, les gens marchent même lentement. (Il sourit.) Du coup, j'ai attendu que vous preniez l'initiative de cette rencontre. Sincèrement, je ne pensais pas que vous le feriez. Vous êtes une anatomopathologiste, d'éblouissante réputation, ajouterai-je. Les gens de votre sorte tiennent généralement en piètre estime les coroners élus. Le plus souvent, nous ne sommes ni médecins, ni experts en sciences légales. J'ai pensé que vous seriez sur la défensive à mon égard lorsque vous avez monté votre cabinet dans notre ville.

– En d'autres termes, il semble que ni vous ni moi n'ayons été épargnés par les suppositions gratuites.

Elle accepte de lui accorder le bénéfice du doute, ou du moins de faire comme si.

Assis très droit, les jambes croisées, les mains posées sur les cuisses, il lui évoque une photographie de Matthew Brady.

– Charleston adore les ragots, beaucoup de gens sont méchants et étroits d'esprit, lance-t-il.

– Je suis certaine que, en professionnels, nous pouvons nous entendre, dit-elle, bien qu'en doutant.

– Connaissez-vous Mme Grimball, votre voisine ?

– Je ne la vois que rarement, surtout lorsqu'elle me guette depuis sa fenêtre.

– Il semble qu'elle se soit plainte au sujet d'un fourgon mortuaire stationné dans la ruelle située derrière chez vous. À deux reprises.

– Je ne suis au courant que d'une fois. (Elle cherche, mais ne se souvient pas d'un second passage du véhicule.) Lucious Meddick. À la suite d'un mystérieux et fautif enregistrement de mon adresse personnelle. Enregistrement dont j'espère qu'il a été corrigé.

– Elle s'est plainte auprès de gens qui auraient pu vous occasionner beaucoup d'ennuis. J'ai reçu un appel à ce sujet et j'ai intercédé en votre faveur. J'ai affirmé que je savais de source sûre qu'aucun corps n'était livré à votre domicile et qu'il devait y avoir un quiproquo.

– Je me demande… M'en auriez-vous informée si je ne vous avais pas appelé ?

– Si j'en avais eu après vous, pourquoi vous aurais-je, en l'occurrence, protégée ?

– Je l'ignore.

– Ma conviction, c'est qu'il existe assez de morts et de tragé-
dies autour de nous. C'est amplement suffisant. Toutefois, tout
le monde ne pense pas comme moi. Il n'y a pas une seule entreprise de pompes funèbres en Caroline du Sud qui ne mettrait
volontiers main basse sur la mienne. J'inclus Lucious Meddick
dans le tas. Franchement, je ne crois pas une seconde qu'il ait
confondu votre résidence privée avec la morgue. Même si la
mauvaise adresse était enregistrée quelque part.

– Pourquoi voudrait-il me porter préjudice ? Je ne le connais
même pas.

– Vous avez la réponse à votre question, docteur Scarpetta.
Meddick ne vous perçoit pas comme une source de revenus
supplémentaires parce que – mais il ne s'agit que d'une hypothèse de ma part – vous ne faites rien pour l'aider, dit Hollings.

– Je ne fais pas dans le marketing.

– Si vous me le permettez, je peux envoyer un message
électronique à chaque coroner, chaque entreprise de pompes
funèbres auxquels vous pourriez avoir affaire, afin de leur
communiquer la bonne adresse de vos locaux professionnels.

– Ce n'est pas nécessaire. Je peux m'en charger.

Plus il est affable, moins elle lui fait confiance.

– Très franchement, il est préférable que cela vienne de moi.
C'est une façon d'envoyer un message qui indique que nous
travaillons ensemble. N'est-ce pas la raison de votre visite ?

– Gianni Lupano, corrige-t-elle.

Le visage de Hollings reste impassible.

– L'entraîneur de Drew Martin.

– Je n'ai rien à voir avec l'enquête sur son meurtre. Je ne
détiens nulle information à ce sujet, en dehors de ce que les
médias ont rapporté.

– Il est venu ici. Au moins une fois.

– S'il était passé afin de poser des questions sur cette jeune
fille, il est évident que j'en serais informé.

– Il est bien venu pour une raison, insiste Scarpetta.

– Puis-je vous demander comment vous pouvez en être

certaine ? Peut-être avez-vous prêté l'oreille à plus de ragots que moi.

– Du moins suis-je sûre qu'il s'est garé sur votre parking.

– Je vois, murmure-t-il en hochant la tête. J'en conclus que la police, ou qui que ce soit, a épluché le GPS de sa voiture et que mon adresse y figurait. Du coup, une question s'impose : est-il suspect dans le meurtre de Drew Martin ?

– Je suppose que tous ceux qui avaient un lien avec la jeune fille le sont. Ou du moins le seront. Vous avez dit « sa voiture ». Comment savez-vous qu'il en possède une à Charleston ?

– Parce que je sais qu'il a acheté un appartement dans notre ville.

– La plupart des gens – notamment ceux qui habitent dans son immeuble – l'ignorent. Comment êtes-vous si bien renseigné ?

– Nous avons un livre des visiteurs, répond Hollings. Il se trouve en permanence sur une estrade, à la sortie de la chapelle. Ceux qui assistent à une veillée mortuaire, ou à un service religieux, peuvent le signer. Vous êtes libre de le consulter... les consulter, en remontant aussi loin que vous le voulez.

– Les deux dernières années me suffiront.

Dans une salle d'interrogatoires, une chaise en bois dont les pieds sont équipés d'entraves.

Madelisa Dooley se demande si elle finira dans cette pièce sous peu. Pour mensonges.

– Beaucoup d'histoires de drogue, mais nous avons un peu de tout, raconte l'enquêteur Turkington comme Madelisa et Ashley lui emboîtent le pas. (Ils dépassent des pièces un peu inquiétantes en s'enfonçant dans la section sud des bureaux du shérif de Beaufort County.) Des cambriolages, des vols, des homicides.

C'est plus grand qu'elle ne l'imaginait, parce qu'elle n'a jamais cru que le crime pouvait frapper Hilton Head Island. Toutefois, selon Turkington, ils ont de quoi faire au sud de la

Broad River, assez pour occuper à plein temps soixante officiers assermentés, dont huit enquêteurs.

— Rien que l'année dernière, nous avons bossé sur plus de six cents délits sérieux, poursuit-il.

Madelisa se demande combien parmi eux concernaient des violations de propriété et de gros mensonges.

— Je ne peux pas vous dire à quel point ça me secoue, déclare-t-elle nerveusement. On pensait qu'on était en sécurité ici. Tellement qu'on ne fermait même pas la porte à clé.

Il les conduit jusqu'à une salle de réunions et déclare :

— Vous seriez surprise du nombre de gens qui croient que parce qu'ils sont riches, rien de mal ne peut leur arriver.

Ça flatte Madelisa qu'il pense qu'Ashley et elle sont riches. Jamais personne n'a pensé d'eux une chose pareille. Cette constatation la remplit d'aise, jusqu'à ce qu'elle se souvienne de la raison de leur présence en ces lieux. D'une minute à l'autre, ce jeune homme dans son élégant costume-cravate va comprendre la vérité sur le statut économique de M. et Mme Dooley. Il additionnera 2 et 2 quand il découvrira leur banale adresse de Charleston-Nord et la médiocre petite maison de ville qu'ils y louent, si reculée derrière un rideau de pins qu'on n'entraperçoit même pas un coin de mer.

— Je vous en prie, asseyez-vous, propose-t-il en lui tirant une chaise.

— Vous avez bien raison, approuve-t-elle. L'argent ne fait pas le bonheur et il n'aide pas non plus les gens à s'entendre.

Comme si elle en savait quelque chose.

— Sacré Caméscope que vous avez là, lance Turkington à Ashley. Ça va chercher dans les combien ? Au moins mille dollars.

Il fait signe à Ashley de lui remettre l'appareil.

— Je ne vois pas pourquoi je dois vous le donner. Pourquoi vous ne vérifiez pas en vitesse ce que j'ai enregistré ?

Les yeux pâles de Turkington fixent Madelisa.

— Ce que je n'arrive toujours pas à comprendre, c'est pourquoi vous avez éprouvé le besoin de vous approcher de cette

maison. Pourquoi avez-vous pénétré dans cette propriété, alors que la pancarte « Défense d'entrer » était visible ?

— Elle cherchait le propriétaire, répond Ashley comme s'il s'adressait à son Caméscope posé sur la table.

— Monsieur Dooley, je vous en prie, ne répondez pas à la place de votre femme. Si j'en juge par ce qu'elle m'a confié, vous n'étiez pas témoin de la scène. Vous vous promeniez sur la plage lorsqu'elle a découvert ce qu'elle a découvert dans la maison.

Ashley se tourmente au sujet de son Caméscope pendant que Madelisa ne pense qu'au basset enfermé tout seul dans la voiture.

Elle a laissé la vitre entrouverte pour que l'air passe et — merci, mon Dieu — il ne fait pas trop chaud. Oh, je Vous en prie, qu'il n'aboie pas. Elle aime déjà ce chien. *Pauvre bébé !* Il est passé par des choses affreuses. Elle se souvient d'avoir caressé le sang poisseux qui maculait son poil. Elle ne doit pas mentionner le chien. Pourtant ça l'aiderait à expliquer que la seule raison pour laquelle elle s'est approchée de la maison, c'était retrouver son maître. Si les policiers découvrent qu'elle a récupéré ce pauvre adorable chiot, ils le prendront et il finira à la fourrière pour être un jour piqué. Comme Frisbee.

— Vous cherchiez le propriétaire de la maison. C'est ce que vous avez affirmé à plusieurs reprises. Cependant je ne parviens toujours pas à m'expliquer pourquoi vous teniez tant à le rencontrer.

Les yeux pâles de Turkington ne la lâchent pas. Son stylo repose sur le grand carnet dans lequel il prend des notes, grâce auquel il couche sur le papier tous les mensonges de Madelisa.

— C'est une demeure tellement magnifique, se lance-t-elle. J'avais envie qu'Ashley la filme, mais je me suis dit que ce n'était pas correct sans autorisation. Du coup, j'ai regardé s'il y avait des gens autour de la piscine, bref s'il y avait quelqu'un à la maison.

— Il n'y a pas énormément de gens là-bas à cette époque de l'année, du moins pas où vous vous trouviez. Beaucoup de ces

grandes maisons sont des secondes – voire troisièmes – résidences pour des gens très riches. Ils ne les louent pas et nous sommes en morte-saison.

— C'est exact, approuve-t-elle.

— Mais vous avez donc pensé que quelqu'un se trouvait là, parce que, dites-vous, vous avez vu de la viande griller sur le barbecue.

— C'est tout à fait cela.

— Et comment avez-vous pu voir cela depuis la plage ?

— J'ai aperçu de la fumée.

— Donc vous avez vu de la fumée et peut-être senti l'odeur de… ce qui était en train de griller, répète-t-il en prenant des notes.

— Parfaitement.

— Et qu'est-ce que c'était ?

— Comment ?

— Qu'est-ce qui était en train de cuire au barbecue ?

— De la viande, du porc peut-être. Ça aurait pu être du bœuf aussi.

— Et vous avez donc décidé de vous introduire dans la maison. (Il prend encore quelques notes. Puis le stylo s'immobilise et il lève le regard vers elle.) Vous voyez, c'est la partie qui me pose problème.

C'est également la partie qu'elle a du mal à comprendre, en dépit de ses efforts pour l'analyser. Qu'est-ce qu'elle pourrait inventer comme mensonge qui puisse se parer des allures de la vérité ?

— Ainsi que je vous l'ai dit au téléphone, je cherchais donc le propriétaire et puis j'ai commencé à m'inquiéter. J'ai commencé à m'imaginer que c'était peut-être un vieux milliardaire qui se préparait un barbecue et qu'il s'était écroulé à la suite d'une crise cardiaque. Je veux dire, pourquoi déposerait-on de la viande sur un gril pour disparaître ensuite ? Alors je n'ai pas arrêté de crier : « Il y a quelqu'un ? » Et puis j'ai vu que la porte de la buanderie était ouverte.

— Vous voulez dire déverrouillée.

– C'est cela.

– La porte située à côté de la fenêtre dont vous avez dit qu'un carreau était manquant et l'autre brisé, précise l'enquêteur Turkington en le notant.

– Du coup, je suis entrée tout en me disant que je ne devrais pas. Mais ça n'arrêtait pas de tourner dans ma tête : *Et si une vieille personne riche est à l'agonie à la suite d'une attaque ?*

– C'est le problème, il faut parfois faire des choix très difficiles, commente Ashley dont le regard passe du policier au Caméscope. Ne pas rentrer et ensuite ne jamais se le pardonner parce que vous lisez un peu plus tard dans les journaux que votre intervention aurait pu aider quelqu'un.

– Avez-vous filmé la maison, monsieur ?

– J'ai filmé des marsouins pendant que j'attendais le retour de Madelisa.

– Je vous ai demandé si vous aviez filmé la maison.

– Attendez que je réfléchisse. Sans doute quelques plans avec Madelisa qui posait devant. Mais je n'avais pas l'intention de le montrer à quiconque si elle n'obtenait pas l'autorisation des propriétaires.

– Je vois. Vous vouliez la permission avant de filmer la maison, mais vous l'avez quand même fait.

– Comme on l'a jamais obtenue, j'ai effacé le bout de film, conclut Ashley.

– Vraiment ? (Turkington le fixe durant un long moment.) Votre épouse sort en trombe de la maison, affolée à l'idée que quelqu'un ait été assassiné, et vous songez soudain à effacer une séquence parce que vous n'avez pas reçu la permission de filmer de cette personne dont votre femme pense qu'elle a été tuée ?

– Je sais que ça paraît étrange, admet Madelisa, mais l'important, c'est que je n'avais aucune intention de faire quelque chose de mal.

Ashley reprend :

– Quand Madelisa s'est ruée hors de la maison, toute bouleversée par ce qu'elle venait de voir, je n'ai pensé qu'à une chose : appeler immédiatement le numéro d'urgence de la police. Seulement, je n'avais pas mon portable et ma femme non plus.

— Et ne vous est pas venue l'idée d'utiliser un des téléphones de la maison ?

— Pas après ce que j'avais découvert là-bas ! s'exclame Madelisa. J'avais l'impression qu'il était toujours là-dedans.

— Il ?

— C'était une impression horrible. Je n'ai jamais eu aussi peur de ma vie. Vous ne pensez tout de même pas qu'après ce que j'avais vu j'allais rester sur place pour téléphoner, alors que je sentais que quelqu'un était en train de m'épier.

Elle fouille dans son sac à la recherche d'un mouchoir.

— Du coup, on a rejoint notre appartement. Elle était en pleine crise de nerfs, au point que j'ai dû la calmer, poursuit Ashley. Elle n'arrêtait pas de sangloter comme un bébé, ce qui fait que nous avons raté notre leçon de tennis. Elle a pleuré, pleuré, une bonne partie de la nuit. À un moment, je lui ai dit : « Ma chérie, pourquoi tu n'essaies pas de dormir un peu et on en rediscutera demain matin ? » Je vous avoue que je n'étais pas persuadé que tout ce qu'elle racontait était vrai. Mon épouse a une sacrée imagination. Elle lit tous ces romans policiers, ne rate pas une émission télé où ils parlent d'affaires criminelles, vous voyez. Mais elle n'arrêtait pas de pleurer. J'ai commencé à m'inquiéter sérieusement, à me demander si, peut-être, il n'y avait pas du vrai dans son histoire. C'est là que je vous ai appelés.

— Après un autre cours de tennis, relève Turkington. Votre femme était toujours sous le choc, mais vous êtes allé jouer au tennis ce matin-là. Puis vous êtes retourné à votre appartement, vous vous êtes douché, changé et avez chargé la voiture avec vos affaires avant de repartir pour Charleston. Enfin, vous vous êtes décidé à appeler la police. Je suis désolé. Vous croyez vraiment que je vais gober ça ?

— Si c'était pas la vérité, pourquoi est-ce qu'on aurait raccourci nos vacances de deux jours ? argumente Ashley. On avait loué pour une semaine complète. Ça serait quand même normal qu'on nous rembourse puisqu'il s'agissait d'une urgence. Peut-être que vous pourriez en toucher deux mots à l'agent immobilier.

— Si c'est pour cela que vous avez appelé la police, vous avez perdu votre temps !

— Je préférerais que vous ne gardiez pas mon Caméscope. J'ai juste effacé le petit bout que j'avais filmé devant la maison. Y avait vraiment pas grand-chose à voir. Juste Madelisa qui posait devant la maison et parlait à sa sœur. La séquence durait une dizaine de secondes.

— Ah, parce que sa sœur était avec vous ?

— Non, elle parlait au Caméscope. Je ne vois pas ce que vous pourriez trouver d'intéressant sur le film puisque j'ai effacé ce bout-là.

C'est Madelisa qui le lui avait demandé. On la voyait en train de caresser le chien.

— Peut-être que si je voyais ce que vous avez filmé, j'apercevrais, moi aussi, le panache de fumée qui s'échappe du barbecue, dit Turkington à Ashley. Vous avez affirmé l'avoir vu depuis la plage, n'est-ce pas ? Donc, si vous avez filmé la maison, on devrait le distinguer à l'image.

Cette sortie prend Ashley par surprise.

— Eh bien, je ne crois pas avoir filmé ça. Le Caméscope était pointé dans une autre direction. Vous ne pouvez pas juste regarder ce qu'il y a dessus et me le rendre ? Je veux dire, vous n'allez pas trouver grand-chose, à part des prises de Madelisa et de quelques marsouins, sans oublier d'autres petits trucs que j'ai filmés à la maison. Je vois vraiment pas pourquoi vous devriez garder mon Caméscope.

— Nous devons nous assurer qu'il n'y a rien d'autre sur la bande de nature à nous fournir des indications sur ce qui s'est produit, des détails auxquels vous n'auriez pas prêté attention.

— De quel genre ? demande Ashley que l'alarme gagne.

— Comme, par exemple, dites-vous la vérité ? N'êtes-vous pas entré à votre tour dans la maison lorsque votre femme vous a

raconté ce qu'elle y avait vu ? (Le ton de l'enquêteur Turkington devient très inamical.) Je trouve assez étrange que vous ne
soyez pas allé vérifier sur place ce qu'elle vous avait raconté.

— Si elle racontait la vérité, je n'allais certainement pas mettre
un pied dans cette maison ! proteste Ashley. Et si le tueur était
toujours planqué là-bas ?

Madelisa se souvient du bruit de l'eau qui tambourinait, du
sang, des vêtements, de la photographie de cette joueuse de tennis assassinée. Lui revient la vision du désordre de l'immense
salon, tous ces flacons de médicaments, la bouteille de vodka.
Le projecteur allumé, le grand écran vide d'images. Le policier
ne la croit pas. De gros ennuis vont lui tomber dessus. Violation
de propriété avec entrée par effraction. Vol de chien. Faux
témoignage. Il ne doit pas remonter jusqu'au basset. Ils le pren-
draient pour l'euthanasier. Elle aime ce chien. Tant pis pour les
mensonges ! Elle mentira tant qu'il le faudra pour ce basset. Elle
fournit un effort considérable pour poser sa question :

— Je sais que ça ne me regarde pas, mais vous savez qui habite
cette maison ? Quelque chose de grave est-il arrivé ?

— Une femme y vit, et je ne vous révélerai pas son nom. Il se
trouve qu'elle n'est pas chez elle et que son chien et sa voiture
ont disparu.

— Sa voiture n'est plus là ? répète Madelisa dont la lèvre inférieure est agitée de tremblements.

— On dirait qu'elle est partie, je ne sais où, et qu'elle a
emmené son chien, vous ne croyez pas ? Et vous savez ce que je
pense ? Une petite visite gratuite de cette demeure vous tentait.
Ensuite, vous avez commencé à vous inquiéter à l'idée qu'un
voisin ou un promeneur pouvait vous avoir vue vous introduire.
Du coup, vous avez inventé cette ahurissante fable pour couvrir
vos fesses en cas de problème. C'était presque intelligent.

— Si vous vous donnez la peine d'aller voir par vous-même,
vous constaterez que c'est la vérité, rétorque Madelisa d'une
voix peu assurée.

— Oh, mais c'est ce que nous avons fait, madame. J'ai envoyé
quelques officiers de police afin de vérifier vos dires. Ils n'ont

rien vu qui ressemble à vos descriptions. Pas de carreau manquant à la fenêtre qui se trouve juste à côté de la porte de la lingerie. Pas de vitre cassée. Pas de sang, pas de couteaux. Le barbecue était éteint et sa grille propre comme un sou neuf. Aucune trace qui indique qu'on avait récemment cuit des aliments dessus. Quant au projecteur, il était, lui aussi, éteint, énumère Turkington.

Scarpetta est assise sur un canapé à rayures or et crème pâle dans la salle des préparatifs où Hollings et son personnel reçoivent les familles. Elle consulte un deuxième registre des visiteurs. Si elle en juge par ce qu'elle a vu jusque-là, Hollings est un homme tout en délicatesse, attentionné. Les gros registres aux pages champagne à lignes sont reliés de fin cuir noir. En raison de l'importance de son affaire, trois ou quatre volumes sont remplis chaque année. Une lecture laborieuse des signatures abandonnées au cours des quatre derniers mois ne lui a pas permis de vérifier que Gianni Lupano avait assisté à une cérémonie funèbre ici.

Elle ouvre un autre livre des visiteurs et le consulte, son index descendant le long des pages. Elle reconnaît les noms de grandes familles de Charleston. Toutefois, pas de Gianni Lupano de janvier à mars. Aucun signe de lui en avril. Son désappointement croît. Son doigt s'arrête sous une large signature à boucles, assez facile à déchiffrer. Le 12 juillet de l'année dernière, Gianni Lupano était présent à la cérémonie funèbre d'une certaine Holly Webster. L'assistance était plus que modeste puisque onze personnes seulement ont signé le registre. Scarpetta copie chaque nom et se lève. Elle dépasse la chapelle. Deux dames sont à l'intérieur, rectifiant les arrangements floraux qui entourent un cercueil de cuivre poli. Elle grimpe l'escalier d'acajou qui mène au bureau de Henry Hollings. Il lui tourne à nouveau le dos, plongé dans une autre conversation téléphonique.

– Certaines personnes préfèrent plier le drapeau en tricorne et le placer derrière la tête du défunt, dit-il de sa voix apaisante et chantante. Tout à fait, nous pouvons en couvrir la bière. Ce que je recommanderais? (Il tient une feuille de papier devant ses yeux.) J'ai le sentiment que vous êtes en train de vous décider en faveur du cercueil en noyer avec capitonnage en satin champagne. Ou alors en acier, épaisseur vingt. Je comprends parfaitement. C'est ce que tout le monde dit… c'est difficile. Ce sont vraiment des décisions très dures à prendre. Vous voulez que je sois honnête avec vous? Personnellement, je choisirais l'acier.

Il discute encore quelques minutes, puis se retourne pour découvrir Scarpetta à nouveau dans l'embrasure de la porte.

– Certains cas sont si pénibles. Un ancien combattant de soixante-douze ans qui a perdu sa femme il y a peu. Très déprimé. Il s'est suicidé d'une balle dans la bouche. Nous avons fait ce que nous avons pu. Cependant aucune restauration cosmétique ne pouvait le rendre regardable. Vous savez cela aussi bien que moi. Nous ne pouvons pas exposer le corps dans son cercueil pour le dernier hommage des proches, mais la famille s'entête.

– Qui était Holly Webster? demande Scarpetta.

– Quelle horrible tragédie! lance-t-il sans l'ombre d'une hésitation. Une de ces affaires que vous n'oubliez jamais.

– Vous souvenez-vous si Gianni Lupano a assisté à la cérémonie?

– À l'époque je n'aurais pas su qui il était, répond-il bizarrement.

– C'était un ami de la famille?

Il se lève de son bureau et ouvre l'un des tiroirs d'un meuble en merisier. Il passe en revue des dossiers avant d'en sortir un.

– Je range là-dedans des copies des arrangements pour les funérailles, des factures – bref, ce genre de choses. Par respect pour les familles, je ne peux pas vous les laisser consulter. Toutefois je peux vous donner les articles de journaux, explique-t-il en les lui tendant. Je les conserve pour chaque décès dont je m'occupe. Ainsi que vous vous en doutez, votre unique source d'informations légales sur cette affaire sera la police et le légiste auquel on l'a confiée, sans oublier le coroner qui nous a chargés de l'autopsie puisque Beaufort County n'a pas d'institut médico-légal. Mais vous savez tout cela puisqu'il vous confie maintenant ses affaires. Lorsque Holly est décédée, ils n'avaient pas encore recours à vos services. Sans cela, je suppose que cette triste histoire aurait atterri chez vous plutôt que chez moi.

Elle ne perçoit nul ressentiment de sa part. Il ne semble pas y attacher d'importance. Il poursuit :

– La mort est survenue à Hilton Head, dans une famille très riche.

Scarpetta ouvre le dossier et n'y trouve que quelques articles découpés, dont le plus détaillé est dû à la plume d'un journaliste de l'*Island Packet* de Hilton Head. Le 10 juillet 2006, en fin de matinée, Holly Webster jouait dans le patio de la maison avec son chiot basset. La piscine de taille olympique était interdite d'accès à la petite fille, sauf lorsqu'elle était accompagnée, ce qui n'était pas le cas ce matin-là. Selon le journal, ses parents étaient en déplacement et des amis séjournaient dans la maison. L'article ne précise pas où se trouvaient exactement les parents, ni les noms des amis en question. Peu avant midi, quelqu'un était sorti pour prévenir Holly que le déjeuner était prêt. Elle n'était plus dans le patio. Le chiot arpentait le bord de la piscine, hésitant à se jeter à l'eau. Le corps de la petite fille avait été découvert au fond, ses longs cheveux bruns pris dans la bonde d'évacuation. À côté du cadavre se trouvait un os en plastique. Selon la police, la petite fille avait sans doute tenté de le récupérer pour le rendre au chiot.

Un autre entrefilet. Moins de deux mois après le décès de sa fillette, la mère, Lydia Webster, était l'invitée de l'émission du Dr Self.

– Je me souviens d'avoir entendu parler de cette affaire, déclare Scarpetta. Je crois que je me trouvais dans le Massachusetts lorsque c'est arrivé.

– Une sale affaire, mais pas une affaire très médiatique. La police a tout fait pour éviter les remous. La raison principale en est simple : ces zones ultra-résidentielles de vacances n'apprécient guère les publicités, disons négatives. (Hollings tend la main vers le combiné.) Je doute que le légiste qui a réalisé l'autopsie vous dise quoi que ce soit. Enfin, ça vaut le coup de vérifier… (Il marque une pause.) Henry Hollings à l'appareil. Bien, bien… Ah, submergé, je sais, je sais… Il faudrait vraiment qu'ils vous affectent davantage de personnel… Non, cela fait pas mal de temps que je n'ai pas sorti mon bateau… En effet… je vous dois toujours une partie de pêche. Et vous me devez toujours une conférence ici, à destination de tous ces jeunots aspirants qui pensent que l'investigation médico-légale relève du divertissement. Je vous appelle au sujet de l'affaire Holly Webster. Le Dr Scarpetta se trouve dans mon bureau. Je me demandais si vous pouviez en discuter un peu avec elle ?

Hollings lui tend l'appareil. Elle explique au médecin expert assistant qu'elle est consultante sur une enquête qui pourrait avoir un lien avec la noyade de la petite Webster.

– Quelle enquête ? demande l'assistant.

– Malheureusement, je ne puis en discuter. Il s'agit d'un homicide et les investigations sont toujours en cours.

– Je suis ravi que vous compreniez comment se déroulent les choses. Moi non plus, je ne peux pas vous parler du cas Holly Webster.

En réalité, il ne le veut pas.

– Écoutez, je n'essaie pas de vous mettre dans l'embarras. Tout ce que je peux vous dire, c'est que je suis ici avec le coroner Henry Hollings parce qu'il semblerait que l'entraîneur de Drew Martin, un certain Gianni Lupano, a assisté aux funérailles de Holly Webster. Je tente de comprendre pour quelle raison, et je ne peux vraiment pas vous en dire davantage.

– Le nom ne m'évoque rien. Je n'ai jamais entendu parler de lui.

– C'était l'une de mes questions : si vous aviez une idée du lien qui aurait pu exister entre lui et la famille Webster.

– Rien du tout.

– Que pourriez-vous me dire au sujet de Holly Webster ?

– Décès par noyade. Accidentel et strictement rien qui suggère le contraire.

– En d'autres termes, aucun signe pathognomonique. Diagnostic fondé sur les circonstances, traduit Scarpetta. Déduit de l'environnement dans lequel le corps a été retrouvé.

– C'est exact.

– Pourriez-vous me communiquer le nom de l'officier de police en charge de l'enquête ?

– Aucun problème. Ne quittez pas. (Le cliquettement d'un clavier.) Attendez un peu. Ah, c'est bien ce que je pensais. Turkington, des bureaux du shérif de Beaufort County. Si vous voulez plus d'informations, il faudra que vous lui téléphoniez.

Scarpetta le remercie à nouveau et raccroche. Elle demande à Hollings :

– Étiez-vous au courant que la mère de la fillette, Lydia Webster, a été l'invitée de l'émission du Dr Self moins de deux mois après le décès de l'enfant ?

– Je n'ai pas regardé. Je ne regarde jamais ses émissions. On devrait abattre cette femme.

– Vous n'auriez pas une idée de la façon dont Mme Webster a pu atterrir là-bas ?

– Selon moi, le Dr Self doit avoir une équipe qui passe au peigne fin tous les faits divers à la recherche de sujets. Ils composent leurs émissions de cette façon. À mon avis, ça a dû être particulièrement ravageur pour Mme Webster de s'exposer de la sorte en public, alors qu'elle ne s'en était pas encore sortie. D'après ce que j'ai compris, Drew Martin a été confrontée à la même situation, ajoute Hollings.

– Vous faites référence à son apparition dans l'émission du Dr Self l'automne dernier ?

– Vous savez, j'entends beaucoup de choses sur ce qui se passe dans le coin, que ça me plaise ou non. Lorsque Drew Martin venait en ville, elle séjournait au Charleston Place Hotel. Pas la dernière fois, il y a moins de trois semaines. Elle n'a que fort peu été dans sa chambre et, en tout cas, elle n'y a jamais dormi. Tous les matins, la femme de chambre trouvait son lit intact. Aucun signe de Drew, si ce n'est ses affaires personnelles, du moins certaines.

— Comment êtes-vous au courant de tout cela ?

— Une de mes très bonnes amies est chef de la sécurité de l'hôtel en question. Quand des membres de la famille ou des amis des défunts qui me sont confiés descendent à Charleston, je leur recommande l'établissement, pour peu qu'ils en aient les moyens.

Les confidences d'Ed, le portier, reviennent en mémoire à Scarpetta. Drew entrait et sortait de l'appartement de Lupano et lui tendait à chaque fois un pourboire de vingt dollars. Peut-être était-ce davantage que de la générosité ? Peut-être lui rappelait-elle ainsi qu'il devait faire preuve de discrétion ?

CHAPITRE 17

Sea Pines, la plus splendide résidence de Hilton Head Island.

Pour cinq dollars, on peut acheter un billet pour la journée à la guérite de sécurité. Les gardes, dans leurs uniformes gris et bleu, ne vérifient jamais l'identité des visiteurs. Scarpetta s'en était assez plainte lorsque Benton et elle possédaient un appartement dans la propriété. Les souvenirs de ces jours anciens lui sont encore pénibles.

– Elle a acheté la Cadillac à Savannah, explique l'enquêteur Turkington à Scarpetta et Lucy, qui ont pris place à bord de sa voiture banalisée. Blanche. Ça n'est pas d'une grande aide. Vous avez une idée du nombre de Cadillac et de Lincoln blanches qui roulent dans le coin ? Environ deux tiers des voitures de location sont de cette couleur.

– Et les gardes à l'entrée ne se souviennent pas d'avoir aperçu le véhicule, peut-être à une heure inhabituelle ? Et les caméras de surveillance, rien de ce côté-là ? demande Lucy installée sur le siège passager.

– Rien d'intéressant. Vous savez comment ça se passe. Une

personne déclare l'avoir peut-être aperçu et une autre affirme le contraire. À mon avis, il est sorti avec, pas entré. Du coup, il n'y avait aucune raison pour que les gardes le remarquent.

— Tout dépend de quand il l'a prise, argumente Scarpetta. La voiture était-elle au garage?

— Selon les témoignages, en général Mme Webster la garait dans l'allée de sa maison. Ça m'étonnerait donc qu'il l'ait prise depuis longtemps. Quoi? (Il lui jette un regard tout en conduisant.) Il aurait récupéré les clés du véhicule, piqué la voiture sans que Lydia Webster s'en rende compte?

— Qui peut dire ce qu'elle a remarqué ou pas?

— Vous êtes toujours convaincue que le pire est arrivé, commente Turkington.

— C'est vrai. C'est ce qu'indiquent les faits et le bon sens.

Lucy et lui n'ont pas cessé de plaisanter depuis qu'il est venu les accueillir à l'aéroport et qu'il n'a pu s'empêcher de faire une remarque de M. Je-sais-tout au sujet de son hélicoptère.

Il a taxé l'engin de batteur à œufs et elle l'a taxé de luddite. Il ignorait ce qu'était un luddite et ne le sait toujours pas puisqu'elle n'a pas défini le terme.

— Toutefois cela n'exclut pas que Mme Webster ait été enlevée pour une rançon, reprend Lucy. Je ne prétends pas que ce soit impossible. Je n'y crois pas, mais c'est envisageable. Quoi qu'il en soit, nous faisons exactement ce qui s'impose. Mettre tous les départements d'enquêtes sur l'affaire.

— J'aurais largement préféré qu'on parvienne à tenir les médias en dehors. Becky m'a raconté qu'ils avaient passé la matinée à refouler des gens de la résidence.

— Qui est Becky? demande Lucy.

— La chef des investigations de scènes de crime. Elle a un deuxième boulot, elle aussi. Elle bosse comme ambulancière.

Scarpetta se demande en quoi ce renseignement peut être intéressant. Peut-être est-il gêné d'avoir besoin d'un deuxième salaire.

— C'est sûr que payer votre loyer à chaque fin de mois ne doit pas vous préoccuper, insiste-t-il.

– Détrompez-vous. Il est vrai que le mien est un peu supérieur au vôtre.

– Ouais, juste un peu ! Je veux même pas penser à ce que vous coûtent ces laboratoires. Ou même vos cinquante baraques et Ferrari.

– Pas tout à fait cinquante. Et puis comment pouvez-vous savoir ce que je possède ?

– Beaucoup de départements de police utilisent vos équipements ? demande-t-il.

– Quelques-uns. Nous ne sommes pas encore tout à fait installés, mais nous avons l'essentiel. Et nous sommes accrédités. Vous avez le choix : nous ou la SLED, la division chargée de faire appliquer la loi en Caroline du Sud. Nous sommes plus rapides. D'autant que si nous n'avons pas ce que vous cherchez, nous faisons appel à des amis qui travaillent dans des entreprises très *high tech*. Oak Ridge. Y-Twelve.

– Je pensais qu'ils fabriquaient des armes atomiques.

– Ce n'est pas leur seule activité.

– Vous rigolez ? Ils font des trucs médico-légaux ? Quel genre ?

– C'est confidentiel.

– Peu importe. De toute façon, vous êtes trop chères pour nous.

– C'est exact. Ce qui ne veut pas dire que nous ne sommes pas prêtes à vous aider.

Les lunettes sombres de Turkington se font piéger par le rétroviseur. Il lance à Scarpetta, peut-être parce qu'il en a assez de Lucy :

– Vous êtes toujours avec nous, derrière ?

Il porte un costume de couleur crème et Scarpetta se demande comment il se débrouille pour rester propre sur une scène de crime. Elle reprend certains des points qu'ils viennent de passer en revue, leur rappelle qu'il serait prématuré de faire des suppositions à ce stade. Ainsi nul ne peut affirmer quand a disparu la Cadillac de Lydia Webster, d'autant que, de toute évidence, cette dernière l'utilisait peu, ne sortant que très occasionnellement afin d'acheter des cigarettes, de l'alcool et quelques denrées alimentaires. Malheureusement, conduire n'était plus la bonne solution dans son cas. Elle était trop diminuée. En d'autres termes, la voiture pourrait avoir disparu depuis plusieurs jours sans que cela ait nécessairement un lien avec le chien. Ensuite, il y a ces photos que le Marchand de sable a envoyées au Dr Self. Drew Martin et Lydia Webster avaient été photographiées assises dans des baignoires remplies, semble-t-il, d'eau très froide. Toutes deux paraissaient droguées. S'ajoute à cela ce qu'a vu Mme Dooley. Cette affaire doit être traitée comme un homicide jusqu'à ce que l'on sache la vérité. Parce que – et Scarpetta l'a seriné sur tous les tons depuis vingt ans – on ne peut jamais revenir en arrière.

Puis elle retourne à son monde intérieur. Elle ne parvient pas à s'en empêcher. Ses souvenirs la ramènent à la dernière fois où elle a séjourné à Hilton Head, lorsqu'elle a déménagé l'appartement de Benton. Au cours de ces heures noires – les plus noires de sa vie – il ne lui est jamais venu à l'esprit que le meurtre de Benton pouvait avoir été monté de toutes pièces afin de le protéger de ceux qui l'auraient abattu sans hésitation, à la moindre opportunité. Où sont ces tueurs à gages maintenant ? Se sont-ils désintéressés de leur proie ? Ont-ils décidé que Benton ne représentait plus une menace ou ne méritait plus de châtiment ? Elle lui a déjà posé la question, mais il refuse de répondre, prétend qu'il ne le peut pas. Elle baisse la vitre de la voiture de Turkington. Sa bague étincelle sous le soleil. Cependant cela ne la rassure pas, le beau temps ne durera pas. Un nouvel orage est prévu un peu plus tard dans la journée.

La route sinue entre les parcours de golf, enjambe de petits ponts jetés par-dessus canaux ou étangs. Un alligator, dont la silhouette évoque celle d'une bûche, dort sur un talus herbeux. Les tortues sont paisibles dans la vase et une aigrette neigeuse est plantée sur ses hautes pattes maigrelettes dans l'eau peu profonde d'une mare. La conversation qui s'échange sur les sièges avant tourne autour du Dr Self, et la lumière cède devant la pénombre dispensée par le feuillage de gigantesques chênes.

De longues lianes de mousse pendent des arbres, ressemblant à des chevelures mortes et grises. Si peu de choses ont changé. Quelques rares nouvelles maisons ont été construites ici ou là. Elle se souvient des longues promenades, de l'air salé de la mer, du vent, des couchers de soleil sur le balcon. Elle se souvient du moment où tout s'est arrêté. La vision de ce qu'elle a cru être son cadavre, dans les ruines de cet immeuble carbonisé où il avait censément trouvé la mort, s'impose à nouveau à elle. Elle revoit ses cheveux poivre et sel, sa chair incinérée au milieu du bois noirci et des détritus occasionnés par un incendie qui couvait toujours lorsqu'elle est arrivée sur les lieux. Son visage n'existait plus. Rien d'autre que des os brûlés. Des rapports d'autopsie mensongers. On l'a trompée. Dévastée. Détruite. Et elle est maintenant différente de ce qu'elle aurait été si Benton ne lui avait pas imposé cela. Au fond, ce qu'a fait Marino ne l'a pas changée aussi profondément, loin s'en faut.

Ils se garent dans l'allée de la gigantesque villa blanche de Lydia Webster. Scarpetta se souvient de l'avoir déjà aperçue depuis la plage. Une sensation d'irréalité l'envahit lorsqu'elle pense au motif de leur visite. Des voitures de police bordent la rue.

– Les Webster ont acheté la maison il y a environ un an. Un magnat de Dubaï l'occupait auparavant, les renseigne Turkington en ouvrant la porte. C'est vraiment moche. Ils venaient de terminer une restauration d'importance et tout juste de s'installer lorsque la petite fille s'est noyée. Je ne sais pas comment Mme Webster a supporté de rester là après ça.

– Les gens éprouvent parfois des difficultés à lâcher prise, dit Scarpetta tandis qu'ils foulent les pavés en direction d'une double porte de teck qui ouvre en haut d'une volée de marches en pierre. Ils restent ancrés à un endroit, dans leurs souvenirs.

– Elle va récupérer la maison ? demande Lucy.

– C'était sans doute l'arrangement, rétorque Turkington comme si le décès était avéré. Ils étaient en plein divorce. Son mari est dans les fonds spéculatifs, les investissements, ces trucs-là. Il est sans doute aussi riche que vous.

– Et si on parlait d'autre chose que de ma situation financière ? lâche Lucy, agacée.

Turkington ouvre la porte d'entrée. Des techniciens de scènes de crime s'affairent à l'intérieur. Une fenêtre dont un carreau est cassé est appuyée contre l'un des murs de stuc du vestibule.

– La dame en vacances, reprend Turkington à l'adresse de Scarpetta, Madelisa Dooley… Si l'on en croit son témoignage, un carreau manquait lorsqu'elle a pénétré dans la maison par la buanderie. Celui-ci. (Il s'accroupit et désigne la vitre située en bas à droite de la fenêtre.) Il l'a retirée et remise en place à l'aide de colle. Si vous regardez de près, vous apercevrez à peine la colle. Je lui ai fait croire que les officiers qui sont venus vérifier sur place la première fois n'avaient pas vu de carreau manquant. Je voulais m'assurer qu'elle ne changerait pas de version. Du coup, j'ai dit qu'il n'y avait aucun carreau cassé.

– Je suppose que vous ne l'avez pas vaporisée au préalable, s'informe Scarpetta.

– Oui, j'ai entendu parler de ce truc. Va falloir qu'on s'y mette. Mon avis, c'est que l'histoire de Mme Dooley tient la route. Quelque chose s'est passé ici après son départ.

– Nous allons la vaporiser avant que la fenêtre soit enveloppée et emportée, déclare Scarpetta. De cette façon, nous pourrons stabiliser le verre cassé.

– Je vous en prie.

Il s'éloigne en direction du salon où un enquêteur mitraille le désordre de la table basse, et un autre soulève les coussins du canapé.

Scarpetta et sa nièce ouvrent leurs sacoches noires. Elles passent des protège-chaussures et des gants, alors qu'une femme vêtue d'un treillis et d'un polo, sur le dos duquel est inscrit « MÉDICO-LÉGAL » en capitales, sort du salon et pénètre dans la pièce où elles se trouvent. Elle doit avoir une quarantaine d'années, ses yeux sont marron et elle porte ses cheveux bruns courts. Scarpetta a du mal à imaginer pour quelles raisons une femme aussi menue a désiré intégrer les forces de police.

– Vous devez être Becky, lui lance-t-elle avant de se présenter ainsi que sa nièce.

Becky désigne la fenêtre adossée au mur et précise :

– Le carreau en bas à droite. Tommy a dû vous prévenir. (Elle fait allusion à Turkington et pointe un index ganté vers la vitre.) Découpé au diamant. Ensuite, le carreau a été remis en place et collé. À votre avis, comment je m'en suis rendu compte ? (Elle est fière d'elle.) À cause du sable pris dans la colle. Vous voyez ?

En effet, elles le distinguent.

– Il semblerait donc que lorsque Mme Dooley a pénétré ici à la recherche du propriétaire des lieux, le carreau avait déjà été enlevé et était posé par terre, reprend Becky. Je trouve sa version parfaitement crédible. Elle a décampé à toute vitesse et ensuite le tueur a tout remis en place.

Lucy insère deux cartouches pressurisées dans un étui attaché à un pistolet de mélange.

– Ça fiche la trouille quand on y pense, poursuit Becky. Le tueur était très probablement dans la maison quand cette pauvre femme l'a visitée. Elle a répété qu'elle sentait que quelqu'un l'épiait. C'est une vaporisation de colle ? J'en ai entendu parler. Ça maintient les bris de glace. C'est quoi, la composition ?

– Principalement du polyuréthane et du gaz sous pression, explique Scarpetta. Vous avez pris des clichés, relevé les empreintes digitales et écouvillonné en vue d'analyses ADN ?

Lucy prend des photographies de la fenêtre, avec et sans étalon.

– Clichés, écouvillons, pas d'empreintes. On verra ce qu'il ressort de l'ADN, mais ça me sidérerait vu l'état de propreté, remarque Becky. De toute évidence, il a nettoyé la fenêtre, toute la fenêtre. Je ne sais pas comment l'autre carreau a pu être cassé. On dirait qu'un gros oiseau l'a percuté. Un pélican ou un busard.

Scarpetta prend des notes, regroupant les informations au sujet des zones endommagées du carreau, les mesurant.

Lucy recouvre les bords du châssis de fenêtre de ruban adhésif et demande :

– De quel côté, à ton avis ?

– J'ai l'impression qu'il a été cassé de l'intérieur, répond Scarpetta. On peut retourner la fenêtre ? On va vaporiser de l'autre côté.

Aidée de Lucy, elle soulève la fenêtre avec délicatesse et la retourne contre le mur. Elles prennent à nouveau des photos, gribouillent d'autres notes. Becky n'intervient pas, mais ne perd pas un de leurs gestes.

Scarpetta lui lance :

– J'ai besoin d'un coup de main. Pourriez-vous vous mettre là ?

Becky se rapproche d'elle.

– Si la fenêtre était scellée dans ce mur, montrez-moi où se trouverait la vitre brisée. J'irai tout à l'heure voir l'endroit dont vous l'avez retirée, mais pour l'instant j'aimerais me faire une petite idée.

Becky pose la main sur le mur en s'excusant :

– Bien sûr, je suis petite.

– À peu près à hauteur de ma tête, déduit Scarpetta en ins-pectant la vitre. C'est assez similaire à ce que je constate dans le cas d'accidents de voiture, lorsque la ceinture de sécurité du passager n'est pas attachée et que sa tête percute le pare-brise. Cette zone-là a simplement reçu l'essentiel du choc, poursuit-elle en désignant le trou. Je parierais qu'il y a des éclats de verre par terre. Sur le sol de la buanderie. Peut-être également sur le rebord de la fenêtre.

– Je les ai ramassés. Vous pensez que quelqu'un s'est cogné la tête sur la fenêtre ? interroge Becky. On n'aurait pas dû retrou-ver du sang ?

– Pas nécessairement.

Lucy appose une feuille de papier sulfurisé marron sur un côté de la fenêtre. Elle ouvre la porte d'entrée et invite Scar-petta et Becky à sortir pendant qu'elle vaporise.

Elles patientent sous la véranda. Becky continue de parler :

– J'ai rencontré Lydia Webster un jour. Quand sa petite fille s'est noyée et qu'il a fallu que je vienne prendre des photos. Je peux pas vous décrire ce que j'ai ressenti, vu que j'ai moi aussi une fillette. Je revois toujours Holly dans son petit maillot de bain violet, flottant sur le ventre entre deux eaux, ses cheveux prisonniers de la bonde d'évacuation. À propos, nous avons le permis de conduire de Lydia. Nous avons passé l'info au fichier central des immatriculations, mais c'est pas la peine de rêver ! Elle a approximativement votre taille. Ça concorderait donc si elle avait percuté la vitre avec sa tête. Je ne sais pas si Tommy vous l'a dit, mais on a retrouvé son portefeuille dans la cuisine. On n'a pas eu le sentiment que quelqu'un avait fouillé dedans. Je ne pense pas que le mobile était le vol.

Scarpetta perçoit l'odeur du polyuréthane même de l'extérieur. Elle contemple les grands chênes à feuillage persistant, drapés de lianes moussues, et le château d'eau bleu qui domine les pins. Deux cyclistes passent lentement devant la demeure et les dévisagent.

Lucy s'encadre dans l'embrasure de la porte, et retire son masque et ses lunettes de protection en déclarant :

— Vous pouvez rentrer.

Le carreau cassé est recouvert d'une épaisse écume jaunâtre.

— Et alors, qu'est-ce qu'on va en faire maintenant ? demande Becky dont le regard s'attarde sur Lucy.

— J'aimerais qu'on l'emballe et qu'on l'emporte avec nous, répond Scarpetta.

— Et qu'est-ce que vous allez vérifier avec ça ?

— La colle, sa composition chimique. Tous les débris microscopiques qui y adhèrent. Parfois, on ne sait pas exactement ce que l'on recherche avant de tomber dessus.

— Eh bien, bonne chance ! Ça ne doit pas être facile de placer une fenêtre sous un microscope, plaisante Becky.

— Je voudrais également les débris de verre que vous avez ramassés, poursuit Scarpetta.

— Les écouvillons ?

— Tout ce que vous souhaitez qu'on analyse dans nos labos. On peut aller jeter un œil dans la buanderie ?

La pièce est située à côté de la cuisine. À droite de la porte, du papier marron occulte l'endroit où se trouvait la fenêtre descellée. Scarpetta réfléchit à la façon dont elle doit aborder ce qu'elle pense être le point d'entrée du tueur. Elle opte pour sa stratégie habituelle. Elle sort et regarde à l'intérieur de la pièce, scrutant chaque centimètre carré. Elle demande si des photos de la buanderie ont été prises. C'est le cas. Les techniciens ont également vérifié la présence d'empreintes de pieds, de chaussures ou d'empreintes digitales. Quatre lave-linge et sèche-linge haut de gamme sont poussés contre l'un des murs. En bas du mur opposé, une corbeille à chien désertée. Dans un coin, le linge sale déborde d'un panier d'osier.

— Cette porte était-elle verrouillée à votre arrivée ? demande Scarpetta en désignant le panneau de teck sculpté qui mène à l'extérieur.

— Non. Mme Dooley a affirmé qu'elle n'avait eu qu'à la pousser. C'est la raison pour laquelle elle est entrée. Ce que je crois, c'est qu'il a enlevé une des vitres afin de passer sa main à l'intérieur. (Elle s'approche de l'espace qu'occupait la fenêtre et qui est maintenant dissimulé par du papier marron.) Vous pouvez constater que si vous enlevez un des carreaux du bas, vous atteignez sans difficulté le verrou. C'est pour cette raison que nous répétons aux gens de retirer les clés des verrous situés à côté d'un panneau de verre. Bien sûr, si l'alarme avait été branchée…

— Est-on certain qu'elle ne l'était pas ?

— En tout cas pas quand Mme Dooley a pénétré dans la maison.

— Toutefois vous ne pouvez pas affirmer qu'elle était ou non branchée quand lui est entré ?

— J'y ai pensé, admet Becky. Je me dis que si elle avait été branchée, le bris de glace… (Elle s'interrompt, réfléchit et reprend :) Enfin, je ne pense pas qu'une découpe de vitre l'aurait déclenchée. Les capteurs sont sensibles au bruit.

— Ce qui tendrait à suggérer que l'alarme avait été éteinte lorsque l'autre carreau a été cassé et que donc il se trouvait à l'intérieur de la maison à ce moment-là. À moins que la vitre en question n'ait été brisée auparavant, ce dont je doute.

— Moi aussi, approuve Becky. Je me dis que dans ce cas-là elle l'aurait fait réparer, ne serait-ce que pour empêcher la pluie ou les insectes de rentrer. Du moins, elle aurait ramassé les morceaux de verre, d'autant que le chien vivait dans la buanderie. Je me demande si elle a tenté de lutter contre son agresseur. Peut-être qu'elle s'est précipitée vers la porte pour s'enfuir. La nuit d'avant-hier, elle avait déclenché l'alarme. Je ne sais pas si vous étiez au courant. Ça lui arrivait assez souvent. Elle était si saoule qu'elle oubliait qu'elle l'avait activée et elle faisait coulisser la porte-fenêtre, ce qui provoquait une alerte. Lorsque l'entreprise de surveillance l'a appelée, elle a été incapable de se souvenir de son mot de passe. Du coup, on nous a envoyés sur place.

— Et il n'y a eu aucun autre déclenchement depuis celui-là? demande Scarpetta. Avez-vous eu l'occasion de vérifier l'historique auprès de la compagnie de surveillance? Par exemple, quand l'alarme s'est-elle déclenchée pour la dernière fois? Quand a-t-elle été activée et désactivée?

— La fausse alerte que je viens de mentionner était la dernière.

— Lorsque les policiers sont passés, ont-ils vu la Cadillac blanche? insiste Scarpetta.

Becky affirme le contraire. Les officiers ne se souviennent pas que le véhicule ait été là. D'un autre côté, il aurait pu être au garage. Elle ajoute:

— Le lundi, elle a branché l'alarme à la nuit tombée. Elle s'est donc déclenchée aux environs de neuf heures du soir, et elle a été réarmée. Ensuite, elle a été désactivée à quatre heures quatorze le matin suivant, c'est-à-dire hier.

— Et elle n'a plus été rebranchée? demande Scarpetta.

— Tout juste. C'est une opinion personnelle, mais quand les gens boivent ou se droguent, ils ne respectent plus des horaires normaux. Ils somnolent durant la journée. Ils se lèvent à des heures bizarres. Donc, peut-être qu'elle a débranché l'alarme à quatre heures quatorze du matin pour sortir le chien ou fumer une cigarette, et peut-être que le gars la surveillait. Peut-être

qu'il l'épiait depuis un bout de temps. Je veux dire qu'il la tra-
quait. Il avait peut-être déjà découpé le carreau et il patientait
dans l'obscurité. Qu'est-ce qu'on en sait ? Il y a des bambous et
des bosquets tout le long de la maison, et aucun voisin aux
alentours. Du coup, malgré les projecteurs, il pouvait parfaitement se cacher dans le jardin sans que personne ne l'aperçoive.
C'est étrange, cette histoire de chien. Où peut-il être passé ?

– J'ai quelqu'un qui vérifie cette piste, révèle Scarpetta.

– Peut-être qu'il peut parler et nous aider à résoudre cette
enquête, plaisante Becky.

– Il est clair que nous devons le retrouver. On ne sait jamais
ce qui peut permettre d'avancer dans l'élucidation d'une
affaire.

– S'il s'était sauvé, quelqu'un aurait dû le trouver, reprend
Becky. On ne voit quand même pas des bassets tous les jours, et
dans le coin les gens remarquent les chiens errants. L'autre
chose, c'est que si Mme Dooley dit la vérité, le type a dû rester
avec Mme Webster un bon moment. Peut-être qu'il l'a gardée en
vie durant des heures. L'alarme a été débranchée à quatre heures
quatorze hier, donc. Mme Dooley a découvert le sang et tout le
reste aux environs de midi, en d'autres termes à peu près huit
heures plus tard, et il était probablement toujours sur les lieux.

Scarpetta examine les vêtements sales qui débordent du
panier à linge. Au-dessus se trouve un tee-shirt roulé sans soin.
Elle le récupère d'une main gantée et le soulève afin qu'il se
déplie. Il est humide, maculé de saleté. Elle se relève et examine l'évier. La trace de gouttes d'eau constelle la cuve en inox,
et une minuscule flaque entoure la grille de la bonde.

– Je me demande si on n'a pas utilisé ceci afin de nettoyer la
vitre, hésite Scarpetta. C'est encore humide et très sale, comme
si cela avait servi de chiffon. J'aimerais le placer dans un sachet
à indices afin que les labos l'analysent.

– Pour voir quoi ? demande à nouveau Becky.

– S'il a eu ce tee-shirt entre les mains, nous retrouverons
peut-être son ADN. Ce pourrait être un indice. Il ne reste qu'à
décider quel labo doit s'en charger.

– Le SLED est vraiment bon, mais ça va s'éterniser. Vos labos peuvent nous donner un coup de main ?

– C'est leur raison d'être, rétorque Scarpetta. (Elle regarde le panneau de programmation de l'alarme scellé non loin de la porte qui mène au couloir.) Peut-être qu'il a désactivé l'alarme en entrant. Un écran à cristaux liquides. Pas de touches. Une bonne surface pour les empreintes digitales et peut-être même l'ADN.

– Ça voudrait dire qu'il la connaissait, s'il a pu désactiver le système d'alarme. Ça paraît logique quand on songe au temps qu'il a passé dans la maison.

– Non, ça peut impliquer qu'il connaissait cet endroit, mais pas nécessairement Mme Webster, contre Scarpetta. Vous avez le code ?

– C'est ce qu'on appelle le « 1-2-3-4, je vous en prie, pénétrez chez moi ». Probablement préprogrammé, et elle ne s'est jamais donné la peine de le modifier. Avant de vous confier quoi que ce soit, il faut que je vérifie pour l'histoire des labos. Je dois en discuter avec Tommy.

Celui-ci se trouve dans le vestibule en compagnie de Lucy. Becky lui pose la question, et il rétorque que c'est dingue tout ce qui se privatise aujourd'hui. Certains départements de police font même appel à des flics privés.

– C'est également ce que nous allons faire, déclare Lucy en tendant une paire de lunettes de protection jaunâtres à sa tante. Nous avions recours à eux en Floride.

Becky s'absorbe dans la contemplation d'une valise rigide ouverte sur le sol. Elle détaille les cinq sources lumineuses haute intensité qui ont la même allure qu'une torche, les piles au nickel de neuf volts, les lunettes et le chargeur multi-ports.

– J'ai supplié le shérif de nous procurer une de ces torches de scènes de crime ! Chacune possède une longueur d'onde différente, c'est ça ?

– Spectres dans le violet, le bleu, le bleu-vert et le vert, explique Lucy. Celle-ci est très pratique, large spectre, lumière blanche, précise-t-elle en la saisissant. Elle possède des filtres interchangeables, bleu, vert et rouge, pour intensifier les contrastes.

– Ça marche bien ?

– Fluides corporels, empreintes digitales, résidus de drogue, traces… Ouais. Ça marche très bien !

Lucy opte pour une lampe dans les violets à quatre cents-quatre cent trente nanomètres, puis Scarpetta, Becky et elle arpentent le salon. Tous les doubles rideaux sont ouverts. Plus loin, la piscine à fond noir dans laquelle Holly Webster s'est noyée. Encore plus loin, les dunes couvertes d'uniolas et la plage. L'océan est paisible et le soleil se réverbère sur les vaguelettes, évoquant de petits poissons argentés.

– Il y a une flopée d'empreintes de pieds ici aussi, déclare Becky, comme elles examinent la pièce. Des pieds nus et des empreintes de semelles, toutes de taille modeste, sans doute celles de Mme Webster. C'est curieux parce que je n'ai pas l'impression qu'il ait nettoyé les sols avant de partir, contrairement à la fenêtre qu'il a briquée. En d'autres termes, on devrait aussi retrouver ses empreintes de semelles à lui. Cette pierre brillante, c'est quoi ? J'ai jamais vu des dalles d'un tel bleu. On dirait l'océan.

– C'était sans doute l'effet recherché, commente Scarpetta. Du marbre bleu, peut-être du lapis-lazuli.

– Bordel ! J'ai eu une bague en lapis. J'arrive pas à croire que quelqu'un puisse s'offrir tout un carrelage fait de cette pierre ! En tout cas, ça planque bien la poussière, remarque Becky. Parce que c'est clair comme le nez au milieu de la figure que ça fait un bail que ça n'a pas été lavé. Quelle couche de saleté, et toute la maison est dans le même état ! Vous n'avez qu'à incliner une torche et vous verrez ce que je veux dire. Vraiment, ce que j'arrive pas à comprendre, c'est comment il s'est débrouillé pour ne laisser aucune empreinte de pas, pas même dans la buanderie par laquelle il a pénétré.

– Je vais faire une petite visite, annonce Lucy. Et à l'étage ?

– Je ne pense pas qu'elle l'utilisait, et je doute que le type soit monté. Rien n'est dérangé. Il n'y a que des chambres d'amis, une galerie d'art et une salle de jeux là-haut. J'ai jamais vu une telle baraque. Ça doit être chouette.

— Pas pour elle, rectifie Scarpetta, son regard passant des longs cheveux noirs qui jonchent le sol aux verres vides et à la bouteille de vodka alignés sur la table basse poussée devant le canapé. Je ne crois vraiment pas que cet endroit l'ait rendue heureuse.

Madelisa est rentrée chez elle depuis à peine une heure lorsque la sonnette de la porte d'entrée retentit.

Naguère, elle n'aurait jamais pris la peine de s'enquérir de l'identité de son visiteur.

— Qui est-ce ? demande-t-elle derrière la porte dont les verrous sont poussés.

— Enquêteur Pete Marino, des bureaux du médecin légiste, lance une voix grave mâtinée d'un accent qui évoque le Nord à Madelisa, les Yankees.

Elle se demande si ce qu'elle redoutait ne s'est pas produit. La dame de Hilton Head est morte. Pour quelle autre raison quelqu'un appartenant aux bureaux du médecin légiste se présenterait chez elle ? Elle aurait tant préféré qu'Ashley ne décide pas de repartir faire des courses, à peine rentré chez eux, la laissant toute seule après ce qu'elle a enduré. Elle tend l'oreille. Merci, mon Dieu, le basset est tranquille dans la chambre d'amis. Elle ouvre la porte, terrifiée. Une massive baraque d'homme, habillé comme un voyou à moto, se dresse devant elle. C'est lui le monstre qui a tué cette pauvre femme et il a suivi Madelisa jusque chez elle pour l'abattre à son tour.

— Je ne sais rien du tout, panique-t-elle en tentant de repousser la porte.

Le voyou bloque le panneau d'un pied et pénètre chez elle.

— On se calme, lui conseille-t-il. (Il ouvre son portefeuille et lui montre son badge.) Comme je vous l'ai dit, je m'appelle Pete Marino, des bureaux du médecin légiste.

Elle est incapable de décider de ce qu'elle doit faire. Si elle appelle la police, il l'assassinera sur place. N'importe qui peut acheter un badge de nos jours.

— Et si on s'asseyait et qu'on papote un peu ? propose-t-il. Je viens juste d'apprendre votre visite aux bureaux du shérif de Beaufort County, à Hilton Head.

— Et qui vous l'a dit ? demande-t-elle, un peu rassurée. Est-ce que c'est cet enquêteur, et pourquoi vous aurait-il informé ? Je lui ai dit tout ce que je savais, mais, de toute façon, il ne m'a pas crue. Qui vous a dit où j'habitais ? Ça, ça me préoccupe. Je coopère avec les autorités et elles communiquent mon adresse personnelle !

— On a un petit problème avec votre histoire, lâche Pete Marino.

Lucy, le regard caché derrière ses lunettes de protection jaunes, fixe sa tante.

Elles se trouvent dans la chambre de maître. Les doubles rideaux sont tirés. Plusieurs traînées et taches d'un vert acide s'allument sur le dessus-de-lit en soie marron sous l'impact de la lampe violette de haute intensité.

— Ça pourrait être du sperme, commente Lucy. Ça pourrait également être autre chose.

Elle balaie le lit du faisceau de sa lampe.

— De la salive, de l'urine, de la sueur ou des sécrétions séba-cées, énumère Scarpetta. (Elle se penche au-dessus d'une large zone luminescente.) Je ne sens rien. Tu peux m'éclairer à cet endroit ? L'ennui, c'est que nous n'avons aucune idée de quand le dessus-de-lit a été nettoyé pour la dernière fois. Je n'ai pas l'impression que les occupations ménagères aient été une priorité. C'est assez classique chez les gens en pleine dépression. Bon, le dessus-de-lit est envoyé aux labos. Il nous faut aussi sa brosse à cheveux, ainsi que sa brosse à dents. Et, bien sûr, on embarque les verres sur la table basse.

— Sur les marches, dehors, il y a un cendrier débordant de mégots, précise Lucy. Selon moi, son profil ADN ne nous posera pas de problème, pas plus que ses empreintes de pieds ou de chaussures, ou encore ses empreintes digitales. Le problème, c'est lui. Il sait exactement ce qu'il fait. De nos jours, tout le monde est un expert.

– Non, rectifie Scarpetta. Tout le monde *croit* être un expert.

Elle retire ses lunettes jaunes et la fluorescence verdâtre s'évanouit du dessus-de-lit. Lucy éteint sa torche de scènes de crime et retire elle aussi ses lunettes.

– Qu'est-ce qu'on fait maintenant ? s'enquiert-elle.

Scarpetta examine une photographie qu'elle a remarquée dès qu'elles ont pénétré dans la chambre. Le Dr Self est assise dans un décor de salon. En face d'elle est installée une très jolie femme aux longs cheveux noirs. Des caméras de télévision les cernent de près. Le public présent lors de l'enregistrement applaudit et sourit.

– La photo a été prise lorsque Mme Webster était l'invitée de l'émission du Dr Self, explique Scarpetta à sa nièce. En revanche, je ne m'attendais pas à cette autre.

Lydia en compagnie de Drew Martin et d'un homme très brun au teint mat, dont Scarpetta suppose qu'il s'agit de Gianni Lupano, l'entraîneur de la jeune fille. Tous trois sourient et clignent des yeux sous le soleil qui tape sur le court central où se déroule la coupe du Family Circle, sur Daniel Island, à quelques kilomètres de Charleston.

– Quel est le dénominateur commun ? ironise Lucy. Laisse-moi deviner. Notre incontournable Dr Self !

– Il ne s'agit pas du dernier tournoi, remarque Scarpetta. Regarde la différence entre les photos. (Elle désigne le cliché montrant Lydia et Drew, puis celui sur lequel on aperçoit Lydia et le Dr Self.) La détérioration est saisissante. Regarde ses yeux.

Lucy allume la lumière de la chambre.

– Quand cette photo a été prise lors de la coupe du Family Circle, Lydia n'avait pas l'air d'une hyper-consommatrice chronique d'alcool et de médicaments, ajoute Scarpetta.

– Et qui s'arrachait les cheveux, de surcroît, remarque Lucy. J'ai vraiment du mal à comprendre comment les gens en arrivent là. Les cheveux, les poils pubiens, partout. Tu te souviens de la photo où elle est assise dans sa baignoire ? Il lui manque la moitié des cheveux, elle n'a plus de cils, ni de sourcils.

– Trichotillomanie. Un trouble obsessionnel compulsif. L'anxiété. La dépression. Sa vie était un véritable enfer.

– Si on part du principe que le Dr Self est bien le dénominateur commun, comment s'intègre la femme assassinée à Bari ? Cette touriste canadienne. Rien ne permet de supposer qu'elle ait jamais été invitée à l'émission du Dr Self, ni même qu'elle l'ait connue.

– Je pense que c'est avec elle qu'il a commencé à y prendre goût, murmure Scarpetta.

– Goût à quoi ?

– À tuer des civils.

– Ça n'explique toujours pas le lien avec le Dr Self.

– Le fait qu'il lui envoie des photos indique qu'il a créé un arrière-plan psychologique, un rituel qui entoure ses crimes. Et puis ça devient aussi un jeu, ça remplit un but. Ça lui permet de s'extraire de la monstruosité de ce qu'il est en train de faire. Affronter le fait qu'il inflige sadiquement des souffrances, puis la mort, est peut-être plus qu'il ne peut supporter. Du coup, il doit trouver une signification à ses actes. Il doit rendre tout cela intelligent et astucieux. (Elle récupère un peu scientifique mais très pratique bloc de Post-It de sa mallette de scènes de crime.) C'est assez similaire à la religion. Si tu fais quelque chose au nom de Dieu, ça le rend légitime. Lapider des gens à mort ou les faire brûler sur un bûcher. L'Inquisition. Les croisades. Opprimer les êtres qui ne sont pas exactement comme toi. Il est en train de donner une signification à ce qu'il fait. Du moins est-ce mon opinion.

Elle passe au crible le lit à l'aide d'un intense faisceau de lumière blanche et se sert de la face collante des Post-It pour collecter des fibres, des poils, de la poussière et, ainsi qu'elle le constate, du sable.

– En d'autres termes, tu ne penses pas que le Dr Self revête une signification spécifique aux yeux du tueur ? s'enquiert Lucy. Elle serait juste une sorte d'accessoire dans son drame.

Il aurait jeté son dévolu sur elle parce qu'on la voit un peu partout. À la télé. C'est presque devenu un membre de chaque foyer.

Scarpetta fait glisser les Post-It dans un sachet à indices en plastique qu'elle scelle à l'aide d'un adhésif jaune. Elle étiquette et date ensuite à l'aide d'un marqueur. Lucy et elle entreprennent de plier le dessus-de-lit.

— Je crois, au contraire, que c'est extrêmement personnel, reprend-elle. Tu n'inclus pas un individu dans la matrice de ton jeu ou de ton drame psychologique sans que ça le soit. Quant au pourquoi, je n'en ai pas la moindre idée.

Le geignement bruyant d'une longueur de papier marron que Lucy déchire de son rouleau.

— Il ne l'a peut-être jamais rencontrée. C'est un peu la même chose que ce que font les harceleurs. D'un autre côté, peut-être la connaît-il, hésite Scarpetta. A priori, il a été invité à son émission, ou du moins a-t-il eu l'occasion de la fréquenter un peu.

Elles déposent le dessus-de-lit plié au centre de la feuille de papier.

— Tu as raison. D'une façon ou d'une autre, il s'agit d'une chose personnelle. Peut-être qu'il a tué cette femme à Bari, puis semé des insinuations auprès du Dr Maroni, sans jamais avouer, en pensant que le Dr Self le découvrirait. Tel n'a pas été le cas. Et, maintenant, que faire ?

— Il se sent encore plus ignoré.

— Et qu'est-ce qui se passe ensuite ?

— L'escalade. Que se passe-t-il quand maman ne fait pas attention à son enfant profondément perturbé et malheureux ? demande Scarpetta en faisant un paquet du jeté de lit.

— Voyons voir… Cet enfant grandit et ça devient moi ?

Scarpetta coupe un morceau de ruban adhésif jaune et poursuit :

— Quelle chose terrible ! Il torture et tue des femmes qui étaient les invitées de ton show. Ou alors il fait cela afin de capter ton attention.

L'écran plat d'un mètre cinquante parle assez à Marino. Il lui raconte des choses au sujet de Madelisa qu'il pourra utiliser contre elle.

– C'est un écran plasma ? demande-t-il. Ça doit être le plus grand que j'aie jamais vu.

Elle est trop forte et ses paupières supérieures s'avachissent sur ses yeux. Elle aurait besoin d'un bon dentiste. Ses fausses dents évoquent les piquets blancs d'une palissade de jardin. Quant à son coiffeur, il mériterait d'être fusillé. Elle est assise sur un canapé à motif floral, et ses mains semblent incapables de rester en place.

– Mon mari et ses jouets, lâche-t-elle. Je ne sais pas ce que c'est, mais c'est gros et très cher.

– Ça doit être quelque chose de regarder un match là-dessus. Moi, je me vautrerais sans doute devant, quitte à plus rien faire d'autre.

C'est aussi probablement ce qu'elle fait. S'installer, telle une zombie, devant la télé.

– Qu'est-ce que vous aimez bien regarder ? demande Marino.

– J'aime les émissions sur le crime et les suspenses, parce que, en général, je sais toujours qui a fait le coup. Mais après ce qui vient de m'arriver, je ne suis pas certaine de pouvoir un jour regarder à nouveau des choses violentes.

– Du coup, vous connaissez sans doute pas mal de trucs au sujet des sciences légales, puisque vous êtes une fan de ce genre d'émissions.

– J'ai été désignée comme juré il y a environ un an. J'en savais davantage en médecine légale que le juge. Ce qui n'est vraiment pas à l'honneur du juge, parce que en fait je ne sais que des petits trucs.

– Sur la restauration d'images ?

– J'en ai entendu parler.

– Vous savez, pour les photos, les vidéos ou les enregistrements digitaux qui ont été effacés.

– Vous voulez un verre de thé glacé ? Je peux en préparer.

– Pas maintenant.

– Je pense qu'Ashley va passer chez Jimmy Dengate. Vous avez déjà goûté leur poulet frit ? Il devrait rentrer d'une minute à l'autre. Peut-être qu'un morceau vous ferait plaisir.

– Ce qui me ferait plaisir, c'est que vous arrêtiez de changer de sujet. Vous voyez, avec ce système de restauration, il est pratiquement impossible de détruire tout à fait une image digitale enregistrée sur un disque ou une clé. Vous pouvez effacer toute la journée si ça vous chante, mais on pourra toujours le récupérer.

Ça n'est pas tout à fait exact, mais Marino n'éprouve aucun scrupule à mentir. Madelisa ressemble à une souris coincée.

– Vous voyez où je veux en venir, hein ?

Il l'a amenée exactement où il voulait qu'elle soit, mais n'en éprouve aucune satisfaction, d'autant qu'il ne sait pas très bien ce qu'il cherche.

Quand Scarpetta lui a téléphoné un peu plus tôt pour lui apprendre que Turkington avait des soupçons concernant la séquence vidéo que M. Dooley avait effacée – ne serait-ce que parce qu'il n'a pas cessé de mentionner son Caméscope durant leur entretien –, Marino a dit qu'il se chargeait de trouver la réponse. En réalité, pour l'instant, il veut faire plaisir à Scarpetta plus que toute autre chose. Il doit la convaincre qu'il vaut encore la peine. L'appel de Scarpetta l'a secoué.

– Pourquoi vous me demandez ça ? (Madelisa se met à pleurer.) Je l'ai déjà dit : je ne sais rien d'autre que ce que j'ai raconté à cet enquêteur.

Son regard ne cesse de se diriger vers l'arrière de sa petite maison jaune. Papier peint jaune, moquette jaune. Marino n'a jamais vu autant de jaune de sa vie. On dirait qu'un décorateur a fait pipi sur toutes les possessions des Dooley.

– Si j'aborde cette histoire de restauration d'images, c'est parce que j'ai cru comprendre que votre mari avait effacé un bout de ce qu'il avait enregistré là-bas, sur la plage, persiste Marino, insensible à ses larmes.

– Il s'agissait juste de moi, filmée devant la maison, alors que nous n'avions pas la permission des propriétaires. C'est la seule chose qu'il a effacée. D'ailleurs je n'ai jamais obtenu cette autorisation. Comment j'aurais pu ? Et c'est pas faute d'avoir essayé. J'ai des manières, moi.

— Sincèrement, je me tamponne de vous et de vos manières. Ce qui m'intéresse, en revanche, c'est ce que vous essayez de planquer, à moi et à tout le monde. (Assis dans un fauteuil relax, il se penche en avant.) Je sais foutre bien que vous n'êtes pas totalement honnête avec moi. Et comment je le sais ? Grâce à la science.

Il ne sait rien de la sorte. Restaurer des images digitales n'est pas chose aisée. Lorsque c'est possible, le procédé est complexe et surtout long.

— Ne faites pas ça, le supplie-t-elle. Je suis vraiment désolée, mais je vous en prie, ne le reprenez pas. Je l'aime tant.

Marino n'a pas la moindre idée de ce dont elle parle. Peut-être de son mari, mais il ne le parierait pas.

— Et si je le prends pas, qu'est-ce qui se passe ensuite ? Comment je m'explique une fois que je suis sorti de chez vous ?

— Vous pouvez prétendre que vous n'étiez pas au courant, bafouille-t-elle en redoublant de sanglots. Quelle différence ça peut faire ? Il n'a rien fait de mal. Oh, le pauvre bébé. Avec tout ce qu'il a dû traverser. Il était tout tremblant et il avait du sang sur lui. Il n'a rien fait à part être terrorisé et se sauver. Si vous me le reprenez, vous savez très bien ce qui va se passer. Ils vont le piquer. Je vous en prie, laissez-moi le garder. S'il vous plaît, je vous en supplie, s'il vous plaît.

— Et pourquoi y avait du sang sur lui ? demande Marino.

Scarpetta balaie le sol en onyx œil-de-tigre de la chambre de maître du faisceau oblique de sa torche.

— Des pieds nus, lance-t-elle de la porte. Petits. Sans doute les siens. Et puis encore des cheveux.

— Si on se fie au témoignage de Madelisa Dooley, il a dû marcher ici, traverser des pièces. C'est dingue, répète Becky au moment où Lucy apparaît, une petite boîte bleu et jaune et une bouteille d'eau stérilisée dans les mains.

Scarpetta pénètre dans la salle de bains. Elle tire le rideau de douche tigré et éclaire le fond de la haute baignoire en cuivre. Rien, jusqu'à ce qu'un détail attire son attention. Elle récupère ce qui ressemble à un fragment de porcelaine blanche, étrangement coincé entre un savon et une coupelle accrochée au rebord de la baignoire. Elle l'examine avec soin et sort sa loupe de joaillier.

– Un bout de couronne dentaire, annonce-t-elle. Ce n'est pas de la porcelaine. C'est une couronne provisoire qui s'est cassée.

– Je me demande où est passé le reste, intervient Becky, accroupie dans l'embrasure de la porte, scrutant le sol, tournant le pinceau lumineux de sa torche en tous sens. Sauf si c'est déjà ancien.

Scarpetta pense distinguer une trace qui ressemble à du sang séché sur l'éclat de la taille d'une moitié de couronne, probablement une incisive.

– Ça peut être parti dans les canalisations. Il faudrait vérifier le siphon. D'ailleurs ça peut avoir atterri n'importe où. A-t-on un moyen de vérifier si Lydia Webster s'est récemment rendue chez son dentiste ? demande-t-elle.

– Je peux chercher. Y a pas tant de dentistes que ça sur l'île. Ça devrait pas être trop dur à trouver, sauf si elle est allée ailleurs.

– Il s'agit d'une intervention récente, très récente, précise Scarpetta. On peut négliger son hygiène, mais une couronne cassée, ça ne passe pas inaperçu, surtout sur une dent de devant.

– Ça pourrait être à lui, suggère Lucy.

– Ce serait encore mieux, rétorque sa tante. Il me faut une petite enveloppe en papier.

– Je vais la chercher, propose sa nièce.

– Je vois rien. Si elle s'est cassée ici, en tout cas l'autre morceau est introuvable. Peut-être que c'est resté attaché à la dent. Ça m'est arrivé une fois. J'ai cassé l'une de mes couronnes et un bout était toujours collé à ce qui restait de ma dent. (Le regard de Becky dépasse Scarpetta pour se poser sur la baignoire en cuivre.) Alors ça, ça va être le plus gigantesque faux-positif de la planète, remarque-t-elle. Un nouveau record à ajouter dans les manuels. Une des rares fois où il faut que j'utilise du luminol, et cette foutue baignoire, sans oublier le lavabo, est en cuivre. On peut faire une croix dessus.

– Je ne me sers plus de luminol, déclare Scarpetta comme si l'agent oxydant s'était révélé déloyal.

Jusqu'à très récemment, ce procédé constituait un des piliers des sciences médico-légales, et elle n'avait jamais remis en question son utilité pour détecter des traces invisibles de sang. Si le sang avait été lavé ou même si l'on avait repeint dessus, il suffisait de préparer un flacon de luminol et de vaporiser en attendant qu'apparaisse la fluorescence. Certes, de nombreux problèmes avaient surgi. En effet, si le luminol réagit en présence de l'hémoglobine du sang, malheureusement de nombreux autres composés ont le même effet : la peinture, les vernis, l'eau de Javel, et même les pissenlits, les chardons, le myrte, le maïs et, bien sûr, le cuivre.

Lucy récupère un petit conteneur d'Hemastix nécessaire à un test de détection et cherche tout ce qui pourrait s'avérer des traces de sang soigneusement lavé. Le test indique qu'il pourrait s'agir de sang. Scarpetta ouvre une boîte dont elle extrait un flacon de BlueStar Forensic Magnum, une bouteille de verre marron, un paquet de feuilles de métal et un vaporisateur.

– C'est plus fort, plus durable, et en plus on n'a pas à établir une obscurité parfaite, explique-t-elle à Becky. Pas de perborate de sodium tétrahydraté, donc non toxique. On peut l'utiliser sur du cuivre parce que la réaction n'aura pas la même intensité, un spectre de couleur différente, et sa durée ne sera pas la même que dans le cas du sang.

Toutefois elle n'a toujours pas trouvé de trace de sang dans la chambre. En dépit de ce qu'a affirmé Madelisa, la lumière blanche la plus intense a été incapable de révéler la plus petite tache. Cependant ce n'est plus vraiment une surprise. Tout porte à croire que le tueur a nettoyé méticuleusement après que Mme Dooley s'est ruée à l'extérieur. Scarpetta bascule l'embout du brumisateur sur la position de vaporisation la plus fine et verse cent vingt millilitres d'eau stérilisée dans le flacon. Elle jette ensuite deux comprimés, puis agite la solution doucement durant quelques minutes à l'aide d'une pipette. Elle décapsule la bouteille marron et verse de l'hydroxyde de sodium dans le vaporisateur.

Elle vaporise le mélange. Des taches, des traînées, des éclaboussures d'un intense bleu cobalt s'allument un peu partout dans la pièce. Becky prend des photographies. Un peu plus tard, alors que Scarpetta a terminé de nettoyer et est en train de ranger son matériel dans sa mallette de scènes de crime, la sonnerie de son portable résonne. Son interlocuteur n'est autre que le technicien d'empreintes digitales du laboratoire de Lucy.

— Vous ne le croirez jamais, attaque-t-il.

— Ne commencez jamais une conversation de la sorte, sauf si vous êtes très sérieux.

Elle ne plaisante pas. Il reprend d'un ton heurté, excité :

— L'empreinte sur la pièce en or. On a une touche. Le petit garçon toujours non identifié retrouvé la semaine dernière. Celui de Hilton Head.

— Vous êtes sûr ? Je veux dire, sans hésitation ? Ça n'a aucun sens.

— Peut-être bien, mais il n'y a aucun doute sur le résultat.

— Cela non plus. Ne le dites que si vous êtes absolument sérieux. Ma première réaction, c'est de penser qu'il y a eu une erreur, insiste Scarpetta.

— C'est exclu. Je suis même allé chercher la carte sur laquelle figurent ses dix empreintes digitales parmi celles que Marino a ramenées à la morgue. Je veux dire que j'ai vérifié visuellement. Il est incontestable que le détail de crête de l'empreinte partielle retrouvée sur la pièce est conforme à l'empreinte de pouce droit du petit garçon non identifié. Aucune erreur possible.

— Attendez, il s'agit d'une empreinte retrouvée sur une pièce qui avait été enfumée aux vapeurs de colle. Franchement, je ne me l'explique pas.

– Croyez-moi sur parole, je partage votre point de vue. On sait tous très bien que les empreintes laissées par des gamins pré-pubères ne persistent pas assez longtemps pour qu'on puisse les fixer avec des vapeurs de Superglue. Les sécrétions sont princi-palement composées d'eau. De la sueur au lieu des graisses, des acides aminés et de tout ce qui constitue les empreintes après la puberté. Je n'ai jamais enfumé des empreintes de gosse, et je ne pense pas qu'on le puisse. Il n'en demeure pas moins que celle dont nous parlons vient d'un enfant et que cet enfant est en ce moment dans votre morgue.

– Peut-être que cela ne s'est pas passé de cette façon-là, réflé-chit Scarpetta. Peut-être que cette pièce n'a jamais été au contact des vapeurs de Superglue.

– Moi, je ne vois pas d'autre explication. Les détails de crête semblent inclus dans ce qui ressemble comme deux gouttes d'eau à de la Superglue, comme si la pièce avait été enfumée.

– Peut-être qu'il avait de la colle sur le doigt, et qu'il a touché la pièce et laissé son empreinte.

CHAPITRE 18

Neuf heures du soir. Une pluie violente s'abat sur la rue, juste devant la maison de pêcheur de Marino.

Trempée jusqu'aux os, Lucy allume un enregistreur mini-disque sans fil qui ressemble à s'y méprendre à un iPod. Dans six minutes exactement, Scarpetta appellera Marino. À cet instant même, ce dernier se dispute avec Shandy, leur moindre mot étant relayé par le micro multidirectionnel enfoui dans la clé USB de l'ordinateur.

Ses pas lourds, la porte d'un réfrigérateur qu'on ouvre, le petit sifflement d'une canette que l'on décapsule, sans doute une bière.

La voix coléreuse de Shandy résonne dans l'écouteur de Lucy :

– ... Me mens pas. Je te préviens. Comme ça, tout d'un coup ? Tout d'un coup tu décides que tu ne veux pas t'investir dans une relation sérieuse ? D'ailleurs, qui a dit que j'étais investie ? La seule putain de chose dans laquelle tu devrais t'investir, c'est trouver un bon hôpital psychiatrique ! Peut-être que le fiancé de la Grande Chef peut t'avoir une chambre au rabais là-bas.

Marino lui a parlé des fiançailles de Benton et de Scarpetta. Shandy l'attaque où ça fait le plus mal, ce qui sous-entend qu'elle sait ce qui blesse Marino. Lucy se demande depuis combien de temps elle poursuit son travail de sape, narguant Marino en mettant en avant sa tante.

— Je t'appartiens pas. Tu m'utilises pas jusqu'à ce que ça te branche plus. Vaudrait peut-être mieux que je me débarrasse de toi en premier ! crie-t-il. T'es vraiment pas un bon plan pour moi. Tu m'as forcé à prendre cette merde d'hormone. C'est un miracle si j'ai pas encore claqué d'une crise cardiaque ou d'un autre truc. Et tout ça en moins d'une semaine. Qu'est-ce qui va se passer dans un mois, hein ? T'as déjà choisi un foutu cimetière ? Ou alors peut-être que je vais finir dans un foutu pénitencier parce que j'aurais pété un plomb et fait un truc grave.

— T'as peut-être déjà fait quelque chose de grave.

— Va te faire foutre.

— Pourquoi est-ce que je m'investirais dans un gros tas trop vieux, un mec qui peut même pas la lever sans cette *merde d'hormone*?

— Ferme-la, Shandy ! J'en ai ma claque que tu me rabaisses, tu m'entends ? Pourquoi t'es avec moi si je suis un tel nul ? J'ai besoin d'espace et de temps pour réfléchir. Tout est devenu tellement merdique. Le boulot s'est transformé en vraie galère. Je clope, je vais plus m'entraîner, je picole vraiment trop et je me dope aux hormones. Tout est en train de foutre le camp et tu t'acharnes à m'enfoncer la tête un peu plus dans les ennuis.

La sonnerie de son téléphone portable retentit. Il ne répond pas. L'appareil sonne et sonne encore.

— Décrochez ! s'exclame Lucy ruisselant sous la pluie dense et obstinée.

— Ouais ?

La voix de Marino dans son écouteur. *Merci, mon Dieu.* Il demeure silencieux quelques instants. Puis il dit à Scarpetta, son interlocutrice :

– Y a un truc qui va pas.

Lucy ne peut pas entendre Scarpetta, mais elle connaît la teneur de la conversation. Sa tante est en train d'expliquer à Marino que ni le numéro de série du colt 38, ni les empreintes ou empreintes partielles retrouvées sur l'arme ou les balles découvertes par Bull dans la ruelle n'ont fait mouche dans les banques de données de l'IAFIS ou du NIBIN.

– Et lui ? demande Marino.

Il fait référence à Bull. Scarpetta ne peut lui répondre sur ce point précis. Il n'y a aucune raison pour que les empreintes de Bull soient enregistrées dans l'IAFIS puisqu'il n'a jamais été condamné, et le fait qu'il ait été arrêté il y a plusieurs semaines n'y change rien. Si le colt est à lui, mais qu'il n'a pas été volé, ou s'il n'a jamais été utilisé dans le cadre d'un délit avant d'atterrir à nouveau dans la rue, il n'est pas dans les mémoires du NIBIN. Elle a récemment suggéré à Bull qu'il serait souhaitable qu'elle prenne ses empreintes digitales à fin d'exclusion. Toutefois, pour l'instant, il n'a pas donné suite à sa suggestion. Elle n'a pas eu l'opportunité d'insister parce qu'elle n'arrive plus à mettre la main sur lui. Après avoir quitté la maison de Lydia Webster, Lucy et Scarpetta ont tenté de le joindre à plusieurs reprises. La mère de Bull affirme qu'il a pris son bateau pour aller ramasser des huîtres, ce qui est sidérant vu le temps.

– Hum… Hum…

La voix de Marino résonne dans l'oreille de Lucy. Il arpente la pièce, de toute évidence très prudent dans ses réponses en raison de la présence de Shandy.

Scarpetta doit également le prévenir à propos de l'empreinte partielle retrouvée sur la pièce en or. D'ailleurs, peut-être est-ce ce qu'elle aborde en ce moment même puisque Marino commente par une onomatopée de surprise. Il déclare ensuite :

– C'est bon à savoir.

Il se tait. Lucy l'entend aller et venir. Il doit se rapprocher de l'ordinateur, du micro. Les pieds d'une chaise raclent le parquet. Il s'assied. Shandy se tient tranquille, tentant probablement de déterminer à qui il parle et de quoi.

– D'accord, lâche Marino. Est-ce qu'on peut s'occuper de tout ça un peu plus tard ? J'suis en plein milieu d'un truc, là.

Non. Lucy est certaine que sa tante parviendra à le faire parler de ce qu'elle veut, ou du moins qu'elle le contraindra à écouter. Elle ne terminera pas cette conversation téléphonique sans lui rappeler qu'il s'est mis à porter, depuis une semaine, un collier dont le pendentif n'était autre qu'une vieille pièce d'un dollar Morgan en argent. Peut-être cela n'a-t-il aucun rapport avec la pièce en or que le petit garçon du congélateur de la morgue a tenue, à un moment quelconque, entre ses doigts. Toutefois, où Marino a-t-il récupéré ce bijou pour le moins voyant ? Si sa tante est en train de lui poser la question, il n'y répond pas. Il ne le peut pas. Shandy est à son côté, l'oreille aux aguets. Alors que Lucy patiente dans la nuit, sous la pluie qui trempe sa casquette de base-ball et s'infiltre par le col de son coupe-vent, elle repense à ce que Marino a fait à sa tante, et la même détermination l'envahit. Une détermination dépourvue de peur, plate.

– Ouais, ouais, pas de problème, dit Marino. C'était du tout cuit.

Lucy en déduit que sa tante le remercie. Quelle ironie ! C'est elle qui le remercie ! Bordel, comment peut-elle le remercier pour quoi que ce soit ? Certes, Lucy en comprend la raison. C'est quand même révoltant. Scarpetta le remercie d'avoir discuté avec Madelisa et de l'avoir persuadée d'avouer qu'elle avait récupéré le basset. Elle lui a ensuite montré son short ensanglanté. Le sang maculait le poil du chien. Madelisa l'a caressé et s'est essuyée sur son short, ce qui signifie qu'elle est arrivée sur les lieux peu de temps après que quelqu'un ait été blessé ou tué puisque le sang sur le chien n'était pas sec. Marino a pris le vêtement et il lui a laissé le chien. Il a dit à Madelisa qu'il fournirait l'explication suivante : le meurtrier a volé le basset, l'a probablement tué et enterré dans un endroit discret. Étrange comme il peut être gentil et attentionné envers les femmes qu'il ne connaît pas.

La pluie glaciale s'obstine à s'abattre sur le crâne de Lucy.

Elle avance, prenant soin de rester hors de vue de crainte que Marino ou Shandy ne s'approchent d'une fenêtre. Il fait sombre, mais elle n'a aucune envie de prendre des risques. Marino a raccroché.

D'une voix criarde, Shandy attaque :

– Tu crois peut-être que je suis bête au point de pas savoir avec qui tu parlais sous prétexte que tu te démerdais pour que je comprenne pas de quoi vous discutiez ? Parler par énigmes, autrement dit. Comme si j'étais crétine au point de me faire rouler ! La Grande Chef, voilà qui t'appelait !

– C'est pas tes foutus oignons ! Combien de fois il faut que je te le répète ? Je parle avec qui je veux.

– Tout est mes oignons ! T'as passé la nuit avec elle, espèce d'ordure de mes deux. J'ai vu ta foutue moto garée là-bas le lendemain matin, très tôt. Tu crois vraiment que je suis idiote ? C'était bien ? Je sais parfaitement que t'en as eu envie une bonne moitié de ta vie ! Alors c'était bon, espèce de gros tas ?

– Tout est tes oignons ? Je sais pas qui a fait entrer ça dans ta tête de petite fille riche pourrie-gâtée. Mais écoute un peu : c'est pas vrai !

Après une nouvelle bordée de « Va te faire foutre ! », d'obscénités en tout genre et de menaces, Shandy sort en trombe de la maison et claque la porte derrière elle. D'où elle se cache, Lucy la regarde passer sous la cabane de pêcheur, rejoindre à grandes enjambées furieuses sa moto. Elle la lance rageusement au travers du petit jardin ensablé de Marino et s'éloigne en pétaradant en direction du pont Ben Sawyer. Lucy patiente quelques minutes afin de s'assurer que Shandy ne reviendra pas. Rien. Juste l'écho distant de la circulation et la pluie qui tambourine. Lucy gravit les quelques marches et frappe à la porte de la cabane. Il l'ouvre avec violence. La fureur peinte sur son visage s'évanouit, aussitôt remplacée par la gêne, ses expressions se succédant à toute vitesse.

– Qu'est-ce que tu fais là ? demande-t-il en jetant un coup d'œil par-dessus l'épaule de la jeune femme, comme s'il craignait de découvrir Shandy cachée derrière elle.

Lucy pénètre dans le sordide sanctuaire qu'elle connaît bien mieux que Marino ne le présume. Elle remarque l'ordinateur du coin du regard et la clé USB toujours en place. Son faux iPod ainsi que l'écouteur sont fourrés dans une des poches de son coupe-vent. Il referme la porte, mais demeure planté devant, l'air de plus en plus embarrassé, pendant qu'elle s'installe sur le canapé à carreaux qui empeste le moisi.

– J'ai entendu dire que tu nous espionnais, Shandy et moi, quand on était dans la morgue, comme si tu te prenais pour un fichu *Patriot Act* à deux pattes, lui balance-t-il tout de go en pensant sans doute qu'il s'agit de la raison de sa visite. T'as toujours pas compris, depuis tout ce temps, qu'il fallait pas essayer ce genre de merde avec moi ?

Stupidement, il tente de l'intimider, alors qu'il sait parfaitement qu'il n'y est jamais parvenu, pas même lorsqu'elle était petite. Pas même lorsqu'elle était adolescente et qu'il tournait en ridicule – allant parfois jusqu'à la repousser – ce qu'elle était.

– J'en ai déjà causé avec la Doc, poursuit-il. Y a rien d'autre à ajouter, alors me prends pas la tête avec ça.

– Et c'est tout ce que vous avez fait avec elle ? Lui parler ?

Lucy se penche, récupère le Glock glissé dans son holster de cheville et pointe le canon sur lui en demandant d'une voix dépourvue d'émotion :

– Donnez-moi une bonne raison de ne pas vous abattre.

Il ne répond rien.

– Une seule bonne raison, répète Lucy. Shandy et vous étiez en train de vous crêper le chignon avec application. Je pouvais l'entendre hurler de l'autre bout de la rue.

Elle se lève, se dirige vers une table et ouvre le tiroir. Elle récupère le Smith & Wesson 357 qu'elle a découvert la nuit précédente, puis se réinstalle sur le canapé. Elle range son arme dans son holster de cheville et pointe celle de Marino sur lui.

– Les empreintes de Shandy sont partout. Je parie qu'on retrouvera son ADN dans tous les coins. Vous vous battez, elle vous descend et elle s'enfuit sur sa moto. Une salope pathologiquement jalouse.

Elle tire le chien du revolver. Marino reste impavide. On dirait que plus rien ne lui importe.

— Une bonne raison, insiste-t-elle.

— J'ai pas de bonne raison. Vas-y. Je voulais qu'elle fasse la même chose, mais elle a renoncé. (Il parle de Scarpetta.) Elle aurait dû, mais elle l'a pas fait. Alors vas-y. J'en ai rien à foutre que ça retombe sur Shandy. Je peux même t'aider. Y a ses sous-vêtements dans ma chambre. Te gêne pas, récupère son ADN. S'ils le retrouvent sur le flingue, ils n'ont besoin de rien d'autre. Tout le monde sait exactement qui elle est, dans le bar. Demande à Jess. Ça surprendrait personne.

Il se tait. Ils restent comme ça, immobiles l'un et l'autre, durant un moment. Il est debout devant la porte, les bras ballants. Lucy est assise sur le canapé, l'arme pointée vers sa tête. Elle n'a pas besoin de viser une cible plus large, sa poitrine par exemple, et il le sait.

Le canon s'abaisse.

— Asseyez-vous, ordonne-t-elle.

Il s'installe sur la chaise située devant son ordinateur.

— J'aurais dû me douter qu'elle t'en parlerait.

— Elle n'en a rien fait, et ça devrait vous faire réfléchir. Pas un mot. À quiconque. Elle continue à vous protéger. C'est dingue, ça ! Vous avez vu l'état de ses poignets ?

Ses yeux injectés de sang brillent soudain d'un éclat liquide. Lucy ne l'a jamais vu pleurer. Elle continue :

— Rose s'en est aperçue. Elle m'a prévenue. Ce matin, alors que nous étions toutes les deux au labo, je l'ai constaté par moi-même. J'ai vu les hématomes sur les poignets de ma tante. Vous comptez faire quoi à ce sujet ?

Elle s'efforce de repousser les images qui tentent de s'imposer à elle. Les images de ce que Marino a fait subir à sa tante. L'idée qu'il ait pu la voir, la toucher, rend Lucy bien plus violente que si elle avait été la victime. Elle détaille ses mains énormes, ses bras, ses lèvres, et lutte contre ce qu'elle imagine.

— Ce qui est fait est fait, un point c'est tout, lâche-t-il. Je lui ai promis qu'elle n'aurait plus jamais à poser le regard sur moi.

Aucun de vous. Ou alors tu peux me descendre comme tu viens de le dire et t'en tirer, parce que tu t'en tires toujours. Tu peux te sortir de n'importe quelle situation. Vas-y. Si un autre mec lui avait fait ce que j'ai fait, je le butais. Il serait déjà mort à l'heure qu'il est.

— Trouillard pathétique ! Au moins présentez-lui vos excuses au lieu de vous débiner ou de vous suicider en châtiment.

— Qu'est-ce que ça améliorerait que je lui en parle ? C'est fini. C'est d'ailleurs pour ça que je n'ai tout appris qu'après tous les autres. Personne m'a demandé de me rendre à Hilton Head.

— Ne faites pas l'enfant ! Tante Kay vous a demandé de rendre visite à Madelisa Dooley. Je ne parvenais pas à le croire. Ça me rend malade.

— Elle me demandera rien d'autre. Pas après ta venue ici. J' veux plus qu'aucune de vous deux me demande quoi que ce soit. C'est fini.

— Vous vous souvenez de ce que vous avez fait ?

Il ne répond rien. Il se souvient.

— Dites que vous êtes désolé. Dites à ma tante que vous n'étiez pas bourré au point de ne plus vous souvenir de ce que vous lui avez fait. Dites-lui que vous vous souvenez, que vous êtes désolé et que vous ne pouvez pas défaire ce qui s'est passé. Vous verrez bien comment elle réagit. Elle ne vous tirera pas dessus. Elle ne vous foutra même pas à la porte. Elle est bien meilleure que moi. (La poigne de Lucy se resserre sur la crosse.) Pourquoi ? Dites-moi pourquoi ? Il vous est déjà arrivé d'être saoul en sa présence. Vous êtes resté seul en sa compagnie un bon million de fois, même dans des chambres d'hôtel. Pourquoi ? Comment avez-vous pu faire un tel truc ?

Il allume une cigarette d'une main agitée de violents tremblements.

— C'est un peu tout en même temps. Je sais que j'ai aucune excuse. J'étais à moitié dingue. C'est tout l'ensemble, et ça n'a pas d'importance. Elle est rentrée avec cette bague, et puis j' sais pas.

— Mais si, vous savez.

– J'aurais jamais dû correspondre par *mails* avec le Dr Self. Elle m'a pourri la tête. Et puis Shandy. Les médicaments. L'alcool. C'est comme si une bête malfaisante était entrée en moi, avoue Marino. Je sais pas d'où c'est venu.

Dégoûtée, Lucy se lève et jette le revolver sur le canapé. Elle le dépasse pour atteindre la porte.

– Écoute-moi. C'est Shandy qui m'a procuré ce truc. Je suis pas le premier type à qui ça arrive. Le dernier a même bandé sans interruption pendant trois jours. Elle trouvait ça très drôle.

– Quel truc ? demande Lucy bien que le sachant.

– Un gel hormonal. Ça me rend dingue. J'ai envie de baiser n'importe qui, de descendre n'importe qui. Mais c'est jamais assez pour elle. J'ai jamais été avec une femme qui en avait jamais assez.

Lucy se laisse aller contre la porte et croise les bras.

– De la testostérone prescrite par un escroc de proctologue qui exerce à Charlotte.

La stupéfaction se peint sur le visage de Marino.

– Comment tu… (Il s'assombrit.) Ah, je vois. Tu t'es introduite ici. Bordel, tout s'éclaire.

– Qui est cet enfoiré à *chopper*, Marino ? Qui est l'ordure que vous avez failli descendre sur le parking du Kick'N Horse ? Celui qui, prétendument, veut que tante Kay quitte la ville ou qu'elle finisse au cimetière ?

– J'aimerais le savoir.

– Je crois que c'est le cas.

– Je te dis la vérité. J'te le jure. Shandy doit le connaître. À mon avis, c'est elle qui essaie de faire partir la Doc. Salope de jalouse.

– Ou peut-être le Dr Self.

– J'en sais foutre rien.

– Peut-être que vous auriez dû prendre quelques renseignements sur votre salope de jalouse. Peut-être qu'envoyer des messages électroniques au Dr Self pour rendre ma tante jalouse, elle aussi, était comme titiller un essaim de guêpes à l'aide d'un bâton. Mais je suppose que vous étiez trop occupé à vous envoyer en l'air, bourré de testostérone, ou encore à violer ma tante !

— Je l'ai pas violée !

— Vous appelez ça comment ?

— La pire chose que j'ai faite de ma vie, grommelle Marino. Lucy ne lâche pas son regard.

— Et ce dollar en argent que vous portiez au cou ? Où l'avez-vous eu ?

— Tu le sais très bien.

— Shandy vous a-t-elle raconté que la maison de son papa patates-chips a été cambriolée peut après qu'elle a emménagé ici ? D'ailleurs ledit cambriolage a eu lieu peu après le décès du père. Il avait une collection de pièces de monnaie. De l'argent liquide, aussi. Envolé, tout. La police a toujours soupçonné un familier, sans jamais pouvoir le prouver.

— La pièce en or qu'a retrouvée Bull, intervient Marino. Elle m'a jamais rien dit à propos d'une pièce en or. La seule pièce que j'aie jamais vue, c'est ce dollar en argent. Comment tu peux être certaine que c'est pas Bull qui l'a perdue ? Après tout, c'est lui qui a trouvé le corps du gosse, et la pièce porte une empreinte du même gosse.

— Et si la pièce en question avait bien été volée dans la collection de feu le papa de Shandy ? Qu'est-ce que ça vous suggère ?

— Elle a pas tué ce gosse, contre Marino, un soupçon de doute dans la voix. J' veux dire, elle a jamais rien dit qui puisse me faire croire qu'elle avait des enfants. Si cette pièce a un lien avec elle, c'est sans doute parce qu'elle l'a donnée à quelqu'un. Quand elle m'a offert la mienne, elle a rigolé. Elle a dit que c'était comme une médaille à chien pour que j'oublie jamais que j'étais un de ses soldats. Que je lui appartenais. Je me suis pas douté qu'il fallait le prendre au pied de la lettre.

— Récupérer son ADN est une bonne idée, déclare Lucy.

Marino se lève et traverse le salon. Il revient avec le slip rouge, qu'il fait glisser dans un sachet en plastique avant de le tendre à Lucy.

– C'est quand même étonnant que vous ne sachiez pas où elle habite.

– J'sais rien à son sujet. C'est la foutue vérité, répond Marino.

– Eh bien, je vais vous l'apprendre. Elle habite sur cette île. Un petit nid douillet au-dessus de l'eau. Ça a l'air très romantique. Oh, tant que j'y suis… Lorsque je suis passée pour vérifier, j'ai aperçu une moto dans le garage, recouverte d'une housse de protection. Un vieux *chopper* avec une plaque d'immatriculation en carton. Il n'y avait personne à la maison.

– Je l'ai pas vu venir, jamais. J'étais pas comme ça avant.

– Il n'approchera plus jamais de tante Kay. Pas même à un million de kilomètres. Je me suis occupée de lui parce que je ne vous faisais pas confiance. Son *chopper* est une antiquité. Un tas de boue avec un guidon très haut de type Harley Davidson. Je suis sûre que cette bécane n'est pas fiable.

Marino a baissé les yeux et refuse de la regarder. Il répète :

– J'étais pas comme ça avant.

Elle ouvre la porte. Droite dans l'embrasure, sous une pluie battante, elle lance :

– Pourquoi ne pas vous casser de nos vies ? Je n'en ai plus rien à foutre de vous.

Les multiples fenêtres brisées du vieil immeuble de brique semblent jeter un regard vide sur Benton. Aucune lumière n'éclaire l'ancienne fabrique de cigares abandonnée, et son parking est plongé dans l'obscurité.

Son ordinateur portable posé en équilibre sur les cuisses, Benton se connecte au réseau sans fil du port. Plus exactement, il le pirate. Il attend, installé dans le 4 × 4 noir de Lucy, un Subaru, une voiture que l'on associe peu aux flics. Il jette parfois un regard par la vitre. La pluie glisse avec lenteur sur le pare-brise, et on dirait que la nuit pleure. Il contemple le grillage qui entoure le chantier naval vide de l'autre côté de la rue, les silhouettes des conteneurs que plus personne n'utilise et qui lui évoquent des épaves de wagons.

– Aucune activité, déclare-t-il.

— Cramponne-toi tant que tu le peux, résonne la voix de Lucy dans son écouteur.

La fréquence radio est sécurisée. Les aptitudes technologiques de Lucy dépassent Benton, et il n'est pas naïf. Tout ce qu'il sait, c'est qu'elle a les moyens de sécuriser ceci ou cela, en plus des brouilleurs. Elle est convaincue que c'est chouette de pouvoir espionner les autres alors qu'ils ne peuvent pas lui rendre la pareille. Et Benton espère qu'elle ne se trompe pas. Sur ce point précis et sur tant d'autres, dont sa tante. Lorsqu'il a demandé à Lucy de lui envoyer son avion privé, il a précisé qu'il ne voulait pas que Scarpetta soit informée.

— Pourquoi ? a demandé Lucy.

— Parce que je vais probablement devoir passer la nuit assis dans un parking, à regarder ce fichu port.

Ça ne ferait qu'envenimer les choses si Scarpetta savait qu'il se trouvait ici, à quelques kilomètres de chez elle. Elle serait capable d'insister pour le rejoindre, attendre en sa compagnie. À quoi Lucy a répondu qu'il était timbré. Il n'y avait aucune chance pour que Scarpetta se propose de jalonner le port à son côté. Comme l'a souligné la jeune femme, ce n'est pas le boulot de sa tante. Celle-ci n'est pas agent secret. Elle n'éprouve pas une passion particulière pour les armes à feu, bien que sachant parfaitement s'en servir, elle préfère s'occuper des victimes et laisser tous les autres à sa nièce et à Benton. Au fond, le message que Lucy voulait vraiment transmettre, c'était que passer un bon bout de la nuit dans le port pouvait se révéler dangereux, et qu'elle ne voulait pas y exposer Scarpetta.

Étrange que Lucy n'ait pas mentionné Marino, n'ait pas proposé qu'il vienne leur donner un coup de main.

Benton est assis dans le Subaru noir. L'habitacle sent le neuf, le cuir. Il contemple la pluie qui tombe et parvient à percer le rideau liquide pour scruter l'autre côté de la rue tout en contrôlant son ordinateur portable afin de vérifier que le Marchand de sable n'a pas pénétré sur le réseau portuaire et ne s'est pas connecté. D'où peut-il faire cela ? Pas depuis ce parking. Pas non plus depuis la rue. Il n'oserait pas se garer au beau milieu et rester là, à expédier un autre de ses messages monstrueux à la monstrueuse Dr Self qui doit être de retour à New York, de retour dans son splendide appartement-penthouse de Central Park Ouest. C'est exaspérant. D'une injustice folle. Même si, au bout du compte, le Marchand de sable paie pour ses meurtres, le Dr Self s'en tirera sans doute. Pourtant elle est autant à blâmer que lui parce qu'elle a conservé des informations par-devers elle, parce qu'elle n'a pas pris la peine de les analyser, parce qu'elle s'en fiche. Benton la hait alors qu'il ne le voudrait pas. Jamais il n'a exécré quiconque autant qu'elle. De toute sa vie.

La pluie clapote sur le toit du Subaru et le brouillard nimbe les réverbères distants. Benton ne parvient plus à distinguer l'horizon, ni le port du ciel. Il ne distingue plus rien, mais tout à coup quelque chose bouge. Il est assis, immobile, et son cœur s'emballe lorsqu'il aperçoit, de l'autre côté de la rue, une silhouette sombre qui longe le grillage.

– Activité en cours, transmet-il à Lucy. Quelqu'un peut-il s'en charger parce que je ne vois pas ?

– Personne ne peut, répond sa voix par l'intermédiaire de l'écouteur. (Elle lui confirme que le Marchand de sable ne s'est pas connecté au réseau sans fil du port.) Quel genre d'activité ? demande-t-elle.

– Au niveau du grillage. À trois heures, approximativement. Ça ne bouge plus. Ça reste à trois heures.

– Je suis à dix minutes de toi. Même pas.

– Je sors, annonce Benton.

Il ouvre la portière avec lenteur, après avoir pris soin d'éteindre le plafonnier. L'obscurité complète, la pluie qui semble redoubler de vigueur.

Il passe la main sous sa veste et tire son arme en prenant garde de ne pas refermer complètement la portière. Il ne fait pas un bruit. Il sait comment procéder. Il a fait ce genre de choses bien plus souvent qu'il ne souhaiterait s'en souvenir. Il se déplace tel un spectre, sombre et silencieux, foulant les flaques d'eau, fendant la pluie. Il s'arrête souvent, certain que la personne de l'autre côté de la rue ne le voit pas. *Que fait-il ?* Il est juste là, debout devant la clôture, immobile. Benton se rapproche. La silhouette ne bronche pas. Benton peut à peine distinguer un contour au travers des voiles de pluie qui s'abattent. Il n'entend rien, si ce n'est le tambourinement des gouttes d'eau.

– Ça va ? demande Lucy dans son oreille.

Il ne répond pas. Il s'arrête derrière un poteau télégraphique et perçoit l'odeur de la créosote. La silhouette part vers la gauche, légèrement en oblique de lui. Il entreprend de traverser la rue.

– Tu es 10-4 ? insiste Lucy.

Il ne répond toujours pas. La silhouette est maintenant si proche de lui qu'il découvre la forme sombre d'un visage, les contours d'un chapeau, et puis des bras, des jambes en mouvement. Benton avance rapidement et pointe le pistolet.

– Ne bougez pas, ordonne-t-il d'un ton calme qui appelle l'attention. J'ai un 9 mm pointé sur votre tête, alors restez parfaitement immobile.

L'homme – car Benton est certain qu'il s'agit d'un homme – semble s'être métamorphosé en statue. Il n'émet pas un son.

– Montez sur le trottoir, mais pas en avançant vers moi. Vers votre gauche. Très lentement. Maintenant mettez-vous à genoux, les mains sur la tête. (Puis, s'adressant à Lucy, il explique :) Je l'ai. Tu peux venir.

Comme si elle se trouvait à quelques mètres d'eux.

– Tiens bon, répond Lucy d'une voix tendue. Tiens bon, je suis bientôt là.

Benton sait qu'elle est encore loin – bien trop loin pour s'avérer d'une aide quelconque en cas de problème.

Les mains de l'homme sont croisées sur sa tête. Il est agenouillé sur le bitume craquelé et il supplie :

– Je vous en prie, ne tirez pas.

– Qui êtes-vous ? Donnez-moi votre identité, exige Benton.

– Ne tirez pas.

– Qui êtes-vous ? répète Benton en élevant la voix pour

couvrir le vacarme de la pluie. Qu'est-ce que vous faites ici ?
Dites-moi qui vous êtes.

– Ne tirez pas.

– Bordel ! Dites-moi qui vous êtes, à la fin ! Qu'est-ce que vous
fabriquez sur le port ? Ne me forcez pas à me répéter à nouveau.

– Je sais qui vous êtes. Je vous ai reconnu. J'ai les mains sur la
tête et il n'y a aucune raison de faire feu, débite la voix comme
l'eau les éclabousse. (Benton y détecte un accent.) Je suis ici
afin d'arrêter un tueur, tout comme vous. J'ai raison, n'est-ce
pas ? Vous êtes bien Benton Wesley ? S'il vous plaît, rangez votre
arme. Otto Poma. Je suis là pour la même raison que vous. Je
suis le capitaine Otto Poma. Rangez votre arme, s'il vous plaît.

Poe's Tavern, à quelques minutes à moto de la maison de
pêcheur de Marino. Une ou deux bières ne lui feraient pas
de mal.

La rue est détrempée, d'un noir brillant, le vent apporte avec
lui l'odeur de la pluie et les relents de la mer et des marécages.
Sa course en Roadmaster l'apaise. Il fend la nuit sombre et pluvieuse, conscient qu'il ne devrait pas boire, incapable, pourtant,
de résister, et, de toute façon, quelle importance ? Depuis ce
qui est arrivé, une maladie ronge son âme, un sentiment de terreur. La bête en lui a fait surface, le monstre s'est révélé et il
est maintenant face à ce qu'il a toujours redouté.

Peter Rocco Marino n'est pas un type bien. À l'instar de
presque tous les criminels qu'il a appréhendés, il a toujours
voulu croire que fort peu de choses étaient de sa faute, qu'il
était intrinsèquement bon et courageux, motivé par les
meilleures intentions du monde. Cependant la vérité, c'est l'inverse. Il est égoïste, tordu et mauvais. Mauvais, mauvais, mauvais ! C'est pour cela que sa femme l'a quitté. C'est pour cela
que sa carrière n'est plus que ruines. Pour cela que Lucy le hait.
Pour cela qu'il a gâché la meilleure chose qu'il ait jamais eue.
Sa relation avec Scarpetta est morte. Il l'a tuée. Brutalisée. Il a
trahi Scarpetta encore et encore, à cause de quelque chose

qu'elle ne pouvait pas contrôler. Elle ne l'a jamais désiré, et pourquoi en serait-il autrement? Il ne l'a jamais attirée, comment l'aurait-il pu? Alors il a voulu la punir.

Il lâche les gaz et passe la vitesse supérieure. Il roule beaucoup trop vite, la pluie s'incrustant comme une multitude d'aiguilles dans sa peau nue. Il fonce vers le Strip, le nom qu'il a donné aux bars et autres boîtes de Sullivan Island. Les voitures sont garées où elles ont pu trouver une place. Pas de moto, hormis la sienne. Le temps ne s'y prête guère. Il est glacé, ses mains sont raides, une peine et une honte effroyables auxquelles se mêle une colère venimeuse le dévorent. Il dénoue son inutile casque rond qui lui descend à peine sur les oreilles, le suspend au guidon et verrouille la fourche avant. Son vêtement de pluie produit des bruits de succion comme il pénètre dans un restaurant lambrissé de vieux bois brut. Des ventilateurs tournent au plafond et des posters représentant des corbeaux ou évoquant probablement tous les films jamais tirés des œuvres d'Edgar Allan Poe couvrent les murs. Le bar est bondé. Le cœur de Marino fait une embardée lorsqu'il remarque Shandy, coincée entre deux hommes, l'un portant une sorte de fichu noué autour du crâne. L'homme que Marino a failli descendre l'autre nuit. Elle lui parle en se collant à son bras.

Marino reste planté non loin de la porte, dégoulinant de pluie sur le plancher éraflé. Il se demande quoi faire, tandis que les blessures en lui suintent, que son cœur s'emballe, que son sang cogne contre son cou. Shandy et l'homme au fichu descendent leurs bières accompagnées de petits verres de tequila. Ils croquent des chips-tortillas aromatisées au *chili con queso*, ce que commandaient Marino et elle lorsqu'ils venaient ici. Venaient. Au passé. Il ne s'est pas appliqué son gel aux hormones ce matin. Il l'a jeté, non sans réticences, alors que la vile créature murmurait des moqueries dans ses ténèbres intérieures. Il n'arrive pas à croire que Shandy ait l'effronterie de s'afficher ici en compagnie de ce type. La signification est limpide. Elle l'a poussé à menacer la Doc. Si mauvaise que soit

Shandy, si mauvais que soit ce mec, si mauvais qu'ils soient ensemble, Marino est pire.

Ce qu'ils ont tenté de faire subir à la Doc n'est rien comparé à ce que Marino lui a fait.

Il s'approche du bar sans regarder dans leur direction, feignant de ne pas les voir, se demandant pourquoi il n'a pas repéré la BMW que conduit Shandy. Sans doute l'a-t-elle garée dans une petite rue un peu plus loin. Elle craint toujours que quelqu'un raye l'une des portières. Il se demande également où se trouve le *chopper* de l'homme au fichu et se souvient de ce que lui a dit Lucy. L'engin n'avait pas l'air fiable. Elle s'en est occupée. La prochaine fois, c'est peut-être la moto de Marino qui y aura droit.

– Et qu'est-ce que ce sera pour toi, mon chou ? Et où ce que t'étais passé, en plus ?

La barmaid a l'air d'avoir quinze ans. Il est vrai que c'est maintenant l'effet que produisent tous les jeunes à Marino.

Il a la tête ailleurs et se sent si déprimé qu'il ne parvient même pas à se souvenir de son prénom. Il croit bien qu'il s'agit de Shelly, mais hésite à le prononcer. Peut-être que c'est plutôt Kelly.

– Une Bud Lite. (Il se penche vers elle et murmure :) Regarde pas dans leur direction, mais ce mec qui est avec Shandy ?

– Ouais, ils sont déjà venus ensemble.

– Depuis quand ?

La barmaid fait glisser une bière pression devant lui, et il pousse un billet de cinq dollars.

– Deux pour le prix d'une, mon chou. Y en a une autre qui t'attend. Oh, mon Dieu… De temps en temps, depuis que je sers ici. Depuis l'année dernière, je dirais. Entre nous, je les aime pas super, ni l'un, ni l'autre. C'est pas la peine de me demander son nom, j'en sais rien. Remarque, c'est pas le seul type qu'elle amène ici. Je crois bien qu'elle est mariée.

– Sans blague !

– J'espère bien que toi et elle, c'est de l'histoire ancienne. Et pour de bon, mon chou.

— C'est terminé pour moi, lâche Marino en buvant sa bière. C'était rien.

— Rien sauf des emmerdements, je parierais, rectifie Shelly ou Kelly.

Il sent le regard de Shandy sur lui. Elle s'est arrêtée de parler à l'homme au fichu. Marino réfléchit : couchait-elle avec lui durant leur relation ? Il s'interroge sur les pièces de monnaie volées et sur les moyens dont dispose Shandy pour se procurer de l'argent. Peut-être que son papa ne lui a rien laissé du tout et qu'elle s'est dit qu'il valait mieux qu'elle vole. Marino se pose de multiples questions, tout en songeant qu'il aurait bien mieux fait d'y penser avant. Elle le regarde comme il lève sa chope bordée d'une écume fraîche, avale une longue gorgée de bière. Son regard d'une rare intensité a l'air presque fou. Il songe à se rapprocher d'elle, mais ne parvient pas à s'y résoudre.

Il sait qu'ils ne lui diront rien. Il est certain qu'ils se moqueront de lui. Shandy expédie un petit coup de coude à l'homme au fichu. Il jette un regard à Marino, un léger sourire suffisant aux lèvres. Il doit penser que c'est super-marrant d'être assis là, à tripoter Shandy tout en sachant qu'elle n'a jamais été la femme de Marino. Avec qui d'autre couche-t-elle encore ?

Marino tire d'un coup sec sur la chaîne à laquelle est suspendu son dollar en argent et lâche le collier dans son verre. Celui-ci tombe avec un plouf, puis sombre au fond. Il fait glisser la chope sur le zinc. Elle s'arrête peu avant eux. Marino sort du bar en espérant être suivi. La pluie s'est calmée et une vapeur d'eau s'élève de la chaussée sous la clarté dispensée par les lampadaires. Il s'installe sur le siège détrempé de sa moto et attend, espérant encore qu'il aura été suivi. Le regard fixé sur la porte d'entrée de Poe's Tavern, il attend, il espère. Peut-être qu'il peut provoquer une bagarre. Peut-être qu'ils peuvent la terminer. Il voudrait que les battements de son cœur ralentissent et que sa poitrine cesse de lui faire mal. Peut-être qu'il aura une crise cardiaque. Car son cœur devrait l'attaquer puisqu'il est si mauvais. Il attend, le regard rivé sur la porte, sur les gens qui sont à l'intérieur du bar, derrière les fenêtres illuminées.

Tous sont heureux, sauf lui. Assis sur son siège trempé, dans son vêtement de motard humide, il allume une cigarette. Il fume et attend.

Il est vraiment nul, au point qu'il ne parvient même plus à exaspérer les gens. Il n'arrive même plus à provoquer une bagarre. Une vraie nullité. Et le voilà assis dans la nuit pluvieuse, à fumer en regardant la porte d'un bar, espérant que Shandy ou l'homme au fichu, voire même les deux sortent ne serait-ce que pour lui prouver qu'il reste encore en lui un truc qui vaille le coup. Mais la porte ne s'ouvre pas. Ils s'en foutent. Ils n'ont pas peur. À leurs yeux, Marino n'est qu'une plaisanterie. Il attend et fume. Il déverrouille la fourche avant de son engin et tourne la clé de contact.

Il donne pleins gaz. La gomme de ses pneus crisse sur l'asphalte. Il fonce dans la nuit. Il gare sa moto sous la cabane de pêcheur, laissant la clé sur le contact parce qu'il n'aura plus jamais besoin de son engin. Il ne conduira plus jamais, là où il va. Il marche à vive allure, moins vive, toutefois, que son pouls. Il grimpe les marches qui mènent à son appontement et pense à Shandy lorsqu'elle plaisantait au sujet de sa vieille queue bancale, en la décrivant comme longue mais mince et courbée à la façon d'un phasme. À l'époque, il l'avait trouvée drôle lorsqu'elle lui avait sorti ça, la première fois qu'il l'avait ramenée chez lui. Ils avaient fait l'amour toute la nuit. Dix jours auparavant. Inutile de se leurrer, elle l'a roulé dans la farine. Ce n'est pas une coïncidence si elle a flirté avec lui le jour même où le corps du petit garçon a été découvert. Peut-être voulait-elle utiliser Marino afin d'obtenir des informations ? Il l'a laissée faire. À cause d'une bague. On a offert une bague à la Doc et Marino a perdu la tête. Ses grosses bottes cognent lourdement sur la jetée et le bois battu par les intempéries tremble sous son poids. Une myriade de moustiques l'environne au point que l'on se croirait dans un dessin animé.

Parvenu à l'extrémité de la jetée, il s'immobilise, avec le sentiment d'être dévoré tout vivant par des millions de minuscules crocs invisibles. Les larmes diluent son regard et sa poitrine se

soulève avec peine, rapidement, de la même façon que la poitrine d'un condamné à qui l'on vient d'injecter le cocktail létal,
juste avant que son visage ne vire au gris-bleu, juste avant qu'il
ne meure. Il fait si sombre et le ciel est couvert. Le ciel et l'eau
ne font plus qu'un. Juste sous lui, les amortisseurs à bateaux
s'entrechoquent dans un bruit sourd et l'eau clapote contre les
piliers de soutien.

Sans même avoir le sentiment d'ouvrir la bouche, il hurle
quelque chose et lance avec violence son téléphone portable
et son écouteur. Il les jette avec tant de force, si loin qu'il ne les
entend pas retomber.

CHAPITRE 19

Y-12, complexe de la Sécurité nationale. Scarpetta arrête sa voiture de location devant un poste de contrôle planté au milieu de défenses anti-explosion en ciment et de clôtures en grillage surmontées de fil barbelé.

Pour la deuxième fois en cinq minutes, elle descend sa vitre et tend son badge d'identification. Le gardien réintègre sa guérite afin de passer un coup de téléphone, pendant que son collègue fouille le coffre de la Dodge Stratus rouge que Scarpetta a trouvée – à son grand déplaisir – sur le parking Hertz lorsqu'elle a atterri à Knoxville une heure plus tôt. Elle avait réservé un 4 × 4. De surcroît, elle ne conduit jamais de véhicules rouges. Les gardes semblent plus pointilleux qu'autrefois, comme si la voiture les rendait méfiants. Ils le sont déjà, pourtant, suffisamment. Y-12 stocke la plus grosse réserve d'uranium enrichi du pays. La sécurité est ici inflexible et Scarpetta ne dérange jamais les scientifiques qui travaillent en ces lieux, à moins que son problème n'ait atteint la masse critique, ainsi qu'elle le formule.

À l'arrière de la voiture se trouvent la fenêtre de la buanderie de Lydia Webster, enveloppée de papier marron, ainsi qu'une petite boîte renfermant la piécette en or qui porte l'empreinte digitale du garçon assassiné, toujours pas identifié. Aux confins du complexe s'élève un bâtiment de brique rouge similaire à ses voisins, à ceci près qu'il héberge l'un des plus imposants microscopes électroniques à balayage.

— Vous pouvez vous garer là, annonce un des gardes en désignant un emplacement d'un mouvement du bras. Il arrive et vous montrera le chemin.

Elle s'exécute, attendant de voir apparaître la Tahoe noire que conduit le Dr Franz, le directeur du laboratoire des matériaux. À chaque fois qu'elle vient ici, elle le suit. En dépit du nombre de ses visites, elle est toujours incapable de retrouver son chemin. De surcroît, elle ne s'y risquerait pas. Se perdre dans un centre qui produit des armes nucléaires est une très mauvaise idée. La Tahoe apparaît, fait demi-tour. Le bras du Dr Franz émerge par la vitre et lui fait signe d'avancer. Elle le suit dans un dédale de bâtiments quelconques et indiscernables, aux noms peu évocateurs. Soudain, l'environnement change radicalement, se métamorphosant en bois et en champs. Surgit le bâtiment de plain-pied connu sous le nom de Technology 2020. Les alentours se parent d'un charme bucolique, un charme trompeur. Scarpetta et le Dr Franz descendent de leurs véhicules. Elle déboucle la ceinture de sécurité qui maintenait prudemment en place la fenêtre et la tire de l'arrière de la voiture.

— Vous nous amenez toujours des choses très amusantes, lance-t-il. La dernière fois, il s'agissait d'une porte entière.

— Sur laquelle nous avons trouvé une empreinte de bottes, vous vous en souvenez ? Pourtant personne ne l'avait vue.

— Il y a toujours quelque chose sous vos yeux.

C'est la devise du Dr Franz.

Approximativement du même âge que Scarpetta, vêtu d'un polo et d'un jean trop large, il ne ressemble sans doute pas à l'idée que l'on se fait en général d'un ingénieur en science nucléaire, spécialisé dans la métallurgie. Le Dr Franz est le genre d'homme qui trouve fascinant d'agrandir les crans d'un outil, les glandes séricigènes d'une araignée ou des petits fragments de navette spatiale, ou encore de sous-marin. Elle le suit dans ce qui pourrait ressembler à un laboratoire ordinaire, si toutefois on excluait l'imposante chambre métallique soutenue par quatre piliers amortisseurs. Le VisiTech LC-SEM – microscope électronique à balayage à large chambre de préparation – pèse dix tonnes et il a fallu recourir à un engin de levage de quarante tonnes afin de l'installer. Il s'agit, en deux mots, du plus grand microscope au monde, et sa fonction d'origine n'était certes pas les sciences légales, mais l'analyse des défaillances de matériaux, notamment les métaux utilisés pour manufacturer les armes. Toutefois Scarpetta n'ignore pas que la technologie, c'est la technologie, et Y-12 est maintenant familier de ses suppliques sans scrupules.

Le Dr Franz déballe la fenêtre. Il la place, ainsi que la pièce en or, sur un plateau d'acier de près de huit centimètres d'épaisseur et entreprend de positionner un canon à électrons de la taille d'un petit missile, sans oublier les détecteurs qui se cachent derrière. Il les abaisse, les rapprochant aussi près que possible des zones où la présence de sable, de colle et de verre brisé est soupçonnable. À l'aide d'une télécommande, il fait glisser, règle l'inclinaison. Des bourdonnements, des claquements. Des taquets d'arrêt évitent que les parties précieuses des échantillons ne s'entrechoquent ou basculent dans le vide. Il referme la porte pour, ainsi qu'il l'explique, faire le vide à l'intérieur de la chambre jusqu'à 10^{-6}. Il laissera à nouveau de l'air pénétrer afin de parvenir à 10^{-2} et il sera alors impossible d'ouvrir la porte même en tirant fort, précise-t-il. Il joint le geste à la parole. Au bout du compte, l'intérieur de la chambre ressemblera au vide spatial. Pas de moisissure, pas d'oxygène, juste les molécules d'un crime.

Le vrombissement des pompes à vide, une odeur électrique et la chambre stérile commence à se réchauffer. Scarpetta et le Dr Franz s'en vont, fermant une porte extérieure. Une colonne de lumières rouges, jaunes, vertes et blanches leur rappelle que nul être humain ne se trouve à l'intérieur de la chambre, ce qui équivaudrait pour lui à une mort presque instantanée. Ce serait comme de sortir sans combinaison d'une navette spatiale, commente le Dr Franz.

Il s'installe devant un terminal auquel sont reliés de multiples écrans larges et plats, et demande à Scarpetta :

— Voyons voir... Quel agrandissement ? On peut pousser jusqu'à deux cent mille.

Il plaisante, bien que ce chiffre soit atteignable.

— Et un grain de sable ressemblerait à une planète. Peut-être y découvrirait-on de petits êtres ? sourit-elle.

— C'est exactement ce que je pense.

Il s'oriente à coups de clics de souris dans un labyrinthe de menus.

Elle est assise à son côté. Les grosses pompes à vide évoquent à Scarpetta le scanner IRM. La pompe turbo se déclenche alors. Ensuite le silence, un silence rompu à intervalles par l'énorme soupir du dessiccateur à air, qui ressemble à celui d'une baleine. Ils patientent un moment. Apparaît alors une petite lumière verte. Ils voient enfin ce que perçoit l'appareillage, comme le faisceau d'électrons frappe une zone de la vitre de la fenêtre.

— Du sable, traduit le Dr Franz, et qu'est-ce que c'est que ça ?

Mélangées aux grains de sable de différentes formes et tailles qui ressemblent à des copeaux et des éclats de roche, se trouvent des sphères creusées de cratères, météorites et lunes microscopiques. Une analyse élémentaire confirme la présence de baryum, d'antimoine et de plomb, en plus de la silice du sable.

— Y a-t-il eu utilisation d'armes à feu dans cette affaire ? demande le Dr Franz.

— Pas que je sache, répond Scarpetta avant d'ajouter : c'est tout comme à Rome.

— Ce pourrait être d'origine environnementale ou occupationnelle, je suppose. Certes, le plus gros pic est de la silice. On trouve aussi des traces de potassium, sodium, calcium et – j'ignore pour quelle raison – d'aluminium. Je vais déduire le bruit de fond, qui est du verre, soliloque-t-il.

– C'est similaire, très similaire, à ce qu'ils ont trouvé à Rome, répète-t-elle. Le sable qui remplissait les orbites de Drew Martin. La même chose. J'ai bien conscience de radoter, mais c'est sans doute parce que je ne parviens pas vraiment à y croire. En tout cas, il est clair que cela m'est incompréhensible. Il semble donc qu'il s'agisse de résidus de tir. Et ces zones très ombrées, ici? insiste-t-elle en les désignant. Ces espèces de strates?

– La colle, annonce-t-il. Je prends le risque d'affirmer que ce sable ne provient pas de là-bas – de Rome ou des alentours. Et celui retrouvé dans le cas de Drew Martin? Il n'y avait pas trace de basalte, rien, en d'autres termes, qui indique une activité volcanique dont on s'attendrait à trouver la signature dans ce coin du monde. Aurait-il amené son propre sable avec lui?

– Ce que je sais, c'est que personne n'a jamais soutenu que le sable provenait de la région romaine. En tout cas, pas des plages voisines d'Ostie. J'ignore ce qu'il a fait au juste. Peut-être ce sable revêt-il une valeur symbolique, signifie-t-il quelque chose. Toutefois, j'ai déjà vu des agrandissements de sable et de poussière terreuse, mais jamais quelque chose qui ressemble à cela.

Le Dr Franz modifie le contraste et l'agrandissement avant de déclarer:

– Ça devient de plus en plus étrange.

– Des cellules épithéliales peut-être? De la peau? (Elle scrute l'image qui s'affiche à l'écran.) Aucune mention de cela dans le cas de Drew Martin. Il faut que j'appelle le capitaine Poma. Tout dépend de ce qu'ils ont estimé le plus important. Ou de ce qu'ils ont remarqué. De surcroît, quel que soit le degré d'excellence d'un labo de police, il ne disposera certainement pas d'instruments aussi performants que les vôtres, et en tout cas pas de cela, termine-t-elle en faisant référence au microscope électronique.

– Reste à espérer qu'ils n'aient pas eu recours à une spectrométrie de masse et fait digérer la totalité de l'échantillon dans un bain d'acide, auquel cas il ne nous resterait rien pour procéder à d'autres tests.

– Non, rectifie-t-elle. Ils ont réalisé une analyse aux rayons X en phase solide. Un Raman. S'il y avait eu des cellules de peau dans le sable, elles devraient toujours s'y trouver. Cependant, ainsi que je vous l'ai dit, je l'ignore. Le rapport ne mentionne rien de tel et nul ne l'a évoqué. Je dois vraiment contacter le capitaine Poma.

– Il est sept heures du soir en Italie.

– Il est ici. Je veux dire à Charleston.

– Je suis de plus en plus perdu. J'avais cru comprendre qu'il faisait partie des carabiniers, pas de la police de Charleston.

– Il est arrivé en ville de façon assez inattendue. La nuit dernière. Ne m'en demandez pas davantage. Je suis aussi perdue que vous.

Elle a été assez secouée. Lorsque Benton est apparu sur le pas de sa porte, la nuit dernière, en compagnie du capitaine Poma, la surprise n'a pas été excellente. Durant quelques secondes, elle est restée sans voix. Après avoir avalé une soupe et bu un café, ils sont repartis aussi soudainement qu'ils étaient apparus. Elle n'a pas revu Benton depuis. Elle est mécontente et se sent blessée, sans trop savoir ce qu'elle va lui dire lorsqu'elle le reverra, quand cela arrivera. Elle a même pensé à retirer la bague de son doigt avant d'embarquer à bord de l'avion ce matin.

– L'ADN, poursuit le Dr Franz. Bon, on ne veut pas bousiller l'échantillon avec de l'eau de Javel. Néanmoins, le signal serait meilleur si nous parvenions à nous débarrasser des petits débris cutanés ainsi que des sécrétions.

C'est un peu comme de contempler les constellations d'étoiles. Ressemblent-elles véritablement à des chariots ou à des animaux ? La lune possède-t-elle un visage ? Que voit-elle au juste ?

Elle repousse la pensée de Benton de son esprit afin de se concentrer.

– Pas d'eau de Javel, mais un test ADN pour en avoir le cœur net, approuve-t-elle. Certes, les cellules épithéliales sont assez fréquentes parmi les résidus de tir, mais seulement lorsque les mains du suspect sont tamponnées à l'aide d'un ruban adhésif double face au carbone. En d'autres termes, s'il s'agit bien de peau, ce que nous voyons là n'a aucun sens, sauf si on admet que les cellules ont été transférées par les mains du tueur. Ou alors lesdites cellules se trouvaient déjà sur l'encadrement de la fenêtre. Cette dernière hypothèse est peu convaincante puisque les vitres ont été nettoyées avec soin. On retrouve des fibres de coton blanc qui l'attestent et correspondent au tee-shirt sale – en coton blanc – que j'ai récupéré dans le panier à linge de la buanderie. Qu'est-ce que cela signifie au juste ? Pas grand-chose en réalité. Cette laverie est une véritable décharge à fibres microscopiques.

– À ce degré de grossissement, tout devient une décharge.

Le Dr Franz clique à l'aide de la souris, manipule les données, repositionne. Le faisceau d'électrons frappe une zone de verre brisé.

Sous la mousse de polyuréthane qui a séché en devenant claire, des craquelures prennent des allures de canyons. Des formes blanches un peu floues apparaissent, qui pourraient être d'autres cellules épithéliales. Les lignes et les pores sont l'empreinte de l'épiderme d'une partie d'un corps qui a heurté la vitre. Des fragments de cheveux sont visibles.

– Quelqu'un a foncé dans la fenêtre ou alors lui a balancé un coup de poing, suggère le Dr Franz. Peut-être est-ce de cette façon que la vitre a été brisée ?

– Ni par une main, ni par un talon, rectifie Scarpetta. On ne retrouve pas de crête de friction. (Rome ne cesse de lui revenir en tête.) Et si les résidus de tir avaient été présents dans le sable, plutôt que d'être transférés par les mains du tueur ?

– Vous voulez dire avant même qu'il ne le touche ?

– Peut-être. Drew Martin n'a pas été abattue par balle. De cela nous sommes certains. Pourtant on retrouve des traces de baryum, d'antimoine et de plomb dans le sable qui remplissait ses orbites. (Elle ressasse à nouveau cette incohérence, tentant d'y trouver un sens.) Il a versé le sable dedans avant de coller les paupières. Donc, ce qui semble bien être des résidus de tir aurait pu maculer les mains du tueur et atterrir dans le sable lorsqu'il l'a touché, ce qui tombe sous le sens. Toutefois l'autre hypothèse est que les résidus se trouvaient déjà dans le sable.

– C'est bien la première fois que j'entends qu'un individu fait des trucs pareils. Mais dans quel monde vivons-nous ?

– J'espère que ce sera la dernière fois que nous sommes témoins de tels actes. Cela étant, je me suis posé la même question la plus grande partie de ma vie, confie-t-elle.

– Rien n'indique que ça n'était pas déjà dans le sable, reprend le Dr Franz en désignant les images affichées à l'écran. En d'autres termes, dans le cas qui nous occupe, le sable est-il sur la colle ou la colle sur le sable ? Et le sable se trouvait-il sur ses mains ou ses mains étaient-elles dans le sable ? Cette colle, à Rome. Vous m'avez confié qu'ils n'avaient pas employé de spectrométrie de masse. L'ont-ils analysée en spectroscopie par transformation de Fourier ?

– Je ne le crois pas. Il s'agit de cyanoacrylate, de cela je suis certaine. On pourrait, en effet, tenter une spectroscopie de Fourier et voir quelle empreinte moléculaire nous obtenons.

– Ça marche.

– Sur la colle de la fenêtre et celle de la pièce ?

– Absolument.

La spectroscopie à infrarouges par transformation de Fourier est fondée sur un concept plus simple que son nom ne pourrait le laisser supposer. Les liaisons chimiques d'une molécule absorbent les longueurs d'onde en produisant un spectre aussi unique qu'une empreinte digitale. De prime abord, ce qu'ils trouvent n'a rien d'une surprise. Les spectres des colles de la fenêtre et de la pièce en or sont identiques. Pourtant ni Scarpetta ni le Dr Franz ne les reconnaissent. Il ne s'agit pas de la structure moléculaire de l'éthylcyanoacrylate qui compose la Superglue de tous les jours. C'est très différent.

Il est déjà deux heures trente de l'après-midi et le temps a filé lorsque le Dr Franz déclare :

– Du 2-octylcyanoacrylate. Je n'ai aucune idée de ce que cela peut être, sauf, bien sûr, un adhésif. Et la colle de Rome ? Sa structure moléculaire ?

– Je ne crois pas que quiconque s'en soit préoccupé, avoue-t-elle.

Les sites de la ville s'illuminent doucement et le clocher blanc de Saint Michael se dresse telle une flèche vers la lune.

Depuis sa luxueuse chambre, le Dr Self ne distingue ni le port ni l'océan d'un ciel dépourvu d'étoiles. Il vient tout juste de cesser de pleuvoir.

– J'adore cette fontaine ananas. Malheureusement, on ne peut pas la voir d'ici. (Elle s'adresse aux lumières de la ville qui scintillent derrière ses fenêtres parce que c'est bien plus agréable que de parler à Shandy.) C'est beaucoup plus loin, vers l'eau, après le marché. Et ces petits enfants, en majorité démunis, s'éclaboussent dedans une fois l'été venu. Selon moi, si tu as un de ces très onéreux appartements, le bruit risque d'entamer ta bonne humeur. Écoute, j'entends un hélicoptère. Pas toi ? demande le Dr Self. Les gardes-côtes. Et ces énormes avions de l'Air Force. Il ne se passe pas une minute sans qu'on perçoive leur vrombissement. On dirait de gigantesques vaisseaux de guerre. Mais bon, je ne t'apprendrai rien au sujet de ces gros engins. On fiche un peu plus l'argent du contribuable par la fenêtre, et pour quoi ?

– Je ne t'aurais rien dit si j'avais su que tu cesserais de me payer, lâche Shandy, assise sur une chaise poussée non loin d'une fenêtre.

Toutefois la vue n'a aucun intérêt à ses yeux.

– Pour encore plus de gâchis, plus de morts, poursuit le Dr Self. On sait parfaitement ce qu'il advient de ces jeunes hommes et de ces jeunes femmes lorsqu'ils reviennent à la maison. Nous le savons si bien, n'est-ce pas, Shandy ?

– Donne-moi ce dont on avait discuté et peut-être que je te

laisserai tranquille. Je veux juste la même chose que tout le monde. Rien de mal à ça. Je me contrefous de l'Irak, lâche Shandy. J'ai pas l'intention de rester assise ici des heures à discuter de ta politique. Tu veux entendre de la vraie de vraie politique ? Viens donc traîner un peu au bar, s'esclaffe-t-elle, désagréable. Ça, c'est une idée : toi dans un bar ! Toi sur une bonne vieille selle de rodéo ! (Elle fait tinter les glaçons dans son verre.) Une pourfendeuse de Bush au pays de Bush.

– Tu en es peut-être une bouture.

– C'est parce qu'on déteste les Arabes et les tarlouzes, et qu'on est contre le fait de balancer des bébés dans la cuvette des WC avant de tirer la chasse ou de les vendre en pièces détachées pour la science. On aime la tarte aux pommes, les ailes de poulet frit, la Budweiser et Jésus. Ah oui… et puis baiser. Donne-moi ce que je suis venue chercher et je la ferme, et je rentre à la maison.

– En tant que psychiatre, j'ai toujours professé qu'il fallait se connaître soi-même. Néanmoins, j'émets des réserves à ton sujet, ma chère. Pour ton bien, je te recommande de faire tous les efforts afin de ne surtout pas te connaître.

– Une chose est certaine, commente Shandy d'un ton narquois, c'est que Marino s'est complètement remis de toi quand il s'est mis sur moi.

– Il a fait exactement ce que j'avais prévu. Il a pensé avec sa deuxième extrémité, pas la bonne tête, rétorque le Dr Self.

– Tu es peut-être aussi riche et célèbre qu'Oprah, mais tout le pouvoir et la célébrité du monde ne tourneront jamais la tête à un type aussi bien que moi. Je suis jeune, charmante et je sais ce qu'ils veulent. Je peux faire durer la chose aussi longtemps qu'ils le souhaitent et même les faire tenir au-delà de ce qu'ils croyaient pouvoir réussir un jour.

– Tu parles de sexe ou du derby du Kentucky ?

– Je parle du fait que tu es vieille.

– Peut-être devrais-je t'inviter lors d'une de mes émissions. J'aurais des questions fascinantes à te poser. Qu'est-ce que les hommes voient en toi ? Quel musc magique peux-tu exhaler pour qu'ils te suivent aussi fidèlement que ton propre cul bien rond ? On te mettrait en scène exactement comme tu es aujourd'hui. En pantalon de cuir noir aussi ajusté qu'une deuxième peau, avec une veste de jean sans rien en dessous. Sans oublier tes bottes, bien sûr. Et, cerise sur le gâteau, un fichu à motif de flammes. Très… porté, il s'agit d'un gentil euphémisme. Celui de ton pauvre ami qui vient d'avoir un terrible accident. Mon public serait ému si tu racontais que tu portes son fichu autour du cou et que tu ne l'ôteras pas tant que son propriétaire ne sera pas rétabli. Ça m'ennuie de te dire cela, mais, lorsqu'un crâne est fendu comme un œuf trop cuit et que l'encéphale est exposé à l'environnement extérieur, dont l'asphalte, c'est assez sérieux.

Shandy boit.

– Je suis certaine qu'en moins d'une heure – parce que je ne crois pas pouvoir décliner ce thème sur plusieurs émissions, plutôt une partie de soirée – nous en viendrons à la conclusion que tu es attirante et jolie, très accommodante, avec une sorte d'indéniable viens-par-ici-mon-chou, poursuit le Dr Self. De fait, tu peux t'en sortir avec tes prédilections basiques aujourd'hui. Cependant, lorsque tu seras aussi vieille que l'âge que tu m'attribues, la gravité, au sens de pesanteur, te rendra honnête. Que dis-je lors de mes émissions ? La gravité vous rattrapera. La vie penche du côté de la chute. Nous ne nous tenons pas debout, nous ne volons pas, tout juste sommes-nous assis. Mais tomber aussi bas que Marino… Lorsque je t'ai poussée à te rapprocher de lui, après qu'il a été assez insensé pour m'aborder à nouveau, son plongeon potentiel semblait de peu d'envergure. Quels que soient les ennuis que tu pouvais causer, ma chère. D'ailleurs, de combien Marino pouvait-il chuter puisque, après tout, il n'est jamais monté très haut ?

– Donne-moi le fric, insiste Shandy. Ou peut-être que je devrais te payer pour m'épargner de t'entendre. Pas étonnant que…

– Surtout pas, l'interrompt le Dr Self d'un ton sans appel mais assorti d'un sourire. Nous sommes tombées d'accord sur les gens que nous n'évoquerions pas et les noms que nous ne prononcerions jamais. C'est pour ton bien. Il ne faut pas que tu l'oublies. En réalité, tu as de quoi t'inquiéter, bien plus que moi.

— Tu devrais être contente, intervient Shandy. La vérité ? La vérité, c'est que je t'ai rendu un service, parce que maintenant tu n'as plus à te préoccuper de moi et que tu m'aimes sans doute autant que le Dr Phil.

— Je l'ai invité à l'une de mes émissions.

— Chouette, obtiens-moi son autographe.

— Je ne suis pas contre. J'aurais largement préféré que tu ne m'appelles jamais pour me communiquer ta révoltante nouvelle. Tu ne me l'as racontée qu'afin de me tirer de l'argent et pour que je t'aide à ne pas te retrouver en prison. Tu es une fille intelligente. Ton incarcération n'aurait pas été à mon avantage.

— Moi aussi, j'aurais préféré ne jamais appeler. Je ne pensais pas que tu arrêterais de me signer des chèques parce que…

— Parce que quoi ? Pour quoi, au juste, payerais-je encore ? Ce que j'achetais n'a plus besoin de mon intervention.

— Je n'aurais jamais dû te le dire. Mais tu m'as toujours répété que je devais être honnête.

— Si tel est le cas, c'était un cautère sur une jambe de bois, ironise le Dr Self.

— Et tu te demandes pourquoi ?…

— Je me demande pourquoi tu tiens à m'ennuyer en bafouant notre règle. Il est certains sujets que nous n'abordons pas.

— Je peux aborder Marino et je ne m'en suis pas privée, argumente Shandy avec un petit sourire suffisant. Est-ce que je t'ai dit ? Il veut toujours baiser la Grande Chef. Ça devrait t'interpeller puisque vous avez toutes les deux à peu près le même âge.

Shandy fourrage dans les hors-d'œuvre comme s'il s'agissait de morceaux de poulet frit et reprend :

— Peut-être qu'il accepterait de te baiser si tu lui demandais très gentiment. Mais elle, il se l'enverrait en priorité, même s'il avait le choix entre elle et moi. Tu te rends compte ?

Si le bourbon était de l'air, il n'y aurait plus rien à respirer dans la pièce. Shandy a empilé tant de nourriture sur son assiette dans le salon situé à l'étage du club qu'elle a dû demander un plateau au portier pendant que le Dr Self se préparait une tasse de camomille en prétendant ne rien voir.

— Elle doit avoir un truc vraiment spécial, poursuit Shandy. Pas étonnant que tu la détestes tellement.

Il s'agit d'une métaphore. Tout ce qui constitue Shandy encourage le Dr Self à prétendre ne rien voir, une tactique qu'elle a utilisée si longtemps qu'elle n'a pas senti la collision arriver.

— Voici ce que nous allons faire, reprend le Dr Self. Tu vas quitter cette très jolie petite ville pour ne plus jamais y revenir. Je sais que ta maison sur la plage va te manquer. Puisqu'il ne s'agit que de courtoisie de ma part lorsque j'évoque « ta » maison, je suis certaine que tu t'en remettras très vite. Avant de faire tes malles, tu vas la récurer jusqu'à la moelle. Tu te souviens de ces histoires au sujet de l'appartement de la princesse Diana ? Ce qui s'est produit après son décès. La moquette et les papiers peints déchirés, même les ampoules avaient été dévissées, sa voiture écrasée jusqu'à ce qu'il n'en reste plus qu'un cube de ferraille.

— Personne touche ma BMW ou ma moto.

— Tu vas commencer dès ce soir. Gratte tout, repeins, balance de l'eau de Javel. Brûle, peu m'importe. Je veux qu'il ne reste ni une goutte de sang ou de sperme, ni même un postillon, plus un vêtement, pas un seul cheveu ni une seule fibre, pas un morceau d'aliment. Tu devrais retourner à Charlotte, c'est là que tu t'intègres le mieux. Tu pourrais devenir une fidèle de l'église du bar des Sports et aduler le dieu de l'argent. Feu ton père était plus avisé que moi. Il ne t'a rien laissé et je dois donc me substituer à lui. C'est dans ma poche. Ensuite, je suis débarrassée de toi.

— C'est toi qui as dit que je devrais venir habiter à Charleston parce que, comme ça, je pourrais…

— Et maintenant je m'accorde le privilège de changer d'avis.

– Tu ne peux pas me forcer à faire un foutu truc. Je m'en cogne de qui tu es et j'en ai marre que tu me dictes ce que je dois dire ou pas.

– Je suis qui je suis et je peux te faire faire exactement ce dont j'ai envie, corrige le Dr Self. C'est le moment idéal pour être agréable envers moi. Tu as demandé mon aide et me voici. Je viens juste de t'enseigner le moyen de te tirer sans encombre de tes péchés. Tu devrais plutôt me dire « Merci », ou « Tes désirs sont des ordres », ou encore « Je ne ferai plus jamais rien qui te fasse de la peine ou qui t'embarrasse ».

– Alors donne-le-moi. Je n'ai plus de bourbon et je suis en train de péter les plombs. J'ai l'impression de devenir complètement dingue avec toi.

– Pas si vite. Nous n'en avons pas terminé avec notre petite causerie au coin du feu. Qu'as-tu fait avec Marino ?

– Il est à la masse. Comme dans les Muppets.

– Et des références littéraires avec ça ! La fiction, c'est la réalité la plus vraie. De même pour les feuilles de chou. L'exception, c'est la guerre puisque c'est la fiction qui nous y a conduits. Et ça t'a amenée à commettre cette horrible, cette épouvantable chose. Étonnant, n'est-ce pas ? dit le Dr Self. Tu es assise en ce moment même dans cette chaise en particulier, à cause de George W. Bush. Je suis également assise ici à cause de lui. T'offrir un public est indigne de moi, et ce sera véritablement la dernière fois que je me précipiterai à ton secours.

– Je vais avoir besoin d'une autre maison. Je peux pas déménager quelque part sans avoir une maison, lâche Shandy.

– Je ne suis pas certaine de me remettre un jour de cette ironie du sort. Je t'avais demandé de t'amuser un peu avec Marino parce que je voulais ma distraction avec la Grande Chef, comme tu l'as baptisée. Je n'ai rien demandé d'autre. Je n'ai rien su du reste. Bien sûr, maintenant je suis au courant. Fort peu de gens, et aucun de ceux que j'ai jamais rencontrés, sont aussi mauvais que toi. Une dernière question avant que tu ne nettoies du sol au plafond, que tu fasses tes valises et que tu partes où bon te semblera. Y a-t-il eu un moment, ne serait-ce qu'une minute, où cela t'a dérangée ? Nous ne sommes pas en train d'évoquer un médiocre contrôle des pulsions, ma chère. Pas lorsque quelque chose d'aussi répugnant se déroule, encore et encore. Comment as-tu pu regarder ça en face jour après jour ? Je ne peux même pas supporter la vue d'un chien maltraité.

– Écoute, file-moi juste ce que je suis venue chercher, d'accord ? Marino n'est plus rien. J'ai fait ce que tu m'avais dit…

– Je ne t'ai jamais demandé de faire la chose qui m'a contrainte à me déplacer jusqu'à Charleston, quand j'ai des occupations infiniment plus intéressantes. Et je ne partirai pas tant que je ne serai pas certaine que tu quittes la ville.

– Tu me dois pas mal.

– Et si nous faisions la somme de ce que tu m'as coûté durant toutes ces années ?

– Ouais, tu me dois beaucoup parce que je ne voulais pas le garder et que tu m'y as forcée. J'en ai marre de revivre ton passé. Marre de faire des trucs merdiques parce que ça te permet de te sentir un peu mieux vis-à-vis de ta propre merde. Tu aurais parfaitement pu me dépêtrer de ça, n'importe quand, mais tu ne voulais pas. C'est ce qu'il a bien fallu que j'admette. Tu n'en voulais pas, toi non plus. Alors pourquoi est-ce que ce serait moi qui devrais souffrir ?

– As-tu réalisé que ce charmant hôtel est situé dans Meeting Street, et que si la suite que j'occupe était orientée au nord plutôt qu'à l'est, nous pourrions presque apercevoir la morgue ?

– C'est elle qui est une nazie, et je suis presque certaine qu'il l'a baisée, pas seulement en rêve, dans la réalité, je veux dire. Il m'a raconté des bobards pour pouvoir passer la nuit chez elle. Qu'est-ce que ça te fait ? Il est vraiment dingue d'elle. Il aboierait comme un chien ou irait gratter son bac à litière si elle le lui demandait. Tu es ma débitrice parce qu'il a fallu que je me farcisse tout ça. Ça ne serait jamais arrivé si tu ne m'avais pas encore entortillée avec une de tes ruses : « Shandy ? Il y a ce grand flic crétin… j'aurais besoin que tu me rendes un service. »

– Tu t'es rendu service à toi-même. Tu as obtenu des informations dont j'ignorais qu'elles étaient importantes pour toi, rétorque le Dr Self. Du coup, j'ai fait une suggestion, mais tu n'as certainement pas accepté ma proposition pour mon seul bénéfice. Il s'agissait d'une opportunité. Tu as toujours fait preuve d'une grande habileté quand il s'agissait de profiter d'une opportunité. En fait, tu es même époustouflante dans ce domaine. Et maintenant, cette merveilleuse révélation. Peut-être est-ce la récompense qui me dédommage de tout ce que tu m'as coûté. Elle a triché ? Le Dr Kay Scarpetta a donné un coup de canif dans le contrat ? Je me demande si son fiancé est au courant.

– Et moi dans tout ça ? Ce trouduc m'a trompée, lui aussi. Personne me fait un truc pareil ! Tous les mecs que je pourrais avoir et ce gros tas me fait cocue !

Le Dr Self tire une enveloppe de la poche de sa robe d'intérieur en soie rouge.

– Voilà ce que tu vas faire à ce propos. Tu vas avertir Benton Wesley.

– Tu es vraiment un spécimen.

– Ce n'est que justice qu'il soit informé. Ton chèque. Avant que j'oublie.

Elle tend l'enveloppe.

– Donc, tu vas jouer un autre petit jeu avec moi ?

– Oh, il ne s'agit pas d'un jeu, ma chère. Tiens, j'ai même l'adresse de la messagerie de Benton. Mon ordinateur portable est sur le bureau, précise le Dr Self.

La salle de réunion de Scarpetta.

– Rien d'inhabituel, dit Lucy. Il avait l'air pareil.

– Pareil ? répète Benton. Pareil à quoi ?

Tous les quatre sont installés autour d'une petite table, dans ce qui fut jadis les quartiers des serviteurs. Une jeune femme du nom de Mary y avait probablement vécu, une esclave libérée qui n'avait jamais voulu quitter la famille après la guerre de Sécession. Scarpetta a remué ciel et terre afin de connaître l'histoire du bâtiment. En ce moment précis, elle regrette de l'avoir acheté.

– Je repose ma question, dit le capitaine Poma. Y a-t-il eu des problèmes avec lui ? Une difficulté liée à son travail ?

– Quand n'a-t-il pas eu de difficulté avec un boulot ? lâche Lucy.

Personne ne sait où est passé Marino. Scarpetta l'a appelé une demi-douzaine de fois, au moins. Il ne l'a jamais rappelée. Peu avant de rejoindre les autres, Lucy a fait un crochet par la maisonnette de pêcheur. Sa moto était garée en dessous, mais son gros pick-up avait disparu. Elle a frappé à la porte, en vain. Marino était absent. Lucy prétend qu'elle a jeté un coup d'œil par l'une des fenêtres. Scarpetta n'est pas dupe. Elle connaît Lucy.

– Oui, en effet, admet Scarpetta. Selon moi, il n'a pas vécu de très bons moments. La Floride lui manque et il regrette d'avoir emménagé ici. De surcroît, il n'aime sans doute pas travailler pour moi. Le moment n'est pas idéal pour nous étendre sur les épreuves ou les ennuis de Marino.

Elle sent le regard de Benton posé sur elle. Elle gribouille quelques notes sur son calepin et relit d'autres remarques qu'elle y a déjà semées. Elle vérifie les rapports préliminaires de labo, bien que connaissant leur contenu.

– Il n'a pas déménagé, précise Lucy. Ou alors c'est qu'il a abandonné toutes ses affaires derrière lui.

– Et vous avez vu tout cela depuis une fenêtre ? s'informe le capitaine Poma, que Lucy intrigue.

Il n'a pas cessé de la dévisager depuis qu'ils se sont installés dans la salle de réunion. Elle semble l'amuser. La jeune femme l'ignore en retour. En revanche, le regard qu'il réserve à Scarpetta est de même nature que celui qu'il lui destinait à Rome.

– C'est fou ce que l'on peut apercevoir d'une fenêtre, ajoute-t-il en se tournant vers Scarpetta, alors même qu'il s'adresse à Lucy.

– Il n'a pas consulté sa messagerie électronique non plus,

déclare Lucy. Peut-être se doute-t-il que je la surveille. Aucun échange entre lui et le Dr Self.

– En d'autres termes, il est hors de portée de radar, complètement, résume Scarpetta.

Elle se lève et tire les stores parce qu'il fait sombre. Il pleut à nouveau. Il n'a pas cessé de pleuvoir depuis que Lucy est venue la chercher à Knoxville, alors que le brouillard semblait avoir avalé les montagnes au point qu'on aurait pu croire qu'elles n'avaient jamais existé. Lucy a dû se dérouter chaque fois qu'elle le pouvait, volant à faible vitesse, à basse altitude, suivant les cours d'eau. C'est un coup de chance ou peut-être la grâce de Dieu qu'elles soient arrivées saines et sauves. Quant à Lydia Webster, morte ou vive, on ne l'a pas retrouvée. Les recherches ont été suspendues, sauf celles des équipes au sol. La Cadillac est toujours portée disparue.

– Il faudrait organiser notre ordre du jour, propose Scarpetta, peu désireuse de continuer à discuter de Marino.

Elle redoute que Benton ne perçoive ce qu'elle ressent.

Coupable, furieux, sa peur allant crescendo. Il semble que Marino leur ait fait le coup de la disparition. Il est monté dans son pick-up et il est parti sans crier gare, sans tenter le moindre effort afin de réparer les dégâts dont il était responsable. Les mots n'ont jamais été aisés pour lui, et il n'a jamais véritablement essayé de comprendre ses émotions complexes. Cette fois-ci, le problème qu'il doit résoudre dépasse ses capacités à faire face. Scarpetta a tenté de le chasser de son esprit, de décréter qu'elle n'en avait rien à faire, mais il s'accroche telle une brume tenace. Ses pensées la ramènent à Marino au point d'obscurcir ce qui l'environne, et un mensonge en amène un autre. Elle a raconté à Benton que le hayon arrière de son 4 × 4 s'était refermé sur ses poignets afin d'expliquer les hématomes. Elle s'est débrouillée pour ne pas se dévêtir devant lui.

– Tentons de tirer le maximum de ce que nous savons, propose-t-elle à la cantonade. J'aimerais revenir sur cette histoire de sable. De la silice ou du quartz, du calcaire, et en augmentant le grossissement on distingue des fragments de coquillages, de corail, typiques des sables des régions subtropicales comme la nôtre. Toutefois ce sont ces résidus de tir qui constituent l'élément le plus intéressant et le plus perturbant. En fait, je vais m'en tenir à cette appellation de résidus de tir, parce que nous ne sommes parvenus à aucune autre hypothèse qui puisse expliquer la présence de baryum, d'antimoine et de plomb au beau milieu du sable de plage.

– S'il s'agit bien de sable de plage, rectifie le capitaine Poma. Nous n'en sommes pas certains. Selon le Dr Maroni, le patient qui est venu le consulter a affirmé rentrer d'Irak. On peut s'attendre à une contamination par des résidus de tir dans pas mal de zones de ce pays. Peut-être a-t-il rapporté avec lui du sable irakien parce qu'il est devenu fou là-bas, et que c'est pour lui une sorte de rappel.

– Nous n'avons pas trouvé de gypse, c'est pourtant fréquent dans les sables provenant de déserts, rappelle Scarpetta. Toutefois cela dépend de l'endroit précis où il se trouvait et je ne pense pas que le Dr Maroni ait la réponse à cette question.

– Il ne m'a pas précisé la zone exacte en Irak, renchérit Benton.

– Et ses notes? intervient Lucy.

– Rien à ce sujet.

– La composition ainsi que la morphologie du sable sont variables en fonction des régions d'Irak, explique Scarpetta. Tout dépend de la façon dont les sédiments se sont déposés. Bien qu'une forte teneur saline ne prouve pas nécessairement que le sable provient d'une plage, les échantillons que nous avons récupérés, que ce soit dans le cas de Drew Martin ou dans celui de Lydia Webster, contenaient une importante concentration de sel.

– Je pense que l'élément crucial est de savoir pourquoi le sable est si important à ses yeux, intervient Benton. Que signifie le sable pour lui? Il s'est baptisé «le Marchand de sable». Est-ce que cela symbolise pour lui celui qui endort les gens? Peut-être. Un type d'euthanasie qui pourrait avoir un lien avec la colle ou un autre composé médical? Peut-être encore.

La colle. Du 2-octylcyanoacrylate. De la colle chirurgicale, surtout utilisée par les chirurgiens plasticiens ou d'autres praticiens pour refermer de petites incisions ou coupures, et par les militaires pour soigner les ampoules dues aux frictions.

– Ce sont peut-être ses occupations – voire même qui il est – qui justifient l'emploi de colle chirurgicale. Pas seulement un symbole, argumente Scarpetta.

– Y a-t-il un avantage particulier, s'enquiert le capitaine Poma, à utiliser de la colle chirurgicale plutôt que de la Super-glue classique ? Je ne suis pas très au fait des pratiques des chirurgiens esthétiques.

– Cette colle est biodégradable et non carcinogène.

– Une colle saine, résume-t-il en lui destinant un sourire.

– On peut le formuler ainsi.

– Se croit-il en train d'alléger des souffrances ? Peut-être, poursuit Benton comme si les autres n'existaient pas.

– Vous avez dit que c'était sexuel, rappelle le capitaine Poma.

Il est vêtu d'un costume bleu foncé sous lequel il porte une cravate et une chemise noires. On dirait qu'il vient de sortir d'une première de Hollywood ou d'une pub pour Armani. En tout cas, il n'a certainement pas l'air d'un habitant de Charleston, et Benton ne semble pas l'apprécier davantage que lors de leur rencontre à Rome.

– Je n'ai pas dit que c'était sexuel, rétorque Benton. J'ai affirmé qu'il existait un élément sexuel. J'ajouterai même qu'il peut ne pas en être conscient. Nous ignorons s'il agresse sexuellement ses victimes. Nous savons juste qu'il les torture.

– Quant à moi, je ne serais pas si formel sur ce dernier point.

– Vous avez vu les photographies qu'il a envoyées au Dr Self ? Selon vous, ça s'appelle comment lorsqu'un individu contraint une femme nue à s'asseoir dans une baignoire remplie d'eau glacée ? Et qu'il lui enfonce vraisemblablement la tête sous l'eau ?

– Je ne sais pas comment j'appelle cela parce que je n'étais pas présent au moment des faits, se défend le capitaine Poma.

– Si tel avait été le cas, je suppose que nous ne serions pas réunis aujourd'hui, parce que les affaires seraient résolues.

Le regard de Benton est aussi inflexible que de l'acier.

– C'est tellement ahurissant de penser qu'il puisse alléger leurs souffrances ! lui lance le capitaine Poma. Surtout si votre théorie est exacte et qu'il torture ses victimes. Selon moi, il occasionne plutôt des souffrances.

– C'est évident. Cependant, nous n'avons pas affaire à un esprit rationnel, seulement à un esprit organisé. Il est calculateur et réfléchi. Il est intelligent, capable de pensées avisées. Il sait ce qu'implique de pénétrer chez sa victime par effraction, sans laisser de traces derrière lui. Peut-être présente-t-il une tendance au cannibalisme. Peut-être pense-t-il qu'il fait un avec ses victimes, qu'il se les approprie, en quelque sorte. Peut-être est-il persuadé qu'il a une véritable relation avec elles et qu'il agit avec compassion.

– Les indices, rappelle Lucy, bien plus intéressée par cet aspect. Penses-tu qu'il soit au courant de la présence de résidus de tir dans le sable ?

– C'est possible.

– Personnellement j'en doute, intervient Scarpetta. Vraiment. Même si ce sable provient d'un champ de bataille, d'un endroit chargé de sens à ses yeux, cela ne signifie aucunement qu'il en connaît la composition élémentaire. Pourquoi en serait-il autrement ?

– L'argument est très recevable. Selon moi, il est tout à fait plausible qu'il amène son sable avec lui, ajoute Benton. Tout comme ses outils et ses lames. Rien de ce qu'il traîne avec lui n'est purement utilitaire. Son univers foisonne de symboles. Il agit en fonction de pulsions qui ne prendront tout leur sens que lorsque nous aurons compris ses symboles.

– Je n'en ai rien à faire de ses symboles ! balance Lucy. Ce qui m'importe, en revanche, c'est qu'il ait envoyé des messages électroniques au Dr Self. Selon moi, c'est ça le pivot. Pourquoi elle ? Et pourquoi pirater le réseau sans fil du port ? Pourquoi avoir escaladé la grille, du moins à ce qu'il semble ?

Pourquoi avoir utilisé un conteneur abandonné ? Comme s'il était une cargaison ?

Lucy n'a pas dérogé à sa réputation. Un peu plus tôt dans la soirée, elle a grimpé en haut du grillage et jeté un œil aux alentours dans le but de vérifier son intuition. D'où quelqu'un pouvait-il pirater le réseau du port sans risquer d'être vu ? La réponse l'attendait à l'intérieur d'un conteneur cabossé, meublé d'une table, d'une chaise et équipé d'un routeur sans fil. Scarpetta a beaucoup repensé à Bull, à cette nuit où il avait décidé de se cacher entre les conteneurs au rebut pour fumer un joint avant de se faire taillader par un agresseur. Le Marchand de sable était-il déjà sur les lieux ? Bull s'était-il trop approché de sa tanière ? Elle voudrait le lui demander, mais ne l'a pas revu depuis qu'ils ont passé la ruelle au crible et découvert l'arme et la piécette en or.

— Je n'ai rien dérangé dans l'espoir qu'il ne s'apercevrait pas de mon passage, poursuit Lucy. Toutefois le contraire est possible. Je ne sais pas. Ce soir, il n'a pas envoyé d'*e-mails* du port. Cela étant, ça fait déjà un moment que nous n'avons plus signe de lui.

— Et les conditions météorologiques ? demande Scarpetta, préoccupée par l'heure.

— Le ciel devrait être dégagé aux environs de minuit. Je fais un crochet par le labo, puis je file à l'aéroport, la renseigne sa nièce.

Elle se lève. Le capitaine Poma l'imite. Benton reste assis. Le regard de Scarpetta rencontre le sien et ses phobies la reprennent d'assaut.

— Il faudrait que je te parle une minute, lui déclare-t-il.

Lucy sort, suivie du capitaine Poma, et Scarpetta ferme la porte.

— Peut-être que c'est moi qui devrais commencer. Tu as débarqué à Charleston sans même prévenir. Tu n'as pas appelé. Je ne t'ai pas entendu durant des jours et, soudain, la nuit dernière, te voilà à l'improviste avec lui…

— Kay, commence-t-il en récupérant sa serviette et en la posant sur ses genoux. On ne devrait pas…

– Tu m'as à peine adressé la parole.

– Pourrait-on…

– Non ! Nous ne pouvons pas repousser davantage. Je peux à peine me concentrer. Il faut que je passe voir Rose. J'ai tant de choses à faire, beaucoup trop. Et tout se désagrège alors que je sais de quoi tu veux me parler. Je n'arrive même pas à t'expliquer ce que je ressens. Peut-être que je ne le peux pas. Je ne t'en veux pas si tu es parvenu à une décision. Je comprends.

– Je n'allais pas suggérer que nous remettions cette conversation à plus tard, Kay. Je voulais juste que nous cessions de nous interrompre continuellement.

Elle est déconcertée. Cet éclat dans son regard. Elle a toujours cru que ce qui passait dans son regard lui était destiné, à elle seule. Aujourd'hui elle redoute que ce ne soit pas le cas, que ça ne l'ait jamais été. Il la fixe et elle détourne le visage.

– De quoi souhaites-tu me parler, Benton ?

– De lui.

– Otto ?

– Je n'ai pas confiance en lui. Embusqué dans l'attente que le Marchand de sable envoie d'autres messages électroniques ? À pied ? Sous la pluie ? En pleine nuit ? T'a-t-il avertie de son arrivée en ville ?

– Je suppose que quelqu'un l'aura renseigné sur ce qui se passait. Du lien entre l'affaire de Drew Martin et celle de Charleston, de Hilton Head.

– Peut-être s'agit-il du Dr Maroni, réfléchit Benton. Je ne sais pas… On dirait un fantôme, hésite-t-il en faisait référence au capitaine Poma. On le voit partout. Je n'ai pas confiance en lui.

– Peut-être suis-je celle en qui tu n'as pas confiance. Peut-être devrais-tu l'admettre et passer à autre chose.

– Je me méfie vraiment de lui.

– Alors tu ne devrais pas passer tant de temps en sa compagnie, rétorque-t-elle.

– Tel n'a pas été le cas. Je ne sais pas ce qu'il fait, ni où. Cependant je pense qu'il est venu à Charleston à cause de toi.

Ce qu'il cherche est évident. Être le héros. T'impressionner. Faire l'amour avec toi. Je ne pourrais pas t'en vouloir. Il est bel homme, bourré de charme. Je lui accorde cela.

– Pourquoi es-tu jaloux de lui, à la fin ! Il est si insignifiant comparé à toi. Je n'ai rien fait qui justifie cela. Tu es le monsieur qui vit au nord et qui me laisse seule ici. Je comprends que tu ne veuilles plus de cette relation. Simplement, dis-le-moi et qu'on en finisse. (Scarpetta examine sa main droite, la bague.) Dois-je l'enlever ?

Elle joint le geste à la parole.

– Arrête, l'interrompt Benton. Je t'en prie, ne fais pas ça. Je ne crois pas que tu en aies envie.

– Ça n'a rien à voir avec l'envie, mais avec ce que je mérite.

– Je n'en veux pas aux hommes de tomber amoureux de toi. De te désirer. Sais-tu ce qui s'est passé ?

– Je devrais te rendre cette bague.

– Permets que je te dise ce qui s'est passé, insiste Benton. Il est temps que tu l'apprennes. Lorsque ton père est décédé, il a emporté un bout de toi avec lui.

– Je t'en prie, ne sois pas cruel.

– Parce qu'il t'adorait. Comment aurait-il pu en être autrement ? Sa magnifique petite fille. Son intelligente petite fille. Sa petite fille parfaite.

– Ne me fais pas mal.

– Il s'agit d'une vérité, Kay. Une vérité très importante.

La même lueur dans ses yeux. Elle ne peut plus le regarder.

– De ce jour-là, une part de toi a décidé qu'il était trop dangereux de te rendre compte du regard des gens qui t'adoraient ou qui te désiraient. En effet, s'il t'adore et qu'il meure ? Tu t'es convaincue que tu ne parviendrais pas à le supporter à nouveau. Te désirer sexuellement ? En ce cas, comment te débrouilles-tu pour travailler avec des flics ou des magistrats si tu penses qu'ils sont en train d'imaginer ce qui se cache sous tes vêtements et ce qu'ils auraient envie d'en faire ?

– Arrête. Je ne mérite pas cela.

– Tu ne l'as jamais mérité.

– Ce n'est pas parce que j'ai choisi de ne pas y faire attention que je méritais ce qu'il a fait.

– C'est parfaitement exact.

– Je ne veux plus vivre ici, déclare-t-elle. Je devrais te rendre cette bague. Elle appartenait à ton arrière-grand-mère.

– Et te sauver de la maison ? Comme tu l'as déjà fait lorsqu'il ne te restait plus personne, hormis ta mère et ta sœur Dorothy ? Tu t'es enfuie sans avoir nulle part où aller. Tu t'es jetée à corps perdu dans les études, la réussite. Et tu veux encore te sauver, de la même façon que Marino vient juste de le faire.

– Je n'aurais jamais dû lui permettre de pénétrer chez moi.

– Ta porte lui a été grande ouverte durant vingt ans. Pourquoi la lui aurais-tu interdite cette nuit-là ? D'autant qu'il était terriblement ivre et donc dangereux pour lui-même. Tu es bienveillante, Kay, c'est une évidence.

– C'est Rose qui t'a mis au courant. Lucy peut-être.

– Un message électronique reçu du Dr Self, indirectement du moins, selon lequel Marino et toi aviez une liaison. J'ai découvert le reste grâce à Lucy. La vérité, donc. Kay, je suis en train de te regarder.

– Promets-moi que tu ne lui feras rien. Les choses n'en seraient que pires parce que, alors, tu lui ressemblerais. C'est pour cette raison que tu m'as évitée, que tu ne m'as pas prévenue que tu descendais à Charleston. Tu m'as à peine téléphoné.

– Non, je ne t'ai pas évitée. Par où commencer ? Il y a tant.

– Quoi d'autre ?

– Nous avons eu une patiente, commence-t-il. Le Dr Self s'est liée d'amitié avec elle. J'utilise le terme de façon très approximative. Elle a qualifié cette femme de débile. De la part du Dr Self, il ne s'agissait ni d'abus de langage, ni d'une plaisanterie. C'était un jugement, un diagnostic. C'était d'autant plus terrible que le Dr Self a choisi le moment où cette femme rentrait chez elle, dans un environnement où elle n'était pas en sécurité. Elle a foncé dans le premier débit d'alcool qu'elle a trouvé sur son chemin. Il semble qu'elle ait descendu une demi-bouteille de vodka avant de se pendre. Il a donc fallu que j'assume cela. En plus de tant d'autres choses que tu ignores. Ainsi s'explique le fait que j'ai été distant, que nous ne nous soyons pas beaucoup parlé ces jours derniers.

Les fermetures de sa mallette claquent. Il sort son ordinateur portable avant de reprendre :

– J'étais très réticent à utiliser les postes téléphoniques de l'hôpital, leur réseau sans fil. En fait, j'ai été extrêmement prudent. Sur tous les fronts, même mon domicile. C'est une des raisons pour lesquelles je ne tenais pas à y rester. Tu t'apprêtes à me demander ce qui se passe et je vais te répondre que je n'en sais rien. Ce qui est certain, c'est que cela a un rapport avec les fichiers électroniques de Paulo. Ceux que Lucy est parvenue à récupérer parce que – bizarrement – ils étaient si vulnérables que n'importe qui pouvait y accéder.

– Vulnérables si tu savais où chercher, rectifie-t-elle. D'autant que Lucy n'est pas exactement n'importe qui.

– Ce n'était pas facile pour elle parce qu'il lui fallait atteindre l'ordinateur de Paulo à distance, sans avoir d'accès physique à la machine. (Il allume son ordinateur portable et insère un CD.) Rapproche-toi.

Elle pousse sa chaise juste à côté de la sienne et regarde ce qu'il fait. Un document s'est affiché à l'écran.

– Il s'agit des notes que nous avons déjà consultées, dit-elle en reconnaissant le fichier informatique piraté par Lucy.

– Pas tout à fait, rectifie-t-il. En dépit de tout mon respect pour Lucy, je suis, moi aussi, entouré de quelques personnes extrêmement brillantes. Pas autant qu'elle, certes, mais elles font l'affaire en cas d'urgence. Ce que tu vois là est un fichier qui a été supprimé, puis restauré. Il ne s'agit pas de celui que Lucy a récupéré après avoir obtenu de Josh le mot de passe de l'administrateur de système. Ce fichier-là était une copie ultérieure de celui que tu vois à l'écran.

Elle descend dans le texte à l'aide des flèches du clavier et lit avant de déclarer :

– Ils ont l'air identiques.

– Le texte est similaire, en effet. En revanche, pas cela, pré-cise-t-il en désignant de l'index le nom du fichier qui apparaît en haut de l'écran. Remarques-tu la même chose que moi quand Josh me l'a montré la première fois ?

– Josh ? J'espère que tu lui fais confiance.

– Tout à fait et pour une bonne raison. Il a fait la même chose que Lucy. Il est entré dans quelque chose qu'il aurait dû ignorer. Qui se ressemble s'assemble ! Heureusement, Lucy et lui sont des alliés, et il lui pardonne de l'avoir dupé. En réalité, il était impressionné.

– Le nom du fichier est « MSNote-21-10-06 », déchiffre Scarpetta. J'en déduis donc que « MSNotes » représente les ini-tiales du patient et les notes prises par le Dr Maroni. Quant à « 21-10-06 », c'est une date : le 21 octobre 2006.

– Tu l'as dit toi-même. Tu as dit « MSNotes », or le nom du fichier est « MSNote ». (Il désigne à nouveau l'écran.) Il s'agit d'un fichier qui a été copié au moins une fois, et son titre a été modifié par inadvertance. Une coquille typographique. Je ne sais pas trop comment. Ou alors c'était délibéré, de sorte que Maroni ne recopie pas toujours le même fichier. C'est ce que je fais parfois lorsque je veux continuer à travailler sur un texte sans perdre le brouillon de départ. Le point important, c'est que lorsque Josh a restauré toutes les anciennes copies supprimées du fichier ayant trait à ce fameux patient, nous nous sommes rendu compte que le premier brouillon avait été rédigé deux semaines plus tôt.

– Peut-être s'agit-il simplement du brouillon préalable qu'il a enregistré sur ce disque dur en particulier, suggère Scarpetta. Ou alors peut-être qu'il l'a rouvert, sauvegardé à nouveau, et que, de ce fait, la date a été modifiée. Je suppose que ça sou-ligne une question cruciale : pourquoi le Dr Maroni aurait-il consulté ses notes avant même de savoir que le patient qu'il avait reçu était le Marchand de sable ? Lorsqu'il est reparti pour Rome, nous n'avions encore jamais entendu parler d'un tueur répondant à ce surnom.

– Exactement, approuve Benton. Et puis il y a la fabrication de ce dossier informatique. Parce qu'il s'agit bien d'une fabrication. Oui, Paulo a écrit ces notes juste avant de partir pour Rome. Il les a tapées le jour même où le Dr Self a été admise au McLean, c'est-à-dire le 27 avril. Quelques heures à peine avant son arrivée dans le service, plus précisément. Et la raison pour laquelle je puis me permettre d'être plutôt formel sur ce point, avec toutefois quelques réserves, c'est que Paulo a peut-être cru vider sa poubelle d'ordinateur, mais même des fichiers supprimés de ce type peuvent être récupérés. C'est ce qu'a fait Josh.

Il ouvre un autre fichier dans lequel se trouve un brouillon des notes que Scarpetta a déjà parcourues. Toutefois, dans cette version, les initiales du patient ne sont plus MS, mais WR.

— En ce cas, il me semblerait logique que le Dr Self ait appelé Paulo. Ça tombe sous le sens puisqu'elle ne pouvait pas juste débarquer comme cela à l'hôpital. Quoi qu'elle lui ait dit au téléphone, il a ressenti le besoin de saisir ces notes, réfléchit Scarpetta.

— Autre indice, poursuit Benton : utiliser les initiales d'un patient comme titre de dossier. Nous ne sommes pas supposés faire une telle chose. En admettant même qu'il se soit écarté du protocole et du bon sens, pourquoi aurait-il changé ces initiales d'une version à l'autre ? Pour le renommer ? Afin de lui donner un pseudonyme ? Paulo est beaucoup trop avisé pour se lancer dans ce genre de choses.

— Peut-être ce patient n'existe-t-il pas ? suggère Scarpetta.

— Tu vois enfin où je veux en venir, approuve Benton. Je pense que le Marchand de sable n'a jamais été un patient de Paulo.

CHAPITRE 20

Ed, le portier, est invisible lorsque Scarpetta pénètre, à dix heures, dans le hall de l'immeuble de Rose. Un crachin tombe, le brouillard se lève et les nuages se précipitent dans le ciel tandis que le front de mer est pris d'assaut par les vagues.

Elle pénètre dans le petit bureau et jette un regard autour d'elle. Peu de choses sur la table de travail: un Rolodex, un carnet avec «Résidents» inscrit sur la couverture, une pile de courrier non ouvert – celui d'Ed et de deux autres portiers –, des stylos, une agrafeuse, des objets personnels: une petite montre sertie dans un miroir, le trophée d'un club de pêche, un téléphone portable, un trousseau de clés, un portefeuille. Elle fouille dedans. C'est celui d'Ed. Il est de service ce soir, avec trois dollars en poche.

Scarpetta ressort dans le hall. Toujours aucun signe d'Ed. Elle retourne dans le bureau et feuillette le carnet des résidents, jusqu'à ce que son doigt s'arrête sur le nom de Gianni Lupano. Il occupe un appartement au dernier étage. Elle monte dans l'ascenseur. Une fois parvenue devant la porte de Lupano, elle

écoute. De la musique provient de l'intérieur, à un volume rai-
sonnable. Elle enfonce le bouton de la sonnette. Quelqu'un se
déplace dans l'appartement. Elle sonne à nouveau et frappe au
panneau. Des pas. La porte s'ouvre et Ed lui fait face.

— Où est Gianni Lupano ? demande-t-elle en frôlant Ed et en
pénétrant dans la pièce qui baigne dans la musique de Santana.

Le vent s'engouffre par une fenêtre grande ouverte du salon.

La panique emplit le regard d'Ed qui bafouille d'un ton
heurté :

— Je ne savais pas quoi faire. C'est affreux. Je ne savais pas
quoi faire.

Scarpetta s'approche de la fenêtre et baisse le regard. L'obscurité a tout englouti. Elle ne distingue guère que les épais
massifs d'arbustes, le trottoir et la chaussée. Elle se recule, se
retourne et détaille le salon. Luxueux, tout de marbre, de
plâtre peint de couleurs pastel, de moulures ornementées. Des
meubles italiens en cuir côtoient de hardies œuvres d'art.
De vieux livres aux élégantes couvertures s'alignent sur des
étagères. Un décorateur a dû les acheter au mètre. Une console
télévision et hi-fi occupe tout un mur, un appareillage bien trop
élaboré pour un espace de taille modeste.

— Que s'est-il passé, Ed ?

— J'ai reçu cet appel y a pas vingt minutes, répond Ed d'un
ton précipité. D'abord il me dit : « Hé, Ed, tu peux démarrer
ma voiture ? » Et je lui réponds : « Ouais, pourquoi vous demandez ? » Mais j'étais un peu nerveux.

Scarpetta remarque une bonne demi-douzaine de raquettes
de tennis, protégées par des housses, appuyées au mur situé
derrière le canapé, ainsi qu'une pile de chaussures de sport toujours dans leurs boîtes. Des magazines consacrés au tennis traînent sur une table basse italienne en verre dont le pied est
un bloc du même matériau. Drew Martin s'apprêtant à envoyer
un lob fait la couverture de celui qui est posé dessus.

— Nerveux à quel sujet ?

— Cette jeune femme, Lucy. Elle a démarré la voiture de
M. Lupano parce qu'elle voulait vérifier un truc et j'avais la

trouille qu'il s'en rende compte. Mais c'était pas le problème, enfin je pense pas, parce que, à ce moment-là, il a dit : « Tu t'en es toujours si bien occupé que je veux que tu l'aies. » Alors j'ai dit comme ça : « Quoi ? De quoi vous parlez, monsieur Lupano ? Je peux pas prendre votre voiture. Pourquoi vous voulez donner une si belle bagnole ? » Et alors là il a dit : « Ed, je vais même l'écrire sur papier pour que les gens sachent que je te l'ai offerte. » Du coup, je me suis précipité au dernier étage, aussi vite que j'ai pu, et j'ai trouvé la porte déverrouillée comme s'il voulait que quelqu'un puisse entrer facilement. Et c'est là que j'ai découvert la fenêtre ouverte.

Ed avance dans cette direction en la désignant comme si Scarpetta ne l'avait pas vue.

Elle appelle le numéro d'urgence alors qu'ils se ruent dans le couloir. Elle explique à la personne qui décroche que quelqu'un s'est peut-être jeté par la fenêtre et communique l'adresse.

Une fois dans l'ascenseur, Ed continue à relater les événements de façon incohérente. Il a fouillé l'appartement de M. Lupano pour s'assurer qu'il ne s'y trouvait pas et il a trouvé le fameux papier mais l'a laissé exactement au même endroit, sur le lit. Il n'a pas arrêté d'appeler le propriétaire des lieux et il était à deux doigts de prévenir la police lorsque Scarpetta a fait son apparition.

Une vieille dame aidée d'une canne traverse le hall, claquements sur le marbre du sol, au moment où ils déboulent. Ils la dépassent et se précipitent dehors. Ils foncent dans la nuit, contournent le coin de l'immeuble et s'arrêtent à l'aplomb de la fenêtre de Lupano. Les lumières étincellent à l'étage supérieur du bâtiment. Scarpetta fouille la haute haie, les branches la fouettent et la griffent. Elle découvre ce qu'elle craignait. Contre le flanc de brique de l'immeuble, le corps nu, tordu, aux membres et au cou pliés selon des angles impossibles. Du sang luit dans la pénombre. Elle appuie deux doigts sur la carotide. Plus de pouls. Elle allonge le corps sur le dos et tente une réanimation cardio-pulmonaire. Elle lève le regard et s'essuie le visage et la bouche du sang qui les souille. Des sirènes hurlent, des lumières bleues et rouges trouent l'obscurité quelques pâtés de maisons plus loin sur East Bay. Scarpetta se redresse et s'extrait de la haie.

— Venez voir, ordonne-t-elle à Ed. Jetez un coup d'œil et dites-moi s'il s'agit bien de lui.

— Est-ce qu'il est…

— Regardez, s'il vous plaît.

Ed plonge dans la haie d'arbustes, puis se recule précipitamment.

— Oh, mon Dieu. Oh, non, non, mon Dieu !

— C'est bien lui ? insiste Scarpetta.

Ed acquiesce d'un mouvement de tête. L'idée déplaisante qu'elle vient juste de faire du bouche-à-bouche sans protection trotte dans la tête de Scarpetta.

— Où vous trouviez-vous juste avant qu'il ne vous appelle au sujet de la Porsche ? s'informe-t-elle.

— Assis à mon bureau.

La peur a envahi Ed, qui lance des regards furtifs. Il transpire, tente de s'humidifier les lèvres et se racle la gorge.

— Quelqu'un est-il entré dans l'immeuble au moment où Lupano vous téléphonait, ou juste un peu avant ?

Les sirènes hurlent. Des voitures de police, suivies d'une ambulance, se garent dans la rue. Le pouls lumineux rouge et bleu illumine le visage d'Ed par intermittence.

— Non.

Il n'a rien vu, sauf quelques résidents qui entraient et sortaient.

Des portières claquent, des conversations s'échangent par radio, les moteurs diesel grondent. Des policiers et des ambulanciers descendent de leurs véhicules.

— Votre portefeuille est sur le bureau, dit Scarpetta à Ed. Vous l'aviez peut-être sorti juste avant que le téléphone ne sonne. C'est cela ? (Puis, s'adressant à un flic en civil, elle précise en désignant la haie :) C'est là-bas. Il est tombé de là-haut, explique-t-elle en tendant le bras vers la fenêtre illuminée du dernier étage du bâtiment.

– Vous êtes ce nouveau médecin légiste ? demande le détective en la regardant d'un air incertain.

– Oui.

– Vous le déclarez décédé ?

– C'est au coroner de s'en charger.

Le policier contourne les buissons pendant qu'elle précise qu'en effet l'homme, vraisemblablement Gianni Lupano, est mort.

– J'aurais besoin de votre déclaration. Alors restez dans les parages, lui lance le détective en se frayant un chemin au travers de la haie dont les branchages craquent et gémissent.

– Je comprends rien à tout ça. Mon portefeuille, intervient Ed.

Scarpetta s'écarte pour faciliter le passage aux ambulanciers qui poussent une civière chargée de leur équipement. Ils se dirigent vers le coin opposé de l'immeuble afin de se faufiler derrière la haie plutôt que de la traverser.

– Votre portefeuille se trouve sur votre bureau. En pleine vue alors que la porte est ouverte. C'est dans vos habitudes ?

– On pourrait discuter à l'intérieur ?

– On va déjà faire nos déclarations respectives à l'enquêteur, ensuite nous rentrerons, décide-t-elle.

Une femme en peignoir avance vers eux sur le trottoir. Une silhouette familière qui se transforme en Rose. Scarpetta l'intercepte à la hâte.

– Ne vous approchez pas ! lance-t-elle.

– Comme si je n'avais pas déjà tout vu, rétorque sa secrétaire. (Elle lève le visage vers la fenêtre.) Il vivait là-haut, c'est cela ?

– Qui ?

– Qu'espériez-vous après ce qui s'est passé ? lâche Rose en toussant et en reprenant sa respiration. Que lui restait-il ?

– La question qui se pose, c'est plutôt l'enchaînement des choses.

– Peut-être Lydia Webster. On n'entend que ça aux informations. Vous et moi savons qu'elle est morte, dit Rose.

Scarpetta l'écoute, des questions évidentes se succédant dans son esprit. Pourquoi sa secrétaire pense-t-elle que Lupano devait être affecté par ce qui était arrivé à Lydia Webster ? Comment sait-elle qu'il est mort ?

— Il était très suffisant lorsque je l'ai rencontré, commence Rose en fixant les massifs sombres d'arbustes.

— J'ignorais que vous le connaissiez.

— Je ne l'ai rencontré qu'une fois. J'ignorais qui il était jusqu'à ce qu'Ed dise quelque chose qui m'éclaire. Ils étaient en train de discuter dans le petit bureau du hall. C'était il y a bien longtemps. Le genre mal dégrossi. J'ai d'abord pensé qu'il s'agissait d'un employé de la maintenance. Ça ne me serait jamais venu à l'esprit qu'il était l'entraîneur de Drew Martin.

Le regard de Scarpetta balaie le trottoir. Ed est en train de discuter avec le détective. Les ambulanciers chargent leur civière à bord du véhicule, les gyrophares d'urgence s'allument. Des flics, armés de torches, fouillent les alentours.

— On ne tombe sur quelqu'un comme Drew Martin qu'une fois dans sa vie, reprend Rose. Que lui restait-il ? Sans doute rien. Les gens meurent lorsqu'ils n'ont plus rien à espérer. Je ne le condamne pas.

— Venez. Vous ne devriez pas traîner dehors avec toute cette humidité. Je vous raccompagne, propose Scarpetta.

Alors qu'elles tournent au coin de l'immeuble, Henry Hollings en sort et descend les marches. Il ne jette pas un regard dans leur direction. Il marche d'un pas rapide et déterminé. Scarpetta le regarde s'éloigner, se dissoudre dans l'obscurité comme il longe la digue en direction d'East Bay Street.

— Il est arrivé avant la police ? s'étonne Scarpetta.

— Il habite à cinq minutes d'ici, la renseigne Rose. Il a une sacrée maison dans Battery.

Scarpetta scrute les ténèbres qui viennent de happer le coroner. Plus loin, dans le port, deux bateaux illuminés évoquent des blocs jaunes de Lego. Le temps se dégage. Elle parvient à distinguer quelques étoiles. Le coroner de Charleston County vient juste de passer à proximité d'un cadavre sans même se préoccuper d'y jeter un regard, mais elle garde ses réflexions pour elle. Il n'a pas délivré le certificat de décès. Il n'a rien fait. Elles pénètrent toutes deux dans la cabine d'ascenseur. Rose se débrouille très mal afin de dissimuler son peu d'envie que Scarpetta l'accompagne.

— Je vais bien, affirme Rose en maintenant les battants de la cabine ouverts de sorte que l'ascenseur reste au sol. Je vais retourner dans mon lit. Je suis certaine que des gens veulent vous parler.

— Ce n'est pas mon affaire.

— Les gens veulent toujours vous parler.

— J'irai les trouver dès que je serai sûre que vous êtes bien rentrée dans votre appartement.

— Peut-être qu'il a pensé que vous vous en chargeriez puisque vous étiez déjà sur les lieux, dit Rose.

Les portes se ferment et Scarpetta enfonce le bouton de son étage.

— Le coroner, vous voulez dire?

Scarpetta n'a pas encore fait remarquer qu'il était inexplicablement parti sans s'acquitter de son devoir. Elles longent le couloir jusqu'à l'appartement de Rose. Celle-ci est si essoufflée qu'elle ne peut répondre. Elle s'arrête devant sa porte et tapote le bras de Scarpetta.

— Ouvrez et je m'en vais, Rose.

Sa secrétaire sort sa clé. De toute évidence, elle ne tient pas à ouvrir la porte en présence de Scarpetta.

— Allez, rentrez chez vous.

Mais Rose demeure immobile. Sa réticence ne fait qu'amplifier l'obstination de Scarpetta. Au bout du compte, cette dernière lui prend la clé des mains et ouvre. Deux chaises ont été rapprochées de la fenêtre qui donne sur le port. Entre elles, une table sur laquelle sont posés deux verres à vin et un ramequin de noix.

Scarpetta n'attend pas l'invitation de sa secrétaire et pénètre dans la pièce.

— La personne que vous avez vue… Henry Hollings. (Elle referme la porte et ses yeux se plantent dans le regard de Rose.)

C'est pour cette raison qu'il semblait si pressé lorsqu'il est sorti. La police l'a appelé au sujet de Lupano. Il vous l'a raconté, puis s'est dépêché de partir afin de pouvoir revenir sur les lieux sans que l'on puisse se douter qu'il y était déjà.

Elle se rapproche de la fenêtre comme si elle pensait pouvoir apercevoir le coroner en bas dans la rue. Elle se penche. L'appartement de Lupano n'est pas très distant de celui de sa secrétaire.

– C'est une personnalité publique et il doit être prudent, explique Rose qui s'est assise sur le canapé, épuisée et pâle. Il ne s'agit pas d'une liaison. Son épouse est décédée.

– C'est pour cela qu'il se faufile de la sorte? (Scarpetta s'installe à son côté.) Je suis désolée, mais c'est invraisemblable.

Une inspiration pénible lui répond d'abord, puis:

– Il cherche à me protéger.

– De quoi?

– Si l'on savait que le coroner fréquente votre secrétaire, quelqu'un en tirerait parti. En tout cas, ça finirait aux informations.

– Je vois.

– Non, je ne crois pas, la contre Rose.

– Ce qui vous rend heureuse me rend heureuse.

– Il était certain que vous le détestiez jusqu'à ce que vous lui rendiez visite. Ça n'a pas arrangé les choses, avoue Rose.

– Alors j'ai été coupable de ne pas lui donner une chance, admet Scarpetta.

– J'aurais eu grand-peine à le convaincre du contraire, n'est-ce pas? Vous pensiez le pire à son sujet et il vous rendait la pareille.

Rose se bagarre contre l'essoufflement et son état s'aggrave. Le cancer la détruit sous les yeux de Scarpetta.

– Ce sera différent maintenant, rassure-t-elle sa secrétaire.

– Il était si heureux que vous soyez venue lui rendre visite. (Rose tousse et tend la main pour récupérer un mouchoir.) C'est pour cela qu'il était là ce soir. Pour tout me raconter. Il n'a parlé de rien d'autre. Il vous aime bien. Il souhaite que vous travailliez ensemble. Pas en concurrence.

Elle tousse à nouveau. Le mouchoir se mouchette de sang.

— Est-il au courant?

— Bien sûr. Depuis le début. (Une expression douloureuse se peint sur son visage.) Ça s'est passé chez ce petit caviste d'East Bay. Ça a été instantané. Lorsque nous nous sommes rencontrés. Nous avons commencé à discuter des mérites comparés des bourgognes et des bordeaux. Comme si j'en savais quelque chose! Tout d'un coup, il a suggéré que nous fassions une dégustation. Il ignorait où je travaillais. Donc ça n'avait rien à voir avec cela. Il n'a appris que j'étais votre secrétaire que bien après.

— Peu importe ce qu'il savait ou non. Ça m'est égal.

— Il m'aime. Je lui dis qu'il ne faut pas. Il rétorque toujours que lorsqu'on aime quelqu'un, c'est comme ça et pas autrement. Et qui peut savoir combien de temps nous avons encore devant nous? C'est de cette façon que Henry explique la vie.

— Oh, alors nous sommes amis, résume Scarpetta.

Elle quitte Rose et rejoint Hollings qui discute avec le détective, non loin des buissons où le corps a été découvert. L'ambulance et le camion des pompiers sont repartis. Aucun véhicule garé à proximité, à l'exception d'une voiture banalisée et d'une autre parfaitement identifiable.

— Je pensais que vous vous étiez défilée, lance le détective à Scarpetta alors qu'elle se rapproche d'eux.

— Je m'assurais que Rose réintégrait son appartement tranquillement, déclare-t-elle en direction de Hollings.

— Permettez-moi de vous mettre au courant des derniers développements, lui répond-il. Le corps est transféré à la faculté de médecine de Caroline du Sud. Il sera autopsié demain matin. Votre présence et votre aide sont les bienvenues. Cependant ce n'est pas une obligation.

— Jusque-là tout indique un décès par suicide, déclare le détective. Sauf qu'un truc m'embête. Il était nu. S'il a bien sauté par la fenêtre, pourquoi avoir enlevé tous ses vêtements avant?

— Les analyses toxicologiques vous fourniront peut-être une

réponse, dit Scarpetta. Selon le portier Ed, Gianni Lupano n'avait pas l'air dans son état normal lorsqu'il lui a téléphoné peu avant sa mort. Nous tous ici avons été témoins de suffisamment de choses pour savoir que lorsque quelqu'un décide de se suicider, il peut parfois faire des choses qui paraissent totalement illogiques, pour ne pas dire suspectes. A-t-on retrouvé dans son appartement les vêtements qu'il aurait pu enlever ?

– J'ai plusieurs hommes là-haut en ce moment même. Des vêtements sur le lit. Un jean, une chemise. Rien de bizarre jusque-là. Aucun indice qui permettrait de penser qu'il y avait un individu avec lui lorsqu'il a décidé de sauter.

– Ed n'a rien dit au sujet d'un inconnu qui serait venu dans l'immeuble ce soir ? lui demande Hollings. Ou peut-être de quelqu'un rendant visite à Gianni Lupano ? Parce que, je vais vous dire, Ed est plus que pointilleux lorsqu'il s'agit de faire entrer quelqu'un.

– Je n'ai pas eu le temps de m'appesantir sur les détails avec lui. Cependant je lui ai demandé pourquoi son portefeuille traînait sur le bureau, au vu et au su de n'importe qui. Il m'a dit qu'il l'avait sorti au moment où Lupano l'avait appelé, juste avant de se précipiter jusqu'à son appartement.

– Il avait commandé une pizza, précise le détective. C'est ce qu'il m'a affirmé. Il venait de sortir un billet de cent dollars de son portefeuille quand Lupano lui a téléphoné. De fait, Ed a bien commandé la pizza. Chez Mamma Mia. Y avait personne, donc le gars est reparti. Là où ça coince pour moi, c'est cette histoire de billet de cent dollars. Pensait-il vraiment que le livreur aurait assez de monnaie à lui rendre ?

– Peut-être que vous devriez lui demander qui a appelé en premier ?

– C'est une bonne idée, approuve Hollings. Lupano est réputé pour son style de vie très haut en couleur. Il a des goûts dispendieux et se trimbale toujours avec pas mal de liquide sur lui. S'il est rentré chez lui durant les heures de travail d'Ed, celui-ci s'en est rendu compte. Ed commande la pizza et constate qu'il n'a que trois dollars et un billet de cent.

Scarpetta ne leur révélera certainement pas que Lucy a examiné le GPS de la voiture de Lupano pas plus tard qu'hier.

Elle renchérit :

– Cela a pu se passer de la sorte. Ed a appelé Lupano pour lui demander s'il avait de la monnaie sur cent dollars. À ce moment-là, ledit Lupano était déjà saoul, peut-être drogué, en tout cas il réagissait de façon irrationnelle. Ed s'est inquiété et il est monté.

– Ou alors peut-être qu'il est monté directement afin de demander de la monnaie, propose Hollings.

– Auquel cas il aurait quand même appelé Lupano avant.

Le détective s'écarte d'eux en lançant :

– Ben, je vais vérifier avec lui.

– J'ai l'impression que vous et moi devrions discuter de certaines choses, lui dit Hollings.

Scarpetta lève le regard vers le ciel. Elle pense au vol qui l'attend.

– Et si nous trouvions un endroit paisible afin de bavarder ? poursuit le coroner.

De l'autre côté de la rue s'étendent les jardins de White Point, quelques hectares abritant des monuments qui commémorent la guerre de Sécession, plantés de chênes à feuillage persistant et de canons aux fûts bouchés qui pointent leurs gueules vers Fort Sumter. Scarpetta et Hollings se sont assis sur un banc.

– Je suis au courant pour Rose, commence-t-elle.

– Je me doutais que tel serait le cas.

– Tant que vous prenez soin d'elle…

– J'ai l'impression que vous vous débrouillez aussi très bien en la matière. J'ai dégusté votre ragoût ce soir.

– Juste avant de partir pour revenir. De sorte que personne ne puisse se rendre compte que vous étiez déjà présent dans l'immeuble, poursuit Scarpetta.

– Donc cela ne vous ennuie pas ? lui demande-t-il comme s'il avait besoin de son approbation.

– Tant que vous êtes une bonne chose pour elle. Sans cela, je m'en occuperais.

– Je n'en doute pas.

– Il faut que je vous pose une question au sujet de Lupano, change-t-elle de sujet. Je me demandais si vous ne l'auriez pas contacté après mon départ de chez vous, un peu plus tôt.

– Pourquoi une telle hypothèse vous est-elle venue ?

– Parce que nous avons discuté de lui. Je vous ai demandé pour quelle raison il avait assisté aux funérailles de la petite Holly Webster. Je crois que vous savez parfaitement bien ce qui me trotte dans la tête.

– Vous pensez que je l'ai appelé à ce sujet.

– L'avez-vous fait ?

– En effet.

– Les médias ne cessent de répéter que Lydia Webster est portée disparue et présumée décédée, souligne Scarpetta.

– Il la connaissait très bien. Nous avons bavardé un long moment. Il était terriblement bouleversé.

– Gardait-il un appartement dans le coin à cause de Lydia ?

– Kay – j'espère que vous ne m'en voudrez pas de cette fami-liarité –, j'étais parfaitement au courant que Gianni avait assisté aux obsèques de Holly l'été dernier. Cela étant, je ne pouvais pas vous le révéler de but en blanc. J'aurais trahi la confiance de quelqu'un.

– Je commence à en avoir soupé des gens et de leurs petits secrets.

– Je n'ai pas tenté de faire obstruction. D'un autre côté, si vous trouviez par vous-même…

– J'en ai soupé de cela aussi : trouver par moi-même.

– Si vous parveniez à découvrir toute seule qu'il avait assisté aux funérailles de Holly Webster, c'était de bonne guerre. C'est pour cette raison que je vous ai permis de consulter les registres des visiteurs. Je comprends très bien votre agacement. Toute-fois vous auriez fait la même chose à ma place. Vous ne trahiriez pas la confiance de quelqu'un, n'est-ce pas ?

– Ça dépend. C'est du moins ce que je suis à deux doigts de penser.

Le regard de Hollings se perd en direction de la fenêtre illuminée de l'immeuble. Il murmure :

— Et maintenant, je dois me demander si je ne suis pas responsable. D'une certaine façon.

— Quelle confiance, quelle confidence ? Nous parlons d'eux et vous semblez dissimuler un secret.

— Gianni a rencontré Lydia Webster il y a plusieurs années, à l'époque où la coupe du Family Circle était disputée à Hilton Head. Ils ont eu une liaison, durable. C'est, en effet, la raison pour laquelle il conservait son appartement ici. Et puis, ce jour de juillet, leur châtiment. Gianni et Lydia étaient dans la chambre de cette dernière, je vous laisse imaginer le reste. Personne pour se préoccuper de Holly. La petite fille s'est noyée. Ils ont rompu. Le mari de Lydia l'a quittée. Elle s'est effondrée, complètement.

— Et il a commencé à coucher avec Drew ?

— Je ne me risquerai pas à établir la longue liste de celles avec qui il a couché, Kay.

— Si son histoire avec Lydia était terminée, pourquoi a-t-il gardé son appartement ?

— Peut-être parce qu'il avait besoin d'une garçonnière discrète pour abriter sa liaison avec Drew. Sous prétexte d'entraînement. Peut-être parce que, ainsi qu'il le prétendait, le feuillage resplendissant, le temps, le fer forgé et les maisons de stuc lui rappelaient l'Italie. Lydia et lui ont continué d'être amis, du moins si l'on en croit ses dires. Il passait lui rendre visite de temps en temps.

— Vous a-t-il dit quand il était passé la voir pour la dernière fois ?

— Il y a plusieurs semaines. Il a quitté Charleston dès après la victoire de Drew ici. Il n'est revenu que plus tard.

— Peut-être ai-je du mal à assembler les différentes pièces du puzzle, commente Scarpetta au moment où la sonnerie de son téléphone se déclenche. Pourquoi revenir à Charleston ? Pourquoi ne pas accompagner Drew à Rome ? À moins qu'il ne l'ait fait. Elle devait participer à l'Open d'Italie et à Wimbledon. Je n'ai jamais compris pourquoi elle s'était décidée en faveur d'une escapade avec ses amies alors qu'elle aurait dû se préparer pour ce qui pouvait devenir les plus éclatantes victoires de sa carrière. Et donc, la voilà partie à Rome. Certainement pas pour s'entraîner en vue de l'Open italien, mais pour faire la fête. Je ne comprends pas.

Scarpetta ne répond pas à l'appel. Elle ne regarde même pas qui cherche à la joindre.

— Il m'a raconté qu'il était parti pour New York juste après la victoire de Drew à Charleston. Il y a moins d'un mois. Ça paraît dur à croire.

Le téléphone cesse de sonner.

— Gianni n'a pas accompagné Drew parce qu'elle venait juste de le virer, précise Hollings.

— Le virer? C'est de notoriété publique?

— Non.

— Pourquoi l'a-t-elle remercié?

La sonnerie retentit à nouveau.

— Sur les bons conseils du Dr Self, complète Hollings. C'est pour cela que Gianni est parti pour New York. Afin d'affronter le Dr Self et de tenter de raisonner Drew.

— Je ferais mieux de répondre, annonce Scarpetta en décrochant.

— Il faut que tu fasses un crochet avant de te rendre à l'aéroport, débite Lucy.

— Ce n'est pas vraiment sur ma route.

— Encore une heure, une heure et demie, et je crois qu'on pourra y aller. Le temps devrait alors être propice. Il faut vraiment que tu passes aux labos. (Lucy précise ensuite l'endroit où elle attendra sa tante et ajoute:) Je ne veux pas discuter de cela au téléphone.

Scarpetta accepte et raccroche avant de se tourner vers Henry Hollings.

— Je suppose que Drew n'a pas changé d'avis.

— Elle n'a même pas voulu lui parler.

— Et le Dr Self?

– Il a discuté avec elle. Dans son appartement. Enfin, du moins est-ce ce que qu'il m'a raconté. Elle lui a dit qu'il était mauvais pour Drew, une influence malsaine, et qu'elle persisterait à conseiller à la jeune fille de l'éviter autant que faire se pouvait. Au fur et à mesure qu'il me parlait, sa colère et son désespoir montaient. J'aurais dû me douter que quelque chose allait se produire. J'aurais dû me précipiter, m'asseoir à côté de lui. Bref, faire quelque chose.

– Que s'est-il passé d'autre avec le Dr Self? Drew est donc partie pour Rome dès le lendemain. Moins de vingt-quatre heures plus tard, elle disparaît pour être assassinée, probablement par le meurtrier de Lydia. Il faut que je me rende à l'aéroport. Vous pouvez m'accompagner si vous le souhaitez. Nous aurons de toute façon besoin de vous. Avec un peu de chance.

Il se lève du banc.

– L'aéroport? Maintenant?

– Je ne veux pas attendre une journée de plus, martèle Scarpetta. Son cadavre s'abîme un peu plus chaque minute.

Ils avancent côte à côte.

– Maintenant? Il faudrait que je vous suive, au beau milieu de la nuit, alors que je ne comprends pas un traître mot de ce que vous dites? lâche Hollings en pleine déroute.

– Les signatures thermiques, précise Scarpetta. Infrarouges. Toute variation thermique devrait se voir bien plus nettement dans l'obscurité. Or les asticots peuvent élever la température d'un corps en décomposition de vingt degrés centigrades. Cela fait déjà deux jours. En effet, je suis certaine qu'elle était déjà morte lorsque le tueur a quitté la maison. Cette conviction n'est fondée sur aucun des éléments que nous avons retrouvés au domicile de Lydia Webster. Que s'est-il passé d'autre avec le Dr Self? Lupano vous a-t-il confié autre chose?

Ils sont presque à hauteur de la voiture de Scarpetta.

– Il a dit qu'il avait rarement été aussi insulté. Elle lui a balancé des choses dégradantes, très dégradantes, et a refusé de lui dire où Drew se trouvait. Après son départ, il a rappelé le

Dr Self. C'était le point culminant de sa carrière et elle venait tout juste de la saccager. Et puis le dernier coup. Le Dr Self lui a dit que Drew séjournait chez elle, qu'elle avait été dans l'appartement tout le temps qu'il l'avait suppliée de défaire ce qu'elle avait fait. Je ne vous accompagnerai pas, Kay. Vous n'avez pas besoin de moi. Et... eh bien, je veux m'assurer que Rose va bien.

Scarpetta déverrouille sa portière tout en songeant à la chronologie des événements. Drew a donc passé la nuit dans l'appartement du Dr Self pour s'envoler le lendemain vers Rome. Le jour suivant, le 17, elle a disparu. Son cadavre a été découvert le 18. Le 27, Scarpetta et Benton étaient à Rome afin d'enquêter sur son meurtre. Ce même jour, le Dr Self était admise au McLean et le Dr Maroni fabriquait de toutes pièces un fichier, résumant prétendument les notes qu'il avait prises lors de la visite d'un patient : le Marchand de sable. Benton est certain qu'il s'agit d'un mensonge.

Scarpetta se glisse derrière le volant. Hollings est un gentleman. Il ne partira pas avant qu'elle n'ait tourné la clé de contact et refermé sa portière.

— Quand Lupano se trouvait dans l'appartement du Dr Self, étaient-ils seuls ? lui demande Scarpetta.

— Drew était là.

— Je veux dire : quelqu'un dont Lupano aurait été averti de la présence ?

Hollings réfléchit un moment, puis :

— Ce n'est pas impossible, hésite-t-il. Gianni m'a dit qu'il avait mangé chez elle. Déjeuné, je crois. Si mon souvenir est exact, il a fait un commentaire au sujet du chef du Dr Self.

CHAPITRE 21

Les laboratoires de sciences légales.

L'immeuble principal est tout de brique et de ciment. De larges fenêtres équipées de vitres de protection contre les UV, au fini miroir, trouent les murs. Ainsi le monde du dehors ne voit-il qu'une réflexion de lui-même et l'intérieur est-il à l'abri des regards indiscrets et des ravages du soleil. Un immeuble plus petit est en cours d'achèvement. Le paysage alentour se limite à de la terre boueuse. Scarpetta patiente dans son véhicule et regarde la grande porte de la baie de déchargement se soulever, tout en songeant qu'elle aimerait bien que la sienne ne produise pas un tel vacarme. Les portes de baie qui crissent et raclent comme un pont-levis ne font qu'ajouter à l'ambiance peu réjouissante d'une morgue.

Tout à l'intérieur est neuf et immaculé, vivement éclairé et peint de dégradés de blanc et de gris. Elle dépasse une série de labos, certains vides, d'autres complètement équipés. Aucun désordre sur les paillasses. Les postes de travail sont nets, eux aussi. Elle attend avec impatience le jour où l'on aura enfin l'impression que ce lieu est occupé. Certes, il est très tard. Mais même durant la journée vingt personnes au maximum travaillent ici. La moitié d'entre elles ont suivi Lucy lorsqu'elle a déménagé ses anciens labos de Floride. Quand tout sera terminé, Lucy se trouvera à la tête de la plus performante installation privée de sciences légales du pays. Au fond, cette idée perturbe Scarpetta plus qu'elle ne la rend heureuse. La réussite professionnelle de Lucy est éclatante. Toutefois sa vie est tristement défectueuse. Tout comme celle de sa tante. Ni l'une ni l'autre ne semblent aptes à avoir, ou conserver, des relations personnelles. Ce n'est qu'aujourd'hui que Scarpetta admet qu'il s'agit entre elles d'un point commun.

Malgré la bienveillance de Benton, le résultat majeur de leur discussion a été de rappeler à Scarpetta pourquoi elle avait besoin d'entendre ces vérités. Chacun de ses mots était désespérément justifié. Elle a fui à toute allure durant cinquante ans. Et de quoi peut-elle se prévaloir si ce n'est d'une étonnante aptitude à encaisser la peine et la tension inséparables des problèmes qu'elle affronte ? C'est tellement plus simple de faire son travail, d'occuper ses journées en les remplissant de longues et laborieuses heures et de vastes espaces vides. En réalité, si elle veut être honnête dans cette introspection, elle ne s'est sentie ni heureuse ni rassurée lorsque Benton lui a offert la bague. Le bijou symbolise ce qui la terrorise : quoi qu'il donne, il peut vouloir le reprendre ou s'apercevoir qu'il n'avait pas envie de l'offrir.

Pas étonnant que Marino ait fini par craquer. Bien sûr, il était ivre, bourré d'hormones, et sans doute Shandy et le Dr Self l'ont-elles poussé dans cette voie. Toutefois, si Scarpetta l'avait vraiment regardé toutes ces années, elle aurait probablement pu le sauver de lui-même. Elle aurait pu empêcher cette violation qui était également de son fait. Car elle l'a abusé, elle aussi, parce qu'elle n'était pas une amie fidèle et digne de confiance. Elle ne lui a jamais dit « non » jusqu'à ce qu'il aille trop loin, alors qu'elle aurait pu le lui faire savoir vingt ans plus tôt.

Je ne suis pas amoureuse de vous, Marino, je ne le serai jamais. Vous n'êtes pas mon type d'homme, Marino. Cela ne signifie pas que je suis mieux que vous. Cela signifie juste que je ne peux pas.

Elle rédige mentalement ce qu'elle aurait dû lui dire et s'admoneste. Elle doit s'expliquer à elle-même pourquoi elle n'a rien fait. Il pourrait la quitter. Elle pourrait perdre sa présence assidue, si agaçante soit-elle parfois. Elle pourrait lui infliger ces choses qu'elle a passé sa vie entière à esquiver avec talent : le rejet et la perte. Aujourd'hui, ils lui tombent dessus. Marino aussi.

Les portes de l'ascenseur coulissent au premier étage. Elle parcourt un couloir désert jusqu'à une série de laboratoires défendus par des portes métalliques et des sas à air. Dans une petite pièce attenante, elle passe une blouse jetable, un filet qui ramasse ses cheveux, un bonnet, des protège-chaussures, des gants et un masque. Elle marque un arrêt dans un sas de décontamination aux ultraviolets, puis pénètre dans un laboratoire entièrement automatisé où l'on extrait et réplique de l'ADN. Lucy s'y trouve, vêtue de la tête aux pieds de blanc, Lucy qui l'attend pour une raison que Scarpetta ignore. Elle est assise non loin d'une hotte aspirante et parle à un scientifique, emmailloté lui aussi et méconnaissable.

– Tante Kay ? Je suis sûre que tu te souviens d'Aaron, notre directeur par intérim.

Un visage à moitié dissimulé par le masque sourit et devient reconnaissable. Ils s'installent tous les trois.

– Je savais que vous étiez un spécialiste de sciences légales, dit Scarpetta, mais j'ignorais votre nouvelle fonction.

Elle s'enquiert ensuite de ce qui est advenu à l'ancien directeur.

– Il est parti, lance Lucy, la colère brillant dans son regard. À cause de ce que le Dr Self a répandu sur Internet.

– Il est parti ? répète Scarpetta, stupéfaite. Comme ça ?

– Il pense que je vais mourir. Il a donc détalé à toutes jambes et accepté un autre boulot. De toute façon, c'était un abruti et j'avais bien l'intention de m'en séparer. Assez ironique quand on y pense ! Cette salope m'a rendu service. Mais bon, nous ne sommes pas là pour parler de cela. Nous avons de nouveaux résultats de labo.

— Sang, salive, cellules épithéliales, énumère Aaron. Commençons avec la brosse à dents de Lydia Webster et le sang retrouvé sur le sol de la salle de bains. Nous avons maintenant une bonne idée de son ADN, ce qui est d'autant plus important que ça peut nous permettre de l'exclure. Ou de l'identifier, le cas échéant, complète-t-il comme si sa mort ne faisait aucun doute. En revanche, on obtient un profil ADN différent à partir des cellules de peau, du sable et de la colle collectés sur la fenêtre brisée de la buanderie. Sur le clavier de l'alarme et le tee-shirt sale récupéré dans le panier à linge également. On retrouve bien l'ADN de Lydia sur ces trois objets, ce qui est normal, en plus du profil d'un autre individu.

— Et le short de Madelisa Dooley ? demande Scarpetta. Le sang qui le maculait ?

— Même donneur que sur les trois objets que je viens d'énumérer, répond Aaron.

— Selon nous, le tueur, précise Lucy. Du moins la personne qui est entrée par effraction.

— Je crois qu'il faut rester prudent avec ce genre d'affirmations, tempère Scarpetta. D'autres gens sont passés dans cette maison, dont l'ancien mari.

— L'ADN ne provient pas de lui et nous t'expliquerons pourquoi dans un moment, dit Lucy.

— En réalité, nous avons opté pour votre suggestion, intervient Aaron. Nous sommes allés au-delà d'une simple recherche de reconnaissance ADN via le CODIS, en complétant grâce à la plate-forme technologique d'empreintes ADN dont vous aviez discuté avec Lucy. Une analyse qui prend donc en compte les liens de parenté pour parvenir à une probabilité de ressemblance.

— Première question : pourquoi l'ex-mari de Lydia aurait-il abandonné son sang sur le short de Madelisa Dooley ? raisonne Lucy.

– En effet, tu marques un point, concède Scarpetta. Et si le sang est bien celui du Marchand de sable – pour être parfaitement claire, je le nommerai ainsi –, dans ce cas il a dû se blesser.

– Nous savons même peut-être de quelle façon, reprend sa nièce. Et nous commençons à avoir une idée de qui.

Aaron récupère une chemise cartonnée et en tire un rapport qu'il tend à Scarpetta en précisant :

– Le petit garçon non identifié et le Marchand de sable. Partant du principe que chaque parent transmet approximativement la moitié de son matériel génétique à ses enfants, on peut s'attendre à ce que des échantillons prélevés sur l'enfant et le parent dévoilent leur niveau de parenté. Dans le cas du Marchand de sable et du garçonnet, les résultats indiquent un lien familial extrêmement proche.

Scarpetta examine les résultats et lâche :

– Je répéterai la même chose que lorsque nous avons découvert la correspondance entre les empreintes digitales. Est-on certains qu'il n'y a pas eu d'erreur ? Une contamination, par exemple ?

– Nous ne commettons pas d'erreur, rétorque Lucy. En tout cas, pas de ce genre. Une seule et c'est terminé.

– Le petit garçon est le fils du Marchand de sable ? insiste Scarpetta pour être parfaitement sûre de ce qui vient de se dire.

– J'aimerais disposer de plus de contrôles et de données, mais c'est, en effet, ce que je soupçonne, affirme Aaron. En tout cas, ainsi que je l'ai dit, leurs liens de parenté sont très étroits.

– Tu as mentionné le fait qu'il avait été blessé, reprend Lucy. Le sang du Marchand de sable sur le short ? On le retrouve également sur le bout de couronne dentaire appartenant à Lydia Webster que nous avons découvert dans la baignoire.

– Peut-être l'a-t-elle mordu ? suggère Scarpetta.

– C'est très probable, approuve sa nièce.

– Revenons-en au petit garçon, propose Scarpetta. J'avoue que l'idée qu'il ait tué son fils me laisse perplexe. La maltraitance durait depuis pas mal de temps. Quelqu'un s'est occupé de l'enfant pendant que le Marchand de sable était en Irak, en Italie, si, du moins, les informations en notre possession sont exactes.

— Eh bien, je peux te parler de la mère de l'enfant, parce que, dans ce cas, nous disposons des échantillons de référence, à moins que l'ADN retrouvé sur les sous-vêtements de Shandy Snook ne soit pas le sien, lâche Lucy. Du coup, ça explique beaucoup mieux qu'elle ait été si désireuse de visiter la morgue. Elle voulait voir le corps du garçonnet, savoir ce que tu avais pu apprendre. Savoir ce que Marino avait pu apprendre.

— Tu as prévenu la police ? s'informe Scarpetta. Dois-je te demander de quelle façon tu es parvenue à te procurer ses sous-vêtements ?

Un sourire échappe à Aaron, et Scarpetta comprend pourquoi sa question peut être drôle.

— Marino, répond Lucy. Et c'est sûr qu'il ne s'agit pas de son ADN. Nous avons son profil – tout comme le tien et le mien – à fin d'élimination. Il faut d'autres éléments à la police qu'un slip traînant sur le plancher de Marino. Toutefois, même si ce n'est pas elle qui a battu son gamin à mort, elle doit savoir qui est le coupable.

— On ne peut pas faire l'économie d'envisager la candidature de Marino, hésite Scarpetta.

— Tu as visionné l'enregistrement de leur visite à la morgue, tante Kay. Je n'ai pas eu le sentiment qu'il avait la moindre idée de ce qui se passait. De plus, on peut lui reprocher beaucoup de choses, mais il ne protégerait jamais quelqu'un capable de faire subir un truc pareil à un enfant.

Il y a d'autres concordances. Toutes pointent en direction du Marchand de sable et révèlent un autre fait stupéfiant : les deux ADN retrouvés dans les raclures d'ongles de Drew Martin proviennent pour l'un dudit Marchand de sable, pour l'autre de quelqu'un avec qui celui-ci partage une relation familiale étroite.

— Sujet mâle, précise Aaron. À quatre-vingt-dix-neuf pour cent d'origine européenne si on se fie à l'analyse italienne. Peut-être un autre fils ou le frère du Marchand de sable ? Peut-être son père ?

— Trois ADN provenant d'une même famille ? s'étonne Scarpetta.

— Et un crime supplémentaire, ajoute Lucy.

Aaron tend un nouveau rapport à Scarpetta et complète :

— Nous avons une concordance avec un échantillon biologique collecté lors d'un autre crime que personne n'avait jusque-là rapproché de Drew ou de Lydia, ni d'une autre affaire.

— Un viol perpétré en 2004, précise Lucy. De toute évidence, le type qui s'est introduit chez Lydia et qui a vraisemblablement tué Drew Martin a violé une touriste, il y a trois ans, à Venise. L'empreinte ADN de l'agresseur est enregistrée dans la banque de données italienne que nous avons décidé de consulter. Bien sûr, elle ne correspond à aucun suspect puisqu'ils n'ont pas le droit de saisir des empreintes génétiques provenant d'individus identifiés. En d'autres termes, pas de nom, juste du sperme.

— Surtout il faut protéger par tous les moyens l'intimité des violeurs et des assassins, ironise Aaron.

— Ce qu'en disaient les médias à l'époque est sommaire, reprend Lucy. Une étudiante de vingt ans, venue à Venise pour un cours d'été sur l'art. Elle sort d'un bar au milieu de la nuit et rentre à pied à son hôtel, situé non loin du pont des Soupirs. C'est là qu'elle est agressée. Nous n'en savons pas plus pour l'instant concernant cette affaire. Mais, puisqu'elle a été confiée aux carabiniers, ton ami le capitaine Poma devrait avoir accès à d'autres informations.

— Il s'agissait peut-être du premier crime du Marchand de sable, réfléchit Scarpetta. Du moins en tant que civil. Si tant est qu'il soit vrai que ce gars a servi en Irak. Il est assez fréquent qu'un criminel en herbe laisse des indices derrière lui. Ensuite, ils deviennent plus malins. Or ce type est intelligent et son mode opératoire a considérablement évolué. Il fait très attention à ne pas laisser de traces, il ritualise et il devient de plus en plus violent. Après qu'il en a fini, ses victimes ne sont plus là pour témoigner. Heureusement, ça ne lui a pas traversé l'esprit qu'il pouvait laisser son ADN dans la colle chirurgicale. Benton est-il au courant de tout cela ?

– Oui. Il sait également que nous avons rencontré un problème avec ta pièce en or, annonce Lucy. L'ADN retrouvé dessus, ainsi que sur la chaîne, est également celui du Marchand de sable. Cela signifie donc qu'il se trouvait derrière ta maison la nuit où Bull et toi avez retrouvé l'arme dans la ruelle. Reste à déterminer ce que ça implique concernant Bull. Le collier pouvait lui appartenir. J'ai déjà évoqué cette possibilité. Cependant nous ne pouvons rien exclure puisque nous n'avons pas l'ADN de Bull.

Interloquée, n'y croyant pas une seconde, Scarpetta traduit :

– Quoi ? Que Bull serait le Marchand de sable ?

– Je souligne juste que nous n'avons pas son ADN, rétorque Lucy.

– Et l'arme ? Les balles ?

– L'ADN du Marchand de sable ne se retrouve sur aucun de ces écouvillons-là, admet Lucy. Toutefois cela ne signifie rien de particulier. De l'ADN sur un collier est une chose. En détecter sur une arme est une tout autre affaire parce qu'elle a pu être récupérée d'une autre personne. Il a pu faire très attention et ne pas laisser son ADN, ses empreintes digitales dessus pour corroborer l'histoire qu'il te servait : que le salopard qui t'avait menacée l'avait laissée tomber. Personne ne peut jurer que ce type est bien venu derrière chez toi. Bull l'a lui-même dit : il n'existe aucun témoin.

– Tu es en train de suggérer que Bull – admettons qu'il s'agisse bien du Marchand de sable, ce que je ne crois pas une seconde – aurait délibérément fait tomber l'arme. En revanche il n'aurait pas mis en scène la perte de sa chaîne, résume Scarpetta. Ça ne tient pas vraiment debout, et pour deux raisons. Pourquoi cette chaîne s'est-elle cassée ? Deuxièmement, s'il ne s'en est pas aperçu sur le coup, pourquoi avoir attiré mon attention lorsqu'il l'a retrouvée un peu plus tard ? Pourquoi ne pas l'avoir alors discrètement fourrée dans sa poche ? Je pourrais ajouter qu'il me semble plutôt étrange que Bull ait eu en sa possession une chaîne et une piécette en or, très évocatrices du collier avec une pièce en argent d'un dollar offert par Shandy à Marino.

— En tout cas, ce serait sympa d'avoir les empreintes digitales de Bull, sans oublier un écouvillon pour l'ADN. Ça m'ennuie vraiment qu'il semble s'être volatilisé, intervient Aaron.

— Nous avons fait le tour. On est en train de le cloner. Nous allons créer une copie de Bull dans une boîte de Pétri, comme ça nous en aurons le cœur net, plaisante Lucy.

— Il n'y a pas encore si longtemps, il fallait attendre des semaines, voire des mois avant d'obtenir une empreinte ADN, remarque Scarpetta.

Elle regrette amèrement tous ces gens brutalisés et assassinés à l'époque parce qu'un criminel violent n'était pas appréhendé assez rapidement.

— Le plafond est à trois mille pieds, la visibilité de plus de quatre kilomètres, annonce Lucy à Scarpetta. On va pouvoir voler à vue. Je te rejoins à l'aéroport.

Dans le bureau de Marino, ses trophées de bowling sont alignés le long d'un mur de vieux plâtre. Une sensation d'abandon se dégage du lieu.

Benton referme la porte sans allumer. Il s'installe, dans l'obscurité, derrière le bureau de Marino. Il se rend compte pour la première fois que, quoi qu'il prétende, il n'a jamais pris véritablement Marino au sérieux et qu'il n'a jamais fourni d'efforts particuliers afin de l'inclure dans son monde. S'il veut être honnête, à ses yeux Marino a toujours été le sous-fifre de Scarpetta. Un flic grossier, ignorant, intolérant, qui n'a plus sa place dans le monde moderne et qui, en raison de cela et de tant d'autres choses, n'est pas d'une fréquentation agréable ni d'une aide indispensable. Benton l'a supporté. Il l'a sous-estimé dans certains domaines et compris à la perfection dans d'autres, mais il est passé à côté du plus évident. Alors qu'il est assis derrière le bureau fort peu utilisé de Marino, le regard perdu vers la fenêtre, vers les lumières de Charleston, il regrette de n'avoir pas fait plus attention à lui, à tant de choses. Ce qu'il avait besoin de savoir est à sa portée et l'a toujours été.

Il est presque quatre heures du matin à Venise. Pas étonnant que Paulo Maroni ait quitté le McLean et maintenant Rome.

– *Pronto.*

– Vous dormiez? demande Benton.

– Si cela vous importait, vous ne téléphoneriez pas. Que se passe-t-il pour que vous m'appeliez à cette heure incongrue? Du nouveau dans l'affaire, j'espère?

– Pas agréable, nécessairement.

– Quoi donc?

La voix du Dr Maroni s'est teintée d'une sorte de réticence, à moins qu'il ne s'agisse de résignation.

– Ce patient qui vous a rendu visite.

– Je vous en ai parlé.

– Vous m'avez confié ce dont vous aviez envie, rectifie Benton.

– Que pourrais-je faire d'autre pour vous aider? Vous avez lu mes notes, en plus de ce que je vous avais révélé. Je suis resté amical et ne vous ai pas demandé comment la chose s'était produite. Je n'en ai pas rendu Lucy responsable, par exemple.

– C'est plutôt à vous que vous devriez vous en prendre, Paulo. Pensez-vous réellement que je n'ai pas compris que vous vouliez nous voir accéder au dossier de votre patient? Vous l'avez laissé sur le réseau interne de l'hôpital. Vous ne l'avez pas sécurisé, ce qui impliquait que quiconque sachant où il se trouvait pouvait le consulter. Dans le cas de Lucy, en effet, cela n'a demandé aucun effort. Toutefois, dans le vôtre, il ne s'agissait pas d'une imprudence. Vous êtes beaucoup trop intelligent pour cela.

– Vous admettez donc que Lucy a violé mes dossiers électroniques confidentiels.

– Vous saviez parfaitement que nous tenterions d'accéder aux notes concernant ce patient. Vous avez donc tout arrangé avant de partir pour Rome. Plus tôt que vous ne l'aviez prévu, comme par hasard juste après avoir appris que le Dr Self allait être admise au McLean. C'est vous qui l'avez autorisé. Elle n'aurait jamais pu atterrir au Pavillon sans votre accord.

– Elle était psychotique.

– Elle était calculatrice. Est-elle au courant?

– Au courant de quoi?

– Ne me mentez pas, Paulo.

– Il est intéressant que vous m'en croyiez capable, dit le Dr Maroni.

– J'ai discuté avec la mère du Dr Self.

– Est-ce toujours une femme détestable?

– J'imagine qu'elle n'a pas changé, rétorque Benton.

– Les gens comme elle changent rarement. Ils s'épuisent parfois en vieillissant. Cependant, dans son cas, je parierais qu'elle est encore pire. Marilyn suivra ses traces, les a déjà suivies.

– Je suppose qu'elle n'a pas beaucoup changé, elle non plus, reprend Benton. Bien que sa mère vous rende responsable du désordre de la personnalité de sa fille.

– Nous savons que ce n'est pas le cas. Elle ne souffre pas d'un désordre de la personnalité induit par un certain Paulo. Elle l'a contracté de façon tout à fait honorable.

– Ça n'a rien d'amusant.

– Tout juste.

– Où se trouve-t-il? demande Benton. Vous savez parfaitement de qui je veux parler.

– En ces temps déjà anciens, on était encore mineur à seize ans. Vous comprenez?

– Et vous en aviez vingt-neuf.

– Vingt-deux. Gladys m'insulterait en me faisant passer pour si vieux. Je suis sûr que vous comprenez pourquoi il a fallu que je parte, poursuit le Dr Maroni.

– Partir ou fuir? Selon le Dr Self, le second verbe s'applique bien davantage à votre sortie précipitée d'il y a plusieurs semaines. Vous vous êtes conduit de façon déplacée avec elle et vous avez fui pour l'Italie. Où est-il, Paulo ? Ne vous infligez pas une chose pareille. Ne l'infligez à personne d'autre.

— Me croiriez-vous si je vous disais que c'est elle qui s'est conduite de façon déplacée avec moi ?

— Cela n'a pas d'importance. Je m'en contrefiche. Où est-il ? répète Benton.

— Relations sexuelles avec une mineure chez vous, cela s'apparente à un viol. Sa mère m'a menacé. Elle ne voulait pas croire que Marilyn ait eu une relation sexuelle avec un homme rencontré durant les vacances de printemps. Elle était si belle, fascinante. Elle m'a offert sa virginité, je l'ai prise. Je l'aimais. Et il est exact que je me suis enfui. J'ai tout de suite vu, même à cette époque, qu'elle était toxique. Toutefois je ne suis pas reparti pour l'Italie, contrairement à ce que je lui avais fait croire. Je suis retourné à Harvard pour terminer mes études de médecine et elle n'a jamais su que j'étais toujours aux États-Unis.

— Nous avons réalisé des empreintes ADN, Paulo.

— Elle n'en a rien su, pas même après la naissance du bébé. Je lui écrivais, vous voyez, et je faisais poster les lettres de Rome.

— Où se trouve-t-il ? Votre fils.

— Je l'ai suppliée de ne pas avorter. C'est contraire à mes croyances religieuses. Elle m'a annoncé que si elle avait le bébé, il faudrait que je l'élève. J'ai fait du mieux que je pouvais avec ce qui s'est révélé n'être qu'un monstre répugnant doté d'un QI supérieur. Il a passé la plus grande partie de sa vie en Italie, ne revenant voir sa mère que de temps en temps, du moins jusqu'à l'âge de dix-huit ans. C'est lui qui est aujourd'hui âgé de vingt-neuf ans. Peut-être s'agit-il encore d'un des petits jeux de Gladys... Eh bien, il n'est ni de l'un ni de l'autre par beaucoup d'aspects, et il nous déteste tous deux. Marilyn encore plus que moi, quoique lorsque je l'ai vu pour la dernière fois, j'aie véritablement craint pour ma sécurité. Ma vie même. J'ai vraiment vu le moment où il allait me frapper avec le détail d'une sculpture ancienne. Je suis parvenu à le calmer.

— Quand était-ce ?

– Juste après mon arrivée ici. Il se trouvait déjà à Rome.

– Et il y était lorsque Drew Martin a été assassinée. Ensuite, il est retourné à Charleston. Nous savons qu'il était à Hilton Head il y a peu.

– Que voulez-vous que je vous dise, Benton ? Vous connaissez la réponse. La baignoire que l'on voit sur la photographie est celle de mon appartement de la Piazza Navona. Certes, vous ignoriez que j'habitais là-bas. Dans le cas contraire, vous m'auriez sans doute demandé comment il se faisait que mon appartement soit si proche du chantier où l'on a retrouvé le cadavre de Drew. Vous vous seriez interrogé sur une étrange coïncidence : je conduis une Lancia noire en Italie. Il l'a sans doute tuée dans mon appartement, puis il l'a transportée dans ma voiture pour abandonner son cadavre à proximité. Un pâté de maisons, guère plus. En fait, je suis certain que les choses se sont déroulées ainsi. Du coup, il aurait peut-être été préférable pour moi qu'il me fracture le crâne avec cet antique pied sculpté. Ce qu'il a commis est condamnable, au-delà de tout ce qu'on peut imaginer. Mais, après tout, c'est le fils de Marilyn.

– C'est également le vôtre.

– C'est un citoyen américain qui refusait de poursuivre des études universitaires et qui s'est enferré dans sa bêtise en s'enrôlant dans l'Air Force pour devenir photographe de votre guerre fasciste, guerre durant laquelle il a été blessé. Le pied. Je pense qu'il s'est lui-même infligé cette blessure après qu'il a été contraint d'abattre son ami d'une balle dans la tête pour mettre fin à ses souffrances. Quoi qu'il en soit, s'il était déséquilibré avant de partir, il était psychologiquement et intellectuellement méconnaissable lorsqu'il est rentré. J'avoue que je n'ai pas été le père que j'aurais dû être. Je lui ai envoyé différentes choses, des outils, des piles, des trousses de première urgence. Cependant je ne suis pas allé le voir quand tout a été fini. Je n'en avais rien à faire. Je l'admets.

– Où est-il ?

– Après qu'il s'est engagé dans l'Air Force, je m'en suis lavé les mains. Il n'était qu'une nullité à mes yeux. Après tout cela…

après que je m'étais sacrifié pour lui permettre de vivre quand Marilyn aurait procédé très différemment, il n'était toujours qu'une nullité. Rendez-vous compte de l'ironie : j'ai épargné sa vie parce que l'Église affirme que l'avortement équivaut à un meurtre, et regardez ce qu'il fait. Il tue. Il a tué des gens là-bas parce que c'était son métier, et maintenant il continue ici parce qu'il est fou.

— Et son enfant ?

— Marilyn et ses schémas de comportement. Quand elle en a un, essayez donc de le briser ! Elle a conseillé à la mère de le garder, comme je l'avais fait avec elle. C'était probablement une erreur. Notre fils n'est pas fait pour être père, même s'il aime beaucoup son petit garçon.

— L'enfant est mort, lui annonce Benton. Il a été affamé et battu à mort avant d'être balancé dans un marécage pour y être dévoré par les asticots, les crabes.

— J'en suis désolé. Je ne l'avais jamais vu.

— Vous faites preuve d'une rare compassion, Paulo. Où est votre fils ?

— Je l'ignore.

— Je suis certain que vous comprenez le sérieux de la situation. Vous tenez à finir en prison ?

— La dernière fois qu'il est venu, je l'ai raccompagné un bout de chemin. Une fois dans la rue, c'est-à-dire où j'étais en sécurité, je lui ai dit que je ne voulais plus jamais le revoir. Des touristes s'étaient massés autour du chantier où avait été retrouvé le cadavre de Drew. Il y avait des monceaux de fleurs, des animaux en peluche. Impossible d'en détacher mon regard, alors que je lui disais de partir pour ne plus jamais revenir et que, s'il me désobéissait, je préviendrais la police. Ensuite, j'ai fait nettoyer mon appartement de fond en comble et je me suis débarrassé de ma voiture. J'ai appelé Otto afin de lui offrir mon aide dans le cadre de l'enquête. Il fallait que je sois au courant de leurs avancées.

Benton revient à la charge :

— Je ne vous crois pas lorsque vous affirmez que vous ne savez pas où il se trouve. Je ne vous crois pas lorsque vous répétez que vous ignorez où il habite, ou plutôt se terre. Je ne tiens pas à prendre contact avec votre femme. Selon moi, elle ignore tout de cette histoire.

— Je vous en prie, laissez ma femme en dehors de tout cela. En effet, elle ne sait rien du tout.

— Peut-être pourrez-vous au moins répondre à une question. La mère de votre petit-fils assassiné est-elle toujours avec votre fils ?

— C'est la même chose que ce qui s'est produit avec Marilyn. Parfois, on paie la vie durant pour avoir partagé une relation sexuelle avec quelqu'un. Ces femmes ? Elles tombent enceintes exprès, vous savez ? Elles vous attachent à leur laisse. C'est très étrange. Elles font ça, et ensuite elles ne veulent pas de l'enfant parce que, en réalité, c'est vous qu'elles voulaient.

— Ce n'est pas ce que je vous ai demandé.

— Je ne l'ai jamais rencontrée, elle non plus. Marilyn m'a dit que son prénom était Shandy ou Sandy et qu'elle était une pute, stupide de surcroît.

— Votre fils est-il toujours avec elle ? C'est ça la question que j'ai posée.

— Ils avaient cet enfant en commun. Uniquement cela. La même histoire qui recommence. Les péchés du père. Les événements qui se répètent. Je vous le dis très sincèrement : j'aurais mille fois préféré que mon fils ne vienne jamais au monde.

— De toute évidence, Marilyn connaît donc Shandy, ce qui m'amène à Marino.

— Je ne le connais pas et j'ignore ce qu'il a à voir là-dedans.

Benton le lui explique. Il raconte tout au Dr Maroni, à l'exception de ce que Marino a fait subir à Scarpetta.

— Souhaitez-vous que j'analyse la situation en mettant en parallèle ce que je sais de Marilyn et ce que vous venez de me confier ? propose le Dr Maroni. Je risque une supputation : Marino a fait une énorme erreur en lui envoyant un message électronique. Cela a éveillé les potentialités de Marilyn, qui n'ont rien à voir avec la raison pour laquelle elle était au McLean.

Soudain, elle pouvait rendre la monnaie de sa pièce à la personne qu'elle déteste plus que tout. Je parle de Kay, bien sûr. Quel meilleur moyen que de tourmenter les gens qu'elle aime ?

– Marilyn est-elle à l'origine de la rencontre entre Shandy et Marino ?

– C'est ce que je crois. Toutefois ce n'est pas l'unique raison pour laquelle Shandy s'est tant intéressée à Marino. Il y a le petit garçon. Marilyn n'est pas au courant. Du moins elle ne l'était pas jusqu'à très récemment, sans quoi elle me l'aurait dit. Un être capable d'une telle chose ne serait pas… attirant à ses yeux.

– Elle fait preuve d'à peu près autant de compassion que vous. Au fait, Paulo, elle est ici.

– À New York, vous voulez dire ?

– Non, à Charleston. J'ai reçu un message électronique anonyme évoquant un sujet que je ne discuterai pas avec vous. J'ai pu remonter jusqu'à l'adresse IP, au Charleston Place Hotel, et reconnu le code d'accès de la machine. Devinez qui séjourne là ?

– Je vous mets en garde : soyez très prudent quand vous lui parlerez. Elle n'est pas au courant pour Will.

– Will ?

– Will Rambo. Il a changé son nom, Willard Self, en Will Rambo lorsque Marilyn a commencé à devenir célèbre. Il a choisi Rambo, un assez joli nom suédois. C'est tout sauf un Rambo, et cela fait partie de son problème. Will est très petit. C'est un joli garçon, mais petit.

– Vous voulez dire que lorsqu'elle a reçu ces *mails* du Marchand de sable, elle n'avait aucune idée qu'ils provenaient en fait de son fils ? s'étonne Benton, troublé par l'évocation d'un tueur qui fut un petit garçon.

– C'est exact. Du moins pas consciemment. D'ailleurs, pour ce que j'en sais, elle ne s'en est toujours pas rendu compte. Cela étant, que sais-je de ce qui s'est passé dans les replis les plus profonds de son cerveau ? Lorsqu'elle a été admise au McLean et qu'elle m'a parlé du message électronique, de la photo de Drew Martin…

— Elle vous a raconté cela ?

— Bien sûr.

Si Benton le pouvait, il se ruerait sur lui, l'attraperait à la gorge. Il devrait finir en prison. Il devrait finir en enfer.

— Lorsque j'y repense, tout est si tragiquement clair. Certes, j'ai toujours soupçonné la vérité, mais je ne m'en suis jamais ouvert à elle. Je veux dire que j'ai eu un doute dès le début, quand elle m'a adressé ce patient, et Will savait parfaitement qu'elle allait agir de cette façon. Il l'a manipulée à cet effet. Bien sûr, il connaissait son adresse électronique. Marilyn est très libérale lorsqu'il s'agit d'envoyer un *mail* occasionnel aux gens qu'elle n'a pas le temps de voir. Il a commencé à lui envoyer des messages étranges, sachant qu'ils la captiveraient. Il est assez malade pour la comprendre parfaitement. Je suis certain que ça l'a beaucoup distrait lorsqu'elle m'a adressé son dossier, puis qu'il a appelé mon cabinet romain afin de prendre rendez-vous. Bien sûr, cela ne s'est pas terminé par un entretien clinique. Au lieu de cela nous avons dîné ensemble. Sa santé mentale me préoccupait, mais je n'ai pas pensé une seconde qu'il pourrait tuer. Lorsque j'ai entendu parler de la touriste assassinée à Bari, j'ai refusé de voir clair.

— Il a également violé une femme à Venise. Une autre touriste.

— Je ne suis pas surpris. Laissez-moi deviner. Après le début de la guerre. Il empirait chaque fois qu'il était en mission.

— En d'autres termes, vous n'avez pas pris ces notes lors d'entrevues avec lui. C'est votre fils et il n'a jamais été votre patient.

— J'ai fabriqué ces fameuses notes. J'espère que vous l'aviez compris.

— Pourquoi ?

— Pour que vous en veniez à ce que vous faites en ce moment. Pour que vous le trouviez par vous-même parce que je ne pourrais jamais le donner. Il fallait que vous me posiez des questions afin que je puisse y répondre. Ce que j'ai fait.

— Il tuera à nouveau si on ne le retrouve pas rapidement, Paulo. Il doit y avoir autre chose que vous ne m'avez pas dit. Avez-vous une photo de lui ?

– Elle n'est pas récente.

– Envoyez-moi par *mail* ce que vous trouverez.

– L'Air Force devrait avoir ce que vous cherchez. Peut-être même ses empreintes digitales et son profil ADN. En tout cas une photographie. C'est bien mieux si vous pouvez obtenir tout cela par leur intermédiaire.

– Le temps que je franchisse tous les obstacles, il sera beaucoup trop tard, rétorque Benton.

– Au fait, je ne reviendrai pas, lâche le Dr Maroni. Je suis convaincu que vous ne tenterez pas de m'y contraindre, que vous me laisserez tranquille parce que j'ai manifesté du respect envers vous et que vous me rendrez la pareille. De toute façon, la tentative serait vaine, Benton. J'ai beaucoup d'amis ici.

CHAPITRE 22

Lucy passe en revue la liste de ses préparatifs de vol.

Les phares d'atterrissage, l'interrupteur de bas régime rotor, les valves à fuel, la puissance maximale d'urgence. Elle vérifie les indications de vol, règle l'altimètre et allume la batterie. Elle fait démarrer le premier moteur au moment où Scarpetta émerge des bâtiments de l'aéroport et traverse le tarmac. Celle-ci ouvre la porte arrière de l'hélicoptère et dépose sa mallette de scènes de crime et son équipement photographique sur le plancher. Elle ouvre ensuite la porte avant gauche et grimpe sur le patin pour se hisser à l'intérieur. Le moteur 1 est bloqué en position de sol et tourne au ralenti. Lucy démarre le second. La plainte des turbines, couverte par le halètement de plus en plus bruyant des pales. Scarpetta boucle son harnais de sécurité. Un aiguilleur de piste avance vers l'appareil au pas de charge, brandissant ses bâtons indicateurs. Scarpetta positionne ses écouteurs sur sa tête.

— Ah, c'est pas vrai ! s'exclame Lucy dans le micro, comme si le gars sur la piste pouvait l'entendre. Hé ! On n'a pas besoin de votre aide. Il va rester planté là un moment. (Elle ouvre la porte, lui adresse de grands signes l'invitant à partir.) On n'est pas un avion ! (Elle crie d'autres choses qu'il ne peut pas entendre.) Nous n'avons pas besoin de vous pour décoller. Allez, partez maintenant !

La voix de Scarpetta résonne dans les écouteurs de Lucy :

— Tu es terriblement tendue. Des nouvelles de l'autre équipe de recherche ?

— Rien. On n'a pas pu envoyer d'hélicoptère dans la zone de Hilton Head. Encore trop de brouillard là-bas. Pas plus de chance avec l'équipe de recherches au sol. La caméra infra-rouge FLIR est prête. (Lucy bascule l'interrupteur de contact situé au-dessus de sa tête.) Il faut environ huit minutes avant que ça refroidisse. Et ensuite on s'envole ! Hé ! hurle-t-elle à nouveau comme si l'employé de piste était lui aussi équipé d'écouteurs. Allez-vous-en ! On est occupées. Mince, il doit être nouveau !

L'employé reste immobile, les bras pendants, terminés par des bâtons orange qui ne guident personne, nulle part. La tour de contrôle annonce à Lucy :

— Vous avez le C-17 par vent descendant.

L'énorme gros-porteur militaire est illuminé de tous côtés par de violents feux. Il paraît à peine mobile et semble suspendu dans l'air. Lucy répond par radio qu'elle l'a vu. Le « gros C-17 » et les « énormes tourbillons générés par ses saumons d'aile » ne sont pas un problème puisqu'elle veut prendre la direction du centre-ville, le pont de Cooper River, c'est-à-dire le pont Arthur Ravenel. Elle veut se rendre où bon lui chante. Faire des doubles huit s'il lui plaît. Raser le sol ou la surface de l'eau. Car elle n'est pas un avion. Elle ne l'explique pas exactement dans ces termes par radio, mais le sens y est.

— J'ai téléphoné à Turkington pour le mettre au courant, dit Lucy à Scarpetta. Ensuite j'ai eu Benton, d'où je suppose que tu lui as parlé et qu'il t'a tout raconté. Il devrait arriver d'un instant à l'autre. Il a intérêt. Je ne vais pas rester plantée là une éternité. On sait qui est ce salopard.

– Oui, mais on ne sait toujours pas où le trouver. Et on ne sait toujours pas où est Marino, n'est-ce pas ?

– Si tu veux mon sentiment, on ferait bien mieux de chercher le Marchand de sable qu'un cadavre.

– D'ici une heure tout le monde sera sur ses traces. Benton a prévenu la police, locale et militaire. Quelqu'un doit s'occuper de Lydia. C'est mon boulot et j'entends le faire. Tu as pensé à amener le filet ? Et je t'ai demandé si nous avions des nouvelles de Marino ? N'importe lesquelles ?

– J'ai le filet.

– Notre équipement habituel est dans les bagages ?

Benton rejoint l'aiguilleur et lui tend un pourboire, arrachant un rire à Lucy.

– Je suppose que tu éluderas chaque fois que je mentionnerai Marino, insiste Scarpetta alors que Benton s'approche de l'appareil.

– Peut-être que tu devrais te montrer honnête vis-à-vis de la personne que tu es censée épouser, lâche Lucy en regardant Benton.

– Qu'est-ce qui te fait croire qu'il puisse en être autrement ?

– Comment pourrais-je savoir ce que tu as fait ?

Scarpetta se tourne vers elle.

– Benton et moi avons discuté. Et tu as raison, je dois être honnête, et je l'ai été.

Benton fait coulisser la porte arrière et monte à bord.

– Bien, parce que plus tu as confiance en quelqu'un, plus il est criminel de mentir. Même par omission, poursuit Lucy.

Petits chocs sourds et raclements : Benton passe ses écouteurs.

– Il faut que je dépasse cela, continue Lucy.

– C'est plutôt à moi de le dépasser, rectifie Scarpetta. Nous ne pouvons pas en parler maintenant.

– De quoi ne peut-on pas parler ? demande Benton dans les écouteurs de Lucy.

– Des pouvoirs de médium de tante Kay, qui est certaine de savoir où se trouve le corps. J'ai apporté tout le matériel, sans oublier les produits chimiques pour une décontamination éventuelle. Au cas où. Et des housses à cadavre s'il fallait la ramener par nacelle. Désolée de paraître insensible, mais il est hors de question qu'un cadavre en décomposition voyage à l'arrière de l'appareil.

— Il ne s'agit pas de double vue. Juste de résidus de tir, rectifie Scarpetta. Et il veut que nous la trouvions.

— Il aurait pu faire plus simple, commente Lucy en redressant les commandes des gaz.

— Qu'y a-t-il au sujet de ces résidus ? intervient Benton.

— J'ai une idée. Demande-toi quel sable dans les parages peut contenir ce type de résidus.

— Mon Dieu ! s'exclame Lucy. Ce type va s'envoler. Regarde-moi ça ! Il reste immobile avec ses bâtons comme un zombie d'arbitre de la ligue nationale de football. Je suis contente que tu lui aies donné un pourboire, Benton. Pauvre gars. Il fait de son mieux.

— Oui, pas un billet de cent dollars, toutefois, lâche Scarpetta pendant que Lucy attend son tour pour communiquer par radio.

Le trafic aérien est épouvantable parce que les avions ont été retardés toute la journée. La tour de contrôle sature.

— Et qu'est-ce que tu as fait quand je suis partie à l'université de Virginie ? rappelle Lucy à Scarpetta. Tu m'envoyais de temps en temps cent dollars. *Pour rien.* C'est ce que tu écrivais toujours en bas du chèque.

La voix de Scarpetta semble couler directement dans l'esprit de sa nièce :

— Ce n'était pas grand-chose.

— Pour des livres, à manger, des vêtements ou des équipements informatiques.

Les micros sont à activation vocale et les conversations hachées. Scarpetta reprend :

— Eh bien, c'était gentil de ta part. Ça représente beaucoup d'argent pour quelqu'un comme Ed.

Lucy se penche vers sa tante pour vérifier l'écran vidéo de la caméra FLIR.

– Peut-être que je l'ai acheté. Prêt à décoller. On démarre dès que vous nous l'indiquez, précise-t-elle comme si la tour pouvait l'entendre. Nous sommes un foutu hélicoptère, pour l'amour du ciel ! Nous n'avons pas besoin de piste. Et nous n'avons pas besoin d'être guidés. Ça me rend dingue !

– Tu es peut-être un peu trop à cran pour voler, remarque Benton.

Lucy entre à nouveau en contact avec la tour de contrôle. Enfin, ils reçoivent la permission de décoller en direction du sud-est.

– Allons-y pendant qu'il est encore temps, déclare Lucy.

L'hélicoptère se soulève sur ses patins. L'employé au sol fait de grands mouvements de bras afin de les guider comme s'ils rejoignaient leur garage.

– Il devrait trouver un boulot comme cône de circulation, plaisante-t-elle en arrachant son gros oiseau de trois tonnes et quart du sol et en le maintenant en vol stationnaire. On va suivre un peu la rivière Ashley, puis virer à l'est, continuer le long de la rive jusqu'à Folly Beach. (Elle vole sur place au-dessus de l'intersection de deux pistes de roulement.) Je déverrouille la caméra FLIR.

Elle passe de la position « attente » à « marche », et l'écran devient gris foncé, tacheté de points lumineux blancs. Le C-17 frôle le sol et remet les gaz dans un bruit de tonnerre, un long panache de flammes blanches s'échappant par ses moteurs. Les fenêtres illuminées des bâtiments. Les lumières qui signalent les pistes. Tout semble si irréel en infrarouges.

– Bas et lent, on parviendra à tout scanner en chemin. On travaille dans la grille ? reprend Lucy.

Scarpetta soulève l'unité de contrôle de son support, fait contrôler la caméra FLIR par le projecteur qu'elle garde éteint. Des images grises, d'autres d'un blanc brûlant s'affichent sur l'écran vidéo, non loin de son genou gauche. Ils survolent le port, des conteneurs de couleurs différentes empilés comme des immeubles. Des grues s'étirent dans la nuit, évoquant de monstrueuses mantes religieuses en prière. L'hélicoptère vole doucement au-dessus des lumières de la ville, comme s'il flottait. Plus loin, le port est sombre. Aucune étoile ne brille, la lune, cachée derrière des nuages plats comme des enclumes, ressemble à une traînée d'anthracite.

– Dans quelle direction allons-nous au juste ? demande Benton.

Scarpetta tourne le bouton de réglage de la FLIR. Des images apparaissent ou disparaissent de l'écran. Lucy ralentit encore à quatre-vingts nœuds et reste à cinq cents pieds d'altitude.

– Imagine un peu ce que tu trouverais si tu réalisais une analyse microscopique du sable d'Iwo Jima, reprend Scarpetta. Du moins en admettant que le sable en question ait été protégé durant toutes ces années.

– Du ressac, par exemple. Dans les dunes peut-être, suggère Lucy.

– Iwo Jima ? répète Benton d'un ton ironique. Nous volons en direction du Japon ?

Derrière la vitre de Scarpetta, les demeures du quartier de Battery, leurs lumières se transformant en taches brillantes d'infrarouges. Elle pense à Henry Hollings et à Rose. Les éclairages urbains s'espacent comme ils approchent du rivage de James Island, la survolent lentement, puis l'abandonnent derrière eux.

– Une plage préservée depuis la guerre de Sécession, précise Scarpetta. Dans un tel environnement, si le sable n'a pas été altéré, il est fort probable que tu retrouveras des résidus de tir. Je crois que nous y sommes ? dit-elle à Lucy. Presque en dessous de nous.

Sa nièce ralentit, maintenant l'hélicoptère en vol à peu près stationnaire. Elle descend à trois cents pieds d'altitude, vers la pointe septentrionale de Morris Island. L'île est inhabitée, seulement accessible par hélicoptère ou bateau, sauf lorsque la marée est si basse que l'on peut patauger depuis Folly Beach. Son regard se baisse vers ces trois kilomètres carrés de secteur sauvegardé, champ de rudes batailles durant la guerre de Sécession.

– C'est là que le régiment afro-américain, le 54ᵉ Massachu-setts, a été massacré, précise la voix de Benton. Ça s'appelait comment déjà, le film qu'ils ont réalisé là-dessus ?

– Regarde de ton côté, lui indique Lucy. Dis-nous si tu vois quelque chose. On va descendre en s'aidant du projecteur.

– Le titre était *Glory*, répond Scarpetta. N'allume pas encore le projecteur. Ça va interférer avec l'infrarouge.

Sur l'écran vidéo s'étalent un terrain marbré de gris, une sur-face hérissée de vaguelettes, l'eau. Elle étincelle comme du plomb fondu, s'écoulant vers le rivage, se brisant sur le sable en festons blancs.

– Je ne vois rien du tout en dessous de nous, si ce n'est des dunes et ce fichu phare qui semble nous suivre partout, annonce Scarpetta.

– Ce serait sympa s'ils remplaçaient le fanal de sorte que des gens comme nous ne s'écrasent pas dessus, commente Lucy.

– Oh, je me sens tout de suite mieux, ironise Benton.

– Je vais commencer à travailler avec la grille, annonce Lucy. Vingt-cinq nœuds, quatre-vingts pieds pour chaque centimètre de ce qui se trouve en bas.

Ils n'ont pas à s'acharner très longtemps.

– Tu peux faire du surplace là-bas ? demande Scarpetta en désignant le point que Lucy vient juste d'apercevoir, elle aussi. Ce machin que nous venons de survoler. Dans cette partie de la plage. Non, non, retourne là-bas. Variation thermique dis-tincte.

Lucy fait virer l'hélicoptère. Le phare derrière sa vitre est trapu, rayé de bandes infrarouges, environné par les eaux cou-leur de plomb qui se soulèvent des confins du port. Au loin, la silhouette d'un bateau de croisière, escorté de son long panache de fumée qui s'échappe d'une cheminée, évoque un vaisseau fantôme aux hublots enflammés de blanc.

– Là. Vingt degrés à gauche de cette dune, précise Scarpetta. Je crois que je vois quelque chose.

– Moi aussi, renchérit Lucy.

La tache est d'un blanc incandescent au milieu de l'écran

envahi d'un gris sombre marbré. Lucy regarde vers le sol, s'efforçant de se positionner avec précision. Elle descend progressivement en cercles.

Scarpetta opère un zoom. La tache devient un corps d'un blanc irréel, aussi scintillant qu'une étoile, au bord d'un petit cours d'eau qui brille comme du verre.

Lucy range la FLIR et bascule l'interrupteur qui allume le projecteur, aussi puissant que dix millions de chandelles. Les hautes herbes s'aplatissent au sol et le sable tourbillonne lorsqu'ils se posent.

Une cravate noire s'affole dans le souffle provoqué par les pales qui ralentissent.

Scarpetta regarde par sa vitre. Un peu plus loin, dans le sable, un visage apparaît dans la vive lumière. Des dents blanches grimacent au milieu d'une masse gonflée, dont on ne peut dire s'il s'agit d'un homme ou d'une femme. Elle n'en aurait aucune idée sans ce costume et cette cravate.

— Qu'est-ce qui se passe ! s'exclame Benton dans les écouteurs.

— Ce n'est pas elle, le renseigne Lucy en éteignant les contacts. Je ne sais pas pour toi, mais moi, j'ai mon arme. Un truc ne va pas.

Elle éteint la batterie. Les portes s'ouvrent, ils descendent, le sable est doux sous leurs pieds. La puanteur est suffocante jusqu'à ce qu'ils se placent à contre-vent. Les faisceaux des torches balaient l'endroit, les pistolets sont pointés. L'hélicoptère ressemble à une libellule massive posée sur la plage obscure. Le seul son qui leur parvient est celui des vagues. La lumière de la torche de Scarpetta suit de larges traînées qui conduisent vers une dune pour s'arrêter peu avant.

— Quelqu'un est venu en bateau, dit Lucy en se rapprochant des dunes. Un bateau à fond plat.

Les dunes sont frangées de végétation, notamment d'uniolas, et s'étendent à perte de vue, préservées des marées. Scarpetta repense aux batailles qui se sont déroulées ici, elle imagine toutes ces vies sacrifiées à une cause si différente de celle du Sud. Les horreurs de l'esclavage. Des soldats yankees à peau noire, anéantis. Elle croit presque entendre leurs gémissements et leurs murmures dans l'herbe haute, et elle recommande à Benton et à Lucy de ne pas trop s'écarter. Elle suit du regard les faisceaux de leurs torches qui pourfendent l'obscurité de ce coin de terre à la manière d'épées lumineuses.

— Par ici ! crie Lucy qui s'est immobilisée entre deux dunes, engloutie par les ténèbres. Sainte Mère de Dieu ! Tante Kay, tu peux amener des masques !

Scarpetta fourrage dans le compartiment à bagages et en tire une grosse mallette de scènes de crime qu'elle dépose sur le sable avant d'en extraire les masques. Ça ne doit pas être joli pour que Lucy les ait demandés.

La voix de Benton, portée par le vent :

— On ne pourra pas les sortir tous les deux.

— Bordel, à quoi avons-nous affaire au juste ! s'exclame Lucy. Vous avez entendu ce bruit ?

Quelque chose claque dans le vent, plus loin, après les dunes.

Scarpetta se rapproche d'eux en s'orientant grâce à la lumière de leurs torches. La puanteur devient intenable. On dirait qu'elle épaissit l'air. Ses yeux lui brûlent. Elle tend les masques et en passe un, tant il devient difficile de respirer. Elle rejoint Benton et sa nièce au bord d'une cuvette creusée entre deux dunes, impossible à discerner depuis la plage. La femme est nue, affreusement enflée par des jours d'exposition aux éléments. Son corps est infesté d'asticots, son visage rongé, ses lèvres et ses yeux ont disparu, ses dents sont dénudées. Un pivot en titane brille dans la lumière de la torche de Scarpetta. Celui auquel était fixée une couronne dentaire. Sa peau glisse sur les os de la boîte crânienne et ses longs cheveux se répandent sur le sable.

Lucy se fraye un chemin parmi les hautes herbes, avançant vers les claquements secs. Scarpetta ne sait trop quoi faire. Elle pense à ces résidus de tir, à ce sable, à ce lieu, se demandant ce qu'ils peuvent signifier pour lui. Il a créé son propre champ de bataille. Combien d'autres cadavres s'y seraient rejoints si elle n'avait pas découvert cet endroit, juste à cause de la présence de baryum, d'antimoine et de plomb dont il ignorait vraisemblablement tout? Elle le sent. Son esprit délétère imprègne l'air.

— Une tente! crie Lucy.

Ils la rejoignent. Lucy est cachée par une autre dune. Un océan de dunes sombres, couvertes de broussailles et d'herbe enchevêtrées, qui roule à perte de vue. Lui ou quelqu'un d'autre a monté une tente. Des piquets d'aluminium et une bâche. Par la fente d'un rabat qui claque au vent, une vue sur un taudis. Un matelas soigneusement recouvert d'une couverture, une lanterne. Lucy ouvre une glacière du bout du pied. Une dizaine de centimètres d'eau recouvre le fond. Elle plonge un doigt. L'eau est vaguement tiède.

— Il y a une nacelle à blessé à l'arrière de l'hélicoptère, déclare-t-elle. Comment procédons-nous, tante Kay?

— Il faut d'abord tout photographier. Prendre des mesures. Contacter la police afin qu'elle arrive au plus vite. (Il y a tant de choses à faire.) Bon, peut-on les emmener tous les deux à la fois?

— Certainement pas avec une seule nacelle.

— Je veux tout inspecter, intervient Benton.

— Bon, eh bien, nous allons les placer dans des housses à cadavre et les transporter l'un après l'autre, décide Scarpetta. Où veux-tu les déposer, Lucy? Un endroit discret, pas les bâtiments de l'aéroport. Notre industrieux employé de piste est sans doute en train de rassembler les escadrons de moustiques en bon ordre. Je vais appeler Hollings, lui demander qui peut te rejoindre là-bas.

Le silence ensuite, seulement troublé par les claquements de la tente de fortune, le bruissement des hautes herbes et le paisible roulement des vagues. Le phare, environné par l'étendue d'eau noire hérissée, ressemble à une pièce d'un énorme jeu d'échecs. Il est quelque part. Irréelle sensation. Un soldat de malheur, mais Scarpetta n'éprouve nulle pitié.

— Allons-y, annonce-t-elle en dépliant son téléphone portable. Pas de signal, bien sûr.

— Il faudra que tu essaies de le joindre une fois que tu auras décollé, conseille-t-elle à Lucy. Tu peux aussi appeler Rose.

— Rose ?

— Appelle-la.

— Pour quoi faire ?

— Je pense qu'elle saura où joindre Hollings.

Ils récupèrent la nacelle, les housses à cadavre, des draps plastifiés et tout l'équipement contre les risques biologiques qu'ils peuvent trouver. Ils commencent par elle. Le corps est souple. La *rigor mortis* s'est installée, puis a eu le temps de disparaître, comme si elle en avait eu assez de protester obstinément contre la mort. Ensuite, les insectes et d'autres petits prédateurs comme les crabes ont pris le relais. Ils ont dévoré toutes les zones molles et blessées. Son visage est enflé, son corps gonflé par les gaz de putréfaction bactérienne, le réseau de ses vaisseaux sanguins marbre sa peau de vert sombre. Sa fesse gauche et la face postérieure de sa cuisse ont été arrachées après avoir été tailladées. Pas d'autres blessures apparentes, aucun autre signe de mutilation, aucune indication de la cause de la mort. Ils la soulèvent, la déposent au milieu d'un drap, puis la glissent dans une housse dont Scarpetta remonte la fermeture à glissière.

Ils s'occupent ensuite de l'homme qui gît sur la plage. Un appareil dentaire transparent encercle ses dents serrées. Un bracelet élastique entoure son poignet droit. Il porte un costume et une cravate noirs. Sa chemise blanche est souillée de larges taches sombres, fluides cadavériques et sang. Les multiples entailles qui zèbrent le devant et le dos de sa veste suggèrent qu'il a été poignardé à de nombreuses reprises. Les asticots pullulent dans ses blessures, forment une masse grouillante sous ses vêtements. Dans la poche de son pantalon, un portefeuille avec des papiers au nom de Lucious Meddick. De toute évidence, le tueur n'était intéressé ni par l'argent, ni par les cartes de crédit.

D'autres photos, d'autres notes. Scarpetta et Benton arriment sur la nacelle le corps de la femme, celui de Lydia Webster, protégé par sa housse, pendant que Lucy récupère une corde de cinq mètres et un filet de l'arrière de son appareil. Elle tend son arme à Scarpetta en expliquant :

– Tu en as plus besoin que moi.

Elle monte dans le cockpit. Les pales s'ébranlent, battant l'air en le refoulant. Éclat aveuglant des phares, puis l'hélicoptère se soulève lentement avant de tourner sur lui-même. Il s'élève jusqu'à ce que la corde soit tendue. Ensuite, le filet lourd de son fardeau morbide s'arrache de son lit de sable. L'hélicoptère s'éloigne, sa charge oscillant doucement tel un pendule. Scarpetta et Benton retournent à la tente. Lorsque le jour se lèvera, les mouches bourdonneront en tempête et l'air se chargera d'une lourde et tenace odeur de décomposition.

– Il dort ici, affirme Benton. Peut-être pas tout le temps.

Il pousse l'oreiller d'un petit coup de pied. En dessous, le bord de la couverture. En dessous encore, le matelas. Une boîte d'allumettes est protégée de l'humidité dans un sachet à congélation. En revanche, les livres de poche n'ont pas l'air d'avoir grande importance à ses yeux. Ils sont trempés, leurs pages collées les unes aux autres. D'obscures sagas familiales et romans sentimentaux, le genre que l'on achète dans un supermarché lorsqu'on a envie de lire quelque chose mais que l'on se préoccupe peu de ce que l'on choisit. Une petite fosse, surmontée d'une grille rouillée de barbecue en équilibre sur des pierres, a été creusée derrière la tente de fortune. Il y fait ses feux de charbon de bois. Des canettes de bière jonchent le sol. Scarpetta et Benton ne touchent à rien. Ils retournent vers la plage où l'hélicoptère a atterri un peu plus tôt. Les marques de ses patins s'enfoncent profondément dans le sable. D'autres étoiles sont de sortie et la puanteur se fait plus discrète.

– Tu as d'abord cru que c'était lui. Je l'ai vu sur ton visage, dit Benton.

– J'espère qu'il va bien et qu'il n'a rien fait de stupide. Encore une chose à porter au débit du Dr Self. Elle a démoli tout ce que nous avions. Elle nous a séparés. Tu ne m'as jamais dit comment tu l'avais découvert.

Sa colère monte. Une colère ancienne, une nouvelle aussi.

– C'est son jeu favori. Séparer les êtres.

Ils attendent à proximité de l'eau, à contre-vent du cocon de plastique noir de Lucious Meddick. L'odeur de décomposition les épargne. Scarpetta hume la mer. Elle l'entend respirer, heurter doucement le rivage. L'horizon est noir, et les mises en garde du phare ne servent plus à rien.

Un peu plus tard, au loin, des lumières clignotantes. L'hélicoptère apparaît et ils tournent le dos aux rafales de sable qu'il soulève en atterrissant. C'est au tour du cadavre de Lucious Meddick d'être solidement harnaché sur la nacelle. Ils s'envolent en direction de Charleston.

La lumière des gyrophares de police palpite sur la piste. Henry Hollings et le capitaine Poma patientent à côté d'une fourgonnette dépourvue de vitres.

Scarpetta les devance. La colère rend sa marche rapide. Elle écoute à peine la conversation à quatre voix qui s'échange. Le fourgon funéraire de Lucious Meddick a été découvert garé derrière l'entreprise de pompes funèbres de Henry Hollings, les clés toujours sur le contact. Comment est-il arrivé jusque-là si ce n'est pas le tueur qui l'y a conduit ? Ou peut-être Shandy. *Bonnie and Clyde*, c'est ainsi que le capitaine Poma les baptise. Il en revient ensuite à Bull. Où est-il, que sait-il d'autre ? Sa mère dit qu'il n'est pas à la maison. Cependant, c'est ce qu'elle répète depuis des jours. Aucun signe de Marino. La police commence à le rechercher. Hollings leur apprend que les deux corps seront transportés à la morgue. Pas celle de Scarpetta. Celle de la faculté de médecine de Caroline du Sud. Deux anatomopathologistes, qui ont déjà passé une bonne partie de la nuit sur l'autopsie de Gianni Lupano, attendent les deux cadavres.

– Votre aide serait la bienvenue, si vous êtes d'accord, dit Hollings à Scarpetta. Vous les avez trouvés, il est donc normal que vous les examiniez. Si ça ne vous ennuie pas.

– Il faut que la police se rende à Morris Island afin de sécuriser le périmètre.

– Des Zodiac sont en chemin. Je ferais mieux de vous indiquer le trajet vers la morgue.

– J'y suis déjà allée. Vous m'avez dit que le chef de la sécurité au Charleston Place Hotel était l'une de vos amies. Quel est son nom ? demande-t-elle alors qu'ils marchent côte à côte.

Hollings lâche :

– Suicide. Violent traumatisme résultant d'une chute ou d'un saut par la fenêtre. Rien n'indique une origine criminelle. Sauf si on peut accuser quelqu'un d'avoir poussé un individu au suicide. En ce cas, le Dr Self devrait être inculpée. Mon amie, celle de l'hôtel, se prénomme Ruth.

Un flot de lumière crue inonde les bâtiments de l'aéroport. Scarpetta fonce vers les toilettes pour se laver les mains, le visage, l'intérieur du nez, et se brosser les dents. Elle vaporise un épais nuage de désodorisant et patiente au milieu de la brume. Lorsqu'elle ressort, Benton l'attend.

– Tu devrais rentrer chez toi, suggère-t-il.

– Comme si je pouvais dormir !

Il lui emboîte le pas. La fourgonnette sans vitres s'éloigne. Hollings discute avec le capitaine Poma et Lucy.

– J'ai quelque chose à faire, lâche Scarpetta.

Benton reste là. Elle rejoint seule son 4 × 4.

Le bureau de Ruth est situé près des cuisines, sans doute en raison des innombrables vols qui s'y sont produits.

Les crevettes, par exemple. D'astucieux et mesquins criminels déguisés en chefs. Ruth raconte une anecdote amusante après l'autre, et Scarpetta l'écoute avec attention parce qu'elle veut quelque chose. Le seul moyen de l'obtenir est de se transformer en public pour le chef de la sécurité. C'est une élégante femme âgée, capitaine de la Garde nationale, qui évoque pour-

tant davantage une bibliothécaire réservée. De fait, elle ressemble un peu à Rose.

— Mais j'abuse, vous n'êtes pas venue pour écouter toutes
mes histoires, sourit Ruth, installée derrière un bureau qui
provient certainement des surplus de l'hôtel. Vous voulez des
renseignements au sujet de Drew Martin. M. Hollings vous
a sans doute confié que la dernière fois qu'elle a séjourné
dans notre établissement, elle n'a jamais mis les pieds dans sa
chambre.

— En effet, c'est ce qu'il m'a dit, confirme Scarpetta en cherchant du regard un renflement qui indique la présence d'une
arme sous la veste en cachemire de Ruth. Son entraîneur est-il
parfois passé ?

— Il dînait de temps en temps au Grill. Il commandait toujours la même chose : caviar et Dom Pérignon. À ma connaissance, Drew Martin n'a jamais pris ses repas chez nous.
Toutefois, je suppose qu'une joueuse de tennis professionnelle
ne mange rien de riche et évite le champagne la veille d'un
match important. Ainsi que je vous l'ai dit, elle avait de toute
évidence une autre vie ailleurs, et nous ne l'avons jamais vue.

— Une autre célébrité séjourne dans votre hôtel, dit Scarpetta.

— Nous en accueillons sans cesse.

— Je pourrais frapper à toutes les portes.

— On ne peut pas accéder aux étages protégés sans clé. Nous
avons quarante suites. Ça fait beaucoup de portes.

— La première chose que je voudrais savoir, c'est si elle se
trouve toujours ici. La réservation a probablement été faite sous
un autre nom. Sans cela, je l'aurais directement appelée.

— Notre service en chambre fonctionne vingt-quatre heures
sur vingt-quatre. Je suis si près des cuisines que j'entends les
chariots bringuebaler.

— Donc elle est déjà debout. Bien. J'aurais détesté la réveiller.

La rage. Elle naît derrière les yeux de Scarpetta, puis descend
progressivement.

— Le café chaque matin à cinq heures. Elle n'est pas très

généreuse en pourboires. Nous ne sommes pas fous d'elle, précise Ruth.

Le Dr Self occupe une suite d'angle, au septième étage de l'hôtel. Scarpetta insère une carte magnétique dans la fente de l'ascenseur. Une minute plus tard, elle est devant sa porte. Elle sent que le Dr Self l'épie par l'œilleton.

Marilyn Self ouvre et s'exclame :

– Je constate que quelqu'un a été indiscret ! Bonjour, Kay.

Elle porte un déshabillé d'un rouge claquant, vaguement retenu par une ceinture, ainsi que des chaussons en soie noire.

– Quelle agréable surprise ! Je me demande qui vous a renseignée. Je vous en prie, entrez. (Elle s'écarte un peu afin de permettre à Scarpetta de pénétrer.) Signe du destin, ils ont monté deux tasses et un pot de café supplémentaire. Laissez-moi deviner comment vous avez su que j'étais là, et je ne parle pas seulement de cette ravissante suite. (Le Dr Self s'installe sur le canapé, les jambes repliées sous elle.) Shandy. Il semble que le fait que je lui ai donné ce qu'elle voulait m'ait fait perdre de mon influence sur elle. Du moins est-ce sans doute son petit point de vue mesquin.

– Je n'ai jamais rencontré Shandy, réplique Scarpetta qui s'est assise dans un fauteuil à oreillettes, poussé sous une fenêtre qui donne sur les lumières de la vieille ville.

– Pas en personne, voulez-vous dire. Cela étant, je crois que vous l'avez vue. Sa visite privée de la morgue. Je me souviens de ces jours si attristants devant la cour, Kay, et je me demande comment les choses auraient été si le monde avait su qui vous étiez vraiment. Par exemple, si l'on avait été au courant que vous offrez des balades dans votre morgue en donnant des corps en spectacle. Notamment ce petit garçon que vous avez écorché et débité en filets. Pourquoi avez-vous découpé et extrait ses yeux ? Combien de blessures aviez-vous besoin d'examiner en détail avant de déterminer ce qui l'avait tué ? Ses yeux ! Vraiment, Kay !

– Qui vous a informé de cette visite ?

– Shandy s'en est vantée. Imaginez un peu ce qu'en dirait un jury. Imaginez ce qu'en aurait pensé ce jury de Floride s'il vous avait connue sous votre véritable jour.

– Leur verdict ne vous a pas blessée, lâche Scarpetta. Rien ne vous blesse comme vous savez blesser tout le monde. Étiez-vous au courant que votre amie Karen s'est suicidée moins de vingt-quatre heures après avoir quitté le McLean ?

Le visage du Dr Self s'éclaire.

– Ainsi donc sa triste histoire aura trouvé une chute appropriée. (Son regard rencontre celui de Scarpetta.) Ne croyez surtout pas que je vais jouer la comédie. Apprendre que Karen aurait réintégré un service de désintoxication pour assécher tout l'alcool ingurgité m'aurait contrariée. Que d'hommes vivent des vies de désespoir silencieux ! Thoreau. Benton fait partie du monde. Il vous a laissée vivre ici. Comment vous débrouillerez-vous lorsque vous serez mariés ? (Son regard frôle la bague qui orne la main gauche de Scarpetta.) Du reste, irez-vous vraiment jusqu'au bout ? Ni vous ni lui n'êtes faits pour les engagements. Si, Benton l'est. Une autre forme d'engagement qu'il a acceptée à l'hôpital. Sa petite expérience était un délice. J'ai hâte d'en parler.

– Ce procès en Floride ne vous a privée de rien, si ce n'est des frais que votre assurance professionnelle a dû couvrir. Les primes doivent être importantes. Elles devraient l'être encore plus. Au demeurant, je suis surprise qu'une compagnie d'assurances vous accepte encore, dit Scarpetta.

– Il faut que je prépare mes bagages. Je rentre à New York. De retour à la télévision. Vous l'ai-je dit ? Je commence une toute nouvelle série d'émissions sur l'esprit criminel. Ne vous inquiétez pas. Je ne tiens pas à vous inviter.

– Shandy a probablement tué son fils. Je me demande ce que vous allez faire à ce propos.

– Je l'ai évitée aussi longtemps que je l'ai pu. Une situation assez similaire à la vôtre, Kay. Je la connaissais. Pourquoi les gens se font-ils piéger dans les tentacules des êtres venimeux ? Je m'entends parler et chacun de mes commentaires me suggère une émission. C'est à la fois épuisant et exaltant lorsque vous prenez conscience que vous ne serez jamais à court de sujets. Marino aurait dû être plus sensé. Il est si simple. Avez-vous eu de ses nouvelles ?

– Vous êtes le début et la fin, lâche Scarpetta. Pourquoi ne pas l'avoir laissé tranquille ?

– C'est lui qui m'a contactée en premier.

– Ses messages électroniques étaient ceux d'un homme malheureux, désespéré et effrayé. Vous étiez son psychiatre, martèle Scarpetta.

– Il y a des années de cela. Je m'en souviens à peine.

– Si quelqu'un savait au juste ce qu'il était, c'était vous, et vous l'avez utilisé. Vous vous êtes servie de lui pour m'atteindre. Je me moque que vous me blessiez, mais vous auriez dû épargner Marino. Pourtant il a fallu que vous récidiviez, n'est-ce pas ? Avec Benton. Pourquoi ? En compensation de ce qui s'est passé en Floride ? J'aurais cru que vous aviez des choses plus intéressantes à faire.

– Je suis dans une impasse, Kay. Vous voyez, Shandy devrait recevoir ce qu'elle mérite. En plus, Benton et Paulo ont eu une longue discussion, si je ne m'abuse. Paulo m'a appelée, bien sûr. Je suis parvenue à ordonner une partie des pièces du puzzle.

– Pour vous apprendre que le Marchand de sable était votre fils ? C'est pour cela que Paulo vous a appelée ? insiste Scarpetta.

– Une des pièces n'est autre que Shandy. Une autre est Will. Une troisième est le petit Will, comme je l'ai toujours appelé. Mon Will est rentré à la maison après une guerre pour en trouver une autre, bien plus brutale. Pensez-vous véritablement que ça ne l'a pas poussé au-delà ce qui est au-delà ? Je ne prétends pas qu'il était normal. Je suis la première à admettre que même mes outils sont inefficaces, rien ne pénètre sous sa carapace. La scène s'est déroulée il y a un an, un an et demi, Kay. Il est rentré pour découvrir son fils affamé, à moitié mort de faim et martyrisé.

– Shandy !

455

— Ce n'est pas Will qui a fait cela. Quoi qu'il ait fait récemment, ce n'est pas lui qui a tabassé son fils. Will serait incapable de faire du mal à un enfant. Shandy a sans doute pensé que c'était très sportif de sa part de brutaliser ce petit garçon, juste parce qu'elle le pouvait. Il représentait un dérangement à ses yeux. Elle vous le confirmera. Un bébé qui souffrait sans cesse de coliques, un petit garçon grincheux.

— Et elle est parvenue à le dissimuler au reste du monde ?

— Will avait rejoint l'Air Force. Elle est restée à Charlotte avec son fils jusqu'au décès de son père. Ensuite, je l'ai encouragée à venir s'installer ici, et c'est à ce moment qu'elle a commencé à le maltraiter. Gravement.

— C'est elle qui a abandonné son corps dans ce marécage ? De nuit ?

— Elle ? Certainement pas. Je ne vois vraiment pas comment. Elle n'a même pas de bateau.

— Comment savez-vous qu'il fallait un bateau ? Je ne me souviens pas que ce fait ait été établi.

— Elle ne connaît ni les bras d'eau, ni l'heure des marées. Elle ne monterait jamais sur un bateau de nuit. Un petit secret : elle ne sait pas nager. Il est clair qu'elle a eu recours à l'aide de quelqu'un.

— Et votre fils ? A-t-il un bateau, connaît-il les marées, les bras de mer ?

— Il en a eu un. Il adorait emmener son petit garçon pour des « aventures ». Des pique-niques, des nuits à la belle étoile sur des îles désertes. Partir à la recherche de terres merveilleuses et inventées. Juste eux deux. Will était si plein d'imagination, si rêveur. Au fond, lui-même était un enfant. La dernière fois qu'il est parti en mission, il semblerait que Shandy ait vendu pas mal de ses avoirs. Elle est pleine d'égards. Je ne suis même pas sûre qu'il possède encore une voiture. Toutefois, il est plein de ressources. Réactif, rapide. Et secret, c'est certain. Je pense qu'il a appris ça là-bas.

Elle veut parler de l'Irak.

Scarpetta pense au bateau à fond plat de Marino, avec son

puissant moteur monté sur l'étrave, ses rames. Ce bateau qu'il n'utilise plus depuis des mois, qu'il semble avoir oublié. Surtout récemment. Surtout depuis Shandy. Elle devait connaître son existence, même si elle n'est jamais montée à bord. Elle a pu le dire à Will. Peut-être l'a-t-il emprunté. Il faut que l'on examine le bateau. Scarpetta se demande comme elle se débrouillera pour expliquer tout cela à la police.

— Qui allait s'occuper du petit embarras de Shandy ? reprend le Dr Self. Je veux parler du cadavre. Que pouvait faire mon fils ? C'est comme cela que ça se passe, n'est-ce pas ? Les péchés d'une personne deviennent les vôtres. Will aimait son fils. Mais quand papa part à la guerre, maman doit jouer le rôle des deux parents. Il se trouve que dans notre cas maman est un monstre. Je l'ai toujours méprisée.

— Vous l'avez pourtant soutenue financièrement, rétorque Scarpetta. Et de façon assez généreuse, de surcroît.

— Voyons. Vous êtes donc au courant de cela ? J'ai l'impression que Lucy a violé la vie privée de Shandy. Sans doute votre nièce est-elle informée de ce que celle-ci a ou, plutôt, avait en banque. Je n'aurais jamais su que mon petit-fils était décédé si Shandy ne m'avait pas téléphoné. Selon moi, le jour même où son cadavre a été découvert. Elle voulait de l'argent. Encore plus. Et mes conseils.

— Est-elle, ou alors ce qu'elle vous a révélé, à l'origine de votre venue à Charleston ?

— Shandy est passée maîtresse dans l'art de me faire chanter au cours de toutes ces années. Les gens ne savent pas que j'ai un fils. En tout cas, ils ignorent que j'ai un petit-fils. Si ces informations devenaient de notoriété publique, on me qualifierait de femme négligente. Une mère et une grand-mère affreuse. Lorsque je suis devenue célèbre, il était trop tard. Je ne pouvais plus revenir sur… comment dire ? Mon côté très délibérément secret. Je n'avais plus d'autre choix que de continuer dans cette voie. Maman chérie – je veux dire Shandy – a gardé mon secret en échange de chèques bancaires.

— Et maintenant, que comptez-vous faire ? demande Scarpetta. Garder à votre tour son secret, et en échange de quoi ? Elle a brutalisé à mort son fils et vous voulez qu'elle s'en sorte ? Contre quoi ?

— Je pense qu'un jury adorerait visionner la bande de sa visite dans votre morgue, dans votre chambre froide, alors qu'elle examine le cadavre de son fils. La meurtrière à l'intérieur de votre morgue. Je vous laisse imaginer l'histoire que ça pourrait faire. Selon moi, selon mon estimation, ça signerait la fin de votre carrière, Kay. Si vous prenez cet aspect en considération, vous devriez donc me remercier. Le respect de mon intimité garantit la vôtre.

— Ce qui prouve que vous ne me connaissez pas.

— J'ai oublié de vous offrir du café. Deux tasses, sourit le Dr Self.

— Et moi, je n'oublierai pas ce que vous avez fait, lance Scarpetta en se levant. Ce que vous avez fait à Lucy, à Benton et à moi. Et je ne sais pas encore très bien ce que vous avez fait à Marino.

— Quant à moi, je ne sais pas au juste ce qu'il vous a fait. Toutefois j'ai une petite idée. Comment le prend Benton ? demande le Dr Self en se servant une nouvelle tasse de café. C'est vraiment quelque chose de bizarre. (Elle se laisse aller contre les coussins.) Vous savez, lorsque Marino me consultait en Floride, son désir n'aurait pas été plus criant s'il m'avait bousculée et arraché les vêtements. C'est très œdipien et assez pitoyable. Il veut baiser sa mère – la personne la plus puissante dans sa vie – et il poursuivra toujours la fin de son arc-en-ciel œdipien. Mais il n'a pas trouvé le fameux chaudron de pièces d'or lorsqu'il a couché avec vous. Enfin ! Bravo à lui. C'est étonnant qu'il ne se soit pas suicidé.

Scarpetta est debout devant la porte. Elle la dévisage.

— Quel genre d'amant est-il ? reprend le Dr Self. Je vois assez bien ce que donne Benton. Mais Marino ? Je n'ai aucune nouvelle de lui depuis des jours. Comment avez-vous résolu ce problème tous les deux ? Et Benton, qu'en pense-t-il ?

— Si Marino ne vous a rien dit, qui vous a mise au courant ? demande Scarpetta calmement.

– Marino ? Oh, non. Certainement pas. Il ne m'a rien raconté au sujet de votre petite exploration. Il a été suivi jusqu'à chez vous depuis un bar… Oh, mon Dieu, j'ai oublié le nom. Un autre des voyous de Shandy, recruté celui-là pour vous encourager vivement à trouver un autre endroit pour vivre.

– C'était donc vous. C'est bien ce que je pensais.

– Pour votre bien.

– Existe-t-il si peu de choses dans votre vie qu'il faille que vous tentiez de dominer les gens ?

– Charleston n'est pas bon pour vous, Kay.

Scarpetta referme la porte derrière elle et quitte l'hôtel. Elle foule les pavés, dépasse une fontaine jaillissante sculptée de chevaux et pénètre dans le garage de l'hôtel. Le soleil n'est pas encore levé et elle devrait appeler la police. Pourtant une seule pensée occupe son esprit : toutes les souffrances, le malheur que peut causer une personne. La panique commence de s'immiscer en elle lorsqu'elle se retrouve seule à un étage de ciment et de lignes de voitures. Elle repense à l'une des remarques du Dr Self.

C'est étonnant qu'il ne se soit pas suicidé.

S'agissait-il d'une prédiction, d'un espoir, ou faisait-elle allusion à l'un des horribles secrets qu'elle protège ? Scarpetta ne peut s'enlever cette idée de la tête et ne peut contacter ni Lucy ni Benton. À la vérité, ni l'un ni l'autre n'éprouvent de bienveillance à l'égard de Marino. Si cela se trouve, ils espèrent même qu'il se soit tiré une balle dans la tête ou qu'il ait foncé du haut d'un pont au volant de son pick-up. La vision de Marino mort, dans l'habitacle de son véhicule, au fond de la Cooper River.

Elle décide de téléphoner à Rose, sort son portable, mais ne parvient pas à avoir la ligne. Elle rejoint son 4 × 4, vaguement consciente de la Cadillac blanche garée à côté. Son regard effleure le sticker ovale collé au pare-chocs arrière, avant même qu'elle ne déchiffre le HH de Hilton Head tracé dessus. Elle sent ce qui est en train de se produire avant même que son cerveau ne le comprenne. Elle se tourne au moment où le capitaine Poma surgit de derrière un pilier de soutènement. Un mouvement d'air derrière elle. Elle le ressent ou l'entend. Il plonge vers elle, elle fait volte-face alors que quelque chose se referme sur son bras. Une seconde séparée du temps. Un visage au niveau du sien, celui d'un jeune homme au crâne presque rasé, avec une oreille rouge et enflée, qui la dévisage d'un regard fou. Il est propulsé contre le 4 × 4. Un couteau tombe à ses pieds. Et le capitaine Poma hurle en le bourrant de coups.

CHAPITRE 23

Bull chiffonne sa casquette de base-ball entre ses mains.

Assis sur le siège passager, il se voûte un peu vers l'avant afin d'éviter que le haut de son crâne ne heurte le toit s'il se redresse. Ce qu'il a tendance à faire. Bull se tient avec dignité. Même lorsqu'on a versé sa caution et qu'il est ressorti de la prison municipale où il avait été bouclé pour un crime qu'il n'avait pas commis.

— Ça, je vous remercie drôlement, docteur Kay, répète-t-il comme elle gare son véhicule devant chez elle. J'suis vraiment désolé pour tous les ennuis que ça vous a causés.

— Arrêtez de dire cela, Bull. Je suis très colère en ce moment.

— Je le vois bien, et j'suis vraiment désolé parce que c'était pas de votre faute. (Il ouvre sa portière et descend de voiture avec précaution.) J'ai bien essayé d'enlever toute la saleté qu'est sur mes bottes, mais je crois que j'ai sali le tapis de sol. Alors le mieux, c'est que je le nettoie ou qu'au moins je le secoue dehors.

— Cessez de vous excuser, Bull. Vous n'avez pas arrêté depuis que nous avons quitté la prison. Et je suis tellement en rage que je pourrais m'étouffer. La prochaine fois qu'une chose pareille se produit, si vous ne m'appelez pas immédiatement, c'est contre vous que je serai très en colère.

– Oh, ça, j' voudrais pas.

Il secoue le tapis de sol et elle se fait la réflexion qu'il est probablement aussi obstiné qu'elle.

La journée n'a été qu'une succession d'images pénibles, de coups manqués de peu ou de presque ratages, d'odeurs déplaisantes. Puis Rose a téléphoné. Scarpetta était plongée dans l'autopsie du corps décomposé de Lydia Webster lorsque Hollings a fait son apparition dans la salle. Il lui a annoncé qu'il avait de mauvaises nouvelles et qu'elle ferait mieux de les écouter. Comment Rose a-t-elle été mise au courant, rien n'est moins clair. Toujours est-il qu'une de ses voisines, qui se trouve être la voisine d'une voisine de Scarpetta – quelqu'un qu'elle n'a jamais rencontré –, a eu vent d'une rumeur selon laquelle une voisine que connaissait Scarpetta – Mme Grimball – avait fait arrêter Bull pour violation de propriété et tentative de cambriolage.

Bull se cachait derrière le pittosporum qui pousse à gauche de la véranda de Scarpetta. Mme Grimball l'a aperçu alors qu'elle espionnait de la fenêtre située à l'étage de sa maison. La scène se déroulait de nuit. Scarpetta aurait mauvaise grâce d'en vouloir à un voisin de s'alarmer d'une telle découverte. Sauf lorsque le voisin se trouve être Mme Grimball. Appeler le numéro d'urgence de la police pour signaler la présence d'un rôdeur n'était pas suffisant. Il a fallu qu'elle brode sur son histoire en affirmant que Bull était sur sa propriété et non sur celle de Scarpetta. En bref, Bull – qui avait déjà été arrêté – s'est retrouvé derrière les barreaux où il moisit depuis le milieu de la semaine, et où il serait probablement toujours si Rose n'avait pas interrompu une autopsie. Juste après que Scarpetta avait été attaquée dans un parking.

Maintenant, Will Rambo a remplacé Bull dans la prison municipale.

Maintenant, la mère de Bull peut s'apaiser. Elle n'a plus à mentir en prétendant qu'il est parti récolter des huîtres, ou qu'elle ignore où il se trouve parce que la dernière chose qu'elle souhaite est qu'il perde à nouveau son emploi.

– J'ai fait décongeler du ragoût, dit Scarpetta en déverrouillant la porte. Il y en a une belle quantité. Je préfère ne pas imaginer ce que l'on vous a donné à manger en prison.

Bull la suit dans le couloir. Le porte-parapluies attire l'attention de Scarpetta. Elle s'immobilise et se sent soudain très mal. Elle plonge la main à l'intérieur et en extirpe les clés de moto de Marino et le chargeur du Glock. Puis elle récupère l'arme dans un tiroir. Elle est si perturbée qu'elle se sent presque physiquement malade. Bull ne commente pas, mais elle comprend qu'il s'interroge sur ce qu'elle vient juste de repêcher du porte-parapluies et sur la raison pour laquelle ces objets s'y trouvaient. Durant un moment, elle est incapable de prononcer un mot. Elle enferme les clés, le chargeur et le pistolet dans la boîte métallique où elle range la bouteille de chloroforme.

Elle réchauffe le ragoût et du pain fait maison avant de dresser un couvert pour Bull. Elle lui sert un grand verre de thé glacé à la pêche qu'elle décore d'un brin de menthe. Elle l'invite à s'asseoir et à manger, le prévient qu'elle sera à l'étage avec Benton et lui demande de les appeler s'il a besoin de quelque chose. Elle lui conseille de ne pas trop arroser les daphnés, au risque qu'ils gondolent et dépérissent dans la semaine, et d'étêter les pensées. Il s'installe et elle le sert.

– Je ne sais vraiment pas pourquoi je vous dis cela. Vous en connaissez bien plus que moi en matière de jardinage, s'excuse-t-elle.

– Ça fait jamais de mal qu'on vous rafraîchisse les idées.

– Nous devrions planter des daphnés à hauteur de la grille du devant, de sorte que Mme Grimball puisse profiter de leur délicieux parfum. Ça la rendrait peut-être plus agréable.

Bull déplie sa serviette et en pince un coin dans le col de sa chemise.

– Elle essayait juste de faire au mieux. J'aurais pas dû me

cacher. Mais depuis que j'ai vu ce gars sur son *chopper* dans la ruelle avec un flingue, j'ai gardé les yeux bien ouverts. Un truc que je sentais.

— Je crois qu'il faut toujours suivre ses intuitions.

— Je sais que vous le pensez. Y a toujours une raison aux intuitions, déclare Bull en dégustant son thé. Et quelque chose me disait qu'il fallait que je reste planqué dans les buissons cette nuit-là. Alors je surveillais votre porte. Le truc bizarre, c'est que j'aurais dû surveiller la ruelle, puisque vous m'avez dit que le fourgon y était probablement garé quand Lucious Meddick a été descendu, ce qui signifie que le tueur s'y trouvait aussi.

— Je suis bien contente que vous soyez plutôt resté à proximité de ma porte.

Elle repense à Morris Island, à ce qu'ils y ont découvert.

— Eh ben, pas moi.

— Cela aurait été bien que Mme Grimball appelle la police au sujet de ce fourgon, reprend Scarpetta. Elle vous fait jeter en prison, mais ne prend pas la peine de signaler un véhicule suspect garé dans ma ruelle en pleine nuit.

— Je l'ai vu quand on l'a amené pour le boucler, commence Bull. Il a fait tout un plat parce qu'il avait mal à l'oreille. Un des gardiens lui a demandé ce qui s'était passé. Il a répondu qu'il avait été mordu par un chien, que ça s'infectait et qu'il avait besoin d'un médecin. Y a eu pas mal de discussions à son sujet, au sujet de sa Cadillac avec une plaque volée aussi. J'ai entendu qu'un des policiers racontait que ce type avait fait cuire une dame sur le gril, explique Bull en buvant son thé. Je me suis dit que si ça se trouvait, Mme Grimball avait vu la Cadillac mais qu'elle avait rien signalé, pas plus qu'avec le fourgon. Non, elle a pas appelé la police ! C'est étrange comme les gens décident qu'un truc qu'ils voient est important et pas l'autre. Moi, je verrais un fourgon mortuaire au milieu d'une ruelle en pleine nuit, je me demanderais si quelqu'un n'est pas mort et j'irais me renseigner. Après tout, ça peut être une personne que vous connaissez. Elle va pas aimer être convoquée par le tribunal.

– C'est le cas de nous tous.

– Ouais, mais c'est elle qui sera le moins contente, reprend Bull en levant sa cuiller, puis suspendant son geste parce qu'il est trop poli pour manger pendant qu'ils discutent. Elle va croire qu'elle est plus maligne que le juge. Je paierais même pour assister à ça. Y a quelques années, je travaillais ici même, je l'ai vue balancer une cuvette d'eau à une chatte cachée sous sa maison parce qu'elle venait juste d'avoir des chatons.

– N'en dites pas plus, Bull. Je ne supporte pas ce genre de choses.

Elle gravit l'escalier et traverse la chambre qui ouvre sur une petite véranda donnant sur le jardin. Benton est au téléphone, sans doute depuis qu'elle l'a quitté. Il a passé un treillis et un polo et sent le propre. Ses cheveux sont encore mouillés. Derrière lui, un treillage fait de tuyaux de cuivre que Scarpetta a réalisé permet aux fleurs de la passion de grimper à l'assaut de sa fenêtre, tel un amant. Juste sous elle s'étend le patio dallé, puis, un peu plus loin, se trouve le bassin peu profond qu'elle remplit à l'aide d'un vieux tuyau d'arrosage percé. Son jardin devient une symphonie, selon les époques de l'année. Camélias, jacinthes, balisiers, myrte, dahlias, jonquilles, hydrangea. Si elle le pouvait, elle planterait encore une profusion de daphnés et de pittosporums parce que tout ce qui exhale un parfum délicieux lui est précieux.

Le soleil brille dans le ciel et soudain une fatigue terrible l'assomme, sa vision se trouble.

– C'était le capitaine, annonce Benton en reposant son téléphone sur une table à plateau de verre.

– Tu as faim ? Tu veux que j'aille te chercher un verre de thé ? propose-t-elle.

– Et si j'y allais ? rétorque Benton en la fixant.

– Retire tes lunettes, que je voie tes yeux. Je n'ai pas envie de scruter tes verres foncés en ce moment. Je suis si fatiguée. Je me demande bien pourquoi. Je n'étais jamais fatiguée comme cela avant.

Il enlève ses lunettes et les dépose sur la table.

– Paulo vient de se démettre de ses fonctions et il ne reviendra pas d'Italie. Je doute que quoi que ce soit lui arrive. Le président de l'hôpital ne fait pas grand-chose, si ce n'est sauver les meubles parce que notre bonne amie, le Dr Self, s'est répandue lors de l'émission de Howard Stern. Il semblerait que nous conduisions des expériences dignes du *Frankenstein* de Mary Shelley. J'espère qu'il lui demandera sa taille de bonnets de soutien-gorge et si ses seins sont vrais. Passons. Elle serait capable de lui répondre et peut-être même de les lui montrer.

– J'en conclus que nous n'avons toujours rien de nouveau au sujet de Marino.

– Écoute, donne-moi un peu de temps, Kay. Je veux te toucher à nouveau sans penser à lui. Voilà, c'est sorti ! Eh oui, ça m'emmerde vraiment. (Il prend sa main entre les siennes.) Parce que je me sens partiellement responsable de ce qui s'est passé. Peut-être même plus que partiellement. Rien de tout cela ne serait arrivé si je vivais ici. Mais ça va changer. Sauf si tu ne le veux pas.

– Bien sûr que si !

– Je serais vraiment heureux si Marino pouvait rester au large, reprend Benton. Cela étant, je ne lui souhaite aucun mal et j'espère que rien ne lui est arrivé. Pour l'instant, j'essaie d'accepter le fait que tu le défends, que tu t'inquiètes à son sujet, bref qu'il compte toujours à tes yeux.

– Le spécialiste des plantes sera là dans une heure. Nous sommes assaillis par les araignées.

– Quant à moi, je crois que j'ai la migraine.

– Je ne m'en remettrais pas si quelque chose lui est arrivé, surtout s'il se l'est infligé, avoue Scarpetta. C'est peut-être mon pire défaut. Je pardonne aux gens qui me sont chers et ensuite ils recommencent. Je t'en prie, trouve-le.

– Tout le monde le cherche, Kay.

Un long silence, seulement troublé par le chant des oiseaux. Bull sort dans le jardin et entreprend de dérouler le tuyau d'arrosage.

– Il faut que je prenne une douche, annonce Scarpetta. Je suis répugnante. Je me suis à peine débarbouillée là-bas. Le vestiaire manquait pour le moins d'intimité. D'autant que je n'avais rien pour me changer. Comment fais-tu pour me supporter ? Ça reste un grand mystère. Ne t'inquiète pas à propos du Dr Self. Quelques mois au fond d'une cellule lui feraient le plus grand bien.

— Oh, mais elle y enregistrera ses émissions et engrangera encore des millions de dollars. Une de ses codétenues deviendra son esclave et lui tricotera un châle.

Bull arrose un massif de pensées. Un petit arc-en-ciel se forme dans le jet propulsé par le tuyau.

La sonnerie du téléphone retentit à nouveau. Benton marmonne « Oh, mon Dieu ! » avant de décrocher. Il écoute, il sait admirablement écouter. En revanche, il parle trop peu et Scarpetta lui en fait parfois le reproche lorsqu'elle se sent seule.

— Non, dit Benton à son interlocuteur. Je vous en sais gré. Cela étant, je suis d'accord avec vous qu'il n'y a pas de raison que nous soyons présents. Je parle pour moi seulement, mais je pense que nous ne ferions que vous gêner.

Il raccroche et explique à Scarpetta :

— Le capitaine. Ton chevalier chevauchant son blanc destrier.

— Ne dis pas cela. Ne sois pas cynique. Il n'a rien fait pour mériter ta colère. Tu devrais au contraire lui être reconnaissant.

— Il est en chemin pour New York avec l'intention de fouiller l'appartement du Dr Self.

— Dans l'espoir d'y trouver quoi ?

— Drew était chez le Dr Self la nuit précédant son départ pour Rome. Qui d'autre y était ? Peut-être le fils de Marilyn Self ? Ce type dont Gianni Lupano a dit à Hollings qu'il s'agissait du cuisinier. La solution la plus terre à terre est souvent la bonne, déclare Benton. J'ai fait vérifier le vol sur Alitalia. Devine qui se trouvait dans le même avion que Drew ?

— Es-tu en train d'insinuer que c'est lui qu'elle attendait près des Marches espagnoles ?

— Ce n'était pas le mime recouvert de peinture dorée. Il s'agissait d'une ruse. Elle attendait Will, mais ne voulait pas que ses amies le sachent. C'est ma théorie.

– Drew venait juste de rompre avec son entraîneur, commente Scarpetta en contemplant Bull pendant qu'il remplit le bassin. Juste après que le Dr Self lui avait fait subir un véritable lavage de cerveau pour l'influencer. Tu veux une autre théorie ? Will voulait rencontrer Drew et sa mère n'a pas compris que c'était lui qui lui envoyait ces messages électroniques obsessionnels signés « le Marchand de sable ». Sans même s'en rendre compte, elle a mis en présence Drew et son tueur.

– Cela fait partie des détails que nous ne connaîtrons jamais, souligne Benton. Les gens ne disent pas la vérité. Après quelque temps, eux-mêmes finissent par l'oublier.

Bull se courbe en deux pour couper les têtes des pensées mortes. Il lève le visage au moment précis où Mme Grimball regarde par la fenêtre de l'étage de sa maison. Bull tire à lui un sac à feuilles mortes et s'en désintéresse, se concentrant sur son travail. Scarpetta voit son indiscrète voisine porter son téléphone à l'oreille.

– J'en ai soupé ! siffle-t-elle en se levant, souriant et faisant des signes de la main.

Mme Grimball tourne la tête vers eux et remonte sa fenêtre. Benton la regarde, le visage impassible. Scarpetta continue ses petits signes de la main comme si elle avait quelque chose de très urgent à dire à sa voisine.

– Il vient juste de sortir de prison ! lance-t-elle en haussant la voix. Et si jamais vous essayez de l'y renvoyer, je brûle votre maison.

La fenêtre est refermée à la hâte et Mme Grimball disparaît à leur vue.

– Tu n'as pas dit ça ! s'exclame Benton.

– Je dis exactement ce que j'ai envie de dire, peste Scarpetta. J'habite ici.

La Ville des frelons
Calmann-Lévy, 1998
Le Livre de Poche, 1999

Combustion
Calmann-Lévy, 1999
Le Livre de Poche, 2000

La Griffe du Sud
Calmann-Lévy, 1999
Le Livre de Poche, 2000

Cadavre X
Calmann-Lévy, 2000
Le Livre de Poche, 2001

Dossier Benton
Calmann-Lévy, 2001
Le Livre de Poche, 2002

L'Île des chiens
Calmann-Lévy, 2002
Le Livre de Poche, 2003

Jack l'Éventreur
Éditions des Deux Terres, 2003
Le Livre de Poche, 2004

Baton Rouge
Calmann-Lévy, 2004
Le Livre de Poche, 2005

Signe suspect
Flammarion Québec, 2005
Le Livre de Poche, 2006

Sans raison
Flammarion Québec, 2006
Le Livre de Poche, 2008

Tolérance zéro
Flammarion Québec, 2007